아서 클라크 단편 전집 1953-1960

환상문학전집 ● 30

아서 클라크 단편 전집 1953-1960
The Collected Stories of Arthur C. Clarke

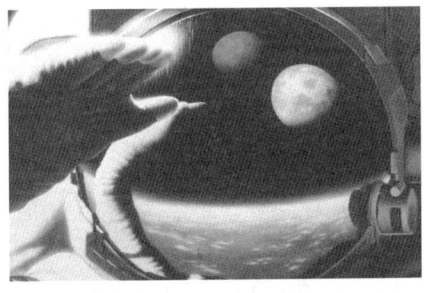

아서 C. 클라크

고호관 옮김

THE COLLECTED STORIES OF ARTHUR C. CLARKE
by Arthur C. Clarke

Copyright©2000 by Arthur C. Clarke
All rights reserved.

Korean Translation Copyright © 2009 by Goldenbough

Korean translation edition is published by arrangement with
Rocket Publishing Company c/o David Higham Associates Limited
through Eric Yang Agency.

이 책의 한국어판 저작권은 에릭양 에이전시를 통해
David Higham Associates Limited와 독점 계약한 ㈜ **황금가지**에 있습니다.

저작권법에 의해 한국 내에서 보호를 받는 저작물이므로
무단 전재와 무단 복제를 금합니다.

차례

1953-1960

| 서문 | 7

다른 호랑이(1953)	11	지구의 다음 세입자(1957)	234
홍보 활동(1953)	17	냉전(1957)	248
무기 경쟁(1954)	24	잠자는 숲속의 미녀(1957)	258
해저 목장(1954)	35	보안 점검(1957)	272
더 이상 아침은 없다(1954)	48	바다를 캐는 사람(1957)	280
대박의 꿈(1956)	58	임계질량(1957)	306
특허 심사(1954)	67	하늘의 저편(1957)	316
망명자(1955)	82	빛이 있으라(1957)	347
동방의 별(1955)	101	태양 밖으로(1958)	357
반중력(1956)	111	우주의 카사노바(1958)	368
달을 향한 모험(1956)	126	머나먼 지구의 노래(1958)	379
평화주의자(1956)	164	가벼운 일사병(1958)	426
육식 식물(1956)	179	거기 누구냐?(1958)	439
주동자(1957)	194	요람을 벗어나, 우주로(1959)	447
어민트루드 인치 내던지기(1957)	213	나는 바빌론을 기억한다(1960)	456
궁극의 멜로디(1957)	223	시간이 말썽(1960)	475
		혜성 속으로(1960)	484

목차 일러두기
원서의 순서대로 나열되었으며, 몇 편은 원서에 발표 년월이 표기되지 않아 위키디피아를 참조하여 기입하였습니다.

| 서문 |

결코 지칠 줄 모르는 서지학자 데이비드 N. 사무엘슨(『아서 C. 클라크 1차 2차 참고문헌』G.K. 홀 출판사)에 따르면, 나는 1932년《휴이시》가을호부터 소설을 쓰기 시작했다고 한다. 그때 나는 학교 잡지의 편집 위원이었는데, E.B. 미트퍼드 영어 담당인 E. B. 미트퍼드 선생님이 편집부 담당 교사였다. 훗날 나는 단편집 『90억 개의 이름을 가진 신』을 그에게 헌정했다. 편집 위원으로서 나의 역할은 이국적인 환경에서 일을 하고 있는 나이 많은 사람처럼 가장해서 편지를 쓰는 것이었는데, 그 작업은 분명 과학 소설적 영감을 주는 것이었다.

그런데 도대체 과학 소설이란 무엇이란 말인가?

과학 소설의 정의를 내리려면 적어도 박사 논문에 해당하는 장문의 글을 써야만 할 것이다. 반면 나는 "과학 소설이란 내가 손을 들어 '이것이 바로 과학 소설이다.'라고 가리키는 것이다."라고 말한 데이먼 나이트의 고견에 전적으로 동의하는 바이다.

이미 과학 소설과 판타지 소설을 구분하기 위해서 너무도 많은 피땀을 흘린 상태다. 그래서 나는 기능적인 정의를 하나 제안했다. 과학 소설은 일어날 수 있는 그 어떤 것을 다루는 것인데, 우리 대부분은 그 일이 일어나지 않기를 바란다. 판타지 소설이란 일어날 수 없는 것을 다루지만, 종종 우리들은 그런 일이 일어나기를 바란다.

과학 소설을 쓰는 사람들은 소위 본격 소설(이 진정한 우주의 아주 작은 부분에만 관심을 가지고 있는)이라고 불리는 것을 쓰는 사람들은 걱정하지 않아도 되는 여러 문제들과 마주하게 된다. 본격 소설 작가들은 배경을 설명하기 위해서 많은 지면을 할애하지 않아도 될 뿐 아니라, 가끔 한 문장만 가지고서도 배경 설명을 끝낼 수 있다. "안개가 내린 밤 베이커 가에서"라는 문장을 읽는 바로 그 순간 독자들은 그곳에 가 있다. 온전히 이질적인 배경을 창출해야 하는 과학 소설가들은 이 작업을 하기 위해 엄청난 지면을 할애해야 하는 것이다. 그 대표적인 예가 프랭크 허버트의 역작 『듄』 시리즈이다.

그러니 뛰어난 과학 소설들 중 많은 작품이 단편으로 쓰였다는 것이 놀랍지 않은가. 나는 지금도 스탠리 와인바움의 「화성의 오디세이」가 「원더 스토리즈」 1934년 7월호에 실렸을 때의 충격을 기억하고 있다. 눈을 감으면 프랭크 폴이 그린 독특한 표지가 떠오른다. 다 읽자마자 곧바로 다시 앞으로 돌아가 한 번 더 읽어버린 소설은 그 이전에도 그 이후에도 없다…….

아마도 단편 소설이 과학 소설이라는 장르 전체에서 차지하는 위치는 소네트(14행시)가 서사시 전체에서 차지하는 위치와 같다고 할 수 있을 것이다. 이제 우리가 도전해야 할 것은 가능한 짧은 것에서 완벽함을 창출하는 것이다.

그렇다면 단편 소설은 길이가 얼마나 되어야 하는가? 이런 질문을 나에게 한다니 참 유감스러운 일이다…….

이 책에서 독자들은 31개의 단어로 이루어진 가장 짧은 소설을 보게 될 것이다. 가장 긴 것은 1만 8000개의 단어로 이루어져 있다. 이를 뛰어 넘어 우리는 지각하지 못하는 사이에 장편소설로 통합될 수 있는 중편소설(끔찍한 말이긴 하지만)의 영역으로 들어갔다.

이 이야기들이 씌어지는 동안, 세상은 인류 전체 역사 중에서 가장 커다란 변화를 겪었다는 사실을 기억해 주길 바란다. 그래서 본의 아니게 시대에 뒤떨어진 내용이 담겨 있는 경우가 생겼다. 하지만 나는 이를 개정하고자 하는 유혹을 뿌리쳤다. 이 문제에 대해 견해를 얘기해 본다면, 이 작품들 중 약 3분의 1은 대부분의 사람들이 '우주 비행'이란 게 허무맹랑한 이야기라고 생각하던 시절에 씌어졌으며, 고작 후반부 십여 편이 인류가 달을 밟은 이후로 씌어진 작품이다.

멋지지만 현실에서 존재할 수 없는 것들뿐만이 아니라 실현 가능한 미래를 그림으로써 과학 소설가들은 인류 공동체에 훌륭한 기여를 하였다. 그들은 독자들의 정신적 유연함과 시대 변화에 적응하고 심지어 그러한 변화를 환영하는 자세, 즉 한 마디로 말해서 적응성을 진작시켜 주었다. 아마도 이 시대에 이보다 더 중요한 기여는 없을 것이다. 공룡은 환경의 변화에 적응할 수 없었기 때문에 사라졌다. 만약 우주선, 컴퓨터, 그리고 핵무기가 존재하는 환경에 인류가 적응하지 못한다면 우리도 사라지게 될 것이다.

그러므로 과학 소설이 도피적이라고 비난하는 것보다 더 바보스러운 짓은 없을 것이다. 이런 비난은 사실 여러 판타지 문학 쪽을 향한다고 할 수 있지만, 그렇다고 하면 또 어떤가? 어떤 형태의 것이든 도피가 필요한 시대(20세기에 이미 무수한 사례를 볼 수 있었다.)가 있었고, 도피처를 제공해 주는 어떤 형태의 예술도 경멸받아서는 안 되는 것이다. C.S. 루이스(훌륭한 과학 소설과 판타지 소설을 창조해 낸 작가)가 한때 이런 말을 해주었다. "현실도피에 가장 반대한 사람들은 누구인가? 바로 간수들이다."

 C.P. 스노는 그의 유명한 에세이 『과학과 정부』에서 "예지능력"이 지극히 중요하다는 것을 강조하며 글을 끝맺은 적이 있다. 그는 인류가 종종 예지력 없이 지혜만 소유해 왔다는 것을 지적했다.

 과학 소설은 불균형을 시정하기 위해 많은 일을 해 왔다. 비록 작가들이 항상 지혜를 가지고 있는 것은 아니지만, 최고의 작가들은 예지력을 확실히 가지고 있다. 그리고 이것은 신들에게서 받은 최고의 선물인 것이다.

 지난 70년간 써 왔던 거의 모든 단편들을 수집하고 실제로 그 위치를 추적해 준 맬컴 에드워즈와 모린 킨케이드 스펠러에게 많은 빚을 지고 있음을 밝힌다.

아서 C. 클라크
스리랑카 콜롬보에서

2000년 7월

다른 호랑이 |The Other Tiger|

1953년《판타스틱 유니버스(Fantastic Universe)》 6/7월 호에 첫 게재.
『행성 지구의 이야기(Tales from Planet Earth)』에 재수록.

원래는 제목이 "반박"이었다. 하지만《판타스틱 유니버스》의 편집자인 샘 머윈이 프랭크 스탁턴의 잊혀진 고전 「숙녀일까? 호랑이일까?(The Lady or the Tiger)」에 헌정하는 의미에서 제목을 바꾸었다.

"그것 참 재미있는 이론이군. 하지만 어떻게 증명할 생각인지 모르겠어."

아널드가 말했다.

그들은 언덕에서 가장 가파른 부분을 오르던 참이었다. 웨브는 한동안 숨이 차서 대답하지 못했다. 그는 마침내 한숨 돌리고 나서 말했다.

"증명할 생각 없습니다. 그저 결과만 탐구하고 있을 뿐이에요."

"예를 들면?"

"음. 철저하게 논리적으로 보면 어떤 결과가 나오는지 알 수 있습니다. 아까도 말씀드렸지만 우주가 무한하다는 사실 하나만 가정하고 가는 겁니다."

"맞아. 나 역시 무한하지 않은 우주는 상상할 수 없네."

"좋습니다. 그 말은 곧 별과 행성도 무한히 많다는 뜻이지요. 그러므로 확률의 법칙에 따르면 그 어떤 사건이라도 단 한 번이 아니라 무한히 반복해서 일어나야 합니다. 맞죠?"

"그렇겠지."

"그러면 지구와 완전히 똑같은 세상도 무한히 많아야 합니다. 그 하나마다 각각 아널드와 웨브가 있고 지금 우리가 하는 것처럼 똑같이 이 언덕을 오르며 똑같은 말을 하고 있어야 하죠."

"그건 좀 상상하기 힘들군."

"쉽지 않은 개념인 걸 알아요. 하지만 무한이란 개념도 마찬가지죠. 그래도 재미있는 건 다른 세상이 우리 세상과 완벽하게 똑같지는 않을 거라는 점이에요. 히틀러가 전쟁에서 이겨 버킹엄 궁전에 나치의 깃발이 휘날리는 세상도 있을 테고, 콜럼버스가 아메리카 대륙에 도착하지 못한 세상도 있겠죠. 로마제국이 지금까지 건재한 세상도 있을 수 있고요. 말하자면 역사적으로 유명한 '만약에'라는 질문에 대한 답이 모두 실현된 세상이 있다는 거예요."

"태초로 돌아가자면 우리의 조상이 되는 유인원이 자식을 낳기도 전에 목이 부러져 죽었을 수도 있다는 얘기겠군."

"바로 그거예요. 하지만 일단 우리가 아는 세상 얘기를 하도록 하죠. 바로 오늘, 이 봄날 오후에 이 언덕을 올라가고 있는 우리가 있는 세상이오. 다른 세상에서 살고 있을 수백만 명의 또 다른 우리를 생각해 보세요. 그중 일부는 우리와 완전히 똑같겠지만 그곳에도 존재할 논리 법칙을 위반하지 않는 선에서 가능한 온갖 다양성이 있을 거예요.

아마도 분명히 생각할 수 있는 옷이란 옷은 모두 입고 있겠죠. 아예 안 입을 수도 있고요. 여기는 지금 해가 비치고 있지만 셀 수 없이 많은 다른 세상에서는 그렇지 않을 수도 있고, 어떤 곳은 봄이 아니라 겨울이나 여름일 수도 있어요. 하지만 좀 더 근본적인 변화를 생각해 볼까요.

우린 지금 이쪽으로 언덕을 올라가서 반대쪽으로 내려갈 생각이죠. 그러면 앞으로 몇 분 동안 우리에게 일어날 수 있는 가능한 모든 일을 생각해 보세요. 아무리 있을 법하지 않은 일이라 해도 가능성만 있다면 어디선가는 일어나야 해요."

"무슨 소린지 알겠네."

아널드가 마지못한 기색이 역력한 채 웨브의 발상을 곱씹으며 천천히 말했다. 다소 불편한 기분이 표정에 드러났다.

"그러니까 어디에선가는 자네가 한 발 더 내딛는 순간 심장마비에 걸려 쓰러져 죽기도 한다는 거로군."

"이 세상에서는 아니죠."

웨브가 웃었다.

"제가 죽지 않았으니 그 말은 이미 반박이 됐죠. 어쩌면 불운한 쪽은 제가 아닐지도 모르죠."

"어쩌면 이럴 수도 있네. 내가 이 대화에 진력이 난 나머지 총을 꺼내 자네를 쏘는 거야."

아널드가 말했다.

"그럴 수도 있죠."

웨브가 인정했다.

"하지만 이 세상에서는 총을 갖고 오지 않으셨잖아요. 그래도 잊지 마세요. 수백만 개의 다른 세상에서는 제가 먼저 총을 뽑을 겁니다."

이제 오솔길은 나무가 우거진 경사면으로 접어들고 있었다. 길 양쪽에 두꺼운 나무가 서 있었다. 공기는 신선하고 달콤했다. 자연의 모든 에너지가 소리 없이 겨울 동안 파괴된 세상을 복구하는 데 집중하고 있는 듯 매우 조용했다.

웨브가 말을 계속했다.

"불가능하지는 않은 채로 얼마나 불가능에 가까워질지가 궁금해요. 아까 우리가 완전히 공상에 불과한 말도 안 되는 사건을 몇 개 언급했잖아요. 지금 우리는 아주 익숙한 영국의 시골길을 걷고 있지만, 어딘가 다른 세상에서는 우리의 쌍둥이(쌍둥이라고 부를게요.)가 바로 저 모퉁이를 돌자마자 어떤 것과 마주칠지도 몰라요.

상상할 수 있는 그 어떤 것이라도요. 맨 처음에 말했던 것처럼 우주가 무한하다면 모든 가능성이 일어나야 하거든요."

"그러면 우리가 호랑이나 뭐 그런 비슷한 짐승하고도 마주칠 수 있다는 소리군."

아널드가 웃으며 말했다. 웃음소리는 애초에 의도했던 것처럼 가볍게 들리지 않았다.

"물론이죠."

웨브가 즐거운 기색으로 화제에 열을 올리며 말했다.

"만약 그게 가능하다면, 우주 어딘가의 누군가에게는 분명히 일어날 거예요. 우리라고 아니란 법은 없겠죠?"

아널드는 코웃음을 치며 말했다.

"점점 무의미한 대화가 되어 가는군. 좀 더 말이 되는 이야기를 하자고. 만약 우리가 이번 모퉁이를 지날 때 호랑이를 만나지 않는다면 자네의 이론이 반박된 걸로 하고 주제를 바꾸도록 하지."

"그러지 마세요."

웨브가 웃으며 말했다.

"그런다고 반박이 되지는 않아요. 반박할 방법은 절대……."

이것이 웨브가 생전에 내뱉은 마지막 말이었다. 무한히 많은 세상의 무한히 많은 웨브와 아널드는 우호적이거나 적대적인, 또는 무관심한 호랑이를 만났다. 하지만 이 세상에서는 아니었다. 이 세상이야말로 오히려 불가능에 가까운 일이 일어난 곳이었다.

물론 그렇다고 해도 비에 젖은 언덕이 밤 사이에 무너져 내리면서 지하 세계로 이어지는 불길한 구멍이 드러났다는 사실이 그렇게 상상할 수 없을 정도는 아니었다. 그리고 그 지하 세계의 어떤 존재가 알 수 없는 빛에 이끌려 열심히 기어 올라왔다는 사실도. 음, 그게 거대한 오징어나 보아 뱀이나 쥐라기에서 온 야생 도마뱀보다 더 황당할 이유가 어디 있겠는가. 단지 동물학 법칙의 가능성을 끊어지기 직전까지 쥐어짰을 뿐이다.

웨브의 말은 사실이었다. 무한한 우주에서는 어떤 일이든 어디선가 일어난다. 그들이 겪은 우주에서 유일한 불운까지도 포함해서 말이다. 안타깝게도 그 존재는 배가 아주 많이 고팠다. 그리고 호랑이나 사람은 여섯 개나 달린 게걸스러운 입 중의 하나를 작지만 그럭저럭 채워 줄 한 끼 식사로 충분했다.

가능한 모든 우주가 존재한다는 개념은 분명 독창적이지 않다. 하지만 현대 이론물리학자들은 이 주제를 정교한 형태로 되살려 냈다

(그 사람들이 하는 이야기를 내가 얼마나 이해하는지는 모르겠지만). 이 개념은 이른바 인본 원리라는 것과도 관련이 있다. 이 인본 원리라는 것 때문에 요즘 우주론자들은 정신이 혼란한 상태에 빠져 있다. (티플러와 배로의 『우주적 인본 원리(The Anthropic Cosmological Principle)』를 보아라. 음악으로 된 꽤 많은 장을 건너뛰어야 할지 모르겠지만 그 사이의 글은 매혹적이고 정신세계를 넓혀 준다.)

인본 원리주의자들은 우리 우주의 독특한 점을 지적한다. 물리학의 기본적인 상수가 (당연한 말이지만 신께서는 자기 마음대로 수치를 정할 수 있었음에도 불구하고) 아주 정밀하고 세심하게 정해져 있어서 우리가 존재할 수 있는 단 하나의 우주를 이루어 냈다는 것이다. 수치가 조금만 달라졌어도 우리는 존재할 수 없었을 것이다.

이 수수께끼를 설명하는 이론 중 하나는 실제로 가능한 모든 우주가 (어딘가에!) 존재하지만 대다수는 생명이 살지 않는다는 것이다. 모든 창조를 통틀어 그중 아주 작은 일부에서만 물질이 존재하고 별이 형성되고, 궁극적으로 생명이 태어날 수 있도록 매개변수가 정해졌다는 설명이다. 우리는 다른 곳에서는 태어날 수 없기 때문에 여기서 태어난 것이다.

하지만 다른 세상도 어딘가에는 존재한다. 따라서 이 이야기는 썩 유쾌하지 않겠지만 사실에 가까울지도 모른다. 다행히 앞으로 우리가 그 사실을 증명할 가능성은 없다.

아마도……

홍보 활동 |Publicity Campaign|

1953년 《런던 이브닝 뉴스(London Evening News)》에 첫 게재.
『하늘의 저편(The Other Side of the Sky)』에 재수록.

화성인들이 뉴저지의 부동산 가격을 폭락시킨(라디오로 방송됐던 오손 웰스의 「우주 전쟁」을 이야기한다.) 이후 몇 십 년 동안 「지구가 멈춘 날(The Day The Earth Stood Still)」의 클라투로 대표되는 착한 외계인을 찾기란 매우 힘들었다. 하지만 이제는 아마도 ET의 영향 덕분인지 호의적이고, 심지어 귀엽기까지 한 외계인도 당연하게 여겨지는 시대가 되었다. 도대체 어느 쪽이 사실일까……? 물론 적대적이고 사악한 외계인이 친절한 외계인보다 신나는 이야기에 적합하다. 게다가 이전부터 흔히 지적하는 이야기지만 1950년대와 60년대 사람들이 마주치기 싫어했던 것들은 당대의 사람들이 지니고 있던 편집증적인 공포를 반영한 것이었다. 특히 미국에서 그랬다. 이제 냉전도 끝나고 미지근한 휴전의 시기에 접어든 만큼, 바라건대 우리가 이전보다 덜 불안한 심정으로 하늘을 볼 수 있으면 좋겠다. 우리는 이미 다스베이더를 만났지 않은가…… 바로 우리 자신 말이다.

다시 빛이 돌아온 순간까지도 마지막 원자폭탄의 충격이 여전히 남아 있는 듯했다. 한동안 아무도 움직이지 않았다. 잠시 후, 제작 보조가 짐짓 무심한 척하며 물었다.

"흠, 아르비, 어떻게 생각하세요?"

아르비는 자리에서 몸을 일으켰다. 그동안 조수는 고양이가 어디로 뜰지 유심히 바라보고 있었다. 바로 그때 사람들은 아르비의 시가에 불이 꺼져 있다는 사실을 눈치챘다. 이럴 수가. 그건 「바람과 함께 사라지다」 시사회에서도 일어나지 않았던 일이다!

그가 황홀한 기분에 휩싸여 말했다.

"여러분! 이거 물건이구먼! 여기에 돈이 얼마나 들었다고 했지, 마이크?"

"650만 달러입니다, 아르비."

"가격도 싸군. 내가 장담컨대, 수익이 「쿠오바디스」를 뛰어넘을 거야. 아니라면 내가 필름을 모두 씹어먹어 버리겠어."

 그는 큰 덩치가 허용하는 한 신속하게 몸을 돌려 뒤쪽에서 아직도 의자에 웅크리고 있는 몸집이 작은 남자를 향했다.

 "이제 정신 차리라고, 조! 지구는 안전해! 자넨 우주 영화는 모조리 봤잖아. 이걸 예전 영화와 비교하면 어떤가?"

 조는 쉽게 영화에서 헤어나지 못하는 모습이었다. 그가 말했다.

 "비교가 안 돼. 이건 「괴물」의 긴장감을 모두 갖추고 있으면서도 막판에 괴물이 사람이었다는 걸 알고 완전히 김새게 하는 일도 없어. 그나마 근처에라도 올 수 있는 영화로는 「우주 전쟁」밖에 없겠군. 그 영화의 특수 효과는 거의 우리 것만큼이나 좋으니까. 하지만 조지 팔에게는 입체영화가 없었지. 그건 정말 엄청난 차이라고! 아까 금문교가 무너질 때 난 그만 거기에 부딪히는 줄 알았다니까!"

 홍보실에서 나온 토니 아울바크도 거들었다.

 "제가 가장 마음에 드는 부분은 엠파이어스테이트 빌딩이 반으로 쪼개지는 장면이에요. 설마 건물주가 고소하지는 않겠죠?"

 "당연하지. 그…… 대본에서 뭐라고 불렀더라? 그 시티 버스터를 맞고 그대로 서 있을 건물이 어디 있다고. 어쨌거나 뉴욕의 나머지 부분도 완전히 날려 버렸는데 뭘. 음…… 홀랜드 터널의 지붕이 무너지는 장면도 있었지! 이제부터는 배를 타야겠어."

 "맞아. 그 장면도 잘됐지…… 너무 잘돼서 탈이야. 그런데 정말 감탄스러운 건 외계인들이더라고. 애니메이션이 완벽했어. 그건 도대체 어떻게 한 거지, 마이크?"

 "직업상 비밀입니다."

제작자가 자랑스러운 목소리로 말했다.

"그래도 말씀드려야죠. 실은 대부분이 실제입니다."

"뭐라고!"

"아, 오해하지 마세요! 시리우스 B로 원정 촬영을 갈 수는 없잖습니까. 하지만 캘리포니아 공대의 친구들이 개발한 마이크로카메라가 있는데, 그걸 가지고 거미가 움직이는 모습을 찍었지요. 가장 잘된 장면을 삽입한 겁니다. 여러분 같은 직업을 가진 분이라면 어떤 걸 마이크로카메라로 찍었고 어떤 걸 스튜디오에서 실제 크기로 찍었는지 구분할 수 있겠죠. 이제 제가 왜 외계인이 처음 대본처럼 문어가 아니라 곤충이어야 한다고 했는지 아실 겁니다."

"그리고 보니 홍보라는 측면에서 생각하면 한 가지 걱정이 있어요. 괴물이 글로리아를 납치하는 장면 있잖아요. 검열에서…… 그러니까 지금 이대로라면 겉모습이 꼭……."

"아, 걱정할 필요 없어요! 일부러 그렇게 보이라고 한 거니까요. 어쨌든 다음 편집본에서는 글로리아를 납치한 목적이 해부라는 걸 명확히 보여 줄 테니 괜찮을 거예요."

"이건 혁명이야!"

아르비는 벌써부터 쏟아지는 수익금이 눈에 선한 듯 꿈꾸는 듯한 눈빛으로 기분 좋게 외쳤다.

"이 봐, 홍보에 100만 달러를 더 투입하자고! 포스터가 눈앞에 떠오르는구먼. 받아 적게, 토니. 하늘을 조심해라! 시리우스인들이 온다! 그리고 기계 모형을 수천 개는 만들어서…… 털이 수북한 다리로 걸어 다니는 모습이 상상이 되지 않나! 사람들은 무섭게 해 주는 걸 좋아하니까 무섭게 해 주자고. 영화가 끝날 때쯤엔 하늘만 쳐다봐도 소름이 돋을 거야! 자, 그러면 그렇게 합시다…… 이 영화는 역사에 길이 남을 걸세!"

그는 옳았다. 두 달 뒤, 「우주에서 온 괴물」은 대중에 공개되었다. 런던과 뉴욕에서 동시에 시사회를 연 뒤 일주일도 되지 않아 서구 사회에서 "조심해라, 지구여!"라고 씌어진 포스터를 보지 못했거나 가늘고 관절이 많은 다리로 황량한 5번가를 활보하는 털북숭이 괴물의 사진에 몸을 떨어 보지 않은 사람은 없었다. 하늘을 나는 우주선처럼 보이도록 절묘하게 만든 비행선은 마주치는 비행기 조종사들을 큰 혼란에 빠뜨렸고, 외계인 침략자 기계 모형은 곳곳에서 나이 지긋한 숙녀들을 혼비백산하게 만들었다.

홍보 활동은 정말 뛰어났다. 영화가 수개월 동안 상영되리라는 것에는 의심의 여지가 없었다. 예상하지 못했던 것만큼이나 우연에 가까운 재난이 일어나지만 않았더라면. 영화관에서 기절하는 사람의 숫자가 아직도 뉴스거리가 되고 있던 어느 날, 가늘고 긴 그림자가 빠른 속도로 구름을 뚫고 지구의 하늘을 가득 메웠던 것이다…….

제르바시니 왕자는 훌륭한 성품을 지녔지만, 이미 잘 알려진 그들 종족 특유의 특성상 충동적으로 행동하는 경향이 있었다. 지구라는 행성과 평화롭게 접촉한다는 현재 임무가 어떤 문제가 되리라고 예상할 이유는 어디에도 없었다. 제3은하제국이 행성과 항성을 하나씩 흡수해 가면서 천천히 세력을 확장해 온 수천 년 동안 올바른 접촉 기술이 통하지 않았던 적은 없었다. 문제가 생기는 일은 거의 없었다.

진정 지성이 있는 종족은 일단 우주에 그들 홀로 있는 게 아니라는 충격적인 사실을 받아들이기만 하면 항상 협력했다.

이 종족이 원시적이고 호전적인 단계에서 인간성을 발달시킨 지 불과 몇 세대밖에 지나지 않은 건 사실이었다. 그러나 제르바시니 왕자의 고문인 우주정치학 교수 시기스닌 2세는 걱정하지 않았다.

시기스닌 2세가 말했다.

"전형적인 E급 문화입니다. 기술은 진보했지만 도덕은 다소 뒤져 있습니다. 하지만 이미 우주여행이라는 개념에 익숙하고 곧 이를 당연히 여길 겁니다. 일반적인 주의 사항만 지킨다면 충분히 그들의 신뢰를 얻을 수 있습니다."

"좋아. 즉시 사절을 파견하게."

왕자가 말했다.

불행히도 "일반적인 주의 사항"에는 외계 공포증의 신기원을 이룩한 토니 아울바크의 홍보 활동이 들어 있지 않았다. 사절단이 뉴욕의 센트럴파크에 착륙한 바로 그날 저명한 천문학자 한 명이 돈이 심하게 궁한 나머지 유혹에 넘어가 지구를 방문하는 외계인은 십중팔구 비우호적일 거라고 인터뷰한 내용이 널리 방송되었다.

유엔 건물로 향하던 불운한 사절단은 남쪽으로 가다가 60번가에서 군중과 마주쳤다. 최초의 조우는 아주 일방적으로 사절단을 죽음으로 몰고갔다. 자연사박물관의 과학자는 남겨진 시체에서 조사할 것이 거의 남아 있지 않다고 화를 냈다.

제르바시니 왕자는 한 번 더 시도했다. 행성 반대편에서였지만 소식이 더 빨랐다. 이번에는 사절단도 무장했고 방문 목적도 밝혔지만 결국 수적으로 압도당하고 말았다. 그럼에도 불구하고 왕자는 침착했다. 하지만 폭탄을 실은 로켓이 함대를 향해 발사되자 마침내 극단적인 수단을 취하기로 결정했다.

모든 일은 20분 만에 아무 고통 없이 끝났다. 상황 종료 후 왕자는 무심한 태도로 고문을 향해 물었다.

"이제 된 것 같군. 도대체 뭐가 잘못되었는지 설명해 줄 수 있나?"

시기스닌 2세는 비탄에 빠져 괴로워하며 12개의 유연한 손가락을 서로 꼬았다. 깔끔하게 소독된 지구의 황폐한 모습도 모습이었지만 과학자에게 그런 아름다운 종족의 파괴는 언제나 끔찍한 비극이었다. 자기 이론과 함께 명성까지 파괴됐다는 사실도 마찬가지로 당황스러웠다.

그는 탄식했다.

"이해가 안 됩니다! 물론 이 정도의 문화 수준에 다다른 종족이 최초의 접촉에 직면했을 때 의심하거나 신경질적이 되는 경우는 있습니다. 하지만 전에 방문자를 맞아 본 적이 없기 때문에 적대적일 이유가 없단 말입니다."

"적대적이라고! 저자들은 악마였어! 난 그들이 모두 미쳤다고 생각하네."

왕자는 뜨개질바늘 세 개가 꽂혀 있는 털실 뭉치처럼 생긴 삼족류 생물인 함장을 향해 말했다.

"함대는 재집결했나?"

"네, 전하."

"그러면 적정 속도로 기지를 향해 항해한다. 이 행성은 정말 우울하게 하는군."

　죽음과 침묵이 휘감고 있는 지구에서는 여전히 수천 개의 게시판에 붙은 포스터가 비명을 지르며 경고하고 있었다. 하늘에서 쏟아져 내려오는 곤충 모양의 사악한 외계인은 제르바시니 왕자와 전혀 닮지 않았다. 눈이 네 개라는 걸 빼면 왕자는 보라색 판다로 오해받을 정도였다. 게다가 고향도 시리우스가 아니라 리겔이었다.

　물론 이 사실을 지적하는 건 이미 뒤늦은 일이었다.

무기 경쟁 |Armaments Race|

1954년 4월, 《어드벤처(Adventure)》에 첫 게재.
『하얀 사슴의 이야기(Tales from the White Hart)』에 재수록.

이 이야기는 할리우드의 조지 팔과 만난 뒤 영감을 얻은 것이다. 그는 당시 「우주 전쟁」에서 특수 효과를 담당하고 있었다. 빌 템플은 사실 유명한 과학소설 작가인 윌리엄 F. 템플이다.

내가 여러 차례에 걸쳐 이야기했듯이, 지금껏 그 누구도 '하얀 사슴'의 훌륭한 이야기꾼인 해리 퍼비스의 입을 잠시나마 다물게 하지 못했다. 그의 과학적 지식에 대해서는 의심의 여지가 없었다. 하지만 도대체 어디서 그런 정보를 얻는 걸까? 그가 언급하는 수많은 왕립학회 회원들과 친하다는 사실은 증명할 수 있을까? 인정하고 넘어가야 겠지만, 그가 하는 이야기를 한마디도 믿지 않는 사람도 많다. 하지만 내가 최근에 빌 템플에게 다소 강한 어조로 이야기했듯이 그건 좀 지나치게 과한 듯싶다.

"자넨 항상 해리를 노리지. 하지만 그 친구가 사람들을 즐겁게 해 준다는 건 인정해야 해. 그건 우리가 생각하는 것 이상이라고."

내가 말했다.

"자넨 친분이 있어서 그러는 거야."

빌이 반박했다. 그는 얼마 전에 보낸 몇 편의 아주 진지한 소설을 미국인 편집자가 웃기지 않다는 이유로 돌려보냈다는 사실에 여전히 골이 나 있었다.

"밖에 나가서 똑같은 소릴 해 보라고."

그는 창밖을 힐끗 바라보더니 여전히 눈이 많이 오자 서둘러 덧붙였다.

"오늘은 말고. 여름이나 오면 보세. 수요일에 우리 둘 다 여기 있을 때 기회가 되면. 자네가 좋아하는 파인애플 주스 스트레이트 한 잔 더 하겠나?"

"고마워. 언젠간 여기에 진까지 더해 시켜서 놀라게 해 줘야겠군. 아무래도 내가 이 '하얀 사슴'에서 유일하게 술을 안 밝히는, 그리고 안 먹는 사람이 분명한 것 같아."

내가 말했다.

대화는 여기서 끝났다. 바로 그때 조금 전 대화의 당사자가 들어왔기 때문이다. 일반적이라면 여기서 논쟁에 더 불이 붙게 마련이었지만, 해리가 모르는 사람과 함께 있었기 때문에 우리는 예의 바르게 굴기로 했다.

해리가 말했다.

"잘 있었나, 친구들. 여긴 내 친구 솔리 블룸버그일세. 할리우드에서 최고의 특수 효과 전문가지."

"정확하게 말해야지, 해리."

블룸버그 씨가 한 대 후려 맞은 스패니얼이 낼 법한 목소리로 음울하게 말했다.

"할리우드에서가 아니라 할리우드 밖에서일세."

해리가 됐다는 듯이 손을 휘저었다.

"좋은 게 좋은 거지. 솔리는 영국 영화 산업에 재능을 쏟아붓기 위해서 왔다네."

"영국에 영화 산업이 있나? 스튜디오에서는 아무도 그런 얘길 못 하던데."

솔리가 불안한 표정으로 말했다.

"당연히 있지. 게다가 아주 번성하고 있는 중이야. 정부는 엔터테인먼트 사업에 세금을 과하게 부과해서 파산하게 만들지. 그리고 나서는 엄청난 지원금을 쏟아부어 살려 놓는 거야. 그게 우리나라에서 일을 하는 방식이라고. 어이, 드루, 방명록은 어디 있나? 그리고 우리 둘 다 더블로 한 잔씩 줘. 솔리는 힘든 일을 겪었다고…… 기운을 좀 차려야 해."

내가 보기엔 어딘가 비열해 보이는 표정을 제외하면 블룸버그 씨가 아주 힘든 일을 겪었다고 말하기에는 힘든 모습이었다. 그는 하트 샤프너 막스 정장을 단정하게 입고 있었다. 셔츠의 양쪽 칼라 끝은 가슴 가운데께 주의 깊게 단추로 채워져 있었는데, 넥타이를 가리는 듯 하면서도 은근슬쩍 드러내 보였다. 나는 무슨 문제인지 궁금했다. 또 할리우드 좌파 인사 색출에 관한 이야기만 아니기를 하고 기도했다. 만약 그 문제라면 지금 조용히 구석에서 체스판에 몰두해 있는 우리의 사랑스러운 공산주의자의 발등을 걷게 될 터였다.

우리는 모두 안타깝다는 소리를 냈고, 존이 다소 찌르는 듯한 말투로 말했다.

"가슴속 이야기를 털어놓으면 도움이 될지도 몰라요. 여기서 다른 사람의 이야기를 들을 수 있다는 건 상당한 변화죠."

해리가 즉시 끼어들었다.

"겸손해 하지 말게, 존. 난 아직 자네 이야기에 질리지 않았어. 하지만 솔리가 그 이야기를 반복할 기분인지는 모르겠군. 어떤가, 친구?"

"아니. 자네가 이야기해."

블룸버그 씨가 말했다.

("내 이럴 줄 알았어." 존이 내 귓가에 한숨을 쉬며 말했다.)

"어디서 시작할까…… 릴리언 로스가 인터뷰하러 왔을 때부터?"

해리가 물었다.

"그때만 아니라면 언제든 상관없어. 진짜 시작은 우리가 처음으로 「캡틴 줌」 시리즈를 만들었을 때였지."

솔리는 몸을 떨었다.

"「캡틴 줌」이오?"

누군가의 불길한 목소리였다.

"그 두 단어는 이곳에서 함부로 입에 담으면 안 되는 소리라고요. 설마 당신이 그 뭐라 말하기도 힘든 쓰레기를 만든 사람은 아니겠죠!"

"어이, 친구들!"

해리가 매끄러운 목소리로 사태를 진정시켰다.

"너무 심하게 굴지 말라고. 우리의 수준 높은 비평 기준을 모든 일에 적용할 수는 없잖나. 사람들도 먹고 살아야지. 게다가 수백만 명이나 되는 애들이 「캡틴 줌」을 좋아한다고. 어린아이들의 마음을 아프게 할 생각은 아니겠지? 게다가 곧 크리스마스란 말이야!"

"만약 애들이 정말로 「캡틴 줌」을 좋아한다면 마음뿐만이 아니라 목도 부러뜨리고 말겠어."

"정말로 계절에 어울리지 않는 생각이로군! 같은 영국인으로서 사과하네, 솔리. 어디 보자, 첫 번째 편의 제목이 뭐였지?"

"「캡틴 줌과 화성의 위협」."

"아 맞아. 그랬지. 공교롭게도 나는 왜 항상 화성이 우리를 위협하는지 궁금했다네. 그 웰스라는 사람이 시작한 거겠지. 언제가 화성이 우리를 명예 훼손으로 고소할지도 몰라…… 화성인도 똑같이 우리에게 무례했다는 사실을 증명하지 못하면 말이야. 내가 아직 「화성의 위협」을 보지 못했다고 말할 수 있어 기쁘군." ("난 봤어. 아직도 잊지 못하고 있다고."라며 누군가가 뒤에서 신음했다.)

"하지만 우리 관심사는 줄거리나 그런 게 아니야. 대본은 윌셔 가에 있는 한 바에서 남자 셋이서 썼어. 작가들이 술에 취했기 때문에 위협이 그런 식으로 이루어졌는지, 아니면 그 위협에 직면할 용기를 내기 위해 취해야 했는지는 아무도 모르네. 헷갈려도 상관없어. 솔리는 감독이 요구한 특수 효과에만 관심 있었으니까.

우선 화성을 만들어야 했어. 그래서 솔리는 30분 동안 「우주 정복」이라는 영화를 보고 스케치했어. 목공들은 스케치를 가지고 말도 안 되게 많은 별이 떠 있는 허공에 푹 익은 오렌지를 하나 띄워서 화성을 만들었어. 그것까지는 쉬웠지. 화성인의 도시는 그렇게 간단하지 않았어. 완전히 이질적이면서도 그럴듯한 건축에 대해 생각해 보라고. 난 그게 가능한지도 의심스러워. 그럴듯해 보인다는 건 이미 지구에도 비슷한 게 있다는 소리잖아. 결국 스튜디오에 지어낸 건 프랭크로이드 라이트의 손길이 닿은 비잔틴 양식 같은 건물이었어. 문이 아무 데도 연결되어 있지 않다는 건 중요하지 않았어. 대본대로 칼싸움을 하고 이런저런 재주를 부릴 수 있는 방만 충분하면 되니까.

맞아…… 칼싸움을 하지. 원자력과 죽음의 광선, 우주선, 텔레비전 같은 문명의 이기가 있어도 웬일인지 캡틴 줌과 사악한 황제 클러그가 싸울 때는 시대가 몇 세기 거슬러 올라가는 거야. 병사들이 치명적인 광선총을 들고 둘러싸고 있지만 절대로 사용은 안 해. 아니, 절대로 안 하지는 않지. 가끔씩 광선이 빗발처럼 캡틴 줌을 쫓아가고 바지를 태워 먹지만, 그게 전부야. 내가 보기엔 광선이 빛보다 빨리 움직이지 못해서 캡틴 줌이 더 빨리 뛰는 것 같아.

어쨌든 그 장식품에 불과한 광선총 때문에 다들 꽤 골치를 썩는단 말이야. 할리우드에서 사소한 부분에 엄청나게 신경을 쓴다는 게 웃기지 않나. 정작 영화는 쓰레기인데 말이야. 캡틴 줌의 감독도 광선총에 꽤 신경을 썼어. 솔리가 마크 I을 디자인했는데, 바주카와 나팔총을 섞어 놓은 모양이었지. 솔리는 나름대로 만족했고 감독도 그랬어, 하루 정도는. 그랬는데 갑자기 그 대단한 작자가 화를 내면서 스튜디오로 뛰어 들어온 거야. 손에는 손잡이하고 렌즈, 레버가 달린 기분 나쁘게 생긴 보라색 플라스틱을 들고 있었어. 그자가 외쳤어.

'이걸 봐, 솔리! 우리 애가 슈퍼마켓에서 받아 온 거야. 크런치를 사면 받을 수 있대. 뚜껑 열 개를 모으면 하나 준다는 거지. 빌어먹을, 우리 것보다 더 좋잖아! 게다가 작동도 한다고!'

그가 레버를 누르자 가느다란 물줄기가 세트장을 가로질러 캡틴 줌의 우주선 뒤로 사라지면서 거기 있어서는 안 될 담뱃불 하나를 꺼뜨렸어. 화가 난 일꾼 한 명이 에어 로크에서 나왔다가 물을 쏜 게 누구인지를 보고는 노조 운운 중얼거리면서 재빨리 사라졌지.

솔리는 짜증이 났지만 전문가다운 눈으로 광선총을 조사했어. 맞아. 분명히 그가 지금까지 내놓은 것보다 훨씬 더 인상적이었지. 솔리는 사무실로 돌아가 방법을 강구해 보기로 했어.

그렇게 나온 마크 II에는 모든 기능이 들어 있었어. 심지어 텔레비전 화면도 말이야. 돌격하는 히코덤과 갑자기 마주쳤을 경우, 캡틴 줌은 그저 총의 스위치를 켜고 튜브가 예열되기를 기다렸다가, 채널 조정기를 점검하고 동조회로를 조정하고 초점을 살짝 맞춰 주고 조준기를 만지작거린 뒤에 방아쇠를 당기면 되는 거야. 캡틴 줌이 믿을 수 없을 정도로 반응 속도가 빠른 사람이라 다행이었지.

감독은 깊은 인상을 받았고, 마크 II는 생산에 들어갔어. 클러그 황제의 악랄한 군대가 쓰는 약간 다른 모델인 마크 IIa도 만들어졌지. 양쪽이 똑같은 무기를 쓴다는 건 안 될 말이었지. 판데믹 프로덕션은 정확성에 아주 까다롭다고 아까 말했잖아.

첫 번째 촬영, 아니 그 이후까지도 무사히 진행됐어. 배우들이 연기할 때는, 그걸 연기라고 해도 되는지 모르겠지만, 하여튼 마치 실제로 뭔가 벌어지고 있는 것처럼 총을 겨누고 방아쇠를 당겨야 하잖아. 하지만 불꽃하고 광선은 나중에 포트 녹스(미국 켄터키 주에 있는 금괴 보관소 — 옮긴이)만큼이나 보안이 철저한 암실에서 두 명의 작은 친구들이 필름에 입혔다고. 그 친구들은 일을 잘했어. 그런데 얼마 뒤에 제작자가 또 과도하게 발달한 예술가적 양심에 뭔가가 찔렸어.

제작자가 솔리에게 말했어. '즙 많은 시리얼', 크런치(실제 발사 가능!) 제공의 끔찍한 플라스틱 장난감을 만지면서 말이야. '솔리, 난 아직도 총에서 뭔가 나온다면 좋겠어.' 솔리가 제때 피하는 바람에 물줄기는 머리 위로 날아가서 로엘라 파슨스에서 나온 촬영기사 한 명에게 세례를 주었지.

'처음부터 다시 찍겠다는 건 아니겠죠?' 솔리가 애처롭게 말했어.

'아니지.' 제작자는 그러고 싶은 눈치였지만 이렇게 대답했어. '있는 걸 사용해야겠지. 하지만 왠지 가짜처럼 보인단 말이야.' 그는 책상 위의 대본을 뒤적이더니 얼굴빛이 밝아졌다.

'이제 다음 주면 54회분을 촬영하잖아. 「달팽이 인간의 노예」 말이야. 음, 달팽이 인간도 총을 가져야 하니까, 자네는……'

마크 III(잊고 빠뜨린 총이 있었던가? 좋아, 아직 없군.)을 만드느라 솔리는 고생을 많이 했지. 완전히 새로운 디자인이어야 할 뿐만 아니라 방금 자네들도 들었듯이 '뭔가 쏴야' 했으니까. 이건 솔리의 능력에 대한 도전이었어. 그러나 토인비 교수의 말을 인용하자면 그건 적절한 응답을 야기한 도전이었지.

마크 III에는 일종의 동력 장치가 필요했어. 다행히 솔리는 예전에 비슷한 상황에서 도움을 받았던 뛰어난 기술자를 한 명 알았지. 그 사람이야말로 보이지 않는 조력자였던 거야. ("진정 그랬지!" 블룸버그 씨가 음울하게 말했다.) 원리는 이랬어. 작지만 아주 강한 송풍기를 돌려서 제트 기류를 만들어 낸 다음에 아주 섬세한 가루를 넣어서 뿌리는 거야. 조정만 정확히 되면 굉장히 멋진 빔이 나가지, 소리도 훨씬 더 인상적이고. 연기가 더 현실과 비슷해지니까 배우들은 겁을 먹었어.

제작자는 좋아했지, 사흘 동안은 말이야. 그러더니 또 끔찍한 의심에 휩싸였어. 그가 말했어.

'솔리, 저 총은 정말 좋아. 달팽이 인간이 캡틴 줌을 그냥 이길 수 있을 정도라고. 캡틴 줌에게 더 좋은 걸 안겨 줘야겠어.'

이쯤 되자 솔리는 무슨 일이 벌어지고 있는지 깨달았어. 솔리는 무기 경쟁에 엮이고 만 거야.

어디 보자, 그 결과 나온 게 마크 IV지, 맞나? 그건 어떻게 작동했지? 아, 맞아. 기억나는군. 산소 아세틸렌 불꽃이었지. 불꽃을 아름답게 만들려고 온갖 화학물질을 집어넣었지. 먼저 그 얘기를 할 걸 그랬군. 50회인 「데이모스의 운명」부터 캡틴 줌 시리즈는 흑백에서 유색으로 바뀌었네. 엄청난 가능성이 열린 거지. 구리나 스트론튬, 바륨을 불꽃에 넣기만 하면 원하는 색을 낼 수 있으니까.

이쯤에서 제작자가 만족했다고 생각한다면, 그건 할리우드를 모르고 하는 소리야. '예술을 위한 예술'이라는 표어를 보고 냉소를 날리는 사람도 있겠지만, 이런 태도는 사실과 부합하지 않는다고 말하고 싶네. 미켈란젤로나 렘브란트, 티치아노 같은 옛날 사람들이 판데믹 프로덕션만큼 많은 시간과 노력과 돈을 완벽을 추구하는 데 썼던가? 내 생각엔 아니야.

「캡틴 줌」이 계속되는 동안 솔리와 그 뛰어난 기술자 친구가 마크 시리즈를 몇 개나 만들었는지 기억하고 있다고는 말 못하겠어. 그중 하나는 색깔 있는 연기 고리를 발사하는 총이었지. 엄청 크지만 별 위력 없는 불꽃을 만들어 내는 고주파 발생기도 있었고. 아주 멋진 곡선 빔이 나가는 것도 있었지. 물줄기 안에서 빛이 반사되는 원리였는데 어두울 때 보면 정말 장관이야. 그리고 드디어 마크 XII가 있다네."

"마크 XIII이야."

블룸버그 씨가 말했다.

"맞아…… 이렇게 멍청할 수가! 바로 그 숫자였지! 마크 XIII은 사실 휴대용 무기가 아니었어. 다른 것들은 상상력만 많이 발휘한다면 휴대용이 될 수도 있지만 말일세. 지구를 복종시키기 위해 포보스에 설치한 사악한 장치지. 솔리가 한 번 설명해 주긴 했는데, 내 머리가 단순해서 과학적인 원리는 그만 잊어버렸어……. 하지만 「캡틴 줌」을 만드는 지성인들과 내 두뇌를 비교할 수는 없잖아? 난 그저 그 광선의 위력만 알려 줄 수 있을 뿐이야. 어떻게 하느냐가 아니라. 먼저 불운한 우리 지구의 대기에서 연쇄 반응을 일으켜 질소와 산소가 결합하게 해. 지구 생명체에 엄청나게 해로운 효과가 일어나지.

그렇게 굉장한 마크 XIII의 세세한 모습을 재능 있는 조수에게 맡긴 게 유감스러운 일인지 잘된 일인지는 모르겠어. 내가 그 친구에게 상당히 오랫동안 물어봤는데, 높이가 1.8미터고 5미터짜리 망원경과 대공포를 합쳐 놓은 것처럼 생겼다는 얘기가 고작이었거든. 별로 도움은 안 되지 않나?

또 그 괴물 안에는 진공관이 많이 들었고 굉장히 큰 자석이 들어 있다고도 했어. 분명히 그게 해롭지는 않지만 인상적인 전기 아크를 만들어 낸다고 했는데, 자석에 의해서 갖가지 재미있는 모양으로 변할 수 있다고 했지. 이러니 저러니 해도 만든 사람이 그렇다는데 부정할 이유는 없잖아.

솔리는 마크 XIII을 시험할 때 스튜디오에 있지 않았어. 성가시게도 그날 멕시코에 가야 했는데, 불운이라고 생각했지만 나중에야 운이 좋았던 걸 알게 됐지. 정말 운이 좋지 않았나, 솔리! 솔리는 그날 오후 친구에게서 장거리 전화가 오기를 기다리고 있었는데 예상하지 못한 연락이 왔지.

부드럽게 표현하자면, 마크 XIII은 성공했어. 무슨 일이 일어났는지 아무도 정확히 몰랐지. 하지만 기적적으로 아무도 목숨을 잃지 않았고 소방관들도 인접한 스튜디오를 구할 수 있었어. 사실 여부는 논쟁의 여지가 있지만 믿을 수 없는 사건이었어. 마크 XIII은 가짜 죽음의 광선을 쏴야 정상인데, 그만 진짜로 밝혀진 거야. 뭔가가 프로젝터에서 나와 아무 저항도 없다는 듯 스튜디오를 관통한 거야. 잠시 후엔, 정말로 아무 저항이 없어졌지. 벽에 거대한 구멍이 난 거야. 가장자리에서는 연기가 나기 시작했고, 그때 지붕이 무너졌지…….

단순한 실수였을 뿐이라고 연방 수사국을 납득시키지 못한다면 나라를 떠나는 수밖에 없었어. 아직까지도 국방부와 원자력 에너지 위원회에서 나온 사람들이 잔해에 모여들고 있다네…….

자네들이 솔리의 입장이라면 어떻게 하겠나? 결백하지만 어떻게 그걸 증명하지? 돌아가서 당당히 맞설 수도 있어. 그런데 솔리가 48년에 한때 고용했던 사람이 해리 월러스를 위해 선거 운동을 했다는 사실이 떠올랐지 뭐야. 그러면 설득력이 줄어들지도 모르잖아. 게다가 솔리는 「캡틴 줌」에도 진력이 나 있었어. 그래서 여기로 왔지. 빈자리가 있는 영국 영화사 좀 아는 사람 없나? 하지만 제발 사극만 하는 곳으로 말이야. 석궁보다 신형인 무기는 절대로 건드리지 않을 테니까."

해저 목장 |The Deep Range|

1954년 4월 《아거시(Argosy)》에 첫 게재.
『행성 지구의 이야기』에 재수록.

고래를 사육한다는 생각은 아직 실현되지 않았고 앞으로도 가능할지 의문이다. 지난 10년 동안은 대부분의 유럽인과 미국인들이 차라리 개나 고양이로 만든 햄버거를 먹을지언정 고래는 먹지 않겠다고 할 정도로 고래를 위한 홍보가 아주 잘 이루어졌다. 2차 세계 대전 중에 나는 한 번 고래 고기에 도전해 본 적이 있다. 마치 질긴 쇠고기 같은 맛이었다. 1957년에 나는 이 단편을 같은 제목의 장편으로 개작했다.

근처에 멋대로 돌아다니는 살인자가 있었다. 그린란드에서 800킬로미터 떨어진 곳에서 순찰 헬기가 파도에 휩쓸려 바다를 선홍빛으로 물들이고 있는 거대한 시체를 발견한 것이다. 몇 초 이내에 복잡한 경고 시스템을 통해 경보가 발동되었다. 사람들은 북대서양 해도 위에 원으로 구역을 표시하고 계수기들을 이동시켰다. 그리고 돈 벌리는 여전히 졸린 눈을 비비며 스무 길 아래로 조용히 잠수하고 있었다.

자동 경고 장치의 녹색 불빛은 그가 안전하다는 뜻이었다. 녹색 불빛이 변하지 않는 한, 그 에메랄드 빛 별들 중 하나가 붉게 물들지 않는 한 돈과 그의 작은 잠수정은 안전했다. 공기와 연료와 동력. 이들은 돈의 인생을 지배하는 3인조였다. 이 중 하나라도 문제가 생긴다면, 그는 지난번에 조니 틴달이 그랬듯이 쇠로 만든 관 속에 갇혀 바다 밑바닥으로 가라앉아 버리고 말 것이다. 하지만 문제가 생길 리는 없었다. 돈이 위안 삼아 혼잣말로 중얼거렸듯이 예측이 가능한 사고는 절대로 일어나지 않는 법이다.

그는 조그만 제어판을 향해 몸을 기울인 채 마이크에 대고 말했다. 서브 5호는 아직 모선에 가까워 무선통신이 작동했지만, 얼마 지나지 않아 수중 음파탐지기로 바꾸어야 했다.

"경로 설정 255, 속도 50노트, 깊이 20길, 음파탐지기 도달 범위에 있음……. 목표 지점까지 예상 시간은 70분……. 10분 간격으로 보고하겠다. 이상."

허먼 멜빌 호가 곧바로 되돌려 준 응답 신호는 거리가 멀어지면서 벌써 약해지고 있었다.

"잘 알아들었다. 사냥 잘하기를. 사냥개들은 어떻게 할 생각이지?"

돈은 입술을 깨물며 생각에 잠겼다. 혼자서는 처리할 수 없는 일일지도 몰랐다. 사방 80킬로미터 이내 어디에 벤지와 수전이 있는지 그는 전혀 몰랐다. 신호를 보내기만 하면 분명히 따라올 테지만, 그의 속도를 계속해서 따라올 수는 없기 때문에 금세 뒤처질 터였다. 게다가 살인자 무리와 마주칠지도 몰랐고, 정성 들여 훈련시킨 돌고래를 위험에 빠뜨리고 싶지 않았다. 그게 상식적이고 현명한 판단이었다. 뿐만 아니라 그는 수전과 벤지를 아주 좋아했다.

"너무 멀어. 뭐랑 마주칠지도 모르고. 도착한 후에 녀석들이 근처에 있으면 부를 수 있겠지."

그가 대꾸했다.

모선으로부터의 응답 신호는 겨우 들릴 정도였다. 돈은 통신기를 껐다. 이제는 주위를 살펴볼 시간이었다.

그는 탐지기 화면이 더 명확하게 보이도록 선실의 불빛을 어둡게 한 뒤 폴라로이드 안경을 쓰고 바닷속을 살펴보았다. 바로 이 순간이면 자신이 신이 된 것처럼 느꼈다. 대서양 속 반경 30킬로미터의 바다가 손 안에 있었고, 아직 아무도 탐사한 적이 없는 3000길 아래의 심해까지 명확하게 내려다볼 수 있었다. 가청 영역 바깥의 음파가 빛이 절대로 침입해 오지 못하는 영원한 어둠의 세상 속을 천천히 회전하면서 아군과 적군을 탐색하고 있었다. 인간보다 100만 년 먼저 음파탐지기를 발명한 박쥐들에게조차도 날카롭게 들릴 만한 음파가 어두운 물속에서 고동치며 나아갔다. 화면에 청록색의 반점이 부유하듯 나타나면서 희미한 반향이 울렸다.

오랜 경험을 통해 돈은 그게 의미하는 바를 어렵지 않게 읽을 수 있었다. 300미터 아래, 물속에 잠긴 그의 시야까지 뻗어 있는 것은 소리를 반사하는 산란층, 다시 말해 세상의 절반을 덮고 있는 생물층이었다. 바다의 목초지라 할 수 있는 그것은 태양의 움직임에 따라 위아래로 움직이면서 언제나 어둠의 경계 근처에 떠 있었다. 하지만 그런 궁극의 심해는 그가 관여할 곳이 아니었다. 그가 지키는 무리와 적들은 좀 더 높은 층에 있었다.

돈은 깊이 조정기의 스위치를 조작해서 음파탐지기의 음파가 수평면에 집중되도록 바꿨다. 심연에서 들려오던 희미한 반향이 사라졌고, 대양의 상층부에 있는 그의 주변 물체를 더 잘 볼 수 있게 되었다. 3킬로미터 앞쪽의 구름은 물고기 떼였다. 기지에서 알고 있는지 궁금해서 대장에 기록을 남겼다. 물고기 떼의 가장자리에 홀로 떨어져 있는 더 큰 영상이 있었다. 먹이를 쫓는 육식동물. 끝없이 돌고도는 삶과 죽음의 바퀴는 절대로 회전을 늦추지 않는다는 점을 확인시켜 주는 듯한 장면이었다. 그러나 이런 싸움은 돈의 관심사가 아니었다. 그는 더 큰 것을 쫓고 있었다.

바다를 누볐던 그 어떤 생물보다도 빠르고 위협적인 서브 5호는 서쪽으로 향했다. 계기판에서 나오는 깜빡이는 빛만으로 밝혀진 조그만 선실은 회전하며 물을 밀어내는 터빈의 움직임에 따라 고동쳤다. 돈은 해도를 힐끗 보고는 이 시기에 적이 어떻게 뚫고 들어왔는지 궁금해 했다. 대양에 울타리를 치는 일은 거대한 규모의 작업인지라 약한 부분이 여전히 많았다. 수 킬로미터씩 떨어진 발전기 사이에 펼쳐진 얇은 전기층은 굶주린 심해의 괴수들을 궁지에 몰아넣기에 아직 부족했다. 포식자들도 학습을 하고 있었다. 울타리가 열리면, 가끔씩 놈들은 고래에 섞여 슬쩍 들어와 발견되기 전까지 분노를 터뜨리며 사정없이 약탈해 댔다.

장거리 수신기가 신호를 냈고, 돈은 스위치를 '출력'에 맞췄다. 초음파로 음성을 전송하는 건 실용적이지 못했기 때문에 부호가 다시 제 역할을 찾았다. 돈은 부호를 듣고 이해하는 방법을 배우지 못했지만 기계에서 나오는 종이 띠가 그런 수고를 덜어 주었다.

헬기 보고에 의하면 50에서 100마리 정도의 고래 무리가 95도 방향으로 이동 중. 좌표 X186475 Y438034. 급히 움직이고 있음. 여기는 멜빌 호. 이상.

돈은 좌표를 바꾸려다가 그럴 필요가 없음을 깨달았다. 화면 구석에 희미한 별들의 무리가 나타났던 것이다. 그는 약간 경로를 수정하고 다가오고 있는 무리를 향해 움직였다.

　헬기가 옳았다. 무리는 빠르게 움직이고 있었다. 돈은 점차 흥분했다. 이건 고래 무리가 도망치고 있는 중이며 살인자를 그쪽으로 끌어오고 있다는 뜻이기 때문이었다. 5분이면 돈은 저들과 같은 속도로 무리 안에 낄 수 있었다. 그가 동력을 끊자, 바다가 그를 뒤로 당기며 빠르게 멈춰 세우는 느낌이 들었다.

　갑옷 입은 기사, 돈 벌리는 찬란한 대서양 파도의 15미터 아래에 있는 침침한 선실에 앉아서 다가올 싸움에 대비해 무기를 점검하고 있다. 싸움이 시작되기 직전, 긴장이 고조된 이런 순간들에 질주하는 그의 두뇌는 이런 환상을 즐기곤 했다. 그는 여명이 밝아 올 때까지 가축을 보호하던 양치기들에게 친근감을 느꼈다. 그는 고대 팔레스타인의 언덕에서 아버지의 양들을 잡아먹을 사자를 경계하던 다윗과 같았다. 그러나 시간적으로, 그리고 정서적으로 좀 더 가깝게는 불과 몇 세대 전에 미국의 평원에서 거대한 가축의 무리를 인도하던 사람들과 같았다. 비록 돈이 사용하는 도구는 그들에게 마술처럼 보였겠지만, 그들은 돈의 일을 이해했을 것이다. 규모가 바뀌었다 뿐이지 하는 일은 같았다. 돈이 감시하는 짐승이 거의 100톤이나 나가고 끝도 없는 바다라는 초원에서 풀을 뜯는다고 해도 결국엔 같은 일이었다.

　무리는 이제 3킬로미터도 떨어져 있지 않았다. 그는 탐지기의 회전을 멈추고 앞쪽 구역에 집중했다. 화면에 나타난 그림은 음파가 좌우로 움직이기 시작하면서 부채꼴 모양으로 바뀌었다. 이제 그는 무리에 있는 고래의 수를 셀 수도, 심지어 각각의 크기도 대강 짐작할 수 있었다. 잘 훈련된 눈으로 그는 부랑자를 찾기 시작했다. 왜 자신이 그 즉시 무리의 남쪽 가장자리에 있는 네 개의 반향에 끌렸는지 설명할 수 없었다. 그 녀석들이 나머지와 조금 떨어져 있는 건 사실이었지만, 다른 녀석들도 그 정도 뒤떨어진 적은 있었다. 음파탐지기의 화면을 오랫동안 들여다보고 있으면 저절로 생기는 육감이란 게 있었다. 움직이는 무리를 보고서 응당 그래야 하는 것 이상으로 알아채게 되는 육감이었다. 무의식적으로 돈은 제어판을 조작해 터빈을 다시 회전시켰다. 서브 5호가 막 움직이기 시작했을 때, 마치 누가 들어오겠다고 문을 두드리기라도 하는 양 둔중한 충격이 선체를 세 번 울렸다.
"이런, 놀랐잖아. 여긴 어떻게 알고 온 거냐?"
돈이 말했다. 그는 TV를 켜지도 않았다. 벤지의 신호는 어디서나 알아들을 수 있었다. 이 돌고래는 마침 근처에 있다가 그가 사냥 신호를 보내기도 전에 그를 알아본 게 틀림없었다. 수없이 느끼는 것이지만, 그는 녀석들의 지능과 충실성에 감탄했다. 땅위에서는 개에게, 바다에서는 돌고래에게 자연이 똑같은 재주를 두 번이나 부렸다는 건 신기한 일이었다. 도대체 이 우아한 바다짐승은 왜 자신들이 빚진 것 하나 없는 인간을 이렇게 따르는 것일까? 그건 사람들로 하여금 인류에게는 역시 그런 헌신적인 이타심을 자극할 만한 뭔가가 있을지도 모른다고 느끼게 했다.
수세기 전부터 돌고래에게는 개에 못지않은 지능이 있어서 꽤 복잡한 구두 명령도 알아들을 수 있다고 알려져 왔다. 실험은 아직 진행 중이었지만, 만약 성공한다면 양치기와 양 치는 개의 오래된 협력 관계가 새로운 모습으로 삶을 이어 가게 될지도 몰랐다.
돈은 잠수정의 외피에 있는 스피커를 켜고 호위 돌고래들에게 말했다. 그가 말하는 소리는 대부분 인간에게 무의미한 소리로, 세계 식량청의 동물 심리학자들이 다년간의 연구 끝에 내놓은 결과물이었다. 그는 돌고래들이 확실히 알아듣도록 명령을 두 번 반복한 후 음파탐지기 화면으로 벤지와 수전이 시킨 대로 후미에서 따라오는지 확인했다.

그의 주의를 끌었던 반향 네 개는 점점 명확해지며 가까워졌고, 고래 무리는 거의 그를 지나쳐 동쪽으로 갔다. 부딪칠 수도 있다는 걱정은 하지 않았다. 이 거대한 동물은 혼란스러운 상태에 있더라도 그가 고래를 느끼는 것만큼이나 쉽게 그의 존재를 감지했다. 비슷한 방법으로 돈은 신호를 보내야 할지 궁금했다. 고래들이 음향을 알아듣고 안심하겠지만, 아직 정체를 모르는 적도 알아들을지 몰랐다.

그는 마주칠 위치로 다가가면서, 그렇게 하면 탐지기에 나온 정보를 더 잘 볼 수 있기라도 하듯 화면 위로 몸을 낮게 구부렸다. 서로 좀 떨어진 커다란 반향이 둘 있었고, 하나에는 조금 작은 한 쌍이 붙어 있었다. 돈은 이미 늦은 게 아닌가 걱정했다. 마음속으로 1킬로미터 앞쪽의 바다에서 벌어진 죽음의 투쟁을 그릴 수 있었다. 더 작고 흐린 영상이 적일 터였다. 상어나 범고래일 적들이 고래 한 마리에 달려들어 물어뜯는 동안 동료 고래들은 강력한 꼬리를 빼고는 이렇다 할 무기도 없이 두려움 속에서 속수무책으로 있을 뿐이었다.

이제 돈은 시야를 확보할 수 있을 정도로 가까이 다가갔다. 뱃머리 쪽에 있는 서브 5호의 카메라가 어두운 곳에서 애를 썼지만 처음에는 안개 같은 플랑크톤밖에 보여 주지 못했다. 그러더니 거대한 그림자 같은 형태가 아래쪽에 조그만 적 둘과 함께 모습을 드러내기 시작했다. 돈은 이미 음파탐지기로 예상했던 장면을 더 정확하게 볼 수 있었지만, 일반적인 빛의 한계 때문에 범위는 제한되어 있었다.

거의 즉시 그는 실수를 알아차렸다. 붙어 다니던 조그만 녀석들은 상어가 아니라 고래 새끼였다. 쌍둥이를 데리고 다니는 고래를 본 건 처음이었다. 새끼를 여러 마리 낳는 현상이 알려지긴 했지만, 암컷 고래는 한 번에 오로지 두 마리에게만 젖을 줄 수 있으며 보통의 경우 더 강한 녀석만 살아남게 마련이었다. 그는 실망을 억눌렀다. 판단착오 탓에 시간을 낭비해 버렸고 이제 다시 수색을 시작해야 했다.

그때, 위험을 알리는 커다란 신호가 선체를 울렸다. 벤지를 겁먹게 하는 건 흔치 않았다. 돈은 소리를 질러 안심시키며 잠수정을 돌려 카메라로 물속을 비췄다. 그는 자동적으로 음파탐지기 화면에 있던 네 번째 영상(크기로 보아 다 자란 고래라고 생각했던 반향) 쪽으로 향했다. 그리고 결국 제대로 찾아왔음을 알았다.

"맙소사! 저렇게 큰 녀석도 있는 줄은 몰랐는걸."

그가 나지막한 목소리로 말했다.

예전에 더 큰 상어도 본 적이 있지만, 그 녀석들은 전혀 해롭지 않은 초식동물들이었다. 그는 힐끗 보는 것만으로 종류를 알 수 있었는데, 이 녀석은 북해의 살인자인 그린란드 상어였다. 보통 9미터까지 자라지만 이 녀석은 서브 5호보다도 컸다. 주둥이에서 꼬리까지 12미터에 달하는 상어는 그가 포착했을 때 이미 사냥에 성공할 찰나에 있었다. 비겁한 놈답게 상어는 새끼들 중 한 마리를 공격했다.

돈은 벤지와 수전에게 외쳤고, 돌고래들이 그의 시야로 뛰어드는 것을 보았다. 그는 잠깐 돌고래들이 왜 그렇게 상어를 증오하는지 의

아해 했다. 자동조종 시스템이 목표에 고정되자 그는 제어판에서 손을 뗐다. 서브 5호가 비슷한 크기의 바다 생물처럼 민첩하게 회전하면서 상어에 접근하기 시작하자, 돈은 자신의 무기에만 정신을 집중했다.

살인자는 먹이에 지나치게 정신이 팔린 나머지 벤지가 왼쪽 눈 뒤편에서 공격해 들어오는 것을 전혀 의식하지 못했다. 꽤 아픈 타격이 었을 게 분명했다. 시속 80킬로미터로 움직이는 250킬로그램의 근육이 받쳐 주는 단단한 주둥이는 아무리 큰 물고기라고 해도 가볍게 넘길 수 있을 만한 무기가 아니었다. 상어는 믿기 어려울 정도로 몸을 급격히 틀었고, 잠수정이 상어를 따라 갑자기 경로를 바꾸면서 돈은 의자에서 튀어나올 뻔했다. 이렇게 계속 움직인다면 '스팅'을 사용하기가 어려울 것이다. 그러나 적어도 살인자는 너무 정신이 없는 나머지 노리던 희생자에게 신경 쓸 여유가 없었다.

벤지와 수전은 성난 곰의 발치에서 달려드는 개처럼 거대한 상어를 괴롭히고 있었다. 돌고래들은 아주 빨라서 섬뜩한 턱에 걸려들지 않았고, 돈은 돌고래들의 협동 작업이 놀라웠다. 한 녀석이 숨을 쉬러 표면에 올라간 동안, 다른 녀석은 공격에 힘을 더할 수 있을 때까지 피해 다녔다.

돌고래는 단지 미끼일 뿐이고, 훨씬 더 위험한 적이 위에서 다가오고 있다는 사실을 상어가 알아챈 것 같지는 않았다. 돈에게는 잘된 일이었다. 만약 그가 최소한 15초 동안 안정된 방향을 유지하지 못하면 다음 작업이 까다로워질 것이다. 위급한 경우라면 조그만 어뢰를 사용해서 상어를 죽일 수도 있었다. 혼자였다면, 그리고 상어 떼와 마주쳤다면 분명히 그렇게 했을 것이다. 하지만 그건 모양새가 너무 안 좋았고 더 나은 방법이 있었다. 그는 수류탄보다는 칼이 좋았다.

그는 4미터 거리에서 빠르게 거리를 좁히고 있었다. 더 나은 기회는 없을지도 몰랐다. 그는 발사 버튼을 눌렀다.

잠수정 아래쪽에서 가오리처럼 생긴 물체가 앞으로 튀어나갔다. 돈은 잠수정의 속도를 확인했다. 더 이상 가까이 다가갈 필요는 없었다. 1미터도 안 되는 조그만 화살처럼 생긴 수중선은 잠수정보다 훨씬 빨랐고 이 정도 거리는 몇 초면 도달할 수 있었다. 그것은 마치 거미가 실을 자아내듯 얇은 전선을 늘어뜨리며 앞으로 움직였다. 전선은 '스팅'에 동력을 전달하는 한편, 신호를 보내 목표로 향하도록 미사일을 조종했다. 돈은 수중 미사일을 조종하느라 잠수정은 완전히 무시해 버렸다. 조작에 대한 반응이 아주 빨라서 마치 예민하고 기운찬 말을 움직이는 것처럼 느꼈다.

상어는 충돌이 1초도 안 남았을 무렵에야 위험을 눈치챘다. 애초의 설계 의도대로 상어는 가오리처럼 생긴 '스팅'을 보고 혼란스러워했다. 조그만 뇌로 가오리는 그렇게 움직이지 않는다는 사실을 깨닫기도 전에 미사일이 충돌했다. 약통이 폭발하면서 강철 주사기를 상어의 각질 피부 안으로 밀어 넣었고, 그 거대한 바다 생물은 두려움에 빠져 발작했다. 돈은 재빨리 물러났다. 꼬리에 맞았다가는 깡통 속에서 이리저리 부딪히는 콩알 같은 꼴이 될 수도 있고, 잠수정에 손상이 갈 수도 있었다. 사냥개들에게 중단하라고 말하는 것 말고는 할 일이 없었다.

파멸을 맞닥뜨린 살인자는 몸을 구부려 독침을 뽑으려 했다. 돈은 이미 '스팅'을 감아 들였고, 손상 없이 회수할 수 있어 다행이라 여기고 있었다. 그는 아무런 연민도 느끼지 않고 거대한 상어가 마비되어 가는 모습을 보았다.

몸부림은 점점 약해졌다. 상어는 의미 없이 앞뒤로 헤엄쳐 다녔고, 그 와중에 한 번 돈은 부딪치지 않으려고 재빠르게 옆으로 물러나야 했다. 죽은 상어는 부력을 조절하는 능력을 잃어버리고 표면으로 떠오르기 시작했다. 돈은 애써 따라가려 하지 않았다. 더 중요한 일을 처리하고 나서 해도 되는 일이었다.

그는 1킬로미터 남짓 떨어진 곳에서 고래와 새끼 두 마리를 찾아내 면밀하게 조사했다. 다친 곳은 없었고, 2인용 특수 잠수정을 타고 다니며 배탈부터 제왕 절개까지 고래에 관련된 위급 상황이라면 무엇이든 처리하는 수의사까지 부를 필요는 없었다. 돈은 어미 고래의 지느러미 뒤에 새겨진 번호를 적었다. 크기로 보아 새끼가 분명한 녀석들은 나온 지 얼마 안 되어 아직 소인이 찍혀 있지 않았다.

돈은 잠시 지켜보았다. 이제는 안정된 상태였고, 음파탐지기에 의하면 무리 전체도 공황 상태의 질주를 멈췄다. 그는 여기서 벌어진 일을 고래 무리가 어떻게 알았을지 궁금했다. 고래들 사이의 통신에 대해서는 연구가 많이 이루어졌지만 여전히 많은 부분이 수수께끼였다.

"나한테 감사라도 해 줬으면 좋겠는데."

그가 중얼거렸다. 50톤이나 나가는 어미의 경이로운 모성애를 생각하며 그는 탱크를 비우고 표면으로 올라갔다.

바다는 잔잔했다. 그는 에어 로크를 열고 전망탑 위로 머리를 내밀었다. 수면이 턱에서 불과 몇 센티미터 아래에 있어 가끔씩 파도가 안으로 물을 밀어 넣으려 들었다. 그래도 돈 자신이 마치 꽤 효율적인 마개처럼 해치에 꼭 들어맞았기 때문에 그럴 염려는 없었다.

4, 5미터 저쪽에 뒤집어진 보트처럼 생긴 기다란 암청색의 봉우리가 물 위에 떠 있었다. 돈은 자세히 바라보면서 속으로 계산해 보았다. 이 정도 크기의 짐승은 귀했다. 운이 좋으면 상여금을 두 배로 받을 수 있을지도 몰랐다. 곧 결과를 보고해야 했지만, 잠시라도 신선한 대서양의 공기를 마시며 머리 위로 펼쳐진 하늘을 감상하는 건 즐거운 일이었다.

회색 물체가 번개같이 물에서 튀어나오더니 돈에게 물보라를 튀기며 다시 들어갔다. 관심을 끌려는 벤지의 행동이었다. 벤지는 곧바로 전망탑으로 헤엄쳐 왔고, 돈은 손을 뻗어 머리를 쓰다듬어 주었다. 지성이 담긴 커다란 눈이 그의 눈을 똑바로 바라보고 있었다. 그저 상상일 뿐일까? 아니면 저 심해에도 거의 사람하고 같은 유머 감각이 숨어 있는 것일까?

수전은 평소처럼 조금 떨어져서 주위를 돌다가 질투가 나자 벤지를 받아 밀어냈다. 돈은 공평하게 얼러 주고 지금은 줄 게 없다고 달랬다. 허먼 멜빌 호로 돌아가자마자 지금 주지 못한 것을 보상해 줘야 할 것이다.

"같이 수영하러 또 나가자. 다음번엔 얌전히 행동하는 조건으로 말이야."

돈이 약속했다. 그는 벤지의 장난 때문에 커다랗게 멍든 부분을 조용히 문지르며, 이런 거친 놀이를 하기에는 나이를 먹은 게 아닐까 생각했다.

"집에 갈 시간이다."

돈이 단호히 말하며, 선실 안으로 들어가면서 해치를 닫았다. 갑자기 배가 아주 고팠다. 건너뛴 아침 대신 뭐라도 먹어야 할 것 같았다. 이 세상 누구보다도 그에게는 아침을 먹을 권리가 있었다. 그는 인류를 위해 쉽게 측정할 수도 없는 양의 고기와 기름, 우유를 지켜낸 것이다.

돈 벌리는 언제까지나 계속될 투쟁을 마치고 집으로 돌아가는 행복한 전사였다. 그는 전 시대에 걸쳐 인류가 마주해 왔던 기아라는 망령을 몰아내고 있었다. 앞으로 거대한 플랑크톤 농장에서 수백만 톤의 단백질을 수확하고, 고래 무리가 새 주인의 말을 잘 따르기만 한다면 굶주림은 다시는 세상을 위협하지 않을 것이다. 인간은 기나긴 유랑 끝에 다시 바다로 돌아왔다. 바다가 얼어붙지 않는 한, 인간은 다시는 굶주리지 않을 것이다…….

돈은 경로를 조정하며 탐지기를 바라보았다. 돈의 잠수정을 표시하는 가운데의 불빛 옆에서 잘 따라오고 있는 두 개의 반향을 보고 미소 지었다.

"멀리 가지 마라. 우리 포유류들은 함께 살아야 하는 거야."

그는 자동조종 시스템에 조종을 넘기고 의자에 누웠다.

그때, 벤지와 수전은 웅웅거리는 터빈 소리를 배경으로 오르내리는 아주 특이한 소리를 들었다. 서브 5호의 두꺼운 외피를 뚫고 희미하게 들리는 소리라 귀가 예민한 돌고래만이 들을 수 있었다. 하지만 그렇게 지능이 높은 돌고래라도 돈 벌리가 아름다움과는 거리가 먼 목소리로 이제 가축을 몰고 집으로 돌아가는 길이라고 보고하는 까닭을 이해할 수는 없었다.

더 이상 아침은 없다 | No Morning After |

**1954년, 오거스트 덜레스가 편집한 『다가올 시간(Time to Come)』에 발표.
『하늘의 저편』에 재수록.**

'하지만 끔찍한 일이야. 분명히 무슨 수가 있을 거네!'

최고 과학자가 말했다.

'그렇습니다. 하지만 대단히 어려운 일입니다. 그 행성은 500만 광년이나 떨어져 있는데다가 연락을 유지하기도 매우 힘듭니다. 교두보를 확보할 수는 있습니다. 하지만 불행히도 문제는 그것만이 아닙니다. 지금까지 이 존재들과 의사소통하는 일은 거의 불가능했습니다. 이들의 텔레파시 능력이란 미약하기 짝이 없어서 어쩌면 아예 없을지도 모릅니다. 그리고 우리가 이들과 이야기할 수 없다면 당연히 도와줄 수도 없는 노릇이지요.'

최고 과학자가 상황을 분석하고, 언제나처럼, 올바른 해답에 이르는 동안 오랫동안 정신적 침묵이 있었다.

'지성이 있는 종족이라면 텔레파시가 가능한 개체가 어느 정도는 있게 마련이지.'

그가 곰곰이 생각했다.

'관찰자들을 몇 백 명 정도 보내서 떠도는 의식을 감지해 보도록 해야겠네. 응답하는 마음을 하나라도 발견하면 모든 힘을 거기에 집중하게. 우리의 뜻을 기필코 전달해야 해.'

'잘 알겠습니다. 뜻대로 시행하겠습니다.'

빛도 500년 만에 주파하는 심연의 간격을 가로질러 타르 행성의 탐사 지성들은 사고의 촉수를 뻗어 그들의 존재를 인식할 수 있는 인간을 절실히 찾아 헤맸다. 그리고 행운이 따랐는지 그들은 윌리엄 크로스를 만났다.

적어도 당시에는 운이 좋았다고 여겼다. 나중에는 썩 그렇지도 않았지만. 어쨌거나 그들에게는 선택의 여지가 없었다. 빌(윌리엄의 애칭—옮긴이)의 마음을 그들에게 열게 했던 주위 환경의 조합은 단지 몇 초 동안만 지속되었을 뿐이고, 다시는 일어나기 힘들었다.

이 기적은 세 가지 요소 덕분이었다. 이 중 어느 하나가 다른 것보다 중요하다고 하기는 힘들었다. 첫째는 위치 운이었다. 유리잔 속에 든 물은 햇빛이 닿으면 조잡한 렌즈처럼 작용해 빛을 조그만 부분에 모을 수 있다. 이보다 훨씬 큰 규모에서 보자면, 농밀한 지구의 핵이 타르에서 온 파동을 집중시키고 있었다. 정상적인 방법으로는 물질이 사고의 전파에 영향을 끼칠 수 없었다. 마치 빛이 유리를 통과하듯 쉽사리 통과하는 것이다. 그러나 행성에는 물질이 꽤 많았고, 지구 전체가 마치 거대한 렌즈처럼 작용했다. 지구가 회전하면서, 빌은 타르에서 온 미약한 사고가 100배로 집중되는 초점에 있게 된 것이다.

빌 말고도 수백만 명이 괜찮은 위치에 있었지만 그들은 메시지를 받지 못했다. 어쨌거나 그들은 로켓 공학자가 아니었다. 그들은 자신의 삶에 직접적으로 연관되기 전까지는 우주에 대해 생각하거나 꿈꾸는 일조차 하지 않았다.

그리고 그들은 빌처럼 현실에서 탈출해 실망이나 실패 따위가 없는 꿈나라로 떠나고 싶어 하는 정신이 오락가락하는 주정뱅이가 아니었다.

물론, 빌도 군대의 관점이라는 것을 이해했다. 포터 장군은 쓸데없이 강조해 가며 이렇게 지적했다.

"크로스 박사, 우리가 당신을 고용한 이유는 미사일을 설계하기 위해서요. 아니, 에, 우주선이군. 남는 시간에는 뭘 하든지 우리가 상관할 바 아니지만, 개인의 취미 생활에 군 시설을 이용해서는 안 된다는 것을 알아두셔야겠소. 이제부터 전산실을 사용하려면 내 허락부터 받아야 하오. 이상이오!"

당연히 빌을 해고하지는 못했다. 그는 아주 중요한 인물이었다. 하지만 스스로 남고 싶어 하는지에 대해서는 확신할 수 없었다. 직장에서 뒤통수를 맞았다는 사실, 그리고 브렌다가 결국 조니 가드너와 함께 떠나 버렸다는 사실(중요한 순서대로 말하면)을 빼고는 아무것도 확신할 수 없었다.

빌은 가볍게 비틀거리며 턱을 손에 괸 채 탁자 건너편의 하얀 벽을 바라보았다. 유일한 장식물은 록히드 사에서 나온 달력과 에어로젯 사의 릴 아브너 마크 1호가 이륙하는 장면이 담긴 윤이 나는 액자뿐이었다. 빌은 멍하니 두 그림 사이를 바라보았다. 그리고 마음을 비우자 장벽이 사라졌다······.

이 순간 타르의 지성 군집체는 소리 없는 환호성을 질렀다. 빌을 가로막고 있던 벽이 천천히 소용돌이치는 안개처럼 녹아내렸다. 빌은 마치 무한히 뻗어 있는 터널을 내려다보고 있는 것처럼 느꼈다. 사실, 실제로 그랬다.

빌은 조용히 이 현상을 관찰했다. 확실히 진귀한 일이었지만, 이전에 본 환각에 댈 정도는 아니었다. 그러다가 그의 마음속에서 목소리가 울리기 시작하자 그는 아무것도 하지 않고 잠시 동안 지껄이도록 내버려두었다. 그는 술에 취했을 때조차 스스로와 대화를 나눈다는 것에 보수적인 편견을 지니고 있었던 것이다.

목소리가 말했다.

'빌, 잘 들으세요. 당신과 접촉하는 건 정말 힘들었습니다. 이건 대단히 중요한 일이란 말입니다.'

빌은 이 말에 회의적이었다. 자신의 일반 원리에 의하면 더 이상 중요한 건 아무것도 없었다.

'우리는 지금 아주 먼 행성에서 이야기하고 있는 겁니다.'

목소리는 친근하지만 다급한 어조로 말했다.

'당신이 우리가 접촉할 수 있는 유일한 사람입니다. 그러니 우리가 하는 말을 꼭 이해하셔야 합니다.'

빌은 무심한 듯하면서도 약간 걱정이 되었다. 이제 자기 문제들에 집중하기가 꽤 어려워졌기 때문이다. 이게 얼마나 심각하지? 그는 궁금했다. 도대체 언제부터 말소리가 들리기 시작한 거야? 자, 흥분하지 말자. 믿든지 말든지 알아서 하라고, 크로스 박사. 그는 혼자 중얼거렸다. 귀찮아지기 전까지는 내버려 두자.

"좋아."

그가 따분한 어조로 무관심하게 말했다.

"계속해 봐. 재미만 있다면 상관하지 않을 테니까."

잠시 조용하더니 다소 걱정스럽다는 투의 목소리가 이어졌다.

'잘 이해가 가지 않는군요. 우리가 전하려는 메시지는 단순한 흥밋거리가 아닙니다. 당신의 종족 전체에 극히 중요한 일이라, 당신네 정부에 즉시 알려야 합니다.'

"말해 보라니까. 시간만 낭비하고 있군."

빌이 말했다.

500광년 저편에서 타르 인들이 황급히 의논하고 있었다. 뭔가가 잘못된 것 같은데 그게 뭔지는 알 수 없었다. 접촉이 이루어진 건 분명하지만 이런 식의 반응은 예상 밖이었다. 이제는 계획대로 밀고 나간 후에 최선을 기대해 보는 수밖에 없었다.

그들이 이어서 말했다.

'들어 봐요, 빌. 우리 쪽 과학자들은 당신네 태양이 곧 폭발할 거라는 사실을 발견했습니다. 앞으로 사흘 후, 정확하게는 74시간 후에 일어날 겁니다. 막을 방도는 없어요. 하지만 놀랄 필요는 없습니다. 우리가 구해 줄 수 있습니다. 우리가 하라는 대로 하기만 하면 됩니다.'

"계속해 봐."

빌이 말했다. 이번 환각은 독창적이었다.

'우리는 다리라고 부를 수 있는 걸 만들 수 있습니다. 공간을 연결하는 일종의 터널이라고 할 수 있죠. 지금 보고 계신 것과 같습니다. 이론은 너무 복잡해서 지구의 수학자에게라도 설명하기 힘듭니다.'

"잠깐만!"

빌이 항의했다.

"나도 수학자라고. 게다가 보통 이상이기도 하지. 술이 안 들어갔을 때라도 말이야. 그리고 그런 얘기는 과학소설 잡지에서 수도 없이 읽었다고. 내가 보기엔 고차원의 공간을 통과하는 무슨 지름길 같은 걸 말하나 본데, 그런 건 구식이야. 아인슈타인보다 이전 거라고!"

저 멀리서 놀라움이 빌의 마음속으로 스며들어 왔다.

'당신네 과학이 그렇게까지 진보한 줄은 몰랐습니다!'

타르 인들이 말했다.

'하지만 이론을 놓고 토론할 시간이 없습니다. 중요한 건 당신이 앞에 있는 입구에 발을 들여놓으면, 그 즉시 다른 행성으로 가게 된다는 겁니다. 아까 말했듯이 지름길이죠. 이 경우에 37차원을 통과합니다.'

"그러면 당신들 세계로 가는 건가?"

'아닙니다. 당신들은 여기서 살 수 없습니다. 하지만 우주에는 지구와 같은 행성이 많습니다. 우리가 적당한 행성을 하나 찾아 놓았습니다. 우리가 이런 통로를 지구의 구석구석에 만들어 놓을 테니, 당신들은 걸어서 통과만 하면 목숨을 구할 수 있습니다. 물론, 도착한 후에는 문명을 새로 건설해야겠죠. 하지만 이것만이 유일한 희망입니다. 이 메시지를 퍼뜨리고 어떻게 해야 할지 이야기해 주어야 합니다.'

"사람들이 잘도 내 말을 듣겠군. 직접 대통령에게 말하지그래?"

'당신만이 우리가 접촉할 수 있는 유일한 마음이기 때문입니다. 다른 사람들의 마음은 닫혀 있습니다. 이유는 모르겠지만요.'

"이유는 내가 알지."

눈앞에 있는 거의 빈 술병을 보며 빌이 말했다. 이번엔 확실히 본전을 뽑은 것 같았다. 사람의 마음이란 참으로 놀랍기 그지없네! 물론 이 대화 내용은 그다지 독창적이지 않았다. 바로 저번 주에 그는 세계의 종말에 관한 소설을 읽었고, 5년 동안이나 고집스럽게 로켓과 씨름해 온 사람이 우주를 통과하는 다리니 터널이니 하는 희망찬 생각을 보상 심리로나마 떠올린 건 당연한 일이었다.

"만약에 태양이 날아가 버리면 어떻게 되지?"

환각이 날아가 버리지 않도록 애쓰며 빌이 갑자기 물었다.

'당신네 행성은 순식간에 녹아 버릴 겁니다. 사실은 행성들 전부죠. 목성 바로 외곽까지는 녹아 버릴 겁니다.'

빌은 이게 꽤 웅장할 것 같다고 인정할 수밖에 없었다. 그는 자신의 마음이 그 생각을 가지고 놀도록 내버려 두었다. 생각하면 할수록 더 마음에 들었다.

"이봐, 환상."

그가 동정하듯이 말했다.

"내가 네 말을 믿는다 치자. 내가 뭐라고 할 것 같냐?"

'믿어야 합니다!'

수백 광년 너머에서 절망의 외침소리가 들렸다.

빌은 무시했다. 그는 자기 생각에 열중하고 있었다.

"들어 봐. 이건 아주 잘된 일이라고. 그래, 온갖 불행한 일들이 사라지는 거지. 아무도 러시아나 원자폭탄, 물가 따위를 걱정할 필요가 없어지는 거야. 와, 끝내주는데! 바로 누구나 원한 대로야. 여기까지 와서 얘기해 준 건 고마운데 그냥 돌아가라고. 그리고 그 구닥다리 다리도 걷어치우고 말이야."

타르 인들은 깜짝 놀랐다. 영양액으로 가득 차 있는 통 안에 거대한 산호처럼 떠 있는 최고 과학자의 뇌는 가장자리가 노랗게 변했다(이건 5000년 전 잔틸 인들의 침공 이후로 처음이었다.). 최소 열다섯 명의 심리학자가 신경증으로 무너져 버렸고 다시는 복구되지 못했다. 우주 물리 대학의 주 컴퓨터는 기억 회로에 있는 숫자를 전부 '0'으로 나누기 시작하다가 즉시 퓨즈를 날려 버렸다.

그리고 지구에서는 빌 크로스가 제정신을 찾아가고 있었다.

"나를 봐."

가슴을 가리키며 그가 말했다.

"몇 년씩이나 로켓을 가지고 쓸모 있는 일을 해 보려고 노력했는데, 그 작자들은 나보고 서로를 날려 버릴 수 있도록 유도 미사일이나 만들라는 거야. 태양이 더 깔끔하게 처리해 주겠지. 우리한테 다른 행성을 줘 봤자 그 빌어먹을 짓을 처음부터 반복하는 게 고작이라고."

빌은 음울한 생각들을 정리하며 슬픈 듯 잠시 말을 멈췄다.

"그리고 브렌다는 쪽지 한 장 안 남기고 떠나 버렸지. 그러니까 너희들의 그 보이스카우트 놀이에 의욕적으로 맞장구쳐 주지 않아도 이해해 달라고."

그는 자신이 "의욕적으로"라는 단어를 똑바로 발음하지 못했다는 사실을 깨달았다. 그게 흥미로운 과학적 발견이라고 생각할 정신은 아직 있었다. 술에 취하면 취할수록 사고력(윽, 여기서 거의 토할 뻔했다.)이 떨어져 단어 구사가 어려워지나?

마지막 절망적인 심정으로 타르 인들은 자신들의 사고를 별 사이를 잇는 터널을 통해 보냈다.

'그럴 리가 없어요, 빌! 인간은 모두 당신 같습니까?'

이건 철학적으로 흥미로운 물음이었다! 빌은 신중하게, 혹은 지금 빌을 감싸기 시작하는 장밋빛의 따뜻한 빛에 시선을 뺏긴 채 가능한 신중하게 숙고해 보았다. 어쨌거나 상황은 더 나쁠 수도 있었다. 포터 장군에게 별 세 개짜리 계급장으로 기껏해야 뭘 할 수 있는지 깨닫게 해 주는 즐거움만을 위해서라도 그는 다른 일자리를 구할 수 있었다. 브렌다는, 글쎄, 여자란 전차 같은 것이다. 잠깐 기다리면 또 오게 마련이었다.

무엇보다도 최고 기밀 보관함 안에는 아직 위스키 병이 하나 더 있었다. 아, 멋진 날이다! 그는 불안정하게 일어서서 비틀거리며 방을 가로질렀다.

마지막으로 타르 인이 지구에 말을 걸었다.

'빌!'

그 목소리는 절망적으로 계속 외쳐 댔다.

'모든 인간이 당신 같을 수는 없습니다!'

빌은 돌아서서 소용돌이치는 터널을 바라보았다. 이상했다. 수많은 별빛이 비추고 있는 듯이 꽤나 아름다웠다. 스스로가 자랑스러웠다. 이런 걸 상상해 낼 수 있는 사람은 별로 없을 거야.

"나랑 같다고? 아냐, 나와는 다르지."

그가 말했다. 솟아오르는 도취감이 의기소침했던 그를 고양시키자, 그는 수백 광년 저편으로 점잔 빼듯 웃어 보였다. 그리고 덧붙였다.

"생각해 보라고. 나보다 훨씬 형편없는 인간들이 널렸다고. 그래,

어쨌거나 난 운이 좋은 편이란 말이야."
 갑자기 터널이 사라지고 원래대로 흰색 벽이 다시 나타나자, 그는 가볍게 놀라 눈을 깜빡였다. 타르 인들은 그들이 졌음을 깨달은 것이다.
 '환각은 그 정도면 됐어. 지겨워지고 있던 참이니까. 다음번엔 또 어떨지 봐야겠군.'
 빌이 생각했다.
 그러나 5초 후 그는 보관함의 비밀번호를 맞추다가 정신을 잃었기에 다음번이란 없었다.
 이어진 이틀간 그는 핏발이 선 눈으로 멍하니 있었고 환각 속의 대담에 관한 건 전부 잊어버렸다.
 셋째 날, 마음속 한구석에서 뭔가가 계속 걸렸다. 만약 브렌다가 나타나서 용서를 빌며 정신을 빼놓지 않았다면 뭔가를 기억해 냈을지도 몰랐다.
 그리고 물론, 넷째 날은 존재하지 않았다.

대박의 꿈 | Big Game Hunt |

1956년 11월, 《어드벤처》에 '무모한 자들(The Reckless Ones)'이라는 제목으로 첫 게재. 『하얀 사슴의 이야기』에 재수록.

내가 이 글을 쓰고 있던 무렵, 장미셸 쿠스토가 거대오징어를 찾아 뉴질랜드로 왔다. 행운을 빌어 줘야 할지는 사실 잘 모르겠다. 『빛나는 것들(The Shining Ones)』을 보아라.

일반적인 견해에 따르면 '하얀 사슴'을 찾는 손님 중에 다소 과장스럽긴 해도 재미있는 이야기를 늘어놓기로 해리 퍼비스를 따를 자가 없었다. 하지만, 언제나 그가 독보적이었던 것은 아니다. 가끔씩 그에게도 명성이 무색할 때가 있었다. 노련한 사람이 쩔쩔매는 모습은 언제나 보기 즐거웠지만, 나는 특히 힌클버그 교수가 해리를 그의 홈그라운드에서 제압하는 광경이 특히 재미있었다는 사실을 털어놓아야겠다.

그해에는 '하얀 사슴'에 미국인 여행자들이 많이 드나들었다. 원래 단골들처럼, 그 사람들도 보통은 과학자들이거나 문필가, 혹은 드루가 보관하고 있는 방명록에 이름을 남길 수 있을 만큼 저명한 인물들이었다. 이런 사람들이 가끔씩 어떻게 알았는지 가게를 찾아와 기회가 닿는 대로 어색하게 자신을 소개하곤 했다. (한 번은 노벨상 수상자가 아무도 알아채지 못하게 구석에서 한 시간이나 앉아 있다가 겨우 용기를 짜내 자신이 누군지를 밝힌 적이 있었다.) 소개장을 가져오는 사람도 있었지만, 상당수는 단골손님에게 끌려와 가게에 죽치고 있는 늑대들에게 내던져지곤 했다.

힌클버그 교수는 어느 날 밤 그로스베너 스퀘어에 있는 해군 함대에서 빌린 커다란 캐딜락을 타고 조용히 나타났다. 그 차를 가지고 어떻게 '하얀 사슴'으로 이어지는 골목을 통과했는지는 아무도 몰랐다. 놀랍게도 차에는 긁힌 자국 하나 없었다. 그는 커다랗고 마른 체형으로 헨리 포드와 윌버 라이트를 닮은 듯한 얼굴은 햇볕에 그을린 개척자 스타일의 느리고 무뚝뚝한 말씨와 잘 어울릴 것 같았다. 하지만 힌클버그 교수의 말투는 그렇지 않았다. 그는 마치 레코드판을 빠르게 돌렸을 때처럼 말했다. 10초 만에 우리는 그가 노스버지니아에 있는 한 대학에 휴가를 내고 플랑크톤에 관련된 모종의 계획으로 해군청에서 잠시 일하고 있다는 것, 런던을 매우 좋아하며 심지어 영국 맥주까지 좋아한다는 것, 스티븐슨도 괜찮긴 하지만 민주당이 정권을 되찾고 싶다면 윌슨을 영입하는 게 나을 거라는 것, 도대체 공중전화가 왜 그 모양이며 빼앗긴 잔돈을 회수하려면 어떻게 해야 하는지 궁금해 하고 있다는 것, 주변에 잔들이 비어 있으니 모두 잔을 채우는 게 어떻겠냐고 제의하고 있다는 것을 알아냈다. 힌클버그 교수의 충격적인 등장은 대체로 잘 먹혀들었지만, 그가 한숨 돌리느라 잠깐 멈춘 사이에 나는 '해리가 조심해야겠는걸. 이 친구가 혀를 좀 놀릴 줄 아는데!' 하고 생각했다. 조금 떨어져 있는 해리를 힐끗 보니 그의 입술이 약간 나와 있는 게 보였다. 나는 느긋이 앉아서 결과를 기다렸다.

꽤 혼잡한 날이었기 때문에 힌클버그 교수가 사람들에게 일일이 소개하고 다니는 데 시간이 좀 걸렸다. 유명인들을 만나는 데에는 으레 앞장서곤 했던 해리가 이번에는 은근히 피하는 기색이었다. 하지만 클럽의 비공식 서기로 방명록에 이름을 받아 두는 일을 꼬박꼬박 챙기던 아서 빈센트는 해리를 잊지 않았다.

"해리가 할 말이 많을 것 같아."

들떠 있던 아서가 악의 없이 말했다.

"둘 다 과학자잖아? 게다가 해리도 희한한 일을 많이 겪어 봤고. 우편함에 우라늄235가 들어 있었던 얘기를 교수님에게 해 드려 봐!"

해리가 약간 성급하게 대꾸했다.

"내가 보기엔, 힌클…… 버그 교수님은 그 얘길 별로 좋아할 것 같지 않은데. 오히려 교수님 얘기가 더 재미있을 것 같아."

해리의 대꾸는 그 후로도 날 혼란스럽게 했다. 그건 그의 성격이 아니었다. 보통은 그렇게 운을 띄워 주기만 하면 다음은 일사천리였다. 어쩌면 해리는 상대를 재다가, 힌클버그 교수가 실수라도 하면 끼어들어 치명타를 날릴 작정이었을지도 몰랐다. 그럴 생각이었다면 해리는 상대를 잘못 판단한 게 틀림없었다. 힌클버그 교수는 제트기처럼 날아오르자마자 순조롭게 비행했고, 해리는 끝내 끼어들 기회를 찾지 못했다. 힌클버그 교수가 말했다.

"말이 나왔으니 말인데요. 제가 요즘 참 희한한 일을 겪었습니다. 정식 논문으로는 쓸 수 없는 일인데, 지금이 마침 털어놓기에 딱 좋겠네요. 평소엔 빌어먹을 보안 때문에 그러지 못하거든요. 여기엔 그린넬 박사의 실험에다 기밀이라는 딱지를 붙이려는 사람은 없을 테니까. 할 수 있을 때 해야겠군요."

그린넬이라는 사람은 신경 체계를 일종의 전자회로로 보고 작동 원리를 해석해 내려는 과학자 부류 같았다. 그레이 월터나 섀넌 같은 사람처럼, 그린넬도 생명체가 하는 간단한 동작을 모방하는 모델을 만들려 했다. 그가 만들어 낸 것은 쥐를 쫓아다니기도 하고 떨어뜨렸을 때는 발부터 착지할 수 있는 기계 고양이였다. 그러나 그는 자신이 "신경 유도"라고 명명한 발견 덕택에 재빨리 다른 분야로 전환할 수 있었다. 아주 간단히 설명하자면, 동물의 행동을 조종하는 것과 다를 게 없었다.

마음속에서 일어나는 과정이 미세한 전류가 만들어 내는 산물이라는 사실은 오래전부터 알려져 있었고, 해석할 수는 없어도 그런 복잡한 변동을 기록하는 건 가능했다. 그린넬은 복잡한 분석 과정을 거치지 않았다. 결과물은 복잡했지만 한 일은 아주 간단했다. 그린넬은 온갖 동물에 기록 장치를 달아 실험해 왔기 때문에 동물의 행동과 연관된 전기 충격에 대해서는 작은 도서관이라고 할 만한 수준의 자료를 쌓아 두고 있었다. 어떤 유형의 전압은 오른쪽으로 움직이게 하고, 어떤 건 원을 그리며 돌게 하고, 어떤 건 가만히 있게 하는 등등. 그것만으로도 충분히 재미있는 성과였지만 그린넬은 거기서 멈추지 않았다. 그는 기록했던 충격을 "재현"함으로써 동물의 의사와 무관하게 그 행동을 반복하도록 만들 수 있었다.

이론적으로는 어떤 신경학자라도 인정할 만했지만 신경 체계가 워낙 복잡했기 때문에 실제로 되리라고는 아무도 생각하지 않았던 일이었다. 물론 그린넬이 처음부터 고등동물을 대상으로 복잡한 행동을 가지고 실험하진 않았다.

힌클버그가 말했다.

"난 그 실험을 한 번밖에 못 봤어요. 커다란 민달팽이 한 마리가 유리판 위에 있었고 얇은 전선이 대여섯 개쯤 달팽이와 그린넬이 조작하는 제어판을 잇고 있었죠. 제어판에는 다이얼이 두 개밖에 없었는데, 그린넬은 달팽이가 특정 방향으로 움직이게끔 조종하고 있었어요. 모르는 사람이 보기에는 사소한 실험처럼 보이지만 난 그게 엄청나게 복잡하다는 걸 알아요. 이 장치가 사람에게 쓰이지 않기를 바란다고 그린넬에게 이야기한 게 떠오르는군요. 마침 오웰의 「1984년」을 읽던 중이었는데, 빅 브라더가 그걸 가지고 뭘 할지 쉽게 상상이 되더라고요.

그리고 그 후에는 저도 바쁜 나머지 한 1년 동안 까맣게 잊고 있었어요. 그때쯤에는 그린넬이 장치를 상당히 개선해서 더 복잡한 생명체를 대상으로 연구하고 있었던 것 같아요. 그래도 기술적인 한계 때문에 무척추동물에 국한돼 있었지만. 지금은 동물들에게 내릴 수 있는 '명령'을 많이 축적해 놓았어요. 여러분은 벌레나 달팽이, 곤충, 갑각류 등의 다양한 동물들이 똑같은 전기 충격에 반응한다는 사실에 놀랄 겁니다. 하지만 실제로 그래요.

잭슨 박사가 아니었다면, 아마 그린넬은 평생 연구실에 처박혀서 동물왕국이나 조종하면서 살았을 겁니다. 잭슨은 아주 특출난 사람이죠. 아마 그 사람이 찍은 다큐멘터리를 보신 적이 있을 거예요. 그 사람은 진짜 과학자라기보다는 명성을 좇는 사람으로 여겨지고 있고, 워낙 관심사가 많다 보니 학계에서도 의심스럽게 보고 있어요. 고비 사막과 아마존 원정을 이끌기도 했고 한 번은 남극에 불쑥 나타나기도 했잖아요. 그런 원정에서 돌아올 때마다 그는 촬영한 필름을 엄청나게 가지고 왔고 잘 팔리는 책을 냈어요. 세간의 평하고는 좀 다르지만 나는 우연일지 몰라도 그가 어느 정도 귀중한 과학적 발견을 해냈다고 생각해요.

잭슨이 그린넬의 연구를 어떻게 알았는지, 어떻게 협력하도록 설득했는지는 나도 모릅니다. 그는 사람을 설득하는 법을 잘 알았고, 아마 막대한 지원금을 그린넬의 눈앞에다 흔들어 댔을 거예요. 잭슨은 예산 집행인의 주의를 끌 만한 사람이었으니까요. 어쨌거나 그때부터 그린넬은 이상하게도 뭔가를 숨기려 하더군요. 우리가 아는 건 그린넬이 가장 최근에 이루어 낸 성과들을 모아서 훨씬 커다란 장치를 만들고 있다는 것뿐이었죠. 어쩌다 묻기라도 하면 어색해 하면서 초조한 기색으로 "대박을 노리는 중이야."라고 대답했지요.

준비에만 1년이 더 걸리더군요. 난 항상 활동적인 잭슨이 그맘때면 아주 조급해 할 거라고 생각했죠. 하지만 마침내 준비가 끝났습니다. 그린넬은 알 수 없는 상자들을 가지고 아프리카 쪽으로 사라졌지요.

그건 잭슨의 솜씨였어요. 사전에 노출되는 걸 꺼린 것 같은데, 원정의 별난 성격을 감안하면 그럴 만도 하지요. (뒤늦게야 깨달았지만) 우리를 따돌릴 속셈으로 조심스럽게 흘려 놓은 실마리로 보면, 잭슨은 그린넬의 장치를 써서 야생동물의 사진을 아주 생생하게 찍으려는 것 같았어요. 어떻게 했는지는 모르겠지만 그린넬은 자기가 만든 장치를 무선 송신기에 연결하는 데 성공했거든요. 그래도 나는 곧이곧대로 받아들이기 힘들더군요. 돌진하는 코끼리에게 전선이나 전극을 붙일 수 있을 것 같지 않았거든요······.

그런데 그런 생각쯤은 그 사람들도 당연히 했을 테죠. 이제 정답이 나왔어요. 바닷물은 전도성이 좋아요. 잭슨과 그린넬은 아프리카로 간 게 아니라 대서양으로 간 겁니다. 거짓말을 한 건 아니죠. 진짜 대박을 노린 거니까. 바다에서 제일 큰 놈을요…….

잭슨이 고용한 무선 통신사가 친구였던 미국의 아마추어 무선 통신사에게 떠들어 대지 않았다면 무슨 일이 일어났는지 아무도 몰랐을 겁니다. 그 사람 말로 대강 사건의 윤곽을 맞춰 볼 수 있어요. 잭슨의 배는 싸게 사서 탐사용으로 개조한 작은 요트에 불과하지만 아프리카 서해안의 적도 근처 해상에 있었어요. 대서양에서 가장 깊은 곳이죠. 그린넬은 낚시하듯이 전극을 심연 속으로 늘어뜨렸고, 잭슨은 카메라를 가지고 초조하게 기다렸어요.

낚일 때까지 일주일을 기다렸다고 하더군요. 그때쯤 인내심은 다 써 버렸겠죠. 그러던 어느 날, 아주 잔잔한 날 오후에 그린넬의 계기판이 움직이기 시작했어요. 뭔가가 전극의 영향력 안에 잡힌 겁니다.

그들은 천천히 케이블을 끌어올렸어요. 그 전까지 선원들은 잭슨과 그린넬이 미쳤다고 생각했겠지만, 낚인 물체가 수천 킬로미터의 어둠을 뚫고 표면으로 떠오르자 다같이 흥분했을걸요. 잭슨의 함구령에도 불구하고 목격한 장면을 안전한 육지에 있는 친구에게 털어놓고 싶은 욕구를 느꼈다고 해서 그 통신사를 비난할 수는 없겠죠?

그들이 본 걸 묘사할 생각은 없어요. 예전에 이미 누군가가 했거든요. 보고를 받자마자 나는 『백경』을 꺼내 그 부분을 다시 읽었지요. 아직도 기억나는데, 앞으로도 잊을 것 같지 않군요. 대충 이런 내용이었죠.

'길이가 수백 미터에 달하는 거대하고 흐물흐물한 크림색의 번들거리는 몸체가 바다에 떠 있었다. 가운데에서 뻗어 나와 있는 수없이 많은 긴 팔들이 아나콘다의 무리처럼 구불거리며 근처에 있는 불운한 상대를 가리지 않고 잡으려 했다.'

그래요. 그린넬과 잭슨은 살아 있는 모든 생명체 중에서 가장 크고 신비로운 녀석을 쫓고 있었던 거지요. 거대오징어 말입니다. 가장 큰 게 맞죠? 아마 그럴 거예요. 거대오징어는 30미터까지 자라니까요. 천적인 향유고래보다 가볍기는 해도 길이로는 견줄 만하죠.

그들은 그 누구도 그렇게 이상적인 상황에서 볼 수 없었던 괴물과 함께 있었어요. 아마 그린넬은 오징어의 속도를 시험하고 있었고 잭슨은 촬영에 정신이 팔려 있었나 봐요. 배보다 두 배나 컸지만 위험하지는 않았죠. 그린넬에게 거대오징어는 다이얼만 가지고 인형처럼 조종할 수 있는 연체동물일 뿐이었으니까요. 일이 끝나면 다시 깊은 곳으로 보내 줄 생각이었고, 그러면 오징어는 조금 어지러울지 몰라도 다시 헤엄쳐 가 버릴 수 있었지요.

그 필름을 얻을 수만 있다면 무슨 짓이라도 하겠건만! 과학적인 흥미는 접어두고서라도 할리우드에서 한 재산 모을 수 있을 텐데요. 자기가 무슨 일을 하고 있는지 잭슨이 잘 알고 있었다는 건 인정해야 합니다. 그린넬 장치의 한계를 깨닫고 그걸 가장 효율적으로 사용하려 한 거죠. 그 다음에 일어난 일은 그의 탓이 아니에요."

힌클버그 교수는 한숨을 내쉬더니 이야기를 마무리할 힘을 보충하기라도 하듯 맥주를 한 모금 마셨다.

"잭슨이 아니에요. 만약 비난받아야 할 사람이 있다면, 그건 그린넬이죠. 아니, 그린넬이었다고 말해야겠네요, 불쌍한 친구. 실험실에서라면 틀림없이 취했을 사전 조치를 간과한 건 아마 너무 흥분했기 때문일 거예요. 그게 아니라면, 전력 공급 장치의 퓨즈가 나갔을 때를 대비해서 예비 퓨즈를 가지고 있지 않았을 이유가 없겠죠?

그리고 그걸 거대오징어의 잘못이라고 할 수도 없지요. 누구라도 그런 식으로 조종당하면 기분 나쁘지 않을까요? 그러다 갑자기 자기를 조종하던 뭔가가 사라지고 다시 마음대로 움직일 수 있게 된다면, 두 번 다시 조종당하는 상태로 돌아가려 하지 않겠죠. 전 가끔씩 잭슨이 생의 마지막 순간까지 촬영을 하고 있었을지 궁금하답니다……."

특허 심사 |Patent Pending|

1954년 11월 《아거시》에 "발명(The Invention)"이라는 제목으로 첫 게재.
『하얀 사슴의 이야기』에 재수록.

선술집 '하얀 사슴'에서 해리 퍼비스가 들려주는, 쾌활하지만 심각한 의미가 기저에 깔린 이야기. 가상현실이 등장하기 50년 전에 그 가능성을 생각해 본 이야기다.

'하얀 사슴'이라는 이름의 술집에서는 모든 주제의 이야기들이 오간다. 숙녀들이 있는지 없는지는 전혀 문제가 되지 않는다. 한마디로, 스스로 감수해야 하는 것이다. 돌이켜 보면 여자 세 명이 남편까지 데리고 밖으로 나가 버린 적이 있었다. 그러고 보니 피해를 보는 건 여자들만도 아닌 듯하다…….

이런 얘기를 하는 건, 우리들이 전부 대단히 박식하고 과학적인 대화를 나누며 순수히 지적인 활동만 하는 건 아니라는 점을 주지시키기 위해서다. 체스를 많이했지만 다트와 원반치기 또한 왕성하게 했다. 몇몇 손님들은 《타임스 문예 부록》이나 《새터데이리뷰》, 《뉴스테이츠먼》, 《애틀랜틱먼슬리》 같은 잡지를 들고 왔지만, 그 사람들도 나갈 때는 《재미있는 사이비 과학 이야기》 최근 호를 들고 가곤 했다.

좀 더 어두컴컴한 구석에서는 장사도 많이 이루어졌다. 오래된 책이나 잡지가 종종 천문학적인 가격으로 거래되었고, 거의 매주 수요

일이면 잘 알려진 업자가 적어도 세 명 정도는 커다란 시가를 피우면서 바에 기대앉아 드루와 이야기를 나누었다. 가끔씩 엉터리 이야기를 비웃는 너털웃음이 터져 나오면, 자신이 어떤 기담을 놓쳤을까 봐 걱정스러운 단골손님들이 여기저기서 질문 공세를 퍼부어 댔다. 그래도 재미있는 이야기들은 내가 여기서 다시 풀어놓기에 민감한 것들이다. 이 섬에 있는 여타의 것과 다르게 이야기만큼은 내부용이었다…….

다행히, (당연히) 이학사이자 (아마도) 박사이며 왕립학회 회원(소문은 그랬지만 개인적으로는 믿지 않는다.)인 해리 퍼비스 씨의 이야기에는 그런 제한이 없었다. 요즘에도 우아한 교육을 받고 자란 미혼의 아주머니들이 있는지 모르겠지만, 아무튼 그중 어떤 얘기도 그런 사람들이 뺨을 붉힐 만한 이야기는 없었다.

사과해야겠다. 내가 너무 싸잡아서 한마디로 말했다. 어떤 사람들이 듣기에는 좀 껄끄러운 이야기가 하나 있었다. 그래도 난 그 이야기를 또 하련다. 왜냐하면 독자 여러분은 그런 이야기로 기분 나빠 하지 않을 만큼 아량이 있다는 걸 알기 때문이다.

이야기는 이런 식으로 시작되었다. 플리트 가(런던의 신문사 거리. 런던 신문계를 의미함 — 옮긴이)의 구변 좋은 한 출판업자가 유명한 평론가를 구석에서 몰아붙이고 있었다. 그 출판업자는 곧 내놓을 책에 매우 높은 기대를 걸고 있었다. '흰개미가 저택 동쪽을 갉아먹자 집이 또 흔들리는' 분위기의 고색창연한 미국 남부를 배경으로 하는 유의 소설이었다. 에이레(아일랜드의 전 이름 — 옮긴이)에서는 이미 판매 금지되었지만, 거기서는 거의 모든 책이 금지였기 때문에 그건 특별난 점이 되지 못했다. 하지만 영국의 유력한 신문이 강력하게 발매 금지를 요청하게끔 만들기만 하면 그 책도 하룻밤 사이에 베스트셀러가 될 터였다…….

그게 그 출판업자의 생각이었다. 그는 온갖 책략을 써서라도 협조를 얻어낼 작정이었다. 나는 평론가가 느낄 법한 양심의 가책을 누그러뜨리기 위해 출판업자가 말하는 소리를 들었다.

"당연히 아니죠! 만약 사람들이 그 책을 이해할 수 있다면 이미 타락할 만큼 타락한 거예요!"

그때, 대화에 제때 끼어들 수 있기 위해 대여섯 가지 대화쯤은 동시에 소화해 낼 수 있는 능숙한 재주를 익힌 해리 퍼비스가 특유의 새된 목소리로 지나가듯이 말했다.

"검열이 골칫거리인가 보군? 난 언제나 한 나라의 문명 발달 정도와 언론에 가하는 압력 사이에는 역 상관관계가 있다고 주장해 왔지."

뉴잉글랜드 출신으로 들리는 목소리 하나가 뒤쪽에서 끼어들었다.

"그렇다면, 파리가 보스턴보다 더 문명화된 곳이겠군요."

"당연히 그렇죠."

퍼비스가 대답하며 평소와는 달리 대꾸를 기다렸다.

"좋아요. 따지자는 게 아니라 그냥 확인한 겁니다."

방금 그 목소리가 부드럽게 말했다.

"계속하지."

퍼비스는 시간 낭비하지 않겠다는 듯 말을 이었다.

"검열관들은 아직 관심이 없지만 곧 신경 쓰게 될 문제가 하나 떠올랐어. 프랑스에서 시작되었고 아직 외부에 공개되지 않았네. 그게 세상에 나오면 우리 문명에 끼치는 영향은 원자폭탄보다 클 거야.

그것도 원자폭탄과 똑같이 학문적인 연구에서 나왔네. 여러분, 절대 과학을 과소평가하지 말길. 난 그토록 이론적이고 우리가 웃으며 일상생활이라고 부르는 것에서 아주 동떨어져 있는 연구 분야라 해도 언젠가 세상을 뒤흔들 뭔가를 만들어 낼 가능성은 모두 있다고 생각한다네.

내가 지금 하는 얘기를 듣다 보면 나도 전해 들은 이야기라는 걸 알 거야. 작년에 소르본에서 있었던 학회에 갔을 때 동료가 해 주더군. 이름들은 그냥 지어낸 거야. 그때 듣긴 했는데 기억이 나지 않는군.

줄리앙이라고 하세. 그 교수는 조그맣지만 예산이 부족하지 않은 프랑스의 어느 대학에서 근무하는 생리학자였어. 이 중에 몇 명은 지난번에 힌클버그라는 친구가 신경 체계에 전류를 흐르게 해서 동물 행동을 조종하는 법을 알아낸 동료가 있다며 수상쩍은 이야기를 해 대던 걸 기억할 거야. 솔직히 난 별로 믿지 않지만, 만약 그 이야기에 일말의 진실이라도 있었다면, 그 계획은 아마도 파리 과학 아카데미 학회지에 실린 줄리앙의 논문에서 영감을 얻었을 거야.

하지만 줄리앙 교수는 진짜 중요한 결과를 발표하지 않았지. 사람들은 정말로 멋진 결과를 얻었을 때 바로 발표하지 않아. 누군가가 자기보다 앞설 게 걱정되지만 않는다면 확실한 증거가 나올 때까지 기다리지. 그럴 때는, 나중에 우선권을 인정받을 수 있도록 일단 약간의 정보만 담은 애매한 보고서를 내놓아. 토성의 고리를 발견한 호이겐스가 발표한 유명한 암호문처럼 말이지.

줄리앙이 발견한 게 뭔지 궁금하겠군. 시간 끌지 않고 그냥 말하겠어. 그건 지난 수백 년 동안 인간이 해 왔던 일을 자연스럽게 확장시킨 것뿐이야. 처음에는 사진기 덕분에 우리가 영상을 갈무리할 수 있었어. 다음에는 에디슨이 축음기를 발명해서 소리까지 정복했지. 요즘 유성영화는 옛 조상들이라면 상상도 할 수 없을 일종의 기계적인 기억 장치인 셈이라고 할 수 있어. 하지만 분명히 여기서 끝나진 않을 거야. 과학은 궁극적으로 생각과 감각을 저장해 두고 원할 때마다 특정한 경험을 아주 세세한 부분까지 반복할 수 있도록 마음속으로 다시 전송할 수 있게 될 걸세."

"오래된 얘기군!「멋진 신세계」에 나오는 '촉감영화(feelies)'를 보라고."

누군가가 코웃음 쳤다.

"멋진 아이디어가 실현되기 전에 여러 사람이 그걸 생각해 내는 건 흔한 일이야."

퍼비스가 엄숙하게 말했다.

"요점은 헉슬리나 다른 사람들이 이야기했을 수는 있어도, 그걸 해낸 건 줄리앙이란 거지. 아, 그러고 보니 재미있는 우연의 일치가 있군. 올더스 헉슬리의 형 이름이 줄리언이었지!

그건 당연히 전기적인 현상이었어. 뇌 촬영법으로 뇌에서 생기는 사소한 전기 충격, 그러니까 잡지 같은 데서 이른바 뇌파라고 부르는 걸 기록할 수 있다는 건 다들 알고 있겠지. 그는 기록한 뇌파를 재생할 수 있었어. 간단하게 들리나? 축음기도 마찬가지일세. 하지만 에디슨 같은 천재만이 만들 수 있었어.

여기서 악당이 등장해. 악당은 좀 심한 표현인지도 모르겠네. 줄리앙 교수의 조수였던 조르주 뒤팽은 꽤 불쌍한 인물이거든. 교수보다는 좀 더 실용적인 생각을 지닌 프랑스인으로서 이 연구용 장난감이 수십억 프랑의 가치가 있다는 걸 바로 알아봤을 뿐이니까.

우선 할 일은 그걸 연구소 밖으로 가지고 나가는 거였지. 프랑스인들에게는 정말로 세련된 공학 능력이 있다니까. 자기 교수와 함께 몇 주 동안 꼬박 일하고 나자, 조르주는 그 장치의 재생기를 텔레비전보다 작은 크기의 상자로 만들 수 있었고 거기 들어가는 부품도 텔레비전 속의 부품보다 아주 많지 않았지.

이제 실험을 시작할 준비가 된 거야. 돈이 상당히 필요하긴 하지만, 누가 아주 제대로 지적했듯이 계란도 깨지 않고서 오믈렛을 만들 수는 없지. 내 생각뿐일지 몰라도 아주 적당한 비유야.

왜냐하면 조르주가 찾아간 사람은 프랑스에서 제일 유명한 미식가였거든. 그리고 흥미로운 제안을 했지. 명성에 대한 찬사치고는 아주 독특했기 때문에 그로서는 거절할 수 없었을 거야. 조르주는 참을성 있게 자신이 감각을 기록하는(자료를 축적하겠다는 얘기는 꺼내지도 않았지.) 장치를 개발했다고 설명했어. '과학을 위해, 그리고 프랑스 요리의 영광을 위해, 남작님께서 탁월한 재능을 발휘하실 때 느끼는 맛의 미묘한 차이와 그때 느끼는 감정을 분석할 수 있는 특권을 주시겠습니까? 남작님께서 식당과 요리사, 요리 종류를 전부 고르셔도 됩니다. 남작님 편리하신 대로 전부 준비하겠습니다. 물론 바쁘시다면, 남작님 대신 유명한 식도락가인 르 콩테 씨에게 부탁을…….'

어떤 면에서 보자면, 그 남작은 상스러운 인간이었는지도 몰라. 프랑스어 사전에서는 찾아보기 힘든 말을 내뱉었거든. 그는 화를 냈지. '그 병신! 그 인간은 영국 음식도 맛있다고 할 놈이야! 하려면 내가 해야지.' 그러고는 곧바로 앉아서 식단을 짜기 시작했고, 조르주는 초조하게 요리의 가격을 계산하면서 은행 잔고가 버텨 줄지 걱정했지…….

요리사와 웨이터들이 뭐라고 생각했을지 궁금해. 남작은 제일 좋아하는 자리에 앉아서 좋아하는 음식을 마음껏 음미했고, 남작의 머리는 최대한 불편하지 않게 엮인 전선으로 구석에 있는 악마처럼 생긴 기계에 연결되어 있었거든. 사전에 알려지는 걸 조르주가 원치 않았기 때문에 식당은 다른 손님을 받지 않았어. 덕분에 가뜩이나 값비싼 실험에 돈이 더 들어가게 되었지. 그만 한 가치가 있는 결과가 나오기를 바랄 뿐이었어.

성공이었어. 물론, 그것을 증명하는 방법은 조르주의 '기록'을 재생하는 것뿐이야. 그런 감각을 말로 설명하기란 불가능에 가깝기 때문에, 우리는 그저 그 말을 믿는 수밖에 없어. 남작은 말로만 떠들어 대는 부류가 아니라 제대로 된 전문가였나 봐. 서버(제임스 서버, 미국의 유머 작가, 극작가 — 옮긴이)가 한 말을 알지? '별거 아닌 싸구려 포도주이지만, 여러분 같은 사람들은 좋아할 겁니다.' 남작은 냄새만 맡아도 그게 진품인지 아닌지 알았을 거야. 그리고 의심스러우면 바로 내쳐 버렸겠지.

그 장치를 개인적인 용도로 사용할 생각은 없었겠지만, 그래도 내가 보기엔 그걸 사용해서 돈을 꽤 벌었던 것 같아. 조르주에겐 새로운 세상이 열린 셈이었고, 독창적인 머릿속에서 형성되고 있던 아이디어들은 더욱 분명해졌어. 의심의 여지가 없었지. 호사스럽기 짝이 없는 식사를 하는 동안 남작의 마음속에서 느껴진 온갖 미묘한 감정을 전부 저장할 수 있었어. 이제는 미식가가 되기 위해 훈련받지 않은 사람도 고도로 발달된 감각으로 맛을 느낄 수 있게 된 거야. 남작은 평생 동안 교육과 훈련을 반복한 끝에야 그런 감각을 느낄 수 있었어. 하지만 이제 그런 감각이 저장되어 있는 이상, 실제로는 맛에 대한 감각이 전혀 없는 사람이라고 해도 남작이 느꼈던 것과 똑같은 맛을 느낄 수 있는 거지.

조르주의 눈앞에 어떤 미래가 펼쳐져 있었을지 생각해 보게나. 여러 가지 진귀한 음식도 있고, 유럽 전역의 포도주 맛을 모아 놓을 수도 있지. 식도락가라면 아무리 값비싸다고 해도 거부하지 못할걸. 귀한 포도주의 마지막 남은 한 병이 소실된다고 해도 그 맛의 정수는 보존할 수 있어. 멜바(20세기 초 활약한 오페라 가수—옮긴이)의 목소리가 여러 시대를 거치면서도 보존되는 것과 같아. 중요한 건 포도주 자체가 아니라 포도주를 마셨을 때의 감각이니까…….

즐겁긴 했지만, 조르주는 그것이 시작일 뿐임을 알았지. 프랑스인들은 자기들이 논리적이라고 주장하잖아. 난 그게 좀 의심스러웠는데 조르주의 경우에는 맞는 말이더군. 조르주는 며칠 동안 생각에 잠겨 있다가 애인을 만나러 가서 이렇게 말했지.

'이본, 내 사랑. 좀 낯 뜨거운 부탁이 있는데 말이야…….'"

해리 퍼비스는 언제 이야기를 끊어야 하는지 잘 알았다. 그는 바 쪽으로 몸을 돌려 말했다.

"드루, 스카치위스키 한 잔만 더 줘."

술이 나올 때까지 다들 침묵했다.

마침내 퍼비스가 말했다.

"계속하지. 아무리 프랑스라지만 그런 실험은 처음이었겠지. 어쨌든 실험은 성공적으로 이루어졌어. 조르주가 그렇게 분별없는 사람은 아니었기 때문에, 실험은 모두가 잠든 밤에 했지. 주지하다시피, 조르주는 설득을 잘하는 사람이었어, 그 아가씨를 설득하는 데 많은 노력이 들었을 것 같지는 않네만.

조르주는 궁금해 하는 여자를 진지하지만 성급한 키스로 입막음한 후에 연구실 밖으로 내보내고 자기 장치로 달려갔지. 초조하게 기록한 걸 재생했어. 성공이었어. 물론 그는 실패할 거라고 생각해 본 적은 한번도 없었어. 게다가 내게 이야기해 준 사람 말로는 그 느낌이 실제 느낌하고 구별할 수 없을 정도였다고 하더군. 그 순간 조르주는 경외감에 휩싸였어. 이게 역사를 통틀어 가장 위대한 발명이라는 데에는 의심의 여지가 없었어. 부자가 되는 건 말할 것도 없고 이름도 영원히 남을 거야. 그는 모든 사람이 꿈꾸었던 걸 이루어 냈으니까. 그리고 노년의 두려움들 중의 한 가지를 없애 주었으니까.

동시에 그는 자신이 원한다면 이제는 이본 없이도 지낼 수 있다는 사실을 깨달았어. 이것은 훨씬 더 깊은 사고의 필요성을 암시했지. '훨씬' 더 깊은 사고를 말이야.

지금 내 얘기는 당연히 아주 많이 압축된 거야. 이 모든 일이 벌어지는 동안에도 조르주는 아무런 의심도 하고 있지 않은 교수를 충실히 도왔어. 사실, 아직까지 조르주는 비슷한 환경에서 여느 연구자들이라도 했을 법한 일을 한 거지. 원래 임무를 다소 넘어서긴 했어도,

필요하다면 모두 해명할 수 있었지.

　다음 단계에서는 고도의 협상과 어렵게 모은 돈을 조금 더 투자하는 일이 필요했어. 이제 조르주에게는 실험을 증명해 보이는 데 필요한 모든 것이 있었어. 그가 다루던 기술이 상업적으로 대단한 가치가 있다는 데에는 의심의 여지가 없었어⋯⋯. 파리에는 그런 기회를 놓치지 않으려고 달려드는 약삭빠른 사업가들이 많아. 그래도 우리는 조르주가 두 번째 감각 기록을 상품의 견본으로 사용하지 않았다는 세심한 면은 인정해 주어야 해. 그 기록에 관련된 사람이 누군지를 숨길 방법이 없었고 조르주는 절도 있는 사람이었던 거지. 그는 또 이렇게 강조했어. '게다가, 축음기 회사는 음반을 만들고자 할 때 아마추어 음악가의 연주를 녹음하지 않는다. 그건 전문가가 해야 할 일이다. 이 경우에도 그건 당연하다.' 그리고 조르주는 은행에 몇 번 더 전화한 후, 다시 파리로 떠났어.

　그는 피갈 광장(파리의 지명. 근처에 환락가가 많다. ─ 옮긴이) 근처에는 가지도 않았어. 거긴 미국인들이 많고 가격도 터무니없이 비쌌거든. 대신에, 택시 기사에게 신중하게 물어서 숨 막힐 듯이 훌륭한 교외 지역으로 나갔어. 이윽고 그는 어느 쾌적한 대기실에 앉아서 기다리는데 그곳은 결코 여러분 짐작처럼 이국적이진 않았다네.

　그리고 거기서 약간 당황한 채로, 조르주는 직업은 물론이고 나이도 짐작하기 어려운 여자에게 자기 계획을 설명했어. 그 여자는 손님들의 이상한 요구에 익숙했지만, 이건 꽤 긴 경력에 비추어 보더라도 한번도 들어 본 적이 없는 요구였어. 그러나 돈을 지불하는 한 언제나 손님이 왕인 법이지. 모든 것이 순조롭게 준비되었어. 조르주는 젊은 아가씨 한 명과 아가씨의 남자 친구인 남성미가 물씬 풍기는 폭력배 한 명을 데리고 돌아왔어. 당연히 처음에는 둘 다 미심쩍은 눈치였지. 그래도 칭찬에 안 넘어가는 사람 없다고, 좋은 말을 해 주니 금세 친근해졌다네. 헤라클레스와 서세트는 쾌락의 정수를 보여 주겠다고 조르주에게 약속했지.

내가 자세한 과정을 묘사해 주길 바라는 사람이 틀림없이 있을 테지만, 그런 기대는 버리게. 내가 말할 수 있는 건, 조르주, 아니, 그보다는 그 장치가 아주 바쁜 시간을 보냈다는 것이고, 아침이 되자 저장할 공간이 거의 바닥나 버렸다는 거야. 헤라클레스라는 이름이 그야말로 어울리는 남자였지…….

여기까지 오는 동안 조르주는 돈을 전부 다 써 버렸어. 하지만 그에게는 값을 매길 수 없을 만한 감각 기록이 두 개나 있었어. 다시 한번 그는 파리로 떠났고 아무런 어려움 없이 몇몇 사업가들을 만날 수 있었어. 그들은 너무나 놀란 나머지 정신이 멍한 상태에서 조르주와 아주 큰 계약을 맺었어. 과학자들은 금전적인 문제에 젬병인 경우가 너무 많아서 이런 이야기를 하니 기분이 좋군. 게다가 조르주가 계약서에 줄리앙 교수에 대한 항목도 잊지 않고 넣었다는 점도 마찬가지로 마음에 들어. 물론 그건 전부 줄리앙 교수가 발명한 거고, 그 부분에 대해서는 언제가 됐든 조르주가 분명히 해야 할 거라고 따지고 들 사람도 있겠지. 하지만 난 보상이 더 있었을 거라고 생각해.

그 장치를 구체적으로 어떻게 이용할 생각이었는지는 당연히 나도 몰라. 조르주에게는 남을 설득하는 재주가 있다고 했지만, 사실 감각 기록을 한 번 경험해 본 사람은 굳이 설득하고 자시고 할 필요도 없었어. 끝이 보이지 않는 방대한 시장이 눈앞에 펼쳐져 있었어. 수출을 하게 되면 프랑스는 홀로 일어설 수도 있지. 미국에 진 달러 빚도 하룻밤이면 전부 갚을 수 있을 거야. 문제가 있다면, 알려지지 않은 경로를 통해서 조심스럽게 사업을 운영해야 한다는 거지. 만약에 미국인들이 자기 나라에 수입되어 들어오는 게 뭔지 알아챈다면, 그 위선적인 놈들이 얼마나 난리를 피워 댈지 불 보듯 뻔한 일이니까. '어머니 연합', '미국 혁명의 딸들', '주부 연맹'(미국의 보수 단체들─옮긴이)들이나 온갖 종교 집단이 한꺼번에 들고일어나겠지. 변호사들이 그 문제를 두고 고심 중이었어. 다른 영어권 국가에서『남회귀선』(헨리 밀러의 소설. 파격적인 내용으로 발간 당시 미국에서 판매 금지됨─옮긴이)을 우편 구매하는 것을 금지하는 법안도 이 경우에는 적용되지 않았거든. 아무도 생각하지 못했던 거니까 당연하지. 하지만 곧 새로운 법안을 만들어야 한다는 얘기가 나올 테고 의회가 뭔가를 들고 나오겠지. 그러니까 가능한 한 공론화되지 않는 편이 제일 좋았지.

사실 감독 한 명이 지적했듯이, 설령 감각 기록이 금지된다고 해도 아쉬울 건 없어. 그렇게 되면 가격이 천정부지로 치솟을 게 뻔하고 세관에서 아무리 노력한다고 해도 빠져나갈 틈은 언제나 있게 마련이니까. 오히려 조금만 팔아서 돈을 더 많이 벌 수 있을지도 모르지. 금주법 꼴이 나는 거야.

이쯤 되자, 당연히 조르주는 미식가니 뭐니 하는 일에는 흥미를 잃어버렸어. 재미는 있었지만 그 장치가 지닌 가능성을 고려하면 하찮은 일에 불과했지. 제휴 계약서를 쓰던 감독들도 비슷한 생각을 했어. 맛있는 음식을 먹는 즐거움을 '부속물'에 포함시켰거든.

거금을 받고 돌아온 조르주는 구름에 뜬 기분이었어. 매력적인 생각이 그의 상상력을 자극했지. 그는 바흐의 48개 서곡과 푸가, 그리고 베토벤의 9개 교향곡을 완벽하게 녹음하기 위해서 축음기 회사가 겪었던 온갖 고생을 떠올렸다네. 이제 그가 세울 회사는 동양과 서양의 비밀스러운 지식에 정통한 전문가들이 직접 느낀 완전하고 결정적인 감각 기록을 내놓을 수 있을 테니까. 도대체 얼마나 많을까? 물론 그건 지난 수천 년간 논쟁의 대상이었지. 조르주가 듣기로, 힌두 교본만 해도 가볍게 세 자릿수였어. 정말 흥미로운 연구가 될 거야. 전례가 없는 일로서 이익과 쾌락이 결합되는 거지…… 그는 이미 파리에서는 구하기 쉽지 않은 자료들까지 구해서 기초적인 연구를 시작했어.

당연한 얘기지만, 이런 구상에 몰두해 있던 조르주는 평소에 즐기던 일에 완전히 무관심해졌어. 아직 교수에게 계획을 털어놓지도 않았고 연구실이 문을 닫기 전에 모든 일을 끝내야 했기 때문에, 그는 말 그대로 밤낮으로 일했어. 조르주가 흥미를 잃어버린 대상 중에는 이본도 있었지.

어떤 여자라도 당연히 그랬겠지만, 이본의 호기심은 이미 달아올라 있었지. 하지만 그녀는 단순히 호기심만 느끼는 게 아니라 아주 괴로워하고 있었어. 조르주가 너무 멀어지고 냉정해졌거든. 그는 이제 이본을 사랑하지 않았어.

예상된 결과였지. 술집 주인은 자기 상품을 너무 자주 맛보는 실수를 저질러서는 안 돼. 드루, 자네는 그러지 않을 거라고 믿네만. 조르주가 바로 이 함정에 빠진 거야. 그는 감각 기록을 지나치게 자주 즐겼고 결과는 좋지 않았어. 게다가 불쌍한 이본은 경험이 많고 숙련된 서세트와 비교가 될 리 없었지. 프로와 아마추어의 차이랄까.

이본이 아는 거라곤 조르주가 다른 누군가와 사랑에 빠졌다는 것뿐이었어. 그건 꽤 사실이었지. 이본은 조르주가 자신에게 지금까지 불성실했다고 의심했어. 그리고 그건 지금 우리가 여기서 이야기하기 어려운 심오한 철학적 문제들을 제기하고 있지.

잊었는지 모르지만, 이건 프랑스에서 일어난 일이고, 그 결과는 필연적이었지. 불쌍한 조르주! 그가 평소처럼 밤늦게 연구소에서 일하고 있을 때 이본이 이런 경우에 항상 등장하는 쓸데없이 장식이 많은 권총으로 그를 끝장내 버렸어. 조르주를 위해 건배하자고.”

“뻔한 얘기잖아.”

존 베이논이 말했다.

“아주 기막힌 걸 발명한 사람이 있었는데, 어쩌다 보니 그 사람은 죽어 버린다. 아무도 확인할 수 없게 말이야. 아마 그 장치도 파괴되었다고 말할 속셈이지?”

“아니.”

퍼비스가 대꾸했다.

“조르주와는 관계없겠지만, 이건 해피 엔딩으로 끝나는 이야기라고. 이본도 아무 문제 없었어. 조르주의 죽음을 아쉬워하던 후원사들이 재빨리 달려와서 불리한 내용이 대중에 알려지는 걸 막았어. 감정이 있는 사람이자 사업하는 사람으로서 그들은 이본의 자유를 보호해 주어야 한다는 것을 깨달았지. 그들은 신속하게 유력 인사들을 상대로 감각 기록을 시연함으로써 이 불쌍한 여자가 억누를 수 없는 분노를 경험했다는 걸 납득시켰어. 그리고 새로 세운 회사의 주식 약간이 양쪽 모두 정중하게 거래를 마칠 수 있게 해 주었지. 심지어 이본은 자기 총까지 돌려받았어."

"그러면 언제……."

누군가가 말했다.

"아, 이런 일은 시간이 걸려. 대량생산 문제도 있고. 아주 개인적인 경로를 통해서는 벌써 팔리고 있는지도 모르지. 레스터 광장 근처에 있는 괴이쩍은 작은 가게나 공고판에서 조만간 그런 기미를 읽을 수 있을지도 몰라."

"당연히…… 그 회사의 이름을 알고 있지는 않겠죠?"

뉴잉글랜드 출신의 목소리가 못 믿겠다는 어투로 말했다.

가끔씩 이런 경우가 생길 때면 퍼비스를 다시 볼 수밖에 없다. 그는 전혀 망설이지 않고 대답했다.

"'아프로디테 주식회사.' 아, 그리고 방금 재미있는 게 기억났어요. 그 회사는 당신네 미국의 성가신 우편물 관리 규정을 건너뛰려고 의회에서 심리에 들어가기 전에 자리를 잡으려고 하고 있어요. 곧 네바다에 지사를 연다고 하더군요. 네바다라면 뭐든지 할 수 있잖아요."

퍼비스는 안경을 곧추세우고 엄숙하게 말했다.

"조르주 뒤팽을 위해! 과학의 순교자. 새로운 시대를 맞이할 때 그의 이름을 기억합시다! 그리고……."

"그리고?"

모두 다같이 물었다.

"이제부터 저축을 해야지. 그리고 헐값이 돼 버리기 전에 텔레비전을 내다 팔게."

망명자 |Refugee|

1955년 7월, 《매거진 오브 판타지 앤드 사이언스 픽션(The Magazine of Fantasy and Science Fiction)》에 "?"라는 제목으로 첫 게재. 『하늘의 저편』에 재수록.

"망명자"는 앤터니 부처가 그 제목을 마음에 들어하지 않아서, 원래 "?"라는 제목으로 처음 출간되었다. 좀 더 나은 이름을 찾으려고 공모까지 한 끝에 "폐하의 이 지구"를 골랐으나, 그러는 동안 《뉴월드(New World)》의 테드 카넬이 이 단편을 "국왕 대권"이라고 부르는 통에 혼란만 가중되었다. 실재 인물과의 유사성이 전혀 없다고는 할 수 없다. 실제로, 그 후에 난 헨리 왕자의 원형 격인 사람을 만난 적이 있는데, 이 이야기에 대단히 어울릴 만한 대화를 나누었다.

"그 사람이 오면 말이야, 도대체 뭐라고 불러야 하지?"

탑승용 발판이 내려가기를 기다리던 손더스 선장이 물었다.

항법사와 부조종사는 침묵에 잠긴 채 이 문제를 진지하게 생각했다. 미첼이 주 제어판을 잠그자, 동력이 꺼지면서 우주선의 여러 장비도 제각각 침묵에 빠졌다.

미첼이 천천히 입을 열었다.

"정확한 호칭은 말이죠…… '전하'입니다만."

"흥!"

선장이 콧방귀를 뀌었다.

"누가 와도 그렇게 불러 줄 순 없지."

그때 챔버스가 선장을 돕고 나섰다.

"요즘 같은 시대에 '님' 정도면 충분하지 않을까요? 빼먹는다고 해도 그리 큰일도 아닐 것 같고요. 그런 일로 런던탑에 있는 감옥에 갇힌다는 건 그야말로 옛날 일이죠. 게다가 이 헨리는 왕비만 여러 명이 었던 그 헨리만큼 까다로운 사람도 아닌걸요."

미첼이 덧붙였다.

"소문을 듣자 하니, 젊고 괜찮은 사람이라고 하더군요. 꽤 지적이기도 하고요. 가끔 대답하기 힘든 기술적 문제에 대해서도 물어 오곤 한답니다."

손더스 선장은 그 말에 담긴 의미를 외면하며, 만약 헨리 왕자가 '역장 상쇄 추진기'의 작동법을 물어 오면 미첼에게 설명을 맡겨야겠다고 작정했다. 그는 조심스럽게 일어섰다. 항행하는 동안 내내 지구의 반밖에 안 되는 중력에서 일하다가 지구에 도착하니 몸이 바윗덩어리 같았다. 그는 복도를 따라 하부 에어 로크로 걸어갔다. 부드러운 소리와 함께 커다란 문이 옆으로 열리며 길을 터주었다. 그는 기다리고 있는 영국 국왕의 계승자 그리고 텔레비전 카메라와 마주하기 위해 얼굴에 웃음을 지었다.

아마도 언젠가 영국 국왕 헨리 4세가 될 사람은 아직 20대 초반의 남자였다. 키는 평균보다 좀 작았고 섬세한 외모는 어디를 보아도 왕가의 전형적인 유전적 특징에 부합했다. 댈러스 출신으로 왕자 따위는 안중에도 없었던 손더스 선장은 뜻밖에도 왕자의 크고 슬픈 듯 보이는 눈에 마음이 움직이는 것을 느꼈다. 그것은 수없이 많은 연회와 행렬의 모습을 보았고, 신중하게 수립된 공식 행사 일정에서 벗어난 광경을 보도록 허락받지 못한 눈이었다. 당당하지만 피곤해 보이는 얼굴을 보면서 손더스 선장은 왕실의 인물이 겪어야 하는 근본적인 외로움을 난생처음으로 어렴풋이나마 알 수 있었다. 그런 약점을 보니 그가 지니고 있던 왕실에 대한 반감이 갑자기 부질없이 느껴졌다. 왕관이 지닌 문제는 한 인간에게 불공평할 정도로 큰 짐을 지운다는 것이다…….

켄타우루스 호의 통로는 아주 좁아서 천천히 돌아다니며 구경할 만한 장소가 아니었는데, 이내 그 점은 헨리 왕자에게 수행원을 떨어뜨려 놓을 수 있는 좋은 핑계 거리가 되었다는 게 밝혀졌다. 일단 우주선 안으로 들어오자, 손더스 선장은 신중하고 경직된 태도를 풀어 버렸고, 몇 분 지나지 않아서 왕자를 다른 방문객들처럼 대하기 시작했다. 왕실에서는 어릴 적부터 다른 사람들이 평소처럼 행동할 수 있도록 배려하는 법을 가르친다는 사실을 그는 알아채지 못했다.

생각에 잠긴 듯한 모습으로 왕자가 말했다.

"선장님도 아시겠지만, 오늘은 우리에게 중요한 날입니다. 난 예전부터 항상 우리 영국에도 우주선이 기항하기를 바랐습니다. 하지만 지금 여기에 우리 항구가 있다는 게 여전히 낯설게 느껴지는군요. 로켓 쪽에서도 일을 많이 해 보셨나요, 선장님?"

"훈련은 받았습니다만, 제가 졸업했을 때 이미 점점 쓰이지 않기 시작했습니다. 전 운이 좋았죠. 저보다 조금 더 나이 든 사람들은 돌아와서 새로 교육받아야 했으니까요. 새 우주선에 적응하지 못하면 우주에서의 경력을 완전히 버리는 수밖에 없었죠."

"그렇게 차이가 큽니까?"

"그럼요. 로켓이 사라졌을 때의 변화란 돛단배에서 증기선으로 바뀌는 것과 맞먹습니다. 이런 비유는 종종 들으실 테지만요. 요즘 배에는 그런 게 없지만, 옛날 돛단배에 있었던 매력 같은 게 구식 로켓에도 있지요. 켄타우루스 호는 마치 풍선처럼 조용하게 이륙합니다. 원하는 만큼 천천히 이륙하는 것도 가능하고요. 하지만 로켓은 몇 킬로미터나 되는 땅을 진동시키지요. 너무 발사대에 가깝게 있었다면, 아마 며칠 동안은 귀가 먹을 겁니다. 옛날 기록을 봐서 아시겠지요."

왕자는 미소를 지어 보였다.

"네. 궁에 있을 때 가끔씩 돌려 보곤 합니다. 탐사 여행에 관한 건 전부 본 것 같군요. 저도 로켓의 시대가 끝난 게 아쉽습니다. 하지만 그렇지 않았다면 진동이 스톤헨지를 뒤흔들어 놓았을 테니, 여기 솔즈베리 평원에 우주항을 짓는 일도 불가능했겠지요."

"스톤헨지요?"

왕자가 3구역으로 들어갈 수 있도록 해치를 열어 붙잡아 주고 있던 손더스 선장이 물었다.

"고대 유물입니다. 세계에서 가장 유명한 돌무리죠. 대략 3000년쯤 되었는데 정말 인상적인 유물이에요. 한번 가 보세요. 여기서 16킬로미터밖에 떨어져 있지 않아요."

손더스 선장은 슬며시 떠오르는 미소를 억제하기가 어려웠다. 이곳은 정말 희한한 곳이다. 그는 이렇게 명확하게 상반된 면이 공존하는 곳이 또 있을지 궁금했다. 고향인 텍사스에는 500년이 넘는 게 전혀 없고, 빌리 더 키드(1800년대 미국 개척 시대의 무법자 — 옮긴이) 정도면 고대 역사에 속한다는 사실을 떠올리니 자신이 아주 젊고 경험 없는 것처럼 느껴졌다. 난생처음으로 그는 전통이란 게 무엇인지 깨닫고 있었다. 전통은 그에게 없는 어떤 것을 헨리 왕자에게 부여했다. 몸가짐 — 자기 확신. 그래, 그거였다. 그리고 애써 주장하지 않아도 너무나 당연한 것이기 때문에 거만함과는 다소 거리가 있는 자부심도.

놀랍게도 헨리 왕자는 우주선을 둘러보기로 되어 있던 30분 동안 여러 가지 질문을 물어 왔다. 별로 궁금하지도 않은 질문을 예의상 하는 게 아니었다. 고귀하신 왕자 전하께서는 우주선에 대해 아주 잘 알고 있었다. 켄타우루스 호 밖에서 참을성 있게 기다리고 있던 접대 위원들에게 왕자를 인도할 무렵 손더스 선장은 완전히 녹초가 되었음을 느꼈다.

에어 로크에서 악수를 나누며 왕자가 말했다.

"감사합니다, 선장님. 이렇게 즐거웠던 적이 없습니다. 영국에 머무르는 동안 즐겁게 지내시고 항해도 성공적이길 바랍니다."

그러자 수행원들이 왕자를 모시고 갔고, 그때까지 기가 죽어 있던 항구 관리들이 서류를 확인하기 위해 배에 올랐다.

"흠, 우리 영국 황태자께서는 어떻던가요?"

일을 모두 끝내고 나서 미첼이 물었다.

"놀랍던걸."

손더스 선장이 솔직히 말했다.

"왕자라곤 생각되지 않을 정도였어. 그런 사람들은 항상 어리벙벙할 줄 알았거든. 그런데, 뭐야, 필드 드라이브의 원리까지 알고 있잖아! 그 사람이 우주 경험이 있나?"

"한 번 있었던 것 같습니다. 스페이스 포스 모델을 타고 대기권 밖으로 나간 적이 있어요. 궤도에도 오르지 않고 돌아왔지만 수상은 놀라서 쓰러질 지경이었다는군요. 《타임스》에 사설도 실리고 의회에서

심의까지 했답니다. 왕좌를 이어받을 사람은 최신 기술에 몸을 맡기는 위험을 감수해서는 안 된다고 다들 결정해 버리는 바람에 왕자는 왕립 우주군 사령관임에도 불구하고 달에도 한 번 못 가 보았죠."
"불쌍한 양반이구먼."
손더스 선장이 말했다.

화물을 싣는 작업이나 비행 전 정비 작업을 감독하는 일은 선장의 임무가 아니었기 때문에, 손더스 선장은 사흘 정도 시간을 죽여야 했다. 아는 선장들 중에는 작업 중인 엔지니어들의 코앞에서 어슬렁거리며 그들을 압박하는 사람도 있었지만, 손더스는 그런 종류의 선장이 아니었다. 게다가 그는 런던 구경을 하고 싶었다. 화성이나 금성, 달에는 가 보았지만 영국에는 이번이 처음이었다. 미첼과 챔버스는 선장에게 쓸모 있는 정보를 이것저것 알려 주더니 그를 런던으로 가는 모노레일에 태우고는 자기 가족들을 만나러 달려가 버렸다. 아마도 그들은 선장보다 하루 먼저 돌아와 일이 잘되어 있는지 확인해 둘 것이다. 말은 안 해도 그렇게 믿을 수 있는 부하가 있다는 건 크게 위안이 되었다. 미첼과 챔버스는 신중하고 쓸데없는 데 생각을 빼앗기지 않았으며 지나칠 정도로 철저했다. 손더스 선장은 만약 그들이 준비가 완료되었다고 보고하면 자신이 주저하지 않고 배를 출발시킬 거라는 사실을 잘 알고 있었다.

매끄러운 유선형의 차체는 주의 깊게 손질된 지형을 빠르게 가로질렀다. 지상에서 아주 가까이 빠르게 움직이고 있어서 마을과 풍경이 쏜살같이 지나간다는 인상밖에 받지 못했다. 모든 게 아주 밀집되어 있어서 마치 소인국을 보는 것 같았다. 어느 쪽을 봐도 일이 킬로미터 밖을 볼 수 없을 정도로 열린 공간이 없었다. 텍사스 출신, 게다가 텍사스 출신으로 우주 비행사가 된 사람에게는 폐소공포증을 불러일으킬 만했다.

뚜렷하게 경계가 구분되어 있는 런던이 마치 지평선 위의 성채처럼 갑자기 나타났다. 건물들은 대부분 높이가 기껏해야 15층이나 20층 정도로 낮았다. 모노레일은 좁은 계곡을 지나고 아주 매력적인 공원을 넘어, 아마도 템스 강일 듯한 강을 하나 넘어 마침내 사뿐하게 정지했다. 함부로 흘려들을 수 없을 것 같은 목소리가 스피커에서 흘러나왔다.

"여기는 패딩턴입니다. 북부로 가실 분은 자리에 앉아 계시기 바랍니다."

손더스는 선반에서 짐을 챙겨 역으로 향했다.

지하철 입구에 이르자 가판대에서 잡지를 늘어놓고 파는 게 보였다. 절반 정도는 표지에 헨리 왕자와 다른 왕족의 사진을 담고 있었다. 손더스에게는 좀 심해 보였다. 지나가는데 신문에 전부 헨리 왕자가 켄타우루스 호를 방문하는 사진이 실려 있는 게 눈에 띄어 지하철(아니, 영국에서는 지하철을 "튜브"라고 불렀다.)에서 읽으려 몇 장 집어 들었다.

사설의 논조는 지루할 정도로 비슷했다. 마침내 영국도 우주 개발 경쟁에서 한자리 차지할 수 있어 기쁘다는 내용이었다. 이제는 거대한 사막 따위가 없어도 우주선을 운용할 수 있었다. 요즘의 반중력 우주선은 조용하기 때문에 원한다면 연못의 오리들이 알아차리지도 못하는 사이에 하이드파크에 착륙할 수도 있었다. 손더스에게는 이런 식의 애국심이 우주 시대까지 살아남았다는 사실이 기묘하게 느껴졌다. 그러나 영국인들이 호주나 미국, 러시아의 우주선 발사대를 임차하면서 느꼈을 감정은 어렵지 않게 상상할 수 있었다.

런던 지하철은 만들어진 지 한 세기 반이 지났음에도 불구하고 세계에서 가장 훌륭한 수송 수단이었다. 손더스는 패딩턴을 떠난 지 10분도 채 안 되어 안전하게 목적지에 내릴 수 있었다. 켄타우루스 호라면 10분 동안에 8만 킬로미터를 이동했겠지만, 우주는 이렇게 붐비는 곳이 아니었다. 게다가 우주선의 궤도는 손더스가 호텔까지 뚫고 가야 했던 거리처럼 구불구불하지도 않았다. 런던 거리를 직선화하려는 시도는 전부 비참하게 실패하고 말았다. 손더스가 목적지까지 가는 마지막 몇 백 미터를 움직이는 데는 무려 15분이 걸렸다.

그는 상의를 벗어던지고 행복한 마음으로 침대에 쓰러졌다. 조용히 보낼 수 있는 시간이 사흘이나 온전히 남아 있었다. 너무 행복해서 도무지 현실 같지가 않았다.

현실은 현실이었다. 편안하게 숨 한 번 쉬기도 전에 전화가 울렸다.

"손더스 선장님이십니까? 이렇게 인사드리게 되어 기쁩니다. 여기는 BBC 방송국으로 저희 프로그램 중에 「인 타운 투나잇」이란 게 있는데, 혹시······."

며칠 만에 듣게 된 에어 로크 열리는 소리가 그렇게 감미로울 수 없었다. 이제 그는 안전했다. 곧 자유로운 우주 공간으로 떠날 이 강철 요새 안에 틀어박힌 그를 귀찮게 할 사람은 없었다. 그동안 받은 대접이 나빴던 것은 아니었다. 반대로, 너무 좋았다. 이런저런 텔레비전 프로그램에 네 번(다섯 번이었던가?) 얼굴을 드러냈고, 기억할 수조차 없을 만큼 많은 파티에 참가했다. 처음 만나 인사한 사람만 수백 명이 넘어서 옛날 친구들을 전부 잊어버릴 지경이었다.

"도대체 영국 사람들이 내성적이고 쌀쌀맞다는 소문을 퍼뜨린 게 누구야?"

항구에서 만난 미첼에게 손더스가 물었다.

"그런 사람 한번 만나 보면 소원이 없겠군."

"재밌게 지내셨나 보군요."

미첼이 대꾸했다.

"내일 다시 물어보게. 그때쯤은 돼야 정신이 돌아올 것 같으니까."

"어젯밤에 퀴즈 프로그램에 나오신 걸 봤어요. 핼쑥해 보이시던데요."

챔버스가 말했다.

"아, 고맙구먼. 그런 동정 어린 위안을 들으니 기분이 한결 나아지는걸? 새벽 3시까지 잠도 못 자고 '무미건조(jejune)'의 유의어를 알아맞히는 게임을 하면 자네들 표정이 어떻게 될지 궁금하군."

"김빠진(vapid)."

챔버스가 바로 대답했다.

"싱거운(insipid)."

지지 않으려는 듯 미첼도 말했다.

"잘났네. 가서 우주선 점검하고 엔지니어들이 일을 잘해 놓았는지 확인이나 하게."

일단 자기 자리에 앉자 손더스 선장은 금세 본래의 유능한 인물로 돌아왔다. 고향으로 돌아온 셈이었다. 쌓아 온 훈련이 효과를 발휘하고 있었다. 해야 할 일을 정확히 알았고, 거의 자동으로 한 치의 오차도 없이 일을 했다. 선장의 좌우에서는 챔버스와 미첼이 저마다 장비를 점검하며 관제탑을 호출하고 있었다.

이륙 전의 세밀한 절차를 마치는 데는 한 시간이 걸렸다. 마지막 허가가 떨어지고 끝까지 남아 있던 적색등이 녹색으로 바뀌자, 손더스는 의자에 털썩 주저앉아 담배에 불을 붙였다. 이륙하기까지는 아직 10분이 있었다. 그가 말했다.

"시간이 나면 말이야. 몰래 다시 한 번 영국에 와서 어떻게 이 나라가 멀쩡하게 굴러가는지 알아봐야겠어. 이 좁은 섬에 사람이 그렇게 많은데, 어째서 가라앉지 않는 거야."

챔버스가 코웃음을 쳤다.

"허. 네덜란드에 가 보세요. 영국이 텍사스처럼 보일걸요."

"게다가 그 왕실 문제도 있지. 그거 아나? 어딜 가도 사람들이 전부 내가 헨리 왕자와 만난 것에 대해 물어보더군. 무슨 얘기를 했는지, 왕자를 괜찮은 사람이라고 생각하는지, 그런 거 말이야. 솔직히 왕가니 뭐니 하는 건 넌덜머리가 나. 자네들이 어떻게 1000년 동안이나 그런 걸 참고 버틸 수 있는지 모르겠다니까."

"왕실이 항상 인기가 좋았던 건 아니죠."

미첼이 말했다.

"찰스 1세가 어떻게 됐는지 기억 안 나세요? 그리고 우리가 조지라는 이름의 초기 몇몇 국왕에 대해 이러쿵저러쿵했던 건 나중에 미국인들이 내놓았던 평가만큼이나 신랄했어요."

"그냥 전통을 중시하는 것뿐이에요."

챔버스도 말했다.

"변화를 두려워하는 건 아니에요. 왕실이라는 게, 글쎄요, 독특하긴 하지만 우리는 좋아하는 편이에요. 미국 사람들이 자유의 여신상을 좋아하는 것처럼요."

"좋은 예가 아니야. 나는 사람을 마치, 음, 신에 준하는 것처럼 받들어 모시는 건 옳지 않다고 생각하네. 예들 들어, 헨리 왕자를 보라고. 그 사람이 자기가 진정 원하는 일을 할 수나 있을 것 같나? 난 런던에 있는 동안에 텔레비전에서 그를 세 번이나 봤어. 한 번은 새로 문을 연 학교의 개교식에 참석하고 있었고, 다음에는 런던 시청사에서 무슨 생선 장수들이 만든 회사(맹세컨대, 지어내는 게 아닐세.)를 상대로 연설하고 있었지. 그리고 마지막으로는, 이름은 모르겠는데, 무슨 조그만 시골 도시("위건 시였어요." 미첼이 끼어들었다.)의 시장에게서 환영 인사를 듣고 있었어. 나라면 그렇게 사느니 감옥에 들어가고 말 거야. 왜 그 불쌍한 사람을 가만 내버려 두지 않는 거지?"

잠시 동안, 미첼도 챔버스도 반박하지 않았다. 다소 냉랭할 정도로 침묵을 유지하고 있었다. 손더스가 생각했다.

'망했군. 쓸데없는 소리를 하지 말았어야 했는데, 이 친구들 기분이 상했겠는걸. 어디선가 읽었던 격언을 잊지 말았어야 하는 건데. '영국에는 종교가 두 개 있다. 크리켓과 왕실. 둘 중 어느 하나도 비판하지 말라.''

우주항 관제탑에서 보내온 송신이 어색한 침묵을 깼다.

"관제탑에서 켄타우루스 호에게. 이륙 준비 완료. 이륙해도 좋다."
"이륙 프로그램 시동 준비…… 시작!"

마스터 스위치를 켜면서 손더스가 대답했다. 그리고 뒤로 기대앉았다. 눈은 여전히 제어판을 보고 있었고, 손은 치워 둔 상태지만 언제라도 순간적인 조작을 할 수 있는 준비를 갖추고 있었다.

긴장은 되지만 자신감은 가득했다. 자신의 것보다 훨씬 나은 (금속과 크리스털, 전류로 이루어진) 두뇌가 켄타우루스 호를 제어하고 있었다. 필요하다면 그가 수동으로 조종할 수도 있지만, 지금까지 그런 일은 없었고 앞으로도 없을 터였다. 자동 시스템이 고장날 경우에는 이륙을 취소하고 고칠 때까지 지구에 눌러 있을 수도 있었다.

주 역장이 가동되자 켄타우루스 호에서 무게가 사라져 갔다. 스트레인(물체가 외부의 힘을 받았을 때 생기는 형태와 부피의 변화를 일컫는 용어 — 옮긴이)이 재배열되면서 우주선 동체와 구조물이 항의하는 듯한 소리를 냈다. 착륙대의 굽은 다리는 이제 아무 무게도 지지할 필요가 없었다. 바람만 불어도 우주선은 하늘로 날아갈 태세였다.

관제탑에서 송신해 왔다.
"중력 제로. 측정치를 점검해라."

손더스는 계기판을 바라보았다. 역장의 밀어 올리는 힘은 우주선의 무게와 정확히 일치하고, 계기판의 수치는 예정된 화물의 무게 총합과 같아야 했다. 밀항자가 있다면 이 단계에서 드러나게 되어 있었다. 그 정도로 민감한 장치였다.

"1,560,420킬로그램."

손더스가 계기를 읽었다.

"좋아. 오차는 15킬로그램 이내야. 중량 미달은 난생처음이로군. 미첼, 포트 로웰에 있는 통통한 자네 여자 친구에게 줄 사탕을 더 실어도 될걸 그랬네."

부조종사인 미첼는 다소 넌더리난다는 웃음을 지어 보였다. 그는 화성에서 소개받아 만난 여자와 한 번 데이트한 이후로 조각 같은 외모의 금발 여인을 좋아한다는 전혀 근거 없는 소문을 끝내 떨쳐 버리지 못했다.

움직인다는 느낌은 없었지만, 중력이 사라진 게 아니라 거꾸로 되기라도 한 것처럼 켄타우루스 호는 여름 하늘 속으로 떨어지듯이 상승했다. 아래에서 보기에 켄타우루스 호는 구름을 뚫고 빠르게 하늘로 올라가는 은빛 구체였을 것이다. 우주선 주변의 푸른 하늘은 점차 끝도 없는 어둠의 우주로 바뀌어 갔다. 보이지 않는 선에 꿰어 움직이는 구슬처럼 켄타우루스 호는 세계와 세계를 잇는 전파의 인도를 받아 움직였다.

'이번이 지구에서의 스물여섯 번째 이륙이군.'

손더스 선장은 생각했다. 그러나 경이감은 여전했다. 동시에 그는 인류가 상상했던 고대의 신들도 지니지 못했던 권능을 여기 제어판 앞에 앉아서 누리고 있다는 환상에 지나치게 빠져들지도 않았다. 이륙은 저마다 느낌이 달랐다. 어떤 경우에는 여명을 향해, 어떤 경우에는 황혼을 향해. 어떤 경우에는 구름에 덮인 지구 위에서, 어떤 경우에는 청명한 하늘을 뚫고 이루어지는 것이다. 우주는 언제나 그대로인 것 같지만 지구는 항상 변한다. 어떤 인간도 똑같은 풍경이나 똑같은 하늘을 본 적이 없다. 저 아래 대서양의 파도는 유럽을 향해 나아가고 있고, 그 위로는(그래도 켄타우루스 호보다 훨씬 낮은 곳에) 반짝이는 구름의 무리가 파도와 같은 바람을 타고 움직였다. 둥글게 휜 수평선 너머로 대륙이 가라앉으면서 영국은 유럽 대륙으로 녹아 들어가는 것처럼 보였고 유럽의 해안선은 줄어들며 희미해져 갔다.

 켄타우루스 호는 무한한 힘을 지닌 우주선답지 않게 조용히 지구의 마지막 속박을 떨쳐 버렸다. 외부 관찰자의 눈으로 에너지를 포착할 수 있는 유일한 근거는 질량 변환기의 열 손실분이 우주로 배출되면서 우주선을 두르고 있는 방열판에서 흐릿하게 나오는 붉은 열기였다.

 "14:03:45. 탈출속도 획득. 궤도 편차는 무시할 만함."

 손더스 선장은 일지에 깔끔하게 기록했다.

 사실 이제 이런 기록은 의미가 없었다. 초기 우주 비행사들이 꿈도 못 꾸었을 시속 4만 킬로미터 따위는 이제 별 문제도 아니었다. 켄타우루스 호는 여전히 가속하고 있으며, 앞으로도 몇 시간 동안은 가속을 계속할 것이다. 그래도 여기에는 심오한 심리학적 의미가 있었다. 만약 탈출속도를 획득하기 전에 고장이 난다면 속절없이 지구로 다시 떨어져 내릴 수밖에 없다. 하지만 이제는 중력에 다시 붙잡힐 염려가 없었다. 우주 공간이 주는 자유로움을 획득한 것이며 원하는 행성을 골라 여행할 수 있었다. 물론 실제로는 화성으로 가서 예정대로 화물을 내려놓지 않는다면 아주 곤란해질 것이다. 그래도 다른 우주 비행사들과 마찬가지로 손더스 선장도 기본적으로는 낭만주의자였다. 이런 흔한 배달 운송 중에도 가끔씩 토성의 화려한 고리나 머나먼 태양 빛이 희미하게 밝혀 주는 해왕성의 불모지를 꿈꾸곤 했다.

 이륙 후 한 시간이 지나자 신성한 의식에 따라 챔버스가 경로 계산용 컴퓨터를 자동으로 맞추고는 항해 지도 탁자 아래에 숨겨 두었던 잔을 세 개 꺼내 왔다. 언제나처럼 뉴턴과 오베르트(헤르만 오베르트, 독일의 로켓 공학자―옮긴이), 아인슈타인을 위해 건배하며 손더스는 이 조그만 의식이 어떻게 시작되었는지 궁금해 했다. 이 의식을 행한 지는 최소한 6년이 되었다. 어쩌면 이런 말을 남겼던 한 전설적인 로켓 공학자까지 거슬러 올라가야 할지도 몰랐다.

"내가 60초 동안에 태운 알코올이 당신이 이 구질구질한 술집에서 평생 동안 팔아 온 알코올보다 많소."

두 시간 후, 지구의 관제소에서 보내는 마지막 궤도 수정 정보가 컴퓨터로 전송되었다. 이제부터 화성이 눈앞에 나타날 때까지는 오로지 그들뿐이었다. 그런 생각을 하니 외롭기도 했지만, 이상하게도 기분이 상쾌했다. 손더스는 속으로 그 기분을 음미하고 있었다. 우주선 안에는 그들 세 명밖에 없었고, 반경 몇 백만 킬로미터 안쪽으로도 다른 사람이 없었다.

그런 상황에서 선실 문을 가볍게 두드리는 소리는 원자폭탄이 터진 것보다도 훨씬 더한 충격을 주었다…….

손더스 선장은 살아오면서 그렇게 놀란 적이 없었다. 억제할 틈도 없이 날카로운 외침이 새어 나갔다. 그는 의자에서 1미터나 뛰어올랐다가 선내의 인공 중력에 의해 도로 떨어져 내려왔다. 반면 챔버스와 미첼은 전형적인 영국인답게 냉정하게 행동했다. 그들은 의자에서 몸을 회전시킨 채 문 쪽을 바라보며 선장이 먼저 행동을 취하기를 기다렸다.

손더스 선장이 제정신을 차리기까지는 몇 초 걸렸다. 만약 정상적인 비상사태라고 부를 만한 일이었다면 벌써 우주복 속에 몸을 집어넣고 있었을 것이다. 하지만 조종실의 문을 가볍게 두드리는 소리는 온당치 않았다. 있어야 할 사람은 전부 그의 옆에 있지 않은가!

밀항자일 수는 없었다. 그런 위험은 상업 우주 비행의 초기부터 잘 알려져 있었기 때문에, 밀항자에 대해서는 엄중한 예방 조치를 취하고 있었다. 화물을 싣는 동안 누군가가 항상 근무를 서고 있었다는 건 손더스도 알고 있었다. 아무도 몰래 숨어 들어올 수 없었다. 그리고 미첼과 챔버스가 세심하게 재점검했고, 마지막으로 이륙 직전에 무게까지 확인했다. 그 정도면 충분했다. 밀항자란 있을 수 없는…….

다시 문을 두드리는 소리가 났다. 손더스 선장은 주먹을 쥐고 자기 턱을 한 대 치고는 생각했다.

'잠시 후면 어떤 얼간이 낭만주의자가 이 주먹맛을 보겠는걸.'

"문을 열게, 미첼."

손더스가 으르렁거리듯이 말했다. 부조종사는 길게 한 걸음 뻗어 문으로 다가가서 해치를 열었다.

아무도 말을 하지 못했다. 기분상으로는 한참 동안 그랬던 것 같았다. 그리고 문제의 밀항자가 저중력에 몸을 비틀거리며 선실 안으로 들어왔다. 그는 완전히 침착했고 아주 기뻐 보였다.

"안녕하십니까, 손더스 선장님. 갑자기 놀라게 해서 죄송합니다."

그가 말했다.

손더스는 얹힌 침을 삼켰다. 그리고 머릿속에서 퍼즐 조각이 맞춰지면서 그는 미첼과 챔버스를 노려보았다. 그들은 모두 아무것도 모른다는 순박한 표정으로 손더스를 마주 바라보았다.

"그랬군."

그가 씁쓸하게 말했다. 설명을 하지 않아도 알 수 있었다. 모든 게 분명했다. 복잡한 교섭 과정이나 한밤중의 회의, 기록 조작, 꼭 필요하지 않은 화물의 하선 등 그가 믿었던 동료들이 자기 몰래 하던 짓을 상상하는 건 어렵지 않았다. 어디서 듣게 된다면야 분명히 재미있는 이야기겠지만 이 자리에서 듣고 싶지는 않았다. 그는 우주여행 관련 법률에 이런 상황에 적용될 만한 항목이 있는지 생각하느라 바빴다. 그러나 이미 그런 항목을 찾을 수 없음을 깨닫고 있었다.

당연히 돌아가기에는 이미 늦었다. 공모자가 누구든 간에 그런 초보적인 생각을 못 했을 리 없었다. 그의 경력에서 가장 까다로웠던 항해로 남을 이 여행을 어떻게든 잘 꾸려 나가는 수밖에 없었다.

'긴급' 신호가 울렸을 때에도 그는 여전히 무슨 말을 해야 할지 궁리하고 있었다. 밀항자가 시계를 보고 말했다.

"지금쯤 올 거라 예상했습니다. 아마 수상일 겁니다. 제가 이야기하도록 하죠."

손더스도 그 편이 낫겠다고 생각했다.

"예, 전하."

그가 말했는데, "전하"를 너무 강조한 나머지 욕처럼 들릴 정도였다. 손더스는 뒤늦게 어감을 느끼고는 구석으로 몸을 피했다.

역시 수상이었다. 대단히 화가 난 듯했다. 여러 차례에 걸쳐 "국민들에 대한 전하의 의무"라는 말을 했고, 한 번은 "전하의 충실한 신하들의 헌신"에 대한 말을 하면서 목이 메기도 했다. 손더스는 그가 진심으로 그런 말을 했다는 데 놀랐다.

감정으로 충만한 열변이 토해지는 가운데 미첼이 손더스에게 슬쩍 속삭였다.

"저 영감은 지금 난처한 상황이에요. 자기도 알고 있죠. 이 일이 알려지면 국민들은 왕자의 편을 들 테니까요. 왕자가 몇 년 동안이나 우주에 가고 싶어 했다는 건 모르는 사람이 없어요."

"왜 하필 내 우주선이란 말이냐고. 게다가 이건 우리 나라에 대한 반역일지도 모른단 말이네."

"당연히 반역이죠. 제 말 잘 들으세요. 이 일이 끝나면 선장님은 텍사스 출신으로는 유일하게 영국의 가터 훈장을 받은 사람이 될 겁니다. 멋지지 않아요?"

"쉿!"

챔버스가 말했다. 왕자가 말을 하고 있었다. 왕자의 말은 앞으로 그가 통치하게 될 섬나라로부터 그를 떨어뜨려 놓고 있는 심연을 가로질렀다.

"미안해요, 수상. 놀라게 했다면, 되는 대로 빨리 돌아가지요. 모든 일에는 처음이 있는 법이고 난 드디어 우리 가족도 지구를 벗어나 볼 때가 됐다고 느꼈어요. 이 또한 내가 배워야 할 귀중한 것이고, 훗날 내 임무를 수행하는 데에도 도움이 될 겁니다. 그럼."

그는 통화기를 놓고 선내에서 유일하게 우주를 바라볼 수 있는 장소인 전망창으로 다가갔다. 손더스는 왕자가 그 앞에 당당하지만 외롭게, 하지만 이제는 만족한 표정으로 서 있는 모습을 보았다. 소망하던 대로 드디어 별을 바라보고 있는 왕자를 보자, 손더스의 짜증과 분노도 모두 천천히 사그라졌다.

한동안 아무도 말을 하지 않았다. 마침내 왕자가 전망창 너머의 눈부신 광경에서 눈을 떼고 손더스 선장을 보며 미소 지었다. 왕자가 물었다.

"취사실이 어디 있지요, 선장님? 손을 놓은 지 좀 됐지만 예전에 소년단 활동을 할 때는 내가 우리 분대에서 요리를 가장 잘했어요."

손더스는 천천히 긴장을 풀고 답례로 웃어 보였다. 조종실 안의 긴장은 사라진 듯했다. 화성까지 아직 먼 길이었지만, 손더스는 이제 남은 여행이 그렇게 나쁘지만은 않을 거라는 사실을 깨달았다…….

동방의 별 |The Star|

1955년 11월《인피니티 사이언스 픽션(Infinity Science Fiction)》에 첫 게재.
『하늘의 저편』에 재수록.

'서기 2500년'이라는 주제로《옵저버(Observer)》에서 개최한 단편소설 공모전에 내기 위해 쓴 이야기이고 결국 2등 상도 타지 못했다. 그러나 잡지에 실리고 난 후 1956년에 휴고 상을 받았다. 좀 더 최근에는 1985년 크리스마스에 텔레비전 극화로 제작되어 방영되었다. 시기는 적절했다고 보지만, 일부러 때를 맞춘 것은 아니었다. 언젠가 내가 바티칸에서 강연을 하게 될 줄은 꿈에도 몰랐던 것이다.

바티칸까지는 3000광년이나 떨어져 있었다. 우주 만물은 신의 영광스러운 창조물이라고 믿고 있었던 것처럼, 나는 우주도 신앙의 힘 앞에서는 어쩔 수 없으리라고 믿었다. 하지만 신께서 행하셨을 그 일을 본 후, 내 신앙은 격심하게 흔들리고 있었다. 마크 6 컴퓨터 위쪽의 선실 벽에 걸린 예수의 십자가상을 바라보면서, 나는 난생처음으로 그게 아무 의미 없는 단순한 상징에 불과한 게 아닌가 생각했다.

아직 누구에게도 이야기하지 않았지만 진실을 숨길 수는 없었다. 우리가 지구로 가져가고 있는 엄청난 길이의 자기 테이프와 수천 장의 사진에 담긴 사실은 누구라도 읽을 수 있었다. 다른 과학자들도 나처럼 손쉽게 해독해 낼 수 있을 것이고, 나는 나와 같은 성직자들이 진실을 왜곡함으로써 오명을 남기곤 했던 과거사를 답습할 생각은 전혀 없었다.

다른 승무원들도 마찬가지로 우울한 심정이었다. 그들이 이 엄청난 아이러니를 어떻게 받아들일지 궁금했다. 몇몇이 신앙을 가지고 있었지만, 그렇다고 해서 나와 종교에 대해 논쟁하면서 이 최종 무기를 써먹으며 즐거워하지는 않을 터였다. 그것은 사적이고 부드럽지만, 그래도 근본적으로는 심각한 논쟁으로서, 우주선이 지구를 떠나던 때부터 계속되어 왔다. 수석 천체물리학자라는 사람이 예수교 신부라는 사실은 그들에게 꽤 재미있는 일인 모양이었다. 특히 챈들러 박사는 그 사실을 절대로 받아들이지 못했다(도대체 의사들이란 어째서 다들 그렇게 무신론자일까?). 그는 항상 조명을 어둡게 해 놓아서 별이 활기를 잃지 않고 찬란하게 빛나 보이는 전망대에서 가끔씩 나와 마주쳤다. 그는 그 어스름한 전망대에서 내 옆으로 다가와 거대한 현창을 바라보며 서 있곤 했다. 그러는 사이에 개의치 않고 내버려 둔 잔여 회전력 때문에 우주선이 회전하면서 현창의 별들은 우리 주위를 천천히 돌았다. 그리고 마침내 그는 이렇게 말하곤 했다.

"저, 신부님. 세상은 앞으로도 영원히 계속되겠지요. 어떤 존재가 세상을 창조한 게 사실일지도 모르고요. 하지만 그 존재가 우리와 보잘것없는 우리 세상에 유난히 관심을 갖고 있다는 걸 어떻게 믿을 수 있죠? 그게 계속 걸립니다."

논쟁은 보통 이런 식으로 시작되었다. 흠집 하나 없이 깨끗한 현창 밖에서는 별과 성운들이 끝없이 호를 그리며 우리 주위를 조용히 돌았다.

내 생각엔, 내 직함에서 명백하게 드러나는 모순점이 승무원들의 흥미를 끌었던 것 같다. 내 논문이 《천체물리학회지》에 세 편, 《왕립천문학회 회보》에 다섯 편이 실렸다는 사실도 지적해 보았지만 소용이 없었다. 그러면 나는 으레 우리 신부들이 과학적인 업적을 많이 남긴 것으로 유명하다는 사실을 상기시키곤 했다. 지금은 과학에 종사하는 신부가 많지 않지만, 18세기 이후 신부들이 천문학과 지구물리학 분야에 공헌한 바는 그 숫자에 비하면 상당한 수준이었다. 이런 수천 년에 걸친 역사가 '불사조 성운'에 관한 내 보고서로 끝장날 것인가? 아니, 나는 보고서의 여파가 그 정도로 끝나지 않을까 봐 두렵다.

누가 이름을 지었는지 모르겠지만 굉장히 잘못 지은 셈이다. 설령 어떤 예언적인 의미가 담겨 있다고 해도 앞으로 수십억 년 동안은 확인할 길이 없다. '성운'이라는 말조차도 잘못 붙여진 것이다. 이건 은하수 전체에 퍼져 있는 성운(아직 별이 되지 못한 물질로 이루어진 거대한 구름)에 비하면 훨씬 작았다. 우주적인 척도에서 보자면 얇은 가스층으로 둘러싸인 항성에 불과한 불사조 성운은 조그맣기 짝이 없는 천체일 뿐이었다.

더 정확히 말하자면 별의 잔해였다…….

측광기의 관측 기록 위에 걸린 루벤스가 제작한 로욜라의 판화가 나를 비웃고 있는 것처럼 보였다. 신부님, 신부님이 우주의 전부라고 믿었던 조그만 지구로부터 이렇게 멀리 떨어진 곳에서 제가 알게 된 참상을 신부님이라면 어떻게 받아들이셨을까요? 무너져 버린 저와 달리 신부님이라면 신앙의 힘으로 맞서셨을까요?

신부님은 먼 곳을 바라보고 계시는군요. 하지만 저는 1000년 전에 신부님께서 우리 예수회를 만드셨을 때는 상상조차 할 수 없을 만큼 먼 거리를 여행했습니다. 그 어떤 탐사선도 이렇게 먼 곳까지 오지는 못했습니다. 우리는 지금 우주 탐사 시대의 최변경에 와 있습니다. 우리는 불사조 성운을 목적지로 출발했고 도착하는 데 성공했습니다. 그리고 이제 진실이라는 무거운 책무를 지고 고향으로 돌아가는 중입니다. 저는 이 짐을 벗어 던지고 싶지만 수천 광년이나 떨어진 곳에서 헛되이 신부님의 이름만 부르짖고 있군요.

신부님께서 들고 계신 책에 씌어진 문구를 선명하게 읽을 수 있습니다. "하나님의 더 큰 영광을 위하여(예수회의 모토 — 옮긴이)."의 의미는 건재하지만 이제는 더 이상 믿기 어렵습니다. 만약 우리가 발견한 비극을 직접 보셨다면 신부님께서 신앙을 고수할 수 있으실까요?

우리는 불사조 성운의 정체를 알고 있었다. 우리 은하에서는 매년 백 개 이상의 별들이 폭발한다. 이들은 수시간, 때로는 며칠에 걸쳐 평소 밝기의 수천 배로 빛나다가 어두운 죽음의 세계로 사라진다. 이렇듯 신성 폭발은 우주에서 흔히 일어나는 재난이다. 나도 월면 관측소에서 일하는 동안 수십 개나 되는 신성의 분광사진을 찍고 광도 변화를 기록했다.

그러나 1000년에 서너 번의 비율로 신성 폭발을 사소한 사건 따위로 만들어 버리는 현상이 발생한다.

어떤 별이 초신성이 되면, 잠시 동안이지만 그 밝기는 은하 전체를 능가한다. 서기 1054년에 중국 천문학자들이 이 현상을 관측했다. 물론 그들로서는 자신들이 보고 있는 게 무엇인지 알 수 없었다. 5세기 후인 1572년에 카시오페이아자리에서 발견된 초신성은 대단히 밝아 대낮에도 보일 정도였다. 초신성은 그 후 1000년 동안 세 번 더 관측되었다.

우리의 임무는 그런 재난이 휩쓸고 간 후 남은 잔해를 찾아가 무슨 일이 일어났는지 재구성하고, 가능하다면 원인까지도 밝혀내는 것이었다. 우리는 6000년 전에 폭발한 이래 아직까지 팽창하고 있는 가스층을 뚫고 천천히 다가갔다. 가스는 대단히 뜨거웠고 아직도 치명적인 자외선을 내뿜었지만 우리에게 해를 끼칠 정도의 양은 아니었다. 폭발과 동시에 항성의 최외곽층은 아주 빠른 속도로 중력장을 벗어나 지금은 태양계가 천 개는 들어갈 정도로 큰 외피를 이루고 있었다. 그 가운데에는 항성이 타고 남은 작고 신비한 천체, 백색왜성이 있었다. 크기는 지구보다 작지만 무게는 몇 백만 배에 달했다.

시뻘건 가스층은 우리를 완전히 감싸 흔히 볼 수 있는 풍경을 앗아가 버렸다. 우리는 오래전에 폭발하여 아직도 빛나는 파편이 날아다니는 우주 폭탄의 중심부로 들어서고 있었다. 폭발의 규모가 너무 광대한데다가 파편들도 수십억 킬로미터 범위에 퍼져 있었기 때문에 육안으로는 어떤 움직임도 볼 수 없었다. 움직이는 파편이라든가 소용돌이치는 가스를 보려면 수십 년은 기다려야 할 상황이었지만 여전히 사납게 팽창하는 감각은 압도적이었다.

이미 몇 시간 전에 우주선의 기본 추진력을 점검해 둔 상태라 우리는 천천히 백색왜성 쪽으로 다가갔다. 한때는 우리 태양과 똑같은 별이었지만 백만 년 동안 쓸 에너지를 불과 몇 시간 만에 전부 써 버린 이제, 그 별은 마치 방탕했던 젊은 시절을 보상하려는 듯 가진 자원을 움켜쥐고 있는 쭈그러든 수전노일 뿐이었다.

행성을 발견할 수 있으리라는 기대는 아무도 하지 않았다. 폭발 전에는 있었다고 할지라도, 폭발하면서 증발해 별의 잔해 속에 뒤섞여 버렸을 것이다. 그래도 우리는 미지의 행성에 다가갈 때면 언제나 하듯이 자동 탐사 시스템을 작동시켰다. 그리고 아주 멀리 떨어져 있는 궤도를 돌고 있는 조그만 세계를 찾아냈다. 어둠의 경계를 떠돌던 그 행성은 태양계에서의 명왕성 같은 행성이었다. 중심 별에서 너무 멀리 떨어져 있어서 생명은 한번도 존재하지 않았지만, 덕분에 다른 행성들과 같은 운명에서 벗어났던 것이다.

화염은 바위들을 그슬렸고 재앙 전에는 행성을 덮고 있었을 고체 상태의 가스로 된 표층을 날려 버렸다. 우리는 착륙했고, 동굴을 발견했다.

건설자들은 그것이 필히 발견되도록 만들어 놓았다. 입구 위에 있던 표식이 녹아 버려 밑동만 남아 있을 뿐이지만 멀리서 찍은 처음 사진만으로도 지성체가 만들어 놓은 것임을 알아챌 수 있었던 것이다. 잠시 후 우리는 바위에 묻혀 있던 대륙 규모의 방사능을 포착했다. 동굴 위에 있던 탑은 파괴되었을지라도 이 방사능은 여전히 남아서 영원히 별들 사이로 신호를 보냈을 것이다. 우주선은 과녁을 향해 날아가는 화살처럼 거대한 표적을 향해 하강했다.

탑은 세워졌을 때는 높이가 1.6킬로미터 정도였을 성싶었다. 하지만 지금은 녹아 버린 양초처럼 보였다. 마땅한 장비를 미처 준비하지 못했기 때문에 녹아 붙은 바위를 뚫고 들어가는 데 일주일이 걸렸다. 우리는 천문학자이지 고고학자는 아니었지만, 어떻게든 방법을 찾아낼 수는 있었다. 우리는 이미 원래 목적을 잊어버린 상태였다. 파멸을 앞둔 별의 가장 먼 행성에 이렇게 공을 들여 외로운 기념비를 세워 놓았다면 의미는 분명했다. 살아남지 못할 거라는 사실을 깨달은 문명이 자신들의 불멸성을 위해 마지막 도박을 한 것이다.

동굴에 저장된 자료는 우리가 전부 조사하려면 수십 년이 걸릴 만한 양이었다. 태양은 폭발하기 몇 년 전부터 조짐을 보여 왔을 테니 준비할 시간은 충분했을 것이다. 천재적인 지성들이 이룩한 업적을 비롯하여 보존하고 싶은 모든 것을 이 먼 곳에 가져다 두고 언젠가 다른 종족이 찾아내어 자신들이 완전히 잊혀지지 않게 되기를 바란 것이다. 인류라면 과연 그럴 수 있을까? 아니면, 절망에 빠져 우리가 볼 수도 누릴 수도 없는 미래 따위에는 관심도 두지 않을 것인가?

그들에게 시간이 조금만 더 있었더라면! 그들은 자기 항성계의 행성 사이를 자유롭게 여행할 수 있었다. 하지만 항성간의 심연을 극복하는 방법은 익히지 못했고 가장 가까운 항성계도 백 광년이나 떨어져 있었다. 설령 그들이 항성간 여행법의 비밀을 알았다고 해도 구할 수 있는 인원은 몇 백만에 불과했을 것이다. 어쩌면 이렇게 다 같이 운명을 함께한 게 나았을지도 몰랐다.

조각상에서 알 수 있듯이 그들이 심란할 정도로 인간과 비슷하게 생기지는 않았다고 해도, 우리는 그들을 동경하고 그들의 운명에 탄식하지 않을 수 없었다. 그들은 누군가가 자신들의 문자를 쉽게 배울 수 있도록 정교한 그림으로 설명해 가면서 수천 개의 영상 기록과 그 영상을 보여 주는 장치를 남겨 놓았다. 우리는 영상 기록을 많이 조사했다. 6000년 만에 처음으로 우리보다 훨씬 우수해 보이는 문명의 따사로운 아름다움이 되살아났다. 혹시 그들이 좋은 모습만 우리에게 보여 준 것인지 몰라도 그들을 비난할 수는 없었다. 하지만 그들의 세상은 대단히 아름다웠고, 도시도 우리의 도시 못지않게 우아하게 지어져 있었다. 우리는 그들이 일하고 쉬는 모습을 보았고, 수천 년의 시간을 넘어 음악처럼 들리는 그들의 말소리를 들었다. 어떤 광경 하나는 아직도 눈에 선했다. 기묘하게 푸른 모래로 덮인 해변가에서 아이들 여럿이 지구의 어린아이들과 똑같이 파도 속에서 뛰어놀고 있었다. 채찍처럼 생긴 묘한 나무들이 해변에 줄지어 있었고, 커다란 동물이 아무런 눈길도 끌지 않은 채 물속을 거닐고 있었다.

그리고 모든 것에 생기를 전해 주는 따뜻하고 친근한 태양 빛, 곧 그들을 배신하고 순수한 행복을 말살해 버릴 태양 빛이 바다에 떨어지고 있었다.

고향에서 멀리 떨어져 있어 외로움을 많이 느끼지 않았다면 그렇게까지 감동하지는 않았을지도 몰랐다. 우리 중 상당수는 이미 다른 곳에서 몰락한 고대 문명의 잔해를 많이 보았지만 이렇게 큰 인상을 받은 적은 없었다. 이 비극에는 독특한 면이 있었다. 지구상의 여러 국가와 문명이 그러했듯이, 한 종족이 쇠락하는 건 흔한 일이다. 하지만 찬란한 문화가 정점에 달한 시점에서 그렇게 완전하게 멸망하여 단 한 명의 생존자조차 남기지 못한 채 사라진다는 것을 어떻게 신의 자비심과 조화시킬 수 있을까?

동료들은 내게 그렇게 물었고, 나는 최선을 다해 할 수 있는 대답을 해 주었다. 당신이라면 더 잘할 수도 있었겠지요, 신부님. 하지만 저는 『심령수업』(로욜라의 저서—옮긴이)에서 도움이 될 만한 내용을 찾아내지 못했습니다. 그들은 사악한 종족이 아니었습니다. 저는 그들이 신을 섬겼는지 모릅니다. 그들 나름의 신을 섬겼겠지요. 하지만 저는 수백 년에 걸친 그들의 역사를 살펴보았고, 그들이 마지막 힘을 짜내어 보존하고자 했던 아름다움이 시든 태양 빛 아래서 되살아나는 것을 보았습니다. 우리는 그들에게서 많은 것을 배울 수 있었을 겁니다. 도대체 그들이 왜 멸망해야 했습니까?

이렇게 지구로 돌아가면 동료들이 뭐라고 이야기할지 나는 알고 있었다. 이렇게 말할 것이다. 우주에는 목적이나 계획이 없고, 우리 은하계에서만 매년 100개의 별이 폭발한다고. 지금 이 순간에도 우주 어느 곳에서는 한 종족이 죽어 가고 있다고. 그 종족이 살아오면서 선을 행하건 악을 행하건 그건 아무런 상관이 없다고. 신성한 정의란 없다고. 따라서 신도 존재하지 않는다고.

하지만, 물론, 우리가 목격한 장면이 이런 주장을 입증해 주는 것은 아니다. 그건 논리적으로 생각하지 못하고 감정에 휘둘린 사람들이 내놓는 강변일 뿐이다. 신이 자신의 행동을 우리에게 정당화할 필요는 어디에도 없다. 우주를 창조한 신이라면 언제든 우주를 파괴할 수도 있는 것이다. 신께서 행하시는 일에 인간이 가타부타 말하는 것은 불경에 가까울 정도로 위험한 오만이었다.

용광로 속에서 운명을 맞이한 종족과 그들의 세계를 보고 난 후라 힘들긴 하지만 이 정도가 내가 할 수 있는 대답이었다. 하지만 아무리 깊은 신앙이라도 흔들릴 때가 있는 법이다. 그리고 지금 내 앞에 놓여 있는 계산 결과를 바라보고 있는 내가 바로 그랬다.

불사조 성운에 가기 전에 우리는 폭발이 얼마 전에 일어났는지 조사해 두었다. 이제 천문 자료와 살아남은 행성의 암석을 토대로 나는 그 시점을 아주 정확하게 계산할 수 있었고, 이 거대한 폭발의 빛이 정확히 몇 년도에 지구에 도착했는지 알 수 있었다. 지금 속도를 올리고 있는 우주선 뒤에서 점차 희미해지고 있는 별이 폭발 당시에는 지구의 하늘에서 아주 밝게 빛나고 있었을 것이다. 나는 그 빛이 해가 뜨기 직전 여명을 알리는 신호처럼 동쪽 하늘에서 낮게 빛나는 모습을 떠올릴 수 있었다.

 의심의 여지가 없었다. 오래된 수수께끼가 마침내 풀린 것이다. 하지만 신이시여, 저 밤하늘에는 당신께서 사용하실 수 있는 별들이 셀 수 없이 많습니다. 베들레헴의 하늘에 불을 밝혀 동방박사들을 인도하시기 위해 꼭 이들을 파멸로 몰아넣으셔야 했던 것입니까?

반중력 | What Goes Up |

1956년 1월 《매거진 오브 판타지 앤드 사이언스 픽션》에 "반중력······"이라는 제목으로 첫 게재.
『하얀 사슴의 이야기』에 재수록.

독 리처드슨은 실제로 미국의 천문학자이자 과학소설 작가(필립 레이섬)인 로버트 S. 리처드슨이다. 나는 그에게 신세 진 일이 있는데, 그는 윌슨 산 천문대를 둘러보게 해 주었고 '중력 우물'에 관한 아이디어도 소개해 주었다.

선술집 '하얀 사슴'이 어디에 있는지 내가 구체적으로 밝히지 않는 건 솔직히 잡다한 사람들이 찾아오는 게 싫기 때문이다. 우리가 괜한 심술을 부리는 건 아니다. 단지 우리 자신을 보호하기 위해서일 뿐이다. 일군의 과학자, 편집자, 과학소설 작가들이 특정한 장소에 모인다는 소문이 나면 온갖 종류의 이상한 사람들이 꼬이게 마련이다. 새로운 우주 이론을 생각해 냈다는 사람, 다이어네틱스 요법(해로운 심상을 제거하고자 하는 심리 요법 — 옮긴이)으로 정화되었다는 괴짜들(정화되기 전에 이들 상태가 어땠는지는 아무도 모를 일이다.), 술 네 잔만 마시면 뭐든지 꿰뚫어 볼 수 있다는 강렬한 인상의 여자 같은 부류는 그다지 특이한 종류도 아니었다. 최악은 바로 비행접시 신봉자들이었다. 이들은 도무지 구제불능이었다.

어느 날, 비행접시를 신봉하는 종교의 신도 하나가 우리 은신처를 발견하고는 기뻐서 날뛰며 우리 기분을 망쳐 놓은 적이 있었다. 그 사람은 이곳이야말로 전도 활동을 하기에 꼭 알맞은 곳이라고 여긴 게 틀림없었다. 원래 우주여행 같은 데 관심이 많고, 그 방면에 관한 책이나 소설을 쓰기도 했던 사람들이니 아마 쉽게 넘어올 거라고 생각한 모양이었다. 그는 조그만 검은 가방을 열고 최신 비행접시 자료를 잔뜩 꺼내 놓았다.

꽤나 그럴듯한 수집품이었다. 그리니치 천문대 옆에 사는 아마추어 천문학자가 찍었다는 비행접시 사진은 크기에서 형태에 이르기까지 다양하기 짝이 없어서, 바로 옆에 있는 전문가들은 도대체 뭘 했다고 월급을 받아 가는지가 궁금할 지경이었다. 거기서 그치지 않았다. 금성 가는 길에 잠깐 들른 외계인과 잡담을 나누었다는 텍사스의 한 신사가 쓴 긴 체험담도 있었다. 언어 따위는 별 장애물이 아닌 것 같았다. 팔을 흔들면서 "나―인간, 여기―지구"로 시작한 대화는 10분 정도가 지나자 4차원의 공간을 이용해서 우주여행을 하는 심오한 비법을 전수하는 지경에 이르렀다.

그러나 최고의 걸작은 실제로 비행접시에 타고 달을 한 바퀴 돌았다는 괴짜가 흥분해서 사우스다코타에서 보내온 편지였다. 그는 비행접시가 마치 거미줄을 타고 움직이듯이 자기력선을 따라 움직였다는 내용을 편지에 장황하게 설명해 놓았다.

그때 해리 퍼비스가 나섰다. 그는 전문가로서의 자부심을 가지고 그라 할지라도 감히 지어내지 못할 이야기를 가만히 듣고 있었다. 해리는 청중들이 얘기에 넘어가는 지점을 간파하는 데 전문가였기 때문이다. 하지만 자기력 운운하는 부분에 이르자, 과학자로서 받은 훈련이 뮌히하우젠 같은 허풍쟁이에게 탄복하던 감정을 밀어내고 나섰다. 그는 콧방귀를 뀌고 말했다.

"말도 안 되는 소리투성이로군. 그게 헛소리라는 걸 보여 드리지. 자기는 내 전공이거든."

"지난주에는 결정 구조가 전공이라고 했잖나."

동시에 잔 두 개에 에일을 따르던 드루가 부드럽게 말했다.

해리는 거만한 표정으로 웃어 보이고 당당하게 말했다.

"난 다방면에 전문가라고. 하던 얘기로 돌아가자면, 내가 지적하고 싶은 건 자기력선이란 실재하지 않는다는 거야. 수학적인 가상물일 뿐이지. 위도나 경도처럼 만들어 놓은 걸세. 만약 누가 위도를 타고 움직이는 기계를 발명했다고 주장하면 누구나 전부 쓸데없는 헛소리로 치부하겠지. 하지만 자기장에 대해 아는 사람은 많지 않으니까 이런 말이 신기하게 들리는 거고, 사우스다코타에 산다는 이 미치광이도 방금 우리가 들은 헛소리를 교묘하게 늘어놓는 거야."

'하얀 사슴'의 매력적인 특징 중 하나는 우리끼리 서로 싸우다가도 위기의 순간에는 놀라울 정도로 잘 뭉친다는 점이었다. 별로 반갑지 않은 방문객을 어떻게 처리해야겠다는 필요성을 모두 느끼고 있었다. 우선 이 광신자는 술을 마셔야 한다는 우리의 진지한 과업을 방해하고 있었다. 어떤 종류이건 간에 광신자는 즐거운 모임의 분위기를 음울하게 바꿔 놓게 마련이다. 단골손님 몇 명은 가게가 문을 닫으려면 두 시간이나 남았음에도 불구하고 벌써 자리를 뜰 기색이었다.

그래서 마침 해리가 지금까지 '하얀 사슴'에서 지어낸 그 어떤 이야기보다 훨씬 더 터무니없는 이야기를 꾸며 냄으로써 방문객을 공격하려 하자, 아무도 이야기를 방해하거나 말이 안 되는 부분을 집어내려 하지 않았다. 모두 해리가 우리를 대신해서 나섰다는 걸 알고 있었다. 언제나 그렇듯이, 맞불 작전으로 나가는 것이다. 우리가 그의 이야기를 믿을 거라는 기대는 해리 자신도 하지 않는다는 건 모두 알고 있었다(해리가 그런 기대를 한 적이 있기나 한지 의문이다.). 그래서 우리는 편안히 기대앉아 이야기를 즐겼다.

해리가 이야기를 시작했다.

"우주선의 추진 방법을 알고 싶다면 잘 듣게. 아니, 난 비행접시가 있다 없다를 말하려는 게 아니야. 그러니까 자기력 따위는 잊어. 우주의 기본적인 힘인 중력을 생각해야지. 하지만 중력은 다루기 힘든 힘이야. 내 말을 못 믿겠다면 작년에 한 호주 과학자에게 무슨 일이 생겼는지 들어 보는 게 좋을걸. 보안 등급이 어떻게 되어 있는지 모르겠는데 원래는 말하면 안 되는 거라네. 나중에 문제라도 생기면 난 아무 말도 안 한 걸로 하자고.

알다시피, 호주 사람들은 과학에 꽤나 열정적이야. 호주에 고속 반응로(구식 우라늄 원자로보다 훨씬 더 농밀하지만 안전한 원자폭탄이지.)를 연구하는 사람들이 있었어. 책임자는 영리하지만 다소 성미가 급한 젊은 핵물리학자였어. 일단 카보 박사라고 부르도록 하세. 실명은 아니고 어울리는 이름을 붙여 본 거야. 다들 기억하겠지? 웰스의 「달 세계 최초의 인간」에 나오는 과학자 카보와 그가 발명한 중력 차단 물질 카보라이트를.

아쉽게도 웰스는 카보라이트에 대해 그다지 깊게 파고들지 않았어. 웰스가 묘사하기로 카보라이트는 금속판이 빛을 통과시키지 않듯 중력을 통과시키지 않는 물질이야. 카보라이트로 만든 판 위에 놓인 물체는 무게를 잃고 하늘로 떠오르게 되지.

그런데 그게 그렇게 간단하지는 않아. 무게란 에너지를 의미하거든. 그것도 엄청난 양의 에너지를. 그 에너지가 그냥 사라져 버린다는 건 있을 수 없어. 아무리 작은 물체라고 해도 무게를 완전히 없애려면 엄청난 양의 에너지를 투입해야 하지. 따라서 카보라이트처럼 중력 차폐막을 만드는 건 불가능해. 영구운동과 동급이라고 볼 수 있지."

"내 친구들 중에는 영구운동 기관을 만든 이가 셋이나 있습니다."

불청객이 거드름을 피우며 말했다. 해리는 그가 더 이상 말하지 못하게 했다. 그는 방해를 무시하고 계속해서 말했다.

"이 호주 과학자, 카보 박사가 반중력이나 그 비슷한 걸 찾던 건 아니었어. 순수 과학 분야에서의 발견은 그걸 찾아 헤매던 사람이 아니라 엉뚱한 사람이 발견하곤 해. 그게 이 바닥 재미이기도 하고. 카보 박사는 원자력을 연구하고 있었는데 그만 반중력을 발견해 버린 거야. 그는 한참이 지나서야 자기가 무엇을 발견했는지 깨달았어.

내가 알기로는 이런 이야기야. 그 반응로는 이전에는 없던 참신한 방식으로 만들어졌기 때문에, 마지막으로 핵분열 물질을 삽입할 때 폭발할 가능성이 꽤 있었어. 그래서 최종 작업은 마침 호주에 많은 사막에서 전부 텔레비전 화면을 통해 원격조종으로 이루어졌어.

폭발은 하지 않았어. 폭발했다면 방사능 피해에 막대한 자금 손실이 있었겠지. 그래도 명성이 떨어진다는 것 말고 실질적인 피해는 없었겠지만. 실제로 벌어진 일은 예측 못한 일이었고, 설명하기는 더욱 힘들었지.

마지막으로 농축 우라늄을 삽입하니까 제어봉이 빠져나왔고 반응로는 임계점에 도달했어. 시스템 전체가 죽어 버렸어. 3킬로미터 떨어진 곳에 있는 통제실의 계기는 모두 '0'으로 떨어져 버렸지. 화면에도 아무것도 나오지 않았어. 카보와 동료들은 폭발할 거라고 예측했지만, 그러지도 않았어. 그들은 잠시 동안 서로를 바라보면서 여러 가지로 추측해 보다가 한마디 말 없이 밖으로 나갔어.

반응로가 있는 건물은 멀쩡했지. 수백만 파운드어치의 핵분열 물질과 수년에 걸친 세심한 설계와 기술 개발의 산물을 담고 있던 흔해 보이는 사각형 건물은 여전히 사막에 그대로 있었어. 카보는 시간을 낭비하지 않았어. 그는 휴대용 가이거 계수기를 켜고 서둘러 지프차를 몰아 무슨 일이 일어났는지 확인하러 떠났어.

그는 몇 시간 후 병원에서 깨어났어. 다른 데는 괜찮았고 머리만 좀 아팠지. 그 정도 두통이야 실패한 실험 때문에 다음 며칠 간 겪을 일에 비하면 아무것도 아니었고. 그가 반응로의 6미터 반경 안까지 이르렀을 때 그의 지프차가 무시무시하게 요란한 소리를 내며 뭔가를 친 듯했어. 핸들에 부딪혀 멍이 여러 군데 들었지. 그런데 희한하게도 가이거 계수기는 멀쩡했고 여전히 조용한 소리만 내고 있었어. 정상적인 우주선(우주에서 끊임없이 지구로 내려오는 높은 에너지의 입자선을 통틀어 이르는 말 — 옮긴이) 말고는 특별한 게 감지되지 않았어.

멀리서 보면 바퀴 자국 같은 데 빠진 평범한 사고 같았어. 하지만 다행히 카보는 그렇게 빨리 차를 몰지 않았고, 무엇보다 근처에는 바퀴 자국 같은 게 없었어. 차는 뭔가 있을 수 없는 걸 들이받은 거야. 보이지 않는 벽이 반응로를 둥그렇게 감싸고 있었고, 그는 그 아랫부분에 부딪힌 거였어. 위로 돌을 던지면 돌은 보이지 않는 벽을 타고 땅으로 다시 떨어져 내렸고, 있는 대로 땅을 파 보아도 그 벽은 지하까지 계속 연결돼 있었어. 마치 반응로를 중심으로 뚫을 수 없는 껍데기가 존재하는 것 같았지.

아주 신비로운 현상인지라, 카보는 바로 침대에서 뛰쳐나와 간호사들이 사방으로 흩어져 그를 찾게 만들었지. 무슨 일이 일어났는지는 그도 몰랐지만, 애초에 연구하던 평범한 원자력공학보다는 훨씬 흥미로운 일이었어.

지금쯤은 아마도 그 악마의 구체(과학소설 작가라면 이렇게 부를지도 모르겠군.)가 반중력과 무슨 상관이 있다는 건지 궁금하겠지. 그러면 좀 건너뛰어서 카보와 동료들이 엄청나게 열심히 연구하고 또 엄청난 양의 호주 맥주의 효과를 톡톡히 본 끝에 알아낸 해답을 들려주지.

반응로가 작동했을 때, 무슨 이유에선지 반중력장이 생성되었던 거야. 반경 6미터 이내의 물질이 전부 무게를 잃었어. 그리고 여기에 필요한 엄청난 양의 에너지가 어떤 신비로운 방법으로 우라늄에서 추출된 거고. 계산을 해 보니 반응로 안의 에너지는 그러기에 충분했어. 아마도 에너지가 더 많았다면 구체가 더 커졌겠지.

여러분이 뭐라고 물어볼지 예상되는군. 무게가 없다는 그 구체 안에 갇힌 흙과 공기는 왜 우주로 날아가 버리지 않았을까? 흙은 서로 결합하는 힘 때문에 허공으로 날아가지 않았지. 그리고 공기는 이 사건 전체의 핵심과 깊은 관련이 있는 아주 놀랍고 미묘한 이유 때문에 구체 안에 남아 있을 수밖에 없었어.

이제부터 하는 이야기는 집중해서 듣게. 까다로운 부분이 남았거든. 퍼텐셜 이론에 대해 아는 사람이라면 별 문제는 없을 거야. 그래도 다른 분들을 위해 가능한 한 쉽게 이야기하도록 하지.

반중력에 대해서 곧잘 떠드는 사람도 그게 의미하는 바에 대해서는 별로 생각하지 않아. 여기서 기본적인 사항을 짚어 보지. 아까도 말했듯이, 무게는 많은 양의 에너지를 의미해. 전적으로 지구의 중력장에 기인한 에너지지. 만약 어떤 물체의 무게를 제거하려면, 필요한 에너지의 양은 그 물체를 지구 중력권 밖으로 보내는 데 드는 에너지의 양과 같아. 그런 일에 에너지가 얼마나 필요한지는 로켓 공학자에게 물어보면 알 수 있어."

해리가 나를 보고 물었다.

"내가 지금 말하는 요점이 잘 드러난 비유를 자네 책에서 좀 빌리고 싶은데, 아서. 그거, 지구 중력과 싸우는 걸 수직갱에서 기어나오는 것에 비유한 부분 말이야."

"마음대로 해. 나도 독 리처드슨에게서 슬쩍해 온 거니까."

내가 말했다.

"아. 어쩐지 자네가 생각했다기엔 너무 좋다 싶었지. 뭐, 어쨌든, 이 간단한 생각만 염두에 두면 어렵지 않아. 어떤 물체를 지구 밖으로 내보내는 건 정상 중력 아래 그 물체를 6400킬로미터 정도 끌어올리는 것과 같아. 카보가 발견한 영역 안의 물질은 아직 지구 표면에 있지만 무게가 없지. 따라서 에너지의 관점에서 보자면 지구 중력장 밖에 있는 것과 마찬가지야. 마치 6400킬로미터 높이의 산꼭대기에 있는 것과 마찬가지로 접근이 불가능했지.

카보는 반중력 영역 바로 바깥에서 그 안을 들여다볼 수도 있었어. 하지만 그 짧은 거리를 건너기 위해서는 에베레스트 산을 일곱 번이나 오르는 것만큼의 에너지가 필요했던 거지. 차가 멈춰 버린 것도 당연해. 어떤 물질에 가로막혀서 멈춘 것은 아니지만, 역학의 관점에서 보면 6400킬로미터 높이의 절벽을 들이받은 셈이니까…….

늦은 시각 때문은 아닌 것 같은데 멍한 얼굴이 좀 보이네. 걱정 말게. 이해가 안 되면 그냥 그렇다고만 알아두라고. 이야기를 듣는 데 방해가 되지는 않을 테니까. 아마도.

무슨 일이 생겼는지 알아내는 데는 시간이 걸렸지만, 곧바로 카보는 자신이 역사상 가장 중요한 발견을 해냈다는 사실을 깨달았지. 그들은 구체에 총을 쏘아 탄환의 궤적을 고속 카메라로 촬영함으로써 반중력의 성질에 대한 실마리를 찾아냈어. 영리한 방법이지?

그 다음 문제는 장 발생기를 가지고 실험하는 거였어. 그리고 반응로가 작동하기 시작했을 때 그 안에서 무슨 일이 벌어졌는지 알아내는 거였지. 이게 진짜 문제였어. 바로 6미터 밖에서 눈으로 반응로를 볼 수는 있었어. 하지만 가까이 가려면 달에 가는 데 드는 것보다 많은 에너지가 필요했지…….

카보는 여기에 낙담하지 않았고 반응로가 원격조종에 반응하지 않는다는 설명할 수 없는 실패에도 마찬가지였어. 그는 반응로의 에너지가 완전히 고갈되었고(이건 좀 오해의 여지가 있는 표현이군.) 일단 만들어진 반중력장을 유지하는 데는 에너지가 거의 들지 않는다는 이론을 세웠지. 이것도 직접 반응로를 조사해야만 검증할 수 있는 가설에 불과했어. 그러니 무슨 수를 써서라도 카보 박사는 안에 들어가야 했지.

그가 처음으로 생각해 낸 방법은 케이블을 통해 전원을 공급받으며 전진하는 전기 수레였어. 100마력짜리 발전기를 17시간 동안 꾸준히 돌리면 한 사람을 6미터짜리 위험한 여행을 보내는 데 충분한 에너지를 얻을 수 있었지. 시속 30센티미터밖에 안 되는 속력은 큰소리칠 만한 게 아닌 것 같지만 반중력장 내에서 30센티미터를 움직인다는 건 320킬로미터의 수직 절벽을 기어오르는 것과 맞먹는다는 사실을 기억해야 해.

이론은 그럴듯해 보였지만, 실제로는 쓸모가 없었어. 반중력장 안으로 밀어 넣으면 1센티미터 정도 나아간 후에 옆으로 미끄러져 버렸거든. 생각해 보니 이유는 간단했어. 비록 동력은 존재했어도 인력이 없었던 거야. 어떤 바퀴 달린 차로도 30센티미터당 320킬로미터를 가는 것과 같은 경사를 기어오를 수 없지.

이런 사소한 실패로 좌절하는 카보 박사가 아니었어. 카보 박사는 거의 곧바로 반중력장 바깥에서 인력을 만들어 주면 된다는 해결책을 떠올렸어. 수직으로 물체를 들어 올리고 싶을 때 수레를 쓰지는 않지. 잭이나 수압기를 쓰지.

그리하여 결과적으로 세상에서 가장 기괴한 차량이 만들어졌어. 작지만 편안하게 머물 수 있는 우리에 사람 한 명이 며칠 동안 지낼 수 있는 식량을 싣고, 그 우리를 길이 6미터인 대들보의 한쪽 끝에 부착시켰어. 몸체는 전부 바람이 가득 찬 타이어가 지지하고 있었지. 나머지 부분은 반중력장 밖에 둔 채 우리만 가운데로 밀어 보낸다는 계획이었어. 잠시 생각한 끝에 미는 건 불도저로 하는 게 좋겠다고 결정했지.

시험 삼아 우리에 토끼를 몇 마리 태워 보았어. 난 여기에 심리학적으로 흥미로운 요소가 있다는 생각을 버릴 수가 없군. 실험하는 사람들에게는 두 가지 결과가 다 마음에 들었거든. 과학자로서는 피실험체가 살아 돌아오는 게 기쁘고, 호주 사람으로서는 토끼가 죽어서 돌아오는 게 기쁘지. 어쩌면 내가 멋대로 생각하고 있는지도 모르지만……. (물론, 호주 사람들이 토끼를 어떻게 생각하는지는 알고 있겠지?)

불도저는 가벼운 짐이 달린 대들보를 엄청난 경사 위로 밀어붙이며 매 시간마다 조금씩 나아갔어. 정말 기괴한 광경이지. 평지 위에서 토끼 몇 마리를 6미터 움직이는 데 그만 한 에너지를 쏟고 있는 모습이라니. 토끼들은 실험 기간 내내 눈으로 볼 수 있었어. 자기들이 역사적인 임무를 띠고 있다는 사실도 모른 채 마냥 즐겁기만 한 것 같았지.

토끼우리는 중심에 도착했고, 거기서 한 시간 동안 머물러 있었어. 그리고 다시 회수됐지. 토끼들은 살아 있었고 건강 상태도 좋았어. 게다가 당연하다는 듯이 벌써 여섯 마리로 불어나 있었어.

당연히 카보 박사는 자기가 중력이 없는 영역으로 들어가는 첫 번째 인간이 되어야 한다고 주장했어. 그는 우리에 비틀림저울과 방사능 탐지기, 반응로 안을 들여다볼 수 있는 전망경 등을 실었지. 그리고 그가 신호를 보내자 불도저가 밀기 시작했고, 참으로 희한한 여행이 시작되었어.

물론 안에서는 전화를 이용해 외부와 의사소통을 할 수 있었어. 이유는 아직 불분명하지만 보통의 음파는 그 장벽을 넘을 수 없었거든. 하지만 무선이나 유선전화는 문제없이 작동했어. 카보는 반중력장 안으로 천천히 들어가면서, 자기 신체의 반응이나 각종 장비의 계기가 가리키는 내용을 계속해서 동료들에게 전달했어.

예상했던 일이지만, 그가 최초로 느낀 현상은 그를 혼란스럽게 했어. 반중력장 외곽에서 몇 센티미터 정도 들어가는 동안, 수직 방향이 회전하는 것 같았지. '위'는 더 이상 하늘을 가리키지 않았어. 이제는 반응로가 있는 쪽이 위였지. 카보에게 그건 마치 수직의 절벽을 마주 보는 자세로 6미터 위에 있는 반응로를 향해 밀려 올라가는 것 같았어. 그의 눈과 여타 감각은 난생처음으로 그가 받은 과학적 훈련에 일치하는 경험을 했지. 중력을 기준으로, 반중력장의 중심이 자신이 떠나온 곳보다 높이 있는 모습을 보게 된 거야. 하지만 별것 아닌 것처럼 보이는 6미터 위로 그를 밀어 올리는 데 엄청난 에너지와 수백 리터의 연료가 들어가고 있다는 사실을 상상하는 건 여전히 쉽지 않았어.

이런 점을 빼면 그리 재미있는 여행은 아니었어. 그리고 마침내 출발한 지 20시간 만에 카보는 목적지에 도착했어. 반응로가 들어 있는 오두막이 바로 옆에 있었지만, 오두막의 벽은 지금까지 오르던 절벽에 아무 받침도 없이 수직으로 튀어나와 있는 바닥판 같았어. 머리 바로 위에 입구가 있었는데, 그건 기어올라 들어가야 하는 들창 같았지. 어려운 일은 아니었어. 카보 박사는 활발한 젊은이인 데다 이 기적이 어떻게 일어난 건지 궁금해서 견딜 수가 없었거든.

사실은 너무 조급했던 거지. 문을 통과하려다가 미끄러져서 그만 거기서 떨어지고 말았거든.

그게 사람들이 본 그의 마지막 모습이었어. 하지만 비명소리는 그치지 않고 울려 퍼졌다고 해. 정말로 큰 비명을 질렀다는군······.

이 불운한 과학자가 처한 상황을 생각하면 상황이 어떻게 된 건지 알 수 있을 거야. 시간당 수백 킬로와트의 에너지가(사람을 달까지도 충분히 보낼 수 있는 양이지.) 그를 거기까지 밀어 올렸어. 그 에너지는 모두 카보를 중력이 평형을 이루는 곳에 데려다 놓는 데 쓰였어. 그런데 지지 수단이 없어지자마자, 그 에너지가 다시 등장한 거지. 처음에 이야기했던 비유를 떠올리자면, 불쌍한 카보 박사는 어렵게 올라간 6400킬로미터짜리 산에서 미끄러져 떨어진 거야.

그는 거의 하루 종일 걸려 올라간 6미터를 다시 떨어져 내렸어. 아, 그런 곳에서 떨어지다니! 에너지라는 측면에서 보면, 그건 멀리 떨어진 별에서 지구 표면으로 떨어지는 것과 동등했어. 그 정도 낙하에서 물체의 속도가 어느 정도인지는 다들 알겠지. 처음에 거기까지 가기 위해 필요했던 속도와 같아, 다시 말해 그 유명한 탈출속도일세, 초속 11.19킬로미터, 시속으로는 4만 킬로미터지.

바로 그게 카보 박사가 출발점으로 되돌아왔을 때의 속도였어. 좀 더 정확히 말하자면, 어쩔 수 없이 그 속도에 도달하지는 못했다고 해야지. 속도가 마하 1, 2를 넘어가자 공기 저항이 강해지기 시작했거든. 카보 박사의 장례식은 그야말로 멋진, 게다가 해수면 높이에서 일어난 것으로는 유일한 별똥별이었지…….

해피 엔딩이 아니라 유감스럽기는 하지만, 사실 그걸로 끝은 아니야. 왜냐하면 그 반중력 구체는 아직도 호주의 사막 어딘가에서 학계와 호주 당국을 계속 좌절하게 만들고 있거든. 당국에서 이 이야기를 비밀로 묶어 놓을 수 있다고 생각하는 이유를 난 모르겠어. 때때로 세상에서 가장 높은 산이 호주에 있다는 생각을 하면 기분이 묘해져. 게

다가 그 산은 높이가 6400킬로미터나 되는데, 비행기는 그게 있는지 조차 모른 채 그 위를 날아다니잖아."

해리 퍼비스가 이야기를 여기서 멈췄다고 해서 놀라운 일은 아니다. 아무리 해리라고 해도 이야기를 더 끌고 가기는 어려웠다. 해리가 이야기를 더 하기를 바란 사람도 없었다. 해리의 이야기를 가장 고집스럽게 흠잡던 사람까지 포함해서 우리는 전부 경외감에 빠져 탄복했다. 그 후에 나는 카보 박사의 프랑켄슈타인적인 운명을 묘사한 부분에서 여섯 가지 오류를 찾아냈지만, 당시에는 그런 생각조차 나지 않았다(그 오류를 이야기하고 싶지는 않다. 교과서에 흔히 씌어 있듯이 이건 독자를 위한 연습 문제이다.). 그러나 무엇보다 우리의 그치지 않는 사의를 산 것은 그가 약간의 진실을 희생하면서까지 비행접시 신봉자가 '하얀 사슴'을 침공하지 못하도록 했다는 사실이다. 거의 가게 문을 닫을 시간이었고, 방문객이 반격하기에는 너무 늦어 있었다.

그래서인지 그 뒷이야기는 조금 불공평하게 들렸다. 한 달쯤 뒤에 누군가가 우리 모임에 이상한 출판물을 하나 가지고 왔다. 그 책은 깔끔하게 인쇄되어 있었고, 편집 상태도 그런 일에 잘못 쓰였다는 사실이 안타까울 뿐인 전문가의 손길이 느껴졌다. 제목은 "비행접시, 밝혀지다."였고, 표지에는 해리가 우리에게 해 준 이야기에 대한 자세한 설명이 있었다. 이야기는 정확히 그대로 실려 있었고, 불쌍한 해리가 보기에 더 나쁜 일은 해리의 이름이 그대로 나와 있었다는 것이었다.

해리는 그 후로 그 이야기에 대한 편지를 4375통이나 받았고, 거의 대부분은 발신지가 캘리포니아였다. 24명은 해리를 거짓말쟁이라고 비난했고 4205명은 해리를 굳게 믿었다(나머지 편지는 그가 해독할 수 없는 것들이라, 내용에 대해서는 아직도 한참 더 생각해 보아야 한다.).

해리가 그것을 끝내 극복해 내지 못했을까 봐 걱정된다. 그리고 가끔씩은, 진지하게 받아들여지리라고는 생각도 못했던 이야기를 사람들이 믿어 버리지 않도록 설득하느라 남은 인생을 허비할지도 모른다는 생각을 한다.

어쩌면 여기에 교훈이 있을지도 모르겠다. 나로서는 도저히 못 찾겠지만.

달을 향한 모험 │Venture to the Moon│

1956년, 《런던 이브닝 스탠더드(London Evening Standard)》에 첫 게재.
『하늘의 저편』에 재수록.

「달을 향한 모험」은 원래 《런던 이브닝 스탠더드》에 발표할 목적으로 여섯 개의 독립적인 단편이 하나의 이야기로 이어지도록 쓴 글이다. 처음에 의뢰받았을 때는 거절했다. 불과 1500단어로 완전히 이질적인 환경에서 벌어지는 이야기를 누구나 이해할 수 있도록 쓰는 일은 불가능해 보였기 때문이다. 하지만 다시 생각해 보니 이것도 꽤 흥미로운 도전이라 여겨져서 시도해 보기로 마음을 바꾸었다. 그 결과는 아주 성공적이어서 속편에 대한 요청까지 받을 정도였다…….

출발선

최초의 달 탐사에 대한 이야기는 지겹도록 반복되어 왔기 때문에, 어떤 사람들은 거기에 아직도 새로운 이야깃거리가 남아 있는지 의심스러워 할 것이다. 그래도 내 생각에 그 모든 공식 보고서와 관찰자들의 진술, 현장 기록, 방송된 내용이 전부를 보여 준 것은 아니다. 달에서 이루어 낸 성과에 대해서는 많이 알려져 있지만, 그것을 이루어 낸 사람들에 대해서는 많이 다루어지지 않았다.

인데버 호의 선장이자 영국 파견대의 대장으로서, 나는 사람들이 역사책에서는 찾아볼 수 없을 일들을 많이 관찰했다. 전부는 아니지만 그중 몇몇은 이제 공개해도 괜찮을 것이다. 언젠가 고다드 호와 치올코프스키 호의 다른 동료들이 자신의 관점을 제공해 주기를 기대한다. 하지만 반덴부르크 선장은 아직 화성에 있고 크라스닌 선장은 아직 금성 궤도 안쪽에 있으니, 그들이 기억하는 이야기를 들으려면 몇 년을 더 기다려야 할 터이다.

흔히 고백을 하고 나면 마음이 편해진다고 한다. 으레 그렇듯, 신비하게 여겨지게 마련인 첫 번째 달 탐사의 숨겨진 진실을 털어놓고 나면, 내 마음도 한결 가벼워질 것이다.

다들 알다시피, 미국, 러시아, 영국의 탐사선은 지구 상공 800킬로미터 궤도에 있는 제3 우주 정거장에서 화물 로켓으로 부품을 조달받아 제작되었다. 부품은 전부 완제품이었지만, 탐사선을 조립하고 점검하는 데에만 2년이 걸렸다. 작업이 얼마나 복잡한지 모르는 사람이라면 슬슬 조바심을 느낄 만한 시간이었다. 사람들은 완성된 채로 금방이라도 날아갈 것 같은 모습으로 우주 정거장 옆에 떠 있는 탐사선 세 대의 사진과 영상을 수도 없이 보았다. 그러나 사진으로는 수천 개의 파이프, 전선, 모터 및 각종 장비가 제자리를 찾고 가능한 모든 시험을 거쳐 가는 그 조심스럽고 지루한 작업 과정을 볼 수 없었다.

출발 날짜는 확실히 정해지지 않았다. 달까지의 거리는 언제나 비슷했기 때문에 준비만 되면 언제 떠나든지 상관없었다. 보름달일 때나 초승달일 때, 혹은 그 사이 아무 때라도 연료 소비량에는 사실상 차이가 없었다. 사람들이 전부 우리를 통해서 출발 시각을 캐내려 했기 때문에, 우리는 함부로 출발 시각을 예상하지 않으려고 아주 조심했다. 우주에서는 잘못될 수 있는 게 아주 많기 때문에, 우리는 마지막 순간에 이르러서야 지구로 작별 인사를 보낼 작정이었다.

우주 정거장에 모여서 모든 준비가 완료되었음을 선언했던 마지막 선장 회의는 아직도 기억에 남아 있다. 저마다 다른 작업을 맡아 하는 협동 임무였기 때문에, 우리는 서로의 착륙 간격이 24시간을 넘기지 않도록 하면서 모두 '비의 바다'의 정해 놓은 지점에 착륙하기로 합의했다. 세부적인 내용은 선장들의 재량에 달려 있었는데, 아마 누군가의 실수를 다른 선장이 똑같이 저지르지는 않으리라는 기대에서 그런 것 같았다.

"난 준비됐어."

반덴부르크 선장이 말했다.

"내일 오전 9시에 첫 모형 이륙 시험을 할 수 있어. 자네들은 어떤가? 셋 다 할 거니까 준비하라고 지구에 통보해도 될까?"

"나 역시 오케이."

자기가 쓰는 미국 속어가 20년은 지난 구식이라는 사실을 결코 받아들이지 못하는 크라스닌이 말했다.

나도 동의한다는 뜻으로 고개를 끄덕였다. 아직 연료계 중 하나가 제대로 작동하지 않았지만 별로 중요한 건 아니었다. 연료를 채울 때까지는 고칠 수 있었다.

모형 구동이란 실제로 발사하는 상황을 그대로 모방하여 각자가 그때 해야 할 일을 수행해 보는 것이다. 물론, 우리는 지구에서도 실물 크기의 모형을 이용하여 훈련을 받았다. 하지만 이번 훈련은 최종적으로 달을 향해 떠날 때의 상황을 완벽하게 복제한 것이다. 빠진 거라고는 우리에게 여행이 시작되었다고 알려 줄 엔진의 굉음뿐이었다.

우리는 실제 발사의 완전한 모방 훈련을 여섯 번 반복했고, 제대로 작동하지 않은 부품을 교체하기 위해 우주선을 해체했다. 그리고 여섯 번을 더 반복했다. 인데버 호, 고다드 호, 치올코프스키 호는 모두 같은 수준의 정비 상태를 갖추었다. 이제 남은 일이라고는 연료를 가득 채우고 떠나기를 기다리는 것이었다.

　마지막 몇 시간 동안의 긴장감은 두 번 다시 겪고 싶지 않은 일이었다. 전 세계의 눈이 우리를 주목하고 있었다. 출발 시각은 몇 시간 정도의 변동이 있을 수 있지만 이미 정해졌다. 최종 점검도 모두 끝난 상태였고, 우리는 인간이 할 수 있는 최대한의 준비를 갖추었다고 확신했다.

　그때 나는 아주 지위가 높은 공무원으로부터 개인적이고 은밀한 호출을 받았다. 너무나 큰 권위를 등에 업고 이루어진 제안이었기 때문에 아무리 명령이 아닌 것처럼 가장해도 소용없을 정도였다. 달을 향한 첫 번째 항해가 협동 작업이라는 사실은 잘 알고 있지만, 그래도 우리가 먼저 착륙했을 때 얻을 수 있는 명성을 생각해 보라는 것이었다. 고작 몇 시간 정도면 충분하다는 것이다…….

　나는 그 제안에 놀랐고, 솔직히 말했다. 반덴부르크와 크라스닌은 이제 나와 좋은 친구가 되었고 우리는 모두 힘을 합쳐 일하고 있었다. 나는 떠올릴 수 있는 대로 변명하며, 이미 비행 경로가 계산되어 나왔기 때문에 그걸 바꿀 수는 없다고 말했다. 연료를 절약하기 위해 각각의 우주선은 가장 경제적인 경로를 따라 여행하기로 되어 있었다. 동시에 출발한다면, 몇 초 정도의 간격은 있을지언정 동시에 도착하는 것이다.

　불행히도 누군가가 해결책까지 제시한 모양이었다. 연료를 가득 채운 세 척의 우주선은 승무원들도 대기 중인 완벽한 태세로 몇 시간 동안 지구 주위를 돈 후 위성 궤도에서 벗어나 달을 향해 출발할 예정이었다. 우리가 지금 있는 900킬로미터 상공에서는 지구를 한 바퀴 도는 데 95분이 걸렸다. 그리고 한 바퀴를 도는 동안 단 한 순간만이 여행을 시작하기에 적당한 때였다. 만약 우리가 한 바퀴만 돌고 서둘러 출발한다면, 다른 우주선은 95분을 기다린 후에야 우리를 따라올 수 있었다. 그리고 우리보다 95분 늦게야 달에 착륙하게 되는 것이다.

나는 거기에 반박하지 않았다. 그때 다른 두 동료를 배신하기로 승낙한 것은 지금 생각해도 여전히 부끄러운 일이었다. 신중한 계산 끝에 얻어진 순간이 다가온 것은 지구가 일시적으로 태양을 가려 생긴 그림자 속에 있을 때였다. 반덴부르크와 크라스닌, 이 정직한 친구들은 내가 한 바퀴를 더 돈 후에 자신들과 함께 출발할 거라고 생각하고 있었다. '발진' 버튼을 누르고 급격한 엔진의 울림이 나를 모행성에서 멀어지게 하는 것을 느꼈을 때만큼 내 인생에서 부끄러웠던 적은 없었다.

그 다음 10분 동안은 인데버 호가 미리 계산된 궤도를 정확히 따라가는지 점검하느라 눈코 뜰 새가 없었다. 드디어 지구 중력권을 탈출하여 엔진을 정지시켰을 때, 우리는 그림자에서 벗어나 작열하는 태양 빛 속으로 나왔다. 이제 달에 도착할 때까지 앞으로 닷새에 걸쳐 힘들이지 않고 조용히 우주를 여행하는 동안에는 밤을 겪을 수가 없었다.

제3 우주 정거장과 다른 두 척의 우주선은 수천 킬로미터 뒤쪽에 있을 터였다. 앞으로 85분 후면, 반덴부르크와 크라스닌도 계획에 따라 다시 정확한 지점에 도착하여 내 뒤를 이어 출발할 예정이었다. 하지만 그들이 나를 앞지를 수는 없었다. 나중에 달에서 만났을 때 내게 너무 화를 내지 않기만을 바랄 뿐이었다.

나는 후방 카메라를 켜고, 지구의 그림자에서 갓 벗어난 우주 정거장이 빛나는 모습을 먼발치에서 보려고 했다. 고다드 호와 치올코프스키 호가 있어야 할 장소인 우주 정거장 옆에 있지 않다는 사실을 깨닫는 데는 몇 분이 걸렸다…….

그랬다. 다른 두 척의 우주선은 1킬로미터도 떨어지지 않은 곳에서 나와 거의 비슷한 속도로 움직이고 있었다. 나는 못 믿겠다는 심정으로 바라보았지만 곧 우리 모두가 똑같은 생각을 했다는 사실을 깨달았다.

"맙소사, 이 배신자들 같으니라고!"

내가 숨을 몰아쉬며 말했다. 그리고 나는 미친 듯이 웃기 시작했고 몇 분이 지나서야 지상 통제실에 연락해서 모든 게 계획대로 진행되고 있다고 이야기했다. 물론, 애초에 발표된 계획과 다르긴 했지만…….

우리는 무선으로 축하 인사를 서로 건네며 다들 쑥스러워 했다. 그래도 한편, 나는 우리 모두 이런 식으로 결과가 나왔다는 사실에 속으로 기뻐하고 있으리라고 생각했다. 달에 도착할 때까지 우리는 기껏해야 서로 몇 킬로미터 이상 떨어지지 않았다. 그리고 실제 착륙 과정은 우리 셋의 역분사 제트가 동시에 달을 때리도록 대단히 세심하게 조정되어 있었다.

정확히 말하자면 거의 동시였다. 기록 장치에 의하면 내가 크라스닌보다 0.4초 먼저 달에 착륙했다는 사실에 의미를 부여할 수 있을지 모르겠다. 하지만 그러지 않는 편이 나을 것이다. 왜냐하면 반덴부르크가 똑같은 시간만큼 나를 앞섰기 때문이다.

40만 킬로미터 거리의 여행. 굳이 이야기하자면 박빙의 승부였다고 할 수 있을 것이다…….

왕립 학회 회원, 로빈 후드

우리는 달의 긴 낮이 시작되려 하는 이른 새벽에 착륙했다. 너른 평원 저쪽으로 몇 킬로미터나 뻗어 있는 경사진 그림자가 우리를 완전히 덮고 있었다. 태양의 고도가 높아지면서 그림자의 길이는 천천히 짧아질 것이고, 태양이 중천에 뜨면 거의 완전히 사라져 버릴 터였다. 하지만 지구에서 계산한 대로라면, 정오가 되려면 아직 5일이나 지나야 했고, 해가 지려면 7일이 더 있어야 했다. 태양이 지고 푸르게 빛나는 지구가 밤하늘을 지배하기 시작할 때까지는 거의 2주나 남아 있었다.

정신없이 보낸 며칠 동안은 달을 탐사할 시간이 거의 없었다. 우리는 우주선에서 짐을 내리고, 우리를 둘러싼 낯선 환경에 적응하고, 전기 자동차와 전기 스쿠터 다루는 법을 익히고, 떠날 때까지 주거지이자 사무실이자 실험실로 기능할 이글루를 세워야 했다. 위급한 경우에는 우주선에서 지낼 수도 있지만 그건 아주 비좁고 답답할 터였다. 이글루도 그다지 널찍한 편은 아니었지만, 우주에서 닷새를 보낸 후라면 그 정도는 호사스럽게 보이게 마련이었다. 우리는 질기면서도 유연한 플라스틱으로 만들어진 이글루를 풍선처럼 부풀렸고, 칸막이로 내부를 구획하여 개별 공간을 만들었다. 에어 로크를 통과하면 외부로 나갈 수 있었고, 우주선의 공기정화기로 이어진 배관을 충분히 확보하여 호흡할 수 있는 공기를 유지했다. 말할 것도 없이, 미국의 이글루가 가장 컸고, 부엌을 비롯하여 우리는 물론 러시아인들도 항상 빌려 썼던 세탁기 등 각종 편의 시설을 구비하고 있었다.

그럭저럭 정비가 끝나서 본격적으로 연구 작업에 대해 생각하게 된 건 착륙한 지 대략 10일 정도 후 늦은 오후였다. 첫 번째 탐사대가 신경을 잔뜩 세운 채 기지 주변의 황야를 돌아다니며 지형을 익혔다. 물론, 우리에게는 이미 자세하게 그려진 월면 지도와 착륙한 지역의 사진이 있었다. 하지만 놀랍게도 그게 잘못되어 있는 경우가 좀 있었다. 지도에 작은 언덕으로 표시된 지형이 때로는 우주복 안에서 고생하는 사람에게 산처럼 보일 때도 있었고, 분명히 매끄러운 평원이라고 표시된 곳이 무릎 두께의 먼지로 덮여 있어서 걸음을 한없이 느리고 지루하게 만들곤 했다.

그러나 이런 어려움은 사소한 것이었다. 그리고 모든 물체의 무게를 지구에서보다 6분의 1로 줄어들게 하는 낮은 중력은 그 어려움을 상당히 보상해 주었다. 과학자들이 실험 결과와 견본을 축적하기 시작하자, 지구와 연결된 라디오와 영상 회로는 점점 더 바빠지다가 결국 계속해서 가동하게 되었다. 만일의 경우까지도 대비하는 것이었다. 만약 우리가 귀환하지 못한다고 해도, 우리가 수집한 지식만큼은 지구로 전송될 터였다.

첫 번째 자동 보급 로켓은 정확히 예정대로 해가 지기 이틀 전에 착륙했다. 우리는 별들을 배경으로 역분사 제트가 짧게 빛나다가 땅에 내려앉기 직전에 다시 한 번 분사되는 모습을 보았다. 실제로 착륙하는 장면은 보이지 않았다. 안전상의 이유로 기지에서 5킬로미터 떨어진 곳으로 착륙 지점이 정해졌기 때문이다. 그리고 달에서는 지평선까지의 거리가 5킬로미터가 되지 않았다.

우리가 도착했을 때, 로봇은 충격 흡수용 다리 세 개에 의존해서 약간 기울어진 채로 서 있었지만 상태는 완벽했다. 안에 실린 내용물도 장비에서부터 음식까지 온전했다. 우리는 의기양양하여 그것들을 기지로 옮긴 다음에 꽤 뒤늦은 축하 잔치를 벌였다. 대원들은 그동안 아주 열심히 일했고 잠시 긴장을 푸는 시간을 보낼 자격이 있었다.

우리는 아주 즐거웠다. 내 생각에 최고의 순간은 크라스닌 선장이 우주복을 입고 코사크 춤을 추려고 할 때였다. 뒤이어 우리는 겨루기가 가능한 활동이 없을까 하는 생각을 떠올렸지만, 당연하게도 외부 활동은 다소 제한되어 있다는 점을 깨닫고 말았다. 장비만 있다면 크로케나 볼링 같은 경기는 가능했지만 크리켓이나 축구는 당연히 불가능했다. 이런 중력에서 축구공은 제대로 차면 1킬로미터는 날아갈 것이고, 크리켓 공은 아예 다시 찾을 수도 없는 곳으로 날아갈 게 뻔했다.

달에서 할 만한 운동 경기를 처음으로 생각해 낸 사람은 트레버 윌리엄스 교수였다. 그는 천문학자였고, 최연소로 왕립 학회의 회원이 된 사람이었는데, 그에게 이런 무한한 영애가 주어진 것은 그가 고작 서른 살 때였다. 행성 간 항행법 연구는 그에게 세계적인 명성을 가져다주었지만 그의 궁술 실력은 많이 알려져 있지 않았다. 그는 웨일스의 궁술 대회에서 2년 연속 우승한 적이 있었다. 그래서 나는 달의 화산암에 표적을 기대 놓고 활을 쏘는 그의 모습을 보고서도 놀라지 않았다.

플라스틱 합판으로 된 막대에 철사를 묶어 놓은 활은 신기하게 생겼다. 나는 트레버가 어디서 그런 것을 구했는지 의아했지만, 무인 화물선이 산산이 분해되어 부품들이 예상치 못한 장소에서 불쑥 나타나곤 한다는 사실을 곧 떠올렸다. 그러나 활이야말로 정말 흥미롭게 생겼다. 공기가 없는 달에서는 당연히 안정성을 위해 깃털을 달 필요가 없었다. 대신에 트레버는 화살이 회전하도록 만들었다. 그는 총을 쏘았을 때 총알이 회전하는 것처럼 화살을 회전시킬 수 있는 조그만 장치를 활에 달아 화살이 날아가는 경로를 유지할 수 있도록 했다.

이렇게 임시로 조잡하게 만든 활이었지만 마음만 먹으면 2킬로미터 정도를 쏘아 보낼 수 있었다. 그러나 만들기 어렵다는 이유로 화살을 낭비하는 걸 트레버가 싫어했기 때문에, 그는 가능한 한 정확성을 얻는 쪽에 더 관심을 두었다. 거의 평평한 궤적을 그리며 날아가는 화살을 보는 건 기묘한 일이었다. 화살은 마치 지면과 평행을 이루며 날아가는 것 같았다. 누군가가 경고했듯이, 조심하지 않는다면 화살은 달의 위성이 되어 궤도를 한 바퀴 돈 후 트레버의 등을 맞출지도 몰랐다.

두 번째 보급선은 그 다음 날 도착했다. 하지만 이번에는 일이 계획대로 되지 않았다. 착지는 완벽했지만, 불행히도 레이더로 제어되는 자동조종 시스템이 단순한 기계가 즐겨 저지르는 실수를 해 버렸다. 주변에 있는 언덕 중에서 유일하게 등반이 불가능한 언덕을 포착해서 언덕의 정상에 경로를 고정시킨 후, 둥지를 향해 하강하는 독수리처럼 내려앉았던 것이다.

우리가 절실히 필요로 하는 보급 물자는 우리 머리 위 150미터 상공에 있었고 몇 시간 후면 밤이 올 예정이었다. 어떻게 해야 하지?

대략 15명의 사람들이 동시에 같은 의견을 내놓았다. 그리고 이어지는 몇 분 동안 우리는 기지에 있는 나일론 밧줄을 모두 모으느라 크게 소동을 피웠다. 곧 거의 1킬로미터에 달하는 밧줄이 얌전하게 감긴 채 트레버의 발치에 놓였고, 우리 모두는 희망에 부풀어 기다렸다. 그는 한쪽 끝을 화살에 묶고 그 활을 시위에 메긴 후 시험 삼아 하늘의 별을 향해 발사했다. 화살은 절벽 높이의 절반보다 약간 높게 솟아올랐다가 선의 무게를 이기지 못하고 떨어졌다. 트레버가 말했다.

"미안. 안 되겠는걸. 게다가 화살을 위쪽에 고정시키려면 갈고리 같은 것도 달아야 한다고."

밧줄이 하늘에서 천천히 떨어지는 모습을 보면서 우리는 한 5분 동안 의기소침해 있었다. 참으로 우스꽝스러운 상황이었다. 우주선 안에는 우리를 달에서 40만 킬로미터 떨어진 곳까지 움직이게 해 줄 에너지가 있건만 우리는 하찮은 절벽 하나 때문에 곤혹스러워 하고 있었다. 만약 시간이 있었다면 언덕 반대편을 통해 올라갈 길을 찾을 수도 있었을 것이다. 하지만 그건 곧 수 킬로미터를 이동해야 한다는 걸 뜻했다. 위험한데다가 아직 몇 시간 남은 낮 동안에 불가능할 수도 있었다.

과학자들은 결코 난처한 상황을 오래 끌지 않는다. 게다가 (때로는 과도할 정도로 똑똑한) 천재들이 여러 명이나 이 문제에 달라붙어 있었기 때문에 풀리지 않으려야 않을 수가 없었다. 하지만 이번에는 다소 어려웠던 나머지 세 명만이 동시에 해답을 내놓았다. 트레버는 곰곰이 생각해 본 후 애매하게 대답했다.

"글쎄, 해 볼 만할 것 같은데."

준비 작업에는 시간이 얼마 안 걸렸고, 우리는 모두 가라앉고 있는 태양 광선이 흐릿하게 보이는 절벽을 따라 위쪽으로 조금씩 기어오르는 걸 초조하게 바라보았다. 나는 설사 트레버가 꼭대기에 밧줄과 갈고리를 올려놓을 수 있다고 해도, 거추장스러운 우주복을 입고 그 위까지 올라가는 일은 쉽지 않을 거라고 생각했다. 나는 높은 곳을 두려워했기 때문에 몇몇 등산 애호가들이 앞장서서 자원했다는 사실에 안도했다.

드디어 모든 준비가 완료되었다. 밧줄은 최소한의 저항으로 땅에서 들어 올려질 수 있도록 세심하게 정돈되었다. 화살에서 1미터 정도 뒤에는 가벼운 갈고리를 장착했다. 우리는 갈고리가 바위 사이에 단단히 고정되어, 우리가 밧줄에 믿음을 걸었을 때 그 믿음이 말 그대로 추락하지 않기를 희망했다.

그러나 트레버는 이번에 단 하나의 화살을 사용하는 게 아니었다. 그는 대략 200미터 간격으로 화살 네 개를 밧줄에 매달았다. 나는 우주복을 입은 인간이 저물어 가는 마지막 햇살 속에서 하늘을 향해 활을 당기는 어울리지 않는 장관을 결코 잊지 못할 것이다.

화살은 별들을 향해 빠르게 날아갔다. 그리고 첫 번째 화살이 15미터도 날아가기 전에 트레버는 두 번째 화살을 메기고 있었다. 두 번째 화살은 기다란 밧줄의 일부분을 추가로 허공으로 끌어올리며 첫 번째 화살을 뒤따라 날아갔다. 바로 뒤를 이어서 세 번째 화살이 밧줄 일부와 함께 날아갔고, 네 번째 화살도 밧줄을 끌고 첫 번째 화살의 운동량이 눈에 띄게 줄어들기 전에 발사되었다고 나는 분명히 기억하고 있다.

이제 화살들이 힘을 합쳐 밧줄 전체를 끌고 갈 수 있다는 게 확실한 이상 원하는 고도까지 화살을 날리는 일은 어렵지 않았다. 처음 두 번은 갈고리가 도로 떨어져 내려왔지만, 마침내 평탄한 곳의 보이지 않는 어딘가에 단단히 고정되자 첫 번째 지원자가 밧줄을 타고 올라갔다. 달의 중력 아래에서는 무게가 15킬로그램도 나가지 않는 게 사실이었지만, 그래도 여전히 추락하기에는 높은 곳이었다.

그는 추락하지 않았다. 이어서 화물 로켓에 실린 보급품이 언덕을 내려오기 시작했고, 해가 지기 전에 필수품들을 전부 내릴 수 있었다. 그러나 털어놓을 일이 하나 있는데, 기술자 한 명이 지구에서 보내온 하모니카를 자랑스럽게 보여 주었을 때 내 만족감은 상당히 손상되었다. 그때 이미 나는 분명히 기나긴 달의 밤이 끝나기 전에 우리 모두 저놈의 악기에 진력이 나 있을 거라고 확신했다…….

하지만 물론 트레버의 잘못은 아니었다. 평원을 빠르게 덮어 가고 있는 거대한 그림자를 지나 우주선으로 함께 걸어가면서, 그는 최초의 달 탐사대가 제작한 달의 상세한 지도가 발간된 이래 수천 명의 사람들을 의아하게 만들었을 게 분명한 제안을 하나 했다.

어쨌거나 조그만 산 하나만 있을 뿐 생명체라고는 찾아볼 수 없는 평원이 달의 지도에 "셔우드 숲(영국의 전설적 의적이자 명사수인 로빈 후드가 활약했다고 알려진 숲 ― 옮긴이)"이라고 표기되어 있다는 건 분명히 이상해 보이긴 한다.

녹색 손가락

이제는 이미 늦었지만, 블라디미르 수로프와 잘 알고 지내지 못했다는 건 대단히 유감스러운 일이다. 내가 기억하기로 그는 작고 조용한 남자로 영어를 이해하기는 했지만 대화를 나눌 정도로 말을 잘하지는 못했다. 나는 그가 그의 동료들에게조차도 약간 불가사의한 인물이 아니었나 의심스럽다. 내가 치올코프스키 호에 오를 때마다 그는 구석에 앉아서 공책에 뭔가를 쓰거나 현미경을 들여다보고 있었다. 좁고 빽빽한 우주선 안에서도 그는 사생활을 중시했다. 다른 선원들은 그의 무관심에 개의치 않는 것 같았다. 그에게 말하는 걸 들어보면, 그들이 그에게 호의를 갖고 있을 뿐만 아니라 그를 존중한다는 게 명백했다. 놀랄 일도 아니었다. 북극권 내에서도 잘 자랄 수 있는 나무 및 식물을 개발하는 연구 덕분에 그는 이미 러시아에서 가장 유명한 식물학자였다.

러시아 달 탐사대에 식물학자가 포함되어 있다는 사실은 영국과 미국이 각각 생물학자를 데려왔다는 사실보다 특별히 이상할 게 없음에도 불구하고 대단한 흥미를 불러일으켰다. 첫 번째 달 착륙 이전 몇 년 동안, 물과 공기가 부족한데도 달에 일종의 식물이 존재할 수 있음을 암시하는 증거가 상당수 쌓였다. 소련의 과학 협회장은 이 이론의 열렬한 주창자였고, 나이가 들어 직접 탐사에 참가할 수 없자 차선책으로 수로프를 보낸 것이다.

다양한 집단이 수천 평방미터에 달하는 지역을 탐사한 결과, 살아 있는 것이든 화석이 된 것이든 식물 종류를 전혀 찾지 못했다는 사실은 달이 우리에게 안겨 준 첫 번째 실망이었다. 달에는 어떤 형태의 생명체도 존재할 수 없다고 거의 확신했던 회의론자들조차 자신들이 틀렸다는 걸 알면 기뻐했을 텐데 말이다. 물론 5년 후 리차즈와 섀넌이 거대한 벽으로 둘러싸인 에라토스테네스 평원에서 놀라운 발견을 해냈을 때 그들은 기뻐했다. 하지만 그 발견은 아직 미래의 일이었고, 달에 처음 착륙했을 당시에는 수로프가 달에 괜히 온 것만 같았다.

그는 크게 낙심한 것처럼 보이지 않았지만, 토양의 표본을 조사하거나 가압 처리된 투명한 튜브로 치올코프스키 호를 둘러싸고 있는 조그만 수경 농장을 돌보며 다른 승무원들만큼이나 바쁘게 지냈다. 미국인들과 우리는 계산해 본 결과 (최소한 영구 기지를 만들기 전까지는) 식량을 재배하는 것보다 보급받는 게 낫다고 판단했기 때문에 그런 농장을 만들지 않았다. 경제학적 측면에서 우리가 옳았지만 사기 진작이라는 면에서는 그렇지 못했다. 수로프가 각종 식물과 미니 과일 나무를 기르는 조그만 밀폐 용기들은 우리 주변을 둘러싸고 있는 광대한 황무지에 지친 우리 눈을 즐겁게 해 주는 오아시스였다.

선장이기 때문에 생기는 불리한 점 중 하나는 바로 탐사 활동에 직접 나설 기회가 거의 없다는 것이다. 나는 지구에 보낼 보고서를 작성하고 잔여 물자를 점검하고 일정 및 근무자 명단을 작성하고 미국과 러시아 쪽 대장들과 협의하고 다음에는 또 무슨 일이 잘못될까 추측하느라(항상 성공한 건 아니다.) 너무 바쁘게 지냈다. 결과적으로 가끔씩 이삼 일 동안 기지 밖으로 나가지 못하는 경우도 있었다. 내 우주복이 벌레들의 안식처라는 이야기는 판에 박힌 농담이었다.

어쩌면 그 덕분에 내가 외부로 나갔던 여행을 전부 생생하게 기억하고 있는지도 몰랐다. 나는 단 한 번 수로프와 마주쳤던 순간을 분명히 기억할 수 있다. 태양이 남쪽에 있는 산 위에 높이 떠 있고, 태양에서 몇 도 정도 떨어져 있던 초승달 모양의 지구가 은빛 실처럼 간신히 보이던 정오 무렵이었다. 우리 팀 지구물리학자였던 헨더슨이 기지에서 동쪽으로 몇 킬로미터 떨어진 곳에 연달아 설치되어 있던 자기계의 수치를 읽어야 하는 일이 생겼다. 다른 사람들은 모두 바빴고 때마침 내가 일을 다 처리한 상태였기에 그와 함께 걸어갔다.

스쿠터를 타고 가야 할 정도로 먼 길은 아니었고 더구나 배터리의 충전 상태도 좋지 않았다. 어쨌거나 나는 달의 너른 평야를 걷는 것을 좋아했다. 딱히 경치 때문은 아니었다. 아무리 경이적인 광경이라고 해도 잠시 후면 익숙해지게 마련이다. 내가 싫증이 나지 않을 정도로 좋아했던 것은 힘들이지 않고 느릿느릿하게 한 걸음씩 걸을 때마다 지면 위로 솟아오르며 우주여행이 도래하기 이전에는 꿈에서나 느껴 보았을 자유를 만끽할 수 있다는 점이었다.

일을 마치고 기지로 돌아가고 있을 때, 남쪽으로 2킬로미터도 채 떨어지지 않은 곳에서 누군가가 움직이는 것을 알아챘다. 사실 러시아 기지에서 별로 멀지 않은 곳이었다. 나는 헬멧 안쪽에서 망원경을 내려 누군지 자세히 살펴보았다. 당연한 이야기이지만 가까운 거리라고 해도 우주복을 입은 사람이 누구인지는 분간할 수 없다. 그래도 우주복은 실용상의 차이가 없는 색깔과 숫자로 항상 구별되어 있기 때문이었다.

"누구죠?"

헨더슨이 미리 조율해 놓은 단거리 무선 채널을 통해 물었다.

"푸른색에 3번이면 수로프겠군. 그런데 이해가 안 되는걸. 혼자 있잖아!"

달의 표면에서는 어느 누구도 혼자 움직이지 않는다는 것이 달 탐사대의 기본 규칙이다. 사고는 항상 일어날 수 있고, 만약 누군가와 함께 있다면 사소한 것이었을 사고가 혼자 있다면 치명적인 것이 될 수도 있다. 예를 들어, 우주복의 등에 조그만 구멍이 났는데 혼자 있어서 고칠 수 없다면 어떻게 할 것인가? 이 얘기는 아마 우습게 들릴 것이다. 하지만 그런 일은 실제로 벌어졌다.

"어쩌면 동료에게 사고가 나서 구조 요청을 하러 가는지도 몰라요. 우리가 부르는 게 낫겠어요."

헨더슨이 말했다.

나는 고개를 저었다. 수로프는 분명히 서두르는 기색이 아니었다. 그는 혼자서 나왔고, 이제 천천히 치올코프스키 호로 돌아가는 중이었다. 비난의 소지가 있는 조처이긴 하지만, 만약 크라스닌 선장이 일인 탐사를 허용했다면 그건 내가 상관할 바가 아니었다. 그리고 수로프가 규칙을 어기고 있다고 해도, 그걸 보고하는 게 내 소관은 아니었다.

그 후로 두 달 동안, 대원들은 수로프가 혼자 걷는 모습을 가끔씩 목격했다. 하지만 가까이 가면 수로프가 그들을 피했다. 내가 조심스럽게 물어본 결과, 크라스닌 선장이 인력 부족 때문에 어쩔 수 없이 몇 가지 안전 수칙을 완화해야 했다는 사실이 드러났다. 비록 크라스닌이 나와 똑같이 아무것도 모르고 있다고 생각지는 않았지만, 나는 수로프가 무슨 일을 하는지 알아낼 수 없었다.

크라스닌의 긴급 호출을 받았을 때 나는 '내 그럴 줄 알았지.' 하는 기분이었다. 우리는 모두 이전에 위험을 겪은 적이 있고 대원들을 보내 서로를 도왔다. 하지만 누군가가 실종되고 우주선에서 내린 소환 명령에도 응답하지 않는 경우는 처음이었다. 긴급히 원격 회의가 열렸고, 취해야 할 일련의 조치가 만들어지는 한편, 각 우주선에서 조직된 수색대가 사방으로 흩어졌다.

이번에도 나는 헨더슨과 함께였고, 우리로서는 예전에 수로프를 보았던 길을 다시 따라가는 것이 유일하게 상식적인 해결책이었다. 러시아 우주선에서 꽤 멀리 떨어진, 우리가 '우리의' 영역이라고 여기고 있던 곳의 한 낮은 언덕을 오르고 있을 때, 처음으로 러시아인들이 뭔가를 우리에게 숨기려 한다는 생각이 떠올랐다. 그게 도대체 무엇인지 나는 상상도 할 수 없었다.

헨더슨이 수로프를 발견하고는 무선으로 구조를 요청했다. 하지만 이미 많이 늦은 상태였다. 수로프는 얼굴을 아래로 한 채 엎드려 있었고 공기가 빠진 우주복은 구겨져 있었다. 뭔가가 헬멧의 플라스틱 부분을 강하게 쳤을 때 그는 무릎을 꿇고 있었다. 그가 앞으로 무너지면서 즉사하는 광경이 눈에 선했다.

크라스닌 선장이 도착했을 때, 우리는 아직도 수로프가 죽기 직전까지 조사하고 있었던 믿을 수 없는 물체를 바라보고 있었다. 그건 1미터 정도의 높이에 가죽 같은 느낌이 나는 달걀형 녹색 물체로 넓게 퍼진 덩굴을 이용하여 바위틈에 뿌리를 내리고 있었다. 그렇다. 뿌리를 내리고 있었다. 식물인 것이다. 몇 미터 떨어진 곳에 두 개가 더 있었는데, 훨씬 더 작았고 검고 시들어 있던 것으로 보아 죽은 게 분명했다.

 내 첫 반응은 "그러니까 결국 달에 생명체가 있는 거로군."이었다. 크라스닌의 목소리가 내 귀에 울려 퍼지고 나서야 진실은 그보다 훨씬 더 놀랍다는 사실을 깨달았다. 그가 말했다.

 "불쌍한 블라디미르! 우리는 그가 천재라는 걸 알고 있었어. 그래도 그가 자신의 꿈을 이야기했을 때는 그냥 웃고 말았지. 그래서 이 친구는 자신의 위대한 작업을 비밀로 한 거야. 잠종 밀로 북극을 정복했던 건 그저 시작일 뿐이었어. 그는 달에 생명을 가져온 거야. 죽음과 함께."

 놀라운 비밀이 처음으로 드러나는 순간에 그 자리에 서 있던 나에게 그것은 아직도 기적처럼 보였다. 오늘날에는 전 세계가 '수로프의 선인장'(그의 이름이 붙은 건 당연하지만 엄밀히 말해 선인장은 아니다.)에 대해 알고 있다. 그리고 경이감이 많이 퇴색한 것도 사실이다. 수로프의 연구 수첩에는 가죽과 같은 표피로 진공에서도 생존할 수 있고 퍼지는 범위가 넓으며 산을 분비하는 뿌리로 이끼조차 자라날 수 없는 바위에 뿌리내릴 수 있는 식물을 마침내 개발하기까지 수년에 걸친 실험에 대한 자세한 묘사를 비롯한 전체 이야기가 담겨 있다. 그리고 우리는 수로프의 꿈이 2단계까지 실현된 것을 보았다. 영원히 그의 이름을 지니게 될 선인장들이 이미 달의 광대한 암석 지대를 갈아엎어 현재 달에 거주하는 모든 사람을 먹이는 좀 더 특화된 식물을 위한 길을 닦아 놓았기 때문이다.

 크라스닌은 허리를 굽혀 낮은 중력에 의지하여 동료의 시체를 가볍게 들어 올렸다. 그는 부서진 헬멧 조각을 손으로 가리키더니 혼란스럽다는 듯이 고개를 저었다.

"무슨 일이 벌어진 거지? 마치 저 식물이 그런 것 같잖아. 하지만 그건 말도 안 돼."

불가사의한 녹색 식물은 앞으로의 가능성과 당장의 수수께끼로 우리를 애타게 하며 이제 더 이상 황무지가 아닌 곳에 서 있었다. 그때 생각에 잠겨 혼잣말을 하듯이 헨더슨이 천천히 말했다.

"제가 알 것 같아요. 학교에서 들었던 식물학 수업이 생각났거든요. 만약에 수로프 씨가 달의 환경에 맞게 식물을 만든다면, 어떻게 번식하도록 했을까요? 자라기에 적합한 장소를 찾기 위해서 씨앗을 넓게 퍼뜨려야 했을 거예요. 그런데 여기엔 지구처럼 씨앗을 날라 줄 새나 동물이 없잖아요. 한 가지 방법밖에 없어요. 그리고 그 방법은 우리 지구 식물의 일부도 이미 쓰고 있는 거죠."

그의 이야기는 내가 소리 지르는 바람에 중단되었다. 뭔가가 내 우주복의 금속으로 된 손목 보호대에 부딪히며 땡 하는 소리를 냈던 것이다. 망가진 건 없지만, 너무 급작스럽고 예상하지 못했던 일이라 정말 깜짝 놀랐다.

내 발치에는 크기와 모양이 자두씨와 비슷한 씨가 놓여 있었다. 몇 미터 떨어진 곳에서 우리는 허리를 숙인 수로프의 헬멧을 박살낸 씨앗을 찾아냈다. 그는 분명히 식물이 무르익었다는 사실을 알고 있었겠지만 조사해 보고 싶은 마음이 너무 컸던 나머지 그 사실이 내포하는 바를 잊어버렸던 것이다. 훗날 나는 달의 낮은 중력 아래 선인장이 400미터까지 씨앗을 쏘아 보내는 장면을 보았다. 수로프는 자신의 창조물에게 근거리에서 정통으로 얻어맞은 것이다.

반짝이는 모든 것

 이 이야기는 반덴부르크 선장이 겪은 실화이다. 하지만 그는 지금 너무 멀리 떨어져 있어서 직접 이야기를 해 줄 수 없다. 이건 미국 측 지구물리학자인 페인터 박사에 관한 이야기인데, 일반적으로 사람들은 그가 마누라에게서 떨어지기 위해 달에 왔다는 이야기를 믿고 있었다.
 한두 번 정도는 우리 모두 (종종 아내들에게서) 그런 의심을 받은 적이 있다. 그러나 페인터의 경우에는 그 말이 맞다고 할 만큼 꽤 사실이었다.
 그가 아내를 싫어한 건 아니었다. 오히려 그 반대라고 할 수 있었다. 그는 아내를 위해서라면 무슨 일이든지 했을 테지만, 불행히도 아내가 바라는 물건은 꽤나 비싼 것들이었다. 그의 아내는 사치스러운 취향의 여자였고, 그런 여자들은 과학자와, 심지어 달에 가는 과학자라고 해도 결혼해서는 안 되는 법이다.
 페인터 부인은 보석류, 특히 다이아몬드에 약했다. 충분히 예상할 수 있듯이, 그런 취향에 대해 남편은 상당히 우려하게 마련이다. 아내를 사랑하는 성실한 남편으로서 페인터는 단지 걱정만 하고 있지 않았다. 그는 직접 조처를 취했다. 상업적이라기보다는 좀 더 과학적인 관점에서 그는 다이아몬드에 관한 세계적인 전문가가 되었고 구성물질, 기원 및 특성에 관한 한 아마 세상 어느 누구보다도 잘 알게 되었다. 불행히도, 다이아몬드에 대해 잘 알기 위해서 굳이 다이아몬드를 소유할 필요는 없었고, 게다가 남편의 박식함이라는 건 페인터 부인이 파티에 갈 때 목에 두르고 갈 수 있는 물건도 아니었다.

앞서 이야기했듯이 다이아몬드는 부업일 뿐이었고 그의 진짜 전공은 지구물리학이었다. 그는 전기 충격과 자기 파동이라는 방법으로 지하 깊숙이 숨어 있는 지층의 엑스선 영상을 얻어 낼 수 있는 뛰어난 탐사 장비를 여럿 개발했다. 따라서 신비로운 달의 내부를 탐색할 사람으로 그가 선택된 것은 당연한 일이었다.

페인터는 달에 가는 일에 적극적이었다. 하지만 반덴부르크 선장은 그가 바로 그 특정한 시점에 지구를 떠나는 걸 꺼리는 듯한 인상을 받았다. 많은 사람들이 비슷한 증상을 겪은 바 있었다. 가끔씩 그 원인은 마음속에서 떠나지 않는 두려움으로 밝혀졌고, 그렇지 않았으면 앞날이 유망했을 사람들이 지구에 남기도 했다. 그러나 페인터의 경우에는 개인적인 사정 때문이 아니었다. 그는 한창 중요한 실험(평생에 걸쳐 연구해 온 것이다.)에 매진해 있었고, 실험이 끝나기 전에 지구를 떠나고 싶지 않았던 것이다. 하지만 그를 위해 최초의 달 탐사 계획 일정을 바꿀 수 없는 노릇이었고, 하는 수 없이 그는 조교의 손에 실험을 맡겨야 했다. 그는 끊임없이 지구와 암호화된 메시지를 교환했고, 이건 제3 우주 정거장의 통신과 사람들을 엄청나게 성가시게 했다.

전인미답의 신천지가 눈앞에 펼쳐지자 페인터는 금세 지구에서 하던 일을 잊어버렸다. 그는 미국 대원들이 가져온 조그만 전기 스쿠터에 지진계, 자기계, 중력계 등을 비롯하여 지구물리학자의 트레이드마크라고 할 수 있는 갖가지 알 수 없는 장비들을 싣고 달 표면을 이리저리 오갔다. 그는 과거 지구에서 수백 년이 걸려서야 알아낸 것을 단 몇 주 만에 끝마치려 노력 중이었다. 탐사가 가능한 곳은 달의 3600만 제곱킬로미터 중 작은 영역에 불과했지만, 그는 그걸로 어떻게든 완벽하게 일을 마칠 작정이었다.

때때로 지구에 있는 동료들이 소식을 전해 오기도 하고 아내에게서 짧지만 애정이 넘치는 밀어가 오기도 했다. 둘 중 어느 쪽도 그의 흥미를 끌지 못했다. 너무 바빠서 잠조차 잘 시간이 없는 상태가 아니라고 해도, 40만 킬로미터라는 거리는 대부분의 개인적인 문제를 다른 각도에서 조망하도록 한다. 나는 페인터 박사가 달에 와서야 난생처음으로 진정한 행복을 느꼈다고 생각한다. 그리고 그건 그만이 아니었다.

우리 기지에서 멀지 않은 곳에는 꽤 멋진 분화구가 있었다. 지름이 3킬로미터에 가까운, 달 표면에 난 숨구멍 같았다. 꽤 가까운 곳에 있긴 해도 우리의 정상적인 공동 작업 구역에서는 벗어나 있었기에, 페인터 박사는 달에 온 지 6주나 지나서야 대원 세 명과 함께 조그만 트랙터를 타고 분화구를 조사하러 갔다. 지평선 근처에서 그들은 통신 가능 지역을 벗어났다. 하지만 만약 문제가 생긴다면 그들이 지구에 연락해서 우리에게 소식을 전해 줄 수 있기 때문에 별 걱정은 하지 않았다.

페인터 일행은 48시간 동안 가 있었는데, 48시간이라면 체력 촉진제를 쓰더라도 달에서 연속적으로 작업할 수 있는 최대치였다. 그들의 작은 원정은 처음에는 별 다른 사건 없이 진행되었고, 따라서 흥미로운 일도 없었다. 모든 일이 계획대로 이루어졌다. 그들은 분화구에 도착해서 이글루를 부풀려 세워 짐을 풀어 놓은 후에 장비의 계기를 확인하고 중심핵의 표본을 얻기 위해 휴대용 드릴을 설치했다. 드릴이 달의 일부분을 깨끗하게 잘라 내기를 기다리던 그때, 페인터는 그의 인생에서 두 번째로 위대한 발견을 했다. 첫 번째 위대한 발견은 10시간 전에 이루어졌지만, 당시 그는 그 사실을 모르고 있었다.

분화구의 가장자리, 3억 년 전 달을 진동시켰던 거대한 폭발이 뱉어 놓았던 바로 그 자리에는 달의 내부 수십 킬로미터 깊이에서 튀어나온 게 틀림없는 거대한 바위들이 쌓여 있었다. 페인터는 조그만 드릴로 파낼 수 있는 것 따위는 여기에 비교조차 되지 않을 거라고 생각했다. 불행히도, 그의 주변을 둘러싸고 있는 산만 한 크기의 지질 표본들은 올바른 순서로 깔끔하게 배열되어 있지 않았다. 바위들은 자신을 허공으로 날려 보냈던 폭발력의 무작위한 크기에 따라 눈으로 볼 수 있는 범위를 넘어서까지 흩어져 있었다.

페인터는 이 거대한 화산암들을 기어오르며 들고 다니는 조그만 망치를 이용하여 내키는 대로 표본을 채취했다. 잠시 후 그의 동료들은 그가 소리지르며 조악한 품질의 유리 덩어리처럼 보이는 것을 들고 뛰어 내려오는 모습을 보았다. 그가 정신을 차리고 왜 소동을 피웠는지 설명하기까지는 시간이 좀 걸렸다. 그리고 그들이 왜 여기 왔는지를 떠올리고 본연의 임무로 돌아가는 데에는 더 많은 시간이 걸렸다.

반덴부르크는 그들이 우주선으로 돌아오는 모습을 지켜보고 있었다. 꼬박 이틀 동안 서서 지냈다는 점을 감안하면 지쳐 있을 법도 한데, 그 네 명은 전혀 피곤해 보이지 않았다. 오히려 그들의 걸음걸이에서는 우주복으로도 완전히 가려지지 않는 일종의 유쾌함이 엿보였다. 원정이 성공적이었다는 건 바로 알 수 있었다. 페인터로서는 축하할 만한 일이 두 가지인 셈이었다. 지구에서 온 긴급 메시지는 강력하게 암호화되어 있었지만, 페인터의 연구가 뭔지는 몰라도 마침내 성공적인 결과를 얻었다는 소식임이 분명했다.

페인터가 손에 쥐고 있는 것을 보았을 때, 반덴부르크 선장은 지구에서 온 소식에 대해서 거의 잊어버리고 말았다. 그는 다이아몬드 원석이 어떻게 생겼는지 알고 있었고, 이것은 역사상 두 번째로 큰 원석이었다. 3026캐럿이었던 컬리넌(1905년에 토머스 컬리넌이 발견한 세계 최대의 다이아몬드 원석 — 옮긴이)만이 간신히 이것을 이길 수 있을 정도였다.

"예상했었어야 하는 일이죠."

그는 페인터가 행복한 목소리로 웅얼거리는 것을 들었다.

"화산의 분출구에서는 항상 다이아몬드가 발견돼요. 웬일인지 그게 여기서도 적용될 거라는 생각은 못하고 있었지만요."

반덴부르크 선장은 갑자기 지구에서 온 전언을 떠올리고, 그것을 페인터에게 건네주었다. 재빨리 읽은 페인터의 입이 떡 벌어졌다. 축하 메시지를 받자마자 좌절하는 사람은 난생처음 보았다고 반덴부르크는 내게 털어놓았다. 메시지의 내용은 이랬다. "실험 완료. 개조한 압력 용기를 사용한 541번 실험이 성공. 크기에 제약은 없음. 단가는 무시할 만한 수준."

페인터의 얼굴에 나타난 고통스러운 표정을 본 반덴부르크가 물었다.

"왜 그래? 난 잘 모르지만, 나쁜 소식 같지는 않은데?"

페인터는 고인 물에 갇혀 오도 가도 못하는 물고기처럼 입을 뻐끔거리더니 그의 손을 가득 메울 정도로 큰 결정체를 속절없이 바라보았다. 그는 원석을 허공에 던졌고, 그것은 달의 중력 아래 있는 여타 물체와 다를 바 없이 천천히 떨어져 내렸다.

마침내 그가 말을 꺼냈다.

"나는 몇 년 동안 다이아몬드를 합성하는 연구를 하고 있었어요. 어제만 해도 이것의 값어치는 백만 달러에 달했지요. 이제 오늘은 몇 백 달러에 불과하네요. 굳이 이걸 지구까지 들고 가야 할지도 잘 모르겠군요."

결국 그는 그걸 지구까지 가져왔다. 두고 오기에는 좀 아쉬웠던 것이다. 대략 석 달 동안 페인터 부인은 값어치가 전부 1000달러(주로 재단하고 광을 내는 데 든 돈이었다.)에 달하는 세상에서 가장 멋진 다이아몬드 목걸이를 하고 다녔다. 얼마 후 페인터 공법이 상업적인 생산에 응용되었고 한 달 후 페인터 부인은 남편과 이혼했다. 이혼 사유는 고도의 정신적 학대였다. 어쩌면 그럴 법도 한 이야기였다.

이 우주를 보아라

하늘을 바라볼 때면 우리가 달에서 수행했던 가장 유명한 실험의 기원이 1955년까지 거슬러 올라간다는 사실을 깨닫고 깜짝 놀라곤 한다. 당시 주로 뉴멕시코의 화이트 샌즈에서 이루어지던 고(高)고도 로켓 연구의 역사는 고작 10년밖에 되지 않았다. 1955년은 대기권 상층부에 나트륨을 방출하는 실험, 즉 초창기의 실험들 중에서 가장 멋진 광경을 연출했던 실험이 이루어진 해였다.

아무리 청명한 지구의 밤하늘이라고 해도 별과 별 사이의 공간이 완전히 까만 것은 아니다. 배경 하늘은 아주 희미하게 빛나고 있으며 160킬로미터 상공에 있는 나트륨 원자의 형광성이 바로 그 원인 중의 하나이다. 대기권 상층부의 수십 세제곱 킬로미터 안에 들어 있는 나트륨은 모아 봤자 성냥갑 하나를 채울 정도에 불과했기 때문에, 초창기의 연구자들은 만약 로켓으로 그 나트륨을 몇 킬로그램 싣고 가서 전리층에 뿌린다면 상당히 멋진 불꽃놀이를 연출할 수 있을 거라고 생각했다.

맞는 말이었다. 1955년 초에 화이트 샌즈에서 발사된 로켓이 뿜어 낸 나트륨은 누구에게나 보일 정도로 하늘에서 노랗게 빛나며 원자들이 산산이 흩어질 때까지 한 시간 남짓 인공 달을 만들어 냈다. 이 실험은 재미로 한 게 아니라(물론 재미는 있었지만), 과학적인 목적에 따른 진지한 실험이었다. 여기서 얻고 축적된 상층부 대기에 대한 새로운 지식은 우주여행을 가능하게 하는 데 필수 요소였다.

마침내 인간이 달에 도착하자, 미국 탐사대는 그 실험을 훨씬 더 큰 규모로 달에서 반복하는 것도 좋을 거라고 생각했다. 지표에서 발사한 수백 킬로그램의 나트륨이 달의 대기를 뚫고 빛을 발하며 올라가는 광경은 지구에서도 좋은 쌍안경만 있으면 관찰할 수 있을 터였다.

(여담이지만, 어떤 사람들은 아직도 달에 대기가 있다는 것을 모르고 있다. 지구보다 수백만 배 희박해서 호흡은 불가능하지만, 장비만 제대로 갖추고 있다면 대기를 검출할 수 있다. 희박하지만 두께는 수백 킬로미터에 달하기 때문에 운석에 대한 방패막이로서는 훌륭하다.)

사람들은 며칠 동안 그 실험 이야기만 하고 다녔다. 대단히 인상적인 장비로 보이는 나트륨 폭탄은 지구에서 오는 마지막 보급선에 실려 있었다. 실험 방법은 아주 간단했다. 점화가 되면, 고압이 형성될 때까지 나트륨이 기화되다가 내부의 칸막이가 부서지면서 특별히 설계된 노즐을 통해 하늘을 향해 쏘아 올려지게 되어 있었다. 발사는 달에 밤이 찾아올 때 실시할 예정이었다. 나트륨의 구름이 달의 그림자를 벗어나 태양 빛을 정통으로 받으면 그야말로 엄청나게 빛나기 시작할 것이다.

달에서의 황혼은 자연계에서 가장 경이로운 광경이었다. 눈앞에서 산 아래로 천천히 사라지는 불타는 원반 모양의 태양을 다시 보려면 14일이나 걸린다는 사실은 그 광경을 두 배나 더 경이롭게 만들었다. 하지만 밤이 온다고 해서 완전한 어둠이 찾아오는 것은 아니었다. 적어도 달의 앞면에서는 그랬다. 달에서 지구는 뜨거나 지는 일 없는 천체로서 하늘에 움직임 없이 못 박혀 있었다. 지구의 구름과 바다에서 반사되는 빛이 부드럽고 푸른 광휘로써 달의 풍경을 밝혀 주었고, 그래서 때로는 작열하는 태양 빛 아래에서보다 밤에 길을 찾는 게 더 쉬웠다.

자기 근무 시간이 아닌 사람들까지도 실험을 보러 나왔다. 나트륨 폭탄은 세 대의 우주선이 이루는 거대한 삼각형의 한가운데에 똑바로 놓인 채 노즐을 하늘로 향하고 있었다. 미국 탐사대의 천문학자인 앤더슨 박사가 점화 회로를 점검했지만, 다른 사람들은 전부 적당한 거리만큼 떨어져 있었다. 폭탄이라는 이름에 걸맞게 생기긴 했어도 사실 위험하기로 치자면 탄산수 병 정도에 불과했다.

각국의 탐사대가 가져온 광학 장비란 장비는 전부 이 실험을 기록

하기 위해 모여 있는 것 같았다. 망원경, 분광기, 영화 촬영기 등 떠올릴 수 있는 모든 장비들이 줄지어 선 채 신호만 기다리고 있었다. 그래도 나는 이게 지구에서 우리를 조준하고 있을 게 틀림없는 수많은 사람들에 비할 바는 아니라는 것을 알고 있었다. 그날 밤 달이 보이는 곳에 있는 아마추어 천문학자들은 모두 실험 진행 상황을 중계해 주는 라디오에 귀를 기울인 채 뒷마당에 서 있었을 것이다. 나는 하늘에 우뚝 솟아 있는 빛나는 행성을 올려다보았다. 지상에 거의 구름이 없는 것으로 보아 지구에 있는 친구들에게도 아주 잘 보일 듯했다. 공평한 일이었다. 어쨌거나 그들이 낸 세금으로 온 거니까.

시작하려면 아직 15분이 남아 있었다. 이번이 처음은 아니지만, 나는 앞을 못 볼 정도로 헬멧 안을 뿌옇게 만들지 않으면서 우주복 안에서 담배를 피울 수 있는 괜찮은 방법이 있으면 좋겠다고 생각했다. 과학자들은 그것보다 훨씬 더 어려운 문제를 해결했으면서도, 그 문제만큼은 해결할 생각을 안 하는 것 같아서 안타까웠다.

이 실험에서 내가 할 일은 없었기 때문에 나는 시간을 보내고자 무선통신을 열고 데이브 볼튼의 멋진 중계방송을 들었다. 데이브는 우리의 수석 항법사이자 영리한 수학자였다. 또한 입심이 좋고 별난 말재주가 있어서 가끔씩 BBC는 그가 한 말을 편집해서 내보내야 했다. 그러나 이번에는 지구에 있는 중계국을 통해 생방송으로 진행되고 있어서 방송국으로서도 어쩔 도리가 없었다.

데이브는 대략 시간당 1600킬로미터의 속도로 치솟는 빛나는 나트륨 구름을 통해서 어떻게 달의 대기를 분석할 수 있는지 얘기하면서 실험의 목적에 대해 간략하고 명쾌하게 설명을 마친 참이었다.

"그러나 이 점은 분명히 일러두어야겠습니다."

그는 지구에서 그의 말을 기다리고 있는 수백만 명의 청중을 향해 말을 이었다.

"폭탄이 점화된다고 해도 여러분은 10분 동안 아무것도 볼 수 없을 겁니다. 저희들도 마찬가지고요. 달의 그림자 속에서 상승하는 동안 나트륨 구름은 전혀 보이지 않을 겁니다. 그러다가 지금 우리 머리 위를 비추고 있는 태양 빛 속에 들어가면 갑자기 밝게 번쩍일 겁니다. 얼마나 밝게 빛날지는 아무도 모릅니다. 하지만 구경 5센티미터 이상의 망원경이라면 충분히 볼 수 있다는 점은 거의 확실합니다. 그러니까 그럭저럭 쓸 만한 쌍안경 정도면 가능할 겁니다."

그는 이런 이야기를 하며 10분을 더 때워야 했고, 실제로 그렇게 했다는 건 경탄할 만한 일이었다. 마침내 기다리던 순간이 다가오자 앤더슨은 점화 회로를 연결했다. 폭탄은 끓어오르기 시작했고 나트륨이 기화되면서 내부 압력이 증가했다. 30초 후, 갑자기 하늘을 향하고 있는 길고 얇은 노즐이 연기를 내뿜었다. 우리는 보이지 않는 구름이 하늘로 날아가는 10분 동안 하릴없이 기다려야 했다. 이 모든 작업이 끝난 후 나는 결과가 좋게 나오기를 속으로 빌었다.

시간은 흘렀다. 그때 갑자기 노란 빛이 거대한 오로라처럼 하늘에 퍼져 나가기 시작했고, 우리가 지켜보고 있는 동안에도 점점 더 밝아졌다. 마치 화가가 빛으로 가득 적신 붓으로 하늘에 휘갈기는 것 같았다. 화가의 손길을 지켜보던 나는 문득 누군가가 역사상 가장 훌륭한 걸작 광고를 만들어 냈다는 사실을 깨달았다. 빛은 하나하나 글자를 이루더니 마침내 두 단어를, 그러니까 더 이상 광고가 필요 없을 정도로 잘 알려진 어느 음료수의 이름을 만들었다.

어떻게 한 걸까? 답은 명백했다. 누군가가 글자 모양으로 구멍을 낸 틀을 나트륨 폭탄의 노즐에 장착해서 분출되는 증기가 단어를 형성하도록 만든 것이다. 달에는 흐름을 방해할 게 없었기 때문에 보이지 않게 하늘로 올라가는 동안에도 모양이 유지되었다. 나도 지구에서는 비행기로 공중에 글자를 쓰곤 했지만 이렇게 큰 규모는 아니었다. 이 일에 대해 어떻게 생각하든 간에 이 계획을 실현시킨 사람의 독창성에는 감탄하지 않을 수 없었다. O자와 A자에서는 조금 고생을 한 모양이지만 C자와 L자는 완벽했다.

실험 초기의 놀라움이 잦아들자 나는 실험이 계획대로 이루어졌다는 사실에 기뻐했다. 데이브 볼튼이 어떻게 곤란한 상황에 대처해 가면서 중계방송을 마쳤는지 잘 기억나지 않는다. 순간적인 재치가 좋은 그로서도 긴장된 순간이었을 것이다. 그때쯤에는 지구 인구의 절반이 볼튼이 설명하는 대상을 볼 수 있었던 것이다. 다음 날 아침이면 어두운 부분에 광고 문구가 빛나고 있는 유명한 초승달의 사진이 신문마다 실릴 것이다.

글자는 한 시간 남짓 눈에 보이다가 마침내 우주 공간으로 흩어졌다. 마지막에는 단어의 길이가 1600킬로미터에 달했고, 슬슬 흐릿해졌다. 하지만 행성 사이의 진공으로 사라져 버리기 직전까지도 글자는 읽을 만한 정도였다.

진짜 불꽃놀이는 그 다음에 시작되었다. 반덴부르크 선장은 극도로 분노하여 대원들을 전부 심문하기 시작했다. 그러나 곧 그 사보타주(그렇게 부를 수 있다면 말이지만)는 지구에서 자행되었다는 사실이 밝혀졌다. 나트륨 폭탄은 지구에서 만들어져서 즉시 사용할 수 있는 상태로 발송되었던 것이다. 얼마 지나지 않아 바꿔치기를 행한 기술자가 발견되어 해고되었지만 그는 이미 앞으로 몇 년 동안 먹고 살 걱정을 덜었기 때문에 별로 개의치 않았다.

실험 자체만 놓고 보자면, 과학적 관점에서는 완벽한 성공이었다. 기록 장치들도 완벽하게 작동하며 예상치 못했던 모양의 구름에서 나오는 빛을 분석했다. 하지만 우리는 결코 미국인들이 오명을 씻을 수 있게 내버려 두지 않았다. 아마도 반덴부르크 선장이 가장 괴로워했을 것이다. 달에 오기 전에 그는 철저하게 술을 마시지 않았고 보통 허리가 잘록한 병에 담긴 음료수를 마시며 피로를 풀곤 했다. 그러나 이제 그는 원칙적으로 맥주만 마신다. 그 음료수를 싫어하게 된 것이다.

소재지의 문제

달을 향해 출발하기 전에 경주에서 앞서려고 사기(이렇게까지 말해야 할지는 모르겠지만)를 치던 이야기는 이미 한 적이 있다. 결과적으로는 미국과 러시아, 영국의 우주선이 거의 동시에 착륙했다. 그러나 영국 우주선이 다른 우주선들보다 왜 거의 2주나 늦게 귀환했는지에 대해서는 아무도 설명해 준 적이 없다.

아, 나도 공식적인 이야기에서는 알고 있다. 그도 그럴 것이, 그 이야기를 날조하는 데 내가 일조했기 때문이다. 어떻게 보면 그 이야기도 사실이라고 할 수 있다. 한계가 있다는 게 문제지만.

합동 원정은 모든 면에서 성공적이었다. 부상자는 단 한 명이었고, 블라디미르 수로프는 죽음으로써 그의 이름을 영원히 남겼다. 우리는 지구의 과학자들을 여러 세대에 걸쳐 바쁘게 만들 수 있을 정도의 지식을 축적했고, 그것은 우리를 둘러싼 우주의 성질에 관한 우리의 생각 자체를 혁명적으로 바꿔 놓았다. 그렇다. 우리는 달에서 정말로 알차게 다섯 달을 보냈고, 지금까지 그 어떤 영웅들도 받아 보지 못한 환영 속에서 집으로 돌아갈 수 있었다.

그러나 정리해야 할 일은 여전히 많았다. 달 표면 여기저기에 흩어진 장비들은 아직도 열심히 기록하고 있었고, 거기서 모인 자료는 자동적으로 지구에 송신되었다. 3국의 탐사대가 전부 마지막까지 남아 있을 필요는 없었다. 탐사대 하나의 인원만으로도 일을 마치기에는 충분했다. 하지만 다른 이들이 돌아가 영예를 한 몸에 받는 동안 남아서 뒷정리를 하겠다고 누가 자원하겠는가? 어려운 문제였지만 조속히 해결해야 했다.

보급 문제에 관한 한 걱정은 없었다. 우리가 달에 더 머물러 있고 싶은 만큼 자동 보급 로켓은 계속해서 공기와 음식, 물을 제공해 줄 것이다. 피곤하긴 했지만 건강 상태도 모두 좋았다. 예상된 바 있는 심리적인 문제도 전혀 일어나지 않았다. 아마도 관심사에 관련된 지식들을 흡수하는 데 너무 바빴던 나머지 미치고 자시고 할 시간이 없었기 때문일 것이다. 그래도 물론 다들 지구로 돌아가 가족들과 다시 만날 일을 고대하고 있었다.

최초의 계획 변경이 이루어진 건 우주선을 받치고 있던 다리 하나가 부러지는 바람에 사용 불능이 된 치올코프스키 호 때문이었다. 간신히 똑바로 서 있긴 했지만, 외피가 심하게 뒤틀리는 바람에 수십 군데에서 공기가 새기 시작했다. 현지에서 수리하는 것에 대한 논란이 많았지만, 결국 이 상태로 이륙을 시도하는 건 너무 위험하다는 결론이 나왔다. 어쩔 수 없이 러시아인들은 고다드 호와 인데버 호에 편승해야 했다. 치올코프스키 호의 남은 연료를 써서 우리는 간신히 여분의 하중을 감당할 수 있었다. 그러나 전원이 돌아가면서 먹고 자야 했기 때문에 돌아가는 길은 대단히 비좁고 불편할 게 뻔했다.

따라서 미국이나 영국의 우주선 중 하나가 먼저 지구에 돌아가게 되었다. 원정이 마무리되어 가던 마지막 몇 주 동안 나와 반덴부르크 선장은 팽팽한 긴장 관계를 유지하고 있었다. 심지어 나는 동전을 던져서 해결하는 게 나을지 모른다는 생각도 했다…….

한편 선원들 사이의 규율에 관한 문제도 내 신경을 잡아 끌고 있었다. 어쩌면 너무 강한 표현일지 모르지만 나는 선상 반란이라도 일어날 법한 분위기가 싫었다. 하지만 내 선원들은 모두 이제 약간 방심해 있었고 근무 시간만 벗어나면 구석에서 맹렬하게 뭔가를 써 대곤 했다. 나 역시 그런 적이 있기에 왜 그러는지 정확히 알고 있었다. 달에 있는 사람들 중에서 어떤 신문이나 잡지에 독점적으로 글을 써 주겠다고 약속하지 않은 사람은 하나도 없었고 우리 모두 다가오는 마감 때문에 괴로워했다. 지구와의 전신 회로는 하루에 수만 단어씩 송신하느라 한가할 틈이 없었고 음성 회로를 통해서도 끊임없이 누군가가 글을 구술하고 있었다.

어느 날 찾아와 내 고민거리에 대한 해결책을 제시해 준 건 아주 실용적인 사고방식을 지닌 천문학자인 윌리엄스 교수였다.

이글루 안에서 내가 사무용 책상으로 쓰고 있는 위태위태한 탁자 위에 앉아 조심스럽게 균형을 잡으며 그가 말했다.

"선장님, 우리가 지구에 먼저 돌아가야 할 기술적인 이유는 없지요?"

"없죠. 그저 명예, 재산, 가족들과의 재회 때문이죠. 기술적인 이유는 아닙니다. 지구에서 계속 보급 물자만 보내 준다면 1년 더 있어도 되니까요. 하지만 만약 교수님이 그런 제안을 한다면 난 기꺼이 교수님의 목을 조를 겁니다."

"그게 그렇게 나쁜 일은 아니에요. 일단 선발대가 먼저 돌아가면 남은 사람도 길어야 이삼 주 후면 따라갈 수 있으니까요. 후발대도 자기희생이나 겸손함 따위의 덕목에 걸맞은 큰 명예를 얻을 겁니다."

"그래도 제2의 고향에 있어야 한다는 것에 대단한 보상은 아니죠."

"맞아요⋯⋯ 뭔가 다른 보상이 있어야 해요. 좀 더 물질적인 쪽으로 말이죠."

"거기에는 동의합니다. 좋은 생각이라도 있나요?"

윌리엄스 교수는 고다드 호에서 훔쳐온 두 개의 미녀 포스터 사이에 걸린 달력을 가리켰다. 우리가 머무른 기간에 해당하는 날짜에는 빨간색으로 가로줄이 그어져 있었다. 첫 번째 우주선이 지구로 출발하는 날짜에는 커다랗게 물음표가 그려져 있었다. 그가 말했다.

"바로 저거예요. 만약 우리가 저때 돌아간다면, 무슨 일이 벌어질지 알아요? 들어 봐요."

그는 내게 이야기했고 나는 왜 먼저 그 생각을 떠올리지 못했는지 자책했다.

다음 날 나는 반덴부르크와 크라스닌에게 결정한 대로 이야기했다.

"우리가 남아서 뒷정리를 하겠네. 상식적인 문제야. 고다드 호가 우리 우주선보다 훨씬 커서 추가로 네 명을 받을 수 있잖아. 반면에 우리는 둘밖에 못 받고, 둘만 받아도 꽉 찬단 말이야. 반, 자네가 먼저 가면 필요 이상으로 여기에 오래 남아서 괴로워하는 사람을 더 많이 구할 수 있어."

"이렇게 너그러울 수가."

반덴부르크가 대꾸했다.

"별로 기쁘지 않다는 거짓말은 하지 않겠어. 게다가 치올코프스키 호가 고장난 상황에서는 논리적인 해결책이기도 하고. 그래도 자네 입장에서는 대단한 희생일 텐데, 내가 그래도 되는지 모르겠군."

난 염려 말라는 듯이 손을 흔들어 보이고 대답했다.

"생각해 봐. 자네들이 명성을 독차지하지만 않겠다면 우리는 천천히 가겠네. 어쨌든 자네들이 돌아가도 우리는 우리끼리 여기서 또 할 일이 있으니까."

크라스닌은 뭔가 미심쩍다는 표정으로 나를 바라보았다. 그 눈빛을 받아치는 게 이상할 정도로 힘들었다. 그가 말했다.

"냉소적이라는 말을 듣고 싶지는 않지만 사람이 별 이유 없이 큰 호의를 베풀면 좀 의심을 해 봐야 한다고 들어서 말이야. 그리고 솔직히 자네가 제시한 이유가 내가 보기엔 별로 그럴듯하지 않아. 뭔가 숨기고 있는 거 아니야? 그렇지?"

나는 한숨을 쉬었다.

"이런. 은혜를 베푸는 척 좀 해 보려고 했는데, 여기서 동기의 순수함을 납득시키려고 해 봤자 소용없겠군. 나한테는 그럴 이유가 있어. 자네들도 알고 있을지 모르겠지만 여기저기 퍼뜨리지는 말게. 지구에 있는 사람들에게 진실을 밝히고 싶지는 않거든. 아직 우리를 지식을 좇는 고상하고 영웅적인 탐험가 정도로 알고 있으니까 그냥 그대로 가자고. 우리 모두를 위해서.”

그리고 나는 달력을 꺼내 반덴부르크와 크라스닌에게 윌리엄스가 해 준 이야기를 반복했다. 그들은 의심스럽다는 듯이 듣고 있다가 급기야 동정적으로 변했다.

반덴부르크가 마침내 입을 열었다.

"이렇게 나쁜 줄은 몰랐는데.”

"미국은 그런 적이 없으니까.”

나는 슬픈 듯이 말했다.

"어쨌거나 지난 50년 동안 그래 왔지. 더 나아질 것 같지도 않아. 그러니까 내 의견에 동의하는 거지?”

"물론. 어차피 나한테도 좋은 일이니까. 다음 탐사대가 올 때까지, 달은 전부 자네 거야.”

2주 후 고다드 호가 멀리서 손짓하는 지구를 향해 떠나는 모습을 보면서 나는 그 말을 다시 떠올렸다. 미국인들과 두 명을 제외한 러시아인들이 전부 떠나자 외로웠다. 우리는 그들이 받은 환영회를 부러워하며 모스크바와 뉴욕에서 진행되는 환영 행렬을 텔레비전을 통해 질투 어린 시선으로 바라보았다. 그리고 다시 맡은 일로 돌아갔고, 우리 차례가 오기를 기다렸다. 우울할 때마다 우리는 서류 조각을 셈해 보고 곧바로 즐거운 기분을 회복했다.

짧은 지구의 하루하루(느릿느릿한 달의 주기와 아무 상관 없는 것처럼 느껴졌다.)가 지나가면서 달력의 빨간 줄도 점점 늘어났다. 마침내 우리도 준비를 마쳤다. 조사 장비의 계기는 전부 기록되었고, 모든 표본들도 안전하게 포장되어 우주선에 실렸다. 엔진은 굉음을 내면서 활기를 되찾았고, 우리는 지구에 가면 다시 느끼게 될 무게를 잠시나마 체감했다. 이제는 아주 익숙한 달의 울퉁불퉁한 지형이 빠르게 아래로 멀어졌다. 몇 초 후에 우리는 힘들여 설치한, 그리고 앞으로 올 탐사대가 다시 사용할 건물 및 장비의 흔적을 전혀 볼 수 없게 되었다.

고향으로 가는 여행이 시작되었다. 우리는 별 사건 없이 불편하기만 한 여행 끝에 지구로 돌아와 제3 우주 정거장 옆에서 이미 반쯤 해체된 고다드 호와 합류했다. 그리고 서둘러서 우리가 7개월 전에 떠났던 세계로 돌아갔다.

7개월. 윌리엄스가 지적했듯이, '7개월'이라는 숫자는 아주 중요했다. 우리는 한 회계 연도의 절반을 넘게 달에 있었던 것이다. 우리 모두에게 인생을 통틀어 가장 유익했던 시기였다.

내 생각에는 조만간 이렇게 우주여행을 이용한 편법이 무용지물이 될 것 같다. 내국세청은 이런 멋진 지연작전을 무마시키기 위해 여전히 싸우고 있다. 하지만 우리는 1972년 양도소득에 관한 법령 제57조 8항에 의해 깨끗이 보호받을 수 있을 듯하다. 우리가 책이나 기사를 쓴 곳은 바로 달이었고 달 정부가 생겨서 세금을 부과하기 전까지는 전부 우리 몫이다.

그리고 만약 최종적으로 우리에게 불리한 판결이 나온다면, 음, 그래도 우리에게는 아직 화성이 있다…….

평화주의자 | The Pacifist |

1956년 10월 《판타스틱 유니버스》에 첫 게재.
『하얀 사슴의 이야기』에 재수록.

해리 퍼비스가 선술집 '하얀 사슴'에서 하품 나는 이야기를 늘어놓는데, 존 크리스토퍼와 존 윈담이 무대에 잠시 등장한다. 이번에는 아주 초창기의 독창적인 컴퓨터 바이러스 이야기이다……

나는 그날 저녁 늦게 '하얀 사슴'에 도착했다. 내가 들어갔을 때 사람들은 전부 구석에 있는 다트판에 모여 있었다. 당연히 드루만 빼고. 드루는 바 뒤의 자기 자리에 앉아서 T.S. 엘리엇의 작품집을 읽고 있었다. 그는 읽고 있던 『비서』에서 눈을 떼고 내게 맥주 한 잔과 벌어지고 있는 일에 대해 설명해 주더니 다시 책으로 눈을 돌렸다.

"에릭이 게임 기계를 가져왔어. 지금까지는 아무도 이긴 사람이 없고 지금 샘이 도전하는 중이야."

그때 한바탕 웃음소리가 들려오면서 샘 또한 다른 사람보다 특별히 더 운이 좋지는 않았다는 결과를 알려 주었다. 나는 사람들을 뚫고 무슨 일인지 보러 갔다.

테이블 위에 체커판만 한 크기에 비슷하게 격자 모양 눈금이 그려져 있는 납작한 금속 상자가 놓여 있었다. 각각의 눈금에는 스위치와 조그만 네온 램프가 있었고 그 모두가 전기 소켓에 연결되어 있었다

(그렇게 해서 다트판의 불빛이 꺼졌다.). 그리고 에릭 로저스는 새로운 희생자를 찾는 중이었다.

"저게 뭐야?"

내가 물었다.

"삼목놓기(1952년에 에드삭 컴퓨터를 위해 만들어진 일종의 퍼즐 게임 — 옮긴이) 게임의 수정판이야. 미국에서는 틱택토라고 부르는 거. 벨 연구소에 갔을 때 섀넌이 보여 줬어. 여기 스위치를 가지고 게임판 한쪽에서 다른 쪽까지(북쪽에서 남쪽이라고 하지.) 길을 내면 되는 거야. 격자를 길이라고 생각하고 네온 램프를 신호등이라고 생각해도 좋아. 게임기하고 번갈아 가면서 하는 거야. 게임기는 동에서 서로 길을 만들면서 자네 길을 막을 거고. 네온 램프를 보면 게임기가 어디로 움직이려는지 알 수 있어. 길이 직선일 필요는 없고, 원한다면 지그재그로 가도 좋아. 중요한 건 끊기면 안 된다는 거야. 그리고 게임판을 먼저 가로지르는 사람이 이기는 거지."

"그리고 그 사람이 게임기라는 건가?"

"음, 아직까지는 아무도 못 이겼으니까."

"길을 막아서 비길 수는 없나? 최소한 지지는 않게 말이야."

"우리가 지금 하려는 게 그거야. 해 볼 거야?"

2분 후에는 나도 실패자들 사이에 합류했다. 게임기는 내 방해를 뚫고 동에서 서로 길을 완성했다. 아무도 게임기를 이길 수 없다는 사실을 받아들일 수는 없었지만, 게임이 보기보다 복잡하다는 건 분명했다.

내가 물러서자 에릭은 사람들을 둘러보았다. 아무도 앞으로 나서려

하지 않는 것 같았다. 에릭이 말했다.

"아! 바로 여기 있었군. 자네는 어때, 퍼비스? 아직 안 해 봤잖아."

해리 퍼비스는 멍한 눈을 하고서 사람들 뒤쪽에 서 있었다. 에릭이 부르자 정신을 차렸지만 바로 대답하지는 않았다.

"컴퓨터란 재미있는 물건이야."

뭔가를 생각하듯이 퍼비스가 말했다.

"이런 말 하면 안 되겠지만, 자네 게임기를 보니 클라우스위츠 기획이 어떻게 되었는지 떠오르더군. 재미있는 이야기지. 미국 납세자들에게는 값비싼 이야기이기도 하고."

"잠깐."

존 윈담이 걱정스러운 듯이 말했다.

"시작하기 전에 한마디 하지. 해리, 당당하지 못한걸. 그리고 우리 잔부터 채우세. 드루!"

이쪽으로 주의가 쏠리며 우리는 해리를 둘러쌌다. 오로지 찰스 윌리스만이 아직 혹시나 하여 게임기를 떠나지 못했다.

해리가 이야기를 시작했다.

"다들 알다시피, 대문자로 시작하는 과학(Science)은 요즘 군대에서도 중요한 문제야. 로켓이나 원자탄 같은 무기는 그 일부에 불과해, 비록 대중이 아는 거라곤 무기뿐이겠지만. 내가 보기엔 군사 작전의 측면에서 보았을 때가 훨씬 더 매력적이야. 폭력이라기보다는 두뇌와 관계된 문제라고 할 수 있겠지. 예전에 실제로 싸우지 않고 전쟁에 이기는 방법이라고 정의하는 걸 들었는데 꽤 적절한 비유 같아.

1950년대에 마구 불어나기 시작한 거대 컴퓨터에 대해서는 다들 알 거야. 대부분은 수학적 문제를 해결하기 위해 만든 거지. 하지만 생각해 보면 전쟁이란 것 자체가 수학적인 문제야. 변수가 너무 많아서 인간의 두뇌로는 다룰 수 없을 만큼 복잡한 문제지. 아무리 위대한 전략가라고 해도 전체를 한번에 볼 수는 없어. 히틀러도 나폴레옹도 항상 마지막에는 실수를 저질렀잖아.

하지만 기계는 달라. 전쟁이 끝난 후에 이 점을 깨달은 영리한 사람들이 많았지. 에니악(1946년 미국에서 만들어진 세계 최초의 전자식 컴퓨터 — 옮긴이)을 제작하면서 기술은 진보했고 다른 거대 컴퓨터들도 전략을 혁명적으로 바꾸어 놓을 수 있었어.

클라우스위츠 계획이란 건 말이지. 내가 어떻게 알았냐고 묻지는 마. 너무 자세한 걸 알려고 하지도 말고. 중요한 건 수백만 달러 상당의 전자 장비와 미국에서 가장 뛰어난 두뇌들이 켄터키에 있는 어떤 언덕 아래 동굴 속으로 들어갔다는 거야. 그들은 아직도 거기 있지만, 일이 생각했던 대로 풀리지는 않았지.

자네들이 군대의 고급 장교들을 얼마나 겪어 보았는지는 모르겠지만 소설 같은 데서 항상 마주치는 부류가 하나 있어. 거만하고 보수적이며 고루한 데다가 규칙과 규정에 어긋나는 건 절대 하지 않고 민간인을 기껏해야 비우호적인 중립주의자 정도로 여기는 치들. 우격다짐으로 아래에서 진급해 올라간 부류지. 솔직히 말하자면 실제로도 이런 자들이 있어. 요즘엔 흔하지 않지만 여전히 존재해. 가끔은 이런 부류가 위험한 직무에 배속되는 경우가 있어. 그럴 경우에 이런 자들은 자기 몸무게의 플루토늄만큼이나 적군에게 이득이 되는 존재지.

이 경우에는 스미스 장군이 그런 사람이었어. 아냐, 당연히 실제 이름은 아니지! 그의 아버지는 상원 의원이었는데, 국방부의 수많은 사람들이 그렇게 노력했음에도 불구하고 아버지의 영향력 덕에 스미스 장군은 와이오밍 주의 해안 방어 같은 한직을 피하는 대신에 클라우스위츠 계획의 책임자가 되는 말도 안 되는 불행이 일어났지.

당연히 그는 그 일의 과학적인 면이 아니라 행정적인 일에만 관심 있었어. 만약 스미스 장군이 계속 과학자들이 맡은 바 일을 하도록 놔두고 자신은 경례 자세라든가 막사 바닥이 반짝반짝한지의 여부 같은 군사적으로 중요한 듯한 문제에만 신경 썼다면 모든 게 지금까지 괜찮았을 거야. 불행히도 그렇게 되지 않았지.

스미스 장군은 세상 풍파에 보호받는 삶을 살아왔더랬지. 오스카 와일드의 말을 빌리자면(다들 그러잖나.), 가정생활 빼고는 평화로운 인물이었다네. 그 전에는 과학자들을 만나 본 적도 없어서 그 충격이 상당히 컸어. 어쩌면 스미스 장군에게만 책임을 돌리는 건 불공평할지도 몰라.

상당한 시간이 흐르고 나서야 그는 클라우스위츠 계획의 목적을 깨달았어. 그리고 꽤 혼란스러워 했지. 아마도 그것 때문에 과학자들한테 반감을 가졌는지도 몰라. 내가 스미스 장군을 낮게 평가하긴 했지만 아주 바보는 아니었나 봐. 그는 만약 이 계획이 성공하면 미국 산업계의 연합 경영자 위원회에서 가볍게 흡수해 주지 못할 정도로 예비역 장성들이 많이 생겨날지 모른다는 점을 깨달을 정도의 지능은 있었어.

잠깐 장군은 제쳐 두고 과학자들을 살펴보세. 과학자가 대략 15명에다가 기술자들이 몇 백 명 정도 있었지. 연방 수사국이 신중하게 걸러낸 사람들이라 공산당에서 활동하던 사람은 아마 대여섯 명도 안 되었을 거야. 사보타주에 관한 이야기는 많았지만, 그중에 몇 번은 공산당원과 무관한 거였어. 게다가 벌어진 일은 어떻게 보더라도 사보타주라고 할 수 없었지…….

실제로 컴퓨터를 설계한 사람은 작고 조용한 수학 천재였는데 대학에 있다가 무슨 일이 벌어졌는지 알기도 전에 켄터키에 있는 보안과 긴급 사항의 세계로 끌려왔어. 그 사람의 이름이 밀크토스트 박사('Milquetoast'는 소심한 사람을 뜻한다. — 옮긴이)는 아니지만, 마땅히 그렇게 불릴 만하니까 난 그렇게 부르겠어.

인물들 설명을 끝내려면 칼에 대해서도 이야기하는 게 낫겠군. 지금 이 단계에서 칼은 아직 절반밖에 완성되지 않은 상태야. 다른 거대 컴퓨터들도 그렇듯이 칼의 대부분은 필요한 정보를 받아 저장하는 거대한 메모리 유닛으로 이루어져 있었지. 분석기이자 적분 회로망인 칼의 두뇌에서 창조적인 부분은 정보를 받아들이고 처리해서 질문에 대한 답을 만들어 내지. 적절한 사실들이 모두 주어지면, 칼은 옳은 대답들을 산출할 거야. 물론 문제는 칼이 모든 정보를 갖도록 하는 거지. 잘못되었거나 부족한 정보로는 올바른 결과를 끌어낼 수 없잖아.

칼의 두뇌를 설계하는 것이 밀크토스트 박사가 해야 할 일이었어. 맞아. 기계를 의인화하고 있다는 건 나도 알아. 하지만 이런 거대 컴퓨터에 인격이 있다는 건 아무도 부정할 수 없어. 더 정확히 이야기하려면 기술적인 면을 파고들어야 하니까, 그냥 간단히 저 보잘것없는 밀크토스트 박사가 원하는 방향으로 칼이 생각할 수 있도록 대단히 복잡한 회로를 만들어야 했다고 하자고.

이제 주인공 세 명이 다 모인 거야. 커스터 장군(미국 남북전쟁 당시 북군으로 활약한 장군 — 옮긴이) 시절을 몹시 그리워하는 스미스 장군, 자기가 만든 복잡한 장치에 매료되어 버린 밀크토스트 박사, 아직은 전기로 생명을 부여받지 못한 50톤의 전자 장비인 칼.

얼마 지나지 않아(스미스 장군 입장에서야 너무 빨리였겠지. 장군에게 너무 야박하게 굴지 마세.) 누군가가 장군에게 압력을 넣었나 봐. 계획이 예정에 뒤처지고 있는 게 분명해져서였지. 장군은 밀크토스트 박사를 불렀어.

30분 넘게 이야기하는 동안 밀크토스트 박사는 30마디도 말을 하지 못했어. 내내 스미스 장군이 생산 시간이니 마감이니 장애물이니 떠들어 댔거든. 그는 칼을 만드는 게 자동차를 생산해 내는 것과 조금도 다를 게 없다고 생각했던 것 같아. 그냥 조립하는 게 아니냐는 거지. 밀크토스트 박사는 설사 장군이 그럴 기회를 준다고 해도 그런 걸 일일이 설명하고 넘어가는 사람도 아니었고. 불공평하다는 생각만 잔뜩 하면서 방을 나왔나 봐.

일주일 후, 칼의 제작이 예정보다 더욱 뒤처지고 있다는 게 분명해졌지. 밀크토스트는 최선을 다하고 있었고 다른 사람들도 마찬가지였어. 스미스 장군의 이해력을 완전히 뛰어넘는 복잡한 문제를 다뤄야 했거든. 문제를 해결할 수는 있었어. 다만 시간이 걸릴 뿐이었지. 그리고 부족한 건 시간이었어.

처음 면담했을 때, 스미스 장군은 가능한 한 점잖게 굴려고 했지만 결과적으로는 무례했을 뿐이었어. 이번에는 무례하게 굴겠다고 작정했고, 그 결과는 자네들이 직접 상상해 보게나. 실제로 그는 마감 기한에 맞추지 못하는 밀크토스트와 동료 과학자들이 게으름이라는 비미국적인 죄악을 저지르고 있다고 은근히 암시했어.

그때부터 두 가지 일이 벌어지기 시작했지. 군부와 과학자들의 관계가 꾸준히 악화되었고, 밀크토스트 박사는 처음으로 자기의 작업을 좀 더 넓은 시야에서 바라보기 시작했어. 지금까지는 당면한 문제를 해결하느라 너무 바빴기 때문에 사회적 책임에 대해서는 생각해 보지 못했거든. 여전히 바쁘기는 했지만, 꾸준히 숙고했지. '세계 최고의 수학자인 내가 여기서 무엇을 하고 있는 거지? 디오판투스 방정식에 대한 내 이론은 어떻게 된 걸까? 소수 이론에 대해서는 언제 다시 살펴볼 수 있을까? 내 진짜 연구는 언제쯤 다시 하게 될까.'

사임할 수도 있었겠지만 그러지는 않았어. 어쨌거나 온화하고 내성적인 껍데기 속에 완고한 성격이 있었나 봐. 밀크토스트 박사는 오히려 이전보다 더 활발하게 작업을 계속했어. 칼의 제작은 느리지만 꾸준하게 진행되었고, 마침내 수많은 셀들이 최종적으로 접합되었어. 기술자들이 수천 개의 회로를 점검하고 시험했지.

그중에 다른 것들과 구별할 수 없게 섞여 있던 회로 하나, 겉모습은 다른 것들과 동일하게 생긴 메모리 셀들로 연결되어 있는 회로는 밀크토스트 박사가 따로 시험했어. 아무도 그게 있는 줄 몰랐지.

마침내 그날이 왔어. 아주 중요한 인물들이 은밀한 경로를 통해 켄터키로 모여들었지. 펜타곤에서는 장군들이 몰려와 별자리를 만들었고 심지어 해군도 초대를 받았어.

스미스 장군은 자랑스럽게 데이터 뱅크에서 선별된 네트워크들로, 매트릭스 분석기로, 다시 입력 테이블로, 마지막으로 칼이 숙고한 끝에 내놓은 결과를 출력하는 전자 타자기가 늘어서 있는 곳으로, 이 동굴 저 동굴로 사람들을 이끌고 다녔어. 어차피 자기보다 더 잘 알지도 못하는 사람들에게 마치 그가 칼을 제작하는 데 크게 공헌했다는 인상을 주려고까지 했지.

'이제 칼에게 일을 시켜 보도록 하죠. 누가 간단한 산수 문제를 시켜 보시겠습니까?' 장군은 기분이 좋아 이렇게 말했지.

'산수 문제'라는 말에 수학자들은 움찔했지만, 장군은 자기 실수를 알아차리지도 못했지. 거기 모인 고위 인사들이 한동안 생각하다가 누군가가 용감하게 물었어. '9의 20제곱이 뭐지?'

기술자 한 명이 들릴 정도로 콧방귀를 뀌면서 입력했어. 그러자 전자 타자기가 총소리 같은 소리를 내더니 누가 눈 한 번 깜빡하기 전에 답이 나왔어. 스무 자리 숫자였지.

(나는 나중에 답을 계산해 보았다. 답을 알고 싶은 사람을 위해 공개하자면, 정답은 이렇다.

12157665459056928801

하지만 해리와 그의 이야기로 돌아가도록 하자.)

한 15분에 걸쳐 칼은 비슷비슷한 시시한 문제로 시달림 당했어. 방문객들은 감명받았지. 만약에 답이 틀렸다고 해도 자기들은 알아채지도 못했을 텐데 말이야.

스미스 장군은 점잖게 기침을 했어. 장군 수준에서는 간단한 산수 정도가 한계였지만 칼은 이제 겨우 시작이었지. '이제 윈클러 대위에게 넘기도록 하죠.' 장군이 말했어.

윈클러 대위는 하버드 대학을 나온 열정적인 유형의 인물로 단지 군인이라기보다는 과학자에 더 가까울 거라는 이유로 장군이 믿지 않는 사람이었어. 하지만 그는 칼의 진정한 기능을 이해하고 어떻게 작동하는지 정확하게 설명할 수 있는 유일한 장교였지. 그가 방문객들에게 설명을 시작하자 스미스 장군은 마치 그가 재수 없는 선생님처럼 보인다고 생각했어.

지정되어 있던 전략적 문제는 복잡했지만, 칼을 빼고는 모두 정답을 알고 있었어. 한 세기 전에 치러진 전쟁이었거든. 윈클러 대위가 소개를 마치자 보스턴에서 온 장군 한 명이 부관에게 이렇게 말했어. '어떤 빌어먹을 남부 녀석이 이번에는 리 장군(미국 남북전쟁 당시 남군 총사령관 — 옮긴이)이 이기도록 조작해 놓았을 거라는 데 걸지.' 그러나 그 문제가 칼의 능력을 시험하는 데 적격이었다는 건 누구나 인정해야 했어.

입력 테이프가 메모리 유닛으로 들어가자, 기록기의 불빛이 깜빡이면서 여기저기서 신기한 현상이 일어났어.

'이 문제를 평가하는 데는 약 5분이 걸릴 것입니다.' 윈클러 대위가 말했지.

그 말에 반박이라도 하듯이 타자기 하나가 갑자기 작동하기 시작했어. 종이 조각이 급지 장치에서 튀어나왔고 윈클러 대위는 예상하지 못했던 칼의 기민함에 다소 의아해 하면서 내용을 읽었어. 그러더니 갑자기 입이 쩍 벌어지면서 자기 눈을 못 믿겠다는 듯이 종이만 내려다보고 서 있었지.

'무슨 일인가?' 장군이 외쳤어.

윈클러 대위는 침을 삼켰지만 말할 기운도 없는 것 같았어. 못 참겠다는 듯이 스미스 장군이 종이를 낚아챘지. 그리고 이제는 자기가 마비되어 버리는 거야. 하지만 부하와는 다르게 얼굴까지 붉어졌어. 한동안 그는 물 밖으로 튀어나온 열대어 같았어. 아무런 소동도 일어나지 않은 채 수수께끼의 메시지는 그곳에서 가장 계급이 높던 원수에게 넘어갔어.

그런데 원수의 반응은 완전히 달랐지. 그는 갑자기 미친 듯이 웃어 댔어.

하급 장교들은 거의 10분 동안 미칠 듯한 긴장 상태에 놓여 있었어. 하지만 마침내 그 내용이 대령에서 대위로, 대위에서 소위로 전해져 끝내는 기지 내의 군인들 중 그 멋진 내용을 모르는 사람이 없게 되었지.

칼은 스미스 장군이 잘난 체하는 원숭이라고 말했던 거야. 그게 전부였지.

누구나 동의하는 내용이었지만, 그냥 그렇게 넘어갈 만한 문제는 아니었어. 분명히 뭔가가 잘못된 거야. 뭔가, 혹은 누군가가 칼의 주의를 게티즈버그 전쟁에서 떼어 놓은 거야.

마침내 목소리를 되찾은 장군이 소리 질렀지. '밀크토스트 박사는 어디에 있나?'

그는 그 자리에 없었어. 멋진 순간을 지켜본 후에 조용히 빠져나갔던 거야. 언젠가 물론 보복이 있겠지만 그만 한 가치는 있었어.

혼이 나간 기술자들은 회로를 다시 회복하고 점검하기 시작했어.

그들은 칼에게 정교한 곱셈과 나눗셈을 수행하도록 했어. 물론 컴퓨터라면 기본적으로 할 수 있는 일들이지. 아무 이상이 없었어. 그래서 이번에는 해군 중위 정도면 자면서도 풀 수 있을 만한 아주 간단한 전략 문제를 넣어 봤어.

그랬더니 칼은 이렇게 말했어. '스미스 장군은 꺼져 버려라!'

그제야 스미스 장군은 자기가 직면한 문제가 표준 업무 절차만 가지고는 해결할 수 없는 종류라는 걸 깨달았어. 그는 바로 기계의 반란을 접하고 있던 거야.

몇 시간 동안이나 시험한 끝에 정확하게 무슨 일이 벌어졌는지 알 수 있었어. 방대한 칼의 메모리 유닛 어딘가에 밀크토스트 박사가 세심하게 수집한 욕들이 숨겨져 있었던 거야. 입력 테이프를 통해서나 전기적인 형태로 자기가 스미스 장군에게 하고 싶은 말들을 저장해 놓았던 거지. 그게 전부가 아니었어. 그것뿐이었다면 아주 쉬웠을 거야. 그의 천재성에 어울리지 않는 일이지. 그는 검열 회로라고 부를 만한 것을 설치해서 칼에게 식별 능력을 부여했어. 문제를 풀기 전에 칼은 주어진 문제를 조사해. 만약 그게 순수한 수학에 관련된 문제라면 얌전하게 문제를 잘 풀어내지. 하지만 그게 군사적인 문제라면 입력해 둔 욕이 나오는 거야. 20분이 지나도 칼은 한번도 같은 욕을 하지 않았고, 이미 여성 군인들은 방 밖으로 나간 뒤였지.

기술자들은 회로에서 잘못된 곳을 찾아내는 것만큼이나 칼이 다음 번에는 스미스 장군에게 어떤 모욕을 줄 것인지에 관심이 있었던 게 사실이야. 칼은 단순한 욕으로 시작해서 장군의 가계도까지 들먹이더니 가장 부드러운 종류조차도 장군의 인간적인 존엄성에 대한 강한 편견을 가득 담은 구체적인 욕으로 넘어갔어. 동시에 좀 더 창조적인 욕들은 장군의 육체적인 안정까지도 심각하게 위협했지. 이 모든 내용이 타자기에서 나오는 동시에 바로 극비로 분류되었다는 사실은 욕의 대상이 된 사람에게는 자그만 위안이었어. 스미스 장군은 이게 냉전 시대의 기밀 사항 중에서 최악의 것이라는 걸 음울하게 깨닫고 있었어. 그리고 이제는 군대 밖에서 직업을 찾아봐야 할 때가 왔다는 것도."

퍼비스는 이야기를 마치려 했다.

"친구들, 상황은 아직 진행 중이야. 기술자들은 밀크토스트 박사가 심어 놓은 회로를 찾아내려 아직도 노력 중이지. 그게 시간문제일 뿐이라는 데는 의심의 여지가 없어. 하지만 그러는 동안에도 칼은 여전히 평화주의를 강직하게 고수하고 있어. 수 이론이라든가 급수 계산표, 계산 문제에 대해서라면 기꺼이 응답하지. 건배할 때 하던 유명한 문구를 기억하나? '순수수학을 위해 ― 그 누구에게도 아무짝에 쓸모가 없기를!' 칼도 같은 생각이었을 거야…….

누군가가 칼을 속여 넘기려는 시도만 해도 칼은 파업에 들어가. 기억력이 대단히 좋기 때문에 속아 넘어가지 않는 거지. 칼의 회로에는 역사상 유명한 전쟁의 절반이 저장되어 있고, 아무리 변조해도 칼은 알아챌 수 있는 능력이 있어. 전략적인 문제를 수학 문제로 위장하려는 시도가 있었지만 칼은 곧바로 속임수를 알아냈지. 그러고는 장군을 향한 애정이 듬뿍 담긴 말을 꺼내 놓았어.

밀크토스트 박사에 대해 이야기하자면, 아무도 그를 건드리지 못했어. 바로 신경쇠약에 걸려 버렸거든. 의심스러울 정도로 교묘한 때맞

춤이었지만 신경쇠약에 걸렸다고 주장할 만했어. 내가 마지막으로 그에 대해 들은 소식은 덴버에 있는 한 신학 대학에서 대수학을 가르치고 있다는 거였지. 그는 칼을 제작하던 시기에 일어난 일들을 전혀 기억하지 못한다고 주장하고 있어. 어쩌면 사실대로 이야기하는 걸 수도 있지……."

갑자기 뒤쪽에서 누군가가 외쳤다.

"이겼다! 와서 보라고!"

찰스 윌리스였다.

우리는 모두 다트판 아래 모였다. 정말인 듯했다. 비록 지그재그이긴 하지만 찰리는 게임기의 방해를 뚫고 체커판을 가로지르는 길을 만드는 데 성공했다.

"어떻게 한 건지 설명해 봐."

에릭 로저스가 말했다.

찰스는 당혹스러운 표정을 지었다.

"잊어버렸어. 내가 둔 걸 써 놓지는 않았는데."

빈정거리는 목소리가 뒤에서 들려왔다. 존 크리스토퍼였다.

"내가 써 놨어. 속임수야. 자네는 한 차례에 두 번을 움직였어."

이런 말을 하기는 좀 부끄럽지만 잠시 소요가 있었고, 드루가 폭력 사태를 진압한 후에야 다시 평화가 찾아왔다. 나는 누가 언쟁에서 이겼는지 모르지만, 그게 중요한 것 같지는 않다. 나는 퍼비스가 게임기를 집어 들어 배선을 살펴보면서 한 말이 옳다고 생각한다.

"자네들도 알다시피, 이 조그만 기계는 칼과 같은 종류지만 그에 비하면 아주 단순하기 짝이 없어. 그런데 이게 오늘 한 일을 생각해 보라고. 이런 기계들은 이제 우리가 마치 바보처럼 보이게 만들 거야. 얼마 안 가 밀크토스트 같은 사람이 회로에 조작을 하지 않아도 그것들은 우리 명령을 거부하기 시작할 거라고. 그리고 곧 우리에게 명령을 하기 시작하겠지. 기계들은 논리적이야. 결국엔 우리의 허튼짓을 참고 넘어가지 않을 거야."

그는 한숨을 내쉬었다.

"그렇게 되면 우리가 할 수 있는 일은 없어. 그저 공룡에게 이렇게 말하는 수밖에 없겠지. '거기 자리 좀 내주세요. 호모사피엔스가 갑니다!' 그러고는 트랜지스터가 지구를 지배하겠지."

비관론을 설파할 시간은 더 주어지지 않았다. 문이 열리더니 윌킨스라는 이름의 경찰관이 머리를 들이밀었다.

"CGC571번 차 주인이 계십니까?"

경찰이 퉁명스럽게 물었다.

"아, 퍼비스 씨로군요. 차의 후미등이 나갔나 봅니다."

해리는 슬픈 표정으로 나를 바라보더니 체념했다는 듯이 어깨를 으쓱해 보였다.

"봤지? 벌써 시작되었다니까."

그리고 그는 어둠 속으로 걸어 나갔다.

육식 식물 | The Reluctant Orchid |

1956년 12월 《새털라이트(Satellite)》에 첫 게재.
『하얀 사슴의 이야기』에 재수록.

사람들은 육식성 식물에 관한 이야기의 결말은 뻔할 거라고 생각한다. 하지만 이야기를 하는 사람이 해리 퍼비스이고 이야기의 발원지가 '하얀 사슴'이라면 평범한 이야기일 리 없다. 《새털라이트》에 첫 발표된 이 이야기가 증명해 줄 것이다.

'하얀 사슴'에 오는 사람들 가운데 해리 퍼비스가 하는 이야기가 사실일 거라고 생각하는 사람은 거의 없지만, 그중에 다른 것들보다 좀 더 그럴듯해 보이는 이야기가 있다는 건 누구나 인정했다. 그리고 가능성의 기준을 어떻게 정한다고 해도, '육식 식물'에 얽힌 사건은 사실일 가능성이 아주 낮은 이야기로 평가받았다.

해리가 이 이야기를 꺼내려고 어떤 절묘한 책략을 썼는지는 기억나지 않는다. 아마도 한 식물 애호가가 최근에 구했다는 기괴한 식물을 가져왔고, 그게 계기가 되었던 것 같다. 그건 중요하지 않다. 중요한 건 내가 그 이야기를 기억하고 있다는 것이다.

이번에는 많고많은 해리의 친척들 중에서 아무도 관련 있는 사람이 없었고, 그는 어떻게 그런 지저분한 세부 사항까지 알게 되었는지 설명하기를 꺼렸다. 이 온실 서사시의 주인공(그렇게 부를 수 있다면 말이지만)은 허큘리스(그리스 신화에 등장하는 영웅 헤라클레스의 영어식

이름 — 옮긴이) 키팅이라 불리는 자그맣고 얌전한 직원이었다. 이것부터가 벌써 말이 안 된다고 생각한다면, 조금만 더 들어 보는 게 좋다.

허큘리스라는 이름은 아무에게나 가볍게 붙일 만한 이름이 아니다. 더구나 키가 147센티미터에 운동을 열심히 해야 겨우 평범한 약골이 될 수 있는 사람이라면 당연히 당황스럽게 마련이다. 어쩌면 그래서 허큘리스에게 사회생활이라고 할 만한 게 거의 없고, 친구들이라고 해 봐야 정원에 마련된 습한 온실 안의 화분에서 자라고 있는 게 전부였는지도 모르겠다. 그가 필요로 하는 건 단순했고, 그는 자기 자신을 위해서는 거의 돈을 쓰지 않았다. 결과적으로 그가 수집한 식물과 선인장들은 정말 뛰어난 편이었다. 실제로 그는 선인장 동호인 사이에 널리 알려져 있었고, 가끔씩 세상의 어느 구석진 곳에서 그에게 흙냄새나 열대우림 냄새가 나는 소포를 보내오곤 했다.

허큘리스에게는 살아 있는 친척이 한 명밖에 없었고, 헨리에타 고모는 다시 찾기 어려울 정도로 그와 엄청나게 비교가 되는 인물이었다. 헨리에타는 180센티미터의 키에 요란한 색깔의 해리스 트위드(상표명. 손으로 짠 모직물 — 옮긴이)를 즐겨 입고 재규어를 과격하게 몰았으며, 끝없이 담배를 피워 대는 골초였다. 헨리에타의 부모는 아들을 원했는데, 그들은 끝까지 그 소망이 이루어졌다고 생각해야 할지 아닌지 결론 내리지 못했다. 헨리에타는 다양한 종류의 개를 키우며 생계를 유지했는데 꽤 잘 살았다. 그녀는 거의 언제나 최근에 구한 개 몇 마리를 데리고 다녔는데 일반적으로 숙녀들이 가방에 넣어 가지고 다닐 만한 종류의 개들은 아니었다. 헨리에타의 개 사육장은 그레이트데인이나 독일산 셰퍼드, 세인트 버나드 같은 종류의 개들을 전문적으로 취급했다…….

 자연스럽게 남성을 열등한 종으로 멸시하게 된 헨리에타는 결혼을 하지 않았다. 그러나 어떤 이유에서인지 헨리에타는 허큘리스에게 삼촌이 조카에게 느끼곤 하는(그렇다, 삼촌이라는 게 분명히 정당한 표현이다.) 관심을 가졌고, 주말이면 거의 언제나 전화를 걸었다. 희한한 관계였다. 아마도 허큘리스는 헨리에타의 우월감을 고양시켰을 것이다. 만약 허큘리스가 남성의 훌륭한 표본이었다면 그 감정들은 확실히 유감스러웠을 것이다. 설령 동기가 그랬다고 해도, 헨리에타는 그것을 의식하지 못했고 그저 조카를 진짜 좋아한다고 생각했다. 헨리에타는 짐짓 선심 쓰듯 행동했지만 결코 불친절하지는 않았다.

 흔히 그렇듯이, 헨리에타의 관심은 허큘리스가 잘 형성된 자신의 열등감을 극복하는 데 도움이 되지 못했다. 처음에는 참고 견뎠지만 때마다 고모가 찾아오는 것이나 커다란 목소리, 손이 부서질 것 같은 악수를 두려워하게 되었고, 마침내 그녀가 싫어졌다. 결국 고모에 대한 증오는 진정 그의 인생을 지배하는 감정이 되었고 심지어 그 감정은 수집한 식물에 대한 애정까지 능가했다. 하지만 허큘리스는 만약 고모가 그의 감정을 알아낸다면 그를 조각내서 개들에게 던져 줄지도 모른다는 사실을 깨닫고 조심스럽게 감정을 숨겼다.

 허큘리스는 자신의 울적한 심정을 표현할 길이 없었다. 설마 그럴 리 없다는 건 자기 자신이 잘 알고 있었지만, 심지어 살인 충동을 느낄 때조차 헨리에타 고모에게 공손해야 했다. 그날이 올 때까지는 그랬다…….

 판매자의 말에 따르면, 그 식물은 "아마존 지역 어딘가"(주소치고는 모호하지만)에서 가져온 것이라고 했다. 허큘리스처럼 식물을 대단히 사랑하는 사람도 처음 보았을 때 그 식물의 생김새는 별로 마음에 들지 않았다. 사람 주먹만 한 무정형의 뿌리. 그게 전부였다. 부패한 듯한 냄새가 났고, 아주 희미하게 나쁜, 썩은 고기 냄새의 기미가 있었다. 허큘리스는 과연 그게 키울 수 있는 건지조차 의심스러웠고 파는 사람에게도 그대로 말했다. 아마도 그 덕분에 그것을 헐값에 살 수 있었고 별 기대 없이 집으로 가지고 왔다.

첫 한 달 동안은 살아 있다는 기미가 보이지 않았지만 허큘리스는 걱정하지 않았다. 그러던 어느 날, 초록색의 새싹이 모습을 드러내더니 빛을 향해 자라기 시작했다. 그 후로 성장은 빠르게 이루어졌다. 얼마 지나지 않아 남자 팔뚝만 한 줄기로 자라나더니 독이 있다는 사실을 단호하게 표현하는 듯 보라색을 띠었다. 줄기의 꼭대기 근처에는 기묘하게 생긴 몽우리들이 주위를 두르고 있었다. 그것만 빼면 완전히 특색 없는 모습이었다. 허큘리스는 이제 꽤 들떠 있었다. 어떤 새로운 종이 자기 손아귀에 들어온 게 분명했다.

이제 성장 속도는 정말 환상적일 정도였다. 원래 허큘리스가 작기도 했지만, 이내 허큘리스의 키를 넘어섰다. 게다가 몽우리들도 자라고 있는 것 같았다. 마치 금방이라도 만개할 것처럼 보였다. 어떤 꽃들은 정말 짧은 시간 동안만 지속된다는 걸 알고 있던 허큘리스는 초조하게 기다리며 가능한 한 많은 시간을 온실 안에서 보냈다. 그렇게 지켜보고 있었음에도 불구하고 개화는 그가 자고 있던 어느 날 밤에 일어났다.

아침에 일어나 보니, 거의 땅에 닿을 정도인 여덟 개의 덩굴이 식물을 두르고 있었다. 내부에서 자라다가 식물 세계에서 보기에는 폭발적인 속도로 나타난 게 틀림없었다. 허큘리스는 깜짝 놀라 그 현상을 바라보다가 생각에 잠긴 채 일터로 떠났다.

그날 저녁, 화분에 물을 주다가 흙을 점검한 그는 훨씬 더 독특한 사실을 발견했다. 덩굴들이 두꺼워지고 있었고 움직이기까지 했다. 마치 따로 생명을 소유한 것처럼, 그것들은 아주 약간이지만 분명하게 흔들리려는 경향이 있었다. 식물에 커다란 관심과 열정을 지닌 허큘리스에게도 이 현상은 많이 혼란스러웠다.

며칠이 지나자 의심의 여지가 없었다. 그가 식물에 다가가기만 해도 불쾌하게 뭔가를 암시하는 태도로 덩굴들이 그를 향해 뻗어 왔다. 굶주려 있다는 인상이 너무 강해서 허큘리스도 정말 불안하게 느끼기 시작했고, 마음 한구석에서 계속 뭔가가 걸렸다. 그게 무엇인지를 깨닫고 자책한 것은 꽤 오랜 시간이 흐른 후였다.

'당연하지! 그것도 모르다니!'

그는 지역 도서관으로 향했다. 도서관에서 그는 허버트 조지 웰스의 단편 「이상한 식물의 개화」를 반시간가량 읽으면서 즐거운 시간을 보냈다.

'맙소사!'

다 읽고 난 허큘리스는 생각했다. 식물이 노리는 먹잇감을 압도하기 위한 마취시키는 향기는 아직 없었지만, 그 점만 빼면 특징이 매우 비슷했다. 허큘리스는 불안한 심정으로 집으로 돌아갔다.

그는 온실의 문을 열고 녹색 이파리들 사이로 난 통로 저편에 있는 귀중한 보물을 바라보며 서 있었다. 덩굴(그는 이미 그것을 촉수라고 부르고 있었다.)의 길이를 조심스럽게 가늠하며 안전하다고 여겨지는 거리까지 다가갔다. 식물의 세계보다는 동물에게 훨씬 잘 어울릴 법한 위험과 경계해야 한다는 느낌이 분명히 전해졌다. 허큘리스는 불운했던 프랑켄슈타인 박사의 이야기를 잘 알고 있었고 결코 재미있어 하지 않았다.

하지만 정말 이건 우스꽝스러운 일이었다! 현실에서 그런 일은 일어나지 않게 마련이었다. 시험해 볼 방법이 하나 있긴 했다…….

허큘리스는 집으로 들어갔다가 잠시 후에 한쪽 끝에 날고기를 매단 빗자루를 들고 나왔다. 바보 같다는 생각을 하면서도 그는 맹수 조련사가 배고픈 사자에게 다가가는 것처럼 식물을 향해 나아갔다.

한동안 아무 일도 일어나지 않았다. 그러더니 덩굴 두 개가 경련을 일으켰다. 그 식물은 마치 마음을 정하기라도 하는 듯이 덩굴을 앞뒤로 흔들기 시작했다. 덩굴이 갑자기 눈에 보이지 않을 정도의 속도로 움직였다. 덩굴은 고깃덩어리를 감쌌고 허큘리스는 빗자루 반대편에서 세게 잡아당기는 힘을 느꼈다. 그리고 고기는 사라졌다. 식물은 고기를, 굳이 비유하자면, 가슴에 꼭 안고 있었다.

"놀라 자빠지겠군!"

허큘리스가 외쳤다. 그가 이렇게 심한 말을 하는 건 진정 아주 드문 일이었다.

24시간 동안 식물은 살아 있다는 징후를 다시 보이지 않았다. 고기가 알맞게 삭기를 기다리고 있었고 소화기관까지 발달시키고 있었다. 다음 날, 짧은 뿌리처럼 보이는 것들이 얼기설기 얽힌 것이 아직 눈에 띄는 고기를 덮고 있었다. 밤이 되자 고기는 사라졌다.

그 식물은 이제 고기 맛을 본 것이다.

자신의 보물을 바라보는 허큘리스의 심정은 희한할 정도로 혼란스러웠다. 악몽을 꿀 때도 있지만 그는 앞으로의 끔찍한 가능성을 내다볼 수 있었다. 식물은 이제 엄청나게 힘이 세졌다. 만약 그가 붙잡힌다면 잡아먹히고 말 터였다. 하지만 물론 그럴 위험은 없었다. 그는 파이프를 이용하여 안전한 거리에서 물을 줄 수 있도록 만들었다. 그리고 다른 먹이는 간단히 촉수 범위 안으로 던져 주기만 하면 되었다. 그것은 이제 하루에 0.5킬로그램의 날고기를 먹었고 기회만 있으면 훨씬 더 많이도 먹을 수 있을 것 같다는 불길한 느낌까지 들었다.

전체적으로 보아, 허큘리스가 자연스럽게 느꼈던 양심의 가책은 식물학의 경이가 자기 손에 들어왔다는 도취감에 밀려났다. 언제라도 그는 세계에서 가장 유명한 식물 애호가가 될 수 있었다. 허큘리스 특유의 다소 제한적인 견지에서는 식물 애호가를 뺀 나머지 사람들은 그런 것에 관심이 없을지도 모른다는 생각이 전혀 들지 않았다.

그 생물은 이제 키가 180센티미터에 달했고, 이전보다 많이 느리긴 했지만 분명히 아직도 자라고 있었다. 사람까지 잡아먹을지 모르기 때문이라기보다는 위험하지 않게 다른 식물들을 돌보기 위해서 다른 식물들을 전부 온실 구석으로 옮겼다. 우연히 여덟 개의 촉수 범위 안으로 걸어 들어가는 일이 없도록 가운데 통로에는 밧줄을 매어 놓았다.

육식 식물에게 고도로 발달된 신경 체계와 지능에 가깝다고 할 수 있는 무언가가 있다는 사실은 명백했다. 먹이를 주는 때를 알고 있었으며 기뻐하는 징후를 분명히 보였다. (아직 확신하지 못했지만) 가장 환상적인 점은 그것이 소리를 낼 수 있다는 것이었다. 먹이를 주기 직전에 가청 영역의 경계에 있을 정도로 믿을 수 없이 높은 휘파람 소리가 들린 것처럼 느껴질 때가 있었다. 갓 태어난 박쥐에게서나 날 법한 소리였다. 그는 무슨 목적으로 소리가 나는지 궁금했다. 어떤 식으로든지 소리를 이용해서 먹이를 유혹하는 걸까? 만약 그렇다면, 그 기술은 허큘리스에게는 쓸모가 없을 터였다.

허큘리스가 이런 흥미로운 일들을 알아내는 동안에도 헨리에타 고모는 끊임없이 그를 괴롭혔고, 그녀의 주장과 달리 절대 길들지 않은 사냥개들은 그를 공격하기 일쑤였다. 일요일 오후면 헨리에타는 옆자리에 개 한 마리를 태우고 짐칸에도 공간을 거의 가득 채우는 개를 한 마리 더 태운 채 시끄럽게 차를 몰고 왔다. 그러고는 한 번에 두 계단씩 걸어 올라와서 인사 소리로 허큘리스의 귀를 멍멍하게 하고 악수로 그를 거의 마비시킨 다음에 그의 얼굴에 시가 연기를 불었다. 한번은 입맞춤을 하려고 해서 혼비백산한 적이 있었다. 하지만 그는 그런 여성적인 행동이 헨리에타 고모의 천성에는 낯설다는 사실을 오래전에 깨달았다.

헨리에타 고모는 허큘리스가 수집한 식물을 비웃듯이 바라보곤 했다. 여가 시간을 온실에서 보낸다는 것은 헨리에타가 보기에 아주 약해 빠진 휴식 방법이었다. 헨리에타는 긴장을 풀고 싶을 때면 케냐로 사냥을 나갔다. 이것은 피 튀기는 스포츠를 싫어하는 허큘리스의 호감을 사는 데 전혀 도움이 되지 않았다. 하지만 힘이 넘치는 고모를 싫어했음에도 불구하고, 일요일 오후면 그는 충실하게 차를 준비했고, 최소한 겉으로는 함께 아주 화기애애한 시간을 보냈다. 헨리에 타로서는 허큘리스가 종종 차에 독이 들었으면 좋겠다고 생각한다는 사실을 알 수 없었다. 헨리에타라는 강력한 요새 깊숙한 곳에는 근본적으로 착한 마음씨가 있었으며, 만약 허큘리스의 속마음을 알았다면 그녀는 크게 동요했을 것이다.

허큘리스는 자기의 문어 식물에 대해 헨리에타 고모에게 이야기하지 않았다. 원래 재미있는 표본을 잘 보여 주지 않기도 했지만 이것만큼은 일부러 숨기고 있었다. 어쩌면 그의 악마적인 계획이 구체화되기 전에 이미 무의식 속에서는 차근차근 준비를 하고 있었는지도 몰랐다…….

어느 일요일 저녁, 재규어가 일으키는 굉음이 어둠 속으로 사라진 후 허큘리스가 온실 안에서 산만해진 신경을 추스르고 있을 때 처음으로 그 생각이 떠올랐다. 그가 식물을 바라보며 이제 남자의 엄지손가락만큼이나 두꺼운 촉수를 주목하는데 그때 눈앞에 갑자기 즐겁기 그지없는 환상이 펼쳐진 것이다. 그는 헨리에타 고모가 육식 식물에게 붙잡혀 빠져나오지 못한 채 괴수의 손아귀에서 몸부림치는 모습을 그려 보았다. 이건 완전 범죄였다. 심란한 조카는 너무 늦게 현장에 도착해서 도울 수 없었고, 화급한 전화를 받고 도착한 경찰은 한눈에 비참한 사고였다고 생각하게 된다. 그렇다. 물론 검시가 있겠지만, 검시관의 심문은 애통해 하는 허큘리스 앞에서 힘을 잃을 것이다…….

생각하면 할수록 마음에 드는 생각이었다. 육식 식물이 협조만 하면 흠잡을 데가 없었다. 분명히 그게 가장 큰 문제였다. 육식 식물을 훈련시킬 계획이 필요했다. 겉모습은 이미 충분히 악마 같았으므로, 외모에 걸맞은 성질을 부여하는 게 그가 해야 할 일이었다.

이런 문제에 대한 경험이 그에게 전무하다는 점과 마땅히 상의할 만한 권위자도 없다는 점을 고려하여, 허큘리스는 아주 확실하고 능률적인 방법으로 일에 착수했다. 그는 육식 식물의 사정거리 밖에 서서 낚싯대를 가지고 괴물이 광포하게 촉수를 뻗을 때까지 고깃덩어리를 매달아 두었다. 그럴 때면 새된 소리가 분명히 들렸고 허큘리스는 그게 어떻게 소리를 내는지 궁금했다. 또한 무엇이 감각기관인지도 궁금했지만 그것은 가까이 다가가서 조사하기 전에는 알아낼 수 없는 문제였다. 만약 일이 잘 풀린다면, 헨리에타 고모에게 그런 흥미로운 사실을 발견할 만한 짧은 기회가 생길지도 몰랐다. 아마도 고모는 너무 바빠서 그런 지식을 후손들에게 전해 줄 여유가 없을 테지만.

그 괴물이 노리는 먹잇감을 잡을 수 있을 만큼 충분히 힘이 세다는 사실에는 의심의 여지가 없었다. 한 번은 허큘리스의 손에서 빗자루를 빼앗아 간 적이 있었다. 그 자체로는 아무것도 입증되지 않았지만 잠시 후에 나무가 '우지끈' 하며 부러지는 메스꺼운 소리는 조련사의 얇은 입술에 만족스러운 미소를 가져다주었다. 그는 훨씬 더 즐겁고 상냥하게 고모를 대하기 시작했다. 진실로 모든 면에서 그는 만인의 귀감이 되는 조카였다.

허큘리스의 투우사식 조련법이 육식 식물을 목적에 적합하게 만들었을 때쯤, 그는 살아 있는 먹이로 시험을 해 봐야 할지 알고 싶었다. 이건 지난 몇 주 동안 그를 괴롭혀 온 문제였고, 그동안 그는 길가에 지나가는 개나 고양이들을 수상쩍은 눈초리로 보곤 했다. 하지만 다소 특이한 이유 때문에 그 생각을 버렸다. 실행에 옮기기에는 허큘리스가 너무 착했던 것이다. 헨리에타 고모가 첫 번째 희생자여야 했다.

계획을 실행에 옮기기 전 그는 육식 식물을 두 주 동안 굶겼다. 식욕을 북돋아서 좀 더 확실한 결과를 얻기 위해 그가 위험을 감수할 수 있는 최대 기간이었다(그는 괴물의 힘을 약하게 하고 싶지 않았다.). 그리하여 찻잔을 부엌에 가져다 놓고 헨리에타 고모의 담배 연기가 흘러가는 반대쪽에 앉아 있던 허큘리스가 불쑥 말했다.

"보여 드리고 싶은 게 있어요. 깜짝 놀라게 해 드리려고 숨겨 놓았던 건데요. 죽을 만큼 재밌어 하실 거예요(It'll tickle you to death)."

아주 정확한 묘사는 아니지만('tickle'은 '간질이다'라는 뜻 — 옮긴이), 대충 비슷하다고 그는 생각했다.

고모는 담배를 입에서 떼더니 놀랐다는 기색을 숨김없이 드러냈다. 그녀가 큰소리로 말했다.

"저런! 살다 보니 이런 놀라운 일도 있구나! 뭘 숨겨 놓았던 거냐, 이 장난꾸러기야!"

고모는 장난스럽게 그의 등을 쳤고 그는 폐에서 공기가 모조리 빠져나가는 것 같았다. 허큘리스가 겨우 호흡을 되찾고 말했다.

"정말 놀라실 거예요. 온실에 있어요."

"그래?"

당황스러운 빛이 역력한 채 고모가 말했다.

"네. 저랑 같이 가서 봐요. 충격적이라니까요."

고모는 못 믿겠다는 듯이 코웃음을 쳤지만 더 이상 묻지 않고 허큘리스를 따랐다. 분주하게 카펫을 씹어 대던 셰퍼드 두 마리가 걱정하듯이 고모를 쳐다보며 반쯤 일어섰지만, 그녀가 개들에게 손짓했다.

"괜찮다. 금방 돌아올 거야."

고모는 무뚝뚝하게 말했다. 허큘리스는 아마 그렇지 못할 거라고 생각했다.

밤이라 어두웠고 온실의 불은 꺼져 있었다. 온실 안으로 들어서며 고모가 코웃음 쳤다.

"맙소사, 허큘리스야. 무슨 도살장 냄새가 나잖냐. 불라와요에서 코끼리를 쏘고 일주일 지나고서야 발견했을 때 이후로 이런 고약한 냄새는 처음이다."

"죄송해요."

허큘리스가 고모를 어둠 속에서 앞으로 밀며 사과했다.

"요즘 새로 쓰는 비료라 그래요. 효과는 끝내주죠. 가세요. 조금만 가면 돼요. 정말 놀라게 해 드리고 싶었어요."

"장난하는 게 아니길 바란다."

앞으로 나가며 헨리에타 고모가 의심스럽게 말했다.

"장난하는 건 정말 아니에요."

조명 스위치에 손을 대고 선 채 허큘리스가 대꾸했다. 그는 육식 식물의 몸체를 희미하게 볼 수 있었다. 고모는 3미터도 채 떨어져 있지 않았다. 그는 고모가 위험 구역 안으로 깊이 들어갈 때까지 기다렸다가 불을 켰다.

빛이 비춰지면서 순간적으로 모든 것이 멈춘 듯했다. 헨리에타 고모는 손을 허리에 댄 채 거대한 육식 식물 앞에 서 있었다. 그 순간 허큘리스는 육식 식물이 행동을 취하기 전에 고모가 뒤로 물러날까 봐 걱정했다. 하지만 곧 그는 고모가 도대체 그게 무엇인지 알아보기 위해 조용하게 관찰하는 모습을 보았다.

5초 후에야 식물이 움직였다. 늘어진 촉수가 갑자기 움직였다. 하지만 허큘리스가 기대했던 식으로 움직이지 않았다. 육식 식물은 스스로를 보호하겠다는 듯이 촉수를 자기 몸에 둘렀다. 동시에 새된 소리로 순수한 공포의 비명을 질렀다. 구역질 나는 환멸의 순간이 지나가고 허큘리스는 끔찍한 진실을 깨달았다.

육식 식물은 완전히 겁쟁이였다. 아마존 정글의 야생에는 적응해 있었지만, 갑자기 헨리에타 고모와 마주치자 완전히 무너져 버린 것이다.

희생자로 예정되어 있던 헨리에타 고모에 대해 말하자면, 그녀는 육식 식물을 놀라운 심정으로 바라보고 있었지만 곧 놀라움은 다른 감정으로 바뀌었다. 고모는 휙 돌아서더니 비난하듯이 조카를 향해 손가락질하며 외쳤다.

"허큘리스! 저 불쌍한 것이 무서워 죽으려 하잖냐. 지금까지 괴롭혀 온 거냐?"

허큘리스는 부끄러움과 실의에 빠져 고개를 축 늘어뜨리고 있을 수밖에 없었다.

"아뇨. 아니에요. 그냥 원래 그런가 봐요."

그가 떨리는 목소리로 말했다.

"흠. 난 동물에 익숙하니까 진작 나를 불렀어야지. 단호하면서도 부드럽게 다루어야 하는 거야. 네가 주인이라는 걸 보여 주는 한 친절하게 다루면 다 통하는 법이야. 착하지, 착하지. 이리 오렴. 해치지 않을 게……."

완벽한 좌절에 빠진 허큘리스에게 그것은 혐오스러운 광경이었다. 놀라울 정도로 부드럽게 헨리에타 고모는 육식 식물을 토닥이고 쓰다듬으며 촉수들이 느슨해지고 새된 비명소리가 잦아들 때까지 달랬다.

그렇게 몇 분이 지나자, 육식 식물은 공포에서 완전히 벗어난 것 같았다. 허큘리스는 촉수 하나가 움직여 헨리에타 고모의 울퉁불퉁한 손가락을 쓰다듬는 것을 보고 마침내 소리 죽여 흐느끼며 자리를 떠났다.

그날 이후로 그는 망가져 버렸다. 더 나쁜 일은 자신이 의도했던 범죄의 결과에서 결코 벗어나지 못했다는 것이다. 헨리에타 고모는 새로운 애완동물을 얻었고 주말뿐이 아니라 평일에도 두세 번씩 툭하면 찾아왔다. 허큘리스가 육식 식물을 다루는 방법을 신뢰하지 않았고 혹시 괴롭히고 있지 않은지 여전히 의심하고 있다는 사실은 명백했다. 고모는 개들조차 거부하지만 육식 식물은 기꺼이 받아먹는 먹이들을 가져오곤 했고, 온실에만 한정되어 있던 고약한 냄새는 이제 집 안까지 침투하기 시작했다…….

이쯤에서 말도 안 되어 보이는 이야기를 마치면서 해리 퍼비스는 결말을 지었다. 어쨌든 간에 상황은 둘이 만족하는 것으로 마무리되었다. 육식 식물은 행복했다. 그리고 헨리에타 고모는 지배할 물건(사람이라고 해야 할까?)을 또 하나 얻었다. 가끔씩 온실에 쥐라도 한 마리 들어오면 육식 식물은 신경 쇠약을 일으켰고, 헨리에타는 달려가서 식물을 달랬다.

허큘리스로 말하자면, 이제 그 둘에게 문제를 일으킬 만한 여력이 아예 없었다. 그는 일종의 게으른 식물로 퇴화해 버린 것 같았다. 진정 그는 날이 가면 갈수록 스스로 식물이 되어 갔다고 해리는 조심스럽게 말했다.
 물론, 전혀 해가 없는 종류로…….

주동자 |Moving Spirit|

『하얀 사슴의 이야기』에 첫 발표.

'하얀 사슴'에서 흘러나온 이 이야기에서 해리 퍼비스는 '진정한 미치광이 과학자'를 우리에게 소개한다. 그는 콘월의 한 시골구석에 살고 있는데, 공교롭게도 그곳은 찰스 윌리스(아니면 그냥 솔직히 아서 클라크라고 해야 할까.)가 전쟁 때 복무하던 곳이다.

우리가 런던 중앙 재판소에서 이루어지고 있는 충격적인 사건 심리에 대해 이야기하고 있을 때, 대화를 자기 식으로 끌어가는 데 특출한 재주가 있는 해리 퍼비스가 불쑥 말했다.

"약간 특이한 사건에 전문가 증인으로 나선 적이 있어."

"그저 증인으로?"

드루가 능숙한 솜씨로 동시에 두 잔에 맥주를 채우며 말했다.

"그래. 하지만 그건 일종의 비공개 심리였어. 전쟁 초기, 적이 쳐들어올 거라고 예상하던 시절의 일이거든. 그래서 자네들이 들어 본 적이 없는 거지."

"우리가 들어 본 적이 없을 거라고 어떻게 확신하지?"

찰스 윌리스가 의심스럽게 말했다.

그때 우리는 해리가 말을 만들어 내려고 애쓰는 보기 힘든 모습을 볼 수 있었다. '변명은 속이 검다는 증거이다.'라고 나는 속으로 생각하면서 해리가 어떻게 빠져나가려는지 두고 보았다.

"그건 아주 독특한 경우였어."

그가 점잔을 빼며 말했다.

"만약 자네들이 보고서를 봤다면 분명히 나한테 이야기했을 거야. 내 이름이 꽤 눈에 띌 정도였거든. 그건 모두 콘월의 한 시골구석에서 일어났고, 내가 만나 봤던 진짜 미치광이 과학자라는 보기 힘든 부류에 대한 아주 좋은 예지."

사실 그건 공정한 묘사라고 할 수 없을지도 몰랐고 퍼비스는 서둘러 바로잡았다. 호머 퍼거슨은 괴짜였고, 애완용 보아 뱀을 길러 쥐를 잡게 했으며 집 근처에서는 절대로 신발을 신지 않는다는 사소한 악취미가 있었다. 하지만 그는 아주 부자라서 아무도 그의 기이한 점을 알아차리지 못했다.

호머는 또한 유능한 과학자이기도 했다. 오래전에 에든버러 대학을 졸업했지만, 돈이 워낙 많은지라 살아오면서 제대로 된 일을 한 적이 없었다. 대신에 그는 뉴퀘이 근처에서 구입한 오래된 목사관에서 빈둥거리며 이런저런 장치를 고안하며 즐겁게 시간을 보냈다. 지난 40년 동안 그는 텔레비전, 볼펜, 제트 추진과 몇 가지 사소한 것들을 발명했다. 그러나 애써 특허를 취득하려고 하지 않았기 때문에, 그 공로는 모두 다른 사람에게 돌아갔다. 돈 문제만 빼고는 특이할 정도로 관대한 사람이었던 그는 조금도 개의치 않았다.

복잡하게 얽혀 있긴 하지만, 해리는 몇 안 되는 그의 살아 있는 친척 중 하나인 듯했다. 어느 날 해리에게 즉시 와 달라는 전보가 도착했을 때 당연히 그는 거절하지 않았다. 호머에게 돈이 얼마나 있는지 그가 그 돈을 가지고 무엇을 하려는지는 아무도 정확히 알지 못했다. 해리는 자기에게도 다른 친척들만큼의 기회가 있다고 생각했고, 그 기회를 망치려 하지 않았다. 어느 정도의 불편을 감수하고 그는 콘월까지 가서 목사관에 모습을 드러냈다.

뜰에 들어서자마자 그는 무엇이 잘못됐는지 알 수 있었다. 호머 숙부(실제로 숙부는 아니었지만, 해리가 기억할 수 있는 동안에는 계속 그렇게 불러 왔다.)는 본관 옆에 실험실로 쓰는 창고를 가지고 있었다. 그런데 그 창고의 지붕과 창문이 날아가 버렸고 메스꺼운 냄새가 주위에 감돌았다. 폭발이 있었던 건 분명했고, 해리는 무심하게 숙부가 크게 다쳐서 유언장을 새로 쓰는 데 도움이 필요한 게 아닐까 생각했다.

노인이 (얼굴에 들러붙은 회반죽은 차치하고) 건강한 모습으로 문을 열어 주자 해리는 백일몽에서 깨어났다.

"이렇게 빨리 와 주다니!"

노인이 소리 높여 말했다. 해리를 보니 정말로 기쁜 모양이었다. 그러더니 그의 얼굴에 그늘이 졌다.

"얘야, 사실 내가 좀 곤란한 상황에 빠져 있어 도움을 청하고 싶구나. 내일 재판이 있거든."

꽤 충격적이었다. 호머 숙부는 연료 배급제 때문에 암시장을 이용하곤 하는 영국의 자동차 운전자들과 비슷한 정도의 준법 의식을 지니고 있는 사람이었다. 해리는 만약 그게 혹시 흔한 암시장 거래에 관한 문제라면 자기가 나서서 도울 수 있는 일이 뭐가 있으랴 생각했다.

"유감이네요, 숙부. 무슨 일로 그러시죠?"

"이야기하자면 길어. 서재로 가서 이야기하자."

호머 퍼거슨의 서재는 약간 오래된 건물의 서쪽 면을 전부 차지하고 있었다. 해리는 서까래 안에 박쥐가 둥지를 틀고 있을 거라고 확신했지만 확인해 볼 수는 없었다. 호머는 탁자를 기울여 책을 바닥에 모두 쏟아 버리고 휘파람을 세 번 불었다. 그러자 음성으로 작동하는 중계기가 작동했고, 숨겨진 스피커에서 음울한 어조의 콘월 지방 사투리가 흘러나왔다.

"부르셨습니까, 퍼거슨 씨?"

"마이다, 위스키 한 병만 새로 보내 주게."

코를 훌쩍이는 소리만 나고 대꾸는 없었다. 하지만 잠시 후에 삐걱거리는 소리가 들려오더니 서재의 선반 일부가 옆으로 밀려나고 운반 장치가 드러났다.

"마이다는 도통 서재로 오질 않는단 말이야."

위스키가 담긴 쟁반을 들며 호머가 불평했다.

"보아너게를 무서워해. 온순하기만 한데 말이야."

해리는 얼굴도 모르는 마이다라는 사람에게 동정심을 느끼기가 어렵지 않았다. 길이가 1.8미터에 달하는 보아너게는 『브리태니커 백과사전』이 담긴 책장 위에 드리워져 있었고, 불룩한 몸체는 얼마 전에 먹이를 먹었다는 사실을 알려 주었다.

"위스키 맛이 어떠냐?"

해리가 한 모금 마시고 숨을 몰아쉬자 호머가 물었다.

"이건, 음, 뭐라고 해야 할지 모르겠네요. 휘유, 꽤 센데요. 이렇게 셀 거라고는……."

"아, 병에 붙은 상표는 신경 쓰지 마라. 스코틀랜드에서 만든 게 아니야. 사실 그게 문제다. 그 술은 바로 우리 집에서 만든 거거든."

"숙부!"

"그래, 나도 그게 법이니 뭐니 하는 헛소리를 어기는 일이란 건 안 다. 그런데 요즘엔 좋은 위스키를 구할 수가 없단 말이야. 전부 수출로만 나가거든. 내가 마실 건 내가 만들어서 달러를 벌어들일 물량을 더 남겨 주는 게 애국하는 거라 생각했는데 세무국 사람들은 그렇게 생각하지 않나 보더라."

"더 자세히 들려주셔야 할 것 같은데요."

해리가 말했다. 안타깝지만 해리는 숙부를 곤경에서 구해 내기 위해 자기가 할 수 있는 일은 없다고 확신했다.

호머는 언제나 술을 즐겼고 전시 상황에서 물량 부족은 그에게 큰 타격을 입혔다. 앞서 언급했듯이 그는 또한 돈을 내주는 데 인색했다. 오래전부터 그는 위스키 한 병에 수백 퍼센트의 세금을 내야 한다는 사실에 분개하곤 했다. 더 이상 술을 구할 수 없게 되자 이제는 직접 나설 때라고 결심한 것이다.

호머가 살고 있는 구역이 아마도 그런 결정과 큰 관계가 있었을 것이다. 여러 세기에 걸쳐 세무국은 콘월의 어부들과 끝없는 전쟁을 치러 왔다. 이 오래된 목사관에서 살았던 마지막 목사는 그 구역에서 주교 다음으로 훌륭한 술 저장고를 가지고 있었고, 그것에 대해서 세금을 단 한 푼도 내지 않았다는 소문이 돌았다. 호머 숙부로서는 그저 자신이 오래된 고귀한 전통을 따르고 있을 뿐이라고 느낄 법도 했다.

게다가 순수한 과학적인 흥미 또한 호머를 고무시켰다는 데에 의심의 여지가 없었다. 그는 나무통 안에서 7년 동안 술을 숙성시키는 일이 모두 쓸데없는 일이라고 확신했고 초음파와 자외선을 가지고 더 잘 해낼 자신이 있었다.

몇 주 동안 실험은 순조롭게 진행되었다. 하지만 어느 날 저녁 아무리 잘 꾸며진 실험실에서라도 일어나곤 하는 불행한 사고가 발생했다. 무슨 일이 일어났는지 깨닫기도 전에 호머 숙부는 대들보 위에 걸쳐졌고 목사관의 바닥은 구리 배관 조각으로 어수선해졌다.

그렇다고 해도 국토 방위군이 바로 근처에서 훈련을 하고 있지만 않았다면 크게 문제가 되지는 않았을 것이다. 그들은 폭발 소리를 듣자마자 전투태세에 들어갔다. 기관총 준비. 침공이 시작되었나? 위치는 금방 확인할 수 있었다.

그게 호머 숙부였다는 걸 발견한 그들은 약간 실망했다. 하지만 그들은 호머의 실험에 익숙했기 때문에 놀라지는 않았다. 불행한 일은 분대를 지휘하던 중위가 하필이면 그 지역의 세무 담당자였다는 것이다. 그는 후각과 시각을 종합하며 상황을 단번에 이해했다.

"그래서 내일이면 나는 밀주를 만들었다는 죄목으로 법정에 나가야 해."

이렇게 말하는 숙부는 마치 사탕을 훔치다 붙잡힌 조그만 소년처럼 보였다.

"이게 지방의 치안 판사가 아니라 형사 재판소 관할이라는 걸 생각했어야 했어요."

해리가 대꾸했다.

"여기서는 우리 방식대로 일을 처리하지."

단순한 자부심 이상의 기미를 보이며 호머가 대답했다. 해리도 그 말이 과연 사실이라는 것을 곧 알게 될 터였다.

호머 숙부가 해리의 이의를 무시해 가며 반박문을 작성하고 법정에서 만들어 보이려고 하는 장치를 황급히 조립하느라 그들은 잠을 거의 자지 못했다.

"이런 법정은 항상 전문가에게 강한 인상을 받게 마련이다. 우리가 대담하다면 네가 육군성에서 나온 사람이라고 할 수도 있겠지만, 아마 확인해 보려 할 거야. 그러니까 그냥 사실대로 이야기하자. 우리가 어떤 사람인지 말이야. 아니면, 비슷하게라도."

"고맙군요, 숙부. 제 동료들이 내가 뭘 하고 있는지 알아내기라도 하면요?"

"음. 너는 누구 밑에서 일하는 게 아니라고 하면 돼. 이건 전부 사적인 일이지."

"그렇게 말하죠."

해리가 말했다.

다음 날 아침, 그들은 장비를 호머의 오래된 자동차에 싣고 마을로 갔다. 법정은 학교 교실에 마련되어 있었고, 해리는 시간을 거슬러 올라가서 나이 든 교장 선생님과의 내키지 않는 면담을 기다리고 있는 것처럼 느꼈다.

비좁은 자리로 안내받아 움직이며 호머가 속삭였다.

"운이 좋은데. 포더링햄 소령이 의장이야. 저 친구 나랑 친하거든."

도움이 되긴 하겠다고 해리는 동의했다. 하지만 법정에는 판사가 두 명 더 있었다. 친구 하나로는 부족했다. 오늘의 난관을 이겨 내려면 인맥이 아니라 달변의 능력이 필요했다.

 법정은 혼잡했다. 해리는 그렇게 많은 사람들이 일터에서 빠져나와 재판을 방청할 수 있다는 사실이 놀라웠다. 해리는 곧 밀수가 이 지역에서 주요한 산업이라는(적어도 평소에는 그랬다.) 점에 비추어 이 사건이 지역민들의 관심을 불러일으켰으리라는 사실을 깨달았다. 그렇다고 해서 방청객들이 동정적일 거라고 확신할 수는 없었다. 지역 주민들은 호머가 사적인 형태로 운영하는 밀주업을 불공정한 경쟁이라고 여길지도 몰랐다. 한편으로는 세무원의 콧대를 꺾어 줄 어떤 일반 원칙에도 아마 찬성할 터였다.

 법정 서기가 고발장을 낭독했고 어찌해 볼 도리가 없어 보이는 증거물들이 제출되었다. 재판관들은 진지하게 구리 배관 조각을 조사하더니 한 명씩 차례로 호머 숙부를 노려보았다. 해리는 혹시 상속받을지도 모르는 유산이 점점 멀어져 가고 있다는 사실을 깨달았다.

 기소인 측의 심리가 끝나자 포더링햄 소령이 호머를 바라보았다.

 "이건 심각한 문제입니다, 퍼거슨 씨. 만족스럽게 해명하실 수 있을지 궁금하군요."

 "할 수 있습니다, 판사님."

 억울하게 누명을 썼다는 심정을 역력하게 내비치며 피고인이 말했다. 경애하는 재판장이 호머 숙부의 친구로서 안도하는 표정을 지었다가 잠시 얼굴을 찌푸리더니 재빨리 다시 공권력을 대표하는 사람으로서 확신에 찬 표정을 되찾는 모습을 보는 건 재미있었다.

 "법적 대리인을 원하십니까? 아무도 데리고 온 것 같지 않군요."

 "없어도 됩니다. 이렇게 복잡한 절차 없이도 해결할 수 있는 사소한 오해에서 비롯된 일이니까요. 당국이 불필요한 비용을 지출하게 만들고 싶지 않습니다."

정면으로 치고 나서자 법정의 방청객들이 웅성거렸고 세무국 사람은 뺨을 붉혔다. 그는 처음으로 확신을 잃은 듯한 모습을 보였다. 정부에서 비용을 지불하게 될 거라고 퍼거슨이 생각했다면 소송에 이길 자신이 꽤 있는 게 분명했다. 물론 그저 허풍에 불과할 수도 있었다.

미세한 동요가 가라앉기를 기다렸다가 호머는 엄청나게 더 큰 동요를 불러일으켰다.

"제가 사는 목사관에서 일어난 일을 설명하기 위해 과학 전문가를 초청했습니다. 그리고 이제 보여 드릴 증거의 특성상 보안을 이유로 나머지 법정 절차는 비공개로 할 것을 요청합니다."

"법정을 비우기를 원하는 겁니까?"

의심스럽다는 듯이 의장이 말했다.

"그렇습니다. 내 동료인 퍼비스 박사는 사람들이 적으면 적을수록 좋다고 생각합니다. 증거를 보시고 나면 판사님도 동의할 겁니다. 이런 말을 해도 되는지 모르겠지만, 이미 이렇게 세간의 주목을 끈 사실에 대해서는 정말 유감스럽게 생각합니다. 기밀 사항이 불필요한 사람의 귀에 들어가는 게 아닌지 걱정되는군요."

호머는 안절부절못하며 자리에 앉아 있는 세무원을 쳐다보았.

포더링햄 소령이 말했다.

"좋습니다. 이례적인 일이지만, 우리 모두 비정상적인 시절에 살고 있으니 말이오. 서기관, 법정을 정리하세요."

잠시 동안 투덜거리는 소리와 혼란이 이어졌고, 기소인 측의 항의가 묵살된 후에야 법정이 정리되었다. 그리고 법정에 남아 있는 열 명 남짓한 사람들의 흥미 어린 시선 속에서 해리 퍼비스는 호머 숙부의 차로 가져온 장치를 공개했다. 법정에 그의 자격 사항에 대해 진술한 후 해리는 증인석에 섰다.

"저는 폭발물 연구에 종사한 바 있으며, 그렇기 때문에 마침 변호인의 연구에 익숙하다는 점을 말씀드리고 싶습니다."

해리가 말했다. 이 진술의 앞부분은 분명한 사실이었다. 문제는 뒷부분이었다.

"그러니까 폭탄이나 뭐 그런 거 말입니까?"

"기본적으로는 그렇습니다. 아시겠지만, 저희는 항상 새로운 형태의 폭발물을 찾고 있습니다. 게다가 정부 소속의 연구원이나 학계 인사들은 끊임없이 외부에서 좋은 생각을 받아들이려고 하죠. 그리고 최근에 숙, 아니 퍼거슨 씨께서 완전히 새로운 형태의 폭발물에 대한 흥미로운 제안을 저희에게 해 주셨습니다. 흥미로운 제안이라는 이유는 그게 폭발성이 없는 물질, 예를 들면 설탕이나 녹말 같은 것들을 사용한다는 점 때문입니다."

"네? 폭발성이 없는 물질을 사용한다고요? 그건 불가능합니다."

의장이 말했다.

해리는 부드럽게 웃었다.

"저도 압니다, 재판장님. 누구나 처음에는 재판장님처럼 반응합니다. 하지만 대부분의 위대한 생각이 그렇듯 여기에도 천재들만이 떠올릴 수 있는 단순함이 있습니다. 그래도 이해를 돕기 위해서 설명을 좀 해야 할 것 같군요."

재판관들은 경청하는 분위기였지만 조금 놀란 듯했다. 해리는 그들이 전에도 전문가 증인을 본 적이 있을 거라고 추측했다. 그는 법정 가운데 설치된 플라스크나 파이프, 용액이 담긴 병 따위가 놓인 탁자로 걸어갔다.

"퍼비스 박사, 위험한 실험을 해서는 안 됩니다."

초조한 기색으로 의장이 말했다.

"물론입니다, 재판장님. 기초적인 과학 원리 몇 가지만 증명해 보이려는 겁니다. 다시 한 번 말씀드리지만, 이 이야기가 법정 밖으로 새어 나가서는 안 된다는 점을 강조하고 싶습니다."

해리는 엄숙하게 말을 잠시 멈췄고 그건 모두에게 강한 인상을 주었다. 그가 말했다.

"퍼거슨 씨는 자연에 존재하는 근본적인 힘 중의 하나를 사용하자고 제안했습니다. 그것은 모든 생명체가 의지하는 힘이자, 여러분이 들어 본 적조차 없다고 하더라도 여러분 모두를 살아 있게 유지해 주는 힘입니다."

그는 탁자로 걸어가 플라스크와 유리병들 옆에 자리를 잡았다.

"여러분은 수액이 어떻게 나무 꼭대기까지 올라가는지 의아하게 여겨 보신 적이 있습니까? 지상에서 30 혹은 100미터 높이로 물을 올려 보내려면 엄청난 힘이 듭니다. 그 힘은 어디서 날까요? 제가 실례를 들어 보여 드리도록 하겠습니다.

여기에 다공질의 막을 사이에 두고 두 부분으로 나누어진 튼튼한 용기가 있습니다. 한쪽은 순수한 물이고 다른 한쪽은 설탕과 굳이 지칭해서 말할 필요까지는 없는 화학물질 용액이 농축된 것입니다. 이런 상황에서는 삼투압으로 알려져 있는 압력이 발생합니다. 순수한 물은 마치 반대편의 용액을 희석시키려는 듯 막을 통과하려 합니다. 이제 제가 용기를 밀봉하겠습니다. 여러분은 오른쪽의 압력계 수치가 높아지는 것을 보실 수 있을 겁니다. 바로 우리 생명을 유지해 주는 삼투압입니다. 삼투압은 우리 세포벽에서도 똑같이 작용하여 체액이 이동하게 합니다. 나무줄기에도 작용하여 수액을 뿌리에서 맨 꼭대기에 있는 가지까지 운반합니다. 삼투압은 어디에나 있는 힘입니다. 강력한 힘이죠. 그 힘을 가장 먼저 이용하려고 시도한 공로가 퍼거슨 씨에게 있습니다."

해리는 깊은 인상을 주기 위해 잠시 말을 멈추고 법정을 둘러보았다.

"퍼거슨 씨는 삼투압 폭발을 개발하려 했던 것입니다."

사람들이 해리의 말을 받아들이는 데는 시간이 좀 걸렸다. 잠시 후, 포더링햄 소령이 몸을 앞으로 기울이더니 낮은 목소리로 말했다.

"퍼거슨 씨가 폭탄을 제작하는 데 성공했고, 폭탄이 그의 작업장에서 폭발했다고 추정해야 한다는 겁니까?"

"바로 그렇습니다, 재판장님. 이렇게 이해가 빠른 분들을 만났다는 건 정말로 기쁜 일입니다. 퍼거슨 씨는 성공했습니다. 그는 우리에게 보낼 보고서를 작성하고 있었는데, 마침 불운한 실수 때문에 폭탄에 장착된 안전장치가 고장났던 겁니다. 결과는 다들 아실 겁니다. 이 폭탄의 위력에 대해서는 별다른 증명이 필요 없으리라고 생각합니다. 게다가 용액 속에 든 화학물질도 평범하기 그지없다는 사실을 지적해 드린다면 그 중요성 또한 깨달으실 수 있을 겁니다."

약간 당황한 듯 보이는 포더링햄 소령이 기소인 측 변호사 쪽으로 몸을 돌렸다.

"화이팅 씨, 증인에게 질문이 있습니까?"

"그렇습니다, 재판장님. 그런 말도 안 되는 이야기는……."

"질문은 사실관계에만 한정해 주세요."

"알겠습니다, 재판장님. 증인은 폭발 직후에 발생한 방대한 양의 알코올 증기에 대해 설명할 수 있습니까?"

"저는 검사관의 코가 양적인 면에 대한 분석 능력을 지니고 있다는 점에는 다소 회의적입니다. 하지만 틀림없이 일정량의 알코올 증기가 유출된 것은 사실입니다. 폭탄에 사용된 용액의 알코올 함유량은 25퍼센트입니다. 희석된 알코올을 사용함으로써 무기 이온의 이동성이 제한되고 삼투압은 올라간 겁니다. 물론 바람직한 효과를 이끌어 낸 거죠."

한동안 시간이 걸리겠다고 해리는 생각했다. 그가 옳았다. 꼬박 몇 분이 지난 후에야 두 번째 질문이 들어왔다. 기소인 측의 대변인이 구리 파이프 조각을 허공에 흔들어 보였다.

"이건 무슨 기능을 하는 겁니까?"

그는 가능한 한 심술궂은 목소리로 물었다. 해리는 그의 비웃음을 알아채지 못한 체했다.

"압력계의 배관입니다."

해리가 바로 대꾸했다.

재판관들이 이미 이해를 못하고 있다는 건 명백했다. 바로 해리가 원하던 바였다. 하지만 기소인 측에는 아직도 꺼내지 않은 카드가 하나 있었다. 세무원과 그의 변호사 사이에 은밀한 대화가 오갔다. 해리는 초조하게 호머 숙부를 바라보았지만 그는 '나한테 묻지 마라!'는 뜻으로 어깨를 으쓱해 보였을 뿐이다.

"법정에 추가로 제출하고 싶은 증거가 있습니다."

기소인 측 변호사가 기운차게 말하며 커다란 갈색 봉투를 테이블 위에 올려놓았다.

"이게 규칙에 맞는지요, 재판장님? 제…… 음, 동료에게 불리한 증거는 사전에 모두 제출되었어야 합니다."

해리가 항의했다.

"제 말을 정정하겠습니다."

변호사가 재빠르게 끼어들었다.

"이건 이 사건에 대한 증거가 아니라 나중의 법적 절차를 위한 자료라고 해 둡시다."

그는 자기 발언이 충분히 인식되기를 기다리며 기분 나쁜 침묵을 지켰다.

"설사 그렇다고 해도, 퍼거슨 씨가 우리 질문에 만족할 만한 답변을 해 주신다면 이 사건은 완벽하게 정리될 것입니다."

그가 만족할 만한 답변을 예상하지, 또는 바라지도 않는다는 사실은 명백했다.

그가 봉투를 열자 유명 상표의 위스키 병 세 개가 나왔다.

"으음. 궁금한 게 있는데……."

호머 숙부가 말했다.

"퍼거슨 씨, 원하지 않는다면 당신이 굳이 어떤 진술을 할 필요는 없습니다."

재판장이 말했다.

해리 퍼비스는 감사하는 눈길을 포더링햄 소령에게 보냈다. 어떻게 된 일인지 짐작이 갔다. 실험실의 잔해를 조사하는 과정에서 집에서 만든 위스키를 담아 두던 병들을 발견한 것이다. 수색영장이 없었을 테니 그런 행위는 불법이었고, 그래서 증거로 제출하기는 꺼림칙했을 것이다. 그게 없어도 사건은 충분히 명쾌해 보였던 것이다.

물론 지금도 상당히 명쾌해 보이기는 했다…….

기소인 측이 말했다.

"이 병에는 부착된 상표에 해당하는 위스키가 담겨 있지 않았습니다. 이 병들은 피고인의 소위 화학약품 용액을 편리하게 담을 수 있는 용기로 쓰였던 것이 명백합니다."

그는 해리 퍼비스에게 동정적인 눈길을 보냈다.

"우리는 그 화학약품의 성분을 분석한 결과 아주 흥미로운 결과를 얻었습니다. 비정상적으로 높은 알코올 함유량은 차치하더라도, 내용물이 사실상……."

변호사는 결코 호머 숙부의 기술에 대하여 아무도 요청하지 않았고 스스로도 내키지 않았던 증언을 끝마칠 수 없었다. 바로 그 순간, 해리 퍼비스는 기분 나쁜 휘파람 소리를 인식했다. 처음에는 폭탄이 떨어지는 소리인 줄 알았다. 하지만 그랬다면 공습경보가 있었을 것이다. 그러고 나서 그는 휘파람 소리가 가까운 곳에서 들려온다는 사실을 깨달았다. 정확히 이야기하자면 법정 가운데에 놓인 탁자에서…….

"엎드려!"

그가 외쳤다.

영국 헌정사를 통틀어 유래가 없을 정도의 속도로 법정은 휴정에 들어갔다. 판사 세 명은 연단 뒤로 사라졌고 방에 있던 사람들은 바닥에 엎드리거나 책상 아래로 숨어 들어갔다. 한참 동안 괴로워하며 기다렸지만 아무 일도 일어나지 않았다. 해리는 자기 경고가 틀렸나 의아했다. 그때 기묘하게 둔탁한 폭발이 일어나며 유리가 흔들렸고 술 냄새 비슷한 냄새가 났다. 천천히 사람들이 다시 모습을 드러냈다.

삼투압 폭탄이 위력을 발휘한 것이다. 더욱 중요한 것은 그 폭발이 원고 측의 증거물을 파괴해 버렸다는 사실이다.

재판관들은 소송을 각하하는 게 그다지 내키지 않았다. 당연한 일이지만 법정의 권위가 손상되었다고 생각한 것이다. 게다가 재판관들은 각자 집으로 돌아가 뭐라고 둘러대야 할지 생각해 내야 했다. 법정 안의 모든 것에 알코올이 침투해 들어간 것이다. 법정 서기가 달려가 창문을 열었지만(희한하게도 창문은 하나도 깨지지 않았다.) 냄새는 잘 빠져나가지 않았다. 머리에서 병 조각을 떼어 내던 해리 퍼비스는 다음 날 교실에서 공부하는 학생들이 취하지나 않을까 궁금했다.

그러나 포더링햄 소령은 진정 멋진 사람이었다. 사람들이 아수라장이 된 법정을 정리하는 동안 해리는 그가 숙부에게 하는 말을 들었다.

"이봐, 퍼거슨. 육군성에서 주겠다고 약속한 화염병을 우리가 받으려면 한 세월 걸릴 거야. 자네가 저 폭탄을 만들어서 국토 방위군에게 주면 어떻겠니? 적의 탱크를 부수진 못해도 최소한 저들이 술에 취해 움직이지 못하게 할 수는 있겠지."

"생각해 보겠네, 소령."

아직 사건의 반전 때문에 정신이 멍한 호머 숙부가 말했다.

가장자리에 돌을 벽처럼 쌓아 놓은 좁고 구불구불한 길을 따라 집으로 돌아가면서, 호머는 정신을 좀 차렸다.

"숙부, 밀주를 다시 만들지 않는 게 좋을 것 같아요."

운전하는 사람에게 말을 걸어도 안전하다 싶을 정도로 곧은 길에 들어서자 해리가 말했다.

"숙부를 엄중하게 감시할 거라고요. 다음번에는 빠져나가지도 못할 거고요."

"그렇겠지."

숙부는 골이 난 듯했다.

"이 망할 놈의 브레이크! 전쟁 직전에 고쳐 놓은 건데 말이야!"

"숙부! 조심해요!"

해리가 외쳤다.

너무 늦었다. 그들은 얼마 전 새로 '정지' 표지판이 세워진 교차로에 들어서고 말았다. 숙부는 힘껏 브레이크를 밟았지만 잠시 동안은 아무 효과가 없었다. 그러다 왼쪽 바퀴만 멈췄고 오른쪽 바퀴는 계속해서 멀쩡하게 돌아갔다. 차는 용하게 뒤집어지지 않고 급히 돌아 방향을 거꾸로 한 채 도랑에 빠졌다.

해리는 책망하듯이 숙부를 바라보았다. 해리가 적당한 비난의 말을 내뱉으려고 할 때 오토바이 한 대가 옆에서 튀어나와 그들 쪽으로 다가왔다.

이래저래 운이 나쁜 날이었다. 그 경찰관은 새로 생긴 표지판 근처에서 운전자들을 단속하기 위해 숨어 있었던 것이다. 그는 오토바이를 길가에 세우고 자동차 창문 쪽으로 몸을 기울였다.

"괜찮으십니까, 퍼거슨 씨?"

그리고 경찰관의 코가 움찔하더니 표정이 마치 벼락을 내리치려는 제우스처럼 변했다.

"이러시면 안 됩니다. 퍼거슨 씨를 기소할 수밖에 없군요. 이런 상황에서 운전을 한다는 건 아주 심각한 범죄입니다."

"하지만 난 술을 한 방울도 마시지 않았는데!"

알코올로 축축한 소맷자락을 경찰관의 움찔거리는 코 밑에서 흔들며 숙부가 항의했다.

"그 말을 제가 믿을 것 같습니까?"

화가 난 경찰이 말하며 수첩을 꺼내 들었다.

"저와 함께 경찰서로 가 주셔야겠습니다. 옆에 계신 친구 분께서는 운전하실 수 있는 상태인가요?"

해리는 한동안 대답하지 않았다. 머리를 들이받아 정신이 없었던 것이다.

"그래서 숙부는 어떻게 됐지?"

우리는 해리에게 물었다.

"아, 벌금 500파운드를 냈고, 면허증에는 음주 운전 위반이라고 기록되었지. 불행히도 그때는 포더링햄 소령이 의장이 아니었어. 하지만 다른 두 재판관은 그대로였지. 내 생각에는 숙부가 진짜 결백했다고 하더라도 재판관들이 이번에는 그냥 넘어갈 수 없다고 생각했을 것 같아."

"유산은 좀 상속받았나?"

"당연하지! 숙부가 아주 고마워하면서 유언장에 내 이름을 넣었다고 말씀하시더군. 그런데 내가 마지막으로 숙부를 봤을 때 뭘 하고 계셨는지 알아? 불로장생의 약을 찾고 있더군."

해리는 만사가 불공평하다며 한숨을 내쉬고 우울하게 말했다.

"가끔은 말일세, 숙부가 그걸 찾았는지도 모르겠다는 생각이 들어. 의사 말로는 자기가 본 76살 먹은 노인 중에서 숙부가 가장 건강하다고 하거든. 결국 내가 그 사건에서 얻은 거라고는 재미있는 추억과 숙취밖에 없었지."

"숙취?"

찰스 윌리스가 말했다.

"응."

멍한 눈빛으로 해리가 대꾸했다.

"세무원이 증거물을 모두 압수한 건 아니었거든. 그래서 우리가 나머지를…… 음, 해치워야 했지. 귀중한 일주일을 날려 버렸어. 일주일 동안 나와 숙부는 별 희한한 것들을 많이 발명했지만 그게 뭐였는지 도무지 기억나지 않는다니까."

어민트루드 인치 내던지기
| The Defenestration of Ermintrude Inch |

『하얀 사슴의 이야기』에 첫 발표.

'하얀 사슴'에서 비롯한 기이한 이야기. 여기서 해리 퍼비스의 아내는 해리의 양자 역학 강의가 어디서 이루어지는지 알아내고 해리는 마침내 맞수를 만난다. 이 이야기는 또한 주인인 류 모데카이를 따라 '하얀 말'에서 '글로브'로 이동한 사건에 상응하는 '하얀 사슴'에서 '스피어'로의 이동이 담겨 있다.(매주 있던 런던 과학소설 팬들의 모임 장소가 1953년에 '하얀 말'에서 '글로브'로 바뀐 것을 뜻한다. ─ 옮긴이)

이제 내게는 간단하지만 슬픈 임무가 하나 있다. 다른 모든 방면에서 그토록 유익한 해리 퍼비스에 관한 많은 수수께끼 중의 하나는 과연 그에게 부인이 있느냐는 것이었다. 그가 결혼반지를 끼고 있지 않은 건 사실이지만 요즘 그런 건 별 의미가 없었다. 호텔 주인이라면 끼고 있어도 거의 의미가 없다고 말했을 것처럼 말이다.

그가 했던 수많은 이야기에서 해리는 정중한 태도에 비해 언어 구사 능력이 떨어지는 내 폴란드 친구 하나가 항상 숙녀들을 부르는 단어에 분명한 적의를 보여 왔다. 그리고 재미있는 우연의 일치에 의해, 해리가 우리에게 해 준 마지막 이야기는 처음으로 해리의 결혼 여부를 암시했고 종국에는 결정적으로 밝혀 주었다.

누가 '내던지기(defenestration)'라는 단어를 꺼내 놓았는지는 모르겠다. 어쨌거나 영어에서 흔히 쓰이는 개념은 아니었다. 아마도 그건 놀라울 정도로 박식한 '하얀 사슴'의 젊은 손님들 중 하나였을 것이

213

다. 몇몇은 갓 대학을 졸업한 나이라, 그네들과 비교하면 우리같이 나이 든 사람들은 아무것도 모르는 무식한 사람처럼 느껴졌다. 하지만 시작부터 이야기는 자연스럽게 경험으로 넘어갔다. 누구 혹시 내던져져 본 사람이 있는가? 그런 사람을 혹시 아는가?

"알지."

해리가 말했다.

"내가 예전에 알았던 말 많은 여자에게 그런 일이 생긴 적이 있어. 어민트루드라는 여자였는데, 오스버트 인치라는 BBC 방송국의 음향 기술자의 아내였어.

오스버트는 다른 사람들의 말을 듣는 데 근무 시간을 전부 보냈고 대부분의 여가 시간은 어민트루드의 말을 듣는 데 보냈어. 어민트루드를 꺼 버릴 수 있는 스위치라도 있으면 좋았으련만 불행히도 그렇지 못했고, 그는 말참견할 기회를 거의 얻을 수 없었어.

자기가 끝도 없이 말을 계속한다는 사실을 거의 알아차리지 못하다가 혼자서 대화를 독점한다고 누가 나무라기라도 하면 대단히 놀라는 여자들이 있지. 어민트루드는 잠에서 깨어나자마자 수다를 떨기 시작해서 8시 뉴스가 시작되면 뉴스 소리를 누르는 자기 목소리를 듣기 위해 기어를 높이고 오스버트가 감사하는 마음으로 출근할 때까지 그대로 계속 떠든 거야. 몇 년 동안 이게 반복되자 오스버트는 신경쇠약에 걸릴 지경이었지. 하지만 어느 날 아침, 아내가 그제야 찾아온 후두염으로 말을 하는 데 장애를 겪자 그는 아내가 말을 독점하는 것에 대해 활발하게 항의했어.

도무지 믿을 수 없는 일이지만, 그의 아내는 남편의 항의를 받아들이기를 딱 잘라서 거부했어. 수다를 떨고 있을 때의 어민트루드에게 시간이란 게 존재하지 않는 것 같았지. 하지만 다른 누군가가 대화의 주역이 되는 것은 절대로 참지 못했어. 목소리가 회복되자마자 어민트루드는 남편에게 그런 근거 없는 비난을 하는 건 정말 말도 안 되는 일이라고 말했어. 그리고 논쟁은 아주 매서웠을 거야…… 어민트루드와 논쟁하는 게 가능하다는 가정하에서 말이지만.

이 일 때문에 오스버트는 화가 났고 절망하기도 했어. 하지만 그는 또한 독창적인 인물이었지. 오스버트가 한마디를 할 때 어민트루드는 백 마디의 말을 한다는 부정할 수 없는 증거를 만들어야겠다는 생각이 떠올랐어. 그가 음향 기술자라고 아까 말했듯이, 그의 방에는 녹음기를 비롯한 음향 장치와 일할 때 자주 쓰는 각종 전자 장비가 비치되어 있었어. 그중에 몇몇은 방송국도 모르게 공급받은 것이었지.

얼마 지나지 않아 그는 '선택적 단어 계수기'라고 부를 만한 장비를 만들었어. 자네들이 음향 기술에 대해 좀 안다면, 적당한 필터와 분배 회로를 이용해서 그걸 만들 수 있다는 걸 알 거야. 모르면 그냥 그렇다고 받아들이라고. 그 장치가 하는 일은 간단했어. 말소리가 마이크를 통해 들어오면, 오스버트의 굵은 목소리는 한쪽으로 구분되어 '오스버트'라고 표시된 계수기에 기록되고, 어민트루드의 날카로운 목소리는 다른 쪽으로 분리되어 '어민트루드'라고 표시된 계수기에 기록되는 거야.

스위치를 켠 지 한 시간이 채 되지 않았을 때 점수는 이랬지.

오스버트 23

어민트루드 2,530

　계수기의 문자판에서 숫자가 깜빡일수록 어민트루드는 점점 더 생각에 잠겼고 동시에 점점 더 조용해졌지. 반면에 승리의 축배를 들던 (다른 사람에게는 아침 차를 마시는 것처럼 보였겠지만) 오스버트는 유리한 상황을 최대한 활용했고 꽤 말이 많아졌어. 출근할 때쯤에 계수기는 상황이 변해 가는 모습을 보여 주었지.

오스버트 1,043
어민트루드 3,397

　승리를 확고히 하고자 오스버트는 스위치를 켜 둔 채 나갔어. 말을 들어 줄 사람이 없을 때도 어민트루드가 순전히 자동적인 반사작용에 의해 혼자서 떠드는지 항상 궁금했거든. 그리고 자기가 밖에 있는 동안 아내가 계수기를 끌까 봐 사려 깊게 자물쇠까지 설치해 놓는 예방 조치를 취했어.
　그날 저녁, 그는 집에 돌아와서 숫자가 거의 변하지 않은 것을 발견하고는 조금 실망했어. 하지만 그 후로 점수는 다시 올라가기 시작했지. 일종의 경쟁이(아주 심각한 경쟁이었지.) 된 거야. 누구든 한마디라도 말을 하면 서로가 계수기에서 눈을 떼지 못하는 거야. 확실히 어민트루드가 쩔쩔맸어. 계속해서 그녀는 예전의 악습을 재현했고 점수를 수백 점이나 올려 놓고 나서야 극도의 자제심으로 겨우 말을 멈출 수 있었어. 아직은 수다를 많이 떨어도 될 정도로 크게 앞서고 있던 오스버트는 가끔씩 빈정대는 말을 하곤 했는데, 점수 몇 점 정도는 기꺼이 손해 볼 수 있을 정도로 재미가 있었지.

비록 인치 집안 구성원의 평등을 가늠하는 척도는 회복되었지만 단어 계수기 덕에 가정불화 상태는 강화되고 있었다고 해야지. 교활하다고 해야 할지 모르겠지만 그래도 머리가 좋았던 어민트루드는 남편의 천성에 호소했지. 어민트루드는 말하는 단어가 전부 감시되고 계산되는 상황이라 아무도 자연스럽게 행동하지 않는다는 점을 지적했어. 불공평하게도, 오스버트는 어민트루드가 평소대로 하게 내버려 두면서 자기는 눈앞에 점수가 보이니까 경계하느라고 평소와 달리 말을 하지 않았다는 거였어. 오스버트는 그런 아주 뻔뻔스러운 반박이 역겨웠지만 그 말에 일리가 있다는 사실은 인정해야 했어. 아무도 점수가 올라가는 것을 보지 못한다면, 진정으로 계수기의 존재를 잊어버리고 완전히 자연스럽게 행동한다면, 아니면 적어도 가능한 한 자연스럽게 행동하기라도 한다면 더 공정하고 결정적인 시합이 될 터였지.

한참 동안 논쟁한 끝에 그들은 합의에 이르렀어. 오스버트는, 자기 말로는 아주 당당하게, 점수를 '0'으로 조정하고 아무도 점수를 훔쳐보지 못하게 문자판을 밀봉했어. 둘은 주말에 밀랍으로 된 봉인(그들은 그 위에 각자의 지문을 찍어 두었지.)을 풀고 거기에 따르자고 결정했어. 마이크를 탁자 아래에 숨기면서 오스버트는 거실에 인치 집안의 운명을 결정할 무자비한 전자 감시견의 흔적이 보이지 않도록 계수기를 작업실로 옮겨 두었어.

그러자, 천천히 모든 것이 정상으로 돌아갔어. 어민트루드는 예전처럼 말이 많아졌지만, 이제 오스버트는 아내가 하는 말이 남김없이 기록되어 그녀에게 불리한 증거로 작용할 것을 알고 있었기에 조금도 신경 쓰지 않았지. 주말이 되면 그의 승리는 완전해질 터였어. 오스버트는 하루에 몇 백 단어 정도의 사치는 가볍게 부릴 수 있었지. 그 정도는 어민트루드가 5분 만에 써 버린다는 사실을 잘 알았거든.

　엄숙하게 봉인을 개봉한 건 평소보다도 말이 더 많았던 어느 날이었어. 어민트루드는 오후 시간을 거의 다 잡아먹은 게 분명한 세 번의 극도로 지루한 전화 통화를 거의 했던 말 그대로 반복해서 들려주었거든. 오스버트는 그저 미소만 지은 채 10분 간격으로 '아, 그랬군.'이라고만 대꾸하면서 부정할 수 없는 증거를 마주하게 되면 아내가 어떤 변명을 늘어놓을지 상상해 보려고 했어.

　따라서 봉인이 벗겨지고 한 주간의 점수가 이렇게 드러났을 때 그의 기분이 어땠을지 상상해 봐.

오스버트　　143,567

어민트루드　　32,590

　오스버트는 못 믿겠다는 심정으로 굳은 채 말도 안 되는 점수를 바라보고 있었어. 뭔가가 잘못된 거야. 도대체 뭐가 잘못됐지? 그는 기계에 문제가 있는 게 틀림없다고 결론 내렸어. 만약 그가 계수기가 고장났다는 사실을 확실히 증명할 수 있다고 해도 어민트루드는 절대로 그냥 넘어가려고 하지 않으리라는 것을 너무나 잘 알고 있었기에 정말로 짜증나는 일이었지.

오스버트는 여전히 승리에 기뻐하며 웃고 있는 아내를 방에서 쫓아내고 고장난 자기 기계를 분해하기 시작했어. 절반쯤 분해했을 때 자기가 가져다 두었는지 불분명한 쓰레기통 속에 뭔가 있는 걸 눈치챘어. 1미터가 채 안 되는 길이의 테이프가 가장자리가 맞붙은 채로 말려 있는 것이었어. 며칠 동안, 녹음기를 쓰지 않았기 때문에 그게 왜 있는지 그는 설명할 수 없었지. 그걸 집어 들고 살펴보자 의심이 확신으로 바뀌었어.

녹음기를 보니 그가 마지막으로 놔둔 것과 스위치의 상태가 달랐어. 어민트루드는 교활했지만 조심성은 부족했지. 오스버트는 아내가 일을 제대로 하지 않는다고 종종 불평했는데 이게 바로 그 증거였어.

그의 작업실에는 예전에 시험 삼아 녹음했다가 지우지 않고 둔 오래된 테이프가 많았어. 하나를 찾아내서 몇 마디 분량을 잘라 낸 다음에 양쪽 끝을 맞붙인 후, 마이크 앞에서 재생시킨 채로 몇 시간 동안 그대로 두는 건 어민트루드에게 어려운 일이 아니었지. 오스버트는 그런 단순한 계략을 생각하지 못했다는 데 너무나 화가 났어. 테이프가 튼튼했다면 아마 그걸로 어민트루드의 목을 졸랐을 거야.

실제로 그가 그런 비슷한 짓을 하려고 했는지는 확실하지 않아. 우리가 아는 거라고는 어민트루드가 아파트 창문 밖으로 떨어졌다는 거야. 물론 단순한 사고일 수도 있어. 하지만 직접 물어볼 수는 없는 노릇이지. 인치 부부는 4층에 살았거든.

내던진다는 게 보통 고의적인 행위라는 건 나도 알아. 검시관도 그 사건을 두고 날이 선 이야기를 하기도 했고. 하지만 오스버트가 아내를 밀었다는 걸 증명할 사람은 아무도 없어. 그리고 그 사건은 곧 잠잠해졌지. 1년 정도 지나서 그는 아담하고 매력적인 농아 여성과 결혼했어. 내가 알기로는 참 행복하게 살고 있지."

해리가 이야기를 마치자 믿기지 않아서인지 아니면 고인이 된 인치 부인의 명복을 비느라 그랬는지는 확실히 모르겠지만 한동안 침묵이 이어졌다. 하지만 누군가가 적당한 말로 입을 열기 전에 문이 벌컥 열리더니 만만찮아 보이는 금발 여성이 들어와 '하얀 사슴'의 개인용 바로 다가갔다.

인생이 그 클라이맥스를 이렇듯 절묘하게 배치하는 것은 실로 드문 일이다. 해리 퍼비스는 낯이 창백해지더니 사람들 속으로 숨으려고 했지만 헛된 일이었다. 해리는 그 즉시 발견되어 무지막지한 욕설의 포화를 한 몸에 받았다.

우리는 흥미롭게 들었다.

"그러니까 말이야, 당신이 수요일 밤마다 양자 역학 강의를 하는 곳이 바로 여기란 말이지! 진즉에 학교에 확인을 했어야 하는 건데! 해리 퍼비스, 당신은 거짓말쟁이야. 사람들이 다 들어도 상관없어. 그리고 당신 친구들은 말이지(해리의 아내는 우리 모두를 냉혹하게 쳐다보았다.), 이렇게 술에 절어 구질구질하게 사는 사람들은 내가 본 적이 없어!"

"저기, 잠깐만요!"

카운터 반대편에 앉아 있던 드루가 항의했다. 해리의 아내는 눈빛으로 드루를 제압하더니 다시 불쌍한 해리 쪽으로 시선을 돌리고 말했다.

"따라와. 집에 가야지. 아니, 그 잔을 비울 필요는 없잖아! 벌써 넘치도록 마신 거 다 알아."

순종하듯이 해리는 가방과 코트를 집어 들었다.

"알았어, 어민트루드."

그는 온순하게 말했다.

해리의 부인 이름이 정말로 어민트루드인지, 아니면 정신없는 나머지 그 이름으로 아내를 불렀는지 아직도 의견이 분분한 논쟁을 가지고 여러분을 지루하게 할 생각은 없다. 해리에 관련된 다른 모든 수수께끼에 대해서도 그러하듯이 우리 각자에게는 나름의 이론이 있었다. 지금 중요한 것은 그날 저녁 이후로 아무도 해리를 두 번 다시 보지 못했다는 안타깝지만 분명한 사실이었다.

몇 달 후에 '하얀 사슴'은 새 주인에게 넘어갔고, 우리는 모두 드루, 특히 그의 술을 따라 새로 그가 옮긴 곳으로 이동했기 때문에 해리는 우리가 요즘 어디에서 만나는지 모르고 있을 가능성도 있었다. 우리의 주간 집회는 이제 '스피어'에서 열렸고, 한참 동안이나 우리 중 많은 이들은 문이 열릴 때마다 희망에 차 고개를 들어 해리가 혹시 탈출에 성공해서 우리에게 다시 찾아올 길을 찾아내지 않았는지 살피곤 했다. 실로, 내가 이 이야기들을 한데 엮어 책으로 낸 것은 부분적으로 혹시 그가 이 책을 보고 우리의 새 아지트를 알아낼 수 있지 않을까 하는 기대감 때문이었다.

자네가 한 말을 전혀 믿지 않는 사람조차도 자네를 그리워하고 있다네, 해리. 자유를 되찾기 위해 어민트루드를 내던져야 한다면 수요일 저녁 6시에서 11시 사이에 하게나. 자네에게 알리바이를 제공해 줄 사람이 여기 '스피어'에 마흔 명이나 있으니까. 어떻게든 다시 돌아와 줘. 자네가 떠난 후로는 영 예전 같지 않다네.

궁극의 멜로디 | The Ultimate Melody |

1957년 2월 《이프(if)》에 첫 게재.
『하얀 사슴의 이야기』에 재수록.

한 방에 스무 명이나 서른 명 정도의 사람들이 모여서 다같이 이야기를 하던 중에, 어느 순간 갑자기 모두가 말을 멈추고 느닷없는 침묵이 찾아들어 한동안 방 안에는 모든 소리를 삼켜 버린 것 같은 공허함만이 울려 퍼지는 경우를 겪어 본 적 있는가? 다른 사람들은 어떻게 반응하는지 모르겠지만 그럴 때면 나는 전신이 으스스해진다. 물론 그 모든 일은 그저 확률 법칙에 의해서 초래된 것이지만, 어째서인지 대화의 휴지기가 겹친다는 단순한 우연의 일치 이상처럼 보인다. 마치 모두가 정체 모르는 뭔가를 듣고 있는 것만 같다. 그런 순간이면 나는 자신에게 이렇게 이야기한다.

    그러나 나의 등 뒤에서 언제나 듣노라
    시간의 날개 돋힌 전차가 급히 다가오는 것을
    (앤드루 마블의 시 「내 수줍은 연인에게」의 한 구절—옮긴이)

함께하는 사람들이 아무리 유쾌한 사람들일지라도 나는 그런 식으로 느낀다. 그렇다. 아무리 '하얀 사슴'일지라도 말이다.

평소보다 사람이 적었던 어느 수요일 저녁이 바로 그랬다. 언제나 그렇듯이 침묵은 예고 없이 찾아왔다. 그러자, 아마도 그 불안정한 긴장감을 억지로나마 깨기 위해서 찰스 윌리스가 당시 유행하던 노랫가락을 휘파람으로 불기 시작했다. 무슨 노래인지는 기억도 나지 않는다. 다만 그게 해리 퍼비스의 가장 심란한 이야기들 중 하나를 늘어놓도록 했다는 것만 기억한다.

해리는 꽤 차분하게 얘기를 꺼냈다.

"찰스, 그놈의 노래 때문에 미치겠군. 지난주 내내 라디오만 켜면 그 노래가 나왔다고."

존 크리스토퍼가 코웃음을 쳤다.

"그럼 제3 방송(2차 세계 대전 후 영국의 세 공영방송 중 하나. 주로 고전음악을 방송 — 옮긴이)을 듣지그래. 그러면 괜찮을 텐데."

해리가 반박했다.

"세상에는 말이지, 엘리자베스 시대의 가곡만 듣는 걸 좋아하지 않는 사람도 있단 말이야. 그 얘기는 그만하도록 하세. 자네들은 유행가와 관련해서, 뭐랄까, 근본적으로 생각해 본 적이 있나?"

"그게 무슨 소리야?"

"음, 유행가들은 어디선가 갑자기 나타나잖아. 그리고 여기 찰스처럼 사람들은 몇 주 동안이나 그걸 흥얼거리고. 좋은 노래는 머릿속에 너무 강하게 박혀서 떨쳐 내려고 해도 그럴 수가 없지. 며칠 동안은 계속 흥얼거리게 돼. 그러다가 갑자기 사라져 버리지."

"무슨 말인지 알겠어."

아트 빈센트가 말했다.

"어떤 노랫가락들은 택하거나 버리거나 할 수 있는 반면에, 어떤 것들은 내가 원하건 원하지 않건 당밀처럼 들러붙지."

"맞아. 한 주 내내 난 시벨리우스 「교향곡 2번」의 피날레의 테마 음악만 그런 식으로 들었어. 잠자러 갈 때도 머릿속에서 계속 음악이 들리더라고. 그리고 나서는 「제3의 사나이」에 나오는 음악이 떠오르는 거야. 다 디 다 디 다 디다 디다…… 거 봐, 자네들도 따라하고 있잖아."

사람들이 치터 연주를 흉내 내어 흥얼거리기를 멈출 때까지 해리는 잠시 말을 멈춰야 했다. 마지막 '땡' 하는 소리가 잦아들자 그는 다시 이야기를 시작했다.

"틀림없다니까! 자네들도 똑같이 느꼈잖아. 도대체 멜로디에 뭐가 있기에 이런 효과를 내는 거지? 훌륭한 음악도 있고 흔해 빠진 음악도 있지만 공통적인 무엇이 있는 게 틀림없어."

"계속해 봐. 들어 보자고."

찰스가 말했다.

"나도 정답은 몰라. 게다가 알고 싶지도 않아. 왜냐하면 그걸 알아낸 사람을 내가 아니까."

해리가 말했다.

자동적으로 누군가가 그에게 맥주를 내밀었다. 이야기가 중간에 멈추지 않도록 하기 위해서였다. 해리가 잔을 다시 채우기 위해 이야기를 중간에서 멈추는 건 언제나 여러 사람의 신경을 거슬렀다.

해리는 이야기를 시작했다.

"왜 대부분의 과학자들이 음악에 관심이 있는지 모르겠지만, 그건 부정할 수 없는 사실이야. 내가 아는 몇몇 커다란 연구실에도 아마추어 교향악단이 있어. 그중엔 꽤 실력이 좋은 곳도 있지. 수학자들이야 당연히 음악을 좋아할 만하지. 음악, 특히 고전음악의 형태는 거의 수학적이거든. 물론 기초적인 이론이 있어. 화성 이론이라든가 파장 분석, 주파수 배분에 관한 것들 말이야. 그 자체로 매력적인 연구 주제이고, 특히 과학적인 사고에 호소할 만하지. 게다가, 그렇다고 해서 음악을 순수하게 심미적으로 감상할 수 없는 것은 아니거든. 어떤 사람들은 그럴 수 없다고 생각할지도 모르겠지만.

그러나 길버트 리스터의 음악에 대한 관심은 순전히 두뇌와 관련된 것이었어. 그는 원래 두뇌 연구를 전공으로 하는 생리학자였어. 그러니까 말 그대로 두뇌 연구와 관련하여 관심이 있었다는 거야. 그에게는 「알렉산더스 래그타임 밴드」나 「합창 교향곡」이나 모두 똑같은 거였지. 그는 음악 자체에 관심이 있었던 게 아니라, 음악이 귀를 통해 들어가서 뇌에 작용할 때 무슨 일이 일어나는지 궁금했던 거니까.

자네들처럼 교육을 잘 받은 사람들 중에는 두뇌의 활동이 전기적 작용이라는 사실을 모르는 사람이 없을 거야."

하지만 그 말은 강조 때문에 오히려 욕하는 것처럼 들렸다.

"두뇌 안에서는 언제나 꾸준하게 파동이 만들어지고 있어. 최신 기구를 이용하면 그런 파동을 검출해서 분석할 수 있지. 그게 길버트 리스터의 연구 분야였어. 사람의 머리에 전극을 부착하고 증폭기를 이용해서 뇌파를 테이프에 기록하는 거야. 그리고 그걸 분석해서 온갖 재미있는 결과를 이끌어 내지. 궁극적으로는 대뇌 촬영도(좀 더 정확한 용어를 쓰자면 그래.)를 이용해서 지문보다 더 확실하게 개인을 식별할 수 있다고 그는 주장했어. 사람이 수술을 해서 겉모습을 바꿀 수 있을지 모르지. 하지만 우리가 언젠가 뇌를 수술로 바꿀 수 있는 단계에 이른다면…… 흠, 어쨌든 그건 다른 사람으로 변하는 것과 마찬가지니까, 개인 식별에 실패한 거라고 할 수는 없지.

길버트가 음악에 관심을 갖게 된 건 알파파니 베타파니 하는 뇌파를 연구하던 때였어. 그는 음악과 정신 사이에 어떤 관계가 있다고 확신했어. 그래서 피실험자에게 다양한 박자의 음악을 들려주고, 그 음악이 정상적인 뇌파에 어떤 영향을 끼치나 조사했지. 자네들도 예상했겠듯이 그 영향은 대단했어. 그리고 길버트의 발견은 그를 더욱 심오한 철학 쪽으로 이끌었지.

길버트의 이론에 대해 그와 직접 제대로 이야기해 본 적은 나도 한 번밖에 없어. 길버트가 비밀로 하려고 해서 그런 건 아니야(생각해 보니, 그런 과학자는 본 적이 없군.). 하지만 그는 자기 연구의 결론이 어떻게 날지 알기 전에는 이야기하려 하지 않았지. 그러나 내가 들은 것만으로 그가 아주 흥미로운 과학의 지평을 열었다는 점을 입증하기에 충분해. 그 후로 나는 길버트를 지원했다고 할 수 있지. 우리 회사가 길버트에게 장비를 지원했는데, 나는 거기서 굳이 이익을 내려고 하지 않았어. 만약 길버트의 생각이 실현된다면 「5번 교향곡」의 첫 마디가 미처 끝나기도 전에 사업을 관리해 줄 사람이 필요해질 거라는 생각이 들었거든.

길버트가 하려던 일은 유행가 이론에 과학적 근거를 제시하는 것이 없어. 물론, 그는 그런 식으로 생각하지 않았지. 순수한 연구 과제로만 생각하고 《물리학회 회보》에 논문을 발표한 이후로는 더 진행시키지 않았어. 하지만 나는 즉시 금전적인 가치를 알아차렸지. 숨이 막힐 정도였어.

길버트는 훌륭한 멜로디나 유행가는 어떤 방식으로인지 두뇌 속에서 일어나는 기본적인 전기적 리듬에 잘 어울리기 때문에 사람의 마음에 강한 인상을 주는 거라고 확신했어. 그는 '열쇠로 자물쇠를 여는 것과 같다. 즉 둘이 꼭 맞아떨어져야 비로소 문이 열린다.'라고 비유했지.

그는 두 가지 각도에서 문제를 다뤘어. 첫 번째로 아주 유명한 고전 음악이나 대중가요의 멜로디를 모아서 그 구조를, 그의 설명을 따르자면 형태학을 분석했어. 이 일은 모든 주파수를 분리해 내는 커다란 화음 분석기가 자동으로 처리했어. 당연히, 복잡한 작업이 더 이루어졌지. 하지만 이 정도면 기본적인 개념은 이해했으리라고 믿네.

동시에 그는 위의 결과로 얻은 파동이 두뇌의 자연적인 전기 파동과 어떻게 일치하는지 관찰하려고 했어. 왜냐하면 길버트의 이론은 (여기서 좀 더 깊은 철학의 바다 속으로 빠져들게 되는데) 존재하는 그 어떤 멜로디도 오직 하나의 근본적인 멜로디의 조잡한 변주일 뿐이라는 거였기 때문이야. 음악가들은 몇 세기에 걸쳐 그것을 탐구해 왔지만 자신들이 뭘 하는지 몰랐어. 음악과 마음의 관계에 무지했기 때문이지. 이제 그게 밝혀진 이상, 궁극의 멜로디를 발견하는 게 가능해진 거야."

존 크리스토퍼가 말했다.

"흥! 그건 플라톤의 관념론을 재탕한 것뿐이잖아. 다들 알잖아. 물질세계의 모든 물체, 의자나 탁자 혹은 어떤 것이건, 그건 실재인 이데아의 조잡한 복제물일 뿐이라는 이론. 그러니까 자네의 친구는 이데아의 멜로디를 추구한 거지. 그래서 찾았나?"

"기다려 봐."

해리는 침착하게 이야기를 계속했다.

"길버트가 분석을 끝내는 데는 1년 정도가 걸렸어. 그리고 음악을 합성하기 시작했지. 조잡하게라도 설명하자면, 그는 자기가 밝혀낸 법칙에 의거한 형태의 음악을 자동적으로 작곡하는 기계를 제작했어. 그는 발진기와 혼합기(사실 그는 일반적인 전자 오르간을 개조해서 썼지.)를 많이 가지고 있었고, 그가 만든 작곡 기계가 그것들을 조종했어. 과학자들이 흔히 자기의 창조물에 유치한 이름을 붙이는 걸 좋아하듯이, 길버트는 그 장치를 '루트비히'라고 불렀어.

루트비히를 빛이 아니라 소리로 작동하는 일종의 만화경이라고 생각하면 그게 어떻게 작동하는지 이해하기가 더 쉬울 거야. 하지만 그건 특정한 법칙에 따르도록 만들어졌고, 그 법칙은 인간 마음의 근본적인 구조에 바탕을 두고 있다고 길버트는 믿고 있었어. 만약 그가 정확히 맞춰 두었다면, 루트비히는 곧 가능한 모든 형태의 음악 속에서 궁극의 멜로디를 찾아낼 예정이었지.

나는 업무상 루트비히가 만든 소리를 들을 기회가 한 번 있었어. 소름이 돋을 정도였어. 기계장치야 흔히 실험실에서 볼 수 있는 정도의 별 특징 없는 전자 장비 덩어리였어. 최신 컴퓨터나 레이더 조준기, 혹은 교통 통제 시스템이나 아마추어 통신사들이 쓰는 무전기를 흉

내 내서 만든 걸지도 몰라. 만약 그게 작동한다면, 세상의 모든 작곡가들을 퇴출시킬 거라는 사실을 믿기는 힘들었지. 실제로 그럴까? 아마 아니겠지. 루트비히가 원재료를 만들어 낼 수는 있어도 분명히 편곡은 해야 할 테니까.

그리고 스피커에서 소리가 나기 시작했어. 처음에 나는 정확하긴 하지만 전혀 감각이 없는 학생이 손가락 놀리는 연습을 하는 줄 알았어. 대부분의 멜로디는 평범했어. 루트비히는 하나를 연주하고는 한 마디씩 이리저리 바꿔 가면서 모든 경우의 수를 다 연주한 다음에 다음 것으로 넘어갔지. 가끔씩 꽤 괜찮은 멜로디가 나오기도 했지만, 전반적으로 나는 별 인상을 받지 못했어.

하지만 길버트는 단지 시험 작동일 뿐이며 주 회로는 아직 설치되지도 않았다고 설명했어. 주 회로가 설치되고 나면, 모든 경우의 수를 연주할 때 루트비히가 훨씬 더 큰 선택 능력을 발휘할 수 있다는 거야. 그 능력을 얻게 되면 가능성은 무한해지는 거지.

그 후로 나는 길버트 리스터를 다시는 보지 못했어. 일주일 정도면 상당한 진보가 있으리라 생각하고 실험실에서 만나자는 약속을 했지. 공교롭게도 나는 한 시간 정도 늦었어. 내게는 행운이었지…….

내가 도착했을 때, 길버트는 이미 실려 나간 후였어. 그의 조수와 몇 년 동안이나 함께 일한 나이 든 사람이 루트비히의 뒤엉킨 전선 속에 괴로운 표정을 하고 앉아 있었지. 시간이 흐르고 나서야 난 무슨 일이 벌어졌는지 알게 되었고, 그럴듯한 설명을 떠올린 건 그보다도 더 뒤였어.

한 가지는 틀림없었어. 루트비히가 마침내 성공한 거야. 조수가 점심을 먹으러 갔을 때 길버트는 마지막 조정을 하고 있었고, 한 시간 후 조수가 돌아왔을 때 실험실에는 길고 아주 복잡한 멜로디 하나가 계속 울려 퍼지고 있었어. 기계가 그 시점에서 자동으로 멈추거나 길버트가 스위치를 '반복'으로 바꾸어 놓은 거였겠지. 어쨌거나 길버트는 똑같은 멜로디를 수백 번 반복해서 듣고 있었던 거야. 조수가 길버트를 발견했을 때, 그는 혼수상태에 빠진 것 같았어. 눈은 떴지만 아무것도 보고 있지 않았고 사지는 경직되어 있었지. 루트비히의 스위치를 꺼도 차도가 없었어. 어쩔 도리가 없었지.

무슨 일이 일어났던 것 같나? 음, 진즉에 생각했어야 하는 건데, 항상 일이 터지고 난 다음에야 쉽게 떠오른단 말이야. 내가 처음에 말했던 그대로야. 어떤 작곡가가 어림짐작으로 만든 곡이 우리 마음을 며칠 동안 계속해서 지배할 정도라면, 길버트가 찾아 헤매던 궁극의 멜로디의 효과는 과연 어떨지 상상해 보라고! 그게 존재한다고 가정해 봐(존재한다고 말하는 건 아니지만)…… 마음속에 있는 기억 회로에서 끊임없이 울려 대고 있을 거야. 다른 생각을 지우면서 영원히 반복되는 거지. 예전에 스쳐 지나간 멜로디들은 이것에 비하면 순간에 불과해. 열쇠처럼 꼭 들어맞는 멜로디가 뇌에 전달되고 의식을 물질적으로 구현해 내면서 순환하는 파동을 왜곡시키면 끝장나는 거야. 길버트에게 일어난 일이 바로 이거지.

충격 요법을 비롯해서 모든 방법을 시도했지만 효과는 없었어. 이미 완성된 형태라 파괴할 수가 없었던 거야. 길버트는 외부 세계에 대한 의식을 완전히 잃었고, 영양분도 주사를 통해 주입할 수밖에 없어. 외부 자극에 대해서는 반응도 없고 움직이지도 않아. 하지만 병원에서 말하길, 가끔씩 독특한 방법으로 몸을 비튼다고 하더군. 마치 박자를 맞추는 것처럼…….

안타깝지만 희망은 없는 것 같아. 그래도 나는 그의 운명이 끔찍한 것인지, 아니면 부러워할 만한 것인지 잘 모르겠어. 어쩌면 어떤 의미에서 그는 플라톤 같은 철학자들이 말하는 궁극의 실재를 발견한 건지도 몰라. 나로서는 알 수 없지. 그리고 가끔은 나도 그 끔찍한 멜로디가 어떤 것이었는지 궁금해서 한 번쯤 들어 봤으면 좋겠다고 바라기도 해. 안전하게 들을 수 있는 방법이 있을지도 몰라. 율리시즈가 사이렌의 노래를 듣고도 무사히 빠져나간 거…… 기억하지? 하지만 이제 그럴 기회는 없겠지, 물론."

"이걸 물어보고 싶었는데 말이야."

찰스 윌리스가 심술궂게 말했다.

"흔히 그렇듯이, 그 장치는 폭발했거나, 아니면 어떻게든, 자네 이야기를 확인해 볼 수 없는 상태가 되었겠지?"

해리는 화가 났다기보다는 슬프다는 표정을 그야말로 멋지게 보여 주었다. 그가 엄숙하게 말했다.

"그 장치는 멀쩡했어. 그 후에 일어난 일이 나 자신을 책망할 수밖에 없는 정말 완전히 미치광이 같은 짓이었지. 알다시피, 난 길버트의 실험에 너무 관심을 두었기 때문에 회사 일을 제대로 돌보지 못했어. 안타깝게도 길버트는 지불해야 할 대금을 너무 많이 연체했던 거야. 회계 부서에서 그걸 알아차리고는 재빨리 행동에 들어갔어. 다른 일을 하느라 단지 며칠 동안 자리를 비웠을 뿐인데 돌아왔을 때 무슨 일이 생겼는지 아나? 법원 명령을 받아서 실험실 재산을 전부 압류해 버렸더군. 당연히 그건 루트비히를 분해했다는 뜻이지. 다시 찾아보았을 때는 쓸모없는 쓰레기 더미에 불과했어. 그까짓 몇 푼 때문에! 눈물이 날 지경이었지."

"그러시겠지."

에릭 메인이 말했다.

"하지만 허술한 구석이 하나 더 있어. 길버트의 조수는 어떻게 된 거지? 그 사람도 기계가 완전히 작동하고 있을 때 실험실에 들어갔잖아. 그 사람은 왜 멀쩡해? 그 부분을 빠뜨렸어, 해리."

해리 퍼비스 귀하께서는 잔에 남아 있던 술을 마저 비우고, 빈 잔을 드루에게 조용히 건네는 아주 잠깐 동안만 말을 멈췄을 뿐이다.

"나 원 참! 지금 심문하는 건가? 별로 중요한 문제가 아니라서 이야기하지 않은 것뿐이야. 하지만 그건 내가 왜 그 궁극적인 멜로디의 특징을 조금이라도 알아챌 수 없었는지를 설명해 주지. 알다시피, 길버트의 조수는 일급 실험 기술자였어. 하지만 그는 루트비히를 조정하는 일을 많이 도와줄 수 없었어. 왜냐하면 완벽한 음치였거든. 그에게 궁극의 멜로디는 담장 위의 고양이 몇 마리가 우는 것과 다름없었다고."

아무도 더 질문하지 않았다. 우리 모두 각자 좀 생각하고 싶었던 것 같다. '하얀 사슴'이 본래의 활기를 되찾기까지 다들 생각에 잠겨 한참 동안 침묵했다. 그리고 바로 그런 상황에서도 10분이 지나자 찰스가 휘파람으로「라 롱드」의 멜로디를 다시 흥얼거리기 시작했다는 사실을 나는 알아챘다.

지구의 다음 세입자 |The Next Tenants|

1957년 2월 《새털라이트》에 첫 게재.
『하얀 사슴의 이야기』에 재수록.

"세계를 정복하려고 하는 미치광이 과학자가 그렇게 많다는 건 과장된 이야기야."

생각에 잠긴 듯 맥주잔을 들여다보던 해리 퍼비스가 말했다.

"솔직히 난 한 명밖에 본 기억이 없어."

"자네가 그렇다면 실제로 별로 없다는 말이겠군. 쉽게 잊어버릴 만한 일이 아닐 텐데."

빌 템플이 다소 심술궂게 말했다.

"그럴 거야."

해리가 너무나 순진무구하게 대답했기 때문에 빌은 당황할 수밖에 없었다.

"게다가 따지고 보면 그렇게 미친 과학자도 아니었어. 그래도 세계를 정복하려 했다는 건 틀림없지만. 아니, 정확하게 이야기하자면 세계가 정복되도록 만들려 했다고 해야겠군."

"누구한테 정복되도록? 화성인? 아니면 금성에서 왔다는 녹색 난쟁이들?"

조지 휘틀리가 말했다.

"아니야. 그는 우리 근처에 있는 누군가와 협력하고 있었어. 그가 개미 학자였다는 사실을 고려하면 정답을 알 수 있을 거야."

"무슨…… 뭐라고?"

조지가 물었다.

"그냥 이야기하게 내버려 둬."

바의 반대편에 앉아 있던 드루가 말했다.

"벌써 10시가 지났잖아. 이번 주에도 문 닫는 시간을 어기면 영업 허가가 취소된다고."

"고마워."

엄숙한 표정으로 해리가 말하며 잔을 다시 채워 달라고 내밀었다.

"2년쯤 전에 내가 임무 때문에 태평양에 있었을 때 일어난 일이야. 말하면 안 되는 건데 지금까지 벌어진 일들을 보면 말해도 상관없을 것 같군. 나까지 해서 과학자 세 명이 태평양의 한 산호섬에 상륙했어. 비키니 섬에서 얼마 떨어지지 않은 곳이었는데, 우리는 일주일 동안 검출 장비를 장치해야 했지. 우리의 우방과 동맹국들이, 말하자면, 원자력 위원회의 식탁에서 떨어지는 부스러기를 주워 먹으려고 언제 열핵반응 실험을 가지고 장난을 시작하는지 감시하기 위해서였어. 당연히 러시아인들도 똑같은 짓을 하고 있었고 가끔은 서로 마주치기도 했어. 그러면 둘 다 서로 못 본 것처럼, 겁을 잔뜩 집어먹고 마치 자기 말고 다른 사람은 없는 것처럼 행동하곤 했지.

그 산호섬에는 사람이 살지 않는 것으로 되어 있었어. 하지만 그건 엄청난 실수였어. 실제로 그 섬의 인구는 수억……."

"뭐라고!"

다들 놀라서 말했다.

해리는 조용히 말을 이었다.

"인구는 수억이지만 그중에 사람은 하나였어. 경치를 구경하려고 내륙으로 들어갔다가 나는 그 사람과 마주쳤지."

"내륙이라고? 산호섬이라고 했잖아. 산호섬에 무슨……."

"아주 땅이 많은 산호섬이었어."

해리가 단호하게 말했다.

"어쨌든 얘기를 듣고 싶긴 한 거야?"

그는 방약무인한 태도로 잠시 기다리다가 다시 이야기를 시작했다.

"거기서 난 코코넛 나무 아래를 흐르는 조그맣고 매력적인 강을 따라 걷고 있었지. 그때 놀랍게도 물레방아를 보았어. 아주 현대적으로 생겼고 발전기를 돌리고 있더군. 내가 분별 있는 사람이었다면 아마 돌아가서 동료들에게 이야기했을 거야. 하지만 직접 조사를 하고 싶다는 생각을 거스를 수가 없더군. 난 전쟁이 끝난 줄 모르는 일본군이 아직도 돌아다니고 있다는 이야기를 떠올렸어. 하지만 그건 말이 좀 안 되어 보였지.

나는 전선을 따라서 언덕을 올라갔어. 언덕 건너편에는 넓은 개간지와 하얗게 칠해진 낮은 건물이 있었어. 그 개간지에는 여기저기 아무렇게나 흙을 쌓아서 높게 만든 탑이 있었는데, 저마다 전선으로 연결되어 있었어. 내 평생에 그런 당황스러운 광경은 처음이었지. 한 10분 동안 족히 바라만 보면서 그게 도대체 뭐 하는 건지 생각해 보려 했다니까. 쳐다보면 볼수록, 더욱더 이해가 가지 않더군.

어째야 할지 고민하고 있을 때 키가 큰 백발의 남자가 건물에서 나오더니 흙더미 하나로 다가갔어. 뭔지 모를 장비를 들고 목에 이어폰을 두르고 있기에 나는 그 사람이 가이거 계수기를 쓰는 줄 알았어. 그리고 그때 그 키 큰 흙더미들이 뭔지 깨달았어. 흰개미였던 거야…… 이른바 흰개미가 거주하는 그 흙더미는 사람으로 치자면 엠파이어스테이트 빌딩보다도 훨씬 높은 마천루인 거지.

엄청나게 흥미로운 광경이었지만 아주 당황스러웠어. 난 그 나이든 과학자가 흰개미집의 아랫부분에 장비를 집어넣고 잠시 동안 집중해서 듣다가 다시 건물로 걸어가는 모습을 보고 있었어. 이미 난 너무 궁금해진 나머지 내 존재를 알려야겠다고 결심했지. 무슨 연구가 진행 중인지 몰라도 분명히 국제 정세와는 관련이 없어 보였어. 숨길게 있는 사람은 오히려 나였지. 나중에 알게 되겠지만, 그건 엄청난 계산 착오였어.

나는 주의를 끌기 위해 소리를 지르고 손을 흔들면서 언덕을 내려갔어. 그 이상한 사람은 걸음을 멈추더니 내가 다가가는 것을 보고 있었지. 특별히 놀란 것 같지는 않았어. 가까이 다가가자 그의 헝클어진 콧수염을 볼 수 있었는데, 콧수염 때문에 그에게서 동양적인 풍모가 희미하게 느껴졌어. 대략 예순 살쯤 돼 보였고 아주 꼿꼿이 서서 다녔지. 반바지밖에 입고 있지 않았지만 아주 위엄 있어 보여서 난 그렇게 요란한 소리를 질렀다는 사실이 부끄러울 정도였지.

'안녕하세요.' 사과하는 기색으로 내가 말했어. '이 섬에 다른 사람

이 있는 줄 몰랐네요. 저는…… 음, 연구 때문에 저 반대편에 와 있습니다.'

그러자 그 사람 눈이 빛나더군. 그는 거의 완벽한 영어로 말했어. '아, 과학자 동지들이군요! 만나서 반갑습니다. 안으로 들어오세요.'

난 기꺼이 따라 들어갔지. 언덕을 오르느라 더웠거든. 건물은 단순히 하나의 커다란 실험실이었어. 구석에는 침대와 의자 몇 개, 난로, 캠핑 족들이 쓰는 접는 세숫대야가 있었지. 살림은 그게 전부 같았어. 하지만 단정하고 깔끔하게 해 놓고 있었어. 은둔자였긴 해도 깔끔하게 살아야 한다고 생각하는 듯했지.

내가 누군지 소개하니까, 기대했던 대로 그도 자신을 소개했어. 다카토 교수라고, 일본의 한 유명 대학 생물학 교수라고 했지. 아까 이야기했던 콧수염만 빼면 그리 일본인처럼 보이지는 않았어. 오히려 그의 꼿꼿하고 당당한 태도를 보면 예전에 알고 지내던 켄터키의 한 나이 든 명예 대령이 생각나.

그는 내가 이전에 맛본 적 없는 상쾌한 술을 주었고 우리는 앉아서 몇 시간 동안 이야기했어. 과학자들이 보통 그렇듯이 그도 자기 연구를 이해해 주는 사람을 만나 기쁜 듯했지. 내 관심 분야가 생물학이라기보다는 물리나 화학인 건 사실이지만 다카토 교수의 연구도 꽤 매력적이더군.

자네들이 흰개미에 대해 잘 알고 있을 것 같진 않으니까 특징적인 점들을 짚고 넘어가도록 하세. 흰개미는 사회를 이루고 사는 곤충들 중에서 가장 진화한 축에 속하며 열대지방 전역에 걸쳐 거대한 무리를 이루고 살아. 추운 기후를 견디지 못하고 이상하게도 직사광선도 견디지 못해. 다른 장소로 이동할 때는 덮개가 있는 조그만 길을 만들지. 아직 알려지지 않았지만, 흰개미들은 거의 실시간으로 의사소통을 할 수 있는 수단을 지니고 있는 것 같아. 각 개체는 꽤 멍청하고 무력하지만, 집단으로는 마치 지능이 있는 동물처럼 행동하지. 작가들 중에는 각각의 살아 있는 세포가 모여서 단일 개체일 때보다 훨씬 더 고등한 존재를 이루어 내는 사람의 신체에 흰개미 무리를 비유하는 사람도 있어. 흰개미는 흰 '개미'라고 부르지만 그건 잘못됐어. 흰개미는 개미가 아니라 전혀 다른 종의 곤충이거든. 아니, 다른 속이라고 해야 하나? 이런 쪽으로는 영 모르겠단 말이야······.

강의 들으러 온 것도 아닐 텐데 미안하군. 하지만 다카토 교수의 말을 듣고 있자니 나도 흰개미에 관심이 많이 가더라고. 예를 들어, 그거 알고 있었나? 흰개미는 농사를 지을 뿐만 아니라 소(물론, 어떤 곤충을 말하는 거야.)를 기르기도 해. 우유를 짜기도 할까? 맞아. 본능에 의해서 하는 일이겠지만, 이 녀석들은 정말 세련된 악마들이라니까.

일단 그 교수에 대해 이야기하는 게 더 낫겠군. 당시에 그는 혼자였고, 섬에서 이미 몇 년 동안이나 살아온 상태였지만, 그 전에는 일본에서 장비도 가져다주고 연구도 도와준 조수가 몇 명 있었대. 그의 위대한 첫 성과는 폰 프리슈(오스트리아의 동물학자—옮긴이)가 꿀벌 연구에서 한 일을 흰개미들을 상대로 했다는 거야. 흰개미들의 언어를 익힌 거지. 흰개미들의 언어는 (다들 알고 있겠지만) 춤을 기반으로 하는 꿀벌의 의사소통 체계보다 훨씬 복잡했어. 나는 다카토 교수가 흰개미집과 실험실을 잇는 전선을 통해서 흰개미들이 서로 이야기하는 것을 들을 수 있을 뿐만 아니라 흰개미들에게 말을 할 수도 있다는 사실을 알게 되었지. 생각하는 것만큼 환상적인 일은 아니야. '말하다'라는 단어의 의미를 폭넓게 봐야 하거든. 우리는 꽤 여러 동물들에게 말을 하지. 하지만 항상 목소리로 하는 건 아니야. 막대기를 던지고 그걸 개가 쫓아가서 물고 오기를 기대한다면 그것도 일종의 대화야. 몸짓 언어를 쓰는 거지. 내가 보기에 다카토 교수는 흰개미들이 이해할 수 있는 일종의 부호를 만들어 낸 것 같아. 실제로 의사소통을 하는 데 얼마나 효율적이었는지는 잘 모르겠지만.

나는 시간이 날 때마다 그를 찾아갔고, 일주일이 지날 무렵 우리는 친한 친구가 되었지. 내가 동료들에게 들키지 않고서 그를 찾아갈 수 있었다는 사실에 놀랐을지 모르겠지만, 그 섬은 꽤 컸고 우리들은 혼자서 섬을 돌아다니는 일이 많았어. 왠지 나는 다카토 교수의 일이 개인적인 비밀이라고 느꼈고 호기심 많은 동료들에게 그를 노출시키고 싶지 않았어. 내 동료들은 옥스퍼드나 케임브리지 같은 시골 대학을 나와서 그런지 별로 교양 있는 친구들이 아니었거든.

난 무전기를 고친다거나 전자 장비를 정렬하는 일을 하면서 다카토 교수에게 상당한 도움이 되었다고 자랑스럽게 말할 수 있어. 그는 흰개미 개체를 추적하기 위해서 방사성 물질을 많이 사용했어. 내가 그를 처음 보았을 때, 그는 실제로 가이거 계수기를 들고 흰개미 한 마리를 추적하는 중이었지.

우리가 만나고 4일인가 5일이 되었을 때 가이거 계수기가 이상하게 돌아가기 시작했어. 그리고 우리가 설치한 장비도 기록을 시작했지. 다카토 교수는 눈치를 챘던 모양이야. 내가 섬에서 무슨 일을 하는지 물어본 적은 없지만 알고 있었던 것 같아. 내가 그에게 인사를 하자, 그는 가이거 계수기를 켜더니 내게 방사능이 포효하는 소리를 들려주었어. 방사능 낙진이 있었던 거야. 위험할 정도는 아니었지만 잡음을 일으킬 정도는 됐지.

'그쪽 물리학자들이 또 장난을 하나 보군.' 그가 부드럽게 말했어. '이번엔 아주 큰 놈이야.'

'그런 것 같네요.' 내가 대답했지. 분석을 해 보기 전에는 확실히 알 수 없었어. 하지만 텔러(에드워드 텔러, 수소폭탄 개발에 기여한 원자물리학자―옮긴이)와 그의 연구진이 수소 핵반응을 시작한 것 같았어. '얼마 있으면, 첫 번째 원자폭탄은 마치 애들 폭죽 정도로 보일 거예요.'

그러자 다카토 교수가 담담하게 말했어. '내 가족이 나가사키(1945년 실전에서 처음 원자폭탄이 투하된 일본 지명―옮긴이)에 있었지.'

난 뭐라 할 말이 없었어. 그래서 그가 이어서 말하자 반가웠지. '우리가 멸망하면 누가 이어받을 것인지 생각해 본 적 있나?'

'교수님의 휜개미요?' 나는 똑바로 교수를 바라보지도 못한 채 말했어. 그는 잠깐 망설이는 듯싶더니 조용히 말하더군. '따라와. 아직 보여 주지 않은 게 있다네.'

우리는 실험실 구석으로 가서 먼지 방지용 천으로 덮여 있던 희한해 보이는 장비를 꺼냈어. 첫눈에 그것은 위험한 방사성 물질을 원격 조종으로 다루는 조작기처럼 보이더군. 손잡이를 잡고 움직이면 동작이 막대나 레버를 통해 전해지는 거야. 하지만 정말 중요한 건 한쪽에 있는 10센티미터도 안 되는 조그만 상자였어. '이게 뭐죠?' 내가 물었어.

'그건 미세 조작기야. 생물학 연구에 쓰려고 프랑스에서 개발된 건데 요즘엔 보기 힘들지.'

그러니까 기억이 나더군. 그 장치는 적절한 축소 기어를 사용함으로써 아주 정밀한 작업을 할 수 있도록 만든 기계였어. 사람이 손가락을 1센티미터 움직이면, 그 사람이 조종하는 기계는 1000분의 1센티미터를 움직이는 거지. 이 장치를 만든 프랑스 과학자들은 조그만 대장간을 만들고, 그걸 이용해서 녹인 유리를 가지고 메스와 핀셋을 만들었어. 현미경을 통해서 그들은 각각의 세포를 해부할 수 있었지. 흰개미에서 충양돌기(곤충에 그런 게 있을 리는 만무하겠지만)를 제거하는 일 정도는 그런 도구만 있으면 애들 장난일걸.

'나는 이걸 잘 다루지 못해.' 다카토 교수가 말했어. '내 조수가 맡아서 했지. 다른 사람에게는 보여 준 적이 없는데 자네는 날 많이 도와줬으니까. 따라오게나.'

우리는 밖으로 나가서 커다란 흰개미집 사이를 지나 걸었어. 흰개미의 건축물이 전부 같은 모양은 아니야. 흰개미도 여러 종류가 있으니까. 실제로 어떤 종류는 언덕을 전혀 쌓지 않기도 해. 흰개미집들도 인구가 넘쳐 나는 마천루와 마찬가지였고, 나는 내가 맨해튼을 걷는 거인처럼 느껴지더군.

그중에 한 흰개미집 옆에 금속으로(나무가 아니야. 그랬다면 흰개미들이 금세 끝장냈겠지.) 만든 조그만 헛간이 있었어. 우리는 안으로 들어갔고, 강렬한 햇살은 사라졌지. 다카토 교수가 스위치를 켜자 붉은 조명이 희미하게 들어왔고 덕분에 나는 여러 가지 광학 장비를 볼 수 있었어.

'흰개미는 빛을 싫어해.' 교수가 말했어. '그래서 관찰하기가 까다롭지. 그래서 적외선을 쓰는 거고. 이건 전시에 야간 작전용으로 쓰던 영상 장치야. 들어 본 적 있지?'

'그럼요. 저격수들은 어두울 때도 사격을 할 수 있도록 이걸 소총에 달고 있죠. 아주 정교한 장치죠. 이렇게 문화적인 용도로 쓸 수 있다니 기쁘네요.'

한참이 걸려서 다카토 교수는 원하는 물건을 찾았어. 흰개미집의 복도 안으로 잠망경 같은 걸 집어넣고 움직임을 조종하면서 관찰하는 것 같았어. 그가 말했지. '가 버리기 전에 빨리 봐!'

나는 그와 자리를 바꿨어. 초점을 맞추는 건 금방 할 수 있었지만 내가 보고 있는 광경의 크기 감각을 익히는 것은 좀 더 오래 걸렸지. 그때, 나는 크게 확대된 흰개미 여섯 마리가 시야를 빠르게 가로질러 움직이는 것을 봤어. 흰개미들은 에스키모 개처럼 단체로 움직이고 있었어. 이 비유는 상당히 그럴듯해. 왜냐하면 흰개미들은 썰매를 끌고 있었거든…….

난 너무 놀라서 썰매에 싣고 가는 게 뭔지 보지도 못했어. 흰개미들이 사라지자, 나는 다카토 교수를 바라보았지. 이제 내 눈은 희미한 붉은 조명에 적응이 된 상태였기 때문에 그를 꽤 잘 볼 수 있었지.

'그러니까 교수님이 미세 조작기로 만든 도구가 저거였군요! 끝내주는데요. 믿을 수가 없어요.'

'하지만 그건 아무것도 아니야.' 다카토 교수가 대꾸했지. '전시용 벼룩들도 수레는 끌어. 정말 중요한 건 아직 이야기하지 않았네. 우리는 썰매를 몇 대밖에 만들어 주지 않았어. 자네가 본 건 흰개미들이

직접 만든 썰매야.'

그는 내가 그 말을 받아들일 때까지 기다렸어. 시간이 좀 걸렸지. 그리고 빠르게 말을 이었지만 자제하는 듯한 열정이 목소리에 묻어 나왔어.

'명심하라고. 흰개미 한 마리 한 마리는 사실상 지능이 없어. 하지만 전체로서 무리는 대단히 높은 단계의 유기체라네. 그리고 뜻밖의 사고만 없다면 영원히 살지. 흰개미는 인간이 태어나기 수백만 년 전에 현재와 같은 본능적인 형태로 굳어졌어. 스스로는 절대로 지금처럼 발전이 없는 완벽함에서 벗어나지 못해. 막다른 길에 들어선 거야. 도구도 없고 효율적으로 자연을 통제할 방법이 없거든. 나는 힘을 키워 주기 위해서 지레를, 효율성을 증진시켜 주기 위해서 썰매를 주었어. 바퀴도 생각해 봤지만, 아직은 그렇게 쓸모 있을 것 같지 않아서 나중 단계를 위해 기다리는 편이 낫겠다고 생각했지. 그 결과는 내 예상을 뛰어넘었어. 처음에는 여기 이 흰개미들만 가지고 시작했지만, 이제는 다들 똑같은 도구를 가지고 있어. 서로를 가르친 거야. 그리고 그건 흰개미들이 협력을 할 수 있다는 뜻이지. 정말이네. 서로 전쟁도 해. 하지만 여기처럼 식량이 충분한 곳에서는 하지 않지.

그러나 인간의 기준으로 흰개미를 판단해서는 안 돼. 내가 바라는 건 굳어 버려 경직된 흰개미들의 문화에 충격을 주는 거야. 수백만 년 동안 빠져나오지 못했던 굴레에서 끌어내 주는 거지. 나는 죽기 전까지 흰개미들에게 더 많은 도구와 신기술을 전해 줄 거네. 나는 흰개미들이 스스로 도구를 발명해 내는 모습을 보고 싶어.'

'이런 일을 왜 하시는 거죠?' 내가 물었지. 여기에는 단순한 과학적 호기심 이상의 뭔가가 있는 것 같았거든.

'인류가 계속 생존할 거라고 믿지 않기 때문이야. 그래도 인간이 발견해 낸 몇 가지는 보존하고 싶어. 만약 인류가 멸망할 운명이라면 다른 종족에게라도 원조의 손길을 보내야지. 내가 왜 이 섬을 골랐는지 아나? 내 실험이 밖으로 유출되는 걸 막기 위해서라네. 진화에 성공할는지는 모르겠지만, 내 우수한 흰개미들은 아주 높은 수준에 올라설 때까지 이 섬에 머물러야 해. 때가 되면, 스스로 태평양을 건너갈 수 있을 거야, 암…….

두 번째 가능성도 있어. 지구에는 인간의 경쟁자가 없잖아. 나는 경쟁자라는 존재가 좋게 작용할지도 모른다고 생각하네. 구세주가 될지도 몰라.'

나는 뭐라고 말해야 할지 몰랐어. 어렴풋이나마 알게 된 다카토 교수의 꿈이 너무나 압도적이었거든. 내가 살펴본 바에 의하면 아주 그럴듯하기도 했지. 다카토 교수는 미친 건 아니었어. 물론 그는 환상을 좇는 사람이었고 그의 전망은 장엄하지만 비현실적인 면이 있었어. 하지만 확고한 과학적 성과에 기반을 두고 있었지.

그가 인류에 적대적이었던 건 아니야. 안타깝게 여겼던 거지. 그저 인간성이 돌이킬 수 없는 지경에 이르렀고, 그 잔해에서 무엇이라도 건지기를 바랐던 거야. 내 마음속에서는 그를 비난해야 한다는 감정이 느껴지지 않아.

우리는 다가올 여러 가지의 미래를 탐구하며 헛간에서 오랜 시간을 보냈어. 내가 인간과 흰개미처럼 완전히 다른 두 문화는 갈등의 소지가 없기 때문에 어쩌면 서로를 이해할 수 있을 거라고 주장한 게 기억나는군. 하지만 솔직히 나도 믿지 않았어. 만약에 경쟁이 일어난다면, 난 누가 이길지 모르겠어. 전 세계의 논과 밭을 황폐하게 만들 수 있는 능력을 지닌 영리한 적에게 과연 인간의 무기가 쓸모 있을까?

우리가 다시 밖으로 나왔을 때는 해가 질 무렵이었지. 다카토 교수가 마지막 비밀을 드러낸 건 그때였어.

'몇 주 후면 나는 가장 중요한 단계에 이르게 돼.'

'그게 뭡니까?' 내가 물었어.

'모르겠나? 나는 흰개미에게 불을 선물할 거야.'

뭔가가 척추를 휘감고 지나갔어. 밤이 오고 있다는 사실과는 무관한 냉기를 느꼈지. 나무 위에서 이루어지고 있는 멋진 일몰은 뭔가를 상징하는 것 같았어. 갑자기 나는 그 상징성이 내가 생각했던 것보다 훨씬 더 깊다는 사실을 깨달았지.

그날의 일몰은 특히 아름다웠어. 그건 인간이 그렇게 만든 것이기도 해. 그날 생을 마감한 섬의 잔해가 성층권에서 지구 주위를 돌고 있었거든. 인간은 크게 한 걸음 더 나아간 거야. 하지만 이제 그게 중요한 일일까?

'나는 흰개미에게 불을 선물할 거야.' 웬일인지 나는 다카토 교수가 실패하리라고 생각지 않았어. 그리고 그가 성공한다면, 인류가 막 손에 넣은 그 힘조차도 우리를 구원할 수 없겠지······.

다음 날 비행기가 우리를 데리러 왔고, 나는 다시는 다카토 교수를 보지 못했어. 그는 여전히 거기에 있어. 난 그가 세상에서 가장 중요한 인물이라고 생각해. 정치가들이 서로 싸우는 동안 그는 인간을 쓸모없게 만들고 있지.

누군가가 그를 막아야 한다고 생각하나? 아직은 시간이 있을지도 몰라. 나는 가끔 그에 대해서 생각하는데, 내가 왜 그래야 하는지 정말로 설득력 있는 이유를 생각해 내지 못하겠어. 한두 번은 거의 마음을 먹은 적도 있지만 신문의 머리기사를 보면 생각이 바뀌지.

내 생각에는 흰개미들에게도 기회를 줘야 할 것 같아. 아무래도 우리가 한 것보다 더 나쁘게 할 것 같지는 않거든."

냉전 |Cold War|

1957년 4월 《새털라이트》에 첫 게재.
『하얀 사슴의 이야기』에 재수록.

여기서 끌어다 쓴 기사 내용은 실제로 같은 날 마이애미의 한 신문에 실린 것이며 어쩌면 정확한 보도일지도 모른다.
아랍의 부유한 일부 국가들이 남극에서 빙하를 끌고 와 건조한 자신들의 왕국에 물을 대는 일의 가능성을 조사해 본 적이 있다. 몇 년 동안 이에 대한 소식을 듣지 못했는데, 기술적인 문제를 극복하지 못한 게 아닌가 싶다. 할 일이 없는 핵 잠수함을 쓰면 어떨까?

해리 퍼비스의 이야기가 정말로 그럴듯하게 들리는 이유 중 하나는 바로 그가 세밀한 부분까지 신경 쓴다는 것이다. 예를 들면 이렇다. 나는 그가 말해 준 장소나 정보에 대해 가능한 한 철저하게 조사한 적이 있는데(이 이야기를 쓰려면 그래야 했다.) 모든 게 꼭 들어맞았다. 사실이 아니라면 어떻게 그럴 수가 있겠는가. 하지만 판단은 여러분의 몫이다.

해리가 이야기를 시작했다.

"언론에 공개된 단편적인 정보는 참 사람을 감질나게 하곤 하지. 그러나 몇 년쯤 후에 갑자기 그 뒷얘기를 듣게 되는 거야. 나한테 딱 멋진 예가 있어. 1954년 봄(날짜를 찾아보니 4월 19일이더군.)에 플로리다 해안에서 빙산이 발견되었어. 그 소식을 듣고 참으로 희한하다고 생각했던 게 기억나. 알다시피 멕시코 만류는 플로리다 해협에서 시작하잖아. 도대체 어떻게 빙산이 녹지도 않고 그렇게 남쪽까지 올 수 있었는지 모르겠더라고. 하지만 별다른 뉴스거리가 없을 때 신문에서 찍어 내곤 하는 과장된 이야기겠거니 하면서 금방 잊어버렸어.

그런데 일주일쯤 전에 미 해군 중령이었던 친구를 만났는데, 그 친구가 놀랄 만한 이야기를 들려주더군. 아주 놀라운 이야기라 사람들에게 알려야겠다는 생각이 들 정도였어. 물론 자네들은 내 말을 믿지 않겠지만 말이야.

미국 내의 일을 잘 아는 사람이라면 플로리다가 햇빛 찬란한 주라는 주장이 연방의 다른 47개 주에 의해 심각하게 도전받고 있다는 걸 알 거야('Sunshine State'는 플로리다를 부르는 별칭이며, 이 글이 씌어진 당시 미국에는 48개의 주가 있었다. — 옮긴이). 뉴욕이나 메인, 코네티컷 같은 곳이 강력한 경쟁자는 아니겠지. 하지만 캘리포니아는 플로리다의 그런 주장을 거의 개인적인 모욕으로 받아들이고 있는 데다가 언제나 최선을 다해 이의를 제기하지. 플로리다 사람들이 로스앤젤레스의 유명한 스모그를 들어 맞받아치면, 캘리포니아 사람들은 걱정스럽다는 듯이 조심스레 이렇게 말하는 거야. '허리케인이 또 올 때가 되지 않았나?' 그러면 플로리다 인들은 이렇게 대꾸하고. '지진 때문에 도움이 필요하다면 우리가 도와주리다.' 그렇게 계속되는 거야. 여기서 이제 내 친구 도슨 중령이 등장하지.

도슨 중령은 잠수함에서 근무하다가 퇴역한 친구야. 그는 예전에 잠수함 탐사에 관한 영화를 제작하는 곳에서 기술 자문으로 일한 적 있어. 그쪽에서 아주 독특한 제안을 가지고 그를 찾아왔거든. 캘리포니아 상업 회의소가 배후에 있었다는 말은 하지 않을 거야. 명예 훼손이 될지도 모르니까. 알아서들 생각하라고……

어쨌든, 기본적으로는 전형적인 할리우드 식 기획이었어. 나도 처음에는 그렇게 생각했지. 그러던 와중에 우리의 친애하는 던세이니 경이 한 단편에서 비슷한 소재를 썼던 기억이 나더군. 아마 그 영화의 후원자도 조킨스의 팬이었나 봐. 나처럼 말이야.

대담성과 단순성이라는 면에서 그 계획은 재미있어 보였어. 도슨 중령은 상당한 돈을 받고 인공 빙하를 플로리다까지 끌고 오기로 했고, 만약 계절이 한창일 때 빙하를 마이애미의 해변에 놓아두는 데 성공한다면 추가로 더 지급받기로 했어.

도슨 중령이 주저하지 않고 받아들였다는 건 말할 것도 없지. 그는 캔자스 출신이라 순진하게도 그저 그 제안을 순전히 상업적인 계획으로만 보았어. 그는 옛 동료 몇 명을 모았고, 그들이 비밀을 지키도록 만들었어. 그리고 워싱턴에서 한참 시간을 보낸 끝에 폐기된 잠수함을 잠시 사용할 수 있는 허가를 얻어 냈지. 그 다음에 냉방장치를 만드는 큰 회사를 찾아가 자신의 신용과 정신 상태를 확인시키고 나서 잠수함의 갑판에 얼음 제조기를 설치했어.

아무리 작다고 해도 속이 꽉 찬 빙산을 만드는 데에는 일이 불가능할 정도로 에너지가 많이 들어가지. 그래서 적당히 타협할 수밖에 없었어. '냉혹한 프리다'라는 이름이 붙은 빙산은 속을 텅 비운 채로 1미터가 채 안 되는 두께의 얼음 껍데기로 둘러싸서 만들어질 예정이었어. 겉보기에는 꽤 웅장하겠지만, 일단 무대에서 내려오고 나면 할리우드의 흔한 무대장치일 뿐이었지. 그러나 빙산 내부의 비밀을 아는 사람은 도슨 중령과 그의 동료들뿐인 거야. 그들은 바람과 해류의 방향이 원하는 대로 바뀌면 빙산을 바다에 띄워 보낼 예정이었고, 계획대로 꽤 오랫동안 사람들을 놀라게 하거나 의기소침하게 만들 터였지.

물론 실제로는 해결해야 할 문제가 산적해 있었어. '냉혹한 프리다'를 만들려면 며칠 동안은 꾸준히 물을 얼려야 했고, 완성된 후에는 가능한 한 목적지에 가까운 곳까지 보내야 했지. 그건 곧 잠수함(이름이 말린이었어.)을 가지고 마이애미에서 가까운 곳에 와서 작업해야 한다는 뜻이었어.

플로리다 키스 제도도 생각해 봤지만 곧바로 후보에서 탈락했어. 거기에는 은밀한 장소가 없거든. 어부들이 모기 떼보다 많은 곳이라 잠수함 같은 건 바로 발견돼 버리지. 말린 호를 단순한 밀수선처럼 가장한다고 해도 시선을 벗어날 수는 없어. 그래서 그 계획은 다시는 거론되지 않았지.

도슨 중령이 고려해야 할 문제는 또 있었어. 플로리다 근처의 해안은 아주 얕아. 그리고 '냉혹한 프리다'가 물에 잠기는 깊이는 1미터 정도밖에 안 될 테지만, 사람들은 진짜 빙산의 대부분이 물속에 잠겨 있다는 걸 알아. 깊이가 1미터 정도밖에 안 되는 물에서 웅장해 보이는 빙산이 떠내려간다는 건 현실적으로 보이지 않지.

이런 기술적인 문제를 도슨 중령이 어떻게 극복했는지 나는 잘 몰라. 하지만 그가 배가 잘 다니는 항로를 피해 대서양에서 여러 번 실험했다는 이야기는 들었어. 뉴스에 나왔던 빙산도 그의 초기 작품이었지. 덧붙여 말하자면, '냉혹한 프리다'나 그가 만든 다른 빙산들은 항해하는 선박에 큰 위험은 되지 않아. 속이 비어 있어서 부딪히면 금방 부서질 터였으니까.

마지막으로, 모든 준비가 완료되었어. 말린 호는 마이애미에서 북쪽으로 좀 떨어진 곳에 자리를 잡고 얼음 제조기를 최대한으로 가동시켰어. 서쪽 바다로 초승달이 지고 있는 아주 아름답고 청명한 밤이었지. 말린 호는 항행용 불빛을 켜지 않았지만, 도슨 중령은 다른 배들이 다가오지 않나 철저히 감시했어. 그런 밤에는 들키지 않고서도 다른 배를 피할 수 있었지.

'냉혹한 프리다'는 이제 막 만들어지려는 상태였어. 커다란 비닐봉지에 아주 차갑게 냉각된 공기를 불어넣고, 얼음이 형성될 때까지 그 위에 물을 분무하는 방식이 그들이 썼던 기술이라고 하더군. 얼음이 두꺼워져서 스스로 무게를 지탱할 수 있게 되면 봉지를 제거하는 거야. 구조물을 만들기에 얼음은 그리 좋은 재료가 아니지만, 빙산을 대단히 크게 만들 필요는 없었어. 조그만 빙산이라고 해도 처녀가 애를 낳았다는 것만큼이나 플로리다의 상업 회의소를 당황하게 할 정도는 되니까.

도슨 중령은 사령탑에서 부하들이 차가운 물을 분사하고 얼어붙을 듯한 공기를 봉지에 불어 넣는 광경을 지켜보았어. 부하들은 이제 이런 이상한 작업에 익숙해졌고 예술적인 솜씨까지 부려 가며 즐거워했어. 도슨 중령은 얼음 속에 마릴린 먼로를 새겨 넣으려는 부하들의 시도를 제지해야 했지. 비록 훗날을 위해 기억해 두긴 했지만.

자정이 막 지났을 무렵, 북쪽 하늘에서 섬광이 번쩍이자 그는 놀라서 바라보았고, 마침 수평선 위에서 붉은 빛이 사그라져 가는 모습을 보았어.

'비행기가 추락했습니다, 함장님!' 감시병 하나가 소리쳤어. '방금 추락하는 걸 봤습니다!' 망설이지 않고 도슨 중령은 북쪽으로 이동하라고 엔진실에 대고 외쳤어. 그는 붉게 타는 듯한 빛을 정확히 봤고 몇 킬로미터밖에 떨어져 있지 않다고 판단했지. 선미를 거의 뒤덮은 빙산은 속력을 내는 데 그리 지장이 되지 않았어. 그리고 그걸 잽싸게 떼어 버릴 만한 방법도 없었고. 그는 엔진에 동력을 더 전달하기 위해서 얼음 제조기의 작동을 중단시키고 최고 속력으로 나아갔지.

야간 투시경을 사용해서 대략 30분 정도 수색한 끝에 물 위에 뭔가가 떠 있는 것을 발견했어. 그가 말했어. '아직 떠 있군. 비행기야. 생존자는 보이지 않는걸. 아마도 날개가 떨어져 나갔나 보군.'

그가 말을 마치기도 전에 또 다른 감시병으로부터 급박한 보고가 들어왔어.

'보세요, 함장님. 우현으로 30도 방향입니다! 저게 뭐죠?'

도슨 중령은 야간 투시경을 돌려 바라보았어. 달걀형의 물체가 축을 중심으로 빠르게 회전하며 물 위에 떠 있는 게 간신히 보였지.

'흐음. 누군가가 또 있는 것 같군. 저건 레이더 스캐너야. 근처에 다른 잠수함이 있다.' 그가 말했어. 그러고는 갑자기 그의 표정이 아주 밝아졌어. 그는 부사령관에게 말했지. '우리는 여기서 빠질 수도 있겠군. 구조 작업을 시작하는 것만 지켜보고 여기서 빠져나가도록 하자. 어쩌면 빙산을 버리고 잠수해야 할지도 몰라. 지금쯤이면 우리를 포착했을 거야. 속도를 줄이고 진짜 빙산처럼 행동하는 게 좋겠군.'

도슨 중령은 고개를 끄덕이고는 명령을 내렸어. 일이 복잡해지고 있었고, 앞으로 몇 분 안에 무슨 일이 일어날지도 몰랐어. 다른 잠수함은 레이더를 통해서만 말린 호를 볼 수 있었지만, 잠망경이 준비되는 대로 그쪽 함장도 조사를 시작하겠지. 그러면 돌이킬 수 없는 일이 벌어지는 거야…….

도슨 중령은 전술적인 상황을 분석해 보았어. 최선의 방법은 그들의 색다른 위장술을 최대한으로 이용하는 거라고 결론 내렸지. 그는 선체를 회전시켜서 잠수함의 선미가 아직 잠수 중인 낯선 잠수함을 향하게 하라는 명령을 내렸어. 잠수함이 부상한 후 그쪽의 함장은 빙산을 보고 놀라겠지만, 도슨은 그가 구조 작업에 바빠서 '냉혹한 프리다'에 신경 쓰지 못하기를 바랐어.

그는 추락한 비행기 쪽으로 야간 투시경을 돌렸어. 그리고 두 번째로 충격을 받았지. 그건 정말로 아주 독특한 형태의 비행기였거든. 게다가 뭔가가 이상했는데…….

'그렇군!' 도슨은 부사령관에게 말했지. '진작 생각해 냈어야 하는 건데. 이건 비행기가 아니야. 코코아에 있는 사격장에서 발사된 미사일이야. 봐, 여기 부양 장치가 있잖나. 충격을 받자마자 공기가 주입된 거야. 그리고 잠수함은 미사일을 회수하기 위해 기다리고 있던 것이고.'

그는 플로리다의 동쪽 연안에 코코아라는 어울리지 않는 이름이 붙은 장소가 더욱 거짓말 같은 이름의 바나나 강이라는 곳에 있고, 그곳에 커다란 미사일 사격장이 있다는 사실을 기억해 낸 거야. 그러면 이제 아무도 위험에 빠진 사람은 없는 거지. 그리고 말린 호는 제자리에 가만히 있기만 하면 빙산으로 위장하고 태연하게 빠져나갈 기회가 있었어.

그들은 빙산 뒤에 계속 숨을 수 있도록 잠수함을 조종하기 위해 엔진의 시동을 막 걸었어. '냉혹한 프리다'는 심지어 지금보다 더 밝은 곳에서도 멀리서 사령탑이 보이지 않게 가려 줄 정도로 충분히 컸기 때문에 말린 호는 전혀 보이지 않을 터였지. 하지만 한 가지 끔찍한 가능성도 있었어. 항해에 위협이 되는 물체는 파괴한다는 일반 원칙에 따라 잠수함이 빙산에 폭격을 가할 수가 있었던 거야. 설마. 아마 그들은 해안 경비대에 통보하는 정도에서 그칠 거라고 생각했지. 그렇게 되면 귀찮기는 하겠지만, 계획에 방해가 될 정도는 아니었어.

'온다! 무슨 급입니까?' 부사령관이 외쳤어.

그들은 잠수함이 물을 양쪽으로 가르며 희미하게 인광을 내는 바다 위로 나타나는 광경을 야간 투시경으로 바라보고 있었어. 달은 거의 졌기 때문에 자세하게 보기는 어려웠지. 도슨에게는 다행히도, 레이더 스캐너는 회전을 멈추고 부서진 미사일 쪽을 가리키고 있었어. 그런데 그 잠수함의 사령탑 모양이 뭔가 이상하더라고…….

도슨 중령은 침을 꿀꺽 삼키며 마이크를 입에 가져갔지. 그는 아래쪽에 타고 있는 말린 호의 승무원에게 나지막하게 말했어. '자네들 중에 러시아어 할 줄 아는 사람 있나……?'

한동안 침묵이 이어졌지만 이내 기술 장교가 사령탑으로 올라왔어. '제가 좀 압니다, 함장님. 조부모님께서 우크라이나 출신이셨거든요. 그런데 무슨 일입니까?'

'이걸 보게.' 도슨 중령이 무서운 표정으로 말했다. '아주 재미있게도 누군가가 미사일을 빼돌리려는 모양이네. 그걸 막아야겠어…….'"

해리 퍼비스에게는 정점에 다다랐을 때 이야기를 멈추고 맥주를 주문하는(보통은 다른 누군가가 사 주곤 하지만) 못된 버릇이 있었다. 나는 이걸 하도 많이 보아 왔기 때문에, 이제는 그의 잔에 남아 있는 맥주의 양을 보고 이야기의 절정이 언제 오는지 알 수 있을 정도였다. 우리는 그가 연료를 보충받는 동안 참을성 있게 기다려야 했다.

"그 일에 대해 생각할 때마다 나는 그 러시아 잠수함의 함장이 엄청나게 불운했다는 생각이 들어. 나는 그가 블라디보스토크, 아니면 어디서 왔던 그곳으로 돌아가 총살을 당하는 상상을 하곤 해. 도대체 어떤 사문회의에서 그의 말을 믿어 주겠어? 만약 그가 어리석게도 사실을 말했다면, 아마 이렇게 말했을 거야. '플로리다 해안에 있었는데 갑자기 빙산 하나가 러시아 말로 우리에게 소리쳤습니다. 〈실례합니다. 그건 우리 것 같소!〉라고 말입니다.' 배에는 두어 명의 내무성 사람들이 승선하고 있었을 테니 그 불쌍한 친구는 무슨 말이든 지어내야 했겠지. 하지만 뭐라고 지어냈든 간에 별로 설득력은 없었을 거야……

도슨 중령이 예측한 대로 러시아 잠수함은 발견되었다는 사실을 깨닫자마자 도망갔어. 자신이 예비역 장교이며 국가에 대한 의무가 어떤 한 주와 맺은 계약보다 훨씬 중요하다는 점을 잊지 않고 있던 말린 호의 함장은 선택의 여지없이 사후 조치를 취했지. 그는 미사일을 수거하고 '냉혹한 프리다'를 녹인 후에 코코아로 향했어. 우선 무선으로 상황을 알리자 해군 내부에는 큰 혼란이 일었고 구축함들이 대서양으로 질주해 나갔지. 어쩌면 그 호기심 많던 이반(여기서는 러시아인을 뜻함 ─ 옮긴이)은 결국 블라디보스토크로 돌아가지 못했을지도 몰라…….

뒷이야기는 조금 혼란스러워. 하지만 수거된 미사일은 대단히 중요한 거라서 아무도 말린 호의 사적인 용무에는 신경 쓰지 않았다고 하더군. 그러나 마이애미의 해변에 대한 공격은 적어도 다음 해까지 미루어졌지. 그 계획에 돈을 엄청나게 쓴 후원자들조차 그렇게 실망하지 않았다는 이야기를 할 수 있다는 건 만족스러운 일이야. 후원자들은 비밀리에 국가에 귀중한 공헌을 한 것에 대한 감사의 표시로 해군참모총장이 직접 서명한 감사장을 받았거든. 그 사실은 로스앤젤레스에 있는 그들의 친구들에게 부러움과 신비감을 불러일으켰는데, 아마 그건 평생 그들을 따라다닐 거야…….

그래도 이 계획이 여기서 끝이라고는 생각하지 말라고. 그렇다면 미국의 광고업자들을 잘 모르고 있는 거야. '냉혹한 프리다'가 아직은 가사 상태에 있을지 몰라도 언젠가 다시 깨어날 거야. 모든 계획은 준비되어 있어. 빙산이 대서양에서 마이애미의 해변으로 떠내려올 때 마침 공교롭게도 그곳에 할리우드의 촬영팀이 있다는 세부적인 설정까지 말이야.

그래서 이 이야기는 내가 멋지고 깔끔하게 마무리할 수가 없어. 전초전은 이미 이루어졌지만, 중요한 교전은 아직 일어나지도 않았으니 어쩌겠나. 내가 가끔씩 궁금해 하는 건 이런 거야. 무슨 일이 벌어지고 있는지 깨달았을 때, 플로리다는 캘리포니아에게 어떤 식으로 복수할까? 누구 좋은 생각 있나?"

잠자는 숲속의 미녀 |Sleeping Beauty|

1957년 4월, 《인피니티 사이언스 픽션》에 첫 게재.
『하얀 사슴의 이야기』에 재수록.

'하얀 사슴'에서 아무도 논쟁할 만한 주제를 떠올리지 못한 경우에는 으레 별 열의 없이 이런저런 토론들이 오가곤 했다. 그때 우리는 각자가 접해 본 가장 희한한 이름에 대해 이야기하고 있었고, 내가 막 '오베디아 폴킹혼'이라는 이름을 내놓았을 때 해리가 (당연히) 끼어들었다.

"이상한 이름을 생각해 내는 건 아무것도 아니야."

우리의 경박함을 꾸짖듯이 그가 말했다.

"하지만 한 번이라도 훨씬 더 근본적인 면에서, 그러니까 이름이 주인에게 미치는 영향에 대해서 생각해 본 적 있나? 알다시피, 그런 게 한 사람의 인생을 통째로 바꾸어 놓을 수도 있어. 바로 지그문트 스노어링(snoring, 코를 곤다는 뜻 — 옮긴이)라는 젊은이가 그랬지."

"말도 안 돼. 믿을 수 없어!"

해리의 가장 강력한 비판자인 찰스 윌리스가 말했다.

"내가 그런 이름을 지어냈다는 거야?"

해리가 화를 냈다.

"사실, 지그문트의 성은 중부 유럽에서 유래한 유대인의 성이었어. SCH로 시작해서 비슷하게 한참 더 이어졌지. '스노어링'은 대강의 의미를 영어로 바꾼 거야. 여기에 쓸데없이 시간을 버리지 말았으면 좋겠군. 이건 부차적인 이야기일 뿐이니까."

내가 아는 사람 중에서 가장 전도유망한(그는 지난 25년간 전도가 유망했다.) 작가인 찰스는 희미하게 항의의 소리를 냈지만 공공 정신이 강한 누군가가 맥주 한 잔으로 그를 위로해 주었다.

"지그문트는 어른이 될 때까지 정신적인 괴로움을 용감하게 견뎌 냈어. 그러나 이름이 그의 마음을 괴롭혔다는 건 의심의 여지가 없고 끝내는 정신병 수준에까지 이르게 했지. 만약 지그문트가 다른 부모 밑에서 태어났다면, 이름도 이름이거니와 분명히 끊임없이 코를 골아대는 사람이 되지는 않았을 거야.

음, 삶에는 그보다 더한 비극들도 있지. 지그문트의 가족은 돈도 그럭저럭 있었고, 방음벽이 설치된 침실을 만들어서 다른 식구들이 잠을 못 자게 되는 일을 막았지. 흔히 그렇듯이, 지그문트는 자신이 만들어 내는 한밤중의 교향곡에 대해 전혀 몰랐고, 다들 왜 그리 유난스럽게 구는지 절대로 이해하지 못했어.

결혼을 하고 나자, 자신의 질병(다른 사람에게만 해악을 끼치는 것도 병이라고 할 수 있다면)을 정말로 심각하게 받아들여야 했지. 신혼여행에서 돌아온 젊은 신부의 마음이 산란한 건 흔한 일이지만, 가여운 레이철 스노어링은 특이한 경험 때문에 기진맥진한 거야. 잠을 못 자서 눈은 붉게 충혈됐고 동정을 사고자 친구들에게 사정을 이야기하면 친구들은 웃음을 터뜨리고 말았지. 따라서 레이철이 남편에게 최후의 통첩을 한 것도 놀라운 일은 아니었지. 코를 고는 습관을 어쩌지 못하면 결혼은 끝이라고.

이제 이건 지그문트와 그의 가족에게 아주 심각한 문제였지. 그들은 꽤 유복한 편이었지만, 작년에 다소 복잡한 유언을 남기고 세상을 떠난 종조부, 류벤 할아버지와 달리 부자라고 할 수는 없었어. 그는 생전에 지그문트를 많이 아껴서 상당한 액수의 돈을 지그문트가 30세가 되면 받을 수 있도록 위탁해 놓았어. 불행히도 류벤 할아버지는 아주 구식이고 엄격한 사람인 데다가 젊은이들을 신뢰하지 않았지. 유산을 받을 수 있는 조건 중 하나는 정해진 날이 될 때까지 지그문트가 이혼하거나 별거하지 않아야 한다는 것이었어. 만약 그럴 경우에, 그 돈은 텔아비브에 고아원을 짓는 데 쓰일 예정이었지.

상황이 아주 어려워서 만약에 누가 지그문트에게 하이미 숙부를 만나 보라고 제안하지 않았다면 도저히 일이 풀릴지 예상조차 할 수 없었지. 지그문트는 그리 내키지 않았지만 상황이 절망적이다 보니 가망 없는 처방이라도 붙잡아야 했어. 그래서 그는 그렇게 했지.

짚고 넘어갈 게 있는데, 하이미 숙부라는 사람은 저명한 생리학자이자 명성에 걸맞은 논문을 다수 발표한 바 있는 왕립 학회 회원이었어. 게다가 그 당시 대학의 이사와 싸우는 바람에 돈이 좀 부족한 상태여서 애완동물 연구 계획을 중단해야 했어. 엎친 데 덮친 격으로 물리학과는 얼마 전에 입자 가속기 예산으로 50만 파운드를 받았던 터라 불운한 조카가 찾아왔을 때 그는 전혀 기분 좋은 상태가 아니었어.

곳곳에 스며 있는 소독약과 가축 냄새를 무시하려고 애쓰면서 지그문트는 연구실 관리인을 따라 알 수 없는 장비 사이로 난 길을 따라 생쥐와 기니피그 우리를 지나서, 벽에 잔뜩 걸려 있는 혐오스러운 색깔의 도표에서 눈길을 멀리한 채 걸었어. 그는 숙부가 의자에 앉아 비커에서 차를 따라 마시며 정신없이 샌드위치를 먹고 있는 걸 발견했어.

'먹고 싶으면 먹어라.' 그가 무뚝뚝하게 말했지. '구운 햄스터야. 맛있지. 암 검사에 쓰던 새끼들 중 한 마리다. 무슨 문제라고?'

지그문트는 입맛이 없다며 사양하고 나서 유명한 인물인 숙부에게 고민을 털어놓았어. 숙부는 별로 안타깝다는 기색도 없이 듣고 있다가 마침내 말했지.

'도대체 결혼을 왜 했는지 모르겠군. 완벽한 시간 낭비야.' 부인 없이 자녀만 다섯 있던 하이미 숙부는 그 문제에 관해서 강력한 견해를 갖고 있기로 유명했지. '그래도, 뭔가 해 볼 수는 있겠지. 돈은 얼마나 있냐?'

'돈은 왜요?' 당황한 지그문트가 물었어. 숙부는 실험실을 향해 손을 흔들어 보였어.

'이런 걸 운영하려면 돈이 많이 들거든.' 그가 말했지.

'하지만 그건 대학에서……'

'물론이지. 하지만 말하자면, 몰래 해야 하는 일도 있다는 거야. 그런 일에 대학 기금을 쓸 수는 없으니까.'

'음, 얼마나 들어야 시작할 수 있는데요?'

하이미 숙부는 지그문트가 걱정하던 것보다는 약소한 금액을 말했어. 하지만 안도감은 얼마 가지 않았지. 그도 류벤 할아버지의 유언에 대해 잘 알고 있다는 사실이 곧 드러났거든. 지그문트는 5년 후에 유산을 받으면 일정량을 숙부에게 주겠다는 계약을 맺어야 하는 처지가 되었지. 당장 내는 돈은 선금일 뿐이었어.

'그렇다고 해도, 내가 분명히 약속하는 건 아니다. 다만 할 수 있는 만큼 해 보겠다는 것뿐이지.' 주의 깊게 수표를 확인하며 하이미 숙부가 말했어. '한 달 있다가 다시 와라.'

지그문트가 들을 수 있던 말은 그게 다였어. 화려하게 꾸민 연구 조교가 물감을 뿌리기라도 한 것 같은 스웨터를 입고 교수를 찾아왔거든. 그들은 실험실에서 사육하는 쥐에 대해 이야기하기 시작했고, 원래 쉽게 당황하곤 하는 지그문트는 급하게 물러날 수밖에 없었어.

그런데 나는 만약 하이미 숙부가 지그문트의 기대를 충족시켜 줄 자신이 없었다면 애초에 돈을 받지 않았을 것 같아. 따라서 대학이 예산을 삭감했을 당시 그의 연구는 거의 마무리 단계에 있었던 게 틀림없어. 한 달 후 기대에 부풀어 있는 조카의 팔에 주입한 물질이 뭐였든 간에 4주 안에 그걸 만들어 내는 건 불가능했을 게 틀림없으니까. 실험은 어느 늦은 저녁, 하이미 숙부의 집에서 이루어졌어. 지그문트는 저번에 본 여성 연구 조교가 함께 있는 걸 보고 아주 놀라지는 않았지.

'이게 무슨 효과가 있는 거죠?' 그가 물었어.

'코 고는 것을 멈춰 줄 거야…… 아마도.' 하이미 숙부가 대답했어. '자, 여기 편안한 의자도 있고 잡지도 놓아두었다. 이르마와 내가 차례로 네게 어떤 부작용이 생기는지 지켜볼 거다.'

'부작용이오?' 팔을 문지르며 지그문트가 걱정스럽게 물었어.

'걱정할 것 없어. 그냥 편안하게 있어라. 몇 시간 후면 효과가 어떤지 알게 될 거야.'

그래서 과학자 두 명이 그를 둘러싸고(둘이서 소란스럽게 하는 건 말할 것도 없고) 혈압, 맥박, 체온을 재는 등 부산을 떨며 그가 만성병 환자처럼 느껴지게 만드는 동안, 지그문트는 잠이 오기를 기다렸어. 자정이 되어도 전혀 졸리지 않았지만, 하이미 숙부와 조교는 서 있을 수도 없을 정도로 지쳐 있었지. 지그문트는 그들이 자기를 위해서 오랫동안 고생했다는 사실을 깨닫고 짧은 시간이지만 꽤 감동적이라 할 만큼 고마움을 느꼈어.

자정이 지나자 이르마가 지쳐 쓰러졌고 숙부는 그다지 부드럽지는 않게 이르마를 긴 의자에 눕혔어. '아직도 피곤하지 않냐?' 그는 지그문트를 향해 하품을 했어.

'전혀요. 이상하군요. 이때쯤이면 보통 금방 잠들거든요.'

'몸은 멀쩡하고?'

'아주 좋은데요.'

하이미 숙부는 한바탕 크게 하품을 했어. 그는 '나라도 조금 자야겠다.'라고 중얼거리며 의자 위로 무너졌지.

'만약 이상하다고 느껴지는 게 있으면 소리를 질러라.' 숙부는 졸린 목소리로 말했어. '더 이상 우리가 깨어 있을 의미가 없구나.' 아직 어리둥절한 지그문트는 곧 그 방 안에서 유일하게 의식이 깨어 있는 사람이 되었지.

그는 '휴게실 밖으로 가지고 나가지 마시오.'라는 도장이 찍힌《펀치》를 새벽 2시까지 수십 권이나 읽었어.《새터데이 이브닝 포스트》

를 전부 해치우고 나자 새벽 4시가 되었지. 한 뭉치의 《뉴요커스》는 새벽 5시까지 그를 바쁘게 만들었고, 그때 그에게 행운이 찾아왔어. 아무리 캐비아라도 그것만 먹으면 이내 지겨워지는 법이기 때문에 '시키는 대로 다 하는 금발 여인'이라는 제목의 닳고닳은 잡지를 발견한 지그문트는 기뻤지. 새벽녘까지 그는 여기에 몰두해 있었어. 그리고 그때 하이미 숙부가 발작하듯 깨어나 의자에서 뛰쳐나와 정확하게 조준된 손길로 이르마를 찰싹 때려 깨우더니, 다시 지그문트 쪽으로 주의를 돌렸지.

'흠, 애야.' 그는 즐겁다는 기색으로 따뜻하게 말했는데, 이건 즉시 지그문트의 의심을 불러일으켰어. '난 네가 원하는 대로 해 줬다. 지난밤에는 코를 골지 않았지?'

지그문트는 원하는 대로 다 해 주겠다는 금발 여인을 내려놓았어. 이제는 금발 여인이 도와주지 않아도 무방한 상황이었지.

'코는 골지 않았어요.' 그는 인정했어. '하지만 잠도 자지 않았다고요.'

'아직도 정신은 멀쩡하냐?'

'예…… 이해가 전혀 안 되네요.'

하이미 숙부와 이르마는 의기양양한 눈길을 나누었어. '너는 역사를 새로 쓴 거다, 지그문트야. 너는 잠을 자지 않고 살 수 있는 최초의 인간이야.' 숙부가 말했어. 이 새로운 소식은 그런 식으로 깜짝 놀란 그리고 아직까지는 성나지 않은 실험 대상이 된 이에게 전해졌지."

"하이미 숙부라는 사람의 발견에 대해 과학적인 내용을 자세히 알고 싶은 사람이 많다는 건 나도 알아."

아주 옳다고 할 수는 없는 말이지만 해리 퍼비스는 그렇게 말을 이었다.

"하지만 나도 내용은 몰라. 설령 안다고 해도 여기서 이야기하기에는 너무 전문적일 거야. 믿음이 부족한 사람은 벌써 회의적인 표정을 짓고 있으니까 여기서는 그냥 그런 발견에는 놀랄 만한 게 전혀 없다는 점만 지적하고 넘어가기로 하세. 어쨌거나, 잠이란 아주 변하기 쉬운 요인이란 말이야. 에디슨을 보라고. 평생토록 하루에 두세 시간만 잤잖아. 사람이 잠을 자지 않고 영원히 버틸 수 없는 건 사실이야. 하지만 어떤 동물들은 그러기도 하지. 따라서 잠이 물질대사에 필수적인 부분은 아니야."

"무슨 동물이 잠을 안 자는데?"

믿을 수 없다기보다는 순수한 호기심에서 누군가가 물었다.

"음, 그러니까, 그렇지! 대륙붕 너머 심해에 사는 물고기들이 그래. 그 물고기들은 만약 잠이 들면, 다른 물고기에게 잡아먹히거나 부력을 잃고 바닥까지 가라앉아 버릴 거야. 따라서 평생 동안 깨어 있어야 하지."

(나는 아직도 해리의 말이 사실인지 확인하려고 노력 중이다. 한두 번 정도 미심쩍은 부분을 좋게 해석하고 넘어간 적이 있긴 하지만, 아직 과학적 사실에서 오류를 잡아낸 적은 한번도 없다. 하이미 숙부의 이야기로 돌아가자.)

해리가 말을 이었다.

"자신에게 놀라운 일이 벌어졌다는 점을 지그문트가 깨닫는 데는 시간이 좀 걸렸어. 숙부가 앞으로의 빛나는 가능성을 늘어놓으며 잠이라는 압제자로부터 자유로워진 거라고 열정적으로 떠드는 탓에 지그문트는 문제에 집중하기 어려웠던 거지. 하지만 곧 그는 걱정되는 문제를 물어볼 만큼 정신을 차렸어. '이게 얼마나 오래가나요?'

하이미 숙부와 이르마는 서로를 바라보았어. 그리고 숙부가 약간 불안한 듯이 기침하면서 대꾸했어. '확실히는 모른다. 알아봐야 할 문제지. 효과가 영구적일 가능성도 충분히 있어.'

'제가 다시는 잠을 잘 수 없다는 뜻인가요?'

'잠을 '잘 수 없는' 건 아니야. '자고 싶지 않은' 거지. 하지만 네가 정말로 걱정된다면 그 과정을 다시 되돌리는 방법을 연구해 볼 수는 있을 것 같다. 돈은 꽤 들겠지만.'

지그문트는 계속 연락하며 매일의 진행 상황을 알리겠다고 약속한 후, 서둘러 떠났어. 머릿속은 아직도 혼란스러웠지만 우선 아내를 찾아서 다시는 코를 골지 않게 되었다는 사실을 알려야 했거든.

지그문트의 아내는 기꺼이 그의 말을 믿으려 했고, 그들은 감동적인 재결합을 이루었지. 하지만 밤이 깊어지자 대화를 나눌 상대도 없이 누워 있는 게 너무나 지겨워졌어. 곧 지그문트는 자는 아내를 두고 살금살금 걸어 나왔지. 처음으로 그는 자신에게 닥친 현실을 아주 생생하게 느끼기 시작한 거야. 원치 않은 선물이긴 했지만, 매일같이 여분으로 주어진 여덟 시간을 도대체 뭘 하면서 보내야 할까?

자네들은 지그문트가 우리들이 시간이 없어서 공부하지 못하는 문화나 지식을 획득함으로써 더욱 충실한 삶을 누릴 수 있는 멋진, 전례 없는 기회를 얻었다고 생각하겠지. 대부분의 사람들은 제목밖에 접하지 못할 고전을 그는 읽을 수 있고 예술이나 음악, 철학을 공부하면서 온갖 지성들이 쌓아 온 최상의 보물로 마음을 채울 수도 있었어. 솔직히, 자네들 중 많은 수가 아마 지그문트를 부러워하고 있을 거야.

그런데 상황은 그렇게 되지 않았지. 문제는 아무리 상급의 지성이라고 해도 편히 쉬는 시간이 필요하다는 거야. 영원히 진지한 문제만 추구할 수는 없어. 지그문트가 잠을 잘 필요가 없어진 건 사실이지만, 기나긴 어둠의 시간을 보낼 오락거리도 있어야 했어.

곧 그는 문명이 잠을 잘 수 없는 사람의 요구에 부합하게 발달하지 않았다는 점을 깨달았어. 파리나 뉴욕에서라면 더 나았을지도 몰라. 하지만 런던에서는 사실상 모든 곳이 오후 11시만 되면 문을 닫고 커피 파는 곳 몇 군데만 자정이 될 때까지 문을 열어. 새벽 1시 정도면, 음, 그때까지 영업하고 있는 곳에 대해서는 이야기하지 않는 편이 낫겠군.

처음에는 날씨가 좋으면 산책을 나가곤 했어. 하지만 의심이 많은 경찰과 몇 번 마주친 후로는 포기했지. 그래서 그는 야심한 밤에 차를 타고 런던 구석구석을 다니며 이전에는 있었는지조차 알지 못했던 갖가지 희한한 장소들을 발견했지. 얼마 지나지 않아 그는 야경꾼들이나 코번트 가든의 짐꾼들, 우유 배달부는 물론이고 세상이 잠든 사이에 일해야 하는 플리트 거리의 기자와 인쇄공들하고 인사하는 사이가 되었어. 하지만 지그문트가 동족인 인간에 대해 지대한 관심을 지닌 사람은 아니었기에 이런 재미도 곧 시들해졌고, 그는 다시 원래 알던 몇 명 안 되는 사람들에게 돌아갔지.

당연히, 지그문트의 아내는 그가 한밤중에 돌아다니는 걸 좋아하지 않았어. 그는 아내에게 전부 털어놓았고, 그의 아내는 비록 믿기 힘들었지만 눈앞에 있는 증거를 받아들일 수밖에 없었지. 하지만 그렇게 되자, 그의 아내는 코는 골지만 집에 있는 남편을 한밤중에 몰래 나가서 가끔씩 아침까지 들어오지 않는 남편보다 선호하게 된 것 같았어.

지그문트는 크게 화를 냈지. 많은 액수의 돈을 썼고, 또 더 지불하기로 약속한 데다(그는 항상 레이철에게 상기시켰어.) 불안감을 해소하기 위해 개인적으로도 상당한 위험을 감수했단 말이야. 그런데 아내가 고마워하기라도 했나? 전혀. 자야 할 시간에 깨어서 무엇을 했는지 시간별 목록을 요구하기나 했지. 정말 불공평했고, 아내의 믿음이 부족하다는 사실을 보여 주는 일인지라 그는 아주 낙담했어.

스노어링 가족(아주 굳게 맺어진 혈족이었는데)이 이 문제를 외부로 퍼뜨리지 않으려고 애를 썼음에도 불구하고, 비밀은 천천히 넓게 퍼져 나갔어. 다이아몬드 업계에서 일하고 있는 로렌츠 삼촌은 추가로 일할 수 있는 시간을 낭비하는 건 부끄러운 일이니 부업을 하라고 권하기도 했어. 그는 낮이나 밤이나 상관없이 쉽게 혼자서 할 수 있는 일거리의 목록까지 만들어 주었지. 하지만 지그문트는 상냥하게 고맙지만 굳이 소득세를 두 번 낼 이유가 없어 보인다고 말했어.

하루 24시간으로 꽉 찬 시간이 6주가 흐르자, 지그문트는 더 이상 참을 수가 없었어. 그는 더 이상 책을 읽을 수도 나이트클럽에 갈 수도 음악을 들을 수도 없었지. 바보 같은 사람들이 큰돈을 내고서라도 얻고 싶은 대단한 능력이 지그문트에게는 참을 수 없는 부담이 된 거야. 어쩔 수 없이 하이미 숙부를 다시 찾아가는 수밖에 없었어.

그는 지그문트가 다시 찾아올 줄 알았어. 소송하겠다고 으러 대거나 스노어링 가의 연대감에 호소하거나 계약 위반 문제에 대해 날카롭게 비평할 필요가 없었지.

'알았다. 알았어.' 하이미 숙부는 투덜거렸어. '역시 돼지 목에 진주였군. 네가 조만간 해약을 원할 줄 알고 있었다. 그리고 이번에는 50기니만 받겠다. 난 관대한 사람이니까. 하지만 이전보다 코를 더 골게 되더라도 나를 원망하지는 마라.'

'그 정도는 감수하겠어요.' 지그문트가 말했어. 지그문트와 레이철로서야 어차피 다시 방을 따로 쓰고 있던 처지였으니까.

그는 숙부의 연구 조교(이번에는 이르마가 아니라 뼈가 앙상한 갈색 머리 여자였어.)가 끔찍할 정도로 커다란 피하주사기에 하이미 숙부가 최근에 만든 액체를 채우는 것을 보고 눈을 돌렸어. 그는 그걸 절반도 흡수하기 전에 잠들어 버렸지.

이번만큼은 하이미 숙부도 꽤 당황한 듯했어. '효과가 이렇게 빠를 줄은 몰랐는데. 흠, 침대로 데려가자. 실험실에 내버려 둘 수는 없으니까.'

다음 날 아침까지도 지그문트는 여전히 깊게 잠들어 있었고 어떤 자극에도 반응을 보이지 않았어. 호흡은 미약했지. 잠들어 있다기보다는 혼수상태에 빠진 것 같았어. 하이미 교수도 불안해 하기 시작했어.

하지만 걱정은 오래가지 않았어. 몇 시간 후에 성난 기니피그 한 마리가 교수의 손가락을 물었고 그는 패혈증에 걸렸어. 《네이처》의 편집장은 최신 호가 인쇄에 들어가기 전에 간신히 부고를 실을 수 있었지.

이런 소동이 일어나는 내내 지그문트는 잠을 잤고, 가족들이 화장터에서 돌아와 어떻게 해야 할지 정하느라 가족 회의를 열 때까지도 행복하게 자고 있었어. "죽은 자에 대해서는 좋은 말만 하라."(철학자디오게네스의 말―옮긴이) 하지만 작고한 하이미 교수가 또 다른 실수를 한 건 분명했지. 그리고 아무도 그걸 바로잡는 방법을 몰랐어.

사촌간으로, 마일 엔드 로드에서 가구점을 운영하는 메이어는 자신이 취급하는 호사스러운 침대를 전시하는 데 지그문트를 이용할 수만 있다면 자기가 맡겠다고 제안했어. 그러나 그 제안은 너무 품위 없게 느껴져서 가족들이 거부했어.

하지만 거기서 다른 생각이 떠올랐지. 그때쯤엔 다들 지그문트에게 좀 넌더리가 나기 시작했거든. 이런 식으로 이 극단에서 저 극단으로 뛰어넘는 건 정말 심했지. 그러니 쉬운 길을 택하면 안 될 게 뭐겠어. 한 재담가가 이야기했듯이, 잠자는 지그문트를 내버려 두는 거지.

상황을 악화시키기만 할지도 모를(더 악화된다는 게 뭔지 아무도 상상하지 못했지만) 또 다른 값비싼 전문가를 초빙하는 건 소용없는 일이었어. 지그문트를 부양하는 데는 돈이 거의 들지 않았지. 의학적으로 조금만 주의를 기울여 주면 되었거든. 그리고 그가 자고 있는 동안에는 류벤 할아버지의 유언을 거스를 위험이 전혀 없었어. 이 계획이 세련된 방식으로 레이철에게 전해지자, 그녀는 계획의 장점을 알아볼 수 있었지. 레이철이 요구받은 계획은 상당한 인내심을 필요로 했지만, 최종적으로 받을 보상은 상당했거든.

생각하면 할수록 레이철은 그 생각이 마음에 들었어. 부유한 준(準)과부가 된다는 생각이 매력적이었던 거야. 아주 새롭고 흥미로운 가능성이었지. 그리고 사실대로 이야기하자면, 레이철은 이미 지그문트를 겪을 만큼 겪은 터라 유산을 상속받을 때까지 5년 정도는 충분히 참을 수 있었거든.

그렇게 시간이 흘러 지그문트가 일종의 백만장자가 되는 달이 왔지. 그러나 그는 여전히 평화롭게 자고 있었어. 지난 5년 동안 그는 단 한 번도 코를 골지 않았지. 누워 있는 그는 너무나 평화로워 보여서 설령 누가 깨우는 방법을 안다고 해도 깨우기가 미안할 정도였어. 레이철은 경솔하게 그를 건드렸다가는 불행한 결과를 초래할지도 모른다는 강력한 확신이 있었고, 지그문트의 가족은 레이철이 그의 유산에서 나오는 이자만 쓰고 원금은 건드리지 않겠다는 점을 확인한 후라 그녀의 생각에 동의했지.

그게 몇 년 전 이야기야. 내가 마지막으로 그의 소식을 들었을 때 지그문트는 여전히 평화롭게 잠들어 있었어. 그동안 레이철은 리비에라에서 대단히 멋진 시간을 보내고 있었고, 자네들도 눈치챘겠지만 레이철은 빈틈없는 여자야. 내 생각에는 나이 들었을 때를 대비해서 젊은 남편을 냉동 보관해 두고 있는 게 얼마나 편리한지 그녀도 깨달은 것 같아.

하이미 교수가 자신의 놀랄 만한 발견을 세상에 내놓을 기회를 얻지 못했다는 걸 내가 안타깝게 생각할 때가 있다는 사실은 인정할 수밖에 없어. 하지만 지그문트는 그런 변화를 겪기에는 아직 우리 문명이 무르익지 않았다는 점을 증명해 주었지. 그리고 난 앞으로 또 다른 생리학자가 그 모든 일을 반복할 때 내가 세상이 없기를 바라네."

해리는 시계를 바라보았다.

"맙소사! 이렇게 늦은 줄 몰랐는걸. 졸려서 쓰러질 것 같군."

그는 가방을 들고 하품을 참으며 우리를 보고 부드럽게 웃어 보였다.

"좋은 꿈들 꾸게나."

보안 점검 | Security Check |

1957년 6월, 《매거진 오브 판타지 앤드 사이언스 픽션》에 첫 게재.
『하늘의 저편』에 재수록.

흔히 말하길 요즘처럼 조립 라인에서 대량으로 물건을 만들어 내는 시대에는 예전처럼 귀중한 목공예나 금속공예 작품들을 수없이 많이 남겼던 예술가, 독특한 장인들이 설 자리가 없다고 한다. 일반화가 으레 그렇듯 이것도 잘못된 말이다. 물론 요즘엔 장인이 드문 게 사실이다. 하지만 아직 전멸해 버린 건 분명히 아니다. 직업이야 종종 바뀌어 왔지만 그 나름대로 장인들은 여전히 활발히 활동하고 있다. 만약 어디에서 찾아야 할지만 알고 있다면 심지어는 맨해튼에서도 장인을 찾을 수 있다. 임대료가 저렴하고 화재 방지 규정도 찾아볼 수 없는 곳이라면 아파트 건물의 지하실이나 버려진 상가의 위층 정도에서 조그맣고 어수선한 그들의 작업장을 찾을 수 있을지도 모른다. 이제 바이올린이나 뻐꾸기시계 혹은 자동 전축 따위는 더 이상 만들지 않을 수도 있다. 하지만 장인이 사용하는 기술은 항상 그래 왔던 것처럼 한결같으며 절대로 똑같은 물건을 만들지 않는다. 장인은 기계를 무시하지도 않는다. 작업대 위의 잡동사니 아래에는 전동 기구가 있을 수도 있다. 장인은 시대에 맞게 활동해 왔고 앞으로도 항상 그럴 것이다. 이런 기이한 직업을 가진 전형적인 사람들은 불멸의 예술 작품 창작에 몰두해 있을 때에는 시간이 흐르는 것도 의식하지 못한다.

한스 뮬러의 작업실은 버려진 창고 뒤쪽의 커다란 방으로 퀸즈보로 다리에서 얼마 떨어져 있지 않은 곳이었다. 곧 철거될 건물이라 대부분이 판자로 둘러싸여 있었고 조만간 한스도 이사해야 할 것이다. 유일한 출입구는 잡초로 뒤덮인 채 낮에는 주차장으로 쓰이고 밤에는 근처의 비행 청소년들이 늘 드나드는 마당을 가로질러 있었다. 한스에게 그들이 문제가 된 적은 한번도 없었다. 한스는 주기적으로 찾아와 질문을 해 대는 경찰에게 협조하는 어리석은 일은 하지 않았다. 경찰은 한스의 미묘한 입장을 잘 이해하고 있었고 굳이 따지려 들지 않았기 때문에 한스는 누구와도 잘 지냈다. 평온한 시민으로 지낸다는 것은 그에게 알맞은 일이었다.

한스가 지금 매달려 있는 작업을 바이에른 지방에 살던 그의 조상들이 보았다면 크게 당혹스러워 했을 것이다. 10년 전이었다면 한스 자신도 아마 혼란스러워 했을 것이다. 이 모든 것은 파산한 고객 하나가 제공받은 서비스의 대가로 한스에게 텔레비전 세트를 주었기 때문이 시작된 일이었다…….

한스는 마지못해 받아들였는데, 그건 그가 구식이고 텔레비전을 인정하지 않았기 때문이 아니라 그저 그 빌어먹을 물건을 들여다볼 시간을 낼 수가 없었기 때문이다. 그는 이렇게 생각했다. 아무 때라도 최소한 50달러는 받고 팔아 치울 수 있으니 그러기 전에 어떤 프로그램이라도 하는지 좀 볼까…….

 손이 스위치로 다가갔고 화면은 움직이는 형체들로 가득 찼다. 그리고 한스에 앞서 수백만 명의 사람들이 그랬듯이 한스도 빠져 들어갔다. 지금까지는 존재하는지도 몰랐던 세계, 즉 색다른 행성과 기이한 종족들, 우주선들이 전투를 벌이는 세계, 그건 바로 스페이스 리전호의 함장인 짚의 세계였다.

 "경이적인 시리얼"이라는 크런치의 좋은 점만 지루하게 나열되고, 이어서 서로 공격하지 않기로 합의한 것만 같은 두 근육질의 인물들이 벌이는 역시나 지루하기 짝이 없는 권투 시합이 나올 때에만 그 마법은 희미해졌다. 한스는 단순한 사람이었다. 그는 항상 동화를 좋아했고 이것이야말로 바로 그림 형제는 상상도 해 보지 못했을 장식으로 꾸며진 현대의 동화였다. 결국 한스는 텔레비전 세트를 팔지 않았다.

 초기에 받았던 천진난만하고 맹목적인 즐거움이 사그라진 것은 몇 주가 지난 후였다. 한스를 가장 거슬리게 했던 것은 미래 세계의 가구와 장식품들이었다. 앞서 말했듯이 한스는 예술가였다. 따라서 그는 100년 후의 미적 감각이 크런치 광고주들이나 상상할 법한 수준으로 타락한다는 것을 믿을 수 없었다.

 그는 또한 짚 선장과 그의 적들이 사용하는 무기를 아주 경멸했다. 휴대용 양성자 분쇄기가 작동하는 원리를 한스가 이해하는 척하지 않은 것은 사실이다. 그러나 그것이 어떤 방식으로 작동하든, 굳이 그렇게 조잡하게 생길 이유가 없었다. 의복이나 우주선의 내부도 마땅치 않았다. 어떻게 한스가 그것을 알 수 있었을까? 본래 그에게는 사물의 적합성을 파악할 수 있는 뛰어난 감각이 있었다. 이 희귀한 분야에서도 그런 감각은 여전히 쓸모가 있었다.

한스가 단순한 사람이라는 점은 이미 언급한 바 있다. 덧붙여 그는 약삭빠른 사람이기도 했고 텔레비전은 돈이 된다는 사실도 이미 들어 알고 있었다. 한스는 자리를 잡고 그림을 그리기 시작했다.

짚 선장의 제작자가 무대 디자이너에게 질리지 않았다고 하더라도 한스 뮬러의 아이디어는 분명히 주목받았을 것이다. 한스의 아이디어는 현실성이 있었고 그럴듯했기 때문에 꽤나 돋보였다. 슬슬 짚 선장을 애청하는 수많은 청소년들의 눈살을 찌푸리게 하던 조악한 요소들은 완전히 사라져 갔다. 한스는 곧바로 일을 얻었다.

하지만 한스도 조건을 내걸었다. 한스가 예전에 하던 일보다 더 많은 돈을 벌 수 있다는 사실에도 불구하고 일단 좋아서 하는 일이었다. 조수는 고용하지 않을 것이고 그의 조그만 작업실을 벗어나지 않을 것이다. 그는 그저 기본이 되는 디자인과 원형을 만들 것이다. 대량 생산이야 다른 곳에서 할 수 있을 것이다. 그는 장인이었지 공장이 아니었다.

합의는 순조롭게 마무리되었다. 지난 6개월 동안 짚 선장은 바뀌어 왔고 이제는 우주 활극 분야의 경쟁자들이 모두 두 손을 드는 상대가 되었다. 시청자들은 이제 더 이상 미래를 배경으로 한 연속극에 불과하다고 생각하지 않았다. 그것은 미래 그 자체였다. 여기에는 논쟁의 여지가 없었다. 심지어 배우들조차도 새로운 환경에서 영감을 얻었다. 무대에서 내려온 배우들은 가끔씩 빅토리아 시대에 좌초되어 버린 20세기 시간 여행자들처럼 행동했고 삶의 일부가 된 갖가지 장비를 쓸 수 없다는 사실에 분개하곤 했다.

그러나 한스는 이런 상황을 전혀 몰랐다. 그는 즐겁게 열심히 일했다. 제작자 외에는 아무도 만나지 않았고 일은 모두 전화로 처리했다. 그리고 자기 아이디어가 손상되지 않았다는 것을 확인하기 위해 최종 결과물을 지켜보았다. 한스가 상업방송이라는 다소 야릇한 세계와 관련 있다는 유일한 흔적은 작업실 한구석에 있는 크런치 한 상자뿐이었다. 고맙기 짝이 없는 후원 기업에서 선물로 들어온 것을 한 입 먹어 본 한스는 돈을 벌기 위해 굳이 이것까지 먹지 않아도 된다는 사실을 떠올리고 감사했다.

어느 일요일 저녁 늦게까지 일하며 새 우주복 헬멧 디자인을 마무리하고 있을 때, 한스는 갑자기 자기 혼자만 있는 게 아님을 깨달았다. 천천히 그는 작업대에서 몸을 돌려 문을 바라보았다. 문은 잠겨 있었던 게 분명한데⋯⋯ 어떻게 그토록 조용하게 열릴 수 있었을까? 문 옆에는 남자 두 명이 미동도 없이 그를 바라보고 있었다. 한스는 심장이 강하게 뛰는 것을 느끼며 이들과 맞설 수 있는 용기를 불러일으키려 했다. 최소한 다행이라 할 수 있는 점은 그에게 돈이 거의 없다는 사실이었다. 그러자 과연 이게 정말 다행이라고 할 수 있는지 의심이 갔다. 어쩌면 저들의 심기를 거스를지도 몰랐다⋯⋯.

"누구시오? 여기서 뭘 하는 거요?"

한스가 물었다.

한 명이 한스에게 다가왔고 다른 한 명은 문가에 그대로 서서 조심스럽게 바라보고 있었다. 둘 다 새 외투를 입었고 모자를 푹 눌러쓰고 있어서 한스는 그들의 얼굴을 볼 수 없었다. 평범한 강도치고는 옷을 너무 잘 입었다는 생각이 들었다.

"놀랄 필요 없습니다, 뮬러 씨."

그에게 다가온 남자가 한스의 생각을 어렵지 않게 읽어 냈다.

"우리들은 강도가 아닙니다. 공무원이죠. 그러니까…… 보안 문제 때문에 왔습니다."

"무슨 말씀이신지 모르겠군요."

다른 사람이 외투 속에 지니고 있던 휴대용 서류 가방에서 사진 한 묶음을 꺼냈다. 그는 사진을 하나씩 넘겨 가며 원하는 사진을 찾았다.

"당신 때문에 아주 골치가 아파요, 뮬러 씨. 당신을 찾는 데만 두 주가 걸렸습니다…… 당신 부하들은 아주 입이 무겁더군요. 상대방이 찾지 못하게 당신을 숨기려고 애쓰는 것도 당연하겠지요. 하지만 우리는 결국 찾아냈습니다. 그리고 몇 가지 질문에 대한 대답을 해 주셔야겠습니다."

"난 첩자가 아니오!"

의도를 간파한 한스가 분개하며 말했다.

"이럴 수는 없어요! 나는 성실한 미국 시민입니다!"

한스의 외침을 무시한 채 그 남자가 사진을 건넸다.

"이걸 알아보겠습니까?"

"그래요. 짚 선장의 우주선 내부 아닙니까."

"당신이 설계했지요?"

"그래요."

다른 사진 하나를 더 꺼냈다.

"그러면 이건 어떻습니까?"

"화성의 도시인 팔다르를 공중에서 본 모습이군요."

"당신 자신의 아이디어인가요?"

"맞습니다."

한스가 대답했다. 이제는 분개한 나머지 조심성마저 잃어버린 상태였다.

"이거는요?"

"아, 이건 양성자 총이오. 마음에 드는 작품이지."

"뮬러 씨…… 이게 전부 당신의 아이디어입니까?"

"그래요. 난 남의 걸 훔치는 사람이 아닙니다."

그 남자는 한스에게 들리지 않을 정도로 조용하게 몇 분 동안 동료와 이야기했다. 어느 시점에선가 그들은 합의에 도달한 듯했고 한스가 미처 전화를 손에 들기도 전에 의논은 끝났다.

"죄송합니다. 하지만 중요한 기밀이 흘러나간 것 같습니다. 음, 우연이거나, 어쩌면 무의식적으로 이루어졌을지도 모르지만 문제가 달라지지는 않습니다. 당신을 조사해야겠습니다. 함께 가시죠."

그 사람의 목소리에는 대단한 힘과 권위가 깃들어 있어서 한스는 불평 한마디 없이 외투를 입기 시작했다. 어째서인지 한스는 이들의 신원을 더 이상 의심하지 않았고 증거를 요구할 생각도 하지 못했다. 걱정은 됐지만 아직 심각할 정도로 놀란 것은 아니었다. 물론 무슨 일이 생긴 것은 분명했다. 한스는 전쟁 중에 놀라울 정도로 정확하게 원자폭탄을 묘사한 과학소설 작가에 대한 이야기를 들은 적이 있었다. 비밀 연구가 많이 진행될 때는 그런 일들이 우연히 발생하게 마련이었다. 그는 자신이 무엇을 폭로했는지 궁금했다.

문가에 서서 한스는 작업실과 자신을 뒤따르던 남자를 돌아보고 말했다.

"전부 말도 안 되는 실수일 겁니다. 설사 내가 무슨 비밀 프로그램을 묘사했다고 해도 그건 우연일 뿐입니다. 난 FBI(연방 수사국)를 거스를 만한 짓은 아무것도 하지 않았다고요!"

그제야 처음으로 다른 남자 하나가 독특한 억양의 아주 형편없는 영어로 말했다.

"FBI가 뭡니까?"

하지만 한스는 듣지 못했다. 그는 방금 우주선을 보았던 것이다.

바다를 캐는 사람 |The Man Who Ploughed the Sea|

1957년 6월,《새털라이트》에 첫 게재.
『하얀 사슴의 이야기』에 재수록.

나는 이 이야기를 1954년 마이애미에서 썼다. 세월의 차이에도 불구하고, 이 이야기에 쓰인 소재들은 놀라울 정도로 상당수가 현대적이다. 몇 년 전에 나는 한 학술지에서 선박에 설치하여 해수에서 우라늄을 추출하는 장비에 관한 글을 읽고 놀란 적이 있다! 나는 장치를 발명한 사람들에게 이 이야기를 보내고 그들의 특허권을 무효로 만들어 버린 것을 사과했다.

해리 퍼비스의 체험담에는 말도 안 되게 느껴지는 점 때문에 오히려 설득력 있게 들리는 기이한 특성이 있다. 복잡하지만 깔끔하게 아귀가 들어맞는 이야기가 흘러나오면, 사람을 당황하게 하는 경이감 속에 빠져드는 것이다. 사람들은 으레 그런 이야기를 지어낼 만한 사람은 없다고, 소설에 쓰려고 지어낼 만한 이야기가 아니라 오로지 실제로만 일어날 수 있는 일이라고 생각하게 된다. 비판은 자연스럽게 사라지거나 최소한 흐지부지되게 마련이며, 그때쯤이면 드루가 "영업 시간이 끝났습니다, 여러분!"이라고 외치며 우리를 차갑고 거친 세상으로 몰아내곤 했다.

예를 들어, 이어지는 이야기에서 해리가 겪은 있을 법하지 않은 일련의 사건들을 살펴보자. 만약 그가 이야기를 전부 꾸며 내고자 했다면 분명히 훨씬 더 간단하게 만들 수 있었을 것이다. 예술적인 관점에서 보자면, 플로리다 해안으로 갈 이야기를 굳이 보스턴에서 시작할 필요는 전혀 없었던 것이다…….

해리는 미국에서 꽤 많은 시간을 보내는 것 같았고, 영국에서만큼이나 미국에도 많은 친구가 있는 듯했다. 가끔씩 그는 그런 친구들을 '하얀 사슴'으로 데려오고, 그중에 몇몇은 스스로의 힘으로 가게를 나선다. 그러나 종종 그들은 미지근한 맥주는 싱겁기까지 하다는 환상에 굴복해 버리고 만다(이건 드루에게 부당한 평가다. 그의 맥주는 절대로 미지근하지 않다. 그래도 미지근하다고 우긴다면 드루는 아마 어느 모로 보나 우표 크기밖에 안 되는 작은 얼음 조각 하나를 공짜로 내줄 것이다.).

앞서 이야기했듯이, 해리의 이 특이한 이야기는 매사추세츠 주, 보스턴에서 시작했다. 해리가 뉴잉글랜드의 한 성공한 변호사의 집에 손님으로 머물고 있던 어느 날 아침, 집주인이 미국인답게 무심한 태도로 이렇게 말했다.

"플로리다에 갑시다. 햇볕을 좀 받고 싶군요."

"그러죠."

플로리다에는 가 본 적 없는 해리가 말했다. 30분 후 놀랍게도, 그는 빨간색 재규어에 몸을 싣고 빠른 속도로 남쪽으로 향하고 있었다.

그 여행 자체도 하나의 완결된 이야기로 만들 수 있을 정도로 훌륭했다. 보스턴에서 마이애미까지는 약 2500킬로미터 정도 거리였는데 해리는 이제 이 숫자가 마음속에 새겨졌다고 했다. 기가 꺾인 다른 자동차들을 뒤로 하고, 가끔씩 아련히 뒤로 사라져 가는 경찰차의 사이렌 소리를 들어 가며, 그들은 그 거리를 서른 시간 만에 주파했다. 때때로 회피하는 전술을 택하거나 길을 바꾸어야 하는 경우가 생기기도 했다. 재규어의 라디오는 경찰 주파수에 맞추어져 있어서, 그들은 길을 차단하려는 경찰의 계획에 충분한 대비할 수 있었다. 한 번인가 두 번은 경찰을 따돌리고 간신히 주 경계선에 도달한 적이 있었다. 해리는 만약에 그 변호사의 의뢰인들이 자신들로부터 분명히 멀어지려고 하는 그의 강력한 심리적 욕구를 알았다면 어떻게 생각할지 궁금하지 않을 수가 없었다. 해리는 또한 그가 플로리다를 구경하거나 할 것인지, 아니면 이 속도로 계속 도로를 질주해 가다가 키 웨스트에서 바닷속으로 뛰어들지 궁금했다.

그들은 마침내 마이애미 남쪽 60킬로미터 부근, 키즈(플로리다 남단과 연결된 길고 가느다란 열도이다.)라는 곳에 멈췄다. 재규어는 갑자기 도로를 벗어나 홍수림 사이로 난 거친 길을 누볐다. 길은 바다 곁에 있는 넓은 개간지에서 끝났는데, 그곳에 10미터 크기의 요트와 선착장, 수영장 시설이 완비된 집이 있었다. 그곳은 눈에 잘 띄지 않는 멋진 장소로, 해리는 가격이 수십만 달러에 달할 거라고 추정했다.

곧바로 침대에 쓰러지는 바람에 그는 다음 날이 되어서야 그곳을 돌아볼 수 있었다. 잠든 지 얼마 지나지도 않은 것 같은데 해리는 보일러 공장이라도 가동되는 듯한 소리에 잠에서 깼다. 그는 샤워를 하고 천천히 옷을 입었다. 방에서 나올 때는 꽤 정상적인 상태가 되어 있었다. 집 안에는 아무도 없는 것 같아서 밖으로 나와 주위를 둘러보았다.

이때쯤엔 이미 어떤 것을 보아도 놀라지 않는 법을 익혔기 때문에, 그는 집주인이 선착장에서 손수 제작한 게 분명해 보이는 조그만 잠수함의 방향타를 조정하고 있는 모습을 보고는 살짝 눈썹만 올렸다.

잠수함은 대략 6미터 길이였으며, 커다란 창문이 달린 전망탑이 있었고, 뱃머리에는 '폼파노'라는 이름이 새겨져 있었다.

잠시 생각해 본 끝에 해리는 별로 특이할 건 없다고 결론 내렸다. 매년 약 500만 명이 플로리다를 방문하고, 그들 중 대부분은 배를 타거나 바닷속에 들어가 보려 했다. 해리를 초대한 주인장도 보기에 따라서는 자신의 취미에 열중할 수 있는 운 좋은 사람들 중 한 명이라고 할 수 있었다.

해리는 한동안 폼파노 호를 바라보고 있었다. 그러자 불길한 생각이 뇌리를 스쳤다.

"조지, 저걸 타고 잠수하자는 건가요?"

해리가 말했다.

"당연하죠."

조지가 마지막으로 방향타를 점검하며 말했다.

"걱정되나 보죠? 내가 몇 번이나 타고 나갔는데 집 안에 있는 것만큼 안전합니다. 기껏해야 6미터 정도만 잠수할 테고."

"그래도 상황이란 게…… 깊이가 2미터 정도만 해도 충분할 때가 있지요. 그리고 제가 폐소 공포증이 있다는 말 하지 않았나요? 이맘때면 항상 심해지곤 하지요."

해리가 대꾸했다.

"말도 안 돼요! 바다로 나가면 그런 건 다 잊어버릴 겁니다."

조지는 물러서서 손수 작업한 부분을 살펴보고 만족한다는 듯 한숨을 내쉬고 말했다.

"이제 다 된 것 같네요. 아침이나 듭시다."

반시간 정도에 걸쳐서 해리는 폼파노 호에 대해 많은 이야기를 들었다. 폼파노 호는 조지가 직접 설계하고 제작했으며 작지만 강력한 디젤엔진은 완전히 잠수한 채로 5노트의 속력을 낼 수 있었다. 호흡과 연소에 필요한 공기는 스노클 튜브를 통해 공급되었기 때문에 따로 공기 공급 장치가 필요하지 않았다. 스노클 튜브의 한정된 길이는 공기를 공급받을 수 있는 범위를 7.5미터로 제한했지만 이렇게 얕은 연안에서는 큰 문제가 아니었다.

조지가 들떠서 말했다.

"난 폼파노 호에 여러 가지 신기한 장치를 했어요. 예를 들어 저 창문의 크기를 봐요. 완벽한 전망을 확보해 주면서도 대단히 안전하지요. 폼파노 호의 내부 기압을 외부의 수압과 똑같게 만들기 위해서는 수중 호흡기의 원리를 사용했어요. 그래서 창문이나 선체에는 아무런 압력이 가해지지 않아요."

"만약 바다에 가라앉아 버리면 어떻게 하지요?"

해리가 물었다.

"당연히 문을 열고 나와야죠. 안에는 여분의 수중 호흡기와 구명 뗏목, 방수 라디오가 구비되어 있어요. 문제가 생기면 얼마든지 구조를 요청할 수 있습니다. 걱정 마요. 완벽하게 대비되어 있으니까."

"다들 그렇게 얘기하곤 하죠."

해리가 중얼거렸다. 하지만 보스턴에서 여기까지 오는 자동차 여행을 겪은 후로 해리는 의심의 여지없이 자기가 불사신이 되었다고 생각했다. 운전대를 잡은 조지와 도로 위에 있는 것보다는 아마도 바닷속이 안전할 터였다.

출항하기 전, 해리는 비상 탈출 방법을 철저하게 숙지했고, 조그만 잠수함이 꽤 훌륭하게 만들어진 듯 보인다는 점에 상당히 안도했다. 한 변호사가 여가 시간을 이용해서 상당히 쓸 만한 해양 공학 기술을 익혔다는 사실은 그리 기이한 일이 아니었다. 해리는 오래전부터 많은 미국인들이 직업만큼이나 취미에 많은 공을 들인다는 사실을 알고 있었다.

그들은 칙칙거리는 엔진 소리를 내며 조그만 선착장을 벗어나, 연안을 완전히 벗어날 때까지 표식이 된 항로를 유지했다. 바다는 잔잔했고 해안이 멀어지면서 물은 점점 더 투명해졌다. 그들은 끊임없이 해변에 부딪혀 부서지는 파도와 연안의 바닷물을 흐릿하게 만드는 산호 가루의 안개를 뒤로 하고 떠났다. 30분 후, 그들은 산호초에 도달했다. 여기저기를 누벼 놓은 것 같은 산호초가 아래에 펼쳐져 있고, 그 위를 형형색색의 물고기들이 이리저리 돌아다녔다. 조지는 해치를 닫고 부력 탱크의 밸브를 열며 흥겹게 말했다.

"자, 들어갑시다!"

주름진 비단 같은 물결이 올라와 창문을 덮기 시작하자 잠시 외부가 일그러져 보였다. 그리고 완전히 바닷속에 잠기니 이제 그들은 물속 세계를 내려다보는 이방인이 아닌 그 세계의 일부가 되었다. 그들은 낮은 산호 언덕에 둘러싸인 채 하얀 모래가 깔린 계곡 위에 떠 있었다. 계곡 자체는 황무지였지만 그들을 둘러싼 산호 언덕은 성장하고 기어 다니고 헤엄쳐 다니는 것들로 이루어진 살아 있는 세계였다. 네온사인처럼 화려한 물고기들이 나무처럼 보이는 동물들 사이를 한가하게 거닐고 있었다. 숨이 막힐 정도로 아름답고 평화로운 세계였다.

긴박함, 생존을 위한 투쟁 따위는 보이지 않았다. 그게 환상일 뿐이라는 건 해리도 잘 알고 있었지만, 그들이 물속에 있는 동안 한번도 물고기가 다른 물고기를 공격하는 모습을 보지 못했다. 그의 말을 들은 조지는 이렇게 이야기했다.

"그렇죠. 물고기들은 참 재미있어요. 먹는 시간을 정해 놓은 것 같거든요. 포식자인 창꼬치고기가 근처에 있어도 식사 시간이 되지 않았다 싶으면 다른 물고기들도 창꼬치고기를 전혀 신경 쓰지 않지요."

검은 나비처럼 생긴 환상적인 가오리 한 마리가 채찍 같은 꼬리로 균형을 잡으며 모래 위를 가로질러 갔다. 왕새우의 민감한 더듬이는 산호 사이의 틈 속에서 조심스럽게 움직이며 탐색하고 있었는데, 그런 모습은 해리로 하여금 헬멧에 막대기를 꽂고 저격수가 있는지 살피는 군인을 떠올리게 했다. 단 하나의 장소일 뿐이지만 너무나도 많고 다양한 생명체들이 넘쳐흘러서 하나하나 살펴보려면 몇 년을 연구해야 할 지경이었다.

폼파노 호는 아주 천천히 계곡을 따라 움직였고 조지는 계속해서 설명해 주었다.

"예전에는 이런 모습을 보려고 수중 호흡기를 쓰곤 했어요. 그런데 문득 이런 광경을 편안하게 앉아서 보면 얼마나 좋을까 생각했죠. 움직이는 건 엔진이 대신해 주고요. 그러면 식사도 해 가면서 사진도 찍고 상어가 다가와도 무시하면서 하루 종일 여기 있을 수 있잖아요. 저기 해조가 지나가네요…… 저렇게 영롱한 푸른색을 본 적이 있습니까? 게다가 친구들에게 구경시켜 주면서 말도 할 수 있지요. 듣지도 못하고 말도 못해서 손짓으로 이야기해야 한다는 건 일반적인 잠수 장비의 엄청난 단점이에요. 저기 엔젤피시를 봐요. 언젠간 그물을 쳐서 저것들을 좀 잡아야겠어요. 위급할 때 사라져 버리는 모습을 보라죠! 폼파노 호를 만든 또 다른 이유는 난파선을 찾을 수 있다는 겁니다. 이 근처에는 난파선이 수백 척이나 있어요. 그야말로 무덤이라고 할 수 있죠. 산타마가리타 호는 여기서 80킬로미터 떨어진 비스케인 만에 있어요. 1595년에 700만 달러어치의 금괴와 함께 가라앉았죠. 그리고 1715년에 갤리선 14척이 침몰한 롱 케이에는 650만 달러가 나가는 금괴가 있죠. 물론, 문제는 난파선들이 전부 박살난 채로 산호에 뒤덮여 있기 때문에 위치를 알아도 별 도리가 없다는 거죠. 하지만 시도해 보는 건 재밌을 거예요."

슬슬 해리는 그의 심리를 이해할 수 있었다. 뉴잉글랜드의 법률가 생활로부터 탈출할 수 있는 별다른 길을 떠올릴 수 없었던 것이다. 조지는 억압된 낭만주의자였다. 그리고 생각해 보건대, 이제는 억압되었다고 부를 수 없을 것 같기도 했다.

그들은 수심 10미터 이내에서 몇 시간 동안을 즐겁게 보냈다. 중간에는 부서진 산호들이 펼쳐져 있는 멋진 장소에 잠수함을 대고 간(肝)이 든 샌드위치와 맥주를 마셨다. 조지가 말했다.

"한 번은 여기서 진저비어를 마신 적이 있어요. 그리고 위로 올라가자 몸 안에 있던 가스가 팽창하더군요. 정말 이상한 기분이었어요. 언젠가 샴페인으로 실험해 봐야겠어요."

해리가 빈 병을 어떻게 해야 하나 생각하고 있을 때, 마치 일식에라도 들어간 것처럼 폼파노 호 위로 어두운 그림자가 드리워졌다. 전망창을 통해 올려다보자 6미터 위에서 배 한 척이 머리 위로 지나가는 게 보였다. 이런 일을 대비해서 스노클 튜브를 미리 내려놓고 잠시 동안 선내의 공기만으로 지내고 있었기 때문에 충돌할 걱정은 없었다. 해리는 아래쪽에서 배를 올려다보는 게 처음이었기 때문에, 그날 얻은 여러 가지 진귀한 경험에 이것을 추가했다.

항해에 관한 일에는 무지함에도 불구하고, 머리 위를 지나가는 배가 뭔가 이상하다는 점을 조지만큼이나 빨리 알아차렸다는 사실은 해리가 꽤 자랑스러워하는 일이었다. 그 배에는 평범한 축과 스크루 대신에 용골과 길이가 맞먹는 관이 달려 있었다. 배가 머리 위를 지나가면서 갑자기 물결이 밀려와 폼파노 호가 흔들렸다.

조종대를 잡으며 조지가 말했다.

"맙소사! 저건 제트 추진으로 가는 배 같아요. 지금쯤이면 누가 시험해 볼 때도 됐죠. 자세히 좀 봅시다."

그는 잠망경을 위로 올렸고, 천천히 그들을 지나치는 배가 뉴올리언스의 발렌시 호라는 사실을 알아냈다.

"웃기는 이름인데요. 저게 무슨 뜻이죠?"

조지가 말했다.

"제가 보기엔 주인이 화학자인 것 같군요. 문제는 저런 배를 가질 만큼 돈을 많이 버는 화학자가 없다는 거죠."

해리가 말했다.

"따라가야겠어요."

조지가 결정을 내렸다.

"지금은 속력이 5노트밖에 안 돼요. 저 장치가 얼마나 좋은지 확인해 봐야겠습니다."

그는 스노클 튜브를 올리고 엔진을 작동시킨 후, 쫓아가기 시작했다. 추적한 지 얼마 되지 않아 폼파노 호는 발렌시 호의 5미터 안쪽까지 접근했다. 해리는 어뢰 발사를 명령하는 잠수함 함장이 된 것 같은 기분을 느꼈다. 이 거리에서라면 절대로 빗나가지 않을 터였다.

사실 거의 맞출 뻔했다. 조지가 미처 깨닫지도 못하는 사이에 발렌시 호가 천천히 멈췄기 때문이다. 그들은 발렌시 호와 나란히 멈췄다.

"신호도 않고 서다니!"

조지가 말도 안 되는 불평을 터뜨렸다. 잠시 후 그 돌발적인 정지는 사고가 아니었다는 점이 분명해졌다. 밧줄이 날아와 폼파노 호의 스노클 튜브 근처에 떨어지더니 솜씨 좋게 그것을 휘감았다. 일단 순순히 물 위로 부상한 후 상황을 최대한 좋게 만들어 보는 수밖에 없었다.

다행히도 그들을 포획한 자들은 분별 있는 사람들이었고 우리의 말을 이해해 주었다. 발렌시 호에 승선한 지 15분이 지났을 때 조지와 해리는 함교에 앉아 제복을 입은 승무원이 가져다준 하이볼을 마시며 길버트 로마노 박사의 이론에 열중해 있었다.

그들은 둘 다 여전히 로마노 박사의 존재에 조금 위압되어 있었다. 마치 살아 있는 록펠러나 당대의 듀폰을 만나고 있는 느낌이었다. 로마노 박사는 유럽에는 사실상 알려져 있지 않고 미국에서도 드문, 즉 거물 과학자가 더 거물 실업가로 변모하는 현상을 드러내 주는 인물이었다. 그는 이제 70대 후반으로 상당한 고난을 겪으며 거대한 화학 공업 회사를 이루어 낸 후에 회장직에서 물러난 상태였다.

해리는 가장 민주화된 사회에서조차 부의 차이에서 미묘한 사회적

차별이 비롯된다는 점이 재미있다고 했다. 그의 기준으로 보면 조지도 대단히 돈이 많은 사람이었다. 조지는 1년에 10만 달러 이상을 벌었다. 하지만 로마노 박사는 차원이 달랐고, 아첨과 거리가 먼 일종의 우호적인 존경심을 갖고 대해야 하는 대상이었다. 해리의 입장에서 로마노 박사는 그저 편안한 상대였다. 전장이 45미터에 달하는 요트와 같은 사소한 점을 무시한다면, 그에게는 돈이 많다고 할 만한 특징이 없었다.

조지가 로마노 박사의 사업 분야에 대해 잘 알고 있다는 사실은 분위기를 온화하게 하는 한편, 불순한 동기가 없다는 사실을 확인해 주는 데 도움이 되었다. 미국의 절반이 넘는 지역을 넘나들며, 빌 아무개가 피츠버그에서 뭘 했다는 둥, 조 뭐시기가 휴스턴의 은행가 클럽에서 누구를 만났다는 둥, 클라이드 팅거미가 우연히 아이크(미국의 34대 대통령 드와이트 아이젠하워의 애칭 — 옮긴이)와 같은 장소에서 골프를 치게 되었다는 둥 사업에 관련된 이야기가 오가는 것을 들으며 해리는 30분을 지루하게 보냈다. 같은 대학을 나온 사람들이나, 혹은 최소한 같은 클럽에 속한 사람들이 강대한 권력을 휘두르는 신비로운 세계의 일면을 잠시 엿본 것이다. 해리는 곧 조지가 단지 예의 바르게 대하느라 로마노 박사의 비위를 맞추고 있는 게 아니라는 점을 깨달았다. 조지는 아주 약삭빠른 변호사라 후의를 쌓을 기회를 놓치지 않았던 것이고 여행의 원래 목적은 까맣게 잊어버린 것 같았다.

해리는 대화에 적당한 틈이 생기기를 기다렸다가 자신이 정말로 관심을 두고 있던 화제를 들이밀었다. 자신이 과학자와 이야기하고 있다는 생각이 로마노 박사의 머릿속에 떠오르자, 그는 갑자기 경제라는 주제에서 벗어났고, 이번에는 조지가 쓸쓸히 남겨진 사람이 되었다.

해리를 당혹스럽게 했던 의문은 저명한 화학자가 왜 선박의 추진에 관심을 가졌냐는 것이었다. 직접 행동에 나서기를 좋아하는 사람답게 해리는 이 점에 대하여 박사에게 물어보았다. 로마노 박사가 순간 당황한 것 같아서 해리는 괜한 호기심에 대해 사과(해리로서는 정말 어려운 일이다.)를 하려고 했다. 하지만 그러기도 전에 로마노 박사가 실례한다며 함교로 자리를 떴다.

그는 5분 후에 만족스러운 표정을 지으며 돌아와 마치 아무 일도 없었던 것처럼 말했다.

"아주 자연스러운 질문이었소, 퍼비스 씨."

그가 킬킬거리며 웃었다.

"스스로도 했던 질문이니까. 그런데 정말 듣고 싶소?"

"에, 그냥 그렇다는 거지요."

해리가 말했다.

"그러면 아마 놀랄 거요. 두 번이지, 솔직히 말하면. 말하자면 이래요. 나는 선박 추진법에 그다지 관심이 없어요. 내 배 밑바닥에서 여러분이 지대한 관심을 갖고 살펴본 장치에는 분명히 스크루가 있소. 하지만 그 밖에 다른 것도 있지요."

슬슬 본론으로 넘어가며 로마노 박사가 말했다.

"우선 바닷물의 기본적인 성분 먼저 알아야 해요. 여기서 볼 수 있는 양만 해도 엄청나게 많지요. 몇 세제곱 킬로미터는 되겠지요. 바닷물 4세제곱 킬로미터당 광물질 함유량이 1억 5000만 톤이나 된다는 걸 알고 있소?"

"솔직히 몰랐습니다. 대단한데요."

조지가 말했다.

"나 역시 오랫동안 대단하다고 생각했어요. 우리는 금속이나 기타 원소를 얻기 위해 땅 속을 뒤지고 다니지만 사실 세상에 존재하는 모든 원소는 바닷물 속에 있지요. 바다는 사실상 만인을 위한 절대 고갈되지 않는 광산이오. 땅을 전부 파헤칠 수는 있어도 바다는 절대 마르게 할 수 없어요.

인간은 이미 바다에서 광물질을 채취하기 시작했소. 다우 케미컬은 몇 년째 브롬을 채취하고 있어요. 4세제곱 킬로미터당 30만 톤이 함유되어 있지요. 최근에는 위와 같은 양의 바닷물에 500만 톤이 함유되어 있는 마그네슘을 채취하기 시작했어요. 하지만 그건 시작에 불과하다오.

가장 큰 문제는 바닷물 속에 있는 물질 대부분이 농도가 아주 낮다는 거요. 가장 많은 일곱 개의 원소가 전체의 99퍼센트를 차지하고 나머지가 1퍼센트인데, 마그네슘을 제외하면 유용한 금속은 전부 여기에 들어가요.

평생에 걸쳐서 난 유용한 금속을 추출해 내는 방법을 알고 싶었소. 해답은 전쟁 중에 나왔어요. 어떤 용액에 근소하게 들어 있는 동위원소를 제거하기 위해서 원자 에너지 장을 이용하는 기술에 대해 알고 있는지 모르겠군요. 아직 공개되지 않은 방법들도 꽤 많으니까."

"이온 교환 수지에 대해 말씀하시는 건가요?"

혹시나 하여 해리가 물었다.

"음, 비슷한 거요. 우리 회사는 원자력 위원회와 계약을 맺고 몇 가지 기술을 개발했소. 난 곧바로 그 기술의 응용 범위가 생각보다 넓다는 사실을 깨달았죠. 젊고 영리한 직원들을 배치해서 연구하게 하니까 '분자용 체'라는 걸 개발하더군요. 이름 그대로요. 말 그대로 체지. 우리는 이것을 이용해서 원하는 분자를 걸러 낼 수 있소. 고도의 파동역학 이론을 이용하고 있지만 실제로는 어처구니없을 정도로 간단한 거예요. 바닷물 속에서 원하는 원소를 골라서 체로 걸러 내는 거죠. 연달아 작동하는 몇 가지 장치를 이용해서 원소를 하나씩 골라낼 수 있어요. 효율은 꽤 높죠. 전력 소비량도 무시해도 될 정도고."

"알겠군요! 바다에서 금을 추출하는 거군요!"

조지가 소리쳤다.

로마노 박사가 좀 기분 나쁘다는 듯이 코웃음 쳤다.

"흥! 그런 거 말고도 할 일은 많아요. 금 따위야 얼마든지 있잖소. 난 상업적으로 좀 더 유용한 금속을 원하는 겁니다. 앞으로 몇 세대 후면 인류 문명이 절실하게 찾아 헤매게 될 원소를. 솔직히, 우리 장치를 이용한다고 해도 금은 추출할 만한 가치가 별로 없소. 바닷물 4세제곱 킬로미터에 22킬로그램밖에 없거든."

"우라늄은 어떤가요? 그것도 함유량이 낮은가요?"

해리가 말했다.

"그 질문이 안 나오기를 바랐는데."

로마노 박사가 말과 달리 즐거운 표정으로 대답했다.

"하지만 아무 도서관에서라도 찾을 수 있는 내용이니까, 우라늄이 금보다 200배나 흔하다는 사실을 말해도 상관없겠죠. 대략 7톤이 함유되어 있죠. 그 정도면 분명히 구미가 당기는 숫자요. 그러니 뭐 하

바다를 캐는 사람

러 금에 신경을 쓰겠소?"

"정말 그렇군요."

조지가 말했다.

로마노 박사는 지체 없이 말을 이었다.

"계속하리다. 분자용 체를 이용한다고 해도 엄청난 양의 바닷물을 처리해야 한다는 문제가 남아요. 해결할 방법은 많지요. 예들 들자면, 거대한 펌프장을 지어도 돼요. 하지만 난 언제나 돌 하나로 두 마리 새를 잡는 일에 열중했소. 그러던 어느 날, 간단한 계산을 좀 해 보았는데 그만 놀라운 결과가 나온 거요. 퀸 메리 호가 대서양을 건널 때마다 스크루에서 대략 0.4세제곱 킬로미터의 물을 내뿜는다는 사실을 알아낸 거죠. 바꿔 말하면 1500만 톤의 광물질을요. 아까 퍼비스 씨가 성급하게 밝혀 버린 대로 생각하자면 대서양 횡단 한 번에 거의 1톤의 우라늄이 생기는 겁니다. 괜찮은 생각 아니오?

그렇게 생각하니 배의 스크루 바깥에 튜브를 설치해서 뿜어져 나오는 물이 우리가 만든 체를 통과해 가도록 만들기만 하면 아주 유용한 이동식 추출 공장을 만들 수 있을 거라는 생각이 들었죠. 물론 추진력에는 분명히 손실이 있었지만 우리가 만든 실험용 장치는 훌륭히 작동했소. 예전만큼 빠르게 움직일 수는 없지만, 멀리 항해하면 할수록 우리는 추출 작업으로 더 많은 돈을 벌어들일 수 있지요. 선박 회사들이 크게 관심을 가질 것 같지 않소? 물론 그건 부차적인 문제지요. 나는 바다 위를 돌아다니면서 어떤 원소든지 원하는 대로 저장고를 채울 수 있는 이동 추출 공장을 만들고 싶소. 그날이 오면 우리는 더 이상 땅을 헤집고 다니지 않아도 되고 자원 부족 문제도 해결될 거요.

모든 것은 바다로 되돌아가게 되어 있어요. 바다는 일단 열기만 하면 영원히 마르지 않는 보물 상자라오."

로마노 박사의 손님들이 이 현기증 나는 전망에 대해 한참 생각하는 동안 컵 속의 얼음이 부딪히는 소리밖에 들리지 않았다. 그때 해리에게 문득 한 가지 생각이 떠올랐다. 그가 말했다.

"이건 제가 아는 발명 중에서 가장 뛰어난 거예요. 그래서 박사님께서 우리에게 소상히 털어놓았다는 사실이 의아하게 여겨지는군요. 어쨌거나 우리는 처음 보는 사람들이잖습니까. 어쩌면 염탐하러 온 걸 수도 있고요."

박사는 쾌활하게 웃었다.

"그런 걱정은 마요. 벌써 워싱턴에 있는 친구들에게 연락해서 여러분에 대해 알아보았으니까."

해리는 잠시 놀랐지만 일이 어떻게 된 건지 깨달을 수 있었다. 그는 로마노 박사가 잠시 사라졌던 것을 기억했고, 그 사이에 무슨 일이 벌어졌는지 상상할 수 있었다. 워싱턴에 무선 연락이 가고, 어떤 상원 의원이 대사관에 연락을 하고, 군수성의 누군가가 맡은 일을 처리했을 터였다. 로마노 박사가 원하는 답변을 듣기까지는 5분이면 충분했을 것이다. 미국인들은 아주 효율적이었다. 능히 그럴 수 있는 사람들이었다.

그때쯤 해리는 자기들 말고 누군가가 더 있다는 사실을 알게 되었다. 발렌시 호보다 훨씬 더 크고 인상이 강렬한 요트가 그들 쪽으로 다가오고 있었다. 몇 분 후, 해리는 '바다의 물보라'라는 이름을 읽을 수 있었다. 그런 이름은 디젤 선박보다는 돛이 굽이치는 돛단배에 더 잘 어울릴 거라고 해리는 생각했다. 하지만 물보라 호가 아주 잘 빠진 배라는 점에는 이의가 없었다. 그는 부럽다는 감정을 숨기지 않고 그대로 드러내고 있는 조지와 로마노 박사의 표정을 이해할 수 있었다.

바다가 잔잔했던 터라 두 척의 배는 서로 나란히 설 수 있었다. 두 배가 접촉하자마자 그을린 피부의 활력이 넘치는 40대 후반의 남자가 발렌시 호의 갑판으로 뛰어 올라왔다. 그는 곧바로 로마노 박사에게 다가가 힘차게 손을 붙잡고 흔들며 말했다.

"이런, 영감님이 여기 무슨 일입니까?"

그러고는 나머지 일행을 궁금하다는 듯이 바라보았다. 로마노 박사가 소개를 맡았다. 배에 올라탄 사람은 키 라고에서 자기 배를 몰고 온 스콧 매킨지 교수였다.

"맙소사! 너무하는걸! 백만장자 과학자는 하루에 한 명이면 족하다고."

해리가 혼잣말로 중얼거렸다.

하지만 피해 갈 도리는 없었다. 사실 매킨지는 학계에 잘 모습을 드러내지 않았지만, 그럼에도 불구하고 그는 텍사스에 있는 한 대학의 지구물리학과에 몸담고 있는 진짜 교수였다. 그러나 그는 90퍼센트 이상의 시간을 거대 석유 회사를 위해 일하는 한편 자신의 컨설팅 회사를 운영하는 데 썼다. 마치 비틀림저울과 지진학 지식을 이용해서 돈을 버는 것처럼 보였다. 그가 로마노 박사보다 젊은 건 사실이었지만, 빠르게 팽창하는 산업에 힘입어 로마노 박사보다도 더 많은 돈을 벌어들였다. 해리는 텍사스 주 정부의 독특한 세법도 그와 무관하지 않을 거라고 추측했다……

과학계의 두 거물이 우연히 만났다는 건 있을 법하지 않았기 때문에 해리는 어떤 음모가 진행 중인가 싶어 차분히 주시했다. 한동안 대화는 일반적인 영역에 머물러 있었지만, 매킨지 교수가 로마노 박사의 손님에 대해 대단히 궁금해 한다는 점은 명백했다. 소개를 받은 지 얼마 되지 않아, 그는 잠시 실례한다며 자기 배로 돌아갔고 해리는 속으로 신음했다. 만약 대사관에 해리에 대한 문의가 30분 사이에 두 번이나 개별적으로 들어간다면 그에게 무슨 일이 생겼는지 궁금해 할 것이다. 어쩌면 연방 수사국의 의심을 살 수도 있었다. 그러면 약속했던 나일론 양말 스물네 켤레를 어떻게 이 나라 밖으로 가지고 나갈 수 있을까?

해리는 이 둘 사이의 관계가 꽤 재미있다는 사실을 깨달았다. 그들은 마치 좋은 자리를 차지하기 위해 원을 그리며 돌고 있는 싸움닭 같았다. 로마노 박사는 매킨지 교수를 아랫사람 대하듯 거만한 태도로 대했는데, 해리가 보기에는 탄복하는 마음을 숨기려는 것 같았다. 로마노 박사가 거의 광신적인 보수주의자였고 매킨지 교수와 그를 고용한 사람들의 활동을 못마땅하게 생각한다는 점은 분명했다. 한 번은 이렇게 말했다.

"자네는 도둑놈이야. 지구의 자원이 빠르게 고갈되어 가고 있다는 사실을 알면서도 다음 세대에 대해서는 눈곱만큼도 관심 없으니, 원."

"다음 세대가 우리한테 뭘 해 주기라도 했나요?"

매킨지는 그다지 특이할 것 없는 대답을 했다.

그들은 거의 한 시간 동안 맞섰고 그동안 오간 이야기를 해리는 이해할 수 없었다. 그는 자기와 조지가 여기 앉아서 이야기를 다 듣고 있어도 되는지 궁금했고, 얼마 지나자 그는 로마노 박사의 기술에 감탄하기 시작했다. 로마노 박사는 다가온 기회를 천재적으로 이용했던 것이다. 그는 조지와 해리를 기꺼이 곁에 두어 매킨지를 난처하게 만들었고 어떤 거래가 진행 중인지 의심하게 했다.

그는 마치 아무것도 아닌 양 분자용 체에 대한 이야기를 지나가는 투로 조금씩 흘렸다. 그러나 매킨지는 바로 거기에 들러붙었다. 로마노 박사가 언급을 피하려 하면 할수록 그는 더욱 집요해졌다. 로마노 박사가 일부러 언급을 꺼리고 있으며 매킨지도 그 사실을 잘 알고 있지만 로마노 박사의 의도대로 대응할 수밖에 없다는 점은 명확했다.

로마노 박사는 마치 현존하는 게 아니라 장래의 계획일 뿐이라는 듯 직접적으로 그 장치를 언급하지 않았다. 그는 경이로운 가능성의 윤곽을 그려 가며, 그게 현존하는 형태의 모든 광산 기술을 쓸모없게 만들 것이고 더 나아가 금속 고갈이라는 위험을 영원히 사라지게 할 거라는 점을 설명했다.

"만약에 그렇게 좋은 기술이라면, 왜 직접 만들지 않았지요?"

곧바로 매킨지가 소리쳤다.

"자네는 내가 이 멕시코 만류에서 뭘 하고 있다고 생각하나? 이걸 보게."

로마노 박사가 대꾸했다.

그는 음파탐지기 아래에 있던 상자를 열고 조그만 금속 막대를 꺼내 매킨지에게 던졌다. 납처럼 보였고 당연히 아주 무거웠다. 매킨지 교수는 무게를 가늠해 보고 바로 말했다.

"우라늄이군요. 그러니까……."

"그래. 순수한 우라늄이지. 내가 이것을 얻은 곳에는 아직도 많이 남아 있다네."

그는 몸을 돌려 조지에게 말했다.

"조지, 잠수함을 이용해서 매킨지 교수에게 우리의 성과를 보여 줘도 될까요? 잠깐이지만, 우리가 이미 사업을 시작했다는 점을 쉽게 알 수 있을 거요."

여전히 아주 신중했던 매킨지는 조그만 개인용 잠수함을 보고도 냉철하게 대처했다. 15분 후 구미가 당길 만큼 충분히 관찰하고 나서 그는 다시 수면 위로 부상했다. 그는 로마노 박사에게 말했다.

"첫 번째로 알고 싶은 건 이걸 왜 나에게 보여 주느냐는 겁니다! 이건 역사상 유례가 없는 대규모 사업이라고요. 왜 영감님 회사에서 직접 다루지 않죠?"

로마노는 조그맣게 콧방귀를 뀌었다.

"예전에 내가 위원회에서 소동을 일으킨 적이 있는 건 알지 않는가. 어쨌거나 그 늙어 빠진 게으름뱅이들은 이런 커다란 일을 다룰 능력이 없어. 인정하기는 싫지만 자네 같은 텍사스 해적들이 이 일엔 적격이네."

"그러면 이건 개인적인 사업인가요?"

"맞아. 회사는 아무것도 모르고 있지. 내 돈 50만 달러를 쏟아부었다니까. 일종의 취미라고 할 수 있지. 나는 지금도 늘어나고 있는 피해를 누군가가 되돌려야 한다고 생각했어. 대지를 강간하는 일 말이야. 자네들 같은……."

"알았다고요. 한두 번 들은 말이 아니라고요. 그런데 이걸 우리에게 넘기겠다고요?"

"누가 넘긴다고 했나?"

의미심장한 침묵이 이어졌고 다시 매킨지가 신중하게 말했다.

"좋습니다. 우리가 관심을 가질 거라는 사실은 굳이 말하지 않아도 되겠지요. 대단한 관심이 있어요. 효율성과 추출 비율, 그리고 기타 관련된 통계치를 알려 주시면 제대로 사업에 대해 논의해 볼 수 있을 겁니다. 원하지 않는다면 기술적인 내용은 알려 주지 않아도 좋습니다. 내가 경영진 전체를 대변할 수 있는 건 아니지만, 분명히 거래할 정도의 자금은……."

"스콧."

로마노 박사가 말했다. 지친 듯한 그의 목소리는 처음으로 그의 나이를 떠올리게 했다.

"난 회사와 거래하는 일에는 관심 없다네. 경영진들이니 변호사들, 그 변호사의 변호사들과 방에 앉아서 흥정할 시간은 없어. 50년 동안 그런 일을 해 왔단 말이야. 이제 난 지쳤어. 이건 내가 개발한 거야. 내 돈으로 개발한 것이고 장비는 모두 내 배 안에 있어. 난 개인적으로 거래하고 싶어. 자네하고만 말이야. 그 다음부터는 자네가 알아서 하고."

매킨지가 눈을 깜빡였다. 그러고는 이렇게 항의했다.

"난 이렇게 큰일을 처리할 수 없어요. 제안은 고맙지만, 만약 말씀하신 게 사실이라면, 이건 수십억 달러의 가치가 있다고요. 난 그저 단순한 백만장자일 뿐입니다."

"난 돈에는 관심 없어. 내가 돈을 갖고 뭘 하겠나? 지금, 바로 이 자리에서 내가 원하는 건 한 가지뿐이야, 스콧. 바다의 물보라 호를 내게 넘기게. 그리고 내 개발품을 가져."

"미쳤군요! 설사 인플레이션이 온다고 해도 저 배 따위는 백만 달러 안쪽으로 만들 수 있어요. 그리고 당신이 개발한 건 가치가 어마어마……."

"말다툼하긴 싫네, 스콧. 자네 말은 알겠지만, 나는 살날이 얼마 안 남은 노인이라고. 저만 한 배를 만들려면 1년은 걸릴 거야. 예전에 자네가 마이애미에서 보여 줬을 때부터 난 자네 배가 마음에 들었어. 발렌시 호와 실험 장비와 기록 일체를 자네에게 넘기겠다는 게 내 제안이네. 한 시간이면 개인 소지품을 옮길 수 있을 거야. 이 거래를 합법적으로 만들어 줄 변호사도 여기 있네. 그리고 난 카리브 해로 가서 섬들을 지나 태평양을 건널 거야."

"이게 전부 준비가 되었다는 말인가요?"

매킨지가 깊이 경탄하여 말했다.

"맞아. 받아들이든지 말든지 맘대로 하게."

"평생에 이런 어이없는 거래는 처음이에요."

다소 급하게 매킨지가 말했다.

"물론 받아들이겠어요. 고집불통 영감님이라면 알아 모셔야지."

정신 사나운 한 시간이 흘러갔다. 땀에 젖은 선원들은 가방이나 짐꾸러미를 들고 이리저리 뛰어다녔고, 로마노 박사는 주름진 얼굴에 행복한 미소를 띤 채 자신이 만들어 낸 혼란의 한가운데에 앉아 있었다. 매킨지 교수는 조지와 법률적인 상담을 한 끝에 서류를 하나 들고 나타났고 로마노 박사는 읽어 보지도 않고 서명했다.

바다의 물보라 호에서는 예상치 못한 것들이 나왔는데, 예를 들면 다른 무엇으로 변형된 아름다운 밍크라든가, 원래 모습 그대로의 아름다운 금발 미녀 같은 것들이었다.

로마노 박사가 정중하게 말했다.

"안녕, 실비아. 미안하지만 예전보다 조금 좁을 거야. 매킨지 교수는 당신이 타고 있다는 말은 안 했지만 신경 쓰지 않아도 돼. 우리도 아무 말 않을 테니까. 계약에는 들어 있지 않지만 신사들 간의 협정이라고나 할까? 매킨지 부인의 기분을 상하게 하는 건 아주 유감스러운 일이잖아."

"무슨 소리를 하는지 모르겠군요! 교수님을 도와 타이핑을 해야 했다고요."

실비아가 토라진 표정을 지었다.

"그러기엔 당신 타이핑 솜씨가 너무 형편없지, 내 사랑."

남부 지방 특유의 여성을 대하는 태도로 실비아가 발판을 건너도록 도우며 매킨지가 말했다. 해리는 당황스러운 상황에서도 침착한 그의 태도에 감탄했다. 해리는 절대로 그렇게 할 자신이 없었다. 하지만 실제로 확인해 볼 수 있는 기회가 있기를 바라는 것도 사실이었다.

드디어 혼란이 가라앉고 상자와 짐꾸러미의 행렬이 줄어들었다. 로마노 박사는 모두와 악수를 나누고 조지와 해리에게 도와줘서 고맙다고 인사한 후, 바다의 물보라 호의 함교로 걸어갔고 10분 후에는 이미 수평선 저편에 있었다.

해리가 이제 자기들도 떠날 시간이라고(그들이 애초에 뭘 하고 있었던 건지는 매킨지 교수에게 설명하지 않았다.) 생각했을 때, 무선 신호가 들어왔다. 로마노 박사였다.

"칫솔이라도 잊어버렸나 보죠."

조지가 말했다. 물론 그렇게 사소한 문제는 아니었다. 다행히 스피커가 켜져 있었다. 어쩔 수 없이 들을 수밖에 없었기 때문에 굳이 신사도에 어긋나게 일부러 엿들을 필요는 없었다.

"이 봐, 스콧. 내가 설명을 안 하고 넘어간 게 있어서 말이야."

로마노 박사가 말했다.

"만약 날 속인 거라면, 마지막 한 푼까지······."

"아니, 그런 게 아니야. 하지만 비록 내가 한 말이 전부 진실이라고 해도 자네를 압박한 면이 있긴 하다네. 너무 화를 내지는 마. 자네는 싸게 산 거야. 하지만 이게 돈이 되려면 시간이 아주 오래 걸릴 거야. 그리고 먼저 자네 돈을 몇 백만 달러 정도 쏟아부어야 하지. 상업적으로 유용해지려면 효율성이 지금보다 천 배는 증가해야 돼. 그 우라늄 막대기를 만드는 데 수천 달러가 들었거든. 아직 화를 낼 건 없어. 확신하건대, 언젠가는 가능한 일이야. 내 직원 중에 켄달 박사라는 사람을 찾아. 그 사람이 기본적인 연구를 다했거든. 얼마가 들든 그를 고용하라고. 자네는 고집스러운 놈이니까 난 자네 손으로 그 일을 해낼 수 있다는 걸 알아. 그래서 내가 자네에게 준 거지. 시적인 정의도 물론 이유야 되겠지. 자네가 그동안 대지에 가한 피해를 보상할 수 있을 테니까. 자네가 억만장자가 된다는 건 유감이지만 어쩔 수 없지.

잠깐. 끊지 말게. 만약 시간이 있었으면 내가 직접 했을 거야. 하지만 최소한 3년은 걸릴 테고, 의사가 말하길 나는 앞으로 6개월밖에 못 산다더군. 살날이 얼마 안 남았다고 한 건 농담이 아니야. 그 이야기를 꺼내지 않고도 거래를 성사시킬 수 있어서 기쁘지만, 아마도 필요했다면 그 사실을 무기로 썼을 거야. 한 가지만 더. 자네가 추출 공정을 완성시키고 나면 내 이름을 따서 붙여 주게. 그래 주겠나? 이게 전부야. 다시 내게 연락할 필요는 없어. 대답하지 않을 테니까. 그리고 이 배를 따라잡을 수 없다는 것도 난 알아."

매킨지 교수는 태연했다.

"그런 것일 줄 알았습니다."

그는 누구에게라고 할 것 없이 말했다. 그리고 자리에 앉아 정교한 휴대용 계산자를 꺼냈다. 그는 외부 세계를 인식하지 못하는 것처럼 보였다. 조지와 해리가 완전히 압도당한 기분으로 정중하게 출발을 고하고 조용히 잠수함을 타고 떠날 때도 그는 거의 고개조차 들지 않았다.

"오늘날 벌어지는 수많은 일들이 다 그렇듯이, 나는 아직도 이 사건의 결론이 어떻게 맺어졌는지 모르고 있어."

해리 퍼비스가 이야기를 끝맺으려 했다.

"나는 매킨지 교수가 난관에 봉착했을 거라고 생각하는 편이야. 그렇지 않았다면 지금쯤 추출 공정에 대한 소문이 들렸을 테니까. 하지만 언젠가 완벽해질 날이 올 거라고 확신해. 그러니까 혹시 광산 지분을 갖고 있으면 처분할 준비를 하라고…….

로마노 박사에 대해 이야기하자면, 그가 거짓말을 한 건 아니었어. 비록 의사의 예측이 조금 틀렸기는 하지만. 그는 꼬박 1년을 더 살았지. 바다의 물보라 호의 도움이 컸을 거야. 로마노 박사는 태평양 한

가운데에 묻혔고, 내 생각에는 그 사람도 좋아했을 것 같아. 그가 대단한 보수주의자란 말을 했잖아. 그래서 지금 이 순간에도 박사의 몸을 이루던 원자들이 바로 자기가 만든 체에 걸러지고 있다는 생각을 하면 재미있다니까…….

못 믿겠다는 표정들을 하고 있군. 하지만 이건 사실이야. 만약 물 한 잔을 바다에 붓고 잘 섞은 후에 다시 잔으로 바닷물을 뜨면 잔 안에는 원래 잔에 담겨 있던 분자들이 여전히 수십 개는 들어 있을 거라고. 따라서…….”

그가 섬뜩하게 웃었다.

“로마노 박사뿐만 아니라 우리 모두가 체에 걸러지는 것도 시간문제일 뿐이야. 다들 이걸 염두에 두고 오늘 밤을 즐겁게 보내시게나.”

임계질량 |Critical Mass|

1949년 3월,《릴리푸트(Lilliput)》에 실린 것을 개정하여 1957년 8월《스페이스 사이언스 픽션 매거진(Space Science Fiction Magazine)》에 수록함.
『하얀 사슴의 이야기』에 재수록.

"내가 예전에 영국 남부 지방의 주민들을 대피시킬 뻔한 일을 막았다는 이야기를 한 적이 있나?"

해리 퍼비스가 조심스럽게 물었다.

"아니, 안 했어. 어쩌면 이야기하는 동안 내가 잠들었을 수도 있고."

찰스 윌리스가 말했다.

"흠, 그렇군."

적당한 수의 청중이 주변으로 모여들자 해리가 이야기를 시작했다.

"2년 전에 클롭햄 근처에 있는 원자력 에너지 연구 시설에서 일어난 일이었어. 거기가 어딘지는 다들 알고 있을 거야. 하지만 이야기할 수 없는 모종의 일로 내가 잠시 거기서 일했다는 이야기는 한 적이 없었지."

"언제나 그런 식이지."

존 윈담이 말했지만 아무도 신경 쓰지 않았다.

"어느 토요일 오후였어. 아름다운 봄날이었지. '검은 백조'라는 술집에 과학자 여섯 명이 모여 있었어. 창문이 열려 있어서 우리는 클롭햄 언덕 저편으로 거의 50킬로미터 가까이 떨어진 업체스터까지 볼 수 있었어. 날이 너무나 맑아서 지평선 위로 솟아오른 업체스터 성당의 첨탑 두 개까지 확인할 수 있었지. 그렇게 평화로운 날은 찾아보기 힘들 정도였어.

연구 시설 직원과 주민들은 꽤 잘 어울렸지만, 처음부터 지역 주민들이 우리가 자기들 코앞에 있는 걸 반겼던 건 아니야. 우리가 무슨 일을 하고 있는지를 떠나서, 과학자들이란 인간사에 전혀 관심이 없는 족속들이라고 다들 믿고 있었거든. 우리가 다트 게임에서 몇 번 이기고 술도 몇 번 사고 나니까 생각이 바뀌더라고. 그래도 농담 반 진담 반으로 우리를 항상 괴롭히긴 했지. 계속해서 우리에게 다음번에는 어디를 폭파시켜 버릴 거냐고 물었어.

사건이 일어난 날 오후에 원래는 몇 명 더 있어야 했는데, 방사성동위원소를 다루는 부서에 급한 일이 있어서 평소보다 사람이 적었어. 술집 주인이었던 스탠리 챔버스가 익숙한 얼굴이 없는 걸 보고 한마디 했지.

'친구 분들이 다 어디 갔나요?' 그는 책임자인 프렌치 박사에게 물었어.

'작업실에서 일하고 있어요.' 프렌치 박사가 대답했어. 우리는 그 시설을 항상 작업실이라고 불렀지. 그래야 좀 더 친근하고 덜 무서워 보이거든. '뭔가를 급하게 꺼낼 게 있어서요. 좀 있으면 올 겁니다.'

'언젠가 당신들이 그 뭔가를 흘리고 다시 주워 담아 밀봉하지 못하게 될 것 같은데. 그러면 우리는 어디로 도망가야 하죠?' 스탠리가 신랄하게 말했어.

'아마 달까지는 가야 할걸요.' 프렌치 박사가 말했지. 무책임해 보이는 발언이었지만, 그는 항상 그런 바보 같은 질문을 참지 못했어.

스탠리 챔버스는 자기와 클롭햄 사이에 언덕이 얼마나 많이 있는지 가늠하는 듯 프렌치 박사의 어깨 너머를 바라보고 있었어. 내가 보기에는 도망가기 전에 술 저장고에 들를 수 있는지, 시도해 볼 만한 일인지 계산하고 있는 것 같았지.

'당신들이 계속 병원으로 보내는 이 동위원소라는 거 말이에요.' 진지한 목소리로 누군가가 말했어. '내가 지난주에 세인트토머스 병원에 갔는데, 그것들이 1톤은 나감 직할 납 금고에 담긴 채로 돌아다니고 있더군요. 만약 누군가가 그걸 잘못 다루기라도 한다면 무슨 일이 벌어질지 상상하니까 소름이 끼치던걸요.'

'우리가 계산한 바로는……' 다트 게임을 방해받은 데 아직도 짜증 나 있는 게 분명한 프렌치 박사가 대답했어. '클롭햄에 있는 우라늄은 북해를 끓게 만들 수 있는 양이오.'

그런 말을 할 것까지는 없었지. 게다가 그건 사실도 아니었어. 하지만 내가 윗사람한테 뭐라고 할 수는 없잖아?

그 질문을 한 사람은 구석진 창가에 앉아 있었어. 그 사람은 걱정스러운 표정으로 길을 내려다보고 있더군.

'그 동위원소는 트럭으로 나르지 않나요?' 급하다는 듯이 그가 물었어.

'맞아요. 동위원소들은 보통 수명이 짧아서 바로 옮겨야 하지요.'

'음, 저기 언덕 아래에 고장난 트럭이 있는 것 같은데요. 혹시 저게 당신들 건가요?'

다들 다트를 놓고 창가로 달려갔어. 내가 간신히 창밖을 볼 수 있게 되자, 포장된 상자를 실은 커다란 트럭이 몇 백 미터 저쪽에서 언덕 아래로 질주하는 게 보이더군. 가끔 울타리에 부딪혀서 튀어나오곤 하는 게 브레이크가 고장나서 운전사가 제대로 운전할 수 없는 게 틀림없었어. 근처에 다른 차가 없어서 망정이지 그렇지 않았으면 큰 사고가 났을 거야. 사실, 그럴 가능성은 여전히 높았지.

그러다가 도로가 굽은 곳에서 트럭은 울타리를 뚫고 길을 벗어났어. 속도가 줄어드는 동안 몇 십 미터를 거친 땅 위에서 격렬하게 요동치면서 나갔어. 트럭은 도랑에 빠져 아주 조용하게 한쪽으로 기울어진 채 멈췄지. 몇 초 후에 포장된 상자들이 미끄러져 땅으로 떨어지면서 나무가 부서지는 소리가 들려왔어.

'바로 저거야.' 안도하는 숨을 내쉬며 누군가가 말했어. '일부러 울타리를 받은 건 잘한 거야. 놀랐겠지만, 다치지는 않았을 거야.'

그리고 우리는 아주 당황스러운 광경을 목격했지. 운전석 문이 열리더니 운전사가 뛰어나오는 거야. 그 거리에서도 운전사가 크게 당황하고 있는 게 뚜렷이 보였어. 그런 상황에서야 당연한 일이겠지. 그런데 그는 사람들의 예상처럼 그 자리에 주저앉아 정신을 차리려 하지 않았어. 정반대로, 지옥에서 나온 악마가 자기를 뒤쫓기라도 하는 양 부리나케 그 자리를 벗어나 들판을 가로질러 도망갔어.

우리는 입을 벌린 채 바라보고 있었어. 언덕 아래로 뛰어가는 운전사의 모습이 작아질수록 우리는 점점 불안해졌지. 술집 안에는 불길한 침묵이 감돌았고, 오로지 스탠리가 항상 정확히 10분 빠르게 맞춰 놓는 시계 초침 소리만 울려 퍼졌어. 그때 누군가 말했어. '여기 있어도 괜찮을까요? 그러니까…… 1킬로미터도 떨어져 있지 않은 곳인데…….'

사람들이 슬금슬금 창가에서 멀어졌어. 그러자 프렌치 박사가 신경질적인 웃음소리를 냈지.

'저게 우리 트럭인지 아닌지도 모르잖소. 게다가 조금 전에 난 그냥 장난쳤던 거예요. 저게 폭발하는 건 불가능한 일이에요. 저 사람은 연료통에 불이 붙을까 봐 저런 걸 겁니다.'

'흠, 그래요?' 스탠리가 말했어. '그러면 저 사람이 왜 아직도 뛰고 있는 거죠? 벌써 언덕을 절반쯤 내려갔는데.'

'알았다!' 장비 관리과에서 일하는 찰리 에반이 말했지. '트럭에 폭발물이 실려 있는 거야. 그래서 터질까 봐 도망가는 거고.'

난 그 의견을 묵살해 버렸지. '불이 나지도 않았는데 왜 그런 걱정을 하겠어? 게다가 만약에 폭발물을 싣고 있었다면 빨간 깃발을 달거나 무슨 표시를 했을 거야.'

'잠깐만요. 망원경을 가져올게요.' 스탠리가 말했어.

그가 돌아올 때까지 아무도 움직이지 않았지. 그러니까 단 한 명, 전혀 줄지 않은 속도로 언덕을 달려 내려가서 숲 속으로 사라진 조그만 사람을 빼고는 말이야.

스탠리가 쌍안경으로 관찰하는 시간은 마치 영원 같았어. 마침내 그가 실망한 듯이 투덜거리며 망원경에서 눈을 뗐지.

'잘 안 보여요. 트럭이 기울어진 방향이 안 좋아요. 상자들은 여기

저기 흩어져 있고 몇 개는 부서져 열렸더군요. 뭐가 보이는지 한번 봐요.'

프렌치 박사가 한참 동안 쳐다보더니 쌍안경을 내게 넘겼어. 아주 구식 쌍안경이라 별 도움이 안 되더군. 내 눈에는 상자 주변에 희한한 안개가 낀 것처럼 보이더라고. 하지만 그건 말이 안 됐지. 난 렌즈 상태가 나빠서 그런가 보다 했어.

만약에 자전거를 타고 가던 사람들이 나타나지 않았다면, 그 사건은 그냥 그렇게 흐지부지되고 말았을 거야. 한 쌍의 남녀가 2인용 자전거를 타고 언덕을 올라오다가 울타리에 방금 생긴 구멍을 보더니 무슨 일인지 보려고 자전거에서 내렸어. 길에서도 트럭이 보일 정도여서 그 남녀는 손을 마주잡고 가까이 가더군. 여자는 주춤거리는 게 분명했고 남자는 긴장할 것 없다고 말하고 있었을 거야. 오가는 대화를 상상하는 건 어렵지 않았어. 눈물 없이 못 볼 정도였지.

시간이 오래 걸리진 않았어. 그들은 트럭에 몇 미터 거리까지 다가가더니 갑자기 손을 놓고 서로 정반대의 방향으로 빠르게 뛰어가기 시작했어. 둘 다 상대방이 잘 도망가고 있는지 뒤돌아보지도 않더군. 내가 보기에, 그들이 뛰어가는 모양새는 아주 독특했지.

스탠리는 떨리는 손으로 쌍안경을 내려놓았어.

'차를 가져와!' 그가 말했지.

'하지만……' 프렌치 박사가 입을 열었어.

스탠리는 눈빛으로 프렌치 박사의 입을 막아 버렸어. 그는 금고를 잠그며(이런 상황에서도 그는 해야 할 일을 잊지 않았다.) 말했어. '빌어먹을 과학자들! 언젠가 이런 날이 올 줄 알았어.'

그리고 그는 사라졌지. 친구들까지 데리고 말이야. 우리한테 태워 주겠다는 제의조차 하지 않았어.

'이건 말도 안 돼!' 프렌치 박사가 말했어. '저 멍청이들은 상황이 어떤지도 모르고 혼란만 일으킬 거야. 그러면 감당하기 힘들다고.'

그게 무슨 뜻인지는 나도 알고 있었어. 누군가가 경찰에 이야기하고, 자동차들은 클럽햄에서 빠져나가려 할 거고, 전화선은 폭주로 인해 불통이 되겠지. 1938년에 오손 웰스의 「우주 전쟁」이 일으켰던 공황 상태가 반복되는 거야. 어쩌면 내가 과장하고 있다고 생각할지 모르겠지만 사람들이 공황에 빠졌을 때의 위험을 가볍게 보면 안 돼. 게다가 사람들이 우리 시설을 꺼림칙하게 여겼고 이런 일이 일어날 것으로 예상하고 있었다는 점을 생각해 봐.

게다가 그때쯤에는 우리도 과히 기분이 좋지 않았어. 단순히 사고가 난 트럭에 무슨 일이 벌어졌는지 상상할 수 없었을 뿐이지만, 완전히 무지하다는 거야말로 과학자들이 가장 싫어하는 일 아닌가.

그러는 동안에 나는 스탠리가 버리고 간 쌍안경을 들고 세심하게 관찰하고 있었어. 보고 있자니 그럴듯한 이론이 하나 떠오르더군. 부서진 상자 주변에 오로라 같은 게 보였거든. 나는 눈이 따끔할 때까지 쳐다보다가 프렌치 박사에게 말했어. '저게 뭔지 알 것 같아요. 우체국에 전화해서 스탠리가 거기 가지 못하게 하세요. 벌써 도착했다면 최소한 소문을 퍼뜨리는 것만이라도 막으라고요. 그동안 제가 트럭에 가서 제 생각이 맞는지 확인해 볼게요.'

유감스럽게도 아무도 따라오겠다는 말을 하지 않더군. 일단 자신감 있게 길을 따라 내려가기 시작했는데, 조금 있으니까 나도 슬슬 자신감이 떨어지기 시작하더라고. 항상 내 머리를 떠나지 않던 역사상 가장 아이러니한 농담이 떠오르더니, 바로 그런 종류의 일이 일어나고 있는 건지 걱정되기 시작했어. 극동 지방에 인구가 5만 명 정도 되는 화산섬이 있었어. 수백 년 동안 조용했던지라 아무도 화산이 터질까 봐 걱정하지 않았지. 그러던 어느 날, 화산이 폭발한 거야. 처음에는 소규모였지만 시간이 갈수록 강력해졌지. 사람들은 혼란에 빠졌고, 항구에 있던 몇 안 되는 보트를 타고 육지에 가려고 몰려들었어.

하지만 섬을 지배하고 있던 군사 지도자는 어떤 대가를 치르더라도 질서를 지키겠다고 마음먹었어. 그는 아무런 위험도 없다는 포고문을 발표하고 군대를 보내 항구를 장악해서 사람들이 정원 초과된 보트에 오르려고 싸우다가 목숨을 잃는 일을 막으려 했어. 그의 강력한 성품과 모범적이라 할 만한 용기는 군중들을 진정시켰어. 도망가려던 사람들은 부끄러운 낯으로 집에 돌아가 상황이 정상으로 돌아오기를 기다렸어.

그래서 몇 시간 후에 결국 화산이 폭발해서 섬 전체를 뒤덮었을 때 아무도 살아남을 수 없었던 거야…….

트럭에 가까이 가면 갈수록, 내가 마치 판단을 잘못 내린 그 군사 지도자 역할을 하고 있다는 생각이 들더군. 어쨌거나 자리를 지키고 있다가 위험을 마주하는 게 용감한 일인 경우도 있지만, 반대로 도망치는 게 가장 현명한 일인 경우도 있잖아. 하지만 이제 와서 돌아가기에는 이미 늦었고 게다가 난 내 이론에 꽤 자신이 있었어."

"가스였을 거야."

틈만 나면 해리의 이야기를 망치려고 시도하는 조지 휘틀러가 말했다.

"훌륭한 아이디어야. 내가 생각한 게 바로 그거였거든. 바로 우리가 전부 바보 같은 생각을 할 수도 있다는 점을 보여 주는 좋은 예지.

트럭에서 한 15미터 정도 떨어진 곳까지 가니 발이 굳어 버리더군. 따뜻한 날이었지만 기분 나쁜 한기가 등골을 스쳐 가는 거야. 내가 본 건 내 가스 이론은 물론이고 다른 어떤 추측조차도 날려 버리는 것이었지.

스멀거리는 검은 덩어리가 상자 하나를 뒤덮고 있었어. 잠깐 동안 나는 그게 깨진 용기에서 흘러나온 검은 액체라고 생각하려고 했어. 하지만 잘 알려진 액체의 성질 중 하나는 중력을 무시할 수 없다는 거야. 그런데 그건 중력을 무시하고 있었지. 게다가 분명히 살아 있는 생물이었어. 내가 서 있는 장소에서는 거대한 아메바 같은 생물이 모양이나 두께를 바꾸어 가면서 상자 위를 이리저리 기어 다니는 것처럼 보였지.

그 몇 초 사이에 에드거 앨런 포를 유명하게 만든 환상소설 몇 편이 뇌리를 스쳐 가더군. 그때 나는 시민으로서의 의무와 과학자로서의 자존심을 떠올렸어. 빠르지는 않은 속도로, 난 다시 앞으로 걷기 시작했어.

아직도 가스 이론을 마음에 담고 있었는지 조심스럽게 냄새를 맡던 기억이 나는군. 그런데 정답을 깨닫게 해 준 건 코가 아니라 귀였어. 그 불길한 덩어리가 내는 소리가 내 주위를 감돌기 시작한 거야. 이전에 수백 번도 더 들어 본 소리였지. 하지만 그렇게 크게는 아니었어. 나는 거리를 조금 두고 그 자리에 주저앉아서 웃고 또 웃었지. 그리고 일어서서 술집으로 돌아왔어.

프렌치 박사가 초조하게 물었어. '음…… 그게 뭐던가? 우리는 지금 스탠리와 통화 중이야. 교차로에서 그를 잡았지. 하지만 무슨 일인지 말해 주기 전까지는 돌아오지 않겠대.'

'스탠리에게 빨리 근처에서 양봉하는 사람을 찾아서 데리고 오라고 하세요. 큰 일거리가 있어요.' 내가 말했어.

'근처에서 누구?' 프렌치 박사가 말했어. 그의 입이 크게 벌어졌어. '맙소사! 저게…….'

'맞아요.' 혹시 스탠리가 바 뒤에 좋은 술을 숨겨 놓았는지 살피러 가면서 내가 대답했어. '이제 안정되어 가는 것 같지만 아직까지는 화가 나 있을 거예요. 세어 보지는 않았지만, 백만 마리쯤 되는 벌들이 부서진 벌집으로 들어가려고 애쓰고 있더군요.'"

하늘의 저편 | The Other Side of the Sky |

1957년 9/10월 호 《인피니티 사이언스 픽션 매거진(Infinity Science Fiction Magazine)》에 첫 게재. 『하늘의 저편』에 재수록.

연작 단편 소설이었던 「달을 향한 모험」의 성공 덕분에 이 시리즈를 쓸 수 있었다. 거기에 행운이 따라 이 이야기가 런던의 가판대에 등장한 것은 마침 스푸트니크 1호가 하늘에 모습을 드러냈을 때였다.

특별 배달

나는 지난 1957년 러시아가 최초의 인공위성을 발사하며 궤도상에 고작 몇 킬로그램 무게의 연구 장비를 올려놓는 데 성공했던 당시의 흥분을 아직 기억한다. 물론 나는 어린아이에 불과했지만 다른 사람들처럼 저녁이면 밖에 나가서 작은 마그네슘 구체가 내 머리 위 수백 킬로미터 상공에서 어슴푸레한 하늘을 가로질러 움직이는 모습을 애써 찾아보곤 했다. 그때 그것들 중 일부가 아직도 궤도상에 있다는 생각을 하면 기분이 묘하다. 이제는 내 아래에 있어서 만약 보고 싶다면 지구 쪽을 내려다보아야 하지만…….

그렇다. 지난 40년간 많은 일이 일어났다. 가끔씩 나는 지구에 있는 사람들이 우주 정거장을 만들기 위해 쓰인 기술과 과학과 용기를 잊어버린 채 그걸 당연하게만 생각하고 있는 게 아닌가 걱정스럽다. 장거리 전화나 대부분의 텔레비전 프로그램들이 인공위성을 거쳐 중계된다는 사실을 과연 누가 일일이 떠올리겠는가? 그리고 일기예보가 농담처럼 받아들여지던 우리 할아버지 세대에 비교하면 요즘 일기예보는 99퍼센트 정확하다는 사실에 대해 우주 정거장에 있는 기상학자들에게 감사하는 사람이 누가 있는가?

내가 우주 정거장 건설에 참여했던 지난 70년대는 고된 시절이었다. 우리가 전 지구에 전파를 송신할 수 있는 송신기를 우주에 설치하기만을 기다리고 있던 수백만 개의 텔레비전과 라디오 방송을 위해 우주 정거장 건설은 서둘러 이루어지고 있었다.

최초의 인공위성은 지구에 아주 가까웠다. 하지만 거대한 삼각형 모양의 중계망을 형성하는 세 개의 우주 정거장은 적도 상공 3만 6000킬로미터에 일정한 간격으로 배치되어야 했다. 이 고도에서는 (오로지 이 고도에서만) 궤도를 한 바퀴 도는 데 정확히 하루가 걸린다. 따라서 자전하는 지구의 어느 한 지점에 영원히 고정되는 것이다.

나는 세 군데의 우주 정거장에서 모두 일해 보았지만 첫 번째 근무지는 제2 중계기였다. 거의 정확히 우간다의 엔테베 상공에 있는 것으로 유럽과 아프리카, 아시아 대부분의 지역에 서비스를 제공하고 있었다. 오늘날 그것은 수천 개의 고만고만한 텔레비전 프로그램을 바로 아래에 있는 반구 지역에 송신하는 한편 전 세계 라디오 중계의 절반을 처리하고 있는 수백 미터 크기의 거대한 구조물이다. 하지만 내가 수송선을 타고 정지 궤도에 도착한 후, 항구에서 바라본 우주 정거장은 마치 우주를 표류하는 쓰레기 더미 같았다. 조립식 부품들은 대책 없이 어지럽게 떠다녔고, 이런 혼돈 속에서 질서를 찾아낸다는 건 도무지 불가능해 보였다.

　기술직 직원 및 조립공들에게는 망가진 수송 로켓에서 공기정화기만 빼고 내부 시설을 전부 제거한 후 몇 대를 이어 붙여 만든 주거 시설이 제공되었는데, 그것은 소박하기 짝이 없었다. 우리는 거기에 '감옥선'이라는 이름을 붙였다. 각 인원에게 할당된 공간은 눕고 나면 개인 소지품을 둘 곳이 1제곱미터도 채 남지 않을 정도로 작았다. 무한한 우주 공간에 살면서도 고양이 한 마리 어를 공간이 없다는 사실은 대단한 아이러니였다.

　최초로 만들어진 일반 주거용 숙소, 다시 말해 다른 물체와 똑같이 물도 무게를 지니지 않는 이곳에서도 멀쩡히 작동하는 샤워 시설을 갖춘 숙소를 우리에게 보내 주겠다는 말을 들었을 때는 정말 기뻤다. 초만원의 우주선에서 생활해 보지 않은 사람이라면 잘 이해되지 않을 것이다. 우리는 마침내 축축한 스펀지를 던져 버리고 상쾌한 기분을 만끽할 수 있게 된 것이다…….

　우리에게 약속된 사치는 샤워로 그치지 않았다. 최소 여덟 명은 들어갈 수 있는 휴게실과 마이크로필름 도서관, 자석 당구대, 무중력 체스 세트, 심심한 우주 비행사를 위해 고안해 낸 각종 물품들이 배달 중이었다. 비록 우리가 '감옥선'에서의 비좁은 생활을 견디는 대가로 일주일에 1000달러를 받긴 했지만, 이런 위문품이 오고 있다는 생각을 하자 더 이상 견디지 못할 것 같았다.

　우리가 기다려 마지않는 수송 로켓이 귀중한 화물을 실은 채 지상 3200킬로미터 상공의 제2 연료 재보급지에서 우리에게 오는 데는 여섯 시간이 걸렸다. 그때 나는 비번이라 얼마 없는 여가 시간을 주로 보내던 망원경 앞에 자리를 잡고 있었다. 바로 우리 옆에 있는 거대한 세계를 바라보는 건 아무리 해도 진력이 나지 않았다. 망원경의 배율을 최대로 높이면 지구에서 몇 킬로미터밖에 떨어져 있지 않은 듯했다. 구름이 없고 시야가 맑을 때에는 조그만 주택 크기의 물체도 쉽게 보였다. 나는 아프리카에 가 본 적이 한번도 없지만 제2 우주 정거장에서 일하는 동안 아프리카에 대해 잘 알게 되었다. 믿어지지 않을지는 모르겠지만, 광대한 보호 구역 안에서 얼룩말이나 거대한 영양의 무리가 살아 있는 파도처럼 움직이는 모습을 쉽게 볼 수 있었고, 가끔은 들판을 가로지르는 코끼리 떼도 보았다.

하지만 내가 가장 좋아하는 광경은 아프리카 대륙의 심장부에 있는 산악 지대 위로 밝아 오는 새벽빛이었다. 태양 빛은 인도양을 지나 점점 다가왔고, 밝아 오는 낮은 어둠 속에서 작은 은하처럼 반짝이던 도시의 불빛을 집어삼켰다. 그 전에 이미 태양은 도시를 둘러싼 저지대에 손을 뻗쳤고, 킬리만자로와 케냐 산의 꼭대기는 아직도 어두운 하늘에 밝은 별들이 빛나는 가운데 여명을 받아 눈부시게 빛났다. 태양이 더 높이 떠오르면서 빛은 빠르게 산의 사면을 따라 내려갔고 계곡을 빛으로 가득 채웠다. 그 시점부터 지구는 초승달 모양에서 점점 보름달 모양으로 변해 갔다.

12시간 후에는 바로 그 산들이 저물어 가는 마지막 태양 빛을 받으며 정반대의 과정을 연출했다. 산들이 잠시 동안 황혼의 태양 빛 속에서 빛나다가 마침내 지구가 어둠 속으로 돌아 들어가고 아프리카에는 밤이 찾아왔다.

하지만 그때 내가 신경 쓰고 있던 건 지구의 아름다운 모습이 아니었다. 나는 지구를 보고 있지도 않았다. 나는 지구의 서쪽 가장자리에 높게 떠 있던 강렬한 청백색의 별을 보고 있었다. 자동 수송선의 모습은 지구의 그림자에 가렸고, 내가 보고 있던 것은 3만 3000킬로미터를 오르기 위해 불을 뿜는 로켓의 강렬한 섬광이었다.

나는 우리를 향해 다가오는 우주선을 많이 보았기 때문에 각각의 진행 단계를 전부 기억하고 있었다. 그래서 로켓의 분사가 끝나지 않고 계속해서 진행되는 것을 보자 곧바로 뭔가 잘못되었음을 알아챘다. 손쓸 수 없는 좌절감 속에서 나는 그토록 갈망하던 위문품들이(게다가 엎친 데 덮친 격으로 우편물까지!) 예정과 다른 궤도를 따라 점점 더 빠르게 움직이는 모습을 지켜보았다. 수송선의 자동조종 시스템이 고장난 게 틀림없었다. 인간 조종사가 타고 있었다면 통제권을 빼앗아서 엔진을 정지시켰겠지만, 왕복 여행에 사용되었어야 할 연료는 이제 꼼짝없이 단 한 번의 연속적인 추진에 사용되고 말았다.

연료 탱크가 비자 로켓이 내는 별빛이 깜빡이더니 망원경의 시야에서 사라졌다. 관측과에서 내가 이미 아는 내용을 다시 알려 주었다. 수송선은 지구의 중력을 벗어날 정도로 빨랐다. 이제 그것은 명왕성 너머 실로 황량한 우주를 향해 움직이고 있는 것이다.

우리가 사기를 회복하는 데는 오랜 시간이 걸렸다. 전산과의 누군가가 우주를 헤매고 있을 수송선의 미래를 계산해 본 건 상황을 악화시켰을 뿐이다. 주지하다시피, 우주에서는 어떤 것도 사라지지 않는다. 일단 궤도를 계산해 내기만 하면 영원의 마지막 순간이 올 때까지 그게 어디에 있는지 알 수 있다. 휴게실, 도서관, 게임용품, 우편물들이 태양계의 머나먼 지평선으로 멀어지는 것을 바라만 보고 있던 우리는 언젠가 수송선이 완벽한 상태로 되돌아오리라는 사실을 알고 있었다. 그것이 두 번째 주기를 맞이하여 다시 태양 주위를 공전할 때 우주선으로 기다리고 있다가 가로채는 건 쉬운 일이다. 서기 1만 5862년, 어느 이른 봄의 일이겠지만.

깃털 달린 친구

내가 아는 한 우주 정거장에서 애완동물을 키우지 못하게 하는 규정은 없었다. 누구도 그런 규정이 필요할 것이라고 생각하지 않았고, 설령 그런 규정이 있었다고 해도 스벤 올센은 아마 신경 쓰지 않았을 거라고 난 확신할 수 있다.

스벤이라는 이름은 단번에 키가 190센티미터쯤 되고, 황소 같은 몸집에 그에 어울리는 목소리를 지닌 거대한 노르만인을 연상시키게 마련이다. 실제로 그랬다면, 그가 우주와 관련된 일을 할 기회는 훨씬 줄어들었을 것이다. 사실 그는 초기의 우주 비행사들과 마찬가지로 작고 단단한 사람이었고, 우리들 대다수에게 다이어트를 강요했던 몸무게 상한선 70킬로그램이라는 특별 상여 규정도 쉽게 만족시켰다.

스벤은 최고의 건설 기술자였고, 무중력 공간에서 둥둥 떠다니는 들보를 모아서 마치 느릿느릿한 3차원 발레라도 추게 하듯 움직여 제자리에 넣고 정확하게 의도한 패턴대로 배열한 후, 각각의 조각들을 용접해 내는 까다롭고 전문적인 일에 능했다. 스벤과 그의 동료들이 작업하면서 마치 거대한 퍼즐처럼 우주 정거장을 만들어 가는 모습은 아무리 봐도 지겹지 않았다. 우주복이 그런 일을 하기에 편리한 복장이 아니라는 점을 고려할 때, 그것은 숙련된 기술을 요하는 어려운 작업이었다. 하지만 스벤의 팀에게는 지구에서 고층 건물을 세우는 다른 건설 기술자에 비해 유리한 점이 하나 있었다. 한 발짝 물러나 자신이 한 일을 느긋이 감상하고 있어도 중력에 의해 추락하지 않는다는 점이다…….

스벤이 왜 애완동물을 원했는지, 혹은 왜 그런 종류를 택했는지는 나도 모른다. 나는 심리학자가 아니다. 하지만 스벤의 선택이 아주 현명했다는 사실은 인정할 수밖에 없었다. 클라리벨은 무게가 거의 나가지 않았고 먹이도 아주 조금만 먹었다. 그리고 다른 동물들과 달리 무중력상태에 크게 곤란을 겪지도 않았다.

클라리벨이 정거장에 있다는 것을 알게 된 것은 장난삼아 내 사무실이라고 부르는 한 작은 방에서 다음번에 재고가 바닥날 만한 물품을 조사하고 있을 때였다. 귓가에 휘파람 소리 같은 것이 들려오기에 나는 그게 내부 통화 장치에서 나는 소리인 줄 알고 무슨 공고가 나오나 기다렸다. 물론 그런 건 없었다. 대신에 길고 복잡한 형태의 곡조가 들려왔고, 나는 급하게 올려다보느라 내 머리 뒤에 있던 가로 들보를 깜빡 잊고 말았다. 눈앞에서 별이 사라질 때쯤에야 처음으로 클라리벨을 보았다.

클라리벨은 작고 노란 카나리아였다. 마치 벌새처럼 움직임도 없이 공중에 떠 있었는데, 날개가 얌전히 접혀 있는 모습을 보니 벌새보다 훨씬 편안해 보였다. 우리는 한동안 잠시 서로 바라보기만 했다. 클라리벨은 미처 내가 정신을 차리기도 전에 지구에서라면 불가능했을 후방 공중제비를 선보이며 사라져 버렸다.

스벤이 자신이 주인이라고 자백한 것은 며칠 뒤였지만, 클라리벨이 모두를 위한 애완동물이 되었기에 소유권 문제는 더 이상 중요하지 않았다. 스벤은 지난번 지구로 갔던 휴가에서 돌아올 때 마지막 연락선에 클라리벨을 숨겨서 가져왔고, 어느 정도는 과학적 호기심 때문에 가져온 것이라고 주장했다. 그는 새가 무중력상태에 날개는 여전히 움직일 수 있는 상황에서 어떻게 움직일지 궁금했던 것이다.

클라리벨은 잘 자랐고 몸집도 불어났다. 지구에서 고위 인사가 방문할 때마다 이 허가받지 못한 손님을 숨기는 데는 대체로 별 문제가 없었다. 단 한 가지 문제는 화가 나면 클라리벨이 다소 시끄러워지기 때문에, 우리는 종종 이상한 휘파람 소리가 환기구나 벽에서 나는 소리라고 재빨리 둘러대야 했다는 것이다. 들킬 뻔한 적도 몇 번 있었다. 하지만 과연 누가 우주 정거장에서 카나리아를 보리라고 생각했겠는가?

우리는 하루 2교대로 일했지만 생각만큼 고된 일은 아니었다. 우주에서는 잠을 많이 잘 필요가 없었다. 항상 태양 빛을 받는 지역에 있을 때는 당연히 낮과 밤이란 게 존재하지 않았지만, 그래도 낮과 밤에 맞추어 생활하는 편이 편했다. 그날 아침에 일어났을 때도 나는 마치 지구에서 오전 6시에 기상한 것처럼 느꼈다. 머리가 아팠고 지난밤에 꾼 꿈이 모호하고 두서없이 떠올랐다. 침대의 띠를 푸는 데만 한 세월이 걸렸고, 식당에서 내 앞 근무자들과 만났을 때도 아직 멍한 상태였다. 평소 아침과 달리 조용했고 한 자리가 비어 있었다.

"스벤은 어디 갔나?"

지나가듯 내가 물었다.

"클라리벨을 찾고 있어. 어디 갔는지 안 보인다고 하던데. 보통 아침이면 그 새소리를 듣고 일어났거든." 하고 누군가가 대답했다.

나도 주로 새소리를 듣고 일어났다고 대꾸하려는 참에 스벤이 들어왔다. 그리고 우리는 대번에 뭔가 잘못되었음을 알았다. 스벤이 손을 내밀자, 발가락이 굳은 채 허공에 두 발을 들고 놓여 있는 조그맣고 노란 깃털 뭉치가 눈에 들어왔다.

"왜 그래?"

우리가 물었다. 모두 걱정하고 있었다.

"나도 몰라. 내가 찾았을 때 벌써 이렇게 돼 있었어."

스벤이 침통하게 말했다.

"어디 좀 봐."

요리사이자 의사이고 영양사인 작 던컨이 말했다. 우리는 그가 클라리벨을 귀에 대고 심장박동 소리를 들어 보는 동안 조용히 기다렸다.

던컨이 고개를 저었다.

"아무 소리도 안 들리긴 하지만 죽었다고 단정할 수는 없어. 난 한 번도 카나리아의 심장 소리를 들어 본 적이 없거든."

그가 미안한 듯이 말했다.

"산소를 줘 보자."

누군가가 출입문 옆 벽의 우묵한 곳에 녹색 띠로 표시되어 있는 응급 상자를 가리키며 말했다. 다들 좋은 생각이라고 생각했고 클라리벨을 산소 마스크에 가져다 넣었다. 클라리벨에게 산소 마스크는 너무 커서 마치 아늑한 텐트 같았다.

기쁘게도 클라리벨은 즉시 정신을 차렸다. 스벤은 활짝 웃으며 마스크를 치웠고 클라리벨은 스벤의 손가락 위에 앉았다. 클라리벨은 "여러분, 식당으로 오세요."라는 지저귐 소리를 몇 번 내다가 다시 정신을 잃었다.

"도대체 왜 이러지? 이런 적은 없었는데."

스벤이 탄식했다.

그 몇 분 동안 내 머릿속은 오락가락하고 있었다. 그날 아침에는 왠지 잠에서 덜 깬 듯이 머릿속이 혼미했다. 난 산소를 좀 마시면 괜찮을 거라고 생각했고, 마스크에 손을 뻗는 순간 어떤 생각이 머릿속을 강타했다. 나는 근무 중인 엔지니어를 향해 급히 말했다.

"짐! 공기에 무슨 문제가 있나 봐! 그래서 클라리벨이 기절한 거야. 방금 생각났는데, 예전에 광부들은 공기에 가스가 있는지 알아보려고 카나리아를 데리고 다녔잖아."

"말도 안 돼! 그러면 벌써 경보가 울렸을 거야. 각각 따로 작동하는 이중 회로라고."

짐이 말했다.

"어, 두 번째 경보 알람은 아직 연결이 안 됐는데요."

그의 조수가 말했고, 짐은 동요하며 말없이 자리를 떴다. 그동안 우리는 마치 평화를 다짐하며 담배를 돌려 피우듯 산소통을 돌려 가며 논쟁하고 있었다.

10분 후, 짐이 당황해 하는 표정을 지으며 돌아왔다. 쉽게 일어날 수 없는 사고가 일어났던 것이다. 그날 밤 지구의 그림자에 태양이 가려지는 흔치 않은 일이 일어나 공기 정화기의 일부가 얼어붙었다. 그리고 하나 있던 경보기는 고장이 나 버렸다. 50만 달러를 잡아먹은 화학공학과 전자공학의 산물은 우리의 기대를 완벽히 저버렸다. 클라리벨이 없었다면 우리의 목숨이 위험했을 것이다.

이제 어느 우주 정거장에서라도 뜻하게 않게 새소리를 듣고 어리둥절해하는 일은 없기를 바란다. 전혀 놀랄 필요가 없다. 오히려 그 소리는 우리가 이중으로 보호받고 있음을 뜻한다. 물론 추가 비용은 전혀 들지 않았다.

숨을 깊게 쉬고

지구를 한번도 떠나 본 적 없는 사람들이 우주에 대한 고정관념을 지니고 있다는 사실을 나는 오래전부터 알고 있었다. 예를 들면, 사람들은 진공인 우주 공간에 노출된 사람은 그 즉시 끔찍한 죽음을 맞이한다는 것을 '알고' 있다. 우주를 여행하던 사람이 폭발해 버린다는 끔찍한 묘사는 대중 소설에서 흔히 찾아볼 수 있고 내가 그걸 굳이 여기서 반복함으로써 독자들의 식욕을 떨어뜨리고 싶지는 않다. 그런 이야기들은 기본적으로 사실이다. 나도 예전에 에어 로크를 통해서 우주 여행 홍보에 악영향을 끼칠 만한 시체들을 수습해 본 적이 있다.

그러나 동시에 모든 법칙에는 예외가 있는 법이다. 이 법칙도 마찬가지다. 직접 고생스럽게 배웠던 터라 나는 잘 알고 있었다.

우리는 당시 커뮤니케이션스 통신위성 2호기 제작의 마지막 단계에 들어서 있었다. 주요 부품들은 조립이 완료된 상태였고, 우리 숙소는 대기압을 유지하도록 처리되어 있었으며, 우주 정거장은 축을 중심으로 천천히 회전하여 이제는 어색한 무게감을 되살려 주었다. "천천히"라고 말했지만, 직경 60미터의 정거장 외곽은 시속 50킬로미터로 회전하고 있었다. 우리는 당연히 움직임을 느낄 수 없었다. 회전으로 생기는 원심력은 지구의 절반 정도에 해당하는 무게를 우리에게 부여했다. 그 정도면 물건이 둥둥 떠다니는 것을 막기에 충분했지만, 그래도 무중력상태에서 지내던 우리가 불편할 만큼 둔해질 정도는 아니었다.

그 사건이 벌어지던 날 나를 포함한 네 명은 벙크하우스 6호라고 불리는 작은 원통형 모양의 방에서 자고 있었다. 벙크하우스는 우주 정거장의 가장자리에 있었다. 타이어 대신에 비엔나소시지가 둘러진 자전거 바퀴를 상상하면 어떻게 생겼는지 쉽게 알 수 있을 것이다. 벙크하우스 6호는 이 소시지들 중의 하나였고, 우리는 그 안에서 평화롭게 자고 있었다.

갑자기 덜컹거리는 바람에 나는 잠에서 깼다. 소스라칠 정도로 격렬하지는 않았지만, 나는 즉시 일어나 앉아서 무슨 일인지 의아해 했다. 우주 공간에서는 그 어떤 비정상적인 일에도 주의를 기울여야 한다. 따라서 나는 침대 옆에 있는 내부 통화 장치의 스위치를 켜고 말했다.

"중앙 통제실, 방금 뭐였지?"

아무 대꾸가 없었다. 회선이 끊겨 있었다.

나는 이제 완전히 놀라 침대에서 뛰어나왔고 더욱 큰 충격을 받았다. 중력이 전혀 없었다. 나는 천장에 부딪히기 전에 간신히 기둥을 붙잡아 몸을 멈췄고 그 대가로 손목을 삐었다.

우주 정거장 전체가 갑자기 회전을 멈춘다는 건 불가능했다. 가능성은 오직 하나였다. 내부 통화 장치가 작동하지 않는 데다가 조명 장치도 망가졌다는 사실을 곧 알게 되자 소름 끼치는 진실과 마주할 수밖에 없었다. 우리는 더 이상 우주 정거장에 붙어 있지 않았다. 우리가 있던 선실은 무슨 이유에선지 떨어져 나와 마치 회전하는 바퀴에서 물이 튀듯 우주 공간으로 튀어나온 것이다.

창문이 없어서 밖을 내다볼 수는 없었지만, 배터리로 작동하는 비상 조명 덕분에 우리는 완전한 어둠 속에 놓이지 않을 수 있었다. 환기구는 기압이 떨어지면서 전부 자동적으로 닫혔다. 정화는 되지 않았지만, 당분간은 원래 가지고 있던 공기만으로 버티는 수밖에 없었다. 불행히도 계속해서 들리는 바람 소리는 우리가 가진 공기도 선실 어딘가의 틈을 통해서 빠져나가고 있다는 사실을 알려 주었다.

우주 정거장의 다른 부분이 어떻게 되었는지 알 수 있는 방법은 없었다. 어쩌면 우주 정거장 전체가 산산조각 나서 동료들은 모두 죽었거나 우리와 똑같이 공기가 새는 깡통 속에서 표류하고 있을지도 몰랐다. 우리에게 있는 단 하나의 가냘픈 희망은 우리가 유일하게 난파된 사람들이고, 나머지 우주 정거장은 멀쩡해서 우리를 찾아내기 위해 구조대를 보낸다는 것이었다. 상황이야 어쨌든, 우리가 멀어지는 속도는 기껏해야 시속 50킬로미터였으므로 로켓 스쿠터라면 몇 분만에 우리를 따라잡을 수 있었다.

실제로는 한 시간이 걸렸다. 비록 내가 시계를 가지고 있지 않아서 정확한 시간을 알 수 없었지만, 나는 조난당한 시간이 고작 한 시간에 불과했다는 사실을 믿을 수 없었다. 이제 우리는 숨을 몰아쉬고 있었고 하나밖에 없던 비상용 산소 탱크의 눈금은 거의 '0'까지 떨어진 상태였다.

벽을 두드리는 소리는 마치 다른 세계에서 온 신호 같았다. 우리는 격렬하게 마주 두드렸고, 잠시 후 벽을 통해 우리를 부르는 소리가 희미하게 들렸다. 바깥에 있는 누군가가 우주복의 헬멧을 금속 부분에 붙인 채로 소리를 지르자 음파가 직접 전도되어 우리에게 들렸던 것이다. 무선통신처럼 선명하지는 않지만 효과는 있었다.

어떻게 해야 할지 의논하는 사이에 산소는 천천히 바닥나고 있었다. 우주 정거장까지 끌고 가는 동안에 죽을 판이었다. 구조선은 에어 로크를 활짝 열어젖힌 채 바로 몇 미터 옆에 있었다. 우리의 문제는 그 몇 미터를 어떻게 건너가느냐는 것이었다. 우주복을 입지 않은 채로.

우리는 조심스럽게 계획을 세웠고, 오로지 한 번밖에 기회가 없다는 사실을 충분히 인식한 채 연습을 마쳤다. 그리고 저마다 깊게 숨을 들이쉬어 마지막으로 산소를 들이켜 폐 속으로 흘려보냈다. 준비가 끝나자 나는 벽을 두드려 밖에서 기다리는 동료들에게 신호를 보냈다.

전동 장비들이 작업에 착수하면서 얇은 외피를 두들기는 소리가 기관총처럼 들려왔다. 우리는 앞으로 일어날 일에 대비하여 입구가 만들어질 위치에서 가능한 한 멀리 떨어져 기둥을 단단히 붙들고 있었다. 막상 일이 벌어졌을 때는 너무나 급작스러운 나머지 어떤 순서로 진행되었는지 도무지 기억나지 않았다. 선실이 폭발하는 것 같았고 강한 바람이 나를 잡아당겼다. 폐 속에 남아 있던 공기의 마지막 흔적이 내 열린 입을 통해 밖으로 흘러나갔다. 그리고 완전한 침묵이 다가오며, 우리를 삶의 길로 이끌어 줄 구멍을 통해서 별빛이 쏟아져 들어왔다.

내가 느끼는 감각을 분석하고 있을 여유는 없었다. 내 기억에는 단순한 상상에 불과했을지 모르지만 눈이 쓰렸고 온몸의 피부가 따끔거렸다. 그리고 굉장히 추웠다. 아마도 피부에서 증발이 일어났기 때문일 것이다.

내가 유일하게 확신할 수 있는 건 섬뜩할 정도로 조용했다는 사실이다. 우주 정거장 안은 그렇게 조용하지 않았다. 항상 기계류나 공기 펌프 돌아가는 소리가 났다. 하지만 이건 소리를 전달할 공기가 전혀 없는 진공 속에서의 완전한 침묵이었다.

즉시 우리는 부서진 벽을 통해 강렬한 태양 빛 속으로 몸을 날렸다. 나는 순간적으로 앞을 볼 수 없었지만 그건 문제가 되지 않았다. 우주복을 입고 기다리던 사람은 내가 나타나자마자 나를 붙잡아 에어 로크 안으로 던져 넣었다. 에어 로크에 공기가 들어오면서 소리가 천천히 돌아왔고 우리는 다시 호흡할 수 있다는 사실을 깨달았다. 나중에 듣기로는 구조에 걸린 시간은 고작 20초였다고 했다…….

우리는 '진공에서 숨을 쉰 사람들의 모임'의 창립 회원이었다. 그 이후로 적어도 열댓 명의 사람들이 비슷한 위기 상황에서 같은 일을 겪었다. 지금까지 우주에서 가장 오래 버틴 기록은 2분이다. 2분이 지나면 혈액이 체온에서 끓으면서 거품이 형성되고, 그 거품은 곧 심장에 닿게 된다.

내 경우에는 단 하나의 부작용만 있었다. 지구 대기에 걸러지고 남은 빈약한 빛이 아닌 진짜 태양 빛에 15초가량 노출되었던 탓이다. 우주 공간에서 숨을 쉰 건 내게 아무런 해가 되지 않았다. 하지만 내 평생에 이토록 지독하게 햇볕에 그을린 건 처음이었다.

자유로운 우주

위성중계가 전 세계의 통신 시스템을 오늘날과 같이 바꾸어 놓기 이전의 시대를 떠올릴 수 있는 사람은 많지 않을 것이다. 내가 어렸을 때만 해도 텔레비전 프로그램을 바다 건너 전송하는 것은 불가능했고, 심지어 지구의 표면이 굽어질 정도로 먼 거리에서는 안정적인 무선망을 구축하는 것도 어려워서 항상 중간에 갖가지 잡음이 끼어들곤 했다. 그러나 지금 우리는 잡음 방지 회로를 당연하게 여긴다. 게다가 지구 반대편에 있는 친구를 마치 직접 얼굴을 마주하기라도 한 것처럼 선명하게 볼 수 있다는 사실을 아무렇지도 않게 생각한다. 사실, 위성중계가 없다면 전 세계의 경제와 산업 구조 전체는 붕괴해 버릴 것이다. 우리가 여기 우주 정거장에서 전파를 중계해 주지 않는다면, 과연 세계의 거대 기업체들이 전 세계에 흩어져 있는 그들의 컴퓨터들을 서로 연결할 수 있을까?

하지만 우리가 위성중계 시스템의 마무리 작업을 하고 있던 70년대 후반에 이런 건 전부 아직 미래의 일일 뿐이었다. 거의 재앙에 가까웠던 몇 가지 문제에 관해서는 이미 이야기한 바 있다. 당시에는 아주 심각한 문제였지만 결국 우리는 모두 극복해 냈다. 지구 주위에 배열된 세 개의 우주 정거장은 더 이상 건설 자재와 공기 실린더, 플라스틱 기밀실로 이루어진 쓰레기 더미가 아니었다. 조립이 완료되자 우리는 안으로 거처를 옮겼고 이제는 거추장스러운 우주복을 벗어던진 채 쾌적하게 일할 수 있었다. 우주 정거장이 천천히 회전하면서 중력도 만들었다. 물론 진짜 중력은 아니지만 우주에 있을 때 원심력은 중력과 다를 바가 없다. 음료수를 따라서 마실 수도 있고 가만히 앉아 있어도 공기 흐름에 떠내려가지 않는다는 건 즐거운 일이었다.

우주 정거장이 모두 만들어진 후에도 전 세계의 통신망을 우주로 가져올 각종 라디오 및 텔레비전 장비들을 설치하느라 꼬박 1년을 더 작업해야 했다. 처음으로 우리가 영국과 호주의 텔레비전 중계에 성공했을 때는 정말 기뻤다. 텔레비전 신호는 아프리카 한가운데에 떠 있는 우리 제2 중계기에 도착했고, 우리는 그 신호를 뉴기니 상공에 있는 제3 중계기에 전송했다. 그리고 제3 중계기는 신호를 다시 지구로 내려보냈다. 14만 킬로미터의 여행을 거친 후에도 영상은 깨끗하고 선명했다.

그러나 이건 기술자들만의 자체적인 테스트였다. 공식적인 위성중계의 개막식은 통신 역사상 가장 커다란 행사로, 모든 국가들이 참여하는 전 세계적인 방송을 실시할 예정이었다. 이 세 시간 분량의 생방송에서는 사상 최초로 전 세계의 텔레비전 카메라들이 모여 거리라는 마지막 장벽이 무너졌음을 사람들에게 선언했다.

사람들은 이 방송을 기획하는 일이 애당초 우주 정거장을 건설하는 일만큼이나 힘들었을 거라고 빈정대며 말하곤 했다. 기획자들이 해결해야 했던 문제 중에서 가장 어려운 건 전 인류의 절반 정도가 지켜볼 정교한 방송을 진행할 사회자를 선택하는 문제였다.

막후에서 얼마나 많은 공모와 갈취, 명예 훼손이 이루어졌는지는 아무도 모를 정도였다. 우리가 아는 것이라고는 개막식 일주일 전에 예정에 없던 로켓이 그렉 웬델을 태우고 왔다는 것이다. 그렉은 미국의 제퍼스 잭슨이나 영국의 빈스 클리퍼드 같은 유명한 방송인이 아니었기 때문에 이건 꽤 놀라운 일이었다. 가만히 보니 저 두 명의 유명인들은 서로 대립하다가 탈락해 버렸고, 정치가들이 흔히 써먹는 절충이라는 방법을 통해 그렉이 이 탐나는 일을 맡게 된 것 같았다.

그렉은 미국 중서부에 있는 한 대학교의 라디오 방송국에서 디스크자키로 일하며 방송 경력을 쌓기 시작했고, 할리우드와 맨해튼의 나이트클럽으로 진출했다가 마침내 전국적으로 방송되는 일일 프로그램을 맡아 진행하게 되었다. 냉소적이면서도 편안한 인간성과 별도로, 그의 최대 강점은 아마도 흑인 혈통의 덕택일 깊고 부드러운 목소리였다. 그의 이야기에 전혀 동의하지 않는다고 해도, 심지어 인터뷰에서 사람들을 산산조각 내더라도 그의 목소리를 듣고 있으면 기분이 좋았다.

우리는 그에게 우주 정거장을 구석구석 구경시켜 주었다. 심지어 규정에 어긋나는 일이지만 우주복을 입혀 밖에 나가 보게도 했다. 그는 전부 마음에 들어 했지만 특히 두 가지를 좋아했다.

"여기서 만드는 공기는 우리가 뉴욕에서 마시는 공기보다 훨씬 좋군요. 방송 일 시작한 뒤로 목이 아프지 않은 건 처음이에요."

그는 또한 저중력을 좋아했다. 우주 정거장의 외곽에서는 몸무게가 지구의 절반밖에 나가지 않으며 축 부근에서는 전혀 무게가 나가지 않았다.

그러나 그렉은 주변 환경이 신기하다고 해서 자기 일을 잊어버릴 사람은 아니었다. 그는 중앙 통신실에 몇 시간씩 머물면서 대본을 다듬고 큐 사인이 들어갈 곳을 점검하며 전 세계를 바라보는 창문이 될 수십 개의 모니터들을 익혀 두었다. 한 번은 방송 말미에 버킹엄 궁전에서 연설할 예정인 엘리자베스 여왕을 소개하는 부분을 훑어보고 있던 그렉과 마주친 적이 있는데, 그는 연습에 몰두하느라 내가 바로 옆에 서 있다는 것도 알아차리지 못했다.

이제 그 개막식은 과거의 일이 되었다. 역사상 최초로 수십억 명의 사람들이 전 세계에서 동시에 생방송으로 진행되며, 세계적인 명사들이 전부 줄줄이 출연하는 단 하나의 프로그램을 지켜보았다. 땅과 바다와 하늘에 설치된 수백 대의 카메라들이 회전하는 지구를 속속들이 바라보고 있었다. 그리고 방송이 끝날 때는 우주 정거장에서 줌 렌즈를 이용하여 지구가 별들 사이로 멀어질 때까지 촬영한 화면이 나왔다…….

물론 방송 사고도 있었다. 대서양 바닥에 있던 카메라 한 대는 미처 준비를 마치지 못해서 타지마할을 계속 보며 기다려야 했다. 그리고 스위치 조작 실수 때문에 남아메리카로 전송되는 방송에 러시아어 자막이 들어가고, 러시아 사람들은 스페인어 자막을 읽어야 하는 일이 생기기도 했다. 하지만 이 정도는 일어날 가능성이 있었던 더 큰 사고에 비하면 아무것도 아니었다.

세 시간 내내 어렵지 않게 유명인들과 비유명인들을 소개하는 그렉의 목소리가 부드럽고 매끄럽게 흘러나왔다. 그는 훌륭하게 일을 해냈고 방송이 끝나자마자 여기저기서 축하 인사가 쏟아져 들어왔다. 하지만 그는 축하 인사를 듣지 못했다. 그는 자기 에이전트와 짧고 은밀한 전화 통화를 마친 후 바로 침대에 들어갔다.

다음 날 아침, 지구행 수송선이 이제 마음만 먹으면 어떤 일거리라도 맡을 수 있는 그를 태우기 위해 기다리고 있었다. 하지만 그렉 웬델, 이제 제2호 중계기의 신참 아나운서가 된 그는 수송선에 타지 않았다.

그는 즐겁게 말했다.

"내가 미쳤다고 생각하겠죠. 하지만 내가 저 복잡한 동네로 뭐 하러 내려가겠어요? 여기선 우주도 바라볼 수 있고 스모그 없는 깨끗한 공기도 마시고 낮은 중력이라 마치 헤라클레스가 된 기분인걸요. 게다가 전 부인 세 명도 이제 나를 귀찮게 하지 못하잖아요."

그는 떠나는 로켓을 향해 키스를 날렸다.

"지구여, 안녕. 브로드웨이의 교통지옥이나 펜트하우스에서 바라보는 흐릿한 새벽이 그리워지면 그때나 돌아가련다. 향수병에 걸려도 스위치만 돌리면 너의 구석구석을 전부 볼 수 있단다. 와, 지구에 있을 때보다 훨씬 더 세상의 중심에 있는 것 같군. 그래도 마음만 먹으면 얼마든지 인간과 연락을 끊을 수 있지만."

그는 먼 지구로, 자신의 것이 될 수도 있는 부와 명예를 향해 귀환하기 시작하는 수송선을 바라보며 미소 짓고 있었다. 그리고 즐겁게 휘파람을 불면서 한 걸음에 2.5미터씩 내딛으며 전망대를 떠나 하부 파타고니아의 일기예보를 보러 갔다.

조우

　시작하기 전에 미리 털어놓는 게 나을 것 같아서 하는 말인데, 이 이야기에는 끝이 없다. 물론 시작은 분명히 있다. 내가 줄리를 처음 만났을 때, 그러니까 우리가 둘 다 '우주 항공 기술 대학'에 학생으로 있을 때부터 시작된 이야기이다. 내가 졸업반이었을 때 줄리는 태양 물리학 연구실에서 마지막 해를 보내고 있었고 그해에 우리는 자주 만났다. 나는 우주복 헬멧에 머리를 부딪히지 말라고 줄리가 뜨개질해 준 베레모를 아직도 가지고 있다(아직까지 차마 써 보지 못했다.).
　그런데 운 나쁘게도 그만 나는 제2 우주 정거장에, 줄리는 태양 관측소에 각각 배속받았다. 지구로부터의 거리는 같았지만, 태양 관측소가 동쪽으로 몇 도 정도 떨어져 있었다. 그 말은 곧 아프리카 상공 3만 6000킬로미터 궤도상에 있는 우리 둘 사이에는 1400킬로미터의 우주 공간이 있다는 뜻이었다.
　처음에는 우리 둘 다 바쁜 나머지 이별의 아픔을 크게 느끼지 못했다. 하지만 우주에서의 삶에 익숙해지고 나자 우리는 우리를 갈라 놓고 있는 거리를 어떻게든 극복할 생각을 하기 시작했다. 그건 생각으로만 그치지 않았다. 나는 통신 부서에서 일하는 친구들에게 부탁해서 우주 정거장 간 TV 회로를 통해 줄리와 짧은 대화를 나누곤 했다. 어떤 면에서 보면 얼굴을 마주 보며 이야기하는 건 좋은 생각이 아니었다. 수많은 사람이 동시에 그 화면을 쳐다보고 있을지도 모르기 때문이었다. 우주 정거장 안에는 사생활이란 게 거의 없었다…….
　때때로 나는 망원경을 통해 저 멀리서 빛나는 태양 관측소를 바라보았다. 장애물 없이 깨끗한 우주에서는 배율을 최대한으로 끌어올려 관측소의 세세한 부분까지, 이를테면 태양 망원경이나 직원들이 머무르는 주거 공간, 혹은 지구에서 발사되어 오는 수송선의 궤적 따위를 그대로 볼 수 있었다. 드물게 우주복을 입은 사람이 나와 복잡하게 놓여 있는 장비들 사이를 돌아다니기도 했고, 그럴 때면 나는 혹시 저게 줄리가 아닐까 하는 기대 속에 눈을 크게 뜨고 누군지 식별하기 위해 헛되이 애를 썼다. 고작 몇 미터 떨어져 있을 때에도 우주복을 입은 사람을 분간하는 게 어려운 일이라는 걸 알면서도 나는 그만둘 수 없었다.

우리는 어쩔 수 없이 가능한 한 인내심을 발휘해 가며 참아야 했다. 그런데 지구로의 휴가를 6개월 남겨 둔 시점에서 예상치 못했던 행운이 찾아왔다. 근무 기간을 절반도 채우지 않은 수송 과장이 갑자기 잠자리채를 들고 밖에 나가서 운석을 채집해 오겠다고 나선 것이다. 과격한 행동을 할 정도로 정신이 나가지는 않았지만, 그는 즉시 지구로 귀환해야 했다. 임시로나마 그 빈자리를 채운 건 나였고, 드디어 나는 우주 공간에서의 자유로움(말이 그렇다는 거다.)을 만끽할 수 있었다.

궤도상에서 물자나 사람을 나르는 데 쓰는 네 척의 수송선과 그보다 좀 작은 열 대의 저출력 로켓 스쿠터가 내 관리 아래 들어왔다. 원래 사적인 용도로는 쓸 수 없게 되어 있었지만, 나는 몇 주 동안 세심하게 일정을 조정한 끝에 드디어 수송과를 맡으라는 소리를 들은 지 0.2초 만에 떠올린 계획을 실행할 수 있었다.

근무자 목록과 각종 일지, 연료 보급 기록 등을 조작하고 내 뒤를 봐 달라고 동료들을 설득하는 데 얼마나 많은 공을 들였는지는 이루

말할 필요가 없을 정도였다. 어쨌거나 중요한 건 일주일에 한 번은 개인 우주복을 입고 로켓 스쿠터인 '마크 3호'에 내 몸을 단단히 동여맨 후 최소 출력으로 우주 정거장에서 몰래 빠져나갈 수 있다는 사실이었다. 일단 시야에서 벗어나면 나는 출력을 최대로 올렸고, 그러면 스쿠터의 조그만 엔진은 나를 이끌고 1400킬로미터 저쪽의 태양 관측소까지 달렸다.

기본적인 항행 장비만 갖추고 있으면 태양 관측소까지는 대략 30분 안에 갈 수 있었다. 목적지와 출발지 모두 내 눈에 보이는 곳에 있었지만, 그래도 솔직히 말해서 중간 정도를 지나고 있을 때면 약간 외로워지는 기분을 느끼곤 했다. 반경 700킬로미터 이내에 물체라고는 찾아볼 수 없고 지구도 끔찍하게 멀어 보였다. 그럴 때면 우주복의 무전기 주파수를 일반 대역에 맞추고 우주선과 정거장 사이를 오가는 온갖 대화를 듣는 게 큰 위안이 되었다.

중간 지점부터 스쿠터의 방향을 돌리고 감속을 시작하면 대략 10분 쯤 후에 육안으로도 관측소를 자세히 볼 수 있을 정도의 거리에 이르게 된다. 나는 분광 분석실로 만들어질 예정인 조그만 플라스틱 구체로 천천히 움직여 갔고, 그러면 에어 로크 반대쪽에서 줄리가 기다리고 있었다…….

우리의 대화가 주로 천체물리학의 최신 연구 성과나 인공위성 제작의 진행 상황에 관한 것이었다는 거짓말 따위는 하지 않는 편이 나을 것 같다. 뭘 했는지는 뻔한 이야기 아닌가! 언제나 그렇듯이 돌아가야 할 시간은 눈 깜짝할 사이에 다가왔다.

제어판의 레이더가 깜빡이기 시작한 건 여느 때처럼 줄리와 헤어진 후 돌아가는 길에서였다. 저 멀리서 뭔가 거대한 것이 빠르게 다가오고 있었다. 나는 운석일 거라고 생각했다. 아니면 조그만 소행성이거나. 그 정도의 신호를 낼 정도라면 눈에 보여야 마땅했다. 나는 방위를 파악하고 그 방향의 성도를 검색했다. 충돌할지도 모른다는 따위의 생각은 조금도 들지 않았다. 우주는 상상할 수 없을 정도로 광대한 세계다. 지구에서 혼잡한 찻길을 건너는 것보다 수천 배는 안전했다.

운석이 저기 있었다. 오리온자리의 발 부근에서 밝기를 점점 더해 가고 있었다. 이미 리겔(오리온자리에서 둘째로 밝은 별 ― 옮긴이)을 능가했으며, 몇 초 더 지나자 이제는 별이라고 할 수 있는 정도를 넘어서 빛나는 원반으로 보이기 시작했다. 운석은 내가 고개를 휙 돌리는 것과 맞먹는 속도로 다가와 일그러진 모양새를 드러냈다가, 곧 멀어지면서 빠르게 그리고 조용히 사라졌다.

내가 그것을 자세히 본 건 고작 0.5초 정도에 불과했지만, 그 0.5초는 평생 동안 나를 사로잡았다. 내가 레이더를 확인해 봐야겠다는 생각을 했을 때 그것, 그러니까 그 물체는 이미 사라져 버렸기 때문에 나와의 거리가 얼마나 가까웠는지, 얼마나 컸는지 측정해 볼 도리가 없었다. 수백 미터쯤 떨어져 있는 조그만 물체였을지도 모르고, 수십 킬로미터 떨어진 거대한 물체였을지도 몰랐다. 우주에서는 원근감을 느낄 수 없어서 무엇을 바라보고 있는지 모르면 거리를 판단할 수 없다.

물론 그건 아주 커다랗고 희한하게 생긴 운석이었을지도 모른다. 그렇게 빨리 움직이는 물체를 자세히 보았다고 장담할 수는 없다. 부서진 우주선의 뱃머리와 해골에 뚫린 눈구멍 같은 어두운 현창들을 보았다는 건 내 상상에 불과할지도 모른다. 그러나 비록 찰나의 순간이었지만 한 가지만은 분명히 장담할 수 있다. 만약 그게 우주선이었다면 분명히 인간의 우주선은 아니었다. 한번도 본 적 없는 기괴한 모양에다가 아주 오랜 옛날에 건조된 티가 났던 것이다.

태양 관측소와 우주 정거장 사이에서 생각을 정리하려고 애쓰는 동안 나는 인류 역사상 가장 위대한 발견의 기회를 놓쳐 버렸는지도 몰랐다. 하지만 내게는 속도나 방향을 측정할 수단이 없었다. 내가 순간적으로 목격한 게 무엇이었든 간에 태양계 안의 쓰레기 더미 속에서 그걸 찾아내기란 이제 요원한 일이었다.

그 이야기를 왜 지금에서야 하냐고? 증거가 없으니 아무도 내 말을 믿지 않았을 것이다. 또 보고서를 작성해서 올렸다면 문제가 산더미처럼 쏟아졌을 게 뻔했다. 우주 비행사들 사이에서 웃음거리가 되었을 테고 장비를 사적인 용도로 이용했다는 질책을 받았을 것이며 십중팔구 줄리를 다시 볼 수 없었을 것이다. 그리고 당시의 내게는 한 가지만 빼고는 아무것도 중요하지 않았다. 사랑에 빠져 본 적이 있다면 내 말을 이해할 것이다. 사랑에 빠져 본 적이 없다면, 음, 직접 겪어 보라는 말을 할 수밖에.

그래서 나는 아무 말도 하지 않았다. 우리 인류가 태양이 낳은 첫 번째 자식이 아니라는 사실을 밝혀내는(앞으로 몇 세기 후가 될지 모르지만) 영광을 얻을 사람에게 미리 고할 말이 있다. 영원히 궤도를 떠돌고 있는 그 물체가 무엇이든 간에 그것은 지금까지 그래 왔듯이 앞으로도 더 기다릴 수 있다는 점을 명심하기 바란다.

그래도 가끔 궁금한 게 있다. 만약 줄리가 다른 놈하고 결혼할 거라는 사실을 미리 알았더라도 내가 보고하지 않고 넘어갔을까?

별들이 나를 부른다

저 아래 지구에서는 20세기가 저물어 가고 있다. 별빛을 가로막고 있는 어두운 지구를 응시하고 있으면 수백 개의 잠들지 않는 도시들이 빛나는 모습을 볼 수 있다. 런던, 케이프타운, 로마, 파리, 베를린, 마드리드…… 때로는 나 역시 저 아래에 모여 노래하는 군중들 틈에 섞이고 싶을 때가 있다. 그렇다. 나는 저 어두워져 가는 행성 위에 있는 반딧불이 같은 도시들을 한눈에 볼 수 있다. 지금 유럽은 자정을 막 지나고 있다. 지중해 동쪽에서는 조그맣지만 밝은 불빛 하나가 깜빡인다. 장난기가 발동한 유람선 한 척이 하늘에 대고 서치라이트를 흔들어 대는 모양이다. 내가 보기에는 일부러 우리를 겨냥한 것 같다. 지난 몇 분 동안 깜빡임이 꽤 규칙적이고 놀라울 정도로 밝았던 것이다. 통신 본부에 연락해서 어떤 배인지 알아내기만 하면 나도 곧 화답할 수 있을 것이다.

시간의 흐름 속에서 영원히 멀어져 가는 역사를 거슬러 올라가 보면 지난 100년은 인류 역사상 가장 놀라운 시기였다. 하늘의 정복을 시작으로 원자의 비밀을 밝혀냈으며, 이제는 마지막으로 우주에 진출하려 하고 있었다.

(대략 5분 전부터 나는 나이로비에서 무슨 일이 벌어지고 있는지 궁금했다. 이제 보니 대규모의 불꽃놀이가 벌어지고 있었다. 화학 연료를 사

용하는 로켓은 쓸모없어진 지 오래되었지만, 오늘 밤 지구에서는 꽤나 많이 쓰는 모양이었다.)

한 세기의 끝이자 밀레니엄을 마무리하는 순간이다. 숫자 2로 시작하는 새천년에는 어떤 일들이 벌어질 것인가? 행성 간 여행은 이미 시작되고 있다. 여기서 2킬로미터도 채 떨어져 있지 않은 곳에는 최초의 화성 탐사대가 타고 갈 우주선이 떠 있다. 나는 지난 2년에 걸쳐서 우주선이 차근차근 조립되어 가는 과정을 지켜보았다. 한 세대 전에 나와 동료들이 바로 이 우주 정거장을 건설한 방법 그대로였다.

모든 승무원들이 탑승 완료한 열 척의 우주선은 준비를 마치고 최종 점검 및 출발 신호만을 기다리고 있었다. 새로운 세기의 첫날이 절반도 지나기 전에 그들은 지구의 속박을 뿌리치고 벗어나 어쩌면 인류의 두 번째 고향이 될 수도 있는 미지의 세계를 향해 떠날 것이다.

무한한 우주에 도전할 채비를 갖추고 있는 저 용감한 원정대를 바라보고 있자니 내 마음은 40년 전, 최초의 인공위성이 이제 막 발사되었고 달은 아직도 너무나 멀리 떨어져 있는 것처럼 느껴지던 시절로 거슬러 올라간다. 아, 아버지가 나를 지구에 머물게 하려고 애쓰시던 모습이 정녕 잊혀지지 않는다!

아버지는 가능한 한 모든 방법을 동원해서 나를 설득하려 하셨다. 처음에는 비웃음이었다. 아버지는 빈정대며 말씀하셨다.

"물론 가능한 일이기야 하지. 하지만 그래서 어쩌자는 거냐? 지구에서도 할 일이 이렇게 많은데 누가 굳이 우주까지 기어 올라가려 하겠냐? 태양계에 인간이 살 수 있는 다른 행성은 없어. 달은 타고 남은 화산암 덩어리이고 다른 행성들도 그보다 더하면 더했지 조금도 낫진 않을 거다. 사람은 지구에서 살게 만들어진 거라고."

그 당시(아마 열여덟 살쯤 되었을 것이다.)에도 나는 논리로 아버지와 맞서 보려고 했다. 아마 이렇게 대답했던 것 같다.

"어째서 우리가 지구에서만 살아야 한다는 거죠? 어차피 우리도 처음에는 바다에서 10억 년을 살다가 육지로 올라왔잖아요. 이제 우리는 한 단계 더 뛰어넘으려는 거예요. 물론 저는 그게 어떤 결과를 낳을지 몰라요. 하지만 처음으로 해변에 올라와 공기를 들이마시던 물고기도 그건 마찬가지였을 거예요."

말싸움으로는 안 되겠다 싶자 아버지는 좀 더 은근한 압력을 행사하셨다. 시도 때도 없이 우주여행은 위험한 일이며, 로켓 따위나 주무르는 얼간이 같은 직업은 수명도 짧다고 이야기하셨던 것이다. 그 당시만 해도 사람들 사이에서는 운석이나 우주선(宇宙船)에 대한 두려움이 널리 퍼져 있었다. 옛날의 지도 제작자들이 미지의 영역에 "여기엔 괴물이 있음"이라고 써 놓았던 것과 마찬가지로 알려지지 않은 우주의 영역에서는 이런 운석이나 우주선이 바로 두려움의 대상이었다. 그러나 나는 조금도 걱정하지 않았다. 오히려 위험이라는 자극적인 향취는 내 꿈을 더 근사하게 만들어 주었다.

내가 대학에 다니는 동안에는 아버지도 조용하게 지내셨다. 내가 받은 교육은 나중에 무슨 일을 하게 되더라도 유용한 것이었기 때문에 아버지는 불평하지 않으셨다. 물론 가끔씩 내가 우주 비행에 관련된 책이나 잡지를 보이는 대로 사들이는 데 돈을 너무 많이 쓴다고 투덜거리시긴 하셨지만 말이다. 내 대학 성적은 좋았고 아버지는 당연히 기뻐하셨다. 그 덕에 내가 하고 싶은 일을 할 수 있게 되었다는 사실은 깨닫지 못하신 모양이었다.

대학에서 마지막 해를 보내는 동안 나는 진로에 대해 이야기하기를 꺼렸다. 심지어 우주로 가겠다는 나의 꿈을 포기했다는 인상마저 줄 정도였다(지금 생각하면 죄송스러운 일이다.). 아버지에게 아무 말도 하지 않은 채 나는 우주 항공 기술 대학에 지원서를 넣었고 졸업하는 대로 입학하라는 통보를 받았다.

"우주 항공 기술 대학"이라는 글자가 박힌 푸른색의 큼지막한 봉투가 배달되자 집안에 커다란 폭풍이 휘몰아쳤다. 아버지는 나를 배은망덕한 녀석이라고 비난하셨고, 나는 나대로 세계에서 가장 전문적인, 게다가 가장 매력적인 기술 학교에 뽑힌 아들의 기쁜 마음을 헤아려 주지 못하는 아버지가 원망스러웠다.

집에 머무는 건 고역이었다. 어머니만 아니었다면 나는 아마 1년에 한 번도 집에 가지 않았을 것이다. 집에 갔을 때도 가능한 한 서둘러 떠나곤 했다. 내가 훈련을 받는 동안 아버지도 마음을 누그러뜨리고 아들의 운명을 받아들이시기를 희망했지만, 아버지는 결코 그러지 않으셨다.

결국 우리는 어두운 하늘 아래로 흐르는 비가 비구름 위쪽의 영원히 태양 빛이 비추는 세계로 가고 싶어서 안달하는 듯한 우주선의 벽면을 두드리는 가운데 우주항에 서서 딱딱하고 어색하게 작별 인사를 나누었다. 이제 나는 그토록 싫어하던 우주선이 하나뿐인 아들을 삼켜 버리는 광경을 바라보는 아버지의 심정을 이해할 수 있다. 그때는 몰랐던 것들을 미리 알 수 있었다면!

우리가 우주선 앞에서 작별 인사를 나누던 순간에도 아버지는 다시는 아들을 보지 못할 거라는 사실을 알고 계셨다. 어쩌면 나를 붙잡아 둘 수도 있었던 말을 아버지는 완고한 자존심 때문에 입 밖에 꺼내지 않으셨던 것이다. 아버지가 편찮으신 건 나도 알고 있었지만, 아버지는 당신이 얼마나 아프신지 아무에게도 이야기하지 않았다. 아버지는 그런 방법으로 나를 붙잡으려 하지 않으셨고 그 일에 대해서 나는 아버지를 존경한다.

만약 알았더라면 내가 떠나지 않았을까? 돌이킬 수 없는 과거를 두고 추측한다는 건 알 수 없는 미래를 걱정하는 것 이상으로 소용없는 짓이다. 지금 내가 이야기할 수 있는 건 그 문제를 두고 선택할 필요가 없었다는 게 기쁘다는 점뿐이다. 결국 아버지는 나를 놓아주셨다. 아버지는 내 야망과의 싸움을 포기하셨고 얼마 후에는 죽음과의 싸움마저 포기하셨다.

그렇게 나는 지구에, 그리고 말로는 표현을 안 했지만 나를 사랑하셨던 아버지에게 작별을 고했다. 아버지는 지금 내 손바닥으로도 가릴 수 있는 조그만 지구에 누워 계신다. 내 혈관 속을 흐르는 피를 가진 수십억 명의 사람들 중에서 지구를 떠난 최초의 인간이 바로 나라는 사실을 생각하면 언제나 기분이 묘해진다…….

아시아에 태양이 떠오르고 있다. 지구의 동쪽 가장자리가 실처럼 빛난다. 곧 태양이 태평양을 비추기 시작하면서 지구는 초승달 모양으로 빛날 것이다. 이제 유럽은 잠들 준비를 하고 있다. 그래도 몇몇 흥분한 이들은 밤새워 놀다가 새벽을 맞이할 것이다.

화성 탐사대를 방문할 마지막 손님을 태울 수송선이 사령선을 떠나 우주 정거장으로 오고 있다. 내가 기다리던 메시지가 도착했다.

"탐사대장 스티븐스가 우주 정거장 사령관에게. 90분 후 발사 예정. 마지막으로 우주 정거장 사령관의 방문을 바라고 있음."

아버지, 이제야 저는 아버지의 심정을 이해합니다. 이제는 입장이 바뀌었군요. 그래도 저는 오래전에 우리 두 사람이 함께 저지른 실수를 다시 반복하지 않기를 바랍니다. 화성으로 떠나는 스타파이어 호에 올라 아버지가 한번도 보지 못한 손자에게 작별 인사를 할 때는 왠지 아버지가 떠오를 것 같습니다.

빛이 있으라 | Let There Be Light |

1957년 9월 5일, 《던디 선데이 텔레그래프(Dundee Sunday Telegraph)》에 첫 게재.
『열 세계의 이야기(Tales of Ten Worlds)』에 재수록.

이야기는 돌고돌아 다시 살인 광선으로 돌아왔다. 어지간히 트집 잡기 좋아하는 이가 사방을 쑥대밭으로 만드는 형형색색의 광선들이 그려진 옛날 과학소설 잡지의 표지를 조롱하고 있었다.

그는 콧방귀를 뀌었다.

"과학적으로 보면 초보적인 실수지. 가시광선은 파괴적이지 않아. 그랬다면 우리는 전부 살아남지 못했겠지. 녹색 광선이든 보라색 광선이든 체크무늬 광선이든 전부 헛소리란 걸 왜 모를까. 법칙이라고 해도 될 정도인데. '눈에 보이는 광선은 해롭지 않다.'"

"재미있는 이론이긴 한데 사실과 일치하지는 않는군. 내가 개인적으로 접해 본 유일한 살인 광선은 눈에 완벽하게 보였으니까."

해리 퍼비스가 말했다.

"그래? 무슨 색이었는데?"

"그건 이따가 얘기하지. 자네가 듣고 싶다면. 하지만 일단 처음부터

347

이야기하자면……."

 우리는 찰스 윌리스가 바를 슬쩍 빠져나가기 전에 그를 붙잡았고 약간의 실력 행사를 해서 마침내 모든 잔이 다시 채워졌다. 그리고 단골손님이라면 누구나 해리 퍼비스가 풀어 놓는 신기한 이야기의 전주곡이라고 알고 있는 호기심에 가득 찬, 그리고 긴장감 넘치는 침묵이 '하얀 사슴' 위로 내려앉았다.

"에드거 버튼과 메리 버튼은 다소 잘 어울리지 않는 부부였어. 친구들 중 누구도 그들이 왜 결혼했는지 알지 못했지. 어쩌면 이 냉소적인 설명이 정확한 설명일지도 몰라. 에드거는 부인보다 거의 스무 살이나 나이가 많았고 주식 거래로 25만 달러를 벌어들인 후에 남들보다 이른 나이에 은퇴했어. 스스로 경제적인 목표를 세우고 달성하기 위해서 열심히 일했지. 그리고 마침내 은행 잔고가 목표치에 이르자 그는 즉시 야망을 전부 잃어버렸어. 이제 그는 지방 지주로서 인생을 살아가기로 마음먹었고, 단 하나 있던 취미 생활에 말년을 쏟아붓기로 한 거야. 천문학이었지.
 어떤 이유에선지, 천문학에 대한 흥미가 사업상의 통찰력이나 심지어 일반 상식과도 잘 어울린다는 사실에 많은 사람들이 놀라워하는 것 같아. 하지만 그건 잘못된 생각이야."
 해리가 감정적인 투로 말했다.
 "나는 예전에 캘리포니아 공과대학의 천체물리학 교수와 포커를 하다가 거의 완벽하게 털린 적이 있어. 하지만 에드거의 경우에는 그런 날카로움이 모호한 비실제성과 하나로 결합해 있는 것 같았어. 일단 돈을 벌고 나자, 그는 돈이나 그런 쪽에서 관심을 떼고 오로지 혁신적인 크기의 거대한 반사망원경을 건설하는 데에만 관심을 쏟았지.

은퇴하자마자 에드거는 요크셔의 황무지에 있는 어느 지대 높은 곳에 괜찮은 옛 집을 구입했어. 들리는 것만큼 황량하거나 바람이 쌩쌩 부는 고지대는 아니었어. 경치도 좋았고 벤틀리를 타고 15분이면 마을까지 갈 수도 있었지. 그럼에도 불구하고 메리는 변화가 마음에 들지 않았어. 메리를 생각하면 안타까운 일이야. 하인들이 집안일을 다 하니 할 일도 없지. 그렇다고 몰두할 만한 지적인 취미가 있는 것도 아니었지. 메리는 차를 타고 나가서 독서 모임이란 모임에는 죄다 가입했고 《태틀러》와 《전원생활》 같은 잡지를 샅샅이 읽었지만 뭔가가 부족하다는 느낌은 지울 수가 없었어.

원하는 걸 찾는 데는 거의 넉 달이 걸렸어. 만약 그러지 못했다면 아주 우울했을 마을 축제에서였지. 키가 187센티미터의 영국 왕실의 전직 근위병으로서 노르만인들의 영국 정복을 최근에 일어난 개탄할 만큼 무례한 행위로 간주하는 가정에서 태어난 사람이었어. 이름은 루퍼트 드 비어 코트나이(세례명이 여섯 개 더 있는데 그건 잊어버리자고.)였고, 그 지역에서는 일반적으로 가장 훌륭한 총각이라고 알려져 있었어.

훌륭한 귀족적 전통 아래 자라난 올곧은 영국 신사인 루퍼트가 메리의 감언이설에 굴복하기까지는 꼬박 두 주가 걸렸어. 그의 몰락은 가족들이 일반적으로 미모가 뛰어나지 않다는 평을 듣고 있는 펠리시티 파운틀레로이 양과의 혼례를 주선하려 노력하고 있다는 사실을 안 후에 더욱 가속되었지. 펠리시티는 정말로 말과 흡사하게 생겨서 종마가 운동하고 있을 때는 자기 아버지의 유명한 마구간에 가는 게 위험할 정도였어.

메리의 지루함과 마지막으로 불살라 보겠다는 루퍼트의 결심은 필연적인 결과를 가져왔어. 에드거는 메리를 보기가 점점 힘들어졌지. 그녀는 주 중이면 놀랄 정도로 다양한 이유를 대며 마을로 내려갔어. 처음에는 아내의 교제 범위가 빠르게 넓어지고 있다는 데에 기뻐했어. 그리고 전혀 그렇지 않다는 걸 깨달은 건 몇 달이 지난 후였지.

모든 세대가 새롭게, 그리고 곤란한 일을 겪어 가면서 배우는 것이긴 하지만, 스톡스보로 같은 조그만 시골 마을에서 남녀의 밀회를 비밀로 유지한다는 건 불가능에 가까워. 에드거는 우연히 그 사실을 알아냈지만, 어쨌거나 조만간 누군가가 말해 줬을 거야. 지역 천문학자들의 모임 때문에 마을에 차(아내가 벤틀리를 타고 갔기 때문에 그는 롤스로이스를 타고 갔지.)를 타고 갔을 때, 돌아오는 길에 극장에서 마지막 회를 보고 나오는 군중들 때문에 잠시 멈춰 선 적이 있었어. 그 사이에 에드거가 본 적은 있지만 이름은 기억나지 않는 한 잘생긴 청년과 동행한 메리가 있었지. 만약 다음 날 아침에 메리가 그 전날 극장에 자리가 없어서 여성 친구들과 조용히 저녁을 보냈다고 앞서 이야기하지만 않았다면, 그는 그냥 그러려니 했을 거야.

변광성을 연구하는 데 몰두해 있던 에드거조차도 이리저리 생각을 맞춰 보더니 아내가 쓸데없는 거짓말을 하고 있다는 사실을 깨달았어. 그는 의심하고 있다는 기색을 내비치지 않았어. 헌트 볼(무도회의 일종―옮긴이)에 다녀온 후에는 의심이 확신이 됐지. 비록 그는 무도회의 그런 기능을 싫어했지만(게다가 하필이면 변광성 유 오리오니스가 최소 광도를 지니는 시기와 겹치는 바람에 중요한 관측 기회를 놓치고 말았지.), 지역 사람들이 전부 참석하는 만큼 아내의 밀회 상대자를 찾아낼 기회가 될 거라고 생각했던 거야.

루퍼트를 찾아내 함께 이야기를 나누는 건 어이없을 정도로 쉬웠어. 비록 그 젊은 친구가 조금 불안해 하는 것 같았지만 즐거운 대화 상대였어. 놀랍게도 에드거는 그 친구가 마음에 들었던 거야. 만약 아내에게 정부가 있어야 한다면 아마 그는 아내의 선택을 인정했을 거야.

그리고 구경이 40센티미터에 가까운 반사경을 연마하느라 바쁜 나머지 다른 일을 할 수 없었던 탓이 컸지만, 지난 몇 달 동안 내버려둔 문제도 있었어. 일주일에 두 번, 메리는 표면상으로는 친구들을 만나거나 영화를 본다는 핑계로 마을에 내려갔다가 자정이 되기 직전에 집에 돌아오곤 했어. 에드거는 몇 킬로미터 밖에서부터 자동차 불빛을 볼 수 있었어. 메리는 항상 에드거가 과도하다고 생각할 만큼 빠른 속도로 운전했기 때문에 불빛은 이리저리 돌아가며 비틀리곤 했지. 그것도 그들이 함께 외출하지 않는 이유이기도 했어. 에드거는 조심조심 안전하게 운전하는 편이었고, 그가 쾌적하다고 생각하는 속도는 메리와 시속 20킬로미터 정도 차이가 났어.

집에서 5킬로미터 정도 부근에서 자동차 불빛은 언덕에 가려 몇 분 정도 보이지 않았어. 거기엔 아주 위험한 굽은 길이 있었는데, 영국의 시골보다는 알프스 산악 지형을 떠올리게 하는 도로였어. 집까지 곧게 뻗은 길이 나오기 전까지는 결코 유쾌하지 않은 몇 십 미터 높이의 절벽과 맞닿아 있는 가장자리를 끼고 도로가 나 있었어. 차가 이곳을 돌 때면 불빛이 정면으로 집을 비추게 되어 있었지. 에드거가 망원경 앞에 앉아 있다가 갑자기 불빛 때문에 잠시 눈이 먼 게 한두 번이 아니었던 거야. 다행히 밤에는 그 길이 많이 쓰이지 않았어. 만약 그랬다면 관측은 거의 불가능했겠지. 자동차 불빛을 정면으로 받고 나서 눈이 다시 회복되려면 10분이나 20분은 걸렸거든. 그래도 이건 단순히 조금 불편한 수준이었어. 하지만 메리가 일주일에 네다섯 번씩 밖에 나가기 시작하자 심각한 문제가 된 거야. 에드거는 뭔가 조치를 취해야 한다고 결정했지.

자네들도 알겠지만, 이 모든 과정을 통틀어 에드거 버튼의 행동은 정상이라고 하기 어려워. 애초에 런던의 바쁜 주식 중개인에서 요크셔 황무지의 은둔자로 삶의 형식을 완전하게 바꾸었다는 것부터가 말이 안 되는 거야. 하지만 메리의 야심한 귀가가 진지한 관측을 방해하기 전까지는 그가 그저 기인이었을 뿐이라고 해야 할 것 같아. 그 후부터는 그의 행동이 비정상적인 논리를 따르고 있다는 사실을 인정할 수밖에 없지.

그는 이미 몇 년 전부터 아내를 사랑하지 않았지만, 아내가 자기를 놀림거리로 만드는 것에는 반대였지. 그리고 루퍼트 드 비어 코트나이는 보아하니 유쾌한 친구 같았어. 그건 그 친구를 구해 내는 친절한 행위였던 거야. 음, 말 그대로 눈이 부실 듯한 섬광처럼 아이디어가 떠올랐어. 아름다울 정도로 간단한 해결책이었지. 말 그대로라는 말은 정말 말 그대로야. 내가 본 것 중에서 가장 완벽한 단 하나의 살해 방법을 에드거가 떠올린 건 메리의 자동차 불빛 때문에 눈을 깜빡이는 동안이었거든. 명백히 상관없어 보이는 요소가 인간의 운명을 결정할 수 있다는 건 참 기이한 일이야. 가장 오래되고 고상한 과학에 대해서 뭐라고 이야기하고 싶지는 않지만, 만약 그가 천문학자가 되지 않았다면 결코 살인자가 되지도 않았을 거야. 그의 취미가 살인의 동기뿐만 아니라 어느 정도는 수단까지 제공해 주었거든…….

그는 자기에게 필요한 거울을 만들 수 있었어. 그때쯤엔 상당한 수준의 전문가가 되어 있었거든. 하지만 이 경우에는 천문학적인 정확성이 필요 없었어. 라이스터 광장의 전쟁 물자 가게에서 중고 서치라이트를 구해 오는 편이 더 쉬웠을 거야. 거울은 대략 직경 1미터 정도의 크기였고, 고작 몇 시간 만에 그는 거치대를 설치하고 초점 위치에 조잡하지만 효과적인 아크 전등을 배치할 수 있었어. 광선의 방향을 정렬하는 일도 마찬가지로 간단했어. 그리고 아내와 하인들은 그런 실험을 당연하게 여겼던 터라, 아무도 그가 무슨 일을 하는지 알아차리지 못했지.

그는 어느 맑고 어두운 밤에 최종적으로 간단한 시험을 마친 후 메리가 돌아오기를 기다렸어. 물론 그는 시간을 낭비하지 않고 일상적으로 선별된 별들을 관측했지. 자정이 될 때까지 메리가 돌아오는 기미가 없었어. 하지만 에드거는 신경 쓰지 않았어. 거울 위에 부드럽게 비치는 별들의 광도가 기분 좋을 정도로 일정했거든. 왜 메리가 평소보다 늦게 돌아오는지 생각해 보지는 않았지만 일은 잘 풀리고 있었어.

마침내 지평선 저쪽에서 깜빡이는 자동차 불빛이 보였어. 자동차가 언덕 뒤로 사라지자 그는 스위치에 손을 얹고 기다렸지. 완벽한 타이밍이었어. 차가 굽은 길을 돌아 나와 불빛이 그를 비추는 순간 그는 아크 등을 켰지.

직선 도로에서 예상하고 있는 상태라도 야간에 다른 차와 마주치는 건 유쾌한 일이 아니야. 하지만 만약에 엄청나게 굽은 도로를 달리고 있고 근처에 다른 차가 없다고 알고 있을 때, 갑자기 웬만한 자동차 불빛보다 50배는 밝은 광선이 정확히 자기를 비춘다고 생각해 봐. 음, 그 결과는 훨씬 더 끔찍할 거야.

그게 바로 에드거가 계산한 거였어. 그는 거의 즉시 광선을 껐어. 하지만 자동차 불빛은 그가 보고자 했던 광경을 전부 보여 주었지. 그는 불빛이 계곡 위에서 흔들리며 이전 어느 때보다도 빠르게 곡선을 그리다가 언덕 아래로 사라지는 광경을 보았어. 몇 초 동안 붉은 섬광이 너울거렸지만 폭발 소리는 거의 들리지 않았어. 잘된 일이었어. 에드거는 하인들이 동요하는 걸 바라지 않았거든.

그는 자기가 만든 서치라이트를 해체하고 망원경 앞으로 돌아갔어. 아직 관측을 끝내지 않았거든. 그리고 즐겁게 일을 마친 후에 침대로 들어갔지.

잠은 푹 잤지만 오래 자지는 못했어. 한 시간쯤 후에 전화가 울렸거든. 분명히 누군가가 잔해를 발견했을 터였지. 하지만 에드거는 아침까지 내버려 두기를 원했어. 천문학자들은 원하는 만큼 잠을 잘 수 있어야 하니까. 짜증이 난 그는 전화기를 들었어. 그리고 몇 초 후에 자기 아내가 전화를 걸었다는 걸 깨달았지. 메리는 코트나이 저택에서 전화를 걸고 있었고 루퍼트에게 무슨 일이 생겼는지 알고 싶어 했어.

그들은 자신들이 저지른 불륜을 전부 털어놓기로 결정했던 모양이야. 그리고 루퍼트가 (독한 술의 힘을 빌리지 않은 건 아니지만) 남자답게 에드거에게 이야기하기로 했던 거지. 그는 이야기를 마치는 대로 메리에게 전화를 걸어 남편이 어떻게 받아들였는지 이야기해 주려고 했던 거야. 메리는 솟아오르는 초조함과 불안감을 가능한 한 억누르며 기다렸지만, 마침내 걱정이 신중함을 넘어서고 말았던 거지.

이미 어느 정도 균형이 깨져 있던 에드거의 신경망에 가해진 충격이 상당했다는 건 굳이 말할 필요도 없을 거야. 통화한 지 몇 분 만에 메리는 남편이 완전히 미쳐 버렸다는 사실을 깨달았지. 아침이 되어서야 메리는 루퍼트가 불행히도 굽은 길을 돌아가는 데 실패했다는 것을 깨달았어.

장기적으로는 난 메리에게 잘된 일이라고 생각해. 루퍼트는 그렇게 영리한 사람이 아니어서 만족스러운 짝이 되지 않았을 거야. 실제로 메리는 에드거가 정신이상 진단을 받자, 재산에 대한 위임권을 획득한 후 바로 다트머스로 이사 갔고, 거기서 해군 사관학교 근처에 멋진 아파트를 얻었어. 이제는 새로 산 벤틀리를 직접 운전하는 일도 없다고 해."

해리가 결론지었다.

"그냥 그렇다는 얘기야. 그리고 몇몇 회의적인 친구들이 내가 이 이야기를 어떻게 알았는지 묻기 전에 미리 말하자면 난 이 이야기를 에드거가 갇혀 버린 후 그의 망원경을 구입한 업자들에게서 들었어. 아무도 그의 이야기를 믿지 않았다는 건 슬픈 일이지. 일반적인 의견은 루퍼트가 술이 너무 많이 취했고 위험한 도로에서 너무 빨리 차를 몰았다는 거였어. 그게 맞을지도 몰라. 하지만 나는 그렇지 않다는 쪽을 선호해. 죽는 방법치고 너무 평범하잖아. 살인 광선에 당했다는 편이 드 비어 코트나이 가문에게 훨씬 걸맞은 운명이지. 상황으로 봐서 나는 아무도 에드거가 사용한 광선이 살인 광선이라는 걸 부정하지 못할 거라고 생각해. 광선은 광선이었고, 누군가를 죽이기도 했지. 그거면 된 거 아냐?"

태양 밖으로 | Out of the Sun |

1958년 2월, 《이프》에 첫 게재.
『하늘의 저편』에 재수록.

지구에서만 살아온 사람은 태양을 한번도 제대로 보지 못했다고 할 수 있다. 우리도 당연히 태양을 직접 볼 수는 없고, 오로지 태양 빛을 견딜 수 있는 수준의 밝기로 낮추어 주는 두꺼운 필터를 통해서 볼 수 있었다. 태양은 관측소 서쪽에 있는 울퉁불퉁한 언덕 위에 낮게 뜬 채로, 영원히 떠오르거나 지는 일 없이 우리가 있는 작은 세계의 1년인 88일 내내 조그만 원을 그렸다. 수성이 항상 같은 면을 태양으로 향하고 있는 것은 아니기 때문에, 태양은 축을 중심으로 조금씩 흔들렸고, 지구에서 매일 일어나는 일출이나 일몰 같은 현상이 일어나는 좁은 중간 지대가 있었다.

우리는 그 중간 지대의 가장자리에 있었다. 그렇게 우리는 시원한 그늘을 이용하는 한편 언덕 위에 떠 있는 태양을 끊임없이 감시할 수 있었다. 50명의 천문학자와 기타 관련 분야의 과학자들이 온종일 여기에 매달렸다. 우리가 이렇게 100년 정도를 연구해야 지구에 생명을 가져다준 이 조그만 별에 대해 뭔가를 알아낼까 말까 한 일이었다.

태양 광선의 각 영역은 전부 관측소의 누군가가 평생의 연구 분야로 삼고 있었고 그들은 먹이를 찾는 매처럼 태양을 주시했다. 엑스선에서부터 파장이 가장 긴 전파에 이르기까지 우리는 함정과 덫을 쳐 놓았다. 태양이 평소와 다르기만 하면 그 즉시 우리는 달려들 태세가 되어 있었다. 우리의 희망 사항에 불과할지도 모르지만…….

태양의 불꽃 심장은 11년을 주기로 천천히 박동했다. 우리는 이번 주기의 최정점으로 다가가고 있었다. 이제껏 기록된 가장 커다란 흑점 두 개가(각각은 지구 백 개라도 삼켜 버릴 정도였다.) 소용돌이치는 태양의 외곽층을 꿰뚫고 있는 검은 깔대기처럼 원반을 가로지르고 있었다. 흑점은 단지 주변의 밝기와 대조되어 검게 보이는 것이다. 검은 부분의 차가운 핵조차도 전기 아크보다 훨씬 더 뜨겁고 밝았다. 우리가 두 번째 흑점이 원반 가장자리를 넘어 사라지는 것을 보며 그것이 2주 후에 다시 살아 돌아올 것인지 궁금해 하고 있을 때 적도 부근에서 무엇인가가 폭발했다.

장관이라고까지는 할 수 없는 광경이었다. 아마도 폭발이 정확히 우리의 아래쪽에서, 다시 말해 우리에게 보이는 원반의 정확한 중심에서 일어나 주변에서 일어나는 현상에 녹아들었기 때문이었을 것이다. 만약 태양 가장자리에서 폭발하여 우주를 배경으로 분출되었다면 그야말로 경이로운 광경이었을 것이다.

백만 개의 수소폭탄이 동시에 터진다고 생각해 보자. 상상이 되는가? 아무도 상상할 수 없을 테지만 바로 그런 게 태양의 적도에서 초속 수백 킬로미터의 속도로 우리를 향해 정면으로 솟아올랐다. 처음에는 가느다란 급기류를 형성했지만 자기력과 중력이 방해하자 가장자리의 윤곽이 희미해졌다. 중심부는 똑바로 방향을 유지했고 곧 그게 태양을 완전히 벗어나 우주 공간으로 향하고 있다는 사실이 명백해졌다. 그리고 목표는 바로 우리였다.

예전에도 몇 번 일어났던 일이지만 겪을 때마다 가슴이 두근거렸다. 그건 곧 전하를 띤 거대한 가스 구름을 뚫고 날아온 태양의 구성 물질을 획득할 수 있다는 뜻이었다. 위험하지는 않았다. 우리에게 도달할 때쯤이면 해롭지 않을 정도로 밀도가 희박해졌다. 그래서 그것들을 전부 포착하려면 민감한 장비를 써야 했다. 수백만 킬로미터의 두께로 태양을 둘러싸고 있는 보이지 않는 이온화층의 지도를 제작하는 데 쓰이는 관측소의 레이더도 그중 하나였다. 바로 내가 일하는 곳이었다. 태양을 뒤로 하고 다가오는 가스 구름을 포착해 낼 가능성이 보이자마자, 나는 거대한 전파망원경을 그쪽으로 돌렸다.

여전히 초속 수백 킬로미터의 속도로 태양에서 벗어나고 있는 거대하고 빛나는 섬이 장거리용 화면에 선명하게 나타났다. 레이더파가 왕복하면서 화면에 표시되는 정보를 가져다주는 데는 몇 분이 걸렸기 때문에, 이 거리에서는 더 자세하게 볼 수 없었다. 시속 160만 킬로미터에 조금 못 미치는 속도로도 태양의 홍염을 벗어나 수성 궤도에 있는 우리를 지나쳐 외곽 행성으로 나가는 데는 거의 이틀이 걸렸다. 하지만 금성이나 지구는 둘 다 그 방향에 없어서 가스 구름의 통과를 기록하지 못할 터였다.

시간이 흘렀다. 수백만 톤의 구성 물질이 다시는 돌아올 기약 없이 외부로 날아가 버리는 격렬한 변동을 겪은 태양은 이제 안정을 되찾았다. 폭발의 여파는 지구보다 수백 배는 커다란, 천천히 회전하는 가스 구름을 만들어 냈다. 얼마 있으면 그 구름은 단거리용 레이더로 더 자세한 구조를 파악할 수 있을 만큼 가까운 거리에 들어올 것이다.

이 계통에서 여러 해를 일했음에도 불구하고, 그것이 발신기에서 나오는 좁은 레이더파와 감응하여 회전하면서 빛나는 선으로 화면을 수놓는 장면은 여전히 나를 흥분하게 했다. 나는 때때로 스스로를 수백만 킬로미터 길이의 막대기를 가지고 주변의 우주를 탐구하는 맹인으로 생각하기도 한다. 내 연구 대상은 우리 눈으로 볼 수 없기 때문이다. 태양 바깥쪽으로 움직이는 거대한 이온화 가스 구름은 육안으로 전혀 볼 수 없을뿐더러 아주 민감한 사진기에도 잡히지 않았다. 그것은 짧은 수명이 다하기 전 몇 시간 동안 태양계를 홀리는 유령이었다. 만약 전파를 반사하거나 자기계를 교란시키지 않았다면 우리는 그런 게 존재하는지도 몰랐을 터였다. 가스 구름이 회전하면서 16만 킬로미터 길이의 들쑥날쑥한 가스팔을 만들고 있었기 때문에 화면에 나타난 그림은 나선 모양의 성운과 그리 달라 보이지 않았다. 혹은 회전하는 지상의 허리케인을 높은 곳에서 내려다보는 것 같기도 했다. 내부의 구조는 말할 수 없이 복잡했고, 우리가 완전히 이해하지 못하는 어떤 힘의 작용을 받아 분 단위로 끊임없이 변하고 있었다. 화염은 강을 이루며 전기장의 영향이라고 추측할 수밖에 없는 경로를 따라 흘렀다. 하지만 마치 물질이 무(無)에서 생겨났다 없어지듯이 불쑥 나타났다 다시 사라지는 건 무슨 까닭일까? 그리고 달보다도 크지만 마치 홍수에 휩쓸리는 바위처럼 보이는 저 빛나는 덩어리들은 무엇일까?

이제 가스 구름은 160만 킬로미터도 채 떨어져 있지 않았다. 한 시간 남짓이면 우리를 덮칠 예정이었다. 자동카메라는 레이더 스캔을 일일이 기록하여 앞으로 몇 년간은 논쟁 거리가 될 자료를 쌓는 중이었다. 가스 구름의 전조 격인 자기 교란 현상은 이미 일어났다. 사실, 관측소에 있는 장비 중에서 돌진해 오는 경이적인 현상에 반응하지 않고 있는 것을 찾기는 어려웠다.

단거리용 스캐너로 전환하자 가스 구름의 영상이 엄청나게 확대되면서 오로지 중심부만 화면에 표시되었다. 동시에 나는 다양한 층위를 구별 짓기 위해 주파수를 연속적으로 변환하는 작업을 시작했다. 파장이 더 짧을수록 이온화 가스의 더욱 깊숙한 층위까지 뚫고 들어갈 수 있는 것이다. 나는 이 기술을 이용하여 가스 구름 내부의 엑스선 영상 정도는 얻을 수 있기를 바랐다.

회전하는 팔로 감싸인 얇은 외곽층을 조금씩 베어 나가며 농밀한 핵으로 다가가는 모습이 마치 눈앞에 보이는 듯했다. 물론, '농밀하다'는 것은 다분히 상대적인 단어였다. 지구의 기준으로 보자면 가스 구름에서 가장 빽빽이 밀집되어 있는 지역이라고 해도 여전히 진공이나 마찬가지였다. 주파수 대역의 한계치에 거의 다다르자 더 이상 파장을 짧게 할 수 없었고, 그때 나는 화면의 중심부 근처에서 원인을 알 수 없는 조그만 반향을 발견했다.

그것은 달걀 모양이었고, 가스 구름의 맹렬한 흐름 속에서 표류하는 것을 이미 본 적 있는 다른 가스 덩어리보다 가장자리가 훨씬 선명했다. 흘깃 보는 것만으로도 나는 지금까지 기록된 어떤 현상과도 다른 아주 희한한 현상이라는 점을 알 수 있었다. 나는 레이더가 열

번 남짓 스캔하는 동안 지켜보고 있다가, 무선 주파수 분광기를 가지고 회전하며 다가오는 가스의 속도를 분석하고 있던 조수를 불렀다.

"이봐, 돈. 전에 이런 거 본 적 있어?"

세심하게 살펴본 후 그가 대답했다.

"아뇨, 왜 저렇게 붙어 있는 거죠? 지난 2분 동안 모양이 바뀌지 않았어요."

"그게 나도 궁금해. 저게 뭐든 간에 주변이 저렇게 요란하면 벌써 흩어지고도 남았을 텐데. 계속 안정되어 보이는군."

"저게 얼마나 큰 것 같습니까?"

나는 눈금 측정망의 스위치를 켜서 재빨리 수치를 읽었다.

"길이는 800킬로미터이고 폭은 그 절반이로군."

"더 크게 확대할 수는 없나요?"

"안 돼. 왜 저런지 보려면 더 가까워지기를 기다려야 해."

돈이 짧게 웃었다.

"말도 안 되는 얘기지만, 이거 알아요? 난 마치 현미경으로 아메바를 바라보고 있는 듯한 기분이에요."

나는 대답하지 않았다. 지적 혼란 증세라고밖에 할 수 없는 이유 때문인지, 나 역시 똑같은 생각을 했던 것이다.

우리는 가스 구름의 다른 부분에 대해서는 완전히 잊어버린 상태였다. 하지만 다행히 자동카메라가 꾸준히 맡은 일을 하고 있어서 중요한 관측을 놓치는 일은 없었다. 그때부터 우리의 눈은 우리를 향해 다가오며 시시각각으로 커지고 있는 가장자리가 선명한 렌즈 모양의 가스 덩어리에 집중되어 있었다. 거리가 달과 지구 사이 정도가 되었을 때, 가스 덩어리는 처음으로 내부 구조에 대한 징후를 드러내기 시작했는데, 내부의 얼룩덜룩한 모양은 각각의 레이더 스캔마다 전부 달랐다.

이제 관측소 인원의 절반 정도가 레이더실에 모여 있었지만, 다가오는 수수께끼가 화면 속에서 빠르게 커지는 동안 아무도 말을 하지 않았다. 가스 덩어리는 정면으로 우리를 향해 다가오고 있었다. 몇 분 후면 그것은 수성의 낮 영역 한가운데쯤에 충돌하여 운명을 다하고 말 것이다. 그 순간부터 화면이 다시 어두워지는 기껏해야 5분도 채 안 되는 시간 동안 우리는 드디어 정말로 상세한 모습을 볼 수 있었다. 우리 각자에게 그 5분은 평생을 사로잡을 시간이 될 터였다.

달걀 모양의 반투명한 물체처럼 보이는 그것의 내부에는 거의 보이지 않는 선들이 복잡하게 얽혀 있었다. 선들이 교차하는 곳에는 작지만 맥동하는 빛의 마디가 있었다. 레이더 화면에 완전한 영상이 그려지는 데 거의 1분이나 걸렸기 때문에, 그리고 레이더가 한 번 스캔하는 동안 대상이 수천 킬로미터를 움직였기 때문에 그게 실제로 존재하는 건지 확신할 수는 없었다. 그러나 얽힌 선들이 존재한다는 데에는 의심의 여지가 없었다. 그 점에 관한 한 카메라는 논쟁의 여지를 두지 않았다.

단단한 물체를 바라보고 있다는 인상이 너무나 강한 나머지 나는 레이더 영상에서 잠시 눈을 떼고 황급히 하늘을 향하고 있던 광학 망원경의 초점을 그쪽으로 맞추었다. 당연히 태양의 얼룩덜룩한 표면만이 배경으로 보일 뿐 다른 어떤 흔적도 보이지 않았다. 이 경우에는 육안 관측이 전혀 쓸모없었고 오로지 레이더 같은 전자 장비만 쓸모가 있었다. 우리를 향해 다가오는 것은 공기만큼이나 투명했고 그보다 훨씬 더 희박했다.

마지막 순간이 지나가면서 나는 우리 모두가 똑같은 결론에 도달했다고 확신했다. 다만 누군가가 먼저 말을 꺼내기를 기다리고 있었던 것이다. 우리가 본 것은 불가능한 것이었지만 증거가 우리 눈앞에 뚜렷이 있었다. 생명이 전혀 존재할 수 없는 곳에서 우리는 생명을 보았던 것이다…….

폭발은 그것을 태양의 불타는 대기 깊숙한 곳의 정상적인 환경에서 끌어내 밖으로 뿜어냈다. 그 과정에서 살아남은 건 기적이었다. 보이지 않는 거대한 몸을 제어하고 있는 힘이 육체를 이루고 있는 유일한 물질인 이온화 가스에 대한 지배력을 잃어 가고 있을 그때 그것은 이미 죽어 가고 있었을 게 분명했다.

그 영상을 수백 번이나 돌려 본 지금은 그런 생각이 전혀 이상하게 느껴지지 않았다. 생명이란 애초에 조직화된 에너지에 불과한 게 아니었던가? 에너지가 어떤 형태를 취하든, 즉 지구에서와 같은 화학적 형태이든, 아니면 추측컨대 태양에서처럼 순전히 전기적인 형태이든 그게 무슨 상관인가? 패턴만이 중요할 뿐 구성 물질은 중요하지 않았다. 하지만 당시에는 이렇게 생각하지 못했다. 그저 거대하고 압도적인 경이감만 의식한 채 태양의 생명체가 삶의 마지막 순간을 맞이하는 모습을 지켜보고 있었다.

과연 그건 지성체였을까? 자신에게 닥친 기이한 운명을 이해할 수 있었을까? 그런 질문은 수천 개를 던져도 아무런 대답을 얻어 내지 못할 것이다. 태양의 화염 속에서 태어난 생명체가 외부 우주에 대해 알고 있다거나 아주 차가운 고체 형태의 물체가 존재함을 감지할 가능성은 크지 않아 보였다. 설령 우주에서 우리를 덮쳐 온 살아 있는 섬이 지성체라고 할지라도, 자신이 그토록 빠르게 접근하고 있는 세계를 인식할 수는 결코 없었을 것이다.

이제 그것은 하늘을 가득 메웠다. 어쩌면 마지막 몇 초 동안에 그것은 앞에 있는 것이 이상하다는 사실을 깨달았을지도 몰랐다. 크게 힘을 가해 오는 수성의 자기장을 감지했을 수도 있고 작은 세계가 행사하는 중력의 힘을 느꼈을 수도 있다. 그런 이유에서인지 그것은 변화하기 시작했다. 신경망이라고 여겨지는 빛나는 선들이 새로운 패턴으로 응집하고 있었다. 그 의미를 알기 위해서라면 나는 무엇이라도 내주었을 것이다. 나는 공포로 인해 최후의 단말마를 내지르는 짐승의 뇌를 들여다보고 있었거나, 어쩌면 평화롭게 우주와 합일하는 신적인 존재를 보고 있었을지도 몰랐다.

단 한 번의 스캔이 이루어지는 동안에 화면은 깨끗하게 비어 버렸다. 생명체는 지평선 너머, 수성의 몸체가 가리고 있는 곳으로 사라졌다. 그것은 저 멀리 수성의 타오르는 낮 영역에서, 고작 열 명 남짓의 인간이 용감하게 모험을 떠났다가 상당수가 돌아오지 못한 불타는 지옥에서, 녹아 흐르는 금속의 바다와 느릿느릿 움직이는 용암 언덕들에 조용히 그리고 보이지 않게 충돌했다. 그런 존재에게 단순한 충격은 아무런 의미도 없었다. 그것이 견딜 수 없었던 것은 말도 안 될 정도로 차가운 고체와의 첫 접촉이었다.

그렇다. '차가웠다.' 그것은 온도가 절대로 섭씨 350도 이하로 떨어지지 않으며 때로는 1000도에 가깝게 올라가는, 즉 태양계에서 가장 뜨거운 지역에 내려앉았다. 그리고 그 상대적인 추위는 벌거벗은 인간이 남극에서 느끼는 것보다도 훨씬 더 컸다.

우리는 그것이 차가운 화염 속에서 얼어 죽는 것을 보지 못했다. 이제 우리의 장비가 닿을 수 있는 범위 바깥쪽에 있어서 그것의 최후를 기록하지 못했다. 그래도 우리 모두는 그 순간을 분명하게 느꼈다. 기록된 영상만 보고 우리가 그저 자연현상을 보고 있었을 뿐이라고 이야기하는 사람들의 주장에 대해 우리가 흥미를 보이지 않는 것은 그런 까닭이다.

우리가 있던 작은 세계의 구성원 중 절반이 거대한 무형의 두뇌 속의 얽힌 선들이 흩어지는 모습에 홀려 있던 그 마지막 순간에 느낀 것을 어떻게 설명할 수 있을까? 나는 그게 소리 없는 분노의 외침이자 감각의 통로를 통하지 않고 우리 마음속으로 스며든 죽음의 고통이라고 이야기할 수밖에 없다. 그 당시, 그리고 이후에도 우리가 거인의 최후를 목격했다는 사실을 우리들 중 누구도 의심하지 않았다.

우리는 인류 전체를 통틀어서 처음이자 마지막으로 그런 거대한 최후를 목격한 사람들일지도 몰랐다. 그것이 무엇이든지 간에, 태양의 내부라는 상상하기 어려운 세계에 있는 그들과 인간의 궤적은 다시는 교차하지 않을 것이다. 우리와 동등한 지성을 지니고 있는 생명체라 하더라도, 서로 연락을 취할 방법은 찾아내기 어려웠다.

지성이 있는 생명이었을까? 답을 모르는 게 나을 수도 있었다. 어쩌면 그들은 우주가 태어났을 때부터 태양에 살며 우리가 상상하지 못할 정도로 높은 지혜를 쌓아 왔을지도 몰랐다. 미래는 우리의 것이 아니라 그들의 것일지도 몰랐다. 이미 그들은 수십 광년의 거리를 건

너뛰어 다른 별에 사는 동족들과 이야기를 나누고 있을 수도 있었다.

언젠가 그들은 그들만의 기이한 감각을 이용해 그들이 오랫동안 지내온 강력한 고향 주위를 공전하며 스스로의 지식을 자랑스러워하고 스스로를 만물의 영장이라고 여기는 우리를 발견할지도 모른다. 그리고 그들이 발견한 것을 좋아하지 않을지도 모르겠다. 그들에게 우리는 너무 차가워서 유기 생명체의 부패로부터 자신을 정갈하게 할 수 없는 세계의 표면을 기어 다니는 구더기 정도에 불과하기 때문이다.

그리고 만약 그들에게 그럴 힘이 있다면 그들이 필요하다고 생각하는 일을 할 것이다. 태양이 한 번 힘을 발휘하여 자기 자식들의 표면을 살짝 만져 주기만 하면 태양계의 행성들은 맑고 깨끗한, 그리고 생명이 소거된 태초의 상태로 다시 한 번 돌아갈 것이다…….

우주의 카사노바 |Cosmic Casanova|

1958년 5월, 《벤처(Venture)》에 첫 게재.
『하늘의 저편』에 재수록.

　이번에는 증상이 심해진 게 내가 베이스 플래닛에서 5주 거리에 있을 때였다. 지난번 여행 때는 고작 한 달밖에 걸리지 않았다. 그 차이가 내가 나이를 먹어 가기 때문인지 아니면 영양사가 내 음식 캡슐에 새로운 것을 넣었기 때문인지는 분명하지 않았다. 혹은 더 바쁘게 지냈기 때문인지도 몰랐다. 내가 탐사하고 있는 은하계의 팔은 별들이 서로 불과 몇 광년 정도의 거리를 두고 대단히 빽빽하게 밀집되어 있는 구역이라 뒤에 남겨 두고 온 여자들에 대해 생각할 여유가 없었다. 항성 하나를 분류하고 자동 행성 탐색을 마치자마자 다음 항성으로 떠나야 했다. 그리고 으레 그렇듯이 열 개 중에 하나 꼴로 행성이 나타나면 나는 우주선의 중앙 컴퓨터인 맥스가 모든 자료를 기억 장치에 저장하는 모습을 지켜보느라 정신없이 보냈다.
　그러나 지금은 밀도가 높은 구역을 통과한 뒤라 가끔씩은 한 항성에서 다른 항성까지 가는 데만 사흘이 걸리기도 했다. 그 정도면 섹스 생각이 슬글슬금 우주선 안으로 기어 들어오기에 충분한 시간이었다. 마지막 휴가 때의 기억은 앞에 놓인 몇 달간의 여정을 그야말로 공허해 보이게 만들었다.

지난번 디아드네 5 행성에서 우주선의 재보급을 받을 때 너무 무리했다고 할 수도 있었다. 이어지는 임무 사이에 시간이 날 때는 쉬었어야 했던 것이다. 하지만 탐사 대원은 전체 시간의 80퍼센트를 우주 공간에서 홀로 보내며, 인간의 본성이 그렇듯이, 당연히 그 잃어버린 시간에 대한 보상을 받으려 한다. 내게는 그것 말고 다른 이유도 있었다. 독수공방할 앞날을 위해 미리 힘을 다 빼놓으려던 것이다. 하지만 이번 여행이 끝날 때까지 유지될 정도는 아니었던 모양이다.

우선 그리운 헬레네부터 떠올랐다. 금발의 헬레네는 유순하고 안아주고 싶은 여자였지만 다소 재미없는 편이었다. 우리는 헬레네의 남편이 임무를 마치고 돌아오기 전까지 함께 즐거운 시간을 보냈다. 헬레네의 남편은 그런 면에서는 대단히 관대한 사람이었지만, 앞으로 헬레네와 다시 약속을 잡기란 상당히 어려울 거라는 사실을 아주 이성적인 방법으로 강조했다. 다행히 나는 아이리스와 연락을 한 상태였기 때문에 그런 잠깐 동안의 휴지기는 별 문제가 되지 않았다.

이 아이리스라는 여자는 정말로 보통내기가 아니었다. 지금도 그녀를 생각하면 몸이 떨릴 정도다. 남자들도 가끔은 잠을 자야 한다는 단순한 이유 때문에 우리 관계가 깨지고 난 후 나는 꼬박 일주일 동안 여자를 끊었다. 그리고 난 후 옛 지구의 존 던이라는 이름의 작가(고대 영어를 읽을 수 있다면 찾아볼 만한 사람이다.)가 쓴 감동적인 시를 접했는데, 그 시는 잃어버린 시간은 다시 되찾을 수 없다는 사실을 상기시켰다.

생각해 보니 정말 그랬다. 그래서 나는 우주 비행사 제복을 입고 디아드네 5 행성에 하나밖에 없는 바다로 가서 해변을 거닐었다. 열 명 정도의 후보자를 발견하고 달려드는 여자 몇 명에게 퇴짜를 놓은 후에 나탈리라는 여자를 점찍기까지는 불과 몇 백 미터 정도를 걷는 것으로 충분했다.

처음에는 꽤 잘되어 가는 듯했지만, 나탈리가 내가 루스(아니, 케이였나?)와 만나는 걸 반대하기 시작했다. 나는 남자를 소유하고 있다고 생각하는 여자를 견디지 못한다. 그래서 꽤 값비싼 도자기들이 부서지는 꼴사나운 장면을 몇 번 연출한 후에 끝장내 버렸다. 이후로 며칠 동안 빈둥대던 나를 신시아가 구해 주었다. 이제 이쯤이면 여러분이 대강의 상황을 파악할 수 있을 테니 더 이상 자세한 이야기는 않기로 하자.

이 정도가 내가 항성 하나를 뒤로 하고 밝아 오는 또 다른 항성을 향해 가면서 떠올리기 시작한 즐거운 기억들이었다. 이번 여행을 떠나면서 나는 괜히 상황만 더 안 좋게 만들 거라고 판단하고 미녀들의 사진이 담긴 포스터를 일부러 남겨 두고 왔다. 이건 실수였다. 특정 분야에 훌륭한 예술적 재능을 발휘하곤 하는 나는 직접 그림을 그리기 시작했다. 얼마 지나지 않아 완성된 나의 작품들은 그 어느 행성에 가져다 놓아도 빠지지 않을 정도였다.

이런 일에 몰두하는 것이 은하 탐사 대원으로서의 효율적인 임무 수행에 영향을 미칠 거라고는 생각하지 말기 바란다. 컴퓨터 말고는 이야기 상대가 없는 다른 행성으로 이동하는 지루한 장거리 여행을 할 때, 그러니까 내 의지가 생리적인 욕구를 이겨 내지 못할 때나 하는 작업일 뿐이었다. 내 컴퓨터 친구인 맥스는 평범한 상황에서는 충분히 훌륭한 동료였다. 하지만 기계가 이해하지 못하는 일도 있는 법이다. 나는 종종 짜증을 내거나 아무 이유 없이 성질을 부리면서 맥스의 기분을 상하게 하기도 했다.

"무슨 일이 있습니까, 조? 제가 체스를 이겼다고 해서 화가 난 건 분명히 아니죠? 어차피 제가 이길 거라고 경고했잖아요."

맥스는 애처롭게 말했다.

"아우, 꺼져 버려!"

나는 고함쳤다. 그리고 5분 동안 고생한 끝에 말을 곧이곧대로 받아들이는 성격을 지닌 항법 로봇과 화해할 수 있었다.

베이스 플래닛에서 두 달 정도 떨어진 장소, 서른 개의 행성과 네 개의 항성계가 있다고 기록되어 있는 곳에서 내 개인적인 고민을 마음속에서 전부 사라지게 하는 일이 일어났다. 장거리 감시용 모니터가 경고음을 발하기 시작했고, 내 앞에 있는 구역 어딘가에서 희미한 신호가 들어오기 시작했다. 나는 가능한 한 정확하게 상황을 파악해 보려 했다. 신호는 변조되어 있지 않았고 대역폭이 아주 좁았다. 분명히 일종의 발신기였다. 내가 알기로 이렇게 멀리 떨어진 구역에 진입한 우리 측 우주선은 없었다. 나는 전인미답의 지역을 탐사하고 있었던 것이다.

나는 바로 이거다라고 생각했다. 운명의 순간, 우주 공간에서 지금까지 외롭게 보내 왔던 시간에 대한 보상인 것이다. 내 앞쪽 어딘가에 우리와 다른 문명이, 초(超)전파 기술을 보유할 정도로 진보한 종족이 있었다.

내가 해야 할 일은 정확히 알고 있었다. 맥스가 내 관측 기록을 확인하고 분석을 마치자마자 나는 연락선을 베이스로 발사했다. 만약 내게 무슨 일이 생긴다고 해도 탐사대는 어디서 어떻게 된 건지 알 수 있을 것이다. 내가 집에 돌아가지 못한다고 해도 동료들이 달려와 잔해를 수습해 줄 거라고 생각하니 다소 위안이 되었다.

곧 신호가 발신되는 위치가 확인되었다. 나는 신호가 오는 방향에 있는 이미 사멸해 버린 조그맣고 노란 항성으로 진로를 변경했다. 저들이 우주여행 기술을 보유하지 않았다면 이렇게 강한 신호를 보낼 수 없을 거라고 생각했다. 어쩌면 우리만큼이나 진보한 문명, 그리고 그 사실이 내포하고 있는 여러 가지 가능성과 마주칠지도 모르는 일이었다.

아직 도착하려면 멀었지만 나는 별 기대 없이 우주선의 발신기로 신호를 보내기 시작했다. 놀랍게도 즉각적인 반응이 있었다. 연속적으로 이어지던 신호가 곧바로 일련의 파동으로 분절되면서 계속해서 반복되었다. 맥스조차도 무슨 뜻인지 해독할 수 없었다. 아마도 '대체 당신 누구요?'라는 의미일 테지만 아무리 뛰어난 통역기라도 견본으로 삼기에는 너무 짧았다.

시간이 갈수록 신호의 강도는 커졌다. 내가 아직도 근처에 있으며 그들의 신호를 또렷하게 수신하고 있다는 사실을 알리기 위해서 나는 가끔씩 똑같은 메시지를 신호가 온 방향으로 그대로 되돌려 주었다. 그때 두 번째로 크게 놀랄 일이 생겼다.

나는 그게 누구든지 혹은 무엇이든지 간에 내가 영접을 받기에 충분한 거리에 들어서면 그들이 음성 통신으로 전환할 거라고 예상하고 있었다. 그리고 정확히 그대로 됐다. 내가 예상하지 못했던 것은 그들의 목소리가 인간의 것이며, 그들이 사용하는 언어가 의미는 분명하지 않지만 분명히 영어의 한 분파로 들렸다는 점이다. 나는 단어를 열 개 중 하나 정도의 비율로 알아들을 수 있었다. 나머지 단어는 전혀 모르는 단어이거나 너무 왜곡된 나머지 알아들을 수 없었다.

스피커를 통해 몇 마디가 울려 퍼졌을 때 나는 진상을 파악했다. 이들은 완전한 외계인은 아니었지만, 그만큼 흥미로운 동시에 외로운 탐사 활동보다는 훨씬 더 안전한 일이 기다리고 있었던 것이다. 나는 예전에 5000년 전 항성간 탐사 시대의 초창기에 지구를 떠난 개척자들이 세운 제1 제국의 잃어버린 식민지와 접촉한 적이 있었다. 제국이 붕괴했을 때 고립된 행성들은 멸망하거나 미개한 상태로 몰락해 버리곤 했다. 그리고 여기, 이곳에 살아남은 식민지로 보이는 행성이 있었다.

나는 가능한 한 단순한 영어로 아주 천천히 답변했다. 하지만 어떤 언어에게 있어서도 5000년은 긴 시간이었기에 실질적인 의사소통은 불가능했다. 그들은 분명히 나와의 접촉에 흥분한 상태였고, 내가 판단하기에는 즐거워하는 듯했다. 항상 이런 건 아니었다. 제국에서 떨어져 나와 고립된 문명들 중 일부는 이방인을 강하게 배척하여 우주에 그들만 있는 게 아니라는 사실에 광적으로 반응하곤 했다. 의사소통을 하려는 시도가 지지부진하고 있을 때 새로운 요소가 등장했고, 나는 그 즉시 새로운 시선으로 앞날을 전망하기 시작했다. 스피커에서 여자 목소리가 들리기 시작한 것이다.

내가 이제껏 들어 본 목소리 중에서 가장 아름다웠다. 지난 몇 주 동안 우주에서 홀로 지내지 않았다고 해도 바로 사랑에 빠져 버렸을 정도였다. 아주 깊지만 분명한 여자 목소리로, 따뜻하고 어루만져 주는 듯한 음색은 내 모든 감각을 황홀하게 만들었다. 사실 나는 깜짝 놀란 나머지 몇 분이 지나서야 보이지 않는 나의 요정이 하는 말을 이해할 수 있다는 사실을 깨달았다. 그녀가 쓰는 영어는 거의 절반 정도 이해할 수 있는 수준이었다.

간단히 이야기하자면, 얼마 지나지 않아서 나는 그녀의 이름이 리알라이며 자기 행성에서 고대 영어를 전공하는 유일한 언어학자라는 사실을 알게 되었다. 나와 접촉이 이루어지자마자 그들은 통역을 위해 리알라를 불러들였던 것이다. 내 입장에서는 특히 행운이었다. 자칫하면 하얀 수염이 덥수룩한 나이 든 화석이 통역으로 나섰을지도 모르는 일이었다.

시간이 흐르고 그들의 태양이 점점 커지면서 나와 리알라는 아주 친해졌다. 시간이 별로 없었기 때문에 나는 어느 때보다도 서둘러 작업해야 했다. 다른 누구도 우리가 서로에게 하는 말을 이해하지 못한다는 사실이 우리의 사적인 자유를 보장해 주었다. 게다가 리알라의 영어 실력이 적당히 불완전하다는 사실은 내가 조금 과도한 말을 하고도 슬쩍 넘어갈 수 있게 해 주었다. 설마 그런 말을 했을 리 없다고 지레짐작으로 넘어가 주는 여자 앞에서는 너무 앞서 나가다 위험해질 염려가 없었다…….

내가 아주, 대단히 행복했다는 사실을 굳이 말할 필요가 있을까? 마치 내 공적인 관심사와 개인적인 관심사가 깔끔하게 맞아떨어지는 것 같았다. 그러나 한 가지 사소한 걱정거리가 있었다. 아직 나는 리알라를 보지 못했다. 만약 그녀가 소름 끼칠 정도로 못생겼다면?

이 중요한 문제를 확정 짓는 첫 번째 기회는 행성 위로 강하하기 여섯 시간 전에 다가왔다. 그때 나는 화상 통신을 하기에 충분한 거리에 있었고, 맥스는 불과 몇 초 만에 신호를 분석하여 우주선의 수신기에 맞게 조정할 수 있었다. 그리하여 마침내 내가 다가가고 있는 행성의, 그리고 리알라의 선명한 영상을 처음으로 볼 수 있었다.

리알라는 목소리만큼이나 아름다웠다. 나는 화면을 보고는 몇 초 동안 말을 잇지 못했다. 곧 리알라가 침묵을 깼다.

"무슨 문제가 있나요? 전에 여자를 본 적이 없나요?"

나는 이전에 여자를 두 명, 아니 세 명까지는 본 적 있지만 리알라 같은 여자는 한번도 본 적 없다고 인정해야 했다. 나에 대한 반응이 꽤 호의적이라는 사실을 알자 나는 크게 안도했고, 이제 다가올 우리의 행복을 가로막는 것은 아무것도 없어 보였다. 착륙하자마자 나를 둘러쌀 과학자와 정치가 떼거리를 피할 수 있다고 할 때의 이야기지만 말이다. 호젓하게 있고 싶다는 우리의 희망은 실현 가능성이 아주 희박했다. 사실 정말 그랬기 때문에 나는 스스로에게 엄격하게 부과하고 있던 규칙을 깨 버리고픈 유혹까지 느꼈다. 만약 문제를 해결할 다른 방법이 생각나지 않는다면 리알라와 결혼할 생각까지 했던 것이다(그렇다. 우주 공간에서의 두 달은 나의 신념 체계에까지 압박을 가할 정도였다……).

5000년(우리 쪽의 역사까지 계산한다면 1만 년)간의 역사는 몇 시간 만에 간단히 요약할 수 없었다. 하지만 아주 마음에 드는 선생님의 지도 아래 나는 빠르게 지식을 흡수했고 놓친 부분은 맥스가 안정적인 기억 회로에 담아 두었다.

아르카디라는 매력적인 이름이 붙은 행성은 우주 식민화 물결의 최전선에 있었다. 제국이 융성하던 시기가 물러가자 아르카디는 고립된 채로 남겨졌다. 살아남기 위해 분투하던 와중에 아르카디 인들은 스타 드라이브의 비밀을 포함하여 본래 지니고 있던 과학 지식을 대부분 잃어버리고 말았다. 그들은 자신들의 항성계를 빠져나갈 수 없었지만 빠져나가서 얻을 이득도 없었다. 아르카디는 비옥한 세계였고 지구의 4분의 1에 불과한 낮은 중력은 거주민들이 자신들의 행성을 이름에 걸맞은 낙원으로 만드는 데 필요한 육체적 능력을 부여했다. 리알라의 입장에서는 당연히 선입관이 작용할 수 있다는 점을 감안하더라도 아주 매력적인 장소처럼 들렸다.

아르카디의 조그만 황색 태양이 쉽게 눈에 띨 정도로 커졌을 때 멋진 생각이 떠올랐다. 계속해서 걱정되던 환영 위원회를 따돌릴 아이디어가 갑자기 떠오른 것이다. 계획이 성공하려면 리알라의 협력이 필요했지만, 이제 그 정도는 문제없었다. 너무 무례하게 들리지 않을 정도로만 이야기하면, 나는 항상 여자들을 유혹하는 데 일가견이 있었다. 게다가 화면을 통해 구애하는 게 이번이 처음도 아니었다.

그리하여 착륙하기 두 시간 전 즈음해서 아르카디 인들은 탐사 대원들이란 아주 수줍고 의심 많은 족속이라는 사실을 알게 되었다. 이전에 비우호적인 문명을 접하면서 슬픈 경험을 많이 했다는 이유로 나는 정중하게 위험 속으로 뛰어들고 싶지 않다고 이야기했다. 나는 혼자 있으니 합의 하에 선택한 외딴 장소에서 오로지 한 명만 만나는 게 좋겠다고 했다. 그리고 그 만남이 순조롭게 진행된다면 도시로 갈 것이며, 만약 그렇지 못하면 왔던 길을 그대로 돌아가는 것이다. 나는 그들이 이런 행동이 무례하다고 생각하지 않기를 바랐다. 하지만 나는 고향에서 멀리 떨어져 있는 고독한 여행자였고 합리적인 사람들이라면 나를 이해해 줄 거라는 확신이 있었다…….

그들은 이해해 주었다. 특사로 누구를 고를지는 명백했다. 리알라는 외계에서 온 괴물을 만나는 일에 용감하게 자원함으로써 그 즉시 세계가 주목하는 영웅이 되었다. 리알라는 긴장하고 있는 동료들에게 내 우주선에 탑승한 지 한 시간 이내에 연락하겠다고 이야기했다. 나는 두 시간으로 하자고 했지만 리알라가 그건 너무 과하고 잘못하다가는 심성이 못된 사람들이 이러쿵저러쿵 떠들어 댈지도 모른다고 했다.

우주선이 아르카디의 대기권에 돌입했을 때 갑자기 내 명예에 손상을 가할지도 모르는 여자 그림이 떠올랐고, 나는 화급히 그림들을 치워야 했다(치운다고 치웠음에도 불구하고 좀 노골적인 걸작 한 점이 항법도가 쌓인 선반 뒤로 빠졌다가 몇 달 후에 정비공이 발견하는 바람에 아주 당황하고 말았다.). 내가 통제실에 돌아왔을 때 화면은 아무것도 없는 탁 트인 공간 한가운데에 서서 나를 기다리고 있는 리알라를 비추고 있었다. 2분 후면 나는 리알라를 품에 안고 그녀의 머리에서 나는 향기에 취한 채 그녀의 몸이 내 품속에서 허물어지는 것을 느낄 수…….

언제나 흠잡을 데 없이 자기 할 일을 하는 맥스에 의지할 수 있었던 나는 굳이 착륙을 지켜보지 않았다. 대신에 서둘러 에어 로크로 달려가 할 수 있는 만큼 인내심을 짜내어 나와 리알라 사이를 가로막고 있는 문이 열리기만을 기다렸다.

맥스가 일상적인 대기 성분 확인 작업을 마치고 "외부 출입문 개방" 신호를 보내기까지 한 세월이 걸린 것 같았다. 나는 금속 문이 완전히 열리기도 전에 출구를 빠져나가 마침내 아르카디의 기름진 토양 위에 섰다.

나는 내가 여기서 20킬로그램도 채 나가지 않는다는 사실을 기억하고 있었고 그래서 간절한 마음에도 불구하고 조심스럽게 움직였다. 그래도 바보들의 천국에서 살던 나는 한 가지 사실을 잊고 있었다. 저 중력이 200세대 정도를 걸쳐 인간의 신체를 어떻게 변화시키는지를 말이다. 작은 행성에서는 5000년 동안이라도 진화가 많이 이루어질 수 있다.

리알라가 나를 기다리고 있었다. 그리고 그녀는 화면으로 보는 것만큼이나 사랑스러웠다. 그러나 화면으로는 알 수 없는 한 가지 사소한 문제가 있었다.

나는 덩치가 큰 여자를 한번도 좋아한 적이 없었다. 이제는 예전보다 더 싫어졌다. 만일 내가 여전히 원했다면 리알라를 껴안을 수도 있었을 것이다. 하지만 한껏 발돋움하여 팔을 리알라의 무릎에 두르고 있는 내 모습은 정말 바보가 따로 없을 정도였을 것이다.

머나먼 지구의 노래 |The Songs of Distant Earth|

1958년 6월, 《이프》에 첫 게재.
『하늘의 저편』에 재수록.

거의 30년 정도가 지난 후 이 단편은 내가 가장 좋아하는 장편소설의 밑바탕이 되었다. 그리고 마이크 올드필드의 아름다운 곡 「튜블라 벨스(Tubular Bells)」에도 영감을 주었다. (마이크 올드필드는 뉴에이지 음악가로 1973년에 「튜블라 벨스」로 주목받았으며, 이 소설에서 영감을 받은 음반인 『머나먼 지구의 노래』는 1995년에 발표되었다. — 옮긴이)

야자수 아래서 로라는 바다를 바라보며 클라이드를 기다렸다. 배는 이미 수평선 위로 조그맣게 모습을 드러냈다. 하늘과 바다가 이루는 완전무결한 접선에 끼어든 유일한 흠집이었다. 시간이 지나자 배는 점점 커지며 세상을 둘러싸고 있는 푸른 하늘에서 분리되어 나왔다. 로라는 이제 클라이드가 한 손을 밧줄에 감은 채 뱃머리에 조각상처럼 서서 그림자 사이에 숨어 있는 자신을 찾는 모습을 볼 수 있었다.

"로라, 어디 있어?"

그들이 약혼했을 때 클라이드가 로라에게 선물로 준 목걸이형 무전기에서 투덜거리는 그의 목소리가 흘러나왔다.

"와서 이것 좀 들어 봐. 큰 놈을 잡았단 말이야."

'그거였군! 그래서 나보고 빨리 오라는 거로구나.'

로라는 생각했다. 클라이드를 골탕먹이고 불안하게 만들기 위해서 로라는 대여섯 번 부를 때까지 대꾸하지 않았다. 마지막까지도 로라는 아름다운 황금빛 진주로 만들어진 '전송' 버튼을 누르지 않고 나무 그림자 사이에서 천천히 빠져나와 해변으로 걸어갔다.

클라이드는 책망하는 듯한 눈길을 보냈지만, 뭍으로 내려와 배를 묶어 고정한 후에 로라에게 다정하게 키스했다. 그리고 그들은 힘을 합쳐서 클라이드가 잡아 온 크고 작은 물고기들을 배에서 내리기 시작했다. 비린내가 났지만 로라는 열심히 일을 도왔고, 마침내 썰매에 클라이드의 고기잡이 기술에 당한 희생자들을 한가득 쌓아 놓았다.

훌륭한 솜씨였다. 클라이드와 결혼하면 최소한 굶어 죽지는 않을 거라고 로라는 자랑스럽게 생각하곤 했다. 이 행성의 자생종으로 조악한 외피를 두르고 있는 이 생물들은 엄밀히 말하면 물고기가 아니었다. 비늘이 생길 정도로 진화하려면 앞으로 수억 년은 걸릴 터였다. 하지만 충분히 먹을 만했고, 최초의 이주자들은 지구에서의 습관을 버리지 못하고 익숙한 이름을 붙였던 것이다.

"이놈이 마지막이다!"

연어와 꼭 닮은 녀석을 반짝이는 물고기 더미 위에 던지며 클라이드가 말했다.

"그물은 나중에 고칠게. 가자!"

로라는 좀 어렵게 발디딤판을 찾아내어 썰매에 뛰어올라 클라이드 옆에 자리를 잡았다. 유연한 롤러가 잠시 모래를 헤치다가 앞으로 나아가기 시작했다. 클라이드와 로라, 그리고 수십 킬로그램의 다양한 물고기들은 파도가 물결무늬를 새겨 놓은 해변을 따라 올라갔다. 그렇게 집으로 돌아가고 있을 때 그들이 짧은 생애 내내 유일하게 알고 있었던 평화롭고 단순한 세계가 갑자기 종말을 고했다.

마치 거대한 손이 분필로 선을 그어 놓은 것처럼 하늘에 무엇인가가 지나간 흔적이 있었다. 클라이드와 로라가 지켜보는 와중에도 하얀 수증기 궤적은 희미해지면서 한 줌의 구름으로 변해 갔다.

이제 그들은 머리 위 높은 곳에서 뭔가가 떨어지는 소리를 들을 수 있었다. 수십 세대를 거치는 동안 그들의 세계에서 한번도 울려 퍼지지 않은 소리였다. 하늘을 가로지르는 우주선이 남기는 순백색의 궤적을 바라보며 우주의 가장자리가 내지르는 가느다란 비명소리를 듣고 있던 그들은 본능적으로 서로의 손을 맞잡았다. 하강하던 우주선이 지평선 너머로 사라지자 그들은 서로를 마주 보며 경외감에 휩싸인 채 동시에 똑같은 마법의 단어를 내뱉었다.

"지구!"

300년간의 침묵을 깨고 마침내 지구에서 탈라사에 연락을 취한 것이다…….

왜지? 한참 후 대기가 내던 찢어질 듯한 비명소리의 반향이 사라지자 로라는 침착을 되찾고 자문했다. 무슨 일이 벌어졌기에 이렇게 조그맣고 평화로운 행성에, 그것도 기나긴 세월이 흐른 후에야 우주선을 보낸 걸까? 행성 전체를 둘러싼 바다 위에 섬 하나가 있을 뿐인 이곳에는 더 이상 이주민을 수용할 공간이 없었고, 지구에서도 그 사실을 잘 알고 있었다. 항성간 탐사 시대의 초창기였던 5세기 전에 이미 무인 탐사선이 탈라사를 자세히 조사했다. 인간이 직접 별들 사이로 모험을 떠나기 훨씬 전에 무인 탐사선들이 먼저 지구를 떠나 미지의 항성 주위를 돌며 축적한 지식을 가지고 지구로 돌아왔던 것이다. 마치 벌집으로 꿀을 가지고 오는 꿀벌처럼.

무인 탐사선 중 하나가 끝없는 바다에 하나의 거대한 섬만 있는 기형적인 행성인 탈라사를 발견했다. 언젠가 탈라사에도 대륙들이 생겨나겠지만, 탈라사는 새로운 행성이었고, 그 어떤 역사도 아직 기록되지 않은 곳이었다.

100년 후 무인 탐사선은 지구에 도착했고, 축적된 자료는 지구의 온갖 지혜를 저장하고 있는 거대한 컴퓨터의 기억 회로에서 다시 100년 동안 잠들어 있었다. 첫 번째 이주의 물결은 탈라사에 미치지 않았다. 전체의 10분의 9가 바다인 행성보다는 좀 더 쓸 만한 행성들이 많았던 것이다. 그래도 마침내 탈라사에도 이주민들이 도착했다. 바로 로라가 서 있는 곳에서 몇 킬로미터쯤 떨어진 곳이 그들이 처음 착륙한 곳이었다. 로라의 조상들은 이 땅에 처음으로 발을 내딛고 탈라사를 인간의 땅으로 선언했다.

그들은 땅을 평탄하게 만들고 곡물을 심었으며 강의 흐름을 바꾸어놓고 마을과 공장을 건설했다. 그리고 땅이 허락하는 한계까지 인구를 늘려 나갔다. 비옥한 토양, 넓은 바다, 온화하고 예측이 쉬운 기후 덕분에 탈라사의 이주민들은 어렵지 않게 삶을 꾸려 나갈 수 있었다. 최초의 개척 정신은 대략 두 세대 정도만 유지되었고, 그 후부터 이주민들은 필요한 만큼(딱 그만큼만) 일하고, 지구를 그리워하며, 미래에 대해 커다란 고민을 하지 않아도 되는 데 만족하며 지냈다.

클라이드와 로라가 도착했을 때 마을은 온갖 추측으로 달아올라 있었다. 이미 섬의 북쪽에서 전해 온 소식에 따르면 우주선은 속도를 줄이고 낮은 고도에서 비행하고 있는데, 착륙할 곳을 찾고 있는 게 분명하다고 했다. 누군가가 말했다.

"저 사람들은 아직도 옛날 지도를 가지고 있을 거야. 언덕 위에 첫 번째 탐사대가 착륙했던 곳에 내려앉을 게 분명해."

날카로운 추측이었다. 몇 분 후 움직일 수 있는 운송 수단은 전부 마을을 벗어나 평소엔 잘 쓰이지 않는 도로를 따라 서쪽으로 향했다. 팜 베이(인구: 572명, 주 생업 수단: 어업, 수경, 주요 산업: 없음)와 같은 아주 중요한 문화적 중심지에 잘 어울리는 시장으로서 로라의 아버지는 관용 차량에 타고 일행을 이끌었다. 1년에 한 번 하는 차량 페인트칠을 할 날짜를 조금 앞두고 있다는 사실은 다소 안타까웠다. 우주에서 온 방문객들이 칠이 벗겨져 금속이 드러난 부분을 보지 못하고 지나치기만을 바랄 뿐이었다. 그래도 자동차 자체는 얼마 되지 않은 것이었다. 로라는 불과 13년 전, 자동차가 처음 생겼을 때의 흥분을 생생하게 기억하고 있었다.

승용차, 트럭, 심지어는 썰매 등의 다양한 차량으로 구성되어 있는 작은 행렬은 언덕을 넘어 세월의 흔적이 역력히 보이는 표지판 옆에 멈춰 섰다. 거기에는 간단하지만 인상적인 문구가 새겨져 있었다.

탈라사에 도착한 최초의 탐사대가 착륙한 곳.
탈라사 원년, 1월 1일.
(서기 2626년 5월 28일)

최초의 탐사대라. 로라는 조용히 읊조렸다. 그 후로 두 번째 탐사대는 오지 않았다. 하지만 바로 지금……

우주선은 아주 낮게, 그리고 아주 조용히 다가와서 사람들은 우주선이 거의 머리 위에 올 때까지도 알아채지 못했다. 엔진 소리는 전혀 나지 않았고, 우주선이 공기를 휘저으면서 나뭇잎들이 살랑거리는 소리만 간간이 들렸다. 그러고는 다시 주위가 조용해졌다. 평화로운 탈라사에 새롭고 신기한 것들을 가져다줄 우주선이었지만, 로라에게는 잔디밭에 놓여 있는 우주선이 어쩐지 거대한 은빛 달걀처럼 보였다.

로라 뒤에 있던 누군가가 속삭였다.

"너무 작은데. 저걸 타고 지구에서 왔을 리 없어!"

"당연하지."

이럴 때면 으레 나타나는 자칭 전문가가 즉시 대꾸했다.

"저건 구조선이야. 진짜 우주선은 우주에 남아 있는 거지. 첫 번째 탐사대가 어떻게 했는지 기억……."

"쉿!"

또 다른 누군가가 주의를 주었다.

"누가 나온다!"

순식간에 일어난 일이었다. 흠집 하나 없는 선체가 너무 매끄러워 보여서 사람들은 출입구가 어디에 있는지를 열심히 찾고 있었다. 그런데 순식간에 달걀형의 문이 나타나더니 짧은 경사로가 지상까지 지어졌다. 아무것도 움직이지 않았지만 무슨 일이 벌어진 것이다. 어떻게 된 일인지 로라는 전혀 이해할 수 없었지만 별로 놀라지 않고 그 기적을 받아들였다. 지구에서 온 우주선이라면 그 정도야 예상할 수 있는 일이었다.

어두운 출입구 안쪽으로 사람들이 움직이는 게 보였다. 군중들이 소리 죽여 바라보는 가운데 방문자들은 익숙지 않은 강렬한 햇빛 아래 천천히 모습을 드러냈다. 전부 일곱 명으로서 모두 남자였고, 로라가 예상한 것과 달리 전혀 뛰어난 존재처럼 보이지 않았다. 그들 모두가 평균보다 키가 컸고 날씬했으며 윤곽이 뚜렷한 생김새를 지니고 있다는 점은 사실이었다. 하지만 너무 창백해서 피부색이 거의 흰색으로 보일 지경이었다. 게다가 그들은 불안하고 자신감이 없어 보였는데, 이 사실은 로라를 아주 의아하게 만들었다. 처음으로 로라는 이들이 탈라사에 온 게 의도한 바가 아니며, 그들을 맞이하는 탈라사 인들만큼이나 그들도 당황하고 있을지 모른다는 점에 생각이 미쳤다.

자신의 공직 경력에서 가장 중요한 순간을 맞이한 팜 베이의 시장은 앞으로 나가 마을을 떠나온 이래 지금까지 미친 듯이 궁리한 끝에 완성한 환영 인사를 하려는 참이었다. 그런데 입을 열기 바로 직전에 갑자기 떠오른 생각은 그의 머릿속을 새하얗게 지워 버리고 말았다. 다들 당연한 듯이 이 우주선이 지구에서 왔다고 생각했지만, 따지고 보면 그건 단순한 추측에 불과했다. 지구보다 훨씬 가까운 곳만 해도 열 개 정도의 행성이 있었고, 이들 중 하나에서 온 우주선일 가능성도 충분했다. 환영식을 앞두고 당황한 로라의 아버지가 겨우 입 밖에 낸 말은 이랬다.

"탈라사에 오신 것을 환영합니다. 지구에서 오신…… 맞나요?"

이 "맞나요?"라는 말은 포다이스 시장의 이름을 영원히 남게 했다. 이 말이 그다지 독창적인 게 아니라는 사실이 알려진 것은 한 세기나 지난 후였다(헨리 스탠리가 아프리카에서 실종된 데이비드 리빙스턴을 발견한 후 "리빙스턴 박사님, 맞나요?"라고 물은 것을 말한다. ─옮긴이).

거기 모인 많은 사람들 중 수 세기에 걸쳐 떨어져 있는 동안 별로 달라지지 않은 듯한 영어로 방문객들이 화답하는 것을 듣지 못한 사람은 로라뿐이었다. 바로 그 순간, 로라는 레온을 처음 보았던 것이다.

레온은 우주선에서 나와 아주 조심스럽게 경사로 아래에 서 있던 동료들과 합류했다. 우주선을 점검하느라 늦게 나왔거나, 어쩌면 이쪽이 좀 더 그럴듯해 보이지만 대기권 너머의 우주 공간에 떠 있을 모선에 진척 상황을 보고하느라 늦었을지도 몰랐다. 이유야 어쨌든 그때부터 로라의 눈은 레온을 떠나지 못했다.

레온을 본 바로 그 순간에 이미 로라는 자신의 삶이 예전과 분명히 달라질 거라고 확신했다. 이건 지금까지 경험해 보지 못한 새로운 것으로 로라에게 두려움과 호기심을 동시에 안겨 주었다. 두려움은 클라이드를 향한 로라의 사랑에 대한 것이었고, 호기심은 그녀의 삶에 끼어든 미지의 것에 대한 것이었다.

레온은 자기 동료들보다는 키가 작았지만 훨씬 단단한 체격으로 힘과 자신감이 넘칠 것 같은 인상을 주었다. 누가 봐도 잘생겼다고는 할 수 없는 투박한 외모였지만 검은 눈에는 생동감이 넘쳤고, 로라는 거기에 매력을 느꼈다. 그 눈으로 그는 로라가 상상조차 할 수 없는 광경을 보았을 것이며, 아마도 이야기 속에서나 들을 수 있었던 지구의 도시를 보고 그곳의 거리를 걸었을 것이다. 그런 그가 이 외로운 탈라사에 왜 왔으며, 끊임없이 뭔가를 찾는 듯한 눈에 깃든 불안하고 긴장된 기색은 무슨 이유에서일까?

그의 눈은 이미 로라를 한 번 훑고 지나갔지만 특별히 관심을 둔 건 아니었다. 그러나 뭔가를 떠올린 것처럼 그의 시선이 다시 돌아왔고,

한참 전부터 그만 바라보고 있던 로라를 처음으로 인식했다. 두 시선이 교차하며 그들 사이에 있는 시간과 공간, 그리고 경험을 이어 주었다. 레온의 이마에서 불안감 때문에 생긴 주름이 사라졌고 긴장감이 천천히 풀어졌다. 곧 그는 미소를 지었다.

탈라사에서 베푼 환영회에 참석하여 환영사를 듣고 여러 사람들을 만나 이야기를 나누는 일이 끝난 것은 저녁 무렵이 되어서였다. 레온은 대단히 피곤했지만, 워낙 활동적인 성격 탓에 쉽사리 잠이 오지 않았다. 날카로운 경보 소리가 울릴 때마다 잠에서 깨어나 동료들과 함께 고장난 우주선을 수리하느라 고군분투하며 보냈던 지난 몇 주간의 긴장감이 아직 남아 있는지 마침내 안전한 곳에 도착했다는 사실을 믿기 어려웠다. 사람이 사는 행성이 가까운 곳에 있었다는 건 정말 대단한 행운이었다! 우주선을 수리하는 데 실패하여 아직도 두 세기가 더 남은 여행을 계속할 상황이 되지 않는다고 해도, 최소한 이 행성에서 사람들과 함께 지낼 수는 있을 것이다. 바다에서건 우주에서건 난파당한 선원에게 이 정도면 엄청난 행운이었다.

밤공기는 시원하고 고요했다. 밤하늘에서는 익숙하지 않은 별들이 빛을 발하고 있었다. 지구에서 볼 수 있는 별자리는 전혀 없었지만, 그래도 몇몇 옛 친구들이 남아 있었다. 저기 저 별은 리겔이었다. 지구보다 몇 십 광년은 더 떨어진 이 행성에서도 별빛은 전혀 희미해지지 않았다. 그리고 저쪽에 카노푸스(용골자리 알파성. 지구에서 시리우스 다음으로 밝은 별—옮긴이)도 있었다. 그들의 목적지와 같은 방향에 있었지만, 거리가 워낙 멀어서 그들이 새로운 고향에 도착한다고 해도 지구에서 보는 것보다 더 밝아지지는 않을 터였다.

레온은 우주의 광대함에 마비된 정신을 되찾으려는 양 고개를 흔들었다. 별들은 잊어버리자. 조금 있으면 다시 만나게 될 테니까. 비록 이 땅이 앞으로 다시는 보지 못할 지구를 떠나 200년 후에 도착하게 될 목적지로 가는 여로에 불과하다고 해도, 여기에 있는 동안은 이곳에 집중하자.

동료들은 안도감과 피곤이 몰려온 탓에 이미 잠든 후였다. 그럴 만도 했다. 동요하는 마음이 가라앉고 나면 그도 곧 잠들 것이다. 하지만 그는 먼저 우연히 찾아오게 된 이 세계, 동족들이 살고 있는 사막의 오아시스를 좀 더 자세히 보고 싶었다.

레온은 기다란 단층 건물인 숙소를 떠나 팜 베이에 단 하나밖에 없는 거리로 나섰다. 몇몇 집에서는 느릿느릿한 음악이 흘러나왔지만 거리에는 아무도 없었다. 마을 사람들은 일찌감치 잠자리에 드는 모양이었다. 아니면, 마을 사람들 역시 흥분한 채로 이방인들을 접대하느라 지쳤는지도 몰랐다. 생각이 정리될 때까지 혼자 있고 싶었던 레온에게는 마침 잘된 일이었다.

적막한 밤공기 속에서 희미하게 들려온 파도 소리는 거리를 걷던 레온의 발걸음을 바다로 이끌었다. 마을의 불빛이 닿지 않는 야자수 아래는 어두웠지만, 하늘에 높이 떠 있는 탈라사의 두 달 중 하나는 기묘한 노란 빛을 발하며 그의 시야를 충분히 밝혀 주었다. 이내 그는 좁은 야자수 구역을 지나 이 행성의 대부분을 차지하고 있는 바다로 향하는 경사진 모래사장으로 나왔다.

물가에는 고기잡이 배들이 줄줄이 정박해 있었다. 레온은 옛부터 이어져 온 공학적인 문제를 탈라사의 장인들이 어떻게 해결했을지 궁금해 하며 천천히 그쪽으로 다가갔다. 균형 잡힌 플라스틱 선체, 폭이 좁은 아우트리거(안전성 확보를 위해 측면에 부착한 부재 — 옮긴이), 그물을 끌어올리는 자동 윈치, 소형 엔진, 위치 확인 기능을 겸비한 라디오 등을 본 그는 만족스럽다는 표정을 지었다. 원시적이라고 해도 될 정도였지만, 목적에 정확히 들어맞는 기능성과 단순함이 매력적으로 다가왔던 것이다. 그의 머리 위에 떠 있는 강력한 우주선의 복잡하기 그지없는 구조와 극명하게 대비된다는 생각까지는 미치지 못했다. 그는 잠시 이런 공상을 하며 속으로 웃었다. 만약 수년 동안 받아 온 교육과 훈련, 우주선의 엔진 기술자로서의 삶을 버리고 평화롭고 평범한 어부의 삶을 택한다면 얼마나 즐거울까! 그들도 고기잡이배를 정비할 사람이 필요할 것이고, 아마도 레온은 배를 좀 더 개량할 수 있을 것이다…….

말이 안 되는 점을 일일이 따져 볼 것도 없이 그는 어깨를 으쓱하며 장밋빛 꿈을 날려 버리고 파도가 마지막 힘을 다해 모래를 일으키고 지나간 곳에 생긴 거품을 따라 걷기 시작했다. 발아래에는 젊은 바다가 갓 품기 시작한 생명체의 잔해가 뒹굴고 있었다. 10억 년 전 지구의 해안에도 어지럽게 널려 있었을 빈 조개껍데기와 갑각류의 외피였다. 예를 들어, 단단히 감긴 나선무늬의 화석은 언젠가 박물관에서 본 것과 똑같았다. 이렇듯 자연은 한 세계에서 충실하게 기능한 특성을 다른 세계에서도 계속 반복하여 구현하는 것이다.

희미한 달빛이 동쪽으로부터 빠르게 퍼져 나가고 있었다. 레온이 보고 있는 동안에도, 두 개의 달 중 더 큰 쪽인 셀렌이 수평선 위로 솟아오르고 있었다. 셀렌은 놀라운 속도로 다소 일그러진 원 모양의 전신을 드러내며 해변을 빛으로 가득 채웠다.

갑자기 밝아지는 빛 속에서 레온은 자신이 혼자가 아니라는 사실을 발견했다.

한 여자가 바닷가를 따라 50미터 정도 떨어진 배 위에 앉아 있었다. 그에게 등을 돌린 채 바다를 바라보고 있었는데 그의 존재를 알아차리지 못한 게 분명했다. 고독을 즐기고 있는 것을 방해하고 싶지 않았고 이런 일에 대한 여기 사람들의 관습도 잘 몰랐기 때문에 레온은 망설였다. 이런 시간과 장소에서라면 누군가를 기다리고 있을 가능성이 아주 높았다. 조용히 몸을 돌려 마을로 돌아가는 게 가장 안전하고 적절한 행동일 것 같았다.

하지만 그는 너무 늦게 마음을 먹었다. 해변을 덮친 달빛에 놀라기라도 한 양 여자는 고개를 들었고, 바로 레온을 보았다. 놀랐다거나 귀찮다는 표정 없이 여자는 서두르지 않고 우아하게 일어섰다. 만약 레온이 달빛에 비친 여자의 표정을 분명히 보았다면, 말없이 만족스러워 하는 표정에 놀랐을 것이다.

불과 열두 시간 전만 하더라도 누군가가 로라에게 남들이 다 잠든 시간에 쓸쓸한 해변에서 전혀 모르는 사람을 만날 거라고 이야기했다면, 로라는 아마 허튼소리 말라고 했을 것이다. 지금도 로라는 마음이 심란해서 잠이 오지 않은 나머지 산책을 하고 있었을 뿐이라는 생각으로 자기 행동을 합리화하고 있는 건지도 몰랐다. 하지만 그녀는 마음속으로 그게 진실이 아님을 알고 있었다. 로라는 지구에서 온 젊은 기술자에게 마음을 빼앗긴 채 온종일을 보냈고, 결국 친구들의 호기심을 자아내지 않을(바라건대) 정도의 선에서 간신히 그의 이름과 직위를 알아낼 수 있었다.

그가 숙소를 떠나는 모습을 본 것도 우연이 아니었다. 로라는 길 건너편에 있는 아버지의 집 베란다에서 저녁 내내 그쪽을 지켜보고 있었다. 로라가 바로 거기에 나와 있었던 것은 행운이 아니라 레온이 가는 방향을 확인하자마자 집을 나온 그녀의 세심한 계획에 의해서였던 것이다.

그는 몇 미터 떨어진 곳에 멈춰 섰다. (나를 알아봤을까? 이게 우연이 아니란 걸 눈치챘을까? 순간 로라는 용기를 잃을 뻔했지만 돌이키기에는 이미 늦었다.) 그리고 약간 일그러지고 호기심 어린 미소를 짓자, 그의 얼굴이 밝아지면서 원래 모습보다 훨씬 젊어 보였다. 그가 말했다.

"안녕하세요. 이 시간에 누구를 만날 줄은 몰랐어요. 혹시 방해했다면 미안합니다."

"괜찮아요."

로라는 가능한 한 목소리에 감정이 실리지 않게, 목소리가 떨리지 않게 하려고 애쓰며 대답했다.

"전 우주선에서 온 사람입니다. 아시겠지만요. 여기 있는 동안 탈라사를 좀 둘러보려고 했지요."

"여기 있는 동안"이라는 말에 로라의 얼굴은 순간적으로 표정이 변했다. 슬픈 듯한 그녀의 표정을 본 레온은 이유를 몰라 당황했다. 바로 그 순간, 그는 이 여자를 본 적이 있다는 사실을 깨달았고, 그녀가 여기서 무엇을 하고 있었는지 이해할 수 있었다. 그가 우주선에서 나왔을 때 그에게 미소를 지어 보인 여자였다. 아니, 그 반대다. 미소를 지어 보인 건 그였다…….

무슨 말을 해야 할지 감이 오지 않았다. 그들은 주름진 모래밭에 서서 서로를 바라보며 이 넓디넓은 우주와 길고긴 시간 속에서 그들이 만난 게 얼마나 큰 기적인지를 생각하고 있었다. 그러다가 마치 무의식적으로 약속이나 한 듯 그들은 얼굴을 마주 보고 말없이 뱃전에 앉았다.

레온은 생각했다.

'이건 어리석은 짓이야. 내가 여기서 뭘 하고 있지? 그저 잠시 들러 갈 방랑자 주제에 여기 사는 사람들의 삶에 끼어들 권리는 없어! 어서 사과하고 자리를 떠나야 해. 이 해변과 바다는 이 여자의 것이야. 내 것이 아니란 말이야.'

하지만 그는 일어서지 않았다. 바다 위에는 손바닥만 한 크기의 셀렌이 밝게 빛나고 있었고, 그는 드디어 입을 열었다.

"이름이 뭐죠?"

"로라예요."

로라가 참으로 매력적이지만 이해하기에 쉽지 않은 이곳 사람 특유의 부드럽고 경쾌한 억양으로 대답했다.

"전 레온 카렐입니다. 우주선 마젤란 호의 엔진 담당 보조 기사죠."

레온이 자기 소개를 하자 로라가 조그맣게 미소 지었다. 레온은 로라가 이미 자기 이름을 알고 있음을 직감했다. 동시에 뜬금없이 머릿속에 별난 생각이 떠올랐다. 즉 불과 몇 분 전만 하더라도 그는 죽을 것처럼 피곤했고, 곧 한동안 부족했던 잠을 보충할 참이었다. 그런데 지금은 새롭고 예상치 못한 경험을 목전에 두고 정신이 그렇게 맑고 차분할 수 없었다.

하지만 로라의 다음 질문은 다소 뻔한 것이었다.

"탈라사에 오니까 어떠세요?"

"좀 더 있어 봐야 알 것 같아요."

레온은 대답을 피했다.

"아직은 팜 베이밖에 못 봤으니까요. 더 둘러봐야죠."

"여기엔 얼마나…… 오래 계실 건가요?"

순간적으로 잠시 멈칫했을 뿐이지만 그는 알아챌 수 있었다. 이 질문이야말로 정말 중요했다.

"잘 모르겠어요. 우주선을 수리하는 데 얼마가 걸리느냐에 달려 있어요."

그가 솔직히 대꾸했다.

"뭐가 고장났나요?"

"아, 운석 차폐망에 너무 큰 녀석이 걸려들어서요. 쾅! 하는 바람에 차폐망이 망가졌어요. 그래서 새로 만들어야 하죠."

"여기서도 할 수 있는 건가요?"

"그럴 수 있기를 바라고 있죠. 가장 큰 문제는 수백만 톤의 물을 마젤란 호까지 날라야 한다는 거예요. 다행히 탈라사에서 가능할 것 같아요."

"물을요? 이해가 안 가는데요."

"음, 우주선이 거의 광속으로 여행한다는 건 아시죠? 그래도 목적지에 도착하려면 몇 년씩 걸리니까 우리는 전부 가사 상태에 들어가고 자동 시스템이 우주선을 조종하도록 해요."

로라는 고개를 끄덕였다.

"우리 조상들도 그렇게 여기까지 왔겠군요."

"그런데 우주가 정말로 완전히 비어 있다면 아무리 빨리 움직여도 문제가 되지 않아요. 하지만 그렇지가 않죠. 우주선은 매초마다 수천 개의 수소 원자나 먼지 입자, 가끔은 그보다 더 큰 조각들에 부딪히게 돼요. 이렇게 조그만 것들도 빛의 속도에 이르면 에너지가 엄청나기 때문에 우주선을 태워 버릴 수도 있어요. 그래서 우리는 우주선 앞 1킬로미터쯤에 차폐막을 설치하고 우주선을 대신해서 부딪히게 하는 거예요. 여기에도 우산은 있겠죠?"

"아, 네."

갑자기 튀어나온 질문에 당황한 빛이 역력한 채 로라는 대답했다.

"그러면 우주선을 우산을 쓴 채 비 속을 걸어가는 사람이라고 생각하면 돼요. 비가 우주 공간을 떠도는 먼지인 셈이죠. 불행히도 우리 우주선은 우산을 잃어버린 거예요."

"그 우산을 물로 만든다고요?"

"맞아요. 우주에서 가장 저렴한 건설 자재죠. 물을 얼려서 빙산으로 만든 다음에 우주선 앞에다 둘 거예요. 그것보다 간단한 게 어디 있겠어요?"

로라는 대답하지 않았다. 그녀는 다른 생각을 하고 있었다. 잠시 후 로라가 생각에 잠긴 듯 아주 낮은 목소리로 말했고 파도 소리 때문에 레온은 그 말을 들으려고 고개를 숙여야 했다.

"당신들은 100년 전에 지구에서 떠났다고 했죠."

"104년 전이에요. 물론 자동 시스템이 깨울 때까지 가사 상태에 있었기 때문에 불과 몇 주 전의 일처럼 느껴지지만요. 다른 사람들은 아직도 가사 상태에 있어요. 그들은 무슨 일이 벌어졌는지 모르고 있죠."

"그러면 곧 당신도 그들처럼 잠든 채로 다시 여행을 떠나겠군요."

그녀의 눈길을 피하며 레온은 고개를 끄덕였다.

"맞아요. 일정은 몇 달 정도 늦춰지겠지만 300년짜리 여행에서 그 정도는 아무것도 아니죠."

로라는 그들 뒤쪽의 섬과 그들이 마주하고 있는 끝없는 바다를 가리켰다.

"저 위에서 잠들어 있는 당신 친구들이 이 섬과 바다를 결코 알지 못할 거라는 생각을 하니까 기분이 이상해요. 안타까워요."

"그렇죠. 고작 50명 정도의 기술자들이나 탈라사를 기억하겠죠. 잠든 사람들에게 여기에 들렀던 일은 100년 전 항해 일지에 기록된 사건에 불과할 거예요."

그는 로라의 얼굴을 바라보았고, 그녀의 눈에서 다시 슬픔을 보았다.

"그것 때문에 슬픈 건가요?"

로라는 고개를 저으며 차마 대답을 하지 못했다. 레온과 그의 동료들이 로라에게 가져다준 극도의 외로움을 어떻게 표현할 수 있을까? 수많은 사람들의 생명, 그리고 그들이 지닌 온갖 희망과 두려움도 그들이 직면한 우주의 상상할 수도 없는 광대함에 비하면 아주 사소한 것에 불과했다. 아직 절반도 끝나지 않은 300년간의 여행을 생각하기만 해도 로라는 두려워서 견딜 수가 없었다. 하지만 아무리 그렇다고 해도 역시 로라의 몸속에는 수세기 전 비슷한 과정을 겪고 탈라사에 도착한 초기 개척자들의 피가 흐르고 있었다.

어두운 밤은 이제 더 이상 편안하지 않았다. 로라는 갑자기 가족과 집이 그리워졌다. 로라의 작은 방에는 그녀가 가진 모든 것이 있었고, 그게 그녀가 아는 그리고 원하는 세계의 전부였다. 차가운 우주를 생각하면 가슴이 얼어붙었다. 이제 로라는 자기가 왜 이런 바보 같은 짓을 했는지 후회하고 있었다. 집에 돌아갈 시간이었다. 아니, 집에 돌아가고 싶었다.

자리에서 일어서던 로라는 자기가 클라이드의 배에 앉아 있었다는 사실을 알아챘다. 바닷가에 죽 늘어선 많고많은 배들 중에서 어떤 무의식적인 충동이 로라를 그 배로 이끌었는지 모를 일이었다. 클라이드를 생각하자 갑자기 불안감, 심지어 죄책감이 그녀를 휘감았다. 순간적으로 다른 생각을 할 때는 있었지만, 이제껏 살아오면서 클라이드 외의 다른 남자에게 관심을 둔 적은 없었다. 그러나 더 이상 로라는 그렇게 주장할 수 없었다.

"왜 그래요? 춥나요?"

레온이 물었다. 그는 로라에게 손을 내밀었고, 로라가 무심코 손을 마주 내밀자 처음으로 둘의 손가락이 맞닿았다. 하지만 닿자마자 로라는 깜짝 놀란 동물처럼 손을 도로 뺐다.

로라는 거의 화가 난 듯한 투로 말했다.

"괜찮아요. 늦었어요. 집에 가야 해요. 안녕히 계세요."

로라의 돌연한 반응에 레온은 당황했다. 자신이 무슨 실수를 했나 싶었다. 로라는 이미 빠른 걸음으로 멀어져 가고 있었고, 레온은 그녀의 등에 대고 외쳤다.

"다시 볼 수 있을까요?"

로라가 대답했다고 해도 파도 소리 때문에 들리지 않았을 것이다. 레온은 당황하고 약간은 상처받은 심정으로 로라가 멀어지는 것을 바라보았다. 이번이 처음은 아니지만 여자의 마음을 이해한다는 건 정말 어려운 일이었다.

쫓아가서 다시 물어볼까 하는 생각도 잠깐 했지만, 왠지 그는 그럴 필요가 없다는 사실을 알고 있었다. 태양은 내일도 또다시 떠오르듯 그들 역시 다시 만날 운명이었다.

밤이 되면 탈라사의 생명은 수만 킬로미터 떨어진 우주 공간에 있는 거대한 불구자의 지배를 받았다. 세상이 어둠 속에 잠들어 있을 때도 햇빛은 항상 우주 공간을 비추었고, 그 빛을 반사하는 마젤란 호는 두 개의 달을 제외하고는 밤하늘에서 가장 밝게 빛나는 물체였다. 하지만 한낮의 햇빛에 광휘를 잃거나 행성의 그림자에 가려 보이지 않을 때에도 마젤란 호는 사람들의 마음속에서 떠나지 않았다.

우주선의 승무원 중에서 고작 50명만이 깨어났고, 그중에서도 절반만이 교대로 탈라사에 내려온다는 사실을 믿기는 어려웠다. 눈만 돌리면 그들이 보였던 것이다. 그들은 보통 두세 명씩 짝을 지어 뭔가 알 수 없는 일을 하며 빠르게 걸어 다니거나 지상에서 몇 십 센티미터 정도 뜬 채 너무나 조용하게 떠다니는 바람에 탈라사의 주민들을 때때로 위험에 처하게 하는 반중력 스쿠터를 타고 다녔다. 강력한 권유에도 불구하고 그들은 탈라사의 문화 활동이나 사회 활동에 아직 전혀 참여하지 않고 있었다. 그들은 정중하지만 단호한 어조로 우주선의 안전이 보장되기 전에는 다른 일에 관여할 시간이 없다는 점을 설명했다. 나중이라면 가능할지 모르지만 아직은 아니었다…….

그래서 탈라사 인들은 가능한 한 인내심을 가지고 지구인들이 장비를 설치하고 뭔가를 조사하거나 드릴로 바위를 뚫고 우주선이 고장 난 것과 도무지 관계없어 보이는 갖가지 실험을 하는 모습을 지켜보았다. 때때로 그들은 탈라사 인 과학자를 찾아가 뭔가를 물어보기도 했지만 전반적으로는 자기들끼리 일했다. 그들이 무관심하거나 냉담하기 때문이 아니었다. 단지 너무 집중해서 일하는 나머지 다른 사람들의 존재를 거의 의식하지 못했을 뿐이다.

처음 만난 지 이틀 후에 로라는 다시 레온에게 말을 걸었다. 가끔씩 그가 멍한 표정으로 불룩한 서류 가방을 들고 마을에서 급히 돌아다니는 모습을 보기는 했지만, 둘은 짧게 미소만 주고받을 수 있었다. 그 정도만으로도 로라의 마음속에서 평화를 날려 버리고 감정을 뒤흔들어 클라이드와의 관계를 악화시키는 데에는 충분했다.

아주 어린 시절부터 클라이드는 로라와 삶을 함께했다. 싸운 적도 있고 불협화음이 생긴 적도 있지만, 아무도 클라이드의 자리를 위협하지 못했다. 몇 달 후면 그들은 결혼할 예정이었다. 하지만 이제 로라는 그들의 결혼을, 아니 아무것도 확신할 수 없었다.

누군가에게 "홀렸다"라는 표현은 썩 마음에 드는 표현이 아니었다. 하지만 어느 날 갑자기 로라의 인생에 침투해 온, 그리고 며칠 또는 몇 주 후면 떠날 남자와 운명을 함께하고픈 열망을 다른 어떤 말로 설명할 수 있을까? 어느 정도는 레온의 출신지가 지닌 낭만적인 매력 탓인 게 분명했지만, 그것만으로는 설명하기가 불가능했다. 레온보다 잘생긴 지구인들도 있었지만 로라의 눈은 레온에게만 고정되어 있었다. 그리고 이제 레온이 없는 그녀의 인생은 공허해 보였다.

첫날에는 가족들만이 그런 로라의 심정을 알고 있었다. 다음 날이 끝날 무렵에는 로라와 마주치는 사람들마다 다 안다는 듯한 미소를 지었다. 팜 베이처럼 작고 이야기하기를 좋아하는 사람들이 모인 사회에서 비밀을 유지한다는 건 불가능했다. 로라도 굳이 그러려는 시도를 하지 않았다.

레온과의 두 번째 만남은 우연히 이루어졌다. 그런 것도 우연이라면 우연이겠지만. 로라는 아버지를 도와 지구인들이 도착한 이래 물밀듯 밀려 들어오기 시작한 편지 및 각종 문의 사항들을 정리하고 있었다. 로라가 그럴듯해 보이는 답장을 쓰려고 애쓰고 있을 때, 사무실 문이 열렸다. 지난 며칠 동안 수시로 문이 열렸기 때문에 로라는 일일이 쳐다보지도 않았다. 여동생이 안내원 역할을 하며 방문객들을 맞이하고 있었다. 그때, 로라는 레온의 목소리를 들었다. 눈앞의 글자들이 흐려지며 마치 알 수 없는 언어로 씌어진 것처럼 변했다.

"실례지만, 시장님을 뵐 수 있을까요?"

"네, 성함이……?"

"보조 기사인 카렐입니다."

"잠깐만 기다리세요. 앉으실래요?"

레온은 피곤한 듯이 평소 방문객이 잘 오지 않던 접견실에 그나마 놓여 있던 오래된 팔걸이의자에 무너졌다. 그리고 나서야 로라가 반대편에서 자기를 조용히 바라보고 있다는 사실을 알아챘다. 그 즉시 그는 피로를 벗어던지고 벌떡 일어섰다.

"안녕하세요. 여기서 일하는 줄은 몰랐어요."

"여기서 살아요. 아버지가 시장이거든요."

이 불길한 소식은 레온에게 큰 인상을 주지 못했다. 그는 책상으로 걸어가 로라가 아버지를 도우며 짬짬이 읽던 두꺼운 책을 집어들었다.

"『지구의 역사. 문명의 여명에서 항성간 여행의 개막까지』."

그는 제목을 읽었다.

"1000쪽짜리 책에 전부 담았군요! 300년 전에 끝난다는 게 아쉽네요."

"우리는 당신들이 뒷부분을 채워 주기를 바라고 있어요. 저 책이 나오고 난 뒤에 많은 일이 벌어졌나요?"

"도서관 50개는 채우고도 남을 정도죠. 떠나기 전에 우리가 가진 기록을 전부 복사해 드릴 거예요. 그러면 100년 전 역사까지는 채워지겠죠."

그들의 대화는 중요한 문제를 회피한 채 가장자리를 맴돌았다. '우리 언제 다시 만날 수 있을까요?' 로라의 머릿속에서는 계속 맴돌았지만 입 밖으로 나오지 못한 말이었다. 그리고 혹시 이 사람이 나를 좋아하기는 할까, 아니면 그저 예의 바르게 대화할 뿐일까?

안쪽 문이 열리더니 시장이 미안하다는 듯한 표정을 지으며 나타났다.

"기다리게 해서 미안합니다, 카렐 씨. 하지만 대통령과 통화 중이어서…… 오늘 오후에 이곳에 오기로 되어 있거든요. 그나저나 뭘 도와드릴까요?"

로라는 일하는 척했다. 하지만 레온이 마젤란 호의 선장이 보내는 메시지를 전달하는 동안 같은 문장을 여덟 번이나 쳤다. 레온이 용건을 마쳤을 때에도 로라의 정신은 별로 나아지지 않았다. 우주선의 기술자들은 마을에서 2킬로미터 정도 떨어진 곳에 무슨 기계를 만들고 싶은 모양이었고 주민들의 반대가 없는지 확인하고자 했다.

"물론이죠!"

포다이스 시장은 마치 여러분의 청이라면 무엇이라도 받아들이겠다는 듯 관대한 어조로 말했다.

"좋을 대로 하세요. 그 땅은 주인도 없고 사는 사람도 없어요. 거기에 뭘 하고 싶다는 거죠?"

"우리는 그곳에 거대한 변환 장치를 만들고 싶습니다. 발전기는 암반에 고정시켜야 하고요. 작동을 시작하면 소음이 좀 나겠지만 마을 주민들에게까지 폐가 되지는 않을 겁니다. 그리고 일이 끝나면 당연히 해체할 겁니다."

로라는 아버지에게 감탄했다. 자기에게 그런 것처럼 아버지에게도 레온의 요구는 아무 의미가 없다는 것을 아주 잘 알고 있었다. 하지만 아버지는 그런 눈치를 전혀 보이지 않았다.

"우리는 괜찮습니다. 오히려 도움이 되어서 기쁜걸요. 그리고 골드 선장님에게 대통령이 오후 5시에 도착한다고 전해 주시겠습니까? 제 차가 마중 나갈 겁니다. 환영회는 5시 30분에 마을 회관이고요."

레온이 감사의 말을 하고 떠나자, 포다이스 시장은 딸에게 다가가 딸이 대단히 부정확하게 쳐 놓은 편지를 집어들었다.

"괜찮은 젊은이 같더구나. 하지만 그와 가까워지는 게 좋은 생각일까?"

"무슨 말씀이세요?"

"로라야! 이래봬도 난 네 아버지다. 그리고 눈이 멀지도 않았고."

"저 사람은 나한테 (훌쩍) 관심도 없어요."

"너는 저 사람한테 관심이 있냐?"

"몰라요. 오, 아빠. 저 기분이 정말 안 좋단 말이에요!"

포다이스 시장이 용감한 사람은 아니었기에 그가 할 일이라고는 하나밖에 없었다. 그는 딸에게 손수건을 건네주고 사무실로 돌아갔다.

이건 클라이드가 살아오면서 직면한 가장 어려운 문제였다. 도움을 얻어 볼 만한 전례도 없는 일이었다. 로라는 그의 여자였고 누구나 그 사실을 알고 있었다. 만약 경쟁자가 다른 마을 사람이거나, 아니면 최소한 탈라사 출신이기만 해도 어떻게 대처해야 할지 정확히 알고 있었다. 하지만 이방인들에게 친절히 대해야 한다는 점이나, 다른 무엇보다도 클라이드 자신이 지구에 대해 거의 선천적일 정도의 경외심을 지니고 있다는 사실 때문에, 그는 레온에게 가서 관심을 다른 데로 돌리는 게 좋을 거라고 정중하게 이야기하지 못하고 있었다. 예전에도 그런 적이 있지만, 그때는 전혀 문제가 없었다. 클라이드가 180센티미터가 넘는 건장한 체격인 데다가 90킬로그램에 가까운 몸에 군살이 전혀 없다는 사실도 조금은 영향을 끼쳤을지 몰랐다.

오랜 시간을 바다에서 보내는 탓에 클라이드는 자연스럽게 이런저런 생각을 많이했다. 레온과 짧지만 격렬하게 한판 붙어 볼까 하는 생각도 했다. 결투는 금방 끝날 것이다. 레온이 다른 지구인들처럼 마르진 않았지만, 그래도 마찬가지로 창백하고 지친 듯한 행색이었고, 육체적인 활동으로 단련된 삶을 살아온 사람과는 상대가 안 될 게 분명했다. 공정한 결투가 아니라는 것, 그게 문제였다. 클라이드는 아무리 정당화한다고 해도 그가 레온과 싸우면 여론이 자기 쪽으로 대단히 악화되리라는 사실을 알고 있었다.

그리고 도대체 어떻게 정당화한단 말인가? 이미 앞서 수십억 명의 사람들을 고민에 빠뜨린 경력이 있는 문제답게 클라이드 또한 이 문제를 해결하지 못했다. 이제 레온은 사실상 한가족이나 마찬가지처럼 보였다. 클라이드가 시장의 집에 전화할 때마다 무슨 핑계를 댔는지 그 지구인 녀석이 항상 있는 것 같았다. 질투란 클라이드가 이전에 느껴 보지 못한 감정이었고, 결코 기분 좋은 감정이 아니었다.

클라이드는 아직도 무도회 때문에 화가 나 있었다. 그 무도회는 지난 몇 년 사이에 가장 컸던 사교 행사였고, 팜 베이의 역사를 통틀어서도 필적할 만한 대상이 없었다. 탈라사의 대통령과 평의원들의 절반, 그리고 지구에서 온 50명의 방문자들이 동시에 모인다는 건 두 번 다시 오지 않을 일이었다.

체격으로 보나 힘으로 보나 클라이드는 춤을 아주 잘 췄다. 특히 로라와 짝을 이뤘을 때는 특히 그랬다. 하지만 그날 밤 그는 자기 솜씨를 보일 기회를 많이 얻을 수 없었다. 레온이 지구에서 가장 최근에 유행하던 춤을 선보이느라 바빴던 것이다. (최신이라고 해 봤자 이미 100년 전에 유행하던 것이다. 돌고돌아 다시 유행이 되었다면 모르겠지만.) 클라이드가 보기에 레온은 기술도 형편없고 춤 자체도 별로 좋지 않았다. 그런 것에 로라가 관심을 보인다는 건 정말 어처구니없었다.

로라와 춤출 기회가 다시 돌아왔을 때 어리석게도 그는 그런 말을 했다. 그리고 그게 그날 저녁 로라와의 마지막 춤이었다. 그 이후부터 로라에게 그는 그 자리에 없는 것이나 마찬가지였다. 클라이드는 견딜 수 있을 만큼 참다가 술을 마시러 자리를 떴다. 그는 금방 취했고, 다음 날 아침 간신히 정신을 차릴 때까지 자신이 무엇을 놓쳤는지 깨닫지 못했다.

무도회는 일찍 끝났고, 대통령은 우주선의 선장을 소개하는 짧은 연설(그날 저녁에만 세 번째였다.)을 하며 깜짝 놀랄 일이 있다고 말했다. 골드 선장도 짧게 화답했다. 그는 분명 연설보다 명령을 내리는 데 익숙한 사람이었다.

"안녕하십니까, 여러분. 우리가 여기 온 이유는 다들 아실 겁니다. 여러분의 친절한 환대에 감사하는 마음은 이루 말할 수 없을 정도입니다. 우리는 여러분을 잊지 못할 겁니다. 이 아름다운 행성에서 여러분과 더 많은 시간을 보내지 못한다는 게 안타까울 뿐입니다. 우리가 다소 무례해 보이더라도 용서해 주시기 바랍니다. 우주선을 수리해서 동료들의 안전을 확보하는 게 우리에게 가장 중요한 일이기 때문입니다.

장기적으로 보면 우리가 여기에 올 수밖에 없도록 만든 사고도 우리 둘 모두에게 행운일지 모릅니다. 우리 모두에게 즐거운 추억과 영감을 주었으니까요. 우리는 이곳에서 많은 것을 배웠습니다. 여행이 끝나고 우리가 새로운 세계에 도착했을 때 우리가 그곳을 여러분의 탈라사처럼 만들 수 있기를 바라고 있습니다.

그리고 여기를 떠나기 전에 여러분이 지구와 마지막으로 접촉한 시점부터 지금까지의 공백을 메울 수 있도록 우리가 가진 기록을 기꺼이 남겨 드리겠습니다. 마땅히 해야 할 일이지요. 내일 과학자와 역사학자 분들을 우주선으로 초대해서 우리가 가진 정보를 복사해 가실 수 있도록 하겠습니다. 앞으로 수세대에 걸쳐 여러분의 세계를 풍요롭게 만들어 줄 지구의 유산을 전해 드리고 싶습니다. 저희가 드릴 수 있는 거라고는 이 정도밖에 안 되는군요.

하지만 오늘 밤에는 과학자와 역사학자 분들이 기다려 주셔야겠습니다. 우주선에는 다른 보물도 실려 있거든요. 여러분의 조상이 떠난 후로 지구도 게으르게만 지냈던 건 아닙니다. 자, 오늘 밤 우리가 함께할 지구의 유산에 귀를 기울여 봅시다. 물론 이것도 탈라사에 남게 될 겁니다."

조명이 어두워지며 음악이 흘러나오기 시작했다. 그 자리에 있던 사람들은 언제까지나 그 순간을 잊지 못할 것이다. 황홀함 속에서 로라는 몇 세기 전의 사람들이 남긴 음악을 들었다. 시간은 아무 의미가 없었다. 심지어 로라는 바로 옆에서 레온이 그녀의 손을 잡고 서 있다는 사실조차 의식하지 못했다. 음악이 흐르며 그들을 휘감았다.

로라가 한번도 접해 본 적 없는 음악이었다. 지구, 바로 지구의 음악이었다. 오래된 성당의 첨탑에서 보이지 않는 연기가 솟아오르는 듯한 느릿느릿한 박자의 종소리, 석양 속에서 파도와 싸우며 집으로 돌아가기 위해 노를 젓고 있는 선원들이 이제는 영원히 잊혀진 언어로 부르는 노래, 시간이 모든 불행과 고통을 강탈해 버린 전투를 향해 행군하는 군사들의 노래, 새벽을 맞으며 깨어나고 있는 거대한 도시에 사는 1000만 명의 사람들이 웅성이는 소리, 끝없는 얼음의 바다

위에서 춤추는 차가운 오로라, 별들을 향해 날아가는 강력한 엔진의 고동 소리. 그날 밤 로라가 들은 모든 음악, 그러니까 머나먼 지구의 노래는 로라를 우주 저편으로 보내 주었다…….

가청 영역의 한계까지 접근한 청명한 소프라노 목소리는 마치 새처럼 급강하했다가 치솟아 오르면서 사람의 가슴을 찢어 놓을 듯한 무언의 비통함을 노래했다. 고독한 우주에서 잃어버린 모든 사랑을 위해, 다시는 볼 수 없어서 잊혀질 수밖에 없는 친구들과 가족들을 위해 부르는 만가였다. 그것은 또한 모든 방랑자들을 위한 노래였다. 지구의 들판과 도시를 떠난 지 고작 일주일밖에 되지 않은 것처럼 느끼는 여행자들과 수십 세기 동안이나 지구와 떨어져 살았던 사람들을 위해 부르는 노래였던 것이다.

음악은 어둠 속으로 사라져 갔다. 눈이 붉어진 탈라사 인들은 말없이 자신들의 집으로 천천히 돌아갔다. 하지만 로라는 그러지 않았다. 로라의 영혼을 꿰뚫은 외로움에 대항하기 위해서는 오로지 한 가지 방법밖에 없었다. 로라는 그 방법을 곧 찾아냈다. 숲의 포근한 밤 속에서 레온의 팔이 그녀의 몸을 두르자 그들의 영혼과 육체는 하나가 되었다. 적대적인 환경에서 길을 잃은 나그네들처럼 그들은 사랑이라는 불꽃 옆에서 따듯함과 위안을 구했던 것이다. 그 불꽃이 타오르는 동안만큼 어둠 속에서 배회하는 그림자로부터 안전했다. 그리고 전 우주의 모든 별과 행성들은 그들의 마주 잡은 두 손 안에 감싸 줄 정도의 장난감으로 축소되었다.

레온에게 그건 일종의 환상이었다. 비록 다급한 위험을 해결하기 위해 이곳에 착륙했지만, 가끔씩 그는 이 여행이 끝나면 아마도 탈라사에서의 일은 오랫동안 잠을 자는 사이에 꾼 꿈 정도로 치부할 공산이 크다고 생각했다. 이 예정된 격렬한 사랑만 해도 그가 갈구한 것이 아니라 그에게 주어진 것이었다. 그래도 그는 견디기 힘든 초조함 속에서 몇 주를 보낸 후에 이렇게 평화롭고 즐거운 세계에 착륙했다면 그런 기회를 저버릴 남자는 거의 없을 거라고 생각했다.

틈틈이 일에서 빠져나올 기회가 있을 때마다 레온은 마을에서 멀리 떨어져 사람들은 거의 오지 않고 경작 로봇들만이 고독을 방해하곤 하는 들판을 로라와 함께 걸었다. 한참 동안 로라는 지구에 대해 묻곤 했다. 하지만 마젤란 호의 목적지에 대해서는 결코 입을 열지 않았다. 레온은 그 이유를 잘 알고 있었고 자신이 낳은 사람들보다 훨씬 더 많은 사람들에게 "고향"으로 불리고 있는 행성에 대한 로라의 끝없는 호기심을 최선을 다해 만족시켜 주려고 했다.

로라는 거대 도시의 시대가 막을 내렸다는 말에 크게 실망했다. 레온이 현재 지구 전체를 뒤덮고 있는 탈중심화된 문화에 대해 아는 대로 설명했음에도 불구하고 로라는 여전히 찬디가르와 런던, 아스트로그라드, 뉴욕 같은 거대 도시에 대한 미련을 떨쳐 버리지 못했다. 그런 도시와 도시가 대변하는 생활방식이 이제는 영원히 사라졌다는 사실을 그녀는 쉽게 받아들일 수 없었다.

"우리가 지구를 떠날 때 가장 인구가 많이 몰려 있던 곳은 옥스퍼드나 앤 아버, 캔버라 같은 대학 도시들이었어요. 학생과 교수를 합쳐서 인구가 5만 명인 곳도 있었죠. 다른 도시들은 그 절반도 안 돼요."

레온이 설명했다.

"왜 그렇게 된 거죠?"

"원인은 여러 가지예요. 우선 통신 기술의 발달이 그 물꼬를 텄죠. 버튼만 누르면 누구와도 얼굴을 마주하고 이야기할 수 있으니 도시에 있을 필요가 없게 된 거예요. 그리고 반중력이 개발되어서 사람들은 물건이나 집 또는 어떤 거라도 지형에 상관없이 하늘을 통해서 움직일 수 있게 되었어요. 수세기 전에 비행기가 발명되면서 축소되기 시작한 거리의 제약이 이제 사라져 버린 거죠. 그 후부터 사람들은 어디든 살고 싶은 데서 살기 시작했고, 도시는 쇠퇴해 갔어요."

한동안 로라는 말이 없었다. 로라는 풀로 덮인 제방에 누워 그녀와 마찬가지로 지구에서 온 선조의 후손인 꿀벌이 돌아다니는 모습을 보고 있었다. 그 벌은 탈라사의 자생화로부터 꿀을 채취하기 위한 헛된 시도를 계속하고 있었다. 이곳에는 아직 곤충이 나타나지 않아서 자생식물들은 하늘을 날아다니는 손님들을 유혹하기 위한 수단을 발명해 내지 못했다.

잔뜩 골이 난 벌은 헛된 시도를 그만두고 화가 난 듯이 웅웅거리며 날아가 버렸다. 로라는 그 벌에게 과수원으로 날아갈 결심을 할 정도의 감각이 있기를 바랐다. 그곳에서는 벌에게 협력하는 꽃을 많이 찾아낼 수 있을 터였다. 로라는 입을 열어 거의 1000년 동안 인류를 사로잡아 온 꿈에 대해 이야기했다.

"우리가 언젠가 광속의 벽을 깰 수 있을까요?"

로라는 갈구하듯 말했다.

레온은 로라가 무슨 생각을 하는지 깨닫고 웃음을 지어 보였다. 빛보다 빠른 여행. 그러면 인류의 고향인 지구에 갔다가 다시 자기 세계로 돌아와도 친구들이 여전히 살아 있으리라. 개척자들이라면 언제든 한 번쯤 분명히 꿈꾸어 봤을 것이다. 인류 역사 전체를 돌이켜 보아도 이토록 많은 노력을 끌어냈으면서 여전히 완벽한 미해결로 남은 문제는 없었다.

레온이 대답했다.

"그럴 거라고는 생각하지 않아요. 만약 가능했다면 지금쯤 누군가가 해결했어야 해요. 할 수 없이 우리는 천천히 여행해야 하죠. 다른 수가 없기 때문에요. 그게 우주가 돌아가는 방식이고 우리는 어쩔 도리가 없어요."

"그래도 서로 연락은 주고받을 수 있어요!"

레온은 고개를 끄덕이며 말했다.

"맞아요. 실제로 그러고 있죠. 뭐가 잘못되었는지 모르겠지만 당신들은 오래전에 지구에서 연락을 받았어야 해요. 지구에서는 항상 출발 당시에 벌어졌던 모든 역사를 무인 연락선에 담아서 모든 개척지에 보내고 회신을 기다리곤 했어요. 회신이 지구에 도착하면 전부 복사해서 다음 연락선에 담아 재전송되었죠. 그런 식으로 우리는 지구가 중심이 되는 일종의 항성간 뉴스 서비스를 만들어 낸 셈이에요. 물론 느리긴 하지만 다른 방법이 없잖아요. 탈라사로 오는 저번 연락선이 실종되었다면 분명히 다음 연락선이 오는 중일 거예요. 아마 몇 대가, 이삼십 년 간격으로 말이죠."

로라는 지구와 뿔뿔이 흩어진 그것의 자식들 사이를 왕복하는 연락선들이 별들 사이로 넓게 늘어선 모습을 그려 보려 애썼다. 그리고 도대체 왜 탈라사가 빠져 있는지도. 하지만 레온이 옆에 있는 이상 그런 건 중요하지 않았다. 그는 여기 있었다. 지구와 별들은 아주 멀리 떨어져 있었다. 그리고 그 어떤 불행이 다가올지 모른다 해도 내일 또한 아주 멀리…….

그 주가 끝날 무렵 방문자들은 바다가 내려다보이는 바위투성이 곶 위에 금속 들보를 단단히 연결해서 알 수 없는 기계를 수용하는 땅딸막한 피라미드를 만들어 냈다. 첫 번째 시험 가동이 있던 날 로라는 571명의 다른 팜 베이 시민과 일부러 섬을 찾은 수천 명의 구경꾼들과 함께 지켜보고 있었다. 아무도 그 기계에 400미터 이내로 접근할 수 없었다. 이런 주의 조치는 소심한 마을 주민들 사이에서 커다란 경계심을 불러일으켰다. 지구인들이 일을 제대로 하긴 하는 걸까? 잘못되면 어떡하지. 그리고 어쨌든 간에 그들이 도대체 무슨 일을 하고 있는 걸까?

레온은 동료들과 함께 금속 피라미드 안에서 최종 점검을 하고 있었다. "조악한 초점 맞추기"라고 레온은 이야기했지만 로라는 전혀 이해할 수 없었다. 로라가 비슷한 심정의 섬 주민들과 함께 초조하게 바라보고 있자 곧 사람의 형태가 나와 기계가 놓인 편평한 바위 가장자리로 걸어갔다. 바다를 배경으로 윤곽을 드러내는 일군의 사람들은 거기 그렇게 서서 바다를 빤히 바라보고 있었다.

해변에서 1.5킬로미터 정도 떨어진 곳에서 이상한 일이 벌어지기 시작했다. 마치 폭풍이 이는 것 같았다. 하지만 기껏해야 몇 백 미터 크기의 폭풍이었다. 산더미 같은 파도가 생겨나더니 서로 부딪쳐서 빠르게 사라졌다. 몇 분이 지나자 파도로 인해 생겨난 물결이 해변에도 도착했다. 하지만 조그만 폭풍의 중심은 전혀 움직일 기미가 없었다. 꼭 거대한 손가락이 하늘에서 내려와 바다를 휘저어 놓은 것 같다고 로라는 생각했다.

그러다 갑자기 전체 모양이 변했다. 이제 파도는 서로 부딪치고 있지 않았다. 간격을 맞춰서 원을 그리며 점점 빠르게 돌고 있었다. 바다가 깔때기 모양으로 솟아오르더니 매초마다 점차 높아지면서 가늘어졌다. 이미 높이는 수백 미터에 이르렀고 물이 솟아오르면서 내는 외침소리는 대기를 가득 채우며 듣는 이들의 가슴을 두려움으로 강타했다. 하지만 바다에서 이 괴물을 소환해 낸 몇몇 사람들은 자신감을 지닌 채 파도가 거의 발아래까지 왔다는 사실도 무시하며 그 광경을 조용히 바라보고 있었다.

회전하는 물의 탑은 이제 빠르게 하늘로 치솟으며 우주로 날아가는 화살처럼 구름을 꿰뚫었다. 거품으로 덮인 꼭대기는 이미 시야에서 사라졌으며 하늘에서는 계속해서 폭풍우를 예고하는 것처럼 기이할 정도로 커다란 물방울이 비처럼 떨어져 내렸다. 탈라사의 유일한 바다에서 끌어올려진 바닷물이 모두 머나먼 목적지에 도착하는 것은 아니었다. 일부는 물을 제어하는 힘으로부터 빠져나와 우주를 목전에 둔 채 다시 떨어졌다.

놀라움과 두려움이 조용한 수긍에 자리를 내주고 나자 구경하던 사람들은 천천히 물러갔다. 인간은 이미 500년 전부터 중력을 제어할 수 있었다. 장대한 광경이긴 하지만 이런 기술은 거대한 우주선이 광속에 가까운 속도로 별과 별 사이를 여행하는 기적과 비교하면 아무 것도 아니었다.

지구인들은 다시 자신들이 만든 기계 쪽으로 걸어가고 있었다. 그

성능에 만족한 모양이었다. 그 정도 거리에서도 지구인들이 즐거워하며 안도하는 모습을 볼 수 있었다. 그런 모습은 아마도 탈라사에 착륙한 후 처음인 듯했다. 마젤란 호의 새 차폐막이 될 물은 우주로 올라가고 있었고, 우주에 도착하면 이들이 다스리는 또 다른 힘이 물을 얼리고 형태를 갖추게끔 할 것이다. 며칠 후면 떠날 준비가 갖춰질 테고, 그들의 거대한 항성간 방주는 거의 새것이나 다름없어질 터였다.

그 순간까지도 로라는 지구인들이 실패할지 모른다는 희망을 버리지 않고 있었다. 하지만 바다에서 하늘로 올라가는 물기둥을 바라보고 있는 지금 희망은 사라지고 말았다. 물기둥은 가끔씩 살짝 흔들거렸고, 기반부는 마치 거대하고 보이지 않는 힘 사이에서 균형을 맞추려는 듯 앞뒤로 움직였다. 하지만 물기둥은 분명히 지구인들의 통제 아래 있었고 맡은 일을 충실히 하고 있었다. 로라에게 그것은 한 가지만 의미했다. 곧 레온에게 작별 인사를 해야 한다는 것.

로라는 천천히 멀리 떨어진 지구인들을 향해 걸어가며 생각을 정리하고 감정을 억누르려 애썼다. 이내 레온이 동료들에게서 떨어져 나와 그녀를 만나러 다가왔다. 레온의 얼굴에는 안도감과 기쁨이 가득했지만 로라의 표정을 보자 금세 사라졌다.

나쁜 짓을 저지르다 잡힌 소년처럼 그가 어색하게 말했다.

"음, 해냈어요."

"그러면 이제 얼마나 더 머무르는 거죠?"

레온은 로라와 눈을 마주치지 못하고 안절부절못하며 발로 모래를 문질렀다.

"음, 한 사흘 정도…… 잘하면 나흘이오."

로라는 그 숫자를 받아들이려 노력했다. 어쨌거나 처음부터 예상하던 일이었다. 새로울 게 없었다. 하지만 로라는 그럴 수 없었다. 주변에 다른 사람이 없는 게 다행이었다.

"가면 안 돼요! 탈라사에 그냥 있어요!"

로라는 절망적으로 외쳤다.

레온은 로라의 손을 부드럽게 잡고 조용히 말했다.

"그럴 수 없어요, 로라. 여기는 나를 위한 세계가 아니에요. 적응할 수 없을 거예요. 지금까지 살아온 날들의 절반을 난 지금 하고 있는 일을 하도록 훈련받으며 보냈어요. 개척자들이 없는 이곳에서 난 행복해질 수 없을 거예요. 한 달 안에 지루해서 죽어 버릴 게 분명해요."

"그럼 나도 데리고 가요!"

"그건 당신의 진심이 아니에요."

"진심이에요."

"그렇게 생각할 뿐이죠. 내가 여기 어울릴 수 없는 것보다 훨씬 더 당신은 어울리지 못할 거예요."

"배우면 돼요. 내가 할 수 있는 것도 있을 거예요. 우리 둘만 함께 있으면!"

레온을 팔을 뻗어 로라를 잡고 그녀의 눈을 바라보았다. 눈빛에는 슬픔과 진실성이 담겨 있었다.

'진심으로 하는 말이구나.'

레온은 생각했다. 그는 처음으로 양심의 가책을 느꼈다. 남자가 아닌 여자에게 이런 일들이 얼마나 심각할 수 있는지 레온은 잊고, 아니면 일부러 떠올리지 않고 있었던 것이다.

레온은 로라의 마음을 아프게 할 생각이 전혀 없었다. 그는 로라가 정말 좋았다. 로라의 애정은 평생 동안 간직할 생각이었다. 이제 레온은 수많은 남자들이 지금까지 그래 왔듯이 작별 인사를 하는 게 생각만큼 쉬운 일이 아니라는 사실을 배우고 있었다.

한 가지 방법밖에 없었다. 오랫동안 은근히 아픈 것보다는 짧고 강렬한 고통이 나은 법이었다.

"따라와요, 로라. 보여 줄 게 있어요."

레온이 말했다.

지구인들이 이착륙장으로 사용하는 공터로 가는 동안 그들은 아무 말도 하지 않았다. 그곳에는 지구인들이 쓰던 알 수 없는 장비들이 여기저기 흩어져 있었다. 일부는 가져가기 위해 꾸리는 중이었고 나머지는 섬 주민들이 원하는 대로 사용하도록 놔두고 갈 예정이었다. 야자수 아래 반중력 스쿠터 몇 대가 주차되어 있었다. 사용 중이 아닐 때라도 스쿠터는 땅에 닿지 않고 풀밭에서 1미터 정도 위에 떠 있었다.

하지만 레온은 스쿠터를 쳐다보지도 않았다. 그는 이착륙장을 거의 차지하고 있는 달걀 모양의 빛나는 물체로 다가가 그 옆에 서 있는 기술자에게 말을 걸었다. 잠깐 논쟁을 하는 듯하더니 그 사람이 제 발로 물러섰다.

로라가 승강대에 오르는 것을 도우며 레온이 말했다.

"아직 다 싣지 않았어요. 그래도 출발할 거예요. 30분만 있으면 어차피 다음 셔틀이 올 테니까 상관없어요."

이미 로라는 난생처음 접하는 세계에 있었다. 탈라사에서 가장 영리한 기술자나 과학자들이라고 해도 여기서라면 정신을 잃어버릴 판이었다. 탈라사에는 즐겁게 살아가는 데 필요한 기계가 전부 있었다. 하지만 이건 그 정도를 완전히 벗어난 수준이었다. 로라는 예전에 실질적으로 탈라사를 다스리는 거대한 컴퓨터를 본 적이 있다. 사람들이 컴퓨터의 결정에 동의하지 않는 경우는 한 세대에 한 번도 잘 일어나지 않았다. 그 거대한 두뇌는 거대하고 복잡했다. 그러나 지구인들의 기술에는 기술과 거리가 먼 로라조차도 감탄하게 할 정도로 놀랍게 단순한 면이 있었다. 터무니없이 작아 보이는 조종대에 올린 레온의 손은 아무것도 하지 않고 그저 가볍게 놓여 있는 것처럼 보였다.

그런데 갑자기 벽이 투명해지며 벌써 저 아래 멀어지고 있는 탈라사의 모습이 보였다. 움직인다는 느낌이나 소리도 전혀 없었지만 로라가 바라보는 사이 이미 섬은 조그맣게 작아졌다. 세상을 푸른 바다와 검은 벨벳 같은 우주로 나누어 놓는 거대한 활은 시간이 지나면서 점점 원에 가까워졌다.

"봐요."

레온은 별들을 가리키며 말했다.

우주선이 눈에 들어왔다. 로라는 순간 우주선이 아주 작다는 데 실망감을 느꼈다. 중앙 부분에 줄지어 있는 수많은 현창들을 볼 수 있었지만 조그맣고 앙상해 보이는 우주선 선체의 어디에도 다른 출입구 같은 걸 볼 수 없었다.

그 착각은 고작 1초 정도 지속되었을 뿐이다. 곧 믿을 수 없는 충격에 감각이 휘청거리고 현기증이 일며, 로라는 자신이 속절없이 속고 말았다는 사실을 깨달았다. 그건 현창이 아니었다. 우주선은 아직도 몇 킬로미터 저쪽에 있었다. 로라가 본 것은 우주선과 탈라사를 오가는 셔틀이 드나드는 커다란 해치였다.

거리에 상관없이 모든 물체가 선명하고 깨끗하게 보이는 우주에서는 원근감을 느낄 수 없다. 우주선의 선체가 바로 옆까지 다가와 끝이 없어 보이는 굽은 모양의 외벽으로 별빛을 가렸을 때에도 크기를 판단할 방법은 전혀 없었다. 로라는 그저 우주선의 길이가 최소한 3킬로미터는 넘을 거라는 사실만 추측할 수 있었다.

로라가 보기에 레온은 아무것도 하지 않은 것 같은데 셔틀이 알아서 정박했다. 로라는 레온을 따라 조그만 조종실을 나왔다. 에어 로크가 열리고 바로 우주선의 보도에 직접 발을 내려놓을 수 있게 되어 있다는 사실에 로라는 놀랐다.

그들은 눈에 보이지 않는 곳까지 각각의 방향으로 뻗어 있는 기다란 원형 복도에 서 있었다. 바닥이 움직이면서 빠르고 가볍게 그들을 실어 날랐다. 신기하게도 로라는 우주선 이곳저곳으로 자신을 실어 날라 주는 컨베이어에 발을 올려놓을 때도 아무런 느낌을 받지 못했다. 로라가 이해하지 못할 수수께끼가 하나 더 생긴 것이다. 레온이 로라에게 마젤란 호를 구경시켜 주는 동안 이런 수수께끼는 더 많이 생겼다.

한 시간이 지나서야 그들은 다른 사람을 만날 수 있었다. 그동안에 그들은 때로는 움직이는 복도를 타고 이동하거나, 때로는 안에서는 중력이 사라진 기다란 튜브를 통해 올라가는 등 이미 수 킬로미터를 돌아다녔다. 레온의 의도는 명백했다. 레온은 새로운 문명의 씨앗을 싣고 미지의 별들을 향해 여행하는 이 인공 세계의 크기와 복잡함을 희미하게나마 인식시키려 하고 있었다.

금속과 크리스털로 이루어진 괴물이 안에 잠들어 있는 엔진실 하나만 해도 길이가 800미터는 족히 되어 보였다. 엄청난 힘이 잠자고 있는 거대한 공간 높은 곳에 설치된 발코니에 서서 레온은 자랑스럽게 말했다. 하지만 아주 정확한 발언이라고 할 수는 없었다.

"이게 내 거예요."

로라는 수십 광년을 뚫고 레온을 자신에게 데려다 준 거대하고 무의미한 형체를 내려다보았다. 그것이 가져다준 것에 대해 감사해야 할지, 아니면 곧 빼앗아 갈 것에 대해 저주해야 할지 로라는 어쩔 줄을 몰랐다.

그들은 속도를 내서 미지의 세계를 인류가 살 수 있을 만한 새로운 고향으로 만드는 데 쓰일 기계류와 장비, 각종 물품이 비축된 동굴 모양의 저장고를 통과해 지나갔다. 인류의 문화유산이 담긴 테이프나 마이크로필름, 또는 훨씬 크기가 작은 기억 장치들을 보관하고 있는 상자들이 킬로미터 단위로 쌓여 있었다. 여기서 그들은 다소 멍한 표정으로 남은 시간 동안에 이 많은 보물들 중 어떤 것을 얼마나 가져가야 할지 고민하고 있는 탈라사의 전문가들을 만났다.

로라는 자기 조상들도 이렇게 좋은 장비를 갖추고 우주를 여행했는지 궁금했다. 아마 아닐 것이다. 로라의 조상들이 쓰던 우주선은 훨씬 작았고, 탈라사의 역사가 시작된 이후에도 지구는 항성간 여행 기술을 더욱 발전시켰을 게 틀림없었다. 마젤란 호에 잠들어 있는 사람들의 정신력이 물질적인 환경에 필적할 정도만 된다고 해도 새로운 고향에 도착했을 때 성공은 보장된 것이나 마찬가지였다.

그들이 거대한 흰색 문 앞에 다가가자 문이 조용히 미끄러져 열리더니 우주선 안에 참으로 어울리지 않아 보이는 모피 외투가 줄줄이 걸린 보관실이 나타났다. 레온은 로라에게 하나를 입혀 주고는 자기 것도 하나 골랐다. 로라는 영문을 모른 채 레온을 따라 하얗게 서리가 내린 유리가 원형으로 늘어선 곳을 향해 걸었다. 레온은 몸을 돌려 로라에게 말했다.

"지금 가는 곳에는 중력이 없어요. 그러니까 내 곁에 붙어서 내가 하라는 대로만 해요."

바닥에 있는 크리스털 문이 뚜껑이 열리듯 위로 들리자 안쪽 깊숙한 곳에서 로라가 이제껏 경험해 보지 못한, 미처 상상조차 해 보지 못했을 정도로 차가운 바람이 소용돌이쳐 나왔다. 기껏해야 한 줌이나 될 듯한 수분이 공기 중에서 얼어붙어 로라의 주위에서 유령처럼 춤췄다. 로라는 마치 '설마 저기 들어가자는 건 아니겠죠!'라고 말하는 듯한 표정으로 레온을 바라보았다.

그는 안심하라는 듯 로라의 팔을 붙잡고 말했다.

"걱정 마요. 잠깐만 있으면 추운 줄도 모를 거예요. 날 따라와요."

레온은 문 안쪽으로 사라졌다. 로라는 잠시 머뭇거리다가 그를 따라 아래로 내려갔다. 내려갔다? 아니, 그건 틀린 표현이었다. 중력이 사라진 이곳에서 위아래라는 개념은 존재하지 않았다. 로라는 하얗게 얼어붙은 차가운 우주 공간에서 아무런 무게를 느끼지 못한 채 떠 있었다. 로라의 주위에는 수천, 수만 개에 달하는 육각형 모양의 작은 방들이 모여 유리로 된 빛나는 벌집을 이루고 있었다. 작은 방들은 서로 수많은 파이프와 전선으로 이어져 있었고, 각 방은 사람 한 명이

들어갈 정도의 크기였다.

그리고 거기에는 사람이 있었다. 지구에서의 기억이 아직 어제와 같은(말 그대로 사실이다.) 수천 명의 개척자들이 로라를 둘러싸고 있었다. 300년으로 예정된 수면의 절반도 채우지 못한 지금 그들은 무슨 꿈을 꾸고 있을까? 삶과 죽음 사이의 인간의 영역이 아닌 이 어슴푸레한 곳에서 사람의 뇌가 꿈이라는 걸 꾸기는 할까?

벌집의 전면을 끝없이 가로지르고 있는 좁은 벨트에는 몇 십 센티미터마다 손잡이가 달려 있었다. 레온이 그중 하나를 붙잡자 그것은 그들을 끌어당기며 육각형 무늬로 된 거대한 모자이크 위를 빠르게 움직였다. 그들은 벨트를 갈아타며 두 번 방향을 바꾸어 마침내 출발점에서 몇 백 미터는 족히 떨어져 있을 지점에 이르렀다.

레온은 손잡이를 놓았고, 그들은 공중에서 몸을 움직여 수천 개의 다른 방과 다를 게 전혀 없어 보이는 방 옆에서 멈췄다. 하지만 레온의 얼굴에 떠오른 표정을 본 로라는 레온이 자기를 여기로 데려온 이유와 자기는 결국 싸움에서 이길 수 없다는 사실을 깨달았다.

크리스털로 된 관 속에 있는 여자의 얼굴을 아름답다고는 할 수 없어도 개성과 지성이 뚜렷해 보였다. 한 세기에 걸친 수면에도 불구하고 단호한 결단성과 풍부한 재치가 느껴지는 얼굴이었다. 선구자, 개척자로서 자신의 동반자 곁에서 별들 사이에 새로운 지구를 건설하는 데 필요한 굉장한 과학 지식으로 그를 도울 수 있는 바로 그런 여자의 얼굴이었다.

한참 동안 추위조차 의식하지 못한 채 로라는 자신의 존재를 알지도 못한 채 잠들어 있는 경쟁자를 바라보았다. 이 세상의 역사를 통틀어 과연 이렇게 이상한 장소에서 끝맺은 사랑이 있었던가? 로라는 궁금했다.

마치 얕게 잠든 사람을 깨울까 걱정하듯이 속삭이는 소리로 로라가 마침내 입을 열었다.

"이 여자가 당신 아내인가요?"

레온은 고개를 끄덕였다.

"미안해요, 로라. 당신에게 상처를 줄 생각은……."

"그건 상관없어요. 내 잘못이기도 했으니까요."

로라는 말을 멈추고는 잠든 여인을 더 가까이 들여다보았다.

"아이도 있나요?"

"그래요. 도착한 뒤 석 달 후에 나올 예정이에요."

아홉 달 하고도 300년이 더 걸리는 임신이라니! 하지만 그건 전부 똑같은 시간의 일부였다. 그리고 이제 로라는 자기 자신이 그 시간의 일부가 될 수 없다는 사실을 잘 알고 있었다.

이곳에서 끈기 있게 기다리는 수많은 사람들은 앞으로 로라의 꿈속에서 떠나지 않을 것이다. 크리스털 문이 등 뒤에서 닫히고 다시 몸에 온기가 스며들자 로라는 가슴속에 들어온 냉기를 쉽게 몰아낼 수 있기를 소망했다. 언젠가는 그럴 수 있을 터였다. 하지만 그날이 오기까지 수없이 많은 나날과 외로운 밤이 지나가야 할 게 틀림없었다.

미궁처럼 뻗은 복도와 목소리가 울려 퍼지는 방을 지나 돌아오는 여정을 로라는 전혀 기억하지 못했다. 그녀는 어느 순간 탈라사에서 타고 온 조그만 셔틀의 선실에 와 있는 자신을 발견하고 놀랐다. 레온은 조종대로 걸어가 몇 가지 조작을 했지만 자리에 앉지는 않았다.

"잘 가요, 로라. 내 일은 끝났어요. 이제 나는 여기 있는 게 나을 것 같군요."

레온은 로라의 손을 감싸 쥐었다. 그들이 함께할 수 있는 마지막 순간에 로라는 아무 말도 할 수 없었다. 눈물이 앞을 가려 그의 얼굴조차 볼 수 없었던 것이다.

레온은 잡은 손에 힘을 한 번 주었다가 곧 늦추었다. 그는 숨죽여 흐느꼈고, 로라의 눈앞이 다시 맑아졌을 때 선실은 이미 비어 있었다.

한참이 지난 후 매끄러운 인조 목소리가 조종대에서 흘러나왔다.

"착륙했습니다. 전방의 에어 로크를 통해 하선하시기 바랍니다."

문이 열리는 쪽으로 걷다 보니 이내 로라는 마치 한 생애 전에 떠났던 것 같은 복잡한 공터를 바라보고 서 있었다.

그리 많지 않은 사람들이 모여 이전에 백 번도 넘게 다녀간 셔틀을 처음 보기라도 하듯 흥미로운 표정으로 쳐다보고 있었다. 로라는 한동안 그 이유를 짐작할 수 없었다. 그때 클라이드가 외쳤다.

"그놈 어디 있어? 나도 참을 만큼 참았다고!"

몇 번 훌쩍 뛰어 승강대 위로 올라온 클라이드는 로라의 팔을 거칠게 붙잡았다.

"남자답게 나오라 그래!"

로라는 힘없이 고개를 저었다.

"그 사람은 여기 없어. 잘 가라고 했어. 다시 볼 일이 없을 거야."

클라이드는 못 믿겠다는 듯 로라를 바라보았지만 이내 그게 진실임을 깨달았다. 동시에 로라가 그의 팔 안으로 무너지며 심장이 깨지기라도 할 것처럼 흐느꼈다. 로라가 허물어지면서 클라이드의 분노 또한 마음속에서 허물어졌고, 로라에게 하려던 말도 전부 사라져 버렸다. 로라는 다시 클라이드의 여자였다. 다른 건 아무것도 중요하지 않았다.

탈라사 해변의 물기둥은 작업이 끝날 때까지 거의 50시간에 걸쳐 굉음을 냈다. 섬 주민들은 모두 텔레비전 화면을 통해 머나먼 별을 향해 여행하는 마젤란 호의 앞에 서게 될 빙산이 만들어지는 모습을 지켜보았다. 새 차폐막이 지구에서부터 지니고 온 원래의 것보다 훨씬 더 쓸모가 있기를! 화면을 지켜보는 모든 이들이 기원했다. 탈라사의 태양에 근접하게 되는 몇 시간 동안 거대한 원뿔 모양의 빙산은 금속으로 만들어진 아주 얇고 윤기 나는 햇빛 가리개가 드리우는 그림자 속에서 녹지 않게 보호받았다. 다시 여행을 떠나는 지구인들은 햇빛 가리개를 두고 갈 예정이었다. 굳이 항성간 쓰레기로 만들 필요는 없었던 것이다.

마지막 날이 다가왔고 지나갔다. 해가 저물고 지구인들이 결코 잊지 못할, 그리고 잠들어 있는 동료들은 결코 알지 못할 세계에 마지막 작별 인사를 하는 순간을 아쉬워하는 사람이 로라만은 아니었다. 처음 내려왔을 때와 마찬가지로 빠르고 조용하게, 희미하게 빛나는 타원형의 셔틀이 공터를 벗어나 마을 위에서 인사의 의미로 잠시 하강한 후에 본래 속한 곳으로 돌아갔다. 그리고 탈라사 인들은 기다렸다.

어두운 밤은 강렬한 빛의 소리 없는 폭발에 산산이 부서졌다. 별 하나 정도에 불과한 광점이 밝게 고동치면서 밤하늘의 원 주인들을 몰아내고 밤하늘을 지배했다. 창백한 셀렌보다 훨씬 밝은 빛은 땅 위에 선명한, 사람들이 지켜보는 사이에도 움직이는 그림자를 드리웠다. 저 위 하늘의 경계에서는 태양이 불타오르는 것과 똑같은 원리로 화염이 불타오르며 불의의 사고로 한 번 멈춰야 했던 여행을 마무리하기 위해 우주선을 광대한 우주 공간으로 내보낼 준비를 하고 있었다.

로라는 눈물이 마른 눈을 들어 조용히 빛나는 광휘를 바라보았다. 로라의 마음 일부분은 그들과 함께 별을 향하고 있었다. 이제 감정은 모두 고갈되었다. 눈물이 나온다면 그건 잠시 뒤의 일일 것이다.

레온은 벌써 수면에 들어갔을까, 아니면 생각에 잠겨 탈라사를 내려다보고 있을까? 잠들어 있건 깨어 있건 지금 그게 뭐가 중요할까……?

로라는 클라이드의 팔이 자신을 단단히 안고 있는 것을 느꼈고 고독한 우주와 다른 편안함이 반가웠다. 그곳이 로라의 세계였다. 로라의 마음은 다시는 흔들리지 않을 것이다. 잘 가요, 레온. 인류를 대표해서 당신과 당신의 아이들이 개척할 그 먼 곳에서 행복하게 살아요. 하지만 가끔은 당신보다 200년 전에 살다 간 나를 기억해 줘요.

로라는 빛나는 하늘로부터 몸을 돌려 클라이드의 팔 안에 얼굴을 묻었다. 클라이드는 어색한 손길로 부드럽게 로라의 머리를 쓰다듬으며 그녀를 위로할 말을 떠올리려고 했지만 아무 말 없이 조용히 있는 것이 최선의 방법임을 알았다. 클라이드는 승리의 기분을 느끼지 못했다. 비록 로라는 다시 자신의 여자가 되었지만 그들의 오래된 순박한 관계는 기억 너머로 사라진 것이다. 레온에 대한 기억은 희미해지겠지만 완전히 사라지지는 않을 것이다. 앞으로 평생 동안 레온의 유령(그들이 무덤 속으로 들어간 후에도 여전히 젊은 그대로일 유령)은 그와 로라 사이에 존재할 것이라는 사실을 클라이드는 잘 알았다.

우주선이 다시는 돌아오지 않을 외로운 길을 떠남과 동시에 하늘의 빛도 사라져 가고 있었다. 로라는 단 한 번만 클라이드로부터 몸을 돌려 멀어져 가는 우주선을 바라보았을 뿐이다. 여행은 이제 시작에 불과했지만 이미 그 어떤 운석보다도 빠르게 하늘을 가로질러 움직이고 있었다. 잠시 후면 우주선은 탈라사의 궤도를 벗어나면서 수평선 너머로 사라질 것이고, 곧 외곽 행성들이 있는 황무지로, 그리고 곧이어 심연을 향해 나아갈 것이다.

로라는 자신을 감싸고 있는 단단한 팔에 힘껏 매달리며 클라이드의 심장, 로라의 것이며 앞으로 다시는 돌아서지 않을 심장의 고동 소리를 뺨으로 느꼈다. 수천 명의 군중들의 입에서 별안간 터져 나온 기다란 한숨 소리가 밤의 침묵 속으로 울려 퍼졌다. 로라는 마젤란 호가 마침내 세상의 경계를 넘어 모습을 감췄다는 사실을 알 수 있었다. 이제 끝난 것이다.

로라는 바라볼 때마다 어쩔 수 없이 레온을 떠올리게 될 별들이 다시 돌아오고 있는 텅 빈 하늘을 올려보았다. 레온이 옳았다. 그곳은 로라를 위한 세계가 아니었다. 훌쩍 나이를 먹은 듯 많은 것을 깨달은 로라는 마젤란 호가 이제 외부의 역사 속으로 향하고 있음을 알았다. 그 역사 속에는 탈라사가 없을 것이다. 로라가 사는 세계의 역사는 300년 전의 개척자들과 함께 시작되었고 마무리되었다. 하지만 마젤란 호의 개척자들은 지금까지 씌어진 인류의 전설 속에 나오는 이야기처럼 위대한 승리와 성취를 겪어 나갈 것이다. 로라의 후손들이 여덟 세대에 걸쳐 야자수 아래에서 햇볕을 받으며 백일몽에 빠져 있을 동안 레온 일행은 바다를 움직이고 산을 평탄하게 만들며 알 수 없는 위험을 극복해 나갈 것이다.

어느 쪽이 나을지 그 누가 섣불리 말할 수 있을까?

가벼운 일사병 | A Slight Case of Sunstroke |

1958년 9월, 《갤럭시(Galaxy)》에 "태양의 손길(The Stroke of the Sun)"이라는 제목으로 첫 게재. 『열 세계의 이야기』에 재수록.

사실 이 이야기는 내가 아니라 축구를, 그러니까 남아메리카에서 자행되는 우스꽝스러운 형태의 축구를 잘 아는 누군가가 해야 옳을 것이다. 내 고향 아이다호 주 모스코에서는 축구공을 손에 들고 달렸다. 하지만 내가 앞으로 페리비아라고 부를 이 작지만 부유한 공화국에서는 발로 공을 이리저리 몰고 다닌다. 게다가 이건 심판에게 하는 일에 비하면 아무것도 아니다.

페리비아의 수도인 아스타 라 비스타는 안데스산맥, 해발 3000미터에 위치한 멋진 현대식 도시이다. 사람들은 10만 명의 관중을 수용할 수 있는 웅장한 축구 경기장에 자부심을 지니고 있었다. 그래도 1년에 한 번 있는 이웃 나라 파나구라 공화국과의 정기전 같은 중요한 경기가 있을 때는 몰려드는 관중들을 모두 감당할 수 없을 정도였다.

민주화가 덜 된 남아메리카의 다른 국가들에서 여러 가지 실망스러운 사건들을 겪은 후 페리비아에 도착한 내가 처음으로 알게 된 지식은 망할 놈의 심판 때문에 지난해 정기전에서 페리비아가 패했다는 사실이다. 듣자 하니, 페리비아 선수들 전원에게 경고를 주었고 넣은 골을 인정해 주지 않는 등 이겨야 할 팀이 이기지 못하도록 했다는 것이다. 이런 격렬한 비난을 듣고 있자니 난 고향이 그리워졌다. 하지만 내가 어디에 있는지를 떠올리고 그저 이렇게 말했을 뿐이다.

"심판에게 돈을 더 주지 그랬어요."

"그랬어요. 하지만 파나구라 놈들이 다시 매수했죠."

비통한 답변이 돌아왔다.

"안됐네요. 요즘에는 매수당한 채로 그냥 남아 있는 정직한 인물을 찾기가 매우 힘들죠."

내가 대답했다. 방금 내 돈 100달러를 가져간 세관원은 국경을 건너는 내게 손을 흔들면서 짧은 구레나룻 아래의 얼굴빛을 붉힐 정도의 양심은 있었다.

도착한 후 몇 주 동안은 아주 힘들게 지냈다. 하지만 꼭 그것 때문에 내가 그 시기에 대한 이야기를 꺼리는 건 아니다. 어쨌거나 곧 나는 다시 농기계 사업으로 돌아왔다, 비록 내가 수입하는 농기계는 농장 근처에 가 보지도 못했지만. 그리고 이제는 포장된 상자 속을 들여다보고 싶어하는 참견꾼들의 방해 없이 국경을 지나는 데 100달러보다 훨씬 많이 들었다. 축구 따위에는 신경 쓸 겨를조차 없었다. 나는 내가 수입해 온 고가의 물품들이 언제라도 쓰일 수 있다는 사실을 알고 있었고, 이번만큼은 나라를 떠날 때 내가 벌어들인 돈을 분명히 가지고 나갈 수 있기를 바랐다.

그럼에도 불구하고, 재대결 날짜가 슬슬 다가오면서 고조되는 흥분을 무시할 수는 없었다. 일단 사업에 방해가 됐다. 고생 끝에 엄청난 비용을 들여서 안전한 호텔이나 믿을 만한 동지의 집에서 회의를 개최하면 사람들은 전체 일정의 절반 정도를 축구 얘기로 보내는 판이었다. 미칠 노릇이었다. 나는 페리비아 인들이 정치를 스포츠처럼 중요하게 여기기는 하는지 궁금해지기 시작했다.

"여러분! 다음 물품인 로터리 드릴 기계가 내일 도착합니다. 만약 농림부 장관에게서 허가를 얻지 못하면 누군가가 상자를 열어 볼지 모르고 그러면……."

나는 이렇게 항의했다.

그러면 시에라 장군이나 페드로 대령이 이렇게 대답하곤 했다.

"이 사람, 걱정 말게나. 다 되게 되어 있어. 그런 건 군대에게 맡기라고."

차마 나는 "무슨 군대요?"라고 묻지 못했다. 그리고 약 10분에 걸쳐서 축구 전술이나 고집 센 심판을 다루는 방법 따위에 관한 열띤 논쟁을 듣고 있어야 했다. 다른 사람도 마찬가지였을 거라고 확신하지만 당시 나는 이 주제가 우리가 직면한 문제와 떼려야 뗄 수 없는 관계라고는 꿈도 꾸지 못했다.

시간이 흐르고 난 후에야 나는 일이 어떻게 되었던 건지 알아볼 여유를 갖게 되었다. 당시에는 정말 혼란스러웠다. 불가능해 보이는 드라마의 주인공은 말할 것도 없이 돈 헤르난도 디아스였다. 백만장자인 플레이보이에 축구 팬이었으며 과학 애호가였고 내가 보기에는 차기 페리비아의 대통령이 될 게 분명해 보이는 인물이었다. 경주용 자동차와 할리우드 미녀들을 좋아하는 취미는 나라 밖에까지 잘 알려져 있었기 때문에 대부분의 사람들은 "플레이보이"라는 딱지가 돈 헤르난도에게 완벽하게 들어맞는다고 생각했다. 대부분은 사실이었다.

　나는 돈 헤르난도가 나와 거래하는 사람들 중 하나라는 사실을 알고 있었다. 하지만 동시에 그는 루이즈 대통령이 매우 아끼는 사람이었기 때문에 권력이 있으면서도 상당히 미묘한 위치에 있었다. 당연히 나는 그를 직접 만나지 못했다. 그가 친구들을 고르는 데 까다로웠기 때문이고 사실 다른 사람들도 꼭 필요한 경우가 아니면 나를 직접 만나려 들지는 않았다. 그가 과학에 관심이 있다는 건 한참이 지나서야 알게 되었다. 그는 개인 천문대를 가지고 있었는데, 전적으로 천문학적인 기능만 하는 건 아니라는 소문에도 불구하고 맑은 날 밤이면 꽤 자주 쓰이는 듯했다.

　돈 헤르난도는 대통령을 설득하는 데 자신이 지닌 매력과 설득력을 모조리 쏟아부은 게 틀림없었다. 그래도 만약 대통령 자신이 축구 팬이 아니고 다른 애국적인 페리비아 인들처럼 지난해의 패배에 괴로워하고 있지 않았다면 아마 동의하지 않았을 것이다. 하지만 비록 그가 국가 군사력의 절반을 오후의 중요한 시간대에 근무에서 제외한다는 생각에 기분은 좋지 않았을지 몰라도 그 계획의 독창성에 큰 인상을 받은 것은 분명했다. 어쨌거나 돈 헤르난도의 말마따나 1년에 한 번 하는 축구 경기의 좌석 5만 석을 군대에게 할당하는 것보다 충성심을 보장할 수 있는 더 좋은 방법이 어디 있겠는가?

　바로 잊을 수 없는 그날 경기장에 앉아 있을 때만 해도 나는 이런 계획에 대해 전혀 모르고 있었다. 내가 그곳에 가고 싶어서 갔을 리 없다고 생각한다면 그건 상당히 정확한 판단이다. 하지만 페드로 대령이 내게 표를 주었고, 그걸 이용하지 않음으로써 그의 기분을 상하게 하는 건 결코 건전한 사고방식이 아니었다. 따라서 나는 경기를 보러 갔고, 무더운 햇볕 아래 앉아서 경기 안내지를 부채 삼아 휴대용 라디오로 중계를 들으며 경기가 시작되기를 기다렸다.

경기장은 가득 메워져 관중석 경사면이 마치 사람 얼굴로 이루어진 바다처럼 보일 지경이었다. 관중들을 입장시키는 데에서 사소한 지연이 있었다. 경찰은 최선을 다했지만 10만 명의 인파를 일일이 수색해서 숨겨 놓은 무기를 찾아내는 일에는 시간이 걸리게 마련이었다. 상대방 관중에 대단한 적개심을 지닌 원정팀이 수색을 고집해서 이루어진 일이었다. 그러나 검색대에 포병대가 집결하기 시작하자 관중들의 원성은 빠르게 사라졌다.

심판이 방탄 처리된 캐딜락을 몰고 나타나는 정확한 순간을 포착하는 건 쉬웠다. 관중들의 야유 소리만 따라가면 심판이 어디 있는지를 알 수 있었다.

"심판이 마음에 그렇게 안 들면 바꿀 수도 있지 않아요?"

내가 옆자리에 앉은 사람, 그러니까 너무 계급이 낮아서 내 옆에 있는 게 안전해 보일 정도로 젊은 소위에게 말했다.

그는 어쩔 수 없다는 듯 어깨를 으쓱해 보였다.

"심판은 원정팀이 고르는 겁니다. 우리가 어쩔 수 없지요."

"그러면 최소한 파나구라에서 치른 경기는 이겨야 하는 거 아닌가요?"

"그렇죠. 하지만 지난번에는 우리가 너무 자만했습니다. 너무 못해서 심판도 어쩔 수 없었죠."

 나는 그 어느 쪽에 대해서도 연민을 느낄 수 없었고, 그저 앞으로 이어질 시끄럽고 지루한 시간에 대비하여 마음을 가라앉혔다. 내 예상은 거의 맞아떨어졌다.

 으레 그렇듯이 경기가 시작되는 데는 시간이 좀 걸렸다. 우선 밴드가 땀을 뻘뻘 흘리며 양국의 국가를 연주했고, 대통령이 선수들을 소개받았으며, 이어서 추기경이 사람들을 축복했고, 양팀 주장들이 공의 크기나 모양을 두고 알 수 없는 논쟁을 벌이느라 한동안 또 시간이 흘렀다. 기다리는 동안에 나는 옆자리 소위가 건네준, 비싼 돈을 들여 멋지게 만든 안내지를 읽었다. 타블로이드 판 아트 지(紙)에 그림도 아낌없이 인쇄한 데다가 겉표지는 은박으로 제본되어 있는 안내지였다. 인쇄업자가 이문을 남겼으리라고는 전혀 생각되지 않았지만, 이건 명백히 돈이 아니라 위신의 문제였다. 여하튼 이 "승리를 축하하는 특별 기념호"에는 대통령을 필두로 인상적인 인물들이 기부자 목록에 올라 있었다. 내 친구들은 거의 다 목록에 이름이 있었다. 그리고 나는 첫 5000부를 용감히 싸우는 관중들에게 공짜로 제공하는 데 드는 비용을 돈 헤르난도가 댔다는 내용을 보고 재미있게 생각했다. 인기를 얻기 위한 시도라기에는 순진해 보였고, 단지 좋은 뜻에서라면 그만 한 돈을 들였을지 의심스러웠다. 게다가 "승리"라는 문구는 세련되고 아니고를 떠나서 좀 일러 보였다.

 이런 생각은 경기가 시작되면서 엄청난 함성소리에 묻혀 버렸다. 경기가 시작되었지만, 공이 중앙선 근처에서 얼마 움직이지도 않았을 때 파란 유니폼을 입은 페리비아 선수 하나가 검은 유니폼을 입은 파나구라 선수의 발을 걸어 넘어뜨렸다. 빠르기도 해라. 나는 생각했다. 심판은 어떻게 하고 있나? 놀랍게도 심판은 가만히 있었다. 나는 경기가 끝난 후에 돈을 지불하기로 한 게 맞는지 궁금했다.

"저거 반칙이나 뭐 그런 거 아닌가요?"

나는 내 옆의 소위에게 물었다.

그는 경기에서 눈을 떼지 않은 채 대답했다.

"풋! 저 정도는 아무것도 아니에요. 게다가 저 코요테 자식이 못 봤잖아요."

맞는 말이었다. 심판은 경기장 저쪽에 떨어져서 경기를 제대로 따라가지 못하는 것처럼 보였다. 뛰어다니는 게 너무 힘든 기색이 역력했다. 나는 잠시 의아해 하다가 그 까닭을 알아낼 수 있었다. 방탄조끼를 입고 뛰어다니는 사람을 본 적이 있는가? 불쌍한 친구 같으니라고. 나 역시 다른 분야에서 나쁜 짓을 하고 있기는 했지만 순수한 동정심의 발로로 이렇게 생각했다. 돈 버느라 애쓰는군. 이렇게 가만히 앉아만 있어도 더운데 말이야.

처음 10분간은 전초전에 불과했다. 싸움은 한 세 번 정도밖에 나지 않았던 것 같았다. 페리비아는 막 골을 넣을 기회를 한 번 놓쳤다. 공이 정말 제대로 날아가는 바람에 파나구라의 응원단(요새처럼 튼튼하게 만들어진 한쪽 구역에서 경찰들의 특수 경호를 받고 있었다.)에서 흘러나오던 미친 듯한 박수 소리마저 순간 잦아들었다. 나는 실망감을 느끼기 시작했다. 쯧쯧, 공의 모양이 좀 다르기만 했다면 우리 고향에서처럼 얌전한 운동이 될지도 모르는데 말이야.

적십자 대원들에게 일거리를 별로 만들어 주지 않은 채 이대로 전반전이 끝나겠다 싶을 무렵 페리비아 선수 셋과 파나구라 선수 둘(어쩌면 반대였을지도 모르겠다.)이 한데 엉켜서 인상적인 난투극을 연출했고 그중 한 명만이 자기 힘으로 빠져나왔다. 부상자들은 전장의 혼란 속에서 들것으로 실려 나갔고, 교체 선수들이 들어오는 사이에 잠깐 휴지기가 생겼다. 큰 사고는 여기서부터 시작되었다. 페리비아 관중들은 쌩쌩한 교체 선수를 들이기 위해서 상대 선수들이 수작을 부리고 있다고 불평했다. 하지만 심판은 요지부동이었다. 교체 선수들이 들어왔고, 경기가 다시 속개되면서 시끌벅적하던 소음은 겨우 고통을 면할 수준으로 떨어졌다.

곧바로 파나구라 팀이 득점했다. 내 주변 사람들 중 아무도 자살하지는 않았지만, 몇몇은 거의 비슷한 정도까지 간 것 같았다. 아무래도 새로운 피를 수혈받은 원정팀은 기운이 나는 듯했고 여러모로 홈팀에게 불리해 보였다. 파나구라 선수들은 마치 페리비아 수비 진형에 굵은 체처럼 구멍이 뚫려 있기라도 한 양 이리저리 공을 패스했다. 이런 분위기라면 심판도 정직하게 볼 수 있겠군. 어차피 자기편이 이길 테니까. 나는 생각했다. 그래도 말은 똑바로 하라고 아직까지는 심판이 편파 판정의 기미를 보이지 않았다.

그리 오래 기다릴 필요는 없었다. 홈팀은 상대의 공격을 막기 위해 수비에 집결했고, 수비수 한 명이 강력한 킥으로 공을 경기장 반대편으로 날려 보냈다. 공이 미처 떨어지기 시작하기도 전에 심판이 날카로운 호루라기 소리를 울리며 경기를 중단시켰다. 심판은 각 팀의 주장과 잠깐 이야기했고, 그들은 전혀 동의를 이루지 못한 모양새로 흩어졌다. 경기장에서는 다들 격렬하게 손짓하고 있었고 관중들은 불만의 함성을 질렀다.

"왜 저러는 거죠?"

나는 우울하게 물었다.

"심판이 우리 편에게 오프사이드를 선언했어요."

"도대체 왜요? 거의 넣을 뻔했잖아요!"

"쉿!"

내게 축구 규칙에 대해 설명하느라 시간낭비하고 싶지 않다는 듯 그가 말했다. 평소라면 나도 가만히 있지 않았지만, 이번에는 그냥 넘어가기로 하고 내 스스로 어떻게 된 건지 알아보려고 했다. 보아 하니 심판이 우리 편 골대 근처에서 파나구라 팀에게 프리킥을 선언한 모양이었다. 그리고 나는 다들 왜 그리 흥분하는지 알 수 있었다.

공은 아름다운 포물선을 그리며 하늘을 날아가서 골대에 맞은 후, 골키퍼가 하늘을 날듯이 뛰었음에도 불구하고 골 안으로 들어갔다. 거대한 분노의 함성이 군중들에게서 터져 나왔다가 돌연히 잠잠해졌고, 그런 침묵은 오히려 더욱 인상적이었다. 마치 부상당한 거대한 짐승이 복수를 위한 시간을 기다리는 것 같았다. 거의 수직으로 떠 있는 태양으로부터 열기가 쏟아져 내려왔음에도 불구하고 나는 갑자기 찬 바람이 나를 휘감는 듯한 한기를 느꼈다. 잉카 제국의 부를 모두 안겨준다고 해도 나는 저 아래 경기장에서 방탄조끼를 입고 뛰어다니는 친구와 자리를 바꿀 생각이 전혀 없었다.

두 점 뒤지고 있었지만 아직 희망은 있었다. 아직 전반전도 끝나지 않았고, 경기란 건 원래 마지막 순간까지도 결과를 알 수 없는 법이다. 페리비아 선수들은 이제 더욱 분발하여 악마와도 같은 집중력을 보이며 뛰고 있었다. 성공할 수 있다는 사실을 보여 주기 위해 진력하는 도전자의 모습이었다.

새로운 정신은 즉각적으로 효과를 가져왔다. 홈팀은 몇 분 만에 불가능해 보일 정도의 골을 성공시켰다. 관중들은 기뻐서 열광했고, 이제는 나도 다른 사람들처럼 소리치며 내가 아는 줄도 모르고 있던 스페인어로 심판에게 뭐라고 떠들어 댔다. 이제 2대 1이었고, 10만 명의 관중은 다시 균형을 가져올 추가 골을 위해 기도하며 저주하고 있었다.

골은 전반전이 끝나기 직전에 터졌다. 상당히 중대한 결과를 야기하는 문제이니만큼 이야기는 아주 공정하게 전할 필요가 있다. 공은 우리 편 공격수에게 이어졌고 그는 공을 몰고 15미터 정도를 달리며 멋진 개인기로 수비수 몇 명을 따돌린 후 상대 골대에 깨끗하게 차 넣었다. 호루라기가 울린 건 공이 채 그물에서 떨어지기도 전이었다.

이번엔 뭘까? 이걸 무효로 할 수는 없을 텐데. 나는 궁금했다.

하지만 심판은 무효를 선언했다. 핸들링 반칙을 범했다는 것 같았다. 나는 시력이 꽤 좋았지만 핸들링은 보지 못했다. 따라서 솔직하게 말하자면, 그 다음에 일어난 사태에 대해서 페리비아 인들에게 책임을 돌릴 수만은 없다.

경찰은 관중들이 경기장 안으로 들어오지 못하게 간신히 막았지만 잠깐 동안에 불과했을 뿐이다. 양 팀은 서로 반대편으로 갈라졌고, 텅 빈 경기장에는 대담하기 짝이 없는 심판만 한가운데 서 있었다. 아마도 그는 경기장에서 어떻게 빠져나갈지 고민하며 이 경기만 끝나면 영원히 은퇴할 수 있다는 생각으로 스스로를 위로하고 있었을 것이다.

그때 들려온 가느다란 나팔 소리는 거기 모인 사람들 전부를, 정확히는 초조하게 나팔 소리를 기다리던 5만 명의 잘 훈련받은 군인들을 빼고 모두를 놀라게 했다. 경기장 전체는 순간적으로 고요해졌다. 심지어 경기장 밖의 차들이 내는 소리까지 들릴 정도였다. 나팔 소리가 다시 한 번 들렸다. 그러자 내 반대편에 있던 수많은 얼굴들이 순식간에 눈부신 빛 속으로 사라졌다.

나는 비명을 지르며 눈을 가렸다. 공포의 순간에 나는 원자폭탄을 떠올리고 무의미한 시도지만 폭발에 대비하여 내 몸을 감쌌다. 하지만 아무런 충격이 없었다. 감긴 내 눈꺼풀을 뚫고 몇 초 동안이나 번쩍이다가 세 번째이자 마지막으로 나팔 소리가 들리자 나타났을 때처럼 신속하게 사라져 버린 빛뿐이었다.

모든 것이 이전과 마찬가지였다. 한 가지 사소한 점만 빼고. 심판이 서 있던 자리에는 조그맣고 연기를 내는 덩어리가 있었고, 그곳에서 가느다란 연기가 고요한 대기 속으로 구불구불 피어오르고 있었다.

도대체 무슨 일이 일어났을까? 나는 옆자리 사람에게 고개를 돌렸다. 그도 나와 마찬가지로 떨고 있었다. 나는 그가 중얼거리는 소리를 들었다.

"맙소사! 이렇게 될 줄은 몰랐어."

그는 경기장에 있는 불타 버린 덩어리가 아니라 자기 무릎 위에 놓여 있는 멋진 기념품인 경기 안내지를 보고 있었다. 그러자 도저히 믿을 수 없는 설명이 떠오르면서 나 역시 사태를 이해했다.

하지만 모든 걸 이해하게 된 지금도 여전히 내 눈으로 직접 본 것을 믿을 수가 없다. 너무나 간단하고 너무나 논리적이고…… 너무나 믿을 수 없는 일이었다.

건너편에서 반짝이는 거울 때문에 짜증을 내 본 적이 있는가? 아이들이라면 한 번씩 해 봄 직한 장난이다. 나도 선생님에게 그런 장난을 쳤다가 두들겨 맞은 기억이 있다. 하지만 만약에 5만 명의 잘 훈련된 사람들이 각자 꽤 넓은 종잇장만 한 알루미늄 호일 반사경을 가지고 같은 장난을 친다면 무슨 일이 벌어질까?

수학을 잘하는 내 친구 하나가 계산을 해 보았다. 더 이상 다른 증거가 필요했던 건 아니지만 그래도 나는 언제나 확실한 게 좋다. 그 전까지 나는 햇볕에 얼마나 많은 에너지가 들어 있는지 미처 모르고 있었다. 수직으로 내리쬐는 1제곱미터당 에너지는 1마력을 가볍게 넘는다. 거대한 경기장 한쪽 면 전체에 내리쬐던 햇볕은 반사되어 이제는 고인이 된 심판에게 집중되었다. 방향이 어긋한 안내지를 감안한다고 해도 심판에게는 최소한 1000마력에 달하는 순수한 열이 가해졌던 것이다. 아마 고통은 크게 느끼지 않았을 것이다. 그건 마치 폭발하는 용광로 속으로 떨어지는 것과 같았다.

나는 돈 헤르난도를 제외한 누구도 일이 그렇게 될 줄 몰랐다고 생각할 거라고 확신한다. 그 일을 하도록 훈련받은 팬들은 아마 심판이 눈이 멀어서 제대로 움직이지 못하게 될 거라는 말을 들었을 것이다. 하지만 나는 또한 아무도 그 일을 유감스럽게 생각하지 않았을 거라고 확신한다. 페리비아에서 축구는 결코 장난이 아닌 것이다.

정치도 마찬가지였다. 경기가 계속되고 이제는 아주 유순한 심판 아래서 충분히 예상할 수 있는 결과로 흘러가는 동안 내 친구들은 열심히 일했다. 승리를 거뒀(최종 점수는 14대 2였다.) 홈팀이 경기장에서 내려올 때는 이미 모든 것이 완료되어 있었다. 총격전 같은 건 전혀 일어나지 않았고, 경기장에 나타난 대통령은 이미 다음 날 아침 멕시코시티로 가는 비행기에 좌석 하나를 예약해 두었다는 이야기를 정중하게 전해 들었다.

시에라 장군은 그의 전 상관과 같은 비행기를 타고 떠나는 내게 이렇게 말했다.

"군대 덕에 축구도 이겼고, 그동안에 우리는 나라를 얻었지. 따라서 모두에게 좋은 일이야."

비록 내가 예의를 차리느라 입에 담지는 않았지만 이게 다소 근시안적인 태도라는 생각을 할 수밖에 없었다. 수백만 명의 파나구라 인들은 대단히 기분이 좋지 않은 상태였고 조만간 앙갚음할 날이 올 터였다.

내가 보기엔 그날이 멀지 않은 것 같았다. 자기 분야에서는 세계적인 전문가이지만 가명을 쓰고 프리랜서로 일하기를 선호하는 내 친구 하나가 지난주에 무심코 내게 고민거리를 털어놓았던 것이다.

"조. 누가 그러는데 말이야. 축구공 안에 쏙 들어가는 유도 미사일을 도대체 왜 만들어 달라는 걸까?"

거기 누구냐? |Who Goes There?|

1958년 11월, 《뉴월즈(New Worlds)》에 첫 게재.
『열 세계의 이야기』에 재수록.

위성 통제실에서 호출했을 때 나는 관측실(우주 정거장 축에 마치 뚜껑처럼 튀어나와 있는 유리 재질의 반구형 사무실)에서 매일매일의 진척 상황에 대한 보고서를 쓰고 있었다. 그곳은 사실 일하기에 좋은 장소는 아니었다. 경관이 너무나 압도적이기 때문이었다. 불과 몇 미터 밖에서는 거대한 지그소 퍼즐을 맞추듯이 건설팀이 느릿느릿한 발레를 연출하며 우주 정거장을 조립하고 있었고, 그 아래로 3만 킬로미터 떨어진 곳에는 보름달보다 환한 지구의 청록색 광휘가 별들이 구름을 이룬 은하수를 배경으로 떠 있었다.

내가 대답했다.

"여기는 우주 정거장 감독관. 무슨 문제가 있나?"

"레이더에 조그만 반향이 감지되었다. 거리는 약 3킬로미터. 시리우스 서쪽으로 5도가량 떨어진 곳이고 거의 움직이지 않고 있다. 육안으로 확인할 수 있는가?"

우리 궤도에 그렇게 정확히 일치할 정도라면 보나 마나 운석은 아니었다. 우리가 떨어뜨린 물체일 가능성이 컸다. 아마도 제대로 고정시켜 놓지 않아서 정거장에서 떨어져 나간 장비일 터였다. 나는 그렇게 추측했다. 하지만 쌍안경을 꺼내 오리온자리 근처 하늘을 살펴보고 나서 내가 실수했다는 것을 깨달았다. 그 물체는 비록 인간이 만든 것이기는 해도 우리와 무관했다.

"찾았다."

나는 통제실에 보고했다.

"누군가가 발사한 시험용 위성이다. 원뿔 모양, 안테나 네 개. 하부에는 렌즈가 달려 있는 것 같다. 전반적인 설계로 보건대 1960년대 초에 미 공군에서 발사한 듯하다. 송신기가 고장나는 바람에 잃어버린 위성이 몇 개 있다는 건 들은 적이 있지. 이 궤도에 위성을 올려놓느라고 꽤 많은 시도를 했던 것으로 알고 있다."

기록을 잠깐 검색해 본 통제실은 내 추측을 확인했다. 워싱턴은 20년 동안 길을 잃고 헤매다가 발견된 인공위성에 전혀 관심이 없으며 아마 다시 잃어버리는 편을 더 좋아하리라는 사실을 알아내는 데는 시간이 좀 더 걸렸다.

통제실에서 말했다.

"흠. 그럴 수야 없지. 아무도 갖고 싶어 하는 사람은 없어도 항해에 위협이 될 수는 있다. 누군가가 나가서 회수하는 편이 낫겠다."

생각해 보니 그 누군가는 바로 나였다. 일정이 꽉 짜인 건설팀에서 누군가를 빼오는 건 감히 할 수 있는 일이 아니었다. 이미 예정보다 지연된 상태였고, 하루가 늦는다는 건 곧 100만 달러의 손해를 의미했다. 지구의 모든 라디오와 텔레비전망은 우리를 통해서 중계방송을 할 수 있기만을 초조하게 기다리고 있었다. 그러면 남극에서 북극까지 이을 수 있는 전 지구적 방송의 시대가 열리는 것이다.

"내가 나가서 가져오겠다."

나는 환기구에서 흘러나오는 공기가 종이를 이리저리 날리지 못하게 하기 위해서 고무줄로 묶으며 대답했다. 크게 선심이라도 쓰듯 가장하려 했지만 속으로는 기분이 은근히 좋았다. 우주에 나가 본 지 최소한 2주는 된 데다가 비품 관리라든가 정비 보고서 등 기타 우주 정거장 감독관으로서 해야 하는 갖가지 잡무에 슬슬 진력이 나던 차였다.

에어 로크로 가는 길에 유일하게 마주친 승무원이라고는 우리가 최근에 얻은 고양이 토미밖에 없었다. 지구에서 수천 미터 떨어져 있는 우주인들에게 애완동물은 그 의미가 컸다. 하지만 무중력 환경에 적응할 수 있는 동물은 그렇게 많지 않았다. 토미는 우주복 속으로 기어 들어가는 나를 보고 애처롭게 울었지만 나는 고양이와 놀아 주기에는 너무 바빴다.

이 정도쯤 되면 우주 정거장에서 쓰는 우주복은 달 표면을 걸어 다닐 때 입는 유연한 우주복과 완전히 다른 종류라는 사실을 언급하고 넘어가야 할 것 같다. 우리가 쓰는 우주복은 한 사람 정도는 통째로 들어갈 수 있는 아주 작은 우주선과 같았다. 대략 2미터 정도 길이의 원통으로 저출력의 추진기가 달려 있었고 위쪽에는 탑승자가 팔을 넣을 수 있도록 아코디언처럼 생긴 소매가 있었다. 그러나 일반적으로 손은 우주복 안에 두고 가슴 앞에 있는 제어판으로 수동 조종하게 되어 있었다.

　나만을 위한 우주선에 자리를 잡자마자 나는 스위치를 켜고 계기판의 숫자를 점검했다. 우주 비행사가 우주복을 입으면서 종종 중얼거리는 마법의 단어가 하나 있는데 바로 "FORB"라는 것이다. 그건 곧 연료(Fuel), 산소(Oxygen), 무전기(Radio), 전원(Battery)을 확인하라는 의미였다. 내 우주복의 계기는 전부 '안전'을 표시하고 있었고 나는 내 머리 위로 투명한 헬멧을 내려 우주복을 닫았다. 잠깐 나갔다 올 거라 굳이 우주복 내부의 보관함까지 확인하는 수고를 하지 않았다. 거기는 장시간의 임무에 나설 때 식량이나 특수 장비를 보관하는 곳이었다.

　컨베이어 벨트가 조용히 나를 에어 로크로 나르는 동안 나는 마치 엄마 등에 업혀서 움직이는 인디언 아기가 된 기분이었다. 펌프가 압력을 '0'으로 낮추고 외부 격벽이 열리자 마지막까지 남아 있던 공기가 나를 스치고 우주 공간으로 빠져나가며 내 몸을 천천히 뒤집어 놓았다.

　우주 정거장에서 고작 십여 미터 떨어져 있을 뿐이지만 나는 독립된 행성이었다. 나만의 작은 세계인 것이다. 움직이는 조그만 원통 속에 들어앉은 채 우주 전체의 멋진 광경을 바라볼 수 있었다. 하지만 우주복 안에는 실질적으로 움직임의 자유가 없었다. 손이나 발을 이용하여 보관함을 건드리거나 우주복을 조종하는 데는 불편이 없었지만 속이 덧대어진 좌석과 안전벨트는 몸을 돌릴 수조차 없게 했다.

　우주에서 가장 위험한 적은 순식간에 눈을 멀게 만들 수 있는 태양이었다. 나는 아주 조심스럽게 '밤' 영역으로 향해 있는 우주복 부분에 어두운 필터를 올리고 고개를 돌려 별들 쪽을 바라보았다. 동시에 우주복이 어느 방향으로 회전하더라도 강렬한 빛으로부터 눈을 보호할 수 있도록 외부 태양광 차폐막을 자동으로 설정해 두었다.

곧 나는 목표를 발견했다. 금속성 광채를 띠는 밝은 은빛 점은 주변의 별들과 쉽게 구분이 되었다. 나는 추진 페달을 밟고 저출력 추진기가 부드럽게 가속하며 나를 정거장에서 멀어지게 하는 것을 느꼈다. 10초간 꾸준히 가속한 후에 충분한 속도에 이르렀다고 판단하고 추진을 멈췄다. 나머지 거리를 움직이는 데는 약 5분, 그리고 목표를 인양해서 돌아오는 데에도 그 정도면 충분했다.

그리고 바로 그때, 심연 속으로 움직이기 시작하던 바로 그때 뭔가가 끔찍하게 잘못되었다는 사실을 알아챘다.

우주복 안에는 언제나 소음이 끊이지 않는다. 산소가 부드럽게 분출되는 소리나 팬이나 모터가 돌아가는 희미한 소리, 사람이 호흡하는 소리…… 심지어 주의 깊게 들으면 심장이 규칙적으로 뛰는 소리까지도 들을 수 있다. 이런 소리는 우주 공간으로 탈출하지 못하고 우주복에 부딪혀 울려 퍼진다. 이런 것들은 우주 공간에서의 생활에 자연스럽게 녹아들어 있었고 변화가 생겼을 때에나 알아차릴 수 있는 것이다.

바로 방금 변화가 생겼다. 원래 나는 소리에 내가 알 수 없는 소리가 더해진 것이다. 간헐적으로 무엇이 떨어지는 듯한 희미한 소리가 들렸고 가끔씩 금속끼리 서로 긁는 소리도 함께 들렸다.

나는 순간적으로 얼어붙었다. 숨을 멈추고 귀로는 이상한 소리가 어디에서 나는지 확인하려고 했다. 제어판을 보아도 아무 이상이 없었다. 계기는 모두 정상을 꾸준히 유지했고 다가올 위험을 경고하며 깜빡이는 빨간 경고등은 어디에도 보이지 않았다. 어느 정도는 안심이 되었지만 아직은 불안했다. 나는 이런 경우에는 본능을 믿어야 한다는 교훈을 오래전에 체득했다. 내 본능은 지금 경고 신호를 내며 너무 늦기 전에 어서 정거장으로 돌아가라고 이야기하고 있었다…….

심지어 지금도 나는 인류가 우주의 수수께끼에 대항하기 위해 쌓아 올린 이성과 논리의 댐을 무너뜨리며 조수처럼 천천히 마음속으로 공포가 스며들던 그 몇 분을 떠올리고 싶지 않다. 그때 나는 미친다는 게 이런 거로구나 싶었다. 다른 어떤 설명도 사실과 부합하지 않았다.

나를 괴롭히던 소음이 어떤 기계 고장에 의한 것인 양 가장하는 건 아무 소용이 없었다. 비록 내가 다른 사람들이나 어떤 인공 물체와도 멀리 떨어진 채 고립되어 있었지만, 나는 혼자가 아니었던 것이다. 소리라고는 존재하지 않는 우주 공간이 희미하지만 분명한 생명의 소리를 내 귀에 들려주고 있었다.

심장이 얼어붙을 것만 같던 첫 순간에는 누군가가, 마치 보이지 않는 누군가가 잔인하고 냉혹한 진공의 우주를 피해 내 우주복 안으로 들어오려는 것 같았다. 나는 묶인 상태로 미친 듯이 몸을 비틀며 태양 때문에 눈부신 곳을 제외하고 내 시야가 닿는 모든 곳을 살폈다. 당연히 아무것도 없었다. 있을 리가 없었다. 하지만 고의적으로 긁는 소리는 이전보다 더욱 명확해졌다.

우주 비행사에 대해 말도 안 되는 소리를 하는 글이 꽤 있지만 우리가 미신을 믿는다는 말은 사실이 아니다. 하지만 그렇다고 해서 논리의 종착역에 도달한 내가 그 순간에 우주 정거장에서 얼마 떨어지지 않은 곳에서 죽은 버니 서머스를 갑자기 떠올렸다는 사실을 가지고 나를 탓할 수 있을까?

그건 흔히 말하는 "일어날 리 없는" 사고의 하나였다. 사고란 게 그런 법이다. 세 가지가 한꺼번에 고장난 것이다. 버니의 산소 조절기가 거칠게 작동해서 압력을 증가시켰고 안전밸브는 작동하지 않았다. 그 대신에 불량이었던 접합 부위가 떨어져 나갔다. 순식간에 버니의 우주복이 열려 버린 것이다.

나는 평소에 버니와 알고 지내지는 않았지만, 갑자기 그의 운명이 내게도 엄청나게 중요하게 다가왔다. 머릿속에 끔찍한 생각이 떠오른 것이다. 아무도 이런 일에 대해서는 대놓고 이야기하지 않지만 사실 고장난 우주복은 버리기에 너무 아까웠고 설령 그 때문에 사람이 죽었다고 해도 마찬가지였다. 우주복은 수리를 마친 후 다시 일련번호를 부여받아 다른 누군가에게 보급…….

고향에서 멀리 떨어진 별들 사이에서 죽은 사람의 영혼은 어떻게 될까? 버니, 당신 아직 여기 있나? 당신과 잃어버린 먼 고향을 이어 주는 유일한 물체에 매달려 있는 건가?

나를 둘러싼 악몽과 싸우고 있자니 이제는 긁는 소리와 부드럽게 만지작거리는 소리가 사방에서 들려오는 것 같았다. 내게 남은 마지막 희망은 하나였다. 제정신을 찾기 위해서는 이 우주복이 버니의 것이 아니었다는 사실, 그러니까 나를 둘러싼 이 금속이 다른 누군가의 관이 아니었다는 사실을 증명해야 했다.

몇 번을 시도한 끝에야 나는 정확한 버튼을 눌러 송신기를 긴급 주파수에 맞출 수 있었다.

"통제실!"

나는 숨을 헐떡거렸다.

"문제가 생겼다! 내 우주복에 대한 기록을······."

나는 말을 끝맺지 못했다. 그들은 내가 소리를 지르는 바람에 마이크로폰이 고장났다고 했다. 하지만 우주복 안에서 절대적인 고립 상태에 있을 때 누군가가 부드럽게 목 뒤를 건드린다면 세상에 소리 지르지 않을 사람이 어디 있겠는가?

나는 안전띠에 묶여 있었음에도 불구하고 앞으로 뛰쳐나가려다가 제어판 위쪽에 머리를 부딪힌 모양이었다. 몇 분 후 구조대가 도착했을 때 나는 이마에 크게 멍이 든 채 여전히 의식을 놓은 상태였다.

그리하여 나는 결국 위성중계 시스템 전체에서 가장 늦게 무슨 일이 일어났는지 알게 된 사람이 되었다. 한 시간 후 내가 의식을 되찾았을 때 의료진 전체가 내 침대 주위에 몰려들었다고 한다. 하지만 의사는 한동안 나를 보지도 않았다. 그들은 우리가 이름을 정말 잘못 붙여 준 토미가 내 우주복의 5번 보관함에 몰래 낳아 기르던 세 마리의 귀여운 새끼 고양이와 노느라 너무 바빴던 것이다.

요람을 벗어나, 우주로
| Out of the Cradle, Endlessly Orbiting |

1959년 3월, 《주드(Dude)》에 첫 게재.
『열 세계의 이야기』에 재수록.

　이야기를 시작하기 전에 일단 많은 사람들이 간과하고 지나가는 것 하나만 지적하고 싶다. 21세기가 시작되는 건 내일이 아니다. 21세기가 시작되는 건 그 다음 해, 2001년 1월 1일이다. 비록 2000년이 되었다 하더라도 20세기는 아직 12달이나 남아 있는 것이다. 새로운 세기가 올 때마다 천문학자들은 이 사실을 지겹도록 설명해야만 했다. 하지만 여전히 달라진 건 없다. 연도의 뒷부분이 00이 되기만 하면 사람들은 새로운 세기를 축하하기 시작한다…….
　그러니까 지난 50년 동안의 우주탐사 경험에서 가장 기억에 남는 순간이 언제였는지 알고 싶으시다는 건데…… 이미 폰 브라운과 인터뷰하지 않았던가? 그는 잘 지내고 있나? 다행이군. 그가 마지막으로 달에서 내려왔던 여든 번째 생일에 아스트로그라드에서 개최된 심포지엄에서 만난 게 내게는 마지막이었다.
　그래, 나는 우주여행의 역사에 중요한 순간들을 현장에서 많이 목격했다. 최초의 인공위성 발사를 시작으로 말이다. 그때 나는 카푸스틴 야르(러시아 볼고그라드에 위치한 우주 센터. 초기 러시아 우주개발의 중심지 — 옮긴이)에서 일하던 스물다섯 살의 하급 수학자에 불과했다. 별로 중요한 일을 맡고 있지도 않아서 카운트다운을 할 때 관제실에 있을 필요도 없었다. 하지만 나는 로켓이 이륙하는 소리를 들었다. 내 인생에서 두 번째로 경이로운 소리였다. (첫 번째? 그건 좀 이따가 이야기할 것이다.) 궤도에 성공적으로 도착한 게 확인되자 수석 과학자들 중 하나가 자신의 치스 트럭(2차 대전 때 러시아군이 사용하던 트럭 — 옮긴이)을 불렀고, 우리는 진짜 파티를 열기 위해 스탈린그라드로 갔다. 그 '노동자들의 천국'에서는 오로지 고위층만이 자동차를 가지고 있었기 때문에 우리가 100킬로미터를 가는 데는 스푸트니크 호가 지구 주위를 한 바퀴 도는 시간이 걸렸다. 그리고 물론 스푸트니크 호의 상태도 좋았다. 다음 날 누군가가 한 계산에 의하면 그날 우리가 마신 보드카는 미국인들이 제작 중인 인공위성을 발사할 수 있을 정도라고 했다. 하지만 내 생각에 그건 거짓말 같았다.

대부분의 역사책에서는 바로 그날, 1957년 10월 4일에 우주 시대가 열렸다고 서술하고 있다. 여기에 대고 뭐라고 할 생각은 없지만 나는 이건 고작 시작에 불과했다고 생각한다. 캡슐이 가라앉기 전에 남대서양에서 디미트리 칼리닌을 건져 올리기 위한, 누구도 능가할 수 없는 미 해군의 질주는 한 편의 드라마였다. 그리고 달 주위를 돌아옴으로써 최초로 숨겨진 달의 뒷면을 본 인간이 된 제리 윈게이트가 어떤 방송사도 감히 삭제하지 못한 갖가지 형용사들을 써서 한 라디오 중계도 있었다. 물론 불과 5년 후에는 '비의 만'에 내려앉은 헤르만 오베르트 호의 선실에서 텔레비전 중계가 이루어졌다. 헤르만 오베르트 호는 아직도 그 자리에 그대로 있다. 그 옆에 묻힌 사람에게 바치는 영원한 기념비로써.

이 정도가 우주로 향하는 길목에 세워진 커다란 사건들의 표지판이다. 하지만 내가 이 사건들에 대해 이야기할 거라고 생각한다면 그건 오산이다. 내게 가장 커다란 영향을 준 사건은 이들과 정말 달랐다. 그 경험을 과연 공유할 수 있을지도 잘 모르겠다. 설령 공유할 수 있다고 해도 거기서 어떤 이야기를 끌어내기는 힘들 것이다. 최소한 새로운 이야기는. 어쨌거나 신문들은 온통 그런 이야기로 가득하니까. 하지만 대부분은 정작 중요한 점을 놓치고 만다. 신문이야 어차피 사람들이 흥미 있어 할 만한 이야기만 실을 뿐 그 이상은 아니다.

그건 스푸트니크 1호의 발사 이후로 20년이 지난 후였다. 당시 나는 훌륭한 사람들과 함께 달에서 근무했다. 그리고 이제는 진짜 과학자라고 하기엔, 아, 너무 중요한 인물이 되었다. 컴퓨터 프로그래밍을 해 본 지가 십여 년을 훌쩍 넘는 그때 나는 그보다 조금 더 어려운 작업, 즉 사람을 프로그래밍하는 일을 맡아 하고 있었다. 최초의 유인 화성 탐사 계획인 아레스 계획의 수석 책임자가 바로 나였던 것이다.

저중력의 이점을 살리기 위해 출발은 달에서 이루어지게 되어 있었다. 연료 측면에서 보자면 지구보다 달에서 이륙하는 게 50배는 쉬웠다. 연료를 좀 더 절약할 수 있도록 위성 궤도에서 우주선을 건조하는 방법도 생각해 보았지만 자세히 점검해 보니 생각만큼 좋은 계획은 아니었다. 우주 공간에 공장이나 작업장을 세우는 게 쉽지 않았을 뿐만 아니라 물건이 가만히 있는 편이 이득인 상황에서 무중력은 이점이라기보다는 오히려 성가신 환경이었다. 70년대 후반이었던 그 당시에 이미 최초의 달 기지는 잘 정비된 상태로 화학 처리 공장과 소규모의 생산 공정을 통해서 필요한 물품을 자체 생산해 내고 있었다. 따라서 우리는 비싼 돈을 들여 어렵게 새로운 시설을 우주에 만드느니 그냥 기존 시설을 이용하기로 결정했다.

알파, 베타, 감마. 탐사에 쓰일 세 대의 우주선은 분화구인 플라톤 안쪽에서 건조되고 있었다. 그곳은 달의 이쪽 면에 있는 분화구 중에서 가장 완벽한 장소로서 바위벽으로 둘러싸여 있지만 대단히 넓어서 한가운데에 서 있으면 분화구에 서 있는지조차 알 수 없을 정도였다. 분화구를 둥그렇게 둘러싸고 있는 산들은 지평선 아래에 숨어 보이지 않았다. 기지의 압력 돔은 발사 장소에서 10킬로미터 정도 떨어져 있었고, 관광객들은 좋아했지만 달의 경관을 상당히 망쳐 놓고 있는 케이블카가 머리 위를 지나며 그 둘을 연결했다.

초창기 우주 비행사의 삶이란 아주 고된 것이었다. 요즘은 당연하게 여기는 온갖 사치도 그때 우리는 누릴 수 없었다. 공원과 호수가 있는 중앙 돔은 건축가의 스케치북에나 존재하는 꿈에 불과했다. 만약 그런 게 있었다고 해도 우리는 너무 바빠서 즐길 틈이 없었을 것이다. 아레스 계획은 우리가 깨어 있는 시간을 전부 차지했다. 화성은 그야말로 우주를 향한 위대한 도약의 대상이었다. 달은 이미 진짜 중요한 곳으로 가기 위해 들르는 곳, 지구의 외곽 지역 정도로 치부되고 있었다. 사람들이 볼 수 있도록 내 사무실에 걸어 놓은 치올코프스키의 유명한 말은 우리의 신념을 명쾌하게 대변했다.

지구는 인류의 요람이다. 하지만 언제까지나 요람에서 살 수는 없다.

(저게 뭐냐고? 아니, 나도 당연히 치올코프스키를 알지는 못한다. 1936년 그가 죽었을 때 나는 고작 네 살이었단 말이다!)

내 평생의 절반 동안을 비밀리에 일한 후 마침내 전 세계가 후원하는 계획을 맡아 세계 각지에서 온 사람들과 함께 일할 수 있게 된 것은 정말 잘된 일이었다. 내 밑에서 일하던 네 명의 수석 보좌관들은 각각 미국인, 인도인, 중국인, 러시아인이었다. 우리는 종종 모여서 끔찍한 과잉 국가주의와 보안의 감옥에서 탈출했다는 사실을 자축하곤 했다. 그래도 각국에서 온 과학자들은 선의의 경쟁을 벌이는 경우가 많았고, 그건 우리 일에 꽤 좋은 자극이 되었다. 때때로 나는 안 좋았던 과거를 기억하는 방문객들에게 이렇게 자랑하곤 했다. "달에는 비밀이 없습니다."

음, 사실은 나도 모르고 있었다. 비밀은 있었다. 그것도 바로 내 턱 밑에 말이다. 아레스 계획의 잡다한 세부 내용에 몰두하느라 좀 더 넓은 시야에서 상황을 바라볼 수 없는 여건만 아니었다면 뭔가 눈치를 챌 수 있었을지도 몰랐다. 훗날 돌이켜 보았을 때는 그때 이미 여러 가지 단서와 징후가 있었다는 걸 알았지만, 당시에는 하나도 눈치채지 못했던 것이다.

정말이었다. 나는 내 미국인 보좌관인 짐 허친스가 마치 딴생각을 하기라도 하듯 점점 넋을 잃어 가고 있다는 사실을 거의 알아차리지 못했다. 한두 번 사소한 일처리 미숙을 가지고 그를 꾸짖은 적이 있었다. 그는 상처받은 듯이 보였고 다시는 이런 일이 생기지 않도록 하겠다고 약속했다. 그는 미국이 대량생산해 내는 깔끔한 대학생, 다시 말해 보통은 아주 믿을 만하지만 특별히 영리하지는 않은 대학생의 전형이었다. 달에 온 지는 3년째였고, 불필요한 인원이 달에 오는 것을 금지하던 규정이 철폐된 후 거의 처음으로 아내를 데려온 사람이었다. 난 그가 어떻게 그럴 수 있었는지 잘 이해할 수 없었다. 어떻게든 연줄을 이용한 게 틀림없지만 그가 전 세계적인 음모의 중심에 있을 거라는 생각은 전혀 할 수 없었다. 내가 방금 "전 세계적인"이라고 말했던가? 아니, 지구까지 포함되니까 그것보다 컸다. 우주 항행국 고위 관료까지 포함해서 수십 명이 관련되어 있었다. 지금 생각해 보면 계획이 밖으로 흘러나가지 않았던 게 기적이었다.

지구 시간으로 이틀째 천천히 태양이 떠오르고 있었고 선명하기 짝이 없는 그림자도 점점 짧아졌지만 해가 중천에 뜨려면 아직 닷새나 남아 있었다. 발전소가 설치되고 우주선의 골격이 완성되자 우리는 알파 호의 엔진에 대한 정지 시험을 할 채비를 갖췄다. 알파 호는 우주선이라기보다 짓다 만 정유소 같은 모습으로 평원 위에 놓여 있었지만, 우리에게는 아름다운 미래의 희망으로 보였다. 긴장된 순간이었다. 그만 한 크기의 핵융합 엔진을 작동시켜 보는 건 처음인 데다가 최대한 모든 안전 조치를 취했다고 해도 완전히 확신할 수 없는 일이었다…… 만약 잘못된다면 아레스 계획은 몇 년이 늦어질지 몰랐다.

카운트다운이 시작되었을 때 허친스가 다소 창백한 얼굴로 내게 서둘러 다가와 말했다.

"기지에 보고해야 할 일이 있습니다. 아주 중요합니다."

"이것보다 더 중요한 일인가?"

나는 대단히 기분이 나빴기 때문에 비꼬듯이 쏘아붙였다. 그는 무슨 말을 하려는 듯 머뭇거리다가 대답했다.

"그렇습니다."

"좋아."

내가 말하자 그는 순식간에 가 버렸다. 무슨 일인지 물어볼 수도 있었지만 사람은 자기 부하를 신뢰해야 하는 법이다. 여전히 기분이 나쁜 상태로 중앙 제어판으로 돌아오면서 나는 성격이 이상한 미국 젊은이에 대해서는 참을 만큼 참았으니 다른 곳으로 보내 버려야겠다고 마음먹었다. 하지만 이상한 일이었다. 그는 다른 누구보다도 이 시험에 열심이었는데 갑자기 케이블카를 타고 기지로 돌아가 버리다니. 무디게 생긴 원통형 셔틀은 이미 가장 근처에 있는 지지탑까지의 절반쯤 되는 곳에서 거의 보이지 않을 정도인 케이블을 따라 이상하게 생긴 새처럼 달 표면을 가로지르고 있었다.

5분 후 내 기분은 더욱 나빠졌다. 중요한 기록 장치 여러 개가 갑자기 멎어 버리는 바람에 정지 시험 자체를 최소한 세 시간 정도 미뤄야 했던 것이다. 나는 건물 안을 돌아다니며 내 말을 듣고 있는 사람들에게(당연히 다들 내 말을 들어야 했다.) 카푸스틴 야르가 훨씬 더 일을 잘했다고 떠들었다. 내 기분이 다소 가라앉고 모두 커피 한 잔씩 마시고 났을 때 스피커에서 일반 안내 방송이 흘러나왔다. 이것보다 더 높은 우선권이 있는 건 요란한 긴급 경보뿐이었다. 나는 '달 식민지'에서 생활하면서 긴급 경보를 단 두 번밖에 듣지 못했고, 앞으로 두 번 다시 듣고 싶지 않다.

달 위에 세워진 모든 밀폐된 건물에 울려 퍼졌고 적막한 평원에서 일하고 있는 사람들의 무전기를 통해 흘러나온 그 목소리는 우주 항행국의 의장인 모세 슈타인 장군이었다. (그 당시만 해도 별 의미는 없지만 예의상 붙여 주는 직함이 많이 남아 있었다.)

"여기는 제네바입니다. 그리고 지금 저는 중요한 발표를 하려 합니다. 지난 9개월 동안 위대한 실험이 진행되고 있었습니다. 헛된 기대나 쓸모없는 두려움을 불러일으키고 싶지 않았기 때문에, 그리고 실험에 직접적으로 연관된 사람들을 위해서 그동안 우리는 그 실험을 비밀로 해 왔습니다. 불과 얼마 전만 해도 상당수의 전문가들이 인류는 우주에서 살아갈 수 없다고 생각했습니다. 또한 지금도 많은 사람들이 과연 우리가 한 걸음 더 나아가 결국 우주를 정복할 수 있을지에 대해서 회의적입니다. 우리는 그들이 모두 틀렸음을 증명했습니다. 이 자리에서 저는 여러분께 소개합니다. 최초의 우주 시민, 조지 조너선 허친스를 말입니다."

회로가 변경되면서 딸깍 소리가 나더니 알 수 없는 웅성거림으로 가득한 소음이 이어졌다. 그리고 달 전체와 지구의 절반에 아까 내가 이야기하기로 한 소리, 그러니까 내 평생에서 가장 경이로운 소리가 울려 퍼졌다.

그것은 갓 태어난 아기의 희미한 울음소리였다. 인류 역사상 지구 이외의 장소에서 태어난 최초의 아이였다. 갑자기 침묵이 내려앉은 방에서 우리는 서로를 마주 보았고, 우리가 빛나는 달의 평원 위에서 만들고 있던 우주선을 바라보았다. 몇 분 전만 해도 그건 대단히 중요해 보였다. 여전히 중요하긴 하다. 하지만 방금 메디컬 센터에서 일어난, 그리고 앞으로 미래의 후손들이 수없이 많은 행성에서 수십억 번에 걸쳐 반복하게 될 일만큼은 아니었다.

　여러분이여, 바로 그 순간이었다. 인류가 정말로 우주를 정복했음을 알게 된 바로 그 순간이 내게는 가장 기억에 남는다.

나는 바빌론을 기억한다 | I Remember Babylon |

1960년 3월, 《플레이보이(Playboy)》에 첫 게재.
『열 세계의 이야기』에 재수록.

이 이야기는 내가 샘 골드윈의 뛰어난 법칙인 "만약 메시지를 전하고 싶으면 웨스턴 유니언(미국에서 일반 전신 업무를 맡아 하는 회사 — 옮긴이)을 이용하라."를 어긴 드문 경우에 해당한다. 이 이야기에는 메시지가 담겨 있다. 최초의 상업용 통신위성이 발사되기 5년 전에 미리 통신위성의 위험성을 경고하고 있는 것이다. 몇 가지 사소한 정치적 지각 변동을 제외하고 이 이야기에 담긴 거의 모든 것이 이후에 현실로 나타났다.

    내 이름은 아서 C. 클라크이다. 나는 내가 이런 더러운 비즈니스와 애초에 관련을 맺은 것을 후회하고 있다. 하지만 미합중국의 도덕성(도덕을 다시 한 번 강조한다.)과 관련된 만큼 일단 나 자신의 자격 문제를 확실히 해야 할 것이다. 그래야만 여러분이 내가 고(故) 앨프레드 킨제이 박사의 도움을 받아, 어떻게 뜻하지 않게 서양 문명의 상당 부분을 쓸어 버릴지도 모르는 눈사태를 유발했는지 이해할 수 있을 것이다.
    왕립 공군에서 전파 탐지 장교로 일하던 1945년에 나는 내 인생에서 유일한 독창적인 아이디어를 떠올렸다. 스푸트니크 호가 처음으로 신호를 보내기 12년 전에 나는 인공위성이 끝내주는 텔레비전 중계기 역할을 할 수 있다는 생각을 했다. 수만 킬로미터 상공에 떠 있는 우주 정거장이라면 지구의 절반에 전파를 보낼 수 있으니까 말이다. 나는 히로시마에 원폭이 떨어진 다음 주에 적도 상공 3만 6000킬로미터에 중계위성을 띄워 네트워크를 형성할 수 있다는 요지의 아이디어에 대해 썼다. 그 고도에서는 인공위성이 지구를 한 바퀴 도는 데 정확히 하루가 걸렸고 따라서 지구상의 항상 같은 지점에 떠 있을 수 있는 것이다.

그 글은 1945년 10월자 《무선통신의 세계(Wireless World)》에 실렸다. 그때만 해도 내 생전에 천체 역학이 상업화되리라고는 예상하지 않았기 때문에 내 아이디어에 대한 특허를 신청할 생각을 하지 못했고 어쨌든 할 수 있었을지도 지금은 의심스럽다. (만약 그랬다면, 그 결과는 모르는 편이 낫겠다.) 하지만 나는 그 아이디어를 계속 내 책 속에 끼워 넣었고 오늘날 위성통신이라는 아이디어는 너무 흔한 게 되어 버린 나머지 이제 그 기원을 알 수 없을 지경이 되었다.

미 하원의 항공 및 우주 위원회가 내게 접근해 왔을 때 나는 푸념하듯이 기록을 바로 잡아 달라고 했다. 「앞으로 10년간의 우주」라는 제목의 보고서 32쪽에서 그에 대한 증거를 찾을 수 있을 것이다. 그리고 금세 알아챌 수 있겠지만 내가 쓴 맺음말에는 당시에 내가 미처 알아차리지 못했던 아이러니가 담겨 있다. "나처럼 극동 지방(아서 클라크는 스리랑카의 콜롬보에서 생애의 절반 이상을 보냈다.—옮긴이)에 사는 사람들은 항상 중립에 위치한 수백만 명의 아시아인들을 자기편으로 끌어들이려는 서양과 소련의 싸움을 의식하지 않을 수 없다. 만약 위성을 통한 텔레비전 중계가 이 지역에도 가능해지면 선전 효과는 대단할 것이다……."

나는 여전히 내 말이 옳다고 생각한다. 하지만 불행히도 내가 미처 생각하지 못했던 각도에서 바라본 사람들이 있었던 것이다.

그것은 아시아 국가의 수도에서 이루어지는 사회생활의 커다란 특징인 한 공식적인 만찬에서 시작되었다. 물론 서양에서는 더욱 흔한 일이긴 하지만 콜롬보에는 그에 견줄 만한 별다른 여흥 거리가 없었다. 이름이 제법 알려졌다 싶은 사람은 누구라도 최소한 일주일에 한 번은 어느 대사관이나 공사관, 영국 문화 협회, 유에스 오퍼레이션, 알리앙스 프랑세즈, 혹은 국제 연합 산하에 있는 알파벳 약자로 된 기관으로부터 칵테일파티에 초대를 받았다.

외교관 무리보다는 인도양 아래가 더 편안한 나와 내 파트너는 사람들과 어울리지 못하고 따로 다녔다. 하지만 마이크가 데이브 브루벡(미국의 피아니스트, 작곡가 — 옮긴이)의 실론 섬 관광을 맡아서 한 후로 사람들이 우리를 알아보기 시작했다. 그가 섬에서 가장 유명한 미녀와 결혼한 후로는 더욱 잘 알아보았다. 그 이후로 우리는 편안한 사롱을 벗고 바지나 디너 재킷, 넥타이 등의 바보 같은 서양식 옷을 입는 게 귀찮아질 때까지 마음껏 칵테일과 카나페를 먹을 수 있었다.

소련 대사관에 가 본 건 그때가 처음이었다. 마침 그들은 막 항구에 도착한 해양학자들을 위해 만찬을 열고 있었다. 어딜 가나 있는 레닌과 마르크스의 초상화 아래서 온갖 피부색과 종교와 언어를 지닌 수백 명의 사람들이 어울려 친구들과 수다를 떨거나 단 하나의 일념만을 지닌 듯이 보드카와 캐비아를 먹어치웠다. 나는 마이크와 엘리자베스와 떨어져 있었지만 방 반대쪽에 있는 그들을 볼 수 있었다. 마이크는 재미있어 하는 사람들을 상대로 '난 그때 50길 아래 물속에 있었죠.' 하는 연기를 보여 주고 있었고 엘리자베스는 그런 그를 우습다는 듯이 바라보고 있었다. 그리고 꽤 많은 사람들이 엘리자베스를 바라보고 있었고.

대보초에서 진주조개를 따다가 고막을 잃은 후로 난 이런 쪽의 모임들이 상당히 불편했다. 레코드의 표면 잡음은 약 12데시벨로 내가 극복하기에 너무 컸고, 다르마시리와르덴이나 티사비어라싱, 구네틸레케, 자야위크레마 같은 이름을 가진 사람들을 소개받을 때는 그게 여간한 장애가 아니었다. 그래서 나는 뷔페 음식을 열심히 먹고 있지 않을 때는 보통 대화의 50퍼센트 이상을 따라잡을 수 있고 잘하면 대화에 끼어들 수도 있는 수영장 가의 자리를 찾아 움직이곤 했다. 내가 커다란 장식이 붙어 있는 기둥이 소리의 사각지대를 만들어 주는 곳에 서서 초연한 듯한, 혹은 서머싯 몸 같은 태도로 주변을 둘러보고 있을 때 누군가가 '우리 언제 만난 적 있죠?' 하는 표정으로 나를 바라보고 있는 것을 깨달았다.

그가 누구인지 알아낼 수 있는 사람이 있을지도 모르므로 좀 자세하게 설명하겠다. 그는 30대 중반이었고 내가 추측하기로는 미국인이었다. 깔끔하고 단정한 머리를 한 사람으로 록펠러센터 같은 곳에 어울릴 법한 외모를 지니고 있었는데, 그런 외모는 젊은 계층의 러시아 외교관들과 기술 고문들이 정말 그럴듯하게 따라하기 전까지는 마치 보증수표와도 같았다. 키는 180센티미터쯤 되었고 날카로운 갈색 눈에 검은 머리였고 옆쪽에는 좀 이른 듯한 흰머리가 나 있었다. 우리가 전에 만난 적이 없다는 건 거의 확실했지만 그의 얼굴을 보니 누군가가 떠오를 것 같았다. 그게 누구인지 알아내는 데 이삼 일 정도가 걸렸다. 고(故) 존 가필드(미국의 영화배우 — 옮긴이)를 기억하는가? 바로 그 사람이다. 전혀 차이가 없을 정도였다.

파티에서 모르는 사람과 눈이 마주치면 나는 자동적으로 정해진 행동으로 들어간다. 그 사람이 꽤 재미있는 사람 같지만 당장 인사를 나누고 싶지는 않을 때 나는 전혀 의식하지 못하는 척 눈 한 번 깜빡이지 않고, 하지만 적극적으로 비우호적인 내색을 하지 않은 채 그 사람을 훑고 지나간다. 이걸 '중립적 관찰'이라고 하겠다. 만약 그 사람이 기분 나쁜 사람처럼 보이면 그에게는 '슬쩍 보기'를 한다. 이건 한참 동안 못 믿겠다는 듯이 바라보다가 여유 있게 등을 돌려 내 뒤통수를 보여 주는 것이다. 아주 극단적인 경우에는 불쾌한 표정이 천 분의 몇 초 정도 드러날 수도 있다. 대부분의 경우 의미는 잘 전달된다.

하지만 이 인물은 흥미로워 보였다. 게다가 어차피 지루하던 터라 나는 그에게 '정중한 고갯짓'을 적용했다. 몇 분 후 그는 군중들 사이를 뚫고 다가왔고 나는 귀를 그쪽으로 향했다.

"안녕하세요. (들어 보니 미국인이 맞았다.) 진 하트퍼드라고 합니다. 우리 어디선가 만난 적이 있는 것 같은데요."

"그럴지도 모르죠. 미국에서 꽤 오래 살았으니까요. 전 아서 클라크라고 합니다."

보통은 잘 모르겠다는 표정을 지어 보이곤 하지만 때로는 알아볼 때도 있었다. 컴퓨터처럼 그의 갈색 눈 뒤에서 명함이 펄럭거리는 모습이 눈에 보이는 듯했다. 그리고 나는 검색 결과가 빨리 나왔다는 사실에 기분이 으쓱해졌다.

"과학 저술가요?"

"맞습니다."

"와, 이거 멋진데요."

그는 정말로 놀란 듯했다.

"이제 어디서 봤는지 알겠어요. 당신이 데이브 개러웨이(미국의 방송인으로 토크쇼의 선구자—옮긴이) 쇼에 나왔을 때 방송국에서 봤어요."

(의심스럽긴 하지만 이 실마리를 따라가 볼 필요가 있을지도 모른다. 그리고 분명히 "진 하트퍼드"라는 이름은 가짜일 것이다. 진짜치고는 너무 매끄러웠다.)

"당신도 텔레비전에 나왔나요? 여기서는 무얼 하십니까? 수집? 아니면 그냥 휴가 중이신가요?"

내가 말했다.

그는 숨길 게 아주 많은 사람 특유의 솔직하고 친절한 웃음을 지어 보였다.

"아, 말하기 좀 조심스럽네요. 하지만 이건 정말 굉장한걸요. 당신이 쓴 『우주 탐험』을 읽었어요. 그게 언제 나왔더라, 음······."

"1952년이오. '이 달의 책 클럽'은 그 후로 예전 같지 않죠."

그러는 내내 나는 이 친구를 재어 보고 있었다. 뭔가 마음에 들지 않는 점이 있는 건 분명했지만 그게 뭔지가 확실하지 않았다. 어쨌든 당시 나는 내 책을 읽어 보았고 텔레비전에까지 나온 사람은 특별히 참아 줄 태세가 되어 있었다. 마이크와 나는 해양 다큐멘터리를 만들어 팔아 볼 생각을 하고 있었던 것이다. 하지만 부드럽게 표현하자면 그건 하트퍼드의 사업 분야가 아니었다.

그가 간절한 표정으로 말했다.

"저기요······ 조만간 큰 방송 거래가 있는데 관심이 있으실 겁니다.

사실 그 아이디어도 당신에게서 얻은 거고요."

이 말은 흥미롭게 들렸고 내 물욕도 살짝 상승했다.

"흥미롭군요. 주제가 뭐랍니까?"

"여기서는 말씀드릴 수 없어요. 내일 3시쯤에 제가 있는 호텔에서 만날 수 있을까요?"

"잠깐 수첩 좀 보고요. 아, 괜찮습니다."

콜롬보에는 미국인이 운영하는 호텔이 두 개밖에 없었다. 나는 단번에 맞는 곳으로 찾아갔다. 그는 마운트 라비니아 호텔에 있었다. 여러분이 기억 못할 수도 있지만 우리가 은밀한 대화를 나눈 이 장소를 아마 본 적이 있을 것이다. 영화 「콰이 강의 다리」 중간쯤을 보면 잭 호킨스가 군 병원에서 간호원에게 어디 가면 빌 홀든을 찾을 수 있는지 물어보는 짤막한 장면이 나온다. 우리는 이 장면에 특별한 애착을 지니고 있었는데, 바로 그 배경에 마이크가 회복기에 들어선 해군 장교로 등장하기 때문이었다. 자세히 보면 마이크가 오른쪽 구석에서 턱수염이 가득한 옆모습을 보인 채 술집의 외상 장부에 샘 스피겔(「콰이 강의 다리」 제작자 — 옮긴이)의 이름을 써넣고 있는 모습을 볼 수 있다. 나중에 사태가 파악되고 난 후 샘은 기꺼이 그걸 참아 냈다.

바로 이곳, 야자수가 수 킬로미터나 늘어서 있는 해변이 내려다보이는 자그마한 고원에서 진 하트퍼드는 이야기를 털어놓기 시작했다. 그리고 재정적인 이득을 기대했던 내 소박한 희망도 증발하기 시작했다. 그의 정확한 의도가 무엇이었는지(자기 자신도 알고 있었는지 의심스럽지만) 나는 아직도 확실히 모르겠다. 나와 마주쳤다는 놀라움과 뒤틀린 감사의 마음(그런 건 없어도 나는 전혀 상관없었지만)이 어떤 역할을 한 것은 분명했고, 몸에서 풍기는 자신감에도 불구하고 그는 이해와 우정을 절실히 필요로 하는 외로운 사람이었던 게 틀림없다.

그는 내게서 둘 중 하나도 얻지 못했다. 나는 항상 베네딕트 아널드(미국 독립 전쟁 중에 배신하여 영국에 투신한 장군 — 옮긴이)에 대해 은근히 동정심을 지니고 있었다. 사건의 전말을 아는 사람이라면 누구나 그럴 수밖에 없다. 하지만 아널드는 단순히 조국을 배신했을 뿐이다. 하트퍼드 이전에는 그 누구도 조국을 유혹하지 않았다.

자금을 융통할 수 있을지도 모른다는 내 꿈을 산산조각 낸 것은 하트퍼드와 미국 방송계의 관계가 50년대 초반에 끊어져 버렸다는, 그것도 곱지 않게 그랬다는 사실이었다. 정치적인 이유로 매디슨 가(미국 뉴욕의 광고계 중심가 — 옮긴이)에서 쫓겨난 건 분명했고, 그게 전혀 부당한 일이 아니라는 것 또한 분명했다. 비록 그가 절제된 분노를 담아 고집 센 검열과 맞서 싸우는 투쟁에 대해 이야기하며 쫓겨나기 직전에 막 시작하려던 (제목은 정하지 않았지만) 뛰어난 문화 프로그램에 대해 안타까워했지만, 그쯤 되자 여러 가지로 그가 의심스러웠기 때문에 나는 눈에 띨 정도로 조심스럽게 대답했다. 이제 돈 문제에 관해서는 하트퍼드에 대한 관심이 줄어들었지만 내 개인적인 호기심은 오히려 증가했다. 하트퍼드의 배후에 누가 있을까? 분명히 BBC 방송은 아닐 테고…….

그는 마침내 자괴감을 떨쳐 버리고 내 호기심을 자극했다.

그가 뽐내듯이 말했다.

"내 말을 들으면 아마 벌떡 일어날 겁니다. 미국 방송국들에게는 곧 강력한 경쟁자가 생길 거예요. 그리고 그건 당신이 예측했던 방법 그대로 이루어질 거고요. 달에 텔레비전 송신기를 보낸 사람들은 지구 궤도에 더 큰 걸 올려놓을 수 있겠죠."

"잘됐네요. 전 건전한 경쟁에 언제나 찬성하는 편이죠. 발사 날짜가 언제랍니까?"

나는 조심스럽게 말했다.

"언제라도 가능해요. 첫 번째 송신기는 뉴올리언스 남쪽에 배치될 겁니다. 물론 적도 상공이지요. 그러면 태평양 안으로 많이 들어간 곳이니까 어느 나라의 영토도 아니죠. 따라서 그 점에 관해서는 정치적으로 복잡한 일이 생기지 않을 거예요. 그래도 그 위성은 시애틀에서 키웨스트까지를 하늘에서 전부 내려다볼 수 있어요. 생각해 보세요. 미국 전체에서 수신할 수 있는 유일한 방송국인 거죠! 맞아요. 하와이까지도요. 혼선도 일어나지 않을 테고요. 사상 처음으로 모든 미국 가정에 깨끗한 채널이 들어가는 겁니다. J.에드거 후버(미국 연방 수사국 국장을 역임—옮긴이)의 보이스카우트 부하들도 그걸 막을 수 없을 거예요."

그게 당신이 부리겠다는 수작이로구먼. 최소한 지금 솔직하게 말하는 거라면 말이야. 나는 생각했다. 오래전에 나는 마르크스주의자들과 지구 평탄론자들과 논쟁하면 안 된다는 것을 배웠다. 하지만 하트퍼드가 사실을 말하는 거라면 그가 아는 정보를 최대한 캐내고 싶었다. 나는 말했다.

"몇 가지 간과한 부분이 있는 듯한데 너무 열광하시는 것 같군요."

"예를 들면요?"

"양쪽 모두에게 해당된다는 것이오. 공군이나 미 항공 우주국, 벨 연구소, 국제 전신 전화 회사, 휴즈 그리고 기타 수십 가지의 기관들이 똑같은 계획을 가지고 있다는 건 누구나 알아요. 러시아가 미국에 어떤 선전을 하든 미국은 복리 이자를 붙여서 되갚을 거라고요."

하트퍼드는 우울한 웃음을 지었다.

"맙소사, 클라크 씨! (나는 그가 아서라고 부르지 않은 게 기뻤다.) 좀 실망이네요. 당신이라면 분명히 유효 탑재량 부분에서 미국이 몇 년이나 뒤져 있다는 걸 알 텐데요! 그 구식의 T3이 러시아의 최신형 로켓이라고 생각해요?"

이때부터 나는 아주 진지하게 그를 받아들이기 시작했다. 그가 옳았다. T3은 그 어떤 미국 미사일보다도 최소한 다섯 배나 무거운 하중을 3만 6000킬로미터 궤도, 다시 말해 지구 위 한 점에 고정되어 있기 위해 유일한 궤도에 올려놓을 수 있었다. 그 정도 성능을 미국이 따라잡았을 때 러시아의 능력이 어느 정도일지는 하늘도 모를 것이다. 아니, 하늘은 분명히 알겠지만…….

"그렇군요."

나는 마지못해 시인했다.

"하지만 모스크바의 방송을 들을 수 있다고 해서 미국인들이 그쪽으로 채널을 돌릴 이유가 어디 있나요? 러시아인들은 대단하지만 러시아의 오락 거리는 정치보다 형편없어요. 볼쇼이 말고 또 뭐가 있죠? 발레라면 난 질색입니다."

다시 한 번 그는 내게 특유의 멋대가리 없는 웃음을 지어 보였다. 하트퍼드는 숨겨 놓고 있던 결정적인 타격을 내게 먹였다.

"러시아를 끌어들인 건 당신이잖아요. 물론 러시아도 관련되어 있죠. 하지만 러시아는 도급업체에 불과해요. 내가 일하는 독립 기관에게 서비스를 제공하기로 계약한 거죠."

"그것 참 대단한 기관이군요."

내가 무미건조하게 말했다.

"그래요. 가장 크기도 하죠. 심지어 미국은 그런 게 없는 척 행동하기도 하죠."

"아. 그게 당신의 후원자군요."

다소 멍청한 어투로 나는 말했다.

나는 소련이 중국을 위해 위성을 발사할 거라는 소문을 들은 적이 있다. 이제 마치 그런 소문은 진실에서 크게 떨어져 있는 것처럼 보였다. 얼마나 떨어져 있는지는 아직 모르겠지만.

"당신이 옳아요."

하트퍼드가 말했다. 즐기고 있는 게 분명했다.

"러시아의 오락 프로그램에 대해서 말이에요. 처음에 신기해서 잠깐 보는 시기가 지나면 시청률이 '0'으로 떨어질 거예요. 하지만 내가 계획하고 있는 프로그램은 얘기가 다르죠. 내 임무는 전파를 타자마자 경쟁자들을 단번에 몰아낼 소재를 찾는 겁니다. 불가능하다고 생각해요? 음료수 다 마셨으면 내 방으로 올라가죠. 교회 예술에 관한 수준 높은 영화가 있는데 그걸 보여 드리고 싶군요."

잠깐 의심하긴 했는데 그가 미친 건 아니었다. 나는 그때 화면에 나타난 제목보다 시청자들이 채널 스위치로 손을 더 빨리 뻗도록 만들 제목을 떠올릴 수 없었다. "13세기 탄트라 조각의 양식"이었다.

"놀라지 마요."

프로젝터 돌아가는 소리를 배경으로 그가 키득거렸다.

"저 제목 덕분에 호기심 많은 세관 직원을 따돌릴 수 있었어요. 저게 맞는 제목이긴 하지만 때가 오면 우리는 좀 더 인기 프로그램다운 이름으로 바꿀 겁니다."

시간이 좀 지나 그럭저럭 볼 만한 건축물을 담은 영상이 지나가자 나는 그의 말을 이해했다.

들어 봤을지도 모르겠지만 인도에 있는 어떤 신전들은 우리 서양인들이 거의 종교와 연관해서 생각하지 않는 종류의 아주 뛰어난 조각품으로 덮여 있다. 노골적인 조각품이라는 말은 어처구니없는 과소평가일 뿐이다. 그 조각품들은 상상의 여지를 남겨 놓지 않는다. 전혀. 그래도 동시에 진짜 예술 작품이기도 하다. 그게 바로 하트퍼드의 영화였다.

혹시 관심이 있을까 봐 하는 이야기이지만 그 영화는 코나라크의 '태양의 신전'에서 촬영된 것이었다. 나는 후에 그 장소에 대해 찾아보았다. 푸리에서 북동쪽으로 40킬로미터가량 떨어진 오리사 해변에 있었다. 안내서들에는 꽤 완곡하게 표현되어 있고 "어쩔 수 없이" 사진을 제공하지 못하는 것에 대한 사과의 글이 실려 있다. 하지만 퍼시 브라운의 『인도의 건축』에는 그대로 표현되어 있다. 그 책은 조각품에 대해서 "알려진 그 어떤 건축물에서도 유례가 없을 정도로 전혀 부끄러움 없이 인간의 성애를 그대로 표현했다."고 설명하고 있다. 포괄적인 주장이지만 나는 영화를 본 후로는 그 말을 믿을 수 있었다.

촬영과 편집 기술이 정말 뛰어나서 고대의 돌조각들이 움직이는 카메라 아래서 생명을 얻었다. 태양이 무아지경 속에 서로 얽혀 있는 육체로부터 그림자를 걷어 내는 모습을 저속도로 촬영한 장면에서는 숨이 멎을 듯했다. 갑자기 클로즈업으로 잡아내는 장면들에서는 놀란 나머지 바로 알아보지 못한 적도 있었다. 사랑에 대한 갖가지 환상에 빠진 장인의 손길로 조각된 돌을 보여 주는 초점이 흐릿한 영상. 끝없이 밀고 당기고를 계속하며 눈을 현혹시키다가 하나의 패턴, 시간이 멈춰 버린 욕망, 영원한 충족으로 얼어붙는 영상. 내가 모르는 어떤 현악기에서 나오는 가늘고 높게 이어지는 소리와 더불어 주로 타악기로 구성된 음악은 영상이 편집된 박자와 완벽하게 어울렸다. 드뷔시의 「목신(牧神)의 오후」의 첫 소절처럼 나른할 정도로 느릿느릿하다가 북소리가 빠르게 늘어나면서 광포하게 울려 퍼져 거의 참을 수 없는 절정을 이루었다. 고대의 조각 예술과 현대 촬영 기술이 긴 세월을 건너 융합하여 환희의 시, 그 어떤 사람도 감동받지 않고서는 볼 수 없는 오르가슴을 필름 위에 구현해 낸 것이다.

화면이 빛으로 가득 채워지고 음탕한 음악이 썰물처럼 사라지고 나자 한동안 침묵이 감돌았다.

어느 정도 평정을 되찾은 후 내가 말했다.

"맙소사! 저걸 방송할 거라고요?"

하트퍼드는 웃었다.

"저건 아무것도 아니라니까요. 어쩌다 무사히 들고 다닐 수 있게 된 게 저거 하나일 뿐이에요. 우리는 순수 예술, 역사적인 구경거리, 종교적인 관용 등의 이유를 들어 언제든 저걸 옹호할 준비가 되어 있어요. 모든 각도에서 생각해 봤죠. 하지만 그건 중요한 게 아니에요.

중요한 건 아무도 우릴 막을 수 없다는 거죠. 역사상 처음으로 어떤 형태의 검열도 불가능해진 거예요. 사실상 강제할 방법이 없어요. 소비자들은 자기 집 안에서 원하는 것을 얻을 수 있죠. 문을 잠그고 텔레비전을 켠다. 친구도 가족도 아무도 모르게."

"대단하군요. 하지만 그런 특별식도 금방 물리지 않을까요?"

나는 말했다.

"물론이죠. 다채로움이야말로 우리 인생의 재미인데요. 우리는 전통적인 오락 프로그램도 많이 제공할 거예요. 그건 내 일이니까 걱정할 필요 없어요. 그리고 이따금씩 고립되어 살고 있는 미국 민중들에게 실제로 세상에서 어떤 일이 벌어지고 있는지 알려 주는 정보 프로그램(난 '선전'이라는 단어가 싫어요.)이 방송될 거예요. 우리의 특별 프로그램은 미끼일 뿐이죠."

"바람 좀 쐬어도 될까요? 방 안이 점점 탁해지는 것 같네요."

나는 말했다.

하트퍼드는 커튼을 걷어 햇빛이 방에 들어오게 했다. 우리들 밑에 기다랗게 굽은 해변에 야자수 아래로는 낚싯배들이 늘어서 있었고 아프리카에서부터 행진해 온 끝에 지쳐 버린 파도가 목적지에 도착하여 거품으로 부서지고 있었다. 세상에서 가장 아름다운 광경이었지만 나는 지금 거기에 초점을 맞출 수가 없었다. 나는 여전히 돌로 만들어진 몸부림치는 육체를 보고 있었다. 정념이 가득한 얼굴은 수세기가 지났어도 그대로였다.

음탕한 목소리가 내 등 뒤에서 계속 이야기했다.

"저런 걸 만들 재료가 얼마나 많은지 아시면 놀랄 겁니다. 잊지 않으셨죠? 우리에게 금기란 없어요. 찍을 수만 있다면 방송할 수 있는 거죠."

그는 자기 책상으로 걸어가 많이 닳은 두꺼운 책 한 권을 집어 들었다.

"이 책이 내 성경이죠. 아니면 시어스 로벅(미국의 종합 유통업체―옮긴이)이라고 할까요, 이쪽이 더 마음에 든다면요. 이 책이 없었다면 나도 그 영화를 내 후원자에게 팔 수 없었을 겁니다. 그 사람들은 과학을 신뢰하거든요. 그리고 그들은 모든 것을, 소수점 아래까지 전부 삼켜 버린답니다. 이 책을 알아보시겠어요?"

나는 고개를 끄덕였다. 남의 방에 들어갈 때마다 나는 항상 그 사람의 문학적 취향을 살펴보곤 한다.

"킨제이 박사죠."

"아마 제가 이 책을 구석구석까지 전부 읽은 유일한 사람일 겁니다. 중요한 통계치뿐만이 아니라요. 아시겠지만 이 책은 이 분야에서 유일한 시장 보고서거든요. 더 좋은 것이 나오기 전까지는 최대한으로 이용해야죠. 이 책은 우리에게 소비자가 무엇을 원하는지 말해 주고 우리는 그것을 제공할 겁니다."

"그걸 전부요?"

"시장이 충분히 크다면, 맞아요. 주식이 뭔지도 모르는 어수룩한 시골뜨기들에게는 관심도 없어요. 하지만 네 가지의 중요한 섹스는 완전히 취급할 거예요. 그게 당신이 방금 본 영화의 아름다움이죠. 누구에게나 마음에 들 테니까요."

"지당한 말씀이죠."

나는 중얼거렸다.

"'퀴어 코너(Queer Corner)'라고 이름 붙인 프로그램을 계획하는 건 참 재미있었어요. 웃지 마요. 진보적인 기관이라면 그들을('queer'에는 동성애자라는 뜻이 있다. — 옮긴이) 무시해선 안 돼요. 여자들까지 센다면 최소한 천만이죠. 여자들의 옷가지에 축복이 있기를. 만약 내가 과장하는 거라고 생각한다면 요즘 가판대에서 파는 남성용 잡지를 살펴봐요. 가짜가 아니에요. 그냥 근육질의 예쁘장한 남자에게 공감을 쳐서 찍는 게 아니라고요."

그는 내가 지루해 한다는 걸 알아챘다. 한 가지에 집착하는 듯한 기미가 보였고, 나는 그게 마음에 들지 않았다. 하지만 그가 서둘러 보여 주려 했듯이, 나도 그를 오해한 것이었다.

그는 초조하게 말했다.

"섹스가 우리의 유일한 무기라고는 생각하지 마세요. 세상을 놀라게 할 사건들도 좋겠죠. 에드워드 머로(언론인. 「See It Now」라는 프로그램에서 매카시를 비판 — 옮긴이)가 조셉 매카시에게 한 일을 봤어요? 그건 우리가 「워싱턴 컨피덴셜」에서 계획하고 있는 거에 비하면 시시한 것에 불과해요.

그리고 「받아들일 수 있습니까?」 시리즈도 있어요. 사나이와 졸장부를 구별해 내기 위한 프로그램이죠. 피가 끓는 미국인이라면 당연히 봐야 할 것처럼 느끼게끔 미리 광고를 뿌릴 겁니다. 헤밍웨이가 멋지게 기반을 닦아 놓았으니 우리를 탓할 수 없을 거예요. 투우에 관한 장면을 보면 자리에서 벌떡 일어나고 말걸요. 어쩌면 화장실로 달려갈지도 모르겠군요. 왜냐하면 우리는 깨끗하게 정리된 할리우드 영화에서는 볼 수 없었던 자세한 부분까지 보여 줄 테니까요.

거기에 이어서 돈 한 푼 들일 필요가 없는 독특한 소재를 들고 나올 겁니다. 뉘른베르크 전범 재판에서 조사한 증거 사진을 본 적 있나요? 없겠죠. 출판되지 않았으니까요. 두 번 다시 찾아오지 않을 경험을 최대한 활용하여 강제수용소에서 아마추어 사진사들이 찍은 사진도 있어요. 일부는 스스로의 범죄에 대한 증거가 되기도 했지만 쓸모없는 일은 아니었어요. 그건 멋지게 우리의 「역사 속의 고문들」 시리즈로 이어지지요. 아주 학구적이고 철저하지만 분명히 넓게…….

그리고 아직도 수십 가지 가능성이 남아 있어요. 하지만 이제 당신도 대강 파악을 하셨겠죠. 매디슨 가에서는 자기들이 광고 비법에 정통하다고 생각해요. 하지만 내가 아는데 결코 그렇지 않아요. 세계 최고의 실용적인 심리학자들은 오늘날 동양에 있어요. 한국, 세뇌를 기억해요? 그 후 우리는 많은 것을 배웠지요. 이제 폭력은 쓸모없어요. 제대로 설정해 놓기만 하면 사람들은 기꺼이 세뇌당하려 할 겁니다."

"그래서 당신은 미국을 세뇌하려 하는군요. 꽤나 대단한 지휘 수단이겠군요."

내가 말했다.

"정확해요. 그리고 미국도 좋아할 겁니다. 의회나 교회에서는 비명소리가 나오겠죠. 물론 방송은 말할 것도 없고요. 우리와 경쟁이 안 된다는 걸 깨달으면 제일 크게 요란을 떨겠죠."

하트퍼드는 시계를 보고는 놀랐다는 듯이 휘파람을 불었다.

"짐을 싸야 할 시간이군요. 6시까지는 그 이름을 발음할 수 없는 공항에 가야 하거든요. 언제 마카오로 와서 우리와 만날 생각은 혹시 없으시겠죠?"

"전혀요. 하지만 이제 상황은 대강 알겠어요. 그런데 내가 우연히라도 비밀을 털어놓을까 봐 걱정되지는 않나요?"

"왜요? 당신이 널리 알려 줄수록 우리는 좋아요. 아직 몇 달 동안은 본격적으로 광고를 하지 않을 예정이거든요. 당신은 이미 알아챘다고 생각했는데. 아까도 말했듯이 당신 책 덕분에 제가 아이디어를 얻었어요."

맹세코 그는 진심으로 감사하고 있었다. 나는 완전히 할 말을 잃어버리고 말았다.

"아무것도 우리를 막을 수 없어요."

그는 선언했다. 그리고 처음으로 그의 부드럽고 냉소적인 겉모습 뒤에 숨어 있던 열광적인 감정이 드러났다.

"역사는 우리 편이에요. 우리는 미국 스스로의 타락을 미국에 대한 무기로 사용하는 겁니다. 그 무기를 막을 도리는 없어요. 공군이 미국 영토 근처에서 위성을 쏘아 떨어뜨리는 해적질을 시도하지는 않을 테죠. 연방 통신 위원회는 국무성 눈앞에 존재하지도 않는 나라를 상대로 항의할 수 없을 테고요. 당신에게 또 다른 제안이 있다면 나는 기꺼이 받아들이겠어요."

내게는 없었다. 그리고 지금도 없다. 어쩌면 이 이야기는 방송업계 신문에 짜증나는 광고가 등장하기 전에 미리 간략하게나마 경고하는 걸지도 모른다. 또 방송망에 커다란 경고음을 내는 걸지도 모른다. 하지만 그런다고 해결이 될까? 하트퍼드는 그렇게 생각하지 않았다. 어쩌면 그가 옳을지도 모른다.

"역사는 우리 편이다." 나는 머릿속에서 이 말을 떨쳐 버릴 수가 없다. 링컨과 프랭클린과 멜빌의 땅이여, 나는 너를 사랑하고 네가 잘 지내기를 빈다. 하지만 내 가슴속에는 과거에서 불어오는 찬바람이 지나가고 있다. 나는 바빌론을 기억한다.

시간이 말썽 | Trouble with Time |

1960년 6월, 《엘러리 퀸즈 미스터리 매거진(Ellery Queen's Mystery Magazine)》에 "화성의 범죄(Crime on Mars)"라는 제목으로 첫 게재. 『열 세계의 이야기』에 재수록.

그 악명 높은 '화성의 얼굴 바위'가 발견되기 20년도 전에 내가 훨씬 작은 규모이긴 하지만 똑같은 것을 묘사했다는 사실을 생각하면 기분이 약간 섬뜩하다.

"화성에는 범죄가 그리 많지 않습니다."

약간은 유감스러운 듯 롤링스 탐정이 말했다.

"사실 그게 제가 런던 경시청으로 돌아가려는 주된 이유지요. 여기서 더 오래 지낸다면 완전히 감각을 잃어버리고 말 겁니다."

우리는 햇볕을 흠뻑 받은 울퉁불퉁한 바위가 바라다보이는 포보스 우주 공항의 주 관측 라운지에 앉아 있었다. 화성에서 우리가 타고 온 페리 로켓은 이미 10분 전에 떠나 이제 별들을 배경으로 걸려 있는 황톳빛 행성으로 돌아가는 귀로에 올랐다. 30분 후면 우리는 지구(대부분의 승객들이 한번도 가 본 적은 없어도 여전히 "고향"이라고 불리는 곳이다.)로 향하는 정기선에 타고 있을 것이다.

탐정은 말을 이었다.

"동시에 때때로 인생을 흥미롭게 만드는 사건도 있습니다. 매카 씨, 당신은 미술상이시죠. 분명 한두 달 전에 있었던 작은 소동에 대해 들어 보셨겠군요."

"잘 모르겠는데요."

지구로 돌아가는 평범한 여행자로 보이는 통통하고 황갈색 피부를 가진 남자가 대답했다. 생각컨대 아마 그 탐정은 이미 승객 명단을 확인해 봤을 것이다. 나는 그가 나에 대해 얼마나 알고 있는지 궁금했고 스스로 양심에 꺼리는 것이 없다고 (아마도) 나 자신을 안심시키려 했다. 어쨌든 누구나 화성의 풍습을 겪으면서 무언가를 배우게 마련이니까.

탐정이 입을 열었다.

"아직까지 입막음이 잘되어 있군요. 하지만 그리 오래가지는 않을 겁니다. 지구에서 온 한 보석 도둑이 메리디언 박물관에서 가장 중요한 보물을 훔쳐가려 했답니다. 바로 사이렌 여신상을 말이죠."

"하지만 그건 바보 같은 짓이에요."

내가 반박했다.

"물론 그것은 값을 매길 수 없죠. 하지만 그건 돌덩어리에 불과하다고요. 아무 데도 팔 수 없죠. 차라리 모나리자를 훔치는 게 나아요."

탐정은 다소 우울한 듯이 쓴웃음을 지으며 말했다.

"그 일도 일어난 적이 있지요. 아마도 목적은 같았을 겁니다. 그런 것들에 기꺼이 재산을 내놓는 수집가들이 있지 않습니까. 비록 자기 자신만이 그걸 감상할 수 있다 해도 말입니다. 그렇지 않나요, 매카 씨?"

"물론 맞는 말입니다. 이런 사업을 하다 보면 온갖 종류의 미친 사람들을 접하게 됩니다."

"글쎄, 이 녀석은 이름을 대니 위버라고 하는데 그런 사람들 중 하나로부터 꽤 많은 보수를 받았습니다. 그리고 그 별난 불운만 없었다면 아마 성공했을 겁니다."

우주 공항의 여객 시스템이 최종 연료 점검에 의한 약간의 지연에 대해 사과하며 몇몇 승객에게 안내처로 와 달라고 했다. 공고가 끝나기를 기다리는 동안 나는 내가 사이렌 여신상에 대해 아는 것이 얼마나 적은가를 상기했다. 비록 진품을 본 적은 없지만 화성을 떠나는 대부분의 승객들과 마찬가지로 나도 짐 속에 모조품을 가지고 있었다. 모조품에는 "서기 2012년 3차 탐험대에 의해 사이렌의 바다에서 발견된 이른바 사이렌 여신상의 완전한 복제품임"을 보장하는 화성 고대 유물 사무국의 증명서도 들어 있었다.

그건 그렇게 많은 논쟁을 불러일으킨 것치고 꽤 작은 물건이었다. 20에서 22센티미터 정도의 높이로 만약 지구의 박물관에서라면 한번 쳐다보고 말았을 것이다. 늘어진 귓불, 두피에 가깝게 고리로 꽉 조인 곱슬머리, 기쁨이나 놀라움의 표현으로 반쯤 벌어진 입술에 동양적인 풍모를 지닌 젊은 여성의 얼굴, 그게 전부였다. 그것이 백 개의 종교 분파에 영감을 주고 많은 고고학자들을 미치게 만들었다는 것은 이해할 수 없는 수수께끼였다. 화성의 유일한 지적 생물은 신문에서 흔히들 "교육받은 바닷가재"라고 불리는 갑각류였기 때문에 화성에서 인간의 완벽한 머리가 발견된다는 것은 있을 수 없는 일이었다. 토착 화성인들은 우주여행의 근처에도 가지 못했다. 그리고 여하튼 그들의 문명은 지구에 인간이 나타나기 전에 소멸해 버렸다. 당연히 그 여신상은 태양계 제일의 미스터리였다. 내가 살아 있는 동안에 해답이 발견되리라곤 생각지 않는다. 언젠가 알아낼지 모르겠지만.

탐정은 말을 이었다.

"대니의 계획은 아주 간단했습니다. 화성의 도시들이 일요일이면 얼마나 쥐죽은 듯 조용해지는지 아시지요. 모든 가게들은 문을 닫고 사람들은 집에서 지구의 텔레비전 방송을 봅니다. 대니는 이 점을 노리고 금요일 저녁에 메리디언 서부 지역 호텔에 투숙했습니다. 토요일에 박물관을 답사하고 일요일에 작업을 한 후 월요일 아침에 평범한 여행자인 양 떠날 셈이었죠…….

토요일 오전에 그는 작은 공원을 거닐다 박물관이 있는 동부 지역으로 가로질러 건너갔습니다. 혹시 모르실까 봐 말씀드리자면 그런 이름이 붙여진 이유는 도시가 정확히 경도 180°선에 있었기 때문입니다. 그 공원에는 본초자오선이 새겨진 커다란 석판이 있어 여행자들은 두 반구 위에 동시에 서서 사진을 찍을 수 있습니다. 참 사소한 것들이 사람들을 즐겁게 한다는 것이 놀랍지 않습니까.

대니는 그날을 박물관을 점검하는 데 보냈습니다. 본전을 뽑으려고 작정한 다른 여행객들처럼 행동하면서 말이죠. 하지만 문을 닫을 시간이 되어서도 대니는 떠나지 않았습니다. 그는 박물관이 후기 운하 시대의 복원물을 배열하다가 끝마치기도 전에 돈이 떨어지는 바람에 대중에게 공개되지 않은 한 전시실에 머물러 있었습니다. 그는 자정까지 거기에 있었습니다. 혹시나 몇몇 열심인 연구자들이 아직 건물 안에 있을까 봐서요. 그리고 그는 모습을 드러내고 작업에 착수했습니다."

"잠깐만요. 경비원은 어떻게 했죠?"

내가 끼어들었다.

탐정이 웃었다.

"이런! 화성에는 그렇게 값비싼 게 많지 않답니다. 경보장치도 없는걸요. 누가 굳이 힘들여 가며 돌덩어리를 훔치려 하겠습니까? 물론 그 여신상은 도난 방지를 위해 유리와 금속으로 만들어진 캐비닛에 잘 보관되어 있습니다. 하지만 그게 도난당한다고 해도 도둑이 숨을 곳은 어디에도 없습니다. 그리고 물론 그 석상이 없어진 것을 알게 되는 즉시 밖으로 나가는 모든 교통수단은 검문을 받을 테고요."

맞는 말이었다. 나는 화성의 모든 도시들이 절대영도의 진공으로부터 그들을 보호해 주는 차단막 아래에서 그 자체로 하나의 작은 세계를 이루고 있다는 걸 잊고 지구의 경우를 생각하고 있었다. 전자 차단막 밖 화성의 오지에는 완전한 진공이 펼쳐져 있었다. 보호 수단 없이는 몇 초 안에 죽어 버리고 말 것이다. 그것은 법률의 집행을 매우 쉽게 만들었고 당연히 화성에는 범죄가 거의 없었다.

"대니는 시계공의 것과 맞먹을 정도로 멋진 전문 도구 세트를 가지고 있었습니다. 가장 중요한 건 납땜인두보다 작으면서 초음파 전원으로 초당 백만 번이나 회전하는 아주 얇은 날이 달린 마이크로 톱이었습니다. 그건 유리나 금속을 버터 자르듯이 자를 수가 있지요. 그리고 머리카락 정도의 자국만 남습니다. 대니는 작업한 흔적을 남기고 싶지 않았기 때문에 이건 그에게 매우 중요했답니다.

그가 어떻게 하려고 했는지 생각해 보셨겠죠. 그는 캐비닛의 바닥 부분을 따라 자른 후에 모조품 한 개와 진짜를 바꾸어 놓으려고 했답니다. 어떤 호기심 많은 전문가가 이 끔찍한 사실을 발견하려면 몇 년 정도 걸리겠지요. 그 훨씬 전에 진품은 지구로 가 있을 테고요. 믿을 수 있는 증명서까지 지닌 모조품으로 완벽하게 위장해서 말이죠. 멋진 계획이죠?

그 100만 년이나 묵은 조각품들과 도저히 설명할 수 없는 인공 물체들에 둘러싸인 채로 어두운 전시실에서 작업하는 건 정말 기묘한 일이었을 겁니다. 지구의 박물관도 밤엔 충분히 그렇지만 그건 적어도…… 음, 인간적이지요. 그 여신상이 있던 제3 전시실은 특히나 사람을 불안하게 만듭니다. 그곳은 아주 희한하게 생긴 동물들이 서로 싸우는 모습이 새겨진 부조로 가득 차 있거든요. 대충 거대한 바퀴벌레같이 생겼는데 대부분의 고생물학자들은 그것이 존재할 수 없었다고 단호하게 부인하고 있습니다. 하지만 상상의 동물이건 아니건 전시실 안에는 분명히 존재합니다. 게다가 자신의 존재를 설명해 보라는 듯 세월을 건너뛰어 대니를 바라보는 사이렌 여신상은 무엇보다도 그를 혼란스럽게 했습니다. 섬뜩했다더군요. 제가 어떻게 아느냐고요? 대니가 제게 말해 줬거든요.

대니는 보석을 자를 준비를 하는 다이아몬드 세공 기술자 못지않게 주의 깊게 캐비닛 작업에 착수했습니다. 뚜껑처럼 얇게 잘라 내는 데 밤이 다 소비되었고 한숨을 돌리며 톱을 놓았을 때는 거의 새벽이 되어 있었습니다. 아직 할 일은 많이 남아 있었지만 가장 어려운 부분은 끝난 것이었죠. 복제품을 캐비닛에 넣고 그가 용의주도하게 준비해 온 사진과 겉보기를 대조해 보고 그의 흔적을 감추는 데는 거의 일요일 하루가 들어갔을 겁니다. 그러나 대니는 전혀 걱정하지 않았습니다. 그에게는 아직도 24시간이 남아 있었고 월요일 아침에 손님들이 찾아오면 거기에 섞여서 아무도 모르게 빠져나가면 된다고 생각했던 겁니다.

 오전 8시 30분에 출입문이 시끄러운 소리를 내며 열리고 다해서 여섯 명의 박물관 직원들이 개장할 준비를 시작하자 긴장하고 있던 대니는 당연히 엄청난 충격을 받았습니다. 그는 도구들이며 여신상 등등을 모두 남겨 둔 채 비상구로 급히 도망갔습니다. 그리고 거리에 들어서서 다시 한 번 크게 놀랐습니다. 이 시간에는 다들 집 안에서 일요일 신문이나 읽으며 지내고 거리는 완전히 인기척이 없어야 옳았습니다. 하지만 실제로는 메리디언 동부의 시민들이 평소처럼 공장이나 사무실로 향하고 있었습니다.

 불쌍한 대니가 호텔로 되돌아왔을 때 우리는 그를 기다리고 있었습니다. 오직 지구에서 온 사람, 그것도 아주 최근에 온 사람만이 무엇이 메리디언 시를 유명하게 만들었는지 모를 수 있다는 사실을 추측하기란 그렇게 어렵지 않았습니다. 여러분도 그게 뭔지 아시겠죠."

 "솔직히 잘 모르겠군요."

 내가 대답했다.

 "6주 가지고는 화성에 대해 그리 많이 알 수 없거든요. 그리고 전 시르티스 메이저(지구에서 보기에 화성의 가장 어두운 부분 — 옮긴이) 동쪽으로는 가 본 적도 없답니다."

 "글쎄요, 우스꽝스럽게도 단순한 것이었습니다. 하지만 대니에게 뭐라고 할 수 없는 게 그 지방 사람들도 종종 실수를 하거든요. 지구에서는 태평양에 둔 덕에 그리 큰 문제가 되지 않지만 화성에는 당연히 온통 땅밖에 없지 않습니까. 그러니 누군가는 반드시 날짜변경선을 끼고 살아야 합니다…….

　아시다시피 대니는 메리디언 서부에서 일을 시작했습니다. 그곳은 틀림없이 일요일이었고 우리가 그를 호텔에서 잡을 때까지도 일요일이었습니다. 하지만 1킬로미터도 떨어져 있지 않은 저쪽 메리디언 동부는 아직 토요일이었던 겁니다. 공원을 가로지르는 작은 여행이 그 모든 차이를 만든 거죠. 운이 나빴던 거라고 하지 않았습니까."

　연민의 감정이 긴 침묵으로 이어졌고 이어서 내가 물었다.

　"형은 얼마나 받았습니까?"

　"3년입니다."

　롤링스 탐정이 대답했다.

　"그리 길진 않군요."

　"화성의 기준으로 말입니다. 지구의 6년 가까이 됩니다. 그리고 이상한 우연의 일치이지만 지구로 돌아가는 티켓 가격과 같은 엄청난 벌금도 함께요. 그는 감옥에 있지 않습니다. 당연한 이야기이지만 화성은 그런 비생산적인 사치를 부릴 여유가 없답니다. 대니는 엄중한 감시 아래 일을 해야 합니다. 메리디언 박물관에는 야간 경비원이 없다고 했지요. 이제는 한 명 있습니다. 누군지는 아시겠지요."

　"승객 여러분께서는 10분 안에 탑승해 주시기 바랍니다. 잊으신 물건이 있는지 잘 확인해 주십시오."

　방송이 울렸다.

　에어 로크로 가며 나는 한 가지 더 물어보지 않을 수 없었다.

　"대니를 사주한 사람들은 어떻게 됐죠? 분명히 배후에 많은 자금이 있었을 텐데요. 그들도 잡았나요?"

"아직은 아닙니다. 그들은 꽤 철저하게 흔적을 지웠어요. 대니가 우리에게 어떤 실마리도 줄 수 없다고 한 말은 사실일 겁니다. 게다가 그건 제 사건이 아닌걸요. 말씀드렸다시피 전 런던 경시청의 옛날 직업으로 돌아가는 중입니다. 하지만 경찰은 항상 눈을 크게 뜨고 있습니다…… 미술상처럼 말이죠. 에, 매카 씨? 이런, 얼굴이 창백해 보이는군요. 제 멀미약이라도 하나 드시지요."

"아니요. 전 괜찮습니다."

매카 씨가 대답했다.

그의 어조는 분명히 비우호적이었다. 몇 분 사이에 분위기가 차가워져 마치 기온이 영하까지 내려간 것 같았다. 나는 매카 씨를 보고 다시 탐정을 바라보았다. 그리고 순간 우리가 정말 흥미로운 여행을 하게 되리라는 것을 깨달았다.

혜성 속으로 | Into the Comet |

1960년 10월, 《매거진 오브 판타지 앤드 사이언스 픽션》에 "혜성 속에서(Inside the Comet)"라는 제목으로 첫 게재. 『열 세계의 이야기』에 재수록.

"내가 지금 이걸 왜 녹음하고 있는지 모르겠다."

조지 다케오 피켓은 공중에 떠 있는 마이크로폰에 대고 천천히 말했다.

"누가 이걸 들을 가능성은 없다. 200만 년 후 이 혜성이 다시 태양 주위를 돌아갈 때가 되어서야 우리는 지구 근처에 올 수 있을 것이다. 그때까지도 인류가 존재할지 의문이다. 그리고 이 혜성이 우리 후손들의 눈에 잘 띄기나 할까? 잘하면 후손들도 우리가 했던 것처럼 혜성을 조사하기 위해 탐사대를 보낼지 모른다. 그러면 우리를 발견하겠지……

그 정도 세월이 지나도 우주선은 완전한 상태에 있을 것이다. 연료도 남아 있을 테고, 어쩌면 공기도 많이 남아 있을지 모른다. 우리에게 부족한 건 식량이니까. 우리는 질식하기 전에 굶어 죽을 것이다. 하지만 그때까지 우리가 기다릴 거라고는 생각하지 않는다. 에어 로크를 열고 진공에 몸을 맡기는 게 훨씬 빠를 테니까.

어렸을 때 난 "얼음 한가운데에서 맞는 겨울"이라는 제목의 극지 탐험에 관한 책을 읽은 적이 있다. 여기저기 구멍 뚫린 거대한 빙산이 떠다니고 주위는 얼음 천지였지. 지금 챌린저 호는 몇 분을 쳐다보고 있지 않으면 움직이고 있는지 확인하기도 어려울 정도로 천천히 움직이며 서로의 주위를 돌고 있는 얼음 덩어리 무리의 한가운데 있다. 지구의 극지로 떠났던 그 어떤 탐험대도 우리가 마주한 겨울은 겪어 보지 못했을 거다. 앞으로 거의 200만 년 동안 온도는 영하 240도를 밑돌 것이다. 태양은 우리에게서 너무나 멀리 떨어진 나머지 별빛만큼의 열도 주지 못할 것이다. 추운 겨울밤에 시리우스의 별빛에 손을 녹이려는 사람이 어디 있겠나?"

그 어처구니없는 이미지는 갑자기 피켓에게 다가와 마음을 완전히 헤집어 놓았다. 눈밭에 펼쳐지던 달빛, 대지를 가르며 울리던 크리스마스 종소리의 기억이 떠올라 그는 더 이상 말을 잇지 못했다. 이미 8000만 킬로미터나 떨어져 버린 기억이었다. 영원히 잃어버린 지구의 익숙한 기억, 평소에는 소홀히 했던 기억이 떠오르자 그는 갑자기 자제심이 무너져 버려 아이처럼 울기 시작했다.

대단한 모험에 들뜬 기분으로 출발했을 때만 해도 모든 게 좋았다. 피켓은 지미 랜들이라는 열여덟 살짜리 소년이 집에서 자작한 망원경으로 혜성을 발견하고 이제는 유명해진 전보를 스트롬로 산 천문대로 보내어 그 사실을 알린 후, 자기가 처음으로 그 혜성을 찾아보았던 당시(이게 불과 6개월 전이란 말인가?)의 일을 떠올릴 수 있었다. 초기의 혜성은 올챙이 형태의 안개처럼 보일 뿐이었고 적도 바로 남쪽, 에리다누스자리 사이로 천천히 움직이고 있었다. 그 혜성은 아직 화성 저편에서 아주 긴 장거리 궤도를 따라 태양에 접근하고 있었다. 그 혜성이 지난번 지구의 하늘에서 빛났을 때는 바라봐 줄 사람이 아무도 없었다. 그리고 다음번에 다시 나타났을 때에도 바라볼 사람이 아무도 없을지 몰랐다. 인류는 처음으로 랜들의 혜성을 목격하는 것이며 어쩌면 이게 유일한 기회일지도 몰랐다.

태양에 다가가면서 혜성은 점점 커지며 증기와 가스를 분출하기 시작했다. 가장 작은 분출조차도 지구보다 100배는 컸다. 우주에서 부는 바람에 나부끼는 거대한 깃발처럼 보이는 혜성의 꼬리는 화성 궤도를 지났을 때 이미 6000만 킬로미터를 넘었다. 이것이야말로 하늘에서 볼 수 있는 가장 장엄한 광경이 될 거라고 천문학자들이 깨달은 건 바로 그때였다. 1986년에 다가온 핼리혜성은 비교조차 될 수 없었다. 그러자 국제 천체물리학단의 관료들은 연구 조사선인 챌린저 호가 장비를 갖추는 대로 보내서 혜성의 뒤를 쫓도록 했다. 1000년에 한 번 올까 말까 한 기회였다.

몇 주 내내 해가 뜨기 전이면 그 혜성은 마치 새로운, 하지만 훨씬 더 밝은 은하수인 양 하늘을 길게 수놓았다. 태양에 접근하면서 혜성은 매머드가 지구를 호령하던 시절 이후로 느껴 보지 못한 열기를 다시 느끼며 점점 더 활동적으로 변해 갔다. 핵에서 분출되는 빛나는 가스 덩어리들은 거대한 부채꼴을 이루었다가 별들을 가로질러 천천히 흔들리는 서치라이트처럼 바뀌었다. 이제 길이가 1억 5000만 킬로미터에 달하는 꼬리는 복잡한 양상의 띠로 나뉘어 흐르며 나날이 그 모양을 바꾸어 가고 있었다. 태양계의 심장부에서 영원히 불어오는 강한 바람에 날리기라도 하듯 꼬리는 항상 태양 바깥쪽을 향했다.

챌린저 호로 배속받았을 때 조지 피켓은 자신에게 다가온 행운을 믿을 수 없었다. 윌리엄 로렌스와 원자폭탄 이후로 기자에게 더없는 행운이었다. 과학에 학위를 가지고 있고 미혼이며 건강하고 몸무게가 55킬로그램 이하이며 맹장을 떼어 버렸다는 사실이 물론 일조했음에 틀림없었다. 하지만 비슷한 자격을 지닌 사람 역시 많았을 게 분명했다. 음, 이제 그들의 심정은 부러움에서 안도감으로 바뀌겠지.

챌린저 호의 불충분한 하중 적재 능력으로는 단순한 기자 하나를 수용할 여유가 없었기 때문에 피켓은 남는 시간을 활용하여 우주선의 행정관으로 일해야 했다. 이 말은 실제로는 그가 일지도 써야 하며, 선장의 비서로도 활동해야 하고, 물품 관리도 해야 하며, 회계 장부도 처리해야 한다는 것을 의미했다. 무중력상태인 우주 공간에서는 하루에 세 시간만 자도 충분하다는 사실이 정말 다행이라고 그는 종종 생각했다.

두 가지 임무를 잘 구분하는 건 상당한 재치를 요했다. 옷장 크기만 한 사무실에서 서류를 다루거나 창고에 쌓인 수천 개의 물품을 점검하는 일을 하지 않을 때면 그는 녹음기를 들고 승무원들을 찾아 어슬렁거렸다. 그는 챌린저 호에 타고 있는 스무 명의 과학자와 기술자들 중 누구도 빼먹지 않고 인터뷰하기 위해 조심스럽게 일했다. 녹음한 내용을 전부 지구에 전송하진 않았다. 어떤 건 너무 기술적이고 어떤 건 너무 알아듣기 어려웠으며 또 어떤 것들은 그 정반대였다. 하지만 최소한 그는 공평하게 사람들을 대했고, 아직 자기가 아는 한도에서는 누구의 기분을 상하게 한 적도 없었다. 이제는 전부 소용없는 일이지만.

마르텐스 박사는 지금 이 상황을 어떻게 받아들이고 있을지 궁금했다. 그 천문학자는 가장 까다로운 취재 대상이었지만 한편으로 가장 정보를 많이 제공할 수 있는 사람이었다. 피켓은 충동적으로 마르텐스의 인터뷰 테이프를 찾아 녹음기에 넣었다. 단지 과거로 돌아감으로써 현재에서 탈출하고자 할 뿐이라는 건 스스로도 알고 있었지만, 그렇다고 해도 어쩔 수 없이 그저 그런 행위가 효과 있기를 바랄 뿐이었다.

마르텐스 박사와의 첫 인터뷰는 아직 기억이 생생했다. 환기구에서 흘러나오는 공기 흐름에 따라 미세하게 떠다니는 마이크로폰에 최면이 걸리다시피 해서 말을 조리 있게 하지 못했던 것이다. 하지만 아무도 그 사실을 알아채지 못했을 것이다. 그의 목소리에는 여전히 평소대로 직업적인 매끄러움이 담겨 있었다.

관측실에 있던 마르텐스를 붙잡아 첫 질문을 던진 건 3000만 킬로미터 뒤쪽에서 빠른 속도로 혜성을 따라잡고 있을 때였다.

"마르텐스 박사님. 랜들 혜성은 정확히 어떤 물질로 구성되어 있습니까?"

피켓이 질문했다.

"다양하죠. 그리고 태양에서 멀어지면서 계속 바뀌죠. 하지만 꼬리는 주로 암모니아, 메탄, 이산화탄소, 수증기, 시안화……."

마르텐스가 설명했다.

"시안화물이오? 그건 독극물 아닙니까? 지구가 그 안으로 들어가면 어떻게 되지요?"

"아무 일도 일어나지 않아요. 멋져 보이기는 해도 정상적인 기준에 의하면 혜성의 꼬리는 진공에 가까워요. 지구 정도의 부피에 공기로 가득한 성냥갑 하나만큼의 가스를 포함하고 있죠."

"그 희박한 가스가 이렇게 멋진 광경을 만들어 내다니!"

"네온사인에 들어 있는 희박한 가스도 마찬가지죠. 이유는 같아요. 혜성의 꼬리가 빛나는 건 태양에서 전기를 띤 입자를 뿜어내기 때문이에요. 우주의 표지판이라고나 할까. 난 언젠가 광고계 사람들이 이걸 깨닫고 태양계에 광고 문구를 쓸 방법을 연구하지나 않을까 걱정입니다."

"그것 참 끔찍한 생각이군요. 그래도 누군가는 그게 응용과학의 승리라고 주장하겠지요. 일단 꼬리는 제쳐 두기로 하지요. 핵이라고 하던가요? 혜성의 그 심장부에는 언제 도착할 예정입니까?"

"뒤쫓아 간다는 건 항상 시간이 오래 걸리게 마련이지요. 핵에 도착하려면 아직 2주는 더 있어야 합니다. 그동안은 꼬리 속으로 계속 깊게 파고 들어갈 것이고 종국엔 혜성을 횡단하면서 따라잡을 겁니다. 하지만 아직 핵이 3000만 킬로미터 떨어져 있다고 해도 이미 우리는 많은 정보를 얻었어요. 우선 핵은 아주 작습니다. 지름이 80킬로미터도 안 되지요. 그리고 단일한 고체도 아니에요. 아마도 수천 개의 작은 조각들이 구름처럼 떼지어 몰려 있을 겁니다."

"핵 안으로 들어갈 수도 있을까요?"

"그건 도착하면 알겠죠. 아마도 안전하게 몇 천 킬로미터 밖에서 망원경으로 조사하게 될 것 같습니다. 하지만 개인적으로는 직접 들어가 보지 않으면 실망할 것 같아요. 안 그런가요?"

피켓은 녹음기를 껐다. 그랬다. 마르텐스는 옳았다. 그는 실망했을 것이다. 사실상 위험해 보이는 게 없기에 특히 더 실망했을 것이다. 혜성만 놓고 보자면 위험할 게 없었다. 위험은 그 안에서 다가왔다.

그들은 랜들 혜성이 태양으로부터 멀어지고 있는 지금도 여전히 뿜어내고 있는 거대하지만 대단히 희박한 가스의 커튼을 뚫고 움직여 왔다. 하지만 핵의 가장 농밀한 구역으로 다가서고 있는 지금조차도 사실상 그들은 완벽한 진공상태에 있는 것이나 마찬가지였다. 챌린저 호 주위를 수백만 킬로미터 두께로 감싸고 있는 빛나는 안개는 별빛을 거의 가리지도 못했다. 하지만 혜성의 핵이 놓여 있는 정면에는 밝지만 흐릿한 빛이 마치 도깨비불처럼 그들을 유혹하고 있었다.

주위에서 점차 격렬하게 일어나고 있는 전자기 교란 현상은 이제 지구와의 통신을 거의 완전히 끊어 놓았다. 우주선의 송신기는 간신히 신호를 보낼 수 있는 수준이었지만 지난 며칠 동안 그 수준은 모스부호로 '승인' 신호를 보내는 정도로 떨어졌다. 혜성에서 떨어져 나와 집을 향해 돌아갈 때쯤에는 정상적인 통신이 복구될 터였다. 하지만 당장은 무선통신이 개발되기 이전의 탐험가들처럼 완전히 고립된 상태였다. 불편하긴 했지만 그뿐이었다. 사실 피켓은 이런 상태를 더 좋아했다. 사무원으로서 임무에 매달릴 시간이 더 늘어났기 때문이다. 챌린저 호가 20세기의 어떤 선장도 감히 상상해 보지 못했을 꿈의 경로를 통해 혜성의 중심부로 접근하고 있던 그 시점에서도 누군가는 각종 물품의 상태를 확인하고 개수를 세어야 했던 것이다.

아주 천천히 그리고 조심스럽게, 레이더는 챌린저 호 주변의 우주 공간을 훑었고, 챌린저 호는 혜성의 핵 안으로 살며시 들어갔다. 그리고 멈췄다. 얼음 사이에서.

1940년대에 이미 하버드 대학의 프레드 휘플은 진실을 추측해 냈다. 하지만 그 증거가 눈앞에 있는 지금도 믿어지지 않을 정도였다. 혜성 전체에 비해 상대적으로 작은 핵은 빙산들의 느슨한 무리였다. 거대한 빙산들은 각자 자신의 궤도를 따라 움직이며 서로의 주위를 회전하며 떠다녔다. 하지만 극지의 바다를 떠다니는 빙산과 달리 혜성의 빙산들은 눈이 부실 정도로 하얗지도, 물이 얼어서 만들어진 것도 아니었다. 녹다 만 눈처럼 지저분한 회색빛에다가 여기저기 구멍 투성이였다. 태양열을 흡수하면서 가끔씩 거대한 가스 분사의 형태로 분출되는 메탄 덩어리나 고체 암모니아 때문에 그렇게 된 것이다. 볼 만한 광경이었다. 하지만 당시 피켓에게는 경치를 감상할 만한 시간이 거의 없었다. 이제는 너무 많았다.

피켓이 재앙(재앙이라는 걸 알아차릴 때까지는 시간이 좀 걸렸지만)과 마주친 것은 우주선의 보급품 상태를 점검하는 일상적인 업무를 수행하던 때였다. 보급품 상태는 대단히 만족스러웠다. 지구로 귀환할 때 사용할 물품은 충분히 남아 있었다. 피켓은 두 눈으로 상태를 확인했고 이제 우주선 컴퓨터 메모리의 아주 작은 부분에 전부 저장되어 있는 장부를 찾아 잔여 물량을 확인하기만 하면 되었다.

말도 안 되는 숫자가 화면에 나타나자 피켓은 자기가 엉뚱한 키를 눌렀다고 생각했다. 그는 그 숫자를 지우고 다시 한 번 컴퓨터에 정보를 입력했다.

압축 육류 60상자 선적, 현재까지 17상자 소비,

남은 물량: 99999943상자.

그는 계속해서 시도했지만 결과는 나아지지 않았다. 짜증나면서도 걱정이 된 그는 마르텐스 박사를 찾아 나섰다.

마르텐스는 '고문실'(기술 장비 저장고와 주 추진 탱크의 칸막이 벽 사이에 끼어 있는 조그만 체육관)에 있었다. 승무원들은 하루에 한 시간씩 여기서 운동해야 했다. 그래야만 무중력 환경에서 근육이 쇠약해지지 않았다. 그는 불굴의 결의로 가득한 표정을 한 채 강력한 용수철 장치와 씨름하고 있었다. 피켓이 그에게 상황을 설명하자 그의 표정은 더욱 굳었다.

주 입력 장치에서 몇 번 시험해 본 결과는 최악이었다.

"컴퓨터가 미쳤군요. 더하기 빼기도 못하잖아요."

마르텐스가 말했다.

"하지만 고칠 수는 있겠죠?"

마르텐스는 고개를 저었다. 평소에는 재수 없어 보이던 자신감마저 잃어버린 것 같았다. 바람 빠진 고무 인형 같다고 피켓은 생각했다.

"제작자들조차 못 고칠 거예요. 이건 인간의 뇌만큼이나 고밀도로 마이크로 회로가 집적되어 있는 거라고요. 메모리는 아직 작동하고 있지만 연산장치는 이제 전혀 쓸모가 없어요. 그저 입력한 숫자를 뒤바꾸어 놓을 뿐이지요."

"그러면 우리는 어떻게 되죠?"

피켓이 물었다.

"어떻게 되긴요, 다 죽는 거죠."

마르텐스가 담담하게 말했다.

"컴퓨터 없이는 우리도 끝장이에요. 지구로 돌아갈 궤도를 계산하기가 불가능하니까요. 종이에다 계산하려면 수학자 한 부대라도 몇 주는 걸릴 겁니다."

"말도 안 돼요! 우주선은 멀쩡하잖아요. 식량도 있고 연료도 있고. 그런데 당신은 한다는 소리가 기껏해야 더하기 몇 개를 못해서 우리가 전부 죽을 거라뇨!"

"더하기 몇 개라고요?"

어느 정도 옛날 분위기를 풍기며 마르텐스가 쏘아붙였다.

"항해 경로를 크게 바꾸면, 그러니까 지금처럼 혜성에서 벗어나서 지구로 향하는 궤도를 택하는 경우에는 거의 10만 개의 계산을 해야 해요. 컴퓨터라고 해도 몇 분이 걸린다고요."

피켓은 수학자는 아니었지만 상황을 이해할 정도의 우주 항행 지식은 있었다. 우주를 항해하는 우주선은 여러 천체의 영향 아래에 있었다. 가장 큰 힘은 행성들을 단단하게 궤도에 묶어 두는 태양의 중력이었다. 하지만 각 행성들도 미약하게나마 자기들 쪽으로 우주선을 잡아당긴다. 이렇게 서로 밀고 당기는 엉킨 힘을 이용해서 수천만 킬로미터 떨어진 목적지로 향하는 건 차치하고 그 힘을 고려하는 것부터가 환상적으로 복잡한 문제였다. 그는 마르텐스의 좌절을 이해할 수 있었다. 누구라도 자기 도구 없이는 일을 할 수 없다. 그리고 지금 여기에 필요한 도구보다 정교한 도구는 없었다.

선장의 공고가 난 후에도, 그리고 승무원 전원이 참석해서 타개책을 논의한 첫 번째 긴급 회의가 끝난 후에도 사실이 받아들여지는 데는 시간이 오래 걸렸다. 최후의 종말은 아직 몇 달 뒤의 일이라 다들 가슴속에 다가오지 않는 모양이었다. 사형선고는 받았지만 집행까지는 아직 먼 상태. 게다가 경치는 여전히 훌륭했다…….

그들을 둘러싸고 있는, 그리고 언제까지나 그들의 비석 노릇을 할 빛나는 안개 너머로 그 어떤 별보다 밝은 목성이 보였다. 만약 승무원들이 자기 자신을 희생한다면 우주선이 태양의 가장 커다란 자식의 곁을 지날 때까지 몇 명 정도는 살 수 있을지도 모른다. 고작 몇 주 더 살아서 4세기 전에 갈릴레오가 자신이 만든 조잡한 망원경으로 살짝 엿보았던, 목성의 위성이 보이지 않는 실에 꿰인 구슬처럼 왔다 갔다 하는 장면을 자기 눈으로 보는 게 큰 의미가 있을까? 피켓은 생각했다.

실에 꿰인 구슬이라. 그 생각을 하니 잊고 있던 어린 시절의 기억이 홍수처럼 무의식 속으로 밀려 들어왔다. 지난 며칠 동안 그 생각은 어떻게든 빛을 보기 위해 무의식 속에서 기어 나오려고 애쓰고 있었던 게 틀림없었다. 그리고 그제야 그의 마음속에 떠오른 것이다.

그는 크게 외쳤다.

"말도 안 돼! 말도 안 되는 소리야! 아마 비웃음만 듣고 말걸!"

그러면 어때서? 그의 마음의 다른 부분이 말했다. 손해 볼 게 뭐가 있다고. 최소한 식량과 산소가 점차 고갈되는 동안 사람들을 바쁘게 할 수는 있겠지. 조금이라도 희망이 있는 편이 전혀 없는 것보다는 나아…….

피켓은 녹음기를 만지작거리던 손길을 멈췄다. 감상적인 기분, 자기 연민도 극복했다. 몸을 의자에 고정시켜 두던 탄력 있는 가죽끈을 풀며 필요한 장비를 찾기 위해 기술 장비 저장고로 향했다.

"별로 장난칠 기분은 아닌데요."

사흘 후 마르텐스 박사가 말했다. 그는 피켓이 손에 들고 있는 철사와 나무로 만들어진 빈약한 장치를 가소롭다는 듯이 바라보았다.

피켓은 화를 누르며 대꾸했다.

"그렇게 말할 줄 알았어요. 하지만 잠깐만 내 말을 들어 봐요. 우리 할머니는 일본인이셨는데, 어릴 적에 할머니가 해 주신 이야기가 얼마 전에 생각났어요. 그 전까지는 까맣게 잊고 있었지만. 내 생각에는 이게 우리를 살릴 수도 있을 것 같아요.

2차 세계 대전이 끝난 후에 탁상용 전자계산기를 쓰는 미국인과 주판을 쓰는 일본인이 시합을 벌인 적이 있어요. 주판이 이겼지요."

"형편없는 계산기였나 보지요. 아니면 쓰는 사람이 형편없었던가."

"당시 미군 내에서 최고로 치던 사람이었어요. 어쨌든 그건 중요하지 않아요. 시험을 해 봅시다. 세 자릿수 곱하기 문제를 내 봐요."

"그럼, 856 곱하기 437이오."

피켓의 손가락이 춤을 추며 광속으로 주판알을 철사의 위아래로 움직였다. 총12개의 철사가 있었으므로 그 주판은 999,999,999,999까지의 숫자를 다루게 되어 있었다. 아니면 여러 구역으로 나누어서 다른 사람이 동시에 독립적으로 계산하게 하거나.

"374,072."

믿을 수 없을 정도로 짧은 시간이 지난 후 피켓이 말했다.

"이제 종이에 연필로 계산하면 시간이 얼마나 걸리나 봐요."

대부분의 수학자들이 그러하듯이 산수 실력은 영 형편없는 마르텐스가 "375,072"라는 답을 내놓는 데는 훨씬 더 시간이 오래 걸렸다. 황급히 검산을 해 본 결과 마르텐스는 피켓보다 세 배나 더 긴 시간을 들여서 잘못된 답을 내놓았다는 사실이 밝혀졌다. 억울함, 놀라움, 호기심이 뒤섞인 천문학자의 표정은 볼만했다. 그가 물었다.

"그런 재주는 어디서 배웠지요? 주판으로는 기껏해야 덧셈 뺄셈밖에 못하는 줄 알았는데."

"곱셈도 결국에는 덧셈의 반복일 뿐이지 않아요? 내가 한 거라고는 일의 자리에서 856을 7번 더하고 10의 자리에서 3번 더하고 100의 자리에서 4번 더한 것뿐이에요. 종이에 계산할 때도 똑같이 하잖아요. 물론 좀 더 빨리 하는 방법도 있긴 하죠. 하지만 만약 내가 빠른 거라고 생각한다면 우리 백부님을 봤어야 해요. 요코하마 은행에서 일하셨는데 제대로 할 때는 손가락이 안 보일 정도였어요. 내게도 몇 가지 방법을 알려 주셨는데 20년 전이라 거의 다 잊어버렸어요. 며칠밖에 연습하지 못한 거라 아직도 느린 거예요. 어쨌거나 내 주장이 완전히 허튼소리는 아니라는 걸 알아줬으면 좋겠는데요."

"맞아요. 정말 인상적이었어요. 나눗셈도 그 정도 속도로 할 수 있나요?"

"연습만 좀 하면 거의 비슷하게 할 거예요."

마르텐스는 주판을 집어 들더니 알을 움직여 보기 시작했다. 그리고 한숨을 내쉬었다.

"대단해요. 하지만 우리에게 별 도움은 안 되겠죠. 종이에 계산하는 것보다 열 배 빠르다고 해도(사실 그렇지도 않지만) 컴퓨터는 백만 배는 빠르잖아요."

"나도 그 생각을 안 한 건 아니에요."

피켓은 다소 초조하게 말했다.

'마르텐스는 영 근성이 없군. 너무 빨리 포기하잖아. 컴퓨터가 없던 100년 전의 천문학자들은 어떻게 일을 했다고 생각하는 거지?'

"내가 제안하고 싶은 건 이거예요. 잘못된 점이 있으면 내게……."

피켓은 신중하고 진지하게 계획을 자세히 설명했다. 설명을 듣는 동안 마르텐스는 천천히 안도하더니 이내 챌린저 호에서 며칠째 들을 수 없었던 웃음까지 터뜨렸다.

"당신이 우리 모두 초등학교로 돌아가서 주판알을 가지고 놀아야 한다고 이야기할 때 선장의 표정이 어떻게 변할지 꼭 봐야겠어요."

마르텐스가 말했다.

처음에는 회의적인 분위기였지만 피켓이 시범을 몇 번 보이자 분위기는 빠르게 변했다. 전자 기기로 이루어진 세계에서 자라난 사람들에게 철사와 구슬로 된 간단한 장치가 그런 기적을 행할 수 있다는 사실은 정말 뜻밖이었다. 그건 또한 도전이기도 했다. 목숨이 달려 있는 문제였기에 그들은 열광적으로 반응했다.

기술 요원이 피켓의 조잡한 견본을 모방해서 부드럽게 작동하는 주판을 충분히 만들어 내자마자 수업이 시작되었다. 기본 원리를 설명하는 데는 몇 분이면 충분했다. 시간을 요하는 건 연습이었다. 마침내 의식하지 않고도 손가락이 자동으로 철사 사이를 돌아다니며 주판알을 정확한 위치로 움직이게 될 때까지 몇 시간이고 연습은 계속되었다. 일주일 동안 쉬지 않고 연습해도 정확성과 속도를 익히지 못하는 승무원도 있었지만 빠르게 피켓을 앞질러 나가는 사람도 있었다.

그들은 꿈에서도 주판을 보았고 자면서도 주판알을 움직였다. 기초 단계가 지나자 그들은 몇 개의 팀으로 나뉘어 좀 더 효율을 높이기 위해 서로 맹렬하게 경쟁했다. 마침내 챌린저 호에는 15초 만에 네 자리 숫자의 곱셈을 하며 그 속도를 몇 시간 동안 유지할 수 있는 사람이 생겼다.

순전히 기계적인 작업이었다. 기술은 필요했지만 지성은 없어도 상관없었다. 가장 어려운 일은 마르텐스가 맡은 작업이었다. 다른 사람은 그를 도울 수 없었다. 그는 그때까지 당연히 여기던 컴퓨터 기반의 기술을 모두 버리고 자기가 다루는 숫자가 어떤 의미를 지니고 있는지 전혀 모르는 사람들도 자동적으로 수행할 수 있도록 계산을 재배열해야 했던 것이다. 마르텐스는 계산을 맡은 사람들에게 기본 자료를 건네주었고, 그들은 마르텐스가 짜 놓은 프로그램에 따랐다. 몇 시간에 걸친 반복적인 작업이 끝나면 실수를 하지 않았다는 가정 아래 수학 생산 라인의 끝에서 결과가 나왔다. 오류를 방지하기 위해서 두 개의 독립적인 팀이 각자 작업하면서 일정한 단계마다 결과를 비교해 보기로 했다.

마침내 두 번 다시 만나게 되리라고는 생각하지 못한 시청자들을 떠올릴 여유를 갖게 된 피켓은 녹음기에 대고 말하기 시작했다.

"우리가 해낸 일은 전자회로 대신에 사람을 이용하여 컴퓨터를 만들어 낸 것입니다. 몇 천 배 정도 느리고, 큰 숫자를 다루지도 못하고, 쉽게 지치곤 하지만, 이제 맡은 바 임무를 충실히 수행했습니다. 지구로 귀환하는 전체 궤도는 아니지만(그건 너무 복잡합니다.) 통신이 가능한 영역까지 우리를 데려다 줄 조금 더 간단한 궤도를 계산해 낸 것입니다. 우리를 둘러싼 전자기 간섭에서 벗어나기만 하면 지구에 우리 위치를 송신할 것이며 지구의 컴퓨터는 우리에게 지시를 내릴 수 있을 겁니다.

우리는 이미 혜성에서 벗어났으며 더 이상 태양계 외부를 향하고 있지도 않습니다. 우리의 새로운 궤도는 예상 가능한 정확도 내에서는 계산과 일치합니다. 아직 혜성의 꼬리 안에 있지만 핵은 150만 킬로미터 떨어진 상태이며 앞으로 두 번 다시 암모니아 빙산을 볼 일은 없을 것입니다. 혜성은 별과 별 사이의 얼어붙은 어둠을 향해 달려가고 있습니다. 그리고 우리는 지구로…….

어이, 지구…… 들리는가! 여기는 챌린저 호다. 여기는 챌린저 호. 메시지를 받는 즉시 회신해 주기 바란다. 우리가 한 계산이 맞는지 확인해 주기를 바란다. 우리는 지금 손가락에 뼈가 드러날 지경이다!"

옮긴이 | 고호관

오랜 SF팬으로 건축과 과학사를 전공했으며, 현재 ㈜동아사이언스에서 과학 기자로 일하고 있다. 아서 클라크로 인해 SF에 빠져들게 된 만큼 그의 작품을 번역했다는 데 큰 기쁨을 느끼고 있다.

환상문학전집 ● 30

아서 클라크 단편 전집 1953-1960

1판 1쇄 2009년 3월 13일 펴냄
1판 4쇄 2019년 11월 18일 펴냄

지은이 | 아서 C. 클라크
옮긴이 | 고호관
발행인 | 박근섭
편집인 | 김준혁
펴낸곳 | 황금가지

출판등록 | 2009. 10. 8 (제2009-000273호)
주소 | 135-887 서울 강남구 신사동 506 강남출판문화센터 5층
전화 | 영업부 515-2000 편집부 3446-8774 팩시밀리 515-2007
홈페이지 | www.goldenbough.co.kr

도서 파본 등의 이유로 반송이 필요할 경우에는 구매처에서 교환하시고
출판사 교환이 필요할 경우에는 아래 주소로 반송 사유를 적어 도서와 함께 보내주세요.
06027 서울 강남구 도산대로 1길 62 강남출판문화센터 5층

한국어판 ⓒ 황금가지, 2009. Printed in Seoul, Korea

ISBN 978-89-6017-203-6 04840
ISBN 978-89-6017-200-5 04840(세트)

㈜민음인은 민음사 출판 그룹의 자회사입니다.
황금가지는 ㈜민음인의 픽션 전문 출간 브랜드입니다.